Diogenes Taschenbuch 20635

de
te
be

SHAKESPEARES DRAMATISCHE WERKE

Übersetzt von A. W. v. Schlegel und L. Tieck

Herausgegeben und revidiert von Hans Matter

Mit Illustrationen von

Johann Heinrich Füßli

Fünfter Band

WILLIAM SHAKESPEARE

Ein Sommernachtstraum
Der Kaufmann von Venedig
Viel Lärm um nichts
Wie es euch gefällt
Die lustigen Weiber von Windsor

DIOGENES

Die Illustrationen
von Johann Heinrich Füßli
beruhen auf Stichen, die der zehnbändigen Ausgabe
The Plays of William Shakespeare, London, 1805, entnommen sind.
Umschlag: Ausschnitt aus Füßlis *Die lustigen Weiber von Windsor*
Entwurf: Hans Höfliger

Veröffentlicht als Diogenes Taschenbuch, 1979
Lizenzausgabe mit freundlicher Genehmigung
des Birkhäuser Verlags Basel

20/88/29/5
ISBN 3 257 20635 6

EINFÜHRUNGEN

Ein Sommernachtstraum

Ein Sommernachtstraum mit seinen an die Königin gerichteten Schmeicheleien ist ein höfisches Lustspiel, wie sie für das vornehme Publikum geschrieben wurden. Es diente wahrscheinlich einem bestimmten Zwecke, einem Hochzeitsfest in den Kreisen des englischen Hochadels.

Die Hochzeit des Herzogs von Athen, Theseus, mit Hippolyta steht in keinem innern Zusammenhang mit der Haupthandlung, der verwickelten Liebesgeschichte der beiden Paare Hermia und Lysander, Helena und Demetrius, die durch das Eingreifen von Mächten aus dem Feenreiche noch verwickelter gestaltet wird. In diesem Stück, dessen verschiedene Handlungen stofflich den verschiedensten Quellen entstammen, hat Shakespeare das höfische Lustspiel, das höfische Maskenspiel mit seinen Nymphen und Elfen und das burleske Lustspiel mit seinen derb-komischen Szenen wunderbar miteinander verschmolzen, durch seine Verflechtung von Romantik und kontrastierendem Rüpelspiel seinem Werke einen besonderen Reiz verliehen und, namentlich im zweiten Akt, eine Zauberstimmung geschaffen, welche die Künstler, Maler und Komponisten, immer und immer wieder angeregt und begeistert hat.

Der Kaufmann von Venedig

Der Kaufmann von Venedig ist ein treffliches Beispiel dafür, wie Shakespeare Stimmung und Geschmack von Zeit und Volk ausnützte und auszunützen verstand. Im Jahre 1594 wurde der Portugiese Dr. Roderigo Lopez, der jüdische Leibarzt der Elisabeth, unter der Anklage hingerichtet, er habe, von Spanien bestochen, die Königin vergiften wollen. Der Prozeß löste eine allgemeine Empörung gegen die Juden aus; Marlowes «Jude von Malta» mit der Gestalt des rachedürstenden Würgers Barabas wurde wieder aufgeführt, und wahrscheinlich veranlaßte die herrschende Aufregung Shakespeare, seinen Shylock zu schaffen.

Das Lustspiel enthält zwei Fabeln: Erstens die Werbung um Porzia, die Kästchenwahl, mit ihrer feinen Lebensphilosophie. Dieses Motiv ist alt und findet sich z. B. in den «Gesta Romanorum» und in Boccaccios «Decamerone». Zweitens enthält es die Geschichte von dem Pfund Fleisch, das der Gläubiger aus dem Leib des Schuldners schneiden darf, falls dieser seinen Verpflichtungen nicht nachzukommen vermag. Auch dieses Motiv findet sich beispielsweise an einer Stelle der «Gesta Romanorum»; zu einer Novelle erweitert, steht es auch in der Sammlung «Il Pecorone» des Italieners Giovanni Fiorentino (14. Jahrhundert). Die Geschichte ist hier in Venedig lokalisiert; aber die Dame, die der Porzia entspricht, obwohl auch sie den rettenden Advokaten spielt, trägt einen ganz andern Charakter als Shakespeares Heldin, indem sie ihre Bewerber regelrecht ausbeutelt. Schon bevor Shakespeare den Stoff bearbeitete, wurden die beiden Fabeln miteinander verknüpft, wahrscheinlich in einem Drama, dessen Existenz bezeugt, uns aber verloren ist.

Der Kaufmann von Venedig ist ein Märchen. Realistisch betrachtet, sind die beiden Hauptfabeln des Stückes unmöglich. Da Shakespeare aber Shylock in den Mittelpunkt rückt, alles Interesse auf ihn konzentriert, die Gefahr, in der Antonio schwebt, bis zum alleräußersten treibt, entsteht ein Zwiespalt, der der künstlerischen Einheit sehr gefährlich wird. Der Dichter muß dies empfunden haben und läßt – ungleich Marlowe, dessen Jude für die Ausübung der Rache sein Leben wagt und es dabei verliert – seinen Shylock wie einen Bösewicht im Märchen zusammenbrechen. Marlowes Barabas ist ein fertiges Ungeheuer, Shakespeares Shylock trägt menschliche Züge, hauptsächlich in jener Szene – und diese entspricht einer Episode in Marlowes Tragödie –, in der er seine Tochter verliert. Erst als seine Geldgier und seine Weigerung, statt, auf dem Rechte zu bestehen, Gnade zu üben, uns unerträglich werden, ist es mit der Sympathie endgültig vorbei. Mit dem vierten Akt erlischt auch unser Interesse; denn Shylock ist zu groß geraten, als daß nach seinem Falle die Ringgeschichte, die schon bei Fiorentino vorkommt, sowie die Scherze, die sich Porzia und Nerissa mit ihren Verlobten erlauben, uns noch packen könnten.

Die Zeitgenossen betrachteten das Stück mit andern Augen als wir; für sie war Shylock ein ausgemachter Schurke; schon das Zinsnehmen war ja ein Greuel und eine Sünde. Hat Shakespeare einen wirklichen Juden dargestellt, handelt es sich um ein antisemitisches Stück? Diese Frage muß wohl verneint werden, weil es ein eigentliches Judenproblem damals in England nicht gab. Heute hilft oft eine glänzende Ausstattung über den Zwiespalt hinweg, den wir bei diesem Märchenspiel empfinden, das nach der heutigen Denkweise so haarscharf an eine Tragödie grenzt.

Viel Lärm um nichts

Dieses Werk ist eines von jenen Lustspielen, in denen der Dichter zeigt, wie leicht Witz und Ernst sich paaren, wie leicht sich Freude in Leid, Leid in Freude verwandelt. Don Pedro, der Fürst von Aragonien, benützt seinen Aufenthalt bei Leonato, dem Gouverneur von Messina, um Ehen zu stiften. Er wirbt für seinen Gefolgsmann Claudio um Leonatos Tochter Hero. Dieses stille Paar macht keine Schwierigkeiten; nicht so leicht aber ist es, einen andern Gefolgsmann, Benedikt, mit Leonatos Nichte Beatrice zusammenzubringen, zumal diese vorgeben, das andere Geschlecht im allgemeinen und den Partner im speziellen zu verachten, und einander in tollen Wortgefechten zum Narren zu halten. Don Pedros Halbbruder, Don Juan, sucht Heros Ruf zu vernichten. Durch ein schändliches Spiel läßt er Claudio glauben, Hero sei untreu. Dieser verspart seine Rache bis zur Trauung, um dann seine Braut in der Kirche zu verstoßen. Hero wird ohnmächtig weggebracht, für tot ausgegeben und in einem Kloster bis zur Aufklärung des Falles versteckt gehalten. Bald kommt der Betrug auf, entdeckt durch zwei Gerichtsdiener, zwei Prachtexemplare in der Galerie Shakespearescher Clownfiguren. Claudio betrauert die vermeintlich tote Braut, erklärt sich aber sofort bereit, zur Buße Heros Base zu heiraten. Claudios Handlungsweise mag in der Renaissance anders empfunden und beurteilt worden sein als heute; auf den modernen Zuschauer wirkt sie verletzend und scheint nicht recht zu seinem Charakter zu stimmen. Leonato führt ihm maskiert Hero zu, und zwei glückliche Paare können Hochzeit feiern. Der flüchtige Übeltäter Don Juan wird gefaßt und ist einer schweren Bestrafung gewiß.

Shakespeare hat wahrscheinlich nach einem alten Stück gearbeitet und den Stoff nicht direkt der italienischen Novellensammlung des Matteo Bandello entnommen, wo übrigens die Lösung eine andere ist. Benedikt und Beatrice sind typische Gestalten des Dichters und erinnern an Biron und Rosaline in «Verlorne Liebesmüh» und schwach an Petruchio und Katharina in «Der Widerspenstigen Zähmung». Auch die Tatsache, daß sie durch ein Intrigenspiel zusammengebracht werden, ist aus andern Werken des Künstlers geläufig. Verschiedene Inkonsequenzen im Stück deuten auf eine Revision.

Wie es euch gefällt

Im Lustspiel *Wie es euch gefällt* hat Shakespeare unter Abänderung des Stils den euphuistisch geschriebenen zeitgenössischen Roman «Rosalynde» von Thomas Lodge in ein idyllisches Schäferspiel umgewandelt, dessen arkadischer Charakter und dessen Vereinigung von höfischen und pastoralen Elementen die Zeitgenossen von Spenser und Sidney entzücken mußten.

Als der thronräuberische Herzog Friedrich Rosalinde, die Tochter seines vertriebenen Bruders, von seinem Hofe verbannt, begibt sie sich, als Jüngling Ganymed verkleidet und von des Herzogs Tochter Celia begleitet, in den Ardenner Wald, um ihren Vater zu suchen, der dort mit seinen Getreuen ein Leben führt wie Robin Hood und seine Gesellen. Diesen hat sich auch Orlando angeschlossen, dessen Vater, Roland de Boys, schon ein Freund des guten Herzogs gewesen war. Als Orlando noch am Hofe Friedrichs lebte, hatte er sich in Rosalinde verliebt. Er trifft sie nun in ihrer Verkleidung und, obwohl betroffen von der Ähnlichkeit, erkennt er sie nicht, und es entwickelt sich ein artiges Liebesspiel, an dem auch Celia und Orlandos Bruder Oliver teilhaben. Dieser war gekommen, um seinen Bruder zu töten, änderte aber seinen Sinn, als er durch ihn vor einer Löwin gerettet wurde. Das Stück schließt mit einer Vereinigung aller Liebenden und der Meldung, daß Friedrich, seine Taten bereuend, sich zurückgezogen und seinem Bruder das Herzogtum zurückgegeben habe.

Shakespeare ist dem Roman, dem er selbst die Anregung zum Titel seines Lustspiels verdankt, im wesentlichen gefolgt. Er drängt die Ereignisse in den Zeitraum von wenigen Tagen zusammen, läßt die ritterlichen Elemente hinter den Schäferszenen zurücktreten und macht uns in der Stimmung seines Märchenwaldes Wahrscheinlichkeit und Unwahrscheinlichkeit vergessen. Unmotiviert ist die plötzliche Bekehrung des bösen Herzogs, der im Roman von Lodge ein gewaltsames Ende nimmt. Neu sind die Gestalten des melancholischen Hofmanns Jacques und des Narren Probstein. Der erste bildet eine Vorstufe zu Hamlet, der zweite ist ein Vorläufer des Narren im *King Lear*.

Die lustigen Weiber von Windsor

Die Hauptfigur dieses possenartigen Lustspiels – es ist fast ganz in Prosa abgefaßt und spielt in bürgerlichen Kreisen – ist der aus der Historie *Heinrich der Vierte* bekannte dicke und gutmütige Ritter Sir John Falstaff. Nach einer spätern Tradition soll die Königin selbst gewünscht haben, dem Ritter wieder zu begegnen. Shakespeare habe daraufhin das Stück in vierzehn Tagen verfaßt. Gewisse Spuren von Hast scheinen die Tradition zu bestätigen. Auch bei den *Lustigen Weibern* müssen wir wieder einmal mit der Möglichkeit rechnen, daß ein altes Werk dem Dichter als Grundlage gedient, und daß er hier Falstaff mit seinem Kreis kurzerhand in eine ältere Komödie hineingezwängt hat. Verschiedene Züge der Handlung sind aus italienischen Novellensammlungen bekannt.

Das Stück zeigt, wie der beutelkranke Sir John gleichzeitig mit zwei ehrbaren Bürgersfrauen aus Windsor anbändelt, wie deren Ehegatten reagieren, Frau Fluth und Frau Page ihn durchschauen und ihm zweimal eine böse Abfuhr zuteil werden lassen, wobei Falstaff das erstemal, in einem Korb voll schmutziger Wäsche versteckt, in der Themse landet, das zweitemal, als alte Hexe verkleidet, sich mit einem blauen Rücken davontrollt. Die Szene, in der er als wilder Jäger ausstaffiert, im Parke von Windsor sein drittes Mißgeschick erlebt – sie wirkt wie ein Bild aus dem *Sommernachtstraum* –, bringt zugleich die Lösung der Nebenhandlung. Während des Abenteuers im Park entflieht Anna Page mit ihrem Geliebten, wird seine Braut und entgeht den von den Eltern bevorzugten Bewerbern. Man hat schon mit Recht darauf hingewiesen, daß Falstaffs Geist in diesem Stück nur mehr ein Schatten seines frühern Selbst und er zum vollkommenen Trottel hinabgesunken sei und versucht, dies mit dem Einfluß der von Shakespeare aufgegriffenen alten Komödie zu erklären.

Hans Matter

EIN SOMMERNACHTSTRAUM

Entstanden 1595
Übersetzt von August Wilhelm v. Schlegel

PERSONEN

THESEUS, *Herzog von Athen*
EGEUS, *Vater der Hermia*
LYSANDER }
DEMETRIUS } *Liebhaber der Hermia*
PHILOSTRAT, *Aufseher der Lustbarkeiten am Hofe des Theseus*
SQUENZ, *der Zimmermann*
SCHNOCK, *der Schreiner*
ZETTEL, *der Weber*
FLAUT, *der Bälgenflicker*
SCHNAUZ, *der Kesselflicker*
SCHLUCKER, *der Schneider*
HIPPOLYTA, *Königin der Amazonen, mit Theseus verlobt*
HERMIA, *Tochter des Egeus, in Lysander verliebt*
HELENA, *in Demetrius verliebt*
OBERON, *König der Elfen*
TITANIA, *Königin der Elfen*
DROLL, *ein Elf*
BOHNENBLÜTE }
SPINNWEB }
MOTTE } *Elfen*
SENFSAMEN }
PYRAMUS }
THISBE }
WAND } *Rollen in dem Zwischenspiel, das von den Rüpeln vorgestellt wird*
MONDSCHEIN }
LÖWE }

Andre Elfen, im Gefolge des Königs
und der Königin
Gefolge des Theseus und der Hippolyta

Szene: *Athen* und ein nahegelegener Wald

ERSTER AUFZUG

Erste Szene

Ein Saal im Palaste des Theseus

Theseus, Hippolyta, Philostrat und Gefolge treten auf

Theseus. Nun rückt, Hippolyta, die Hochzeitsstunde
Mit Eil heran; vier frohe Tage bringen
Den neuen Mond; doch, o wie langsam nimmt
Der alte ab! Er hält mein Sehnen hin,
Gleich einer Witwe, deren dürres Alter
Von ihres Stiefsohns Renten lange zehrt.
Hippolyta. Vier Tage tauchen sich ja schnell in Nächte,
Vier Nächte träumen schnell die Zeit hinweg:
Dann soll der Mond, gleich einem Silberbogen,
Am Himmel neu gespannt, die Nacht beschaun
Von unserm Fest.
Theseus. Geh, Philostrat, berufe
Die junge Welt Athens zu Lustbarkeiten!
Erweck den raschen, leichten Geist der Lust,
Den Gram verweise hin zu Leichenzügen:
Der bleiche Gast geziemt nicht unserm Pomp.
(*Philostrat ab.*)
Hippolyta! ich habe mit dem Schwert
Um dich gebuhlt, durch angetanes Leid
Dein Herz gewonnen; doch ich stimme nun
Aus einem andern Ton, mit Pomp, Triumph,
Bankett und Spielen die Vermählung an.

Egeus, Hermia, Lysander und Demetrius treten auf.

Egeus. Dem großen Theseus, unserm Herzog, Heil!
Theseus. Mein guter Egeus, Dank! Was bringst du Neues?
Egeus. Verdrusses voll erschein ich und verklage
Mein Kind hier, meine Tochter Hermia. –
Tritt her, Demetrius. – Erlauchter Herr,
Dem da verhieß mein Wort zum Weibe sie.
Tritt her, Lysander. – Und, mein gnädger Fürst,

Der da betörte meines Kindes Herz.
Ja! Du, Lysander, du hast Liebespfänder
Mit ihr getauscht: du stecktest Reim ihr zu;
Du sangst im Mondlicht unter ihrem Fenster
Mit falscher Stimme Lieder falscher Liebe;
Du stahlst den Abdruck ihrer Phantasie
Mit Flechten deines Haares, buntem Tand,
Mit Ringen, Sträußen, Näschereien (Boten
Von viel Gewicht bei unbefangner Jugend);
Entwandtest meiner Tochter Herz mit List,
Verkehrtest ihren kindlichen Gehorsam
In eigensinngen Trotz. – Und nun, mein Fürst,
Verspricht sie hier vor Eurer Hoheit nicht
Sich dem Demetrius zur Eh, so fordr ich
Das alte Bürgervorrecht von Athen,
Mit ihr, wie sie mein eigen ist, zu schalten.
Dann übergeb ich diesem Manne sie,
Wo nicht, dem Tode, welchen unverzüglich
In diesem Falle das Gesetz verhängt.
Theseus. Was sagt Ihr, Hermia? Laßt Euch raten, Kind.
Der Vater sollte wie ein Gott Euch sein,
Der Euren Reiz gebildet; ja, wie einer,
Dem Ihr nur seid wie ein Gepräg, in Wachs
Von seiner Hand gedrückt, wie's ihm gefällt,
Es stehnzulassen oder auszulöschen.
Demetrius ist ja ein wackrer Mann.
Hermia. Lysander auch.
Theseus. An sich betrachtet wohl;
So aber, da des Vaters Stimm ihm fehlt,
Müßt Ihr für wackrer doch den andern achten.
Hermia. O säh mein Vater nur mit meinen Augen!
Theseus. Eur Auge muß nach seinem Urteil sehn.
Hermia. Ich bitt Euch, gnädger Fürst, mir zu verzeihn.
Ich weiß nicht, welche Macht mir Kühnheit gibt,
Noch wie es meiner Sittsamkeit geziemt,
In solcher Gegenwart das Wort zu führen;
Doch dürft ich mich zu fragen unterstehn:

Was ist das Härtste, das mich treffen kann,
Verweigr ich dem Demetrius die Hand?
Theseus. Den Tod zu sterben oder immerdar
Den Umgang aller Männer abzuschwören.
Drum fraget Eure Wünsche, schönes Kind,
Bedenkt die Jugend, prüfet Euer Blut,
Ob Ihr die Nonnentracht ertragen könnt,
Wenn Ihr der Wahl des Vaters widerstrebt,
Im dumpfen Kloster ewig eingesperrt
Als unfruchtbare Schwester zu verharren,
Den keuschen Mond mit matten Hymnen feiernd.
O dreimal selig, die, des Bluts Beherrscher,
So jungfräuliche Pilgerschaft bestehn!
Doch die gepflückte Ros ist irdischer beglückt,
Als die am unberührten Dorne welkend
Wächst, lebt und stirbt in heilger Einsamkeit.
Hermia. So will ich leben, gnädger Herr, so sterben,
Eh ich den Freiheitsbrief des Mädchentums
Der Herrschaft dessen überliefern will,
Des unwillkommnem Joche mein Gemüt
Die Huldigung versagt.
Theseus. Nehmt Euch Bedenkzeit; auf den nächsten Neumond,
Den Tag, der zwischen mir und meiner Lieben
Den ewgen Bund der Treu besiegeln wird;
Auf diesen Tag bereitet Euch, zu sterben
Für Euren Ungehorsam, oder nehmt
Demetrius zum Gatten, oder schwört
Auf ewig an Dianens Weihaltar
Ehlosen Stand und Abgeschiedenheit.
Demetrius. Gebt, Holde, nach; gib gegen meine Rechte,
Lysander, deinen kahlen Anspruch auf.
Lysander. Demetrius, Ihr habt des Vaters Liebe:
Nehmt ihn zum Weibe; laßt mir Hermia.
Egeus. Ganz recht, du Spötter! Meine Liebe hat er;
Was mein ist, wird ihm meine Liebe geben;
Und sie ist mein; und alle meine Rechte
An sie verschreib ich dem Demetrius.

Lysander. Ich bin, mein Fürst, so edlen Stamms wie er;
So reich an Gut; ich bin an Liebe reicher;
Mein Glücksstand hält die Waag auf alle Weise
Dem seinigen, wo er nicht überwiegt;
Und (dies gilt mehr als jeder andre Ruhm)
Ich bin es, den die schöne Hermia liebt.
Wie sollt ich nicht bestehn auf meinem Recht?
Demetrius (ich will's auf seinen Kopf
Beteuern) buhlte sonst um Helena,
Die Tochter Nedars, und gewann ihr Herz:
Und sie, das holde Kind, schwärmt nun für ihn,
Schwärmt andachtsvoll, ja mit Abgötterei
Für diesen schuldgen, flatterhaften Mann.
Theseus. Ich muß gestehn, daß ich dies auch gehört
Und mit Demetrius davon zu sprechen
Mir vorgesetzt; nur, da ich überhäuft
Mit eignen Sorgen bin, entfiel es mir.
Doch ihr, Demetrius und Egeus, kommt!
Ihr müßt jetzt mit mir gehn, weil ich mit euch
Verschiednes insgeheim verhandeln will.
Ihr, schöne Hermia, rüstet Euch, dem Sinn
Des Vaters Eure Grillen anzupassen;
Denn sonst bescheidet Euch Athens Gesetz,
Das wir auf keine Weise schmälern können,
Tod oder ein Gelübd des ledgen Standes.
Wie geht's, Hippolyta? Kommt, meine Traute!
Ihr, Egeus und Demetrius, geht mit!
Ich hab euch noch Geschäfte aufzutragen
Für unser Fest; auch muß ich noch mit euch
Von etwas reden, was euch nah betrifft.
Egeus. Dienstwillig und mit Freuden folgen wir.
(*Theseus, Hippolyta, Egeus, Demetrius und Gefolge ab.*)
Lysander. Nun, liebes Herz? Warum so blaß die Wange?
Wie sind die Rosen dort so schnell verwelkt?
Hermia. Vielleicht, weil Regen fehlt, womit gar wohl
Sie mein umwölktes Auge netzen könnte.
Lysander. Weh mir! Nach allem, was ich jemals las

Und jemals hört in Sagen und Geschichten,
Rann nie der Strom der treuen Liebe sanft;
Denn bald war sie verschieden an Geburt –
Hermia. O Qual! zu hoch, vor Niedrigem zu knien!
Lysander. Bald war sie in den Jahren mißgepaart –
Hermia. O Schmerz! zu alt, mit jung vereint zu sein!
Lysander. Bald hing sie ab von der Verwandten Wahl –
Hermia. O Tod! mit fremdem Aug den Liebsten wählen!
Lysander. Und war auch Sympathie in ihrer Wahl,
So stürmte Krieg, Tod, Krankheit auf sie ein
Und macht' ihr Glück gleich einem Schalle flüchtig,
Wie Schatten wandelbar, wie Träume kurz,
Schnell wie der Blitz, der in geschwärzter Nacht
Himmel und Erd in einem Wink entfaltet;
Doch eh ein Mensch vermag zu sagen: schaut!
Schlingt gierig ihn die Finsternis hinab:
So schnell verdunkelt sich des Glückes Schein.
Hermia. Wenn Leid denn immer treue Liebe traf,
So steht es fest im Rate des Geschicks.
Drum laß Geduld uns durch die Prüfung lernen,
Weil Leid der Liebe so geeignet ist
Wie Träume, Seufzer, stille Wünsche, Tränen,
Der armen kranken Leidenschaft Gefolge.
Lysander. Ein guter Glaube! Hör denn, Hermia!
Es liegt nur sieben Meilen von Athen
Das Haus 'ner alten Witwe, meiner Muhme;
Sie lebt von großen Renten, hat kein Kind
Und achtet mich wie ihren einzgen Sohn.
Dort, Holde, darf ich mich mit dir vermählen,
Dorthin verfolgt das grausame Gesetz
Athens uns nicht: liebst du mich denn, so schleiche
Aus deines Vaters Hause morgen nacht
Und in den Wald 'ne Meile von der Stadt,
Wo ich einmal mit Helena dich traf,
Um einen Maienmorgen zu begehn;
Da will ich deiner warten.
Hermia. Mein Lysander!

Ich schwör es dir bei Amors stärkstem Bogen,
Bei seinem besten, goldgespitzten Pfeil
Und bei der Unschuld von Cytherens Tauben;
Bei dem, was Seelen knüpft in Lieb und Glauben;
Bei jenem Feur, wo Dido einst verbrannt,
Als der Trojaner falsch sich ihr entwandt;
Bei jedem Schwur, den Männer je gebrochen,
Mehr an der Zahl, als Frauen je gesprochen;
Du findest sicher morgen mitternacht
Mich an dem Platz, wo wir es ausgemacht.

Lysander. Halt, Liebe, Wort! Sieh, da kommt Helena.

Helena tritt auf.

Hermia. Gott grüß Euch, schönes Kind! Wohin soll's gehn?

Helena. Schön nennt Ihr mich? – Nein, widerruft dies Schön!
Euch liebt Demetrius, beglückte Schöne! –
Ein Angelstern ist Euer Aug; die Töne
Der Lippe süßer, als der Lerche Lied
Dem Hirten scheint, wenn alles grünt und blüht.
Krankheit steckt an; o tät's Gestalt und Wesen!
Nie wollt ich, angesteckt von Euch, genesen.
Mein Aug lieh' Euren Blick, die Zunge lieh'
Von Eurer Zunge Wort und Melodie.
Wär mein die Welt, ich ließ damit Euch schalten,
Nur diesen Mann wollt ich mir vorbehalten.
O lehrt mich, wie Ihr blickt! Durch welche Kunst
Hängt so Demetrius an Eurer Gunst?

Hermia. Er liebt mich stets, trotz meinen finstern Mienen.

Helena. O lernte das mein Lächeln doch von ihnen!

Hermia. Ich fluch ihm, doch das nährt sein Feuer nur.

Helena. Ach, hegte solche Kraft mein Liebesschwur!

Hermia. Je mehr gehaßt, je mehr verfolgt er mich.

Helena. Je mehr geliebt, je ärger haßt er mich.

Hermia. Soll ich denn schuld an seiner Torheit sein?

Helena. Nur Eure Schönheit: wär die Schuld doch mein!

Hermia. Getrost! ich werd ihm mein Gesicht entziehen.
Lysander wird mit mir von hinnen fliehen.
Vor jener Zeit, als ich Lysandern sah,

Wie schien Athen ein Paradies mir da!
Nun denn, wofür sind Reize wohl zu achten,
Die einen Himmel mir zur Hölle machten?
Lysander. Laß, Helena, dir unsern Schluß vertrauen:
Wenn morgen Phöbe die begrünten Auen
Mit ihrer Perlen feuchtem Schmuck betaut
Und ihre Stirn im Wellenspiegel schaut,
Wann Still' und Nacht verliebten Raub verhehlen,
Dann wollen wir zum Tor hinaus uns stehlen.
Hermia. Und in dem Wald, wo oftmals ich und du
Auf Veilchenbetten pflogen sanfter Ruh,
Wo unsre Herzen schwesterlich einander
Sich öffneten, da trifft mich mein Lysander.
Wir suchen, von Athen hinweggewandt,
Uns neue Freunde dann in fremdem Land.
Leb wohl, Gespielin, bete für uns beide!
Demetrius sei deines Herzens Freude!
Lysander, halte Wort! – Was Lieb erquickt,
Wird unserm Blick bis morgen nacht entrückt. (*Ab.*)
Lysander. Das will ich! – Lebet wohl nun, Helena!
Der Liebe Lohn sei Eurer Liebe nah. (*Ab.*)
Helena. Wie kann das Glück so wunderlich doch schalten!
Ich werde für so schön als sie gehalten.
Was hilft es mir, solang Demetrius
Nicht wissen will, was jeder wissen muß?
Wie Wahn ihn zwingt, an Hermias Blick zu hangen,
Vergöttr ich ihn, von gleichem Wahn befangen.
Dem schlechtsten Ding an Art und an Gehalt
Leiht Liebe dennoch Ansehn und Gestalt.
Sie sieht mit dem Gemüt, nicht mit den Augen,
Und ihr Gemüt kann nie zum Urteil taugen.
Drum nennt man ja den Gott der Liebe blind.
Auch malt man ihn geflügelt und als Kind,
Weil er, von Spiel zu Spielen fortgezogen,
In seiner Wahl so häufig wird betrogen.
Wie Buben oft im Scherze lügen, so
Ist auch Cupido falscher Schwüre froh.

Eh Hermia meinen Liebsten mußt entführen,
Ergoß er mir sein Herz in tausend Schwüren;
Doch kaum erwärmt von jener neuen Glut,
Verrann, versiegte diese wilde Flut.
Jetzt geh ich, Hermias Flucht ihm mitzuteilen;
Er wird ihr nach zum Walde morgen eilen.
Zwar, wenn er Dank für den Bericht mir weiß,
So kauf ich ihn um einen teuren Preis.
Doch will ich, mich für meine Müh zu laben,
Hin und zurück des Holden Anblick haben. (*Ab.*)

ZWEITE SZENE

Eine Stube in einer Hütte

Squenz, Schnock, Zettel, Flaut, Schnauz und Schlucker kommen

Squenz. Ist unsre ganze Kompanie beisammen?

Zettel. Es wäre am besten, Ihr riefet sie auf einmal Mann für Mann auf, wie es die Liste gibt.

Squenz. Hier ist der Zettel von jedermanns Namen, der in ganz Athen für tüchtig gehalten wird, in unserm Zwischenspiel vor dem Herzog und der Herzogin zu agieren, an seinem Hochzeitstag zu Nacht.

Zettel. Erst, guter Peter Squenz, sag uns, wovon das Stück handelt; dann lies die Namen der Akteure ab und komm so zur Sache.

Squenz. Wetter, unser Stück ist – die höchst klägliche Komödie und der höchst grausame Tod des Pyramus und der Thisbe.

Zettel. Ein sehr gutes Stück Arbeit, ich sag's euch! und lustig! – Nun, guter Peter Squenz, ruf die Akteure nach dem Zettel auf. – Meister, stellt euch auseinander!

Squenz. Antwortet, wie ich euch rufe! – Klaus Zettel, der Weber.

Zettel. Hier! Sagt, was ich für einen Part habe, und dann weiter.

Squenz. Ihr, Klaus Zettel, seid als Pyramus angeschrieben.

Zettel. Was ist Pyramus? Ein Liebhaber oder ein Tyrann?

Squenz. Ein Liebhaber, der sich auf die honetteste Manier vor Liebe umbringt.

Zettel. Das wird einige Tränen kosten bei einer wahrhaftigen

Vorstellung. Wenn ich's mache, laßt die Zuhörer nach ihren Augen sehn! Ich will Sturm erregen, ich will einigermaßen lamentieren. Nun zu den übrigen; – eigentlich habe ich noch das beste Genie zu einem Tyrannen; ich könnte einen Herkles kostbarlich spielen, oder eine Rolle, wo man alles kurz und klein schlagen muß.

Der Felsen Schoß
Und toller Stoß
Zerbricht das Schloß
  Der Kerkertür,

Und Phöbus' Karrn
Kommt angefahrn
Und macht erstarrn
  Des stolzen Schicksals Zier.

Das ging prächtig. – Nun nennt die übrigen Akteure. – Dies ist Herklessens Natur, eines Tyrannen Natur; ein Liebhaber ist schon mehr lamentabel.

Squenz. Franz Flaut, der Bälgenflicker!

Flaut. Hier, Peter Squenz.

Squenz. Flaut, Ihr müßt Thisbe über Euch nehmen.

Flaut. Was ist Thisbe? ein irrender Ritter?

Squenz. Es ist das Fräulein, das Pyramus lieben muß.

Flaut. Ne, meiner Seel, laßt mich keine Weiberrolle machen; ich kriege schon einen Bart.

Squenz. Das ist alles eins! Ihr sollt's in einer Maske spielen und könnt so fein sprechen, als Ihr wollt.

Zettel. Wenn ich das Gesicht verstecken darf, so gebt mir Thisbe auch. Ich will mit 'ner terribel feinen Stimme reden: «Thisne, Thisne! – Ach Pyramus, mein Liebster schön! Deine Thisbe schön und Fräulein schön!»

Squenz. Nein, nein! Ihr müßt den Pyramus spielen und, Flaut, Ihr, die Thisbe.

Zettel. Gut, nur weiter!

Squenz. Matz Schlucker, der Schneider!

Schlucker. Hier, Peter Squenz.

Squenz. Matz Schlucker, Ihr müßt Thisbes Mutter spielen. Thoms Schnauz, der Kesselflicker!

Schnauz. Hier, Peter Squenz.

Squenz. Ihr, des Pyramus Vater, ich selbst Thisbes Vater; Schnock, der Schreiner, Ihr des Löwen Rolle. Und so wäre dann halt 'ne Komödie in den Schick gebracht.

Schnock. Habt Ihr des Löwen Rolle aufgeschrieben? Bitt Euch, wenn Ihr sie habt, so gebt sie mir; denn ich habe einen schwachen Kopf zum Lernen.

Squenz. Ihr könnt sie *ex tempore* machen; es ist nichts wie brüllen.

Zettel. Laßt mich den Löwen auch spielen. Ich will brüllen, daß es einem Menschen im Leibe wohl tun soll, mich zu hören. Ich will brüllen, daß der Herzog sagen soll: «Noch mal brüllen! Noch mal brüllen!»

Squenz. Wenn Ihr es gar zu fürchterlich machtet, so würdet Ihr die Herzogin und die Damen erschrecken, daß sie schrien, und das brächte uns alle an den Galgen.

Alle. Ja, das brächte uns an den Galgen, wie wir da sind.

Zettel. Zugegeben, Freunde! wenn ihr die Damen erst so erschreckt, daß sie um ihre fünf Sinne kommen, so werden sie unvernünftig genug sein, uns aufzuhängen. Aber ich will meine Stimme forcieren, ich will euch so sanft brüllen wie ein saugendes Täubchen: – ich will euch brüllen, als wär es 'ne Nachtigall.

Squenz. Ihr könnt keine Rolle spielen als den Pyramus. Denn Pyramus ist ein Mann mit einem süßen Gesicht, ein hübscher Mann, wie man ihn nur an Festtagen verlangen kann, ein scharmanter, artiger Kavalier. Derhalben müßt Ihr platterdings den Pyramus spielen.

Zettel. Gut, ich nehm's auf mich. In was für einem Bart könnt ich ihn wohl am besten spielen?

Squenz. Nu, in was für einem Ihr wollt.

Zettel. Ich will ihn machen entweder in dem strohfarbenen Bart, oder in dem orangegelben Bart, oder in dem karmesinroten Bart, in dem ganz gelben.

Squenz. Hier, Meister, sind eure Rollen, und ich muß euch bitten, ermahnen und ersuchen, sie bis morgen nacht auswendig zu wissen. Trefft mich in dem Schloßwalde, eine Meile von der Stadt, bei Mondschein: da wollen wir probieren. Denn wenn wir in der Stadt zusammenkommen, werden wir ausgespürt, kriegen Zuhörer, und die Sache kommt aus. Zugleich will ich ein Verzeichnis von Artikeln machen, die zu unserm Spiele nötig sind. Ich bitt euch, bleibt mir nicht aus.

Zettel. Wir wollen kommen, und da können wir recht unverschämt[1] und herzhaft probieren. Gebt euch Mühe! Könnt eure Rollen perfekt! Adieu!

Squenz. Bei des Herzogs Eiche treffen wir uns.

Zettel. Dabei bleibt's, es mag biegen oder brechen!

(*Alle ab.*)

ZWEITER AUFZUG

Erste Szene

Ein Wald bei Athen

Eine Elfe kommt von der einen Seite, Droll von der andern

Droll[2]. He, Geist! Wo geht die Reise hin?

Elfe.

Über Täler und Höhn,
Durch Dornen und Steine,
Über Gräben und Zäune,
Durch Flammen und Seen
Wandl' ich, schlüpf ich überall,
Schneller als des Mondes Ball.

Ich dien der Elfenkönigin
Und tau ihr Ring' aufs Grüne hin.
Die Primeln sind ihr Hofgeleit;
Ihr seht die Fleck' am goldnen Kleid,

1. er meint: ungeniert. – 2. im Original Puck genannt

Das sind Rubinen, Feengaben,
Wodurch sie süß mit Düften laben.
Nun such ich Tropfen Taus hervor
Und häng 'ne Perl in jeder Primel Ohr.
Leb wohl! ich geh, du täppischer Geselle!
Der Zug der Königin kommt auf der Stelle.

Droll. Der König will sein Wesen nachts hier treiben.
Warnt nur die Königin, entfernt zu bleiben,
Weil Oberon vor wildem Grimme schnaubt,
Daß sie ein indisch Fürstenkind geraubt,
Als Edelknabe künftig ihr zu dienen;
Kein schönres Bübchen hat der Tag beschienen,
Und eifersüchtig fordert Ob'ron ihn,
Den rauhen Forst als Knappe zu durchziehn;
Doch sie versagt durchaus den holden Knaben,
Bekränzt ihn, will an ihm sich einzig laben.
Nun treffen sie sich nie in Wies und Hain,
Am klaren Quell, bei lustgem Sternenschein;
So zanken sie zu aller Elfen Schrecken,
Die sich geduckt in Eichelnäpfe stecken.
Elfe. Wenn du nicht ganz dich zu verstellen weißt,
So bist du jener schlaue Poltergeist,
Der auf dem Dorf die Dirnen zu erhaschen,
Zu necken pflegt; den Milchtopf zu benaschen;
Durch den der Brau mißrät, und mit Verdruß
Die Hausfrau atemlos sich buttern muß;
Der oft bei Nacht den Wandrer irreleitet,
Dann schadenfroh mit Lachen ihn begleitet.
Doch wer dich freundlich grüßt, dir Liebes tut,
Dem hilfst du gern, und ihm gelingt es gut.
Bist du der Kobold nicht?
Droll. Du hast's geraten,
Ich schwärme nachts umher auf solche Taten;
Oft lacht bei meinen Scherzen Oberon.
Ich locke wiehernd mit der Stute Ton
Den Hengst, den Haber kitzelt in der Nase;

Auch lausch ich wohl in der Gevatt'rin Glase
Wie ein gebratner Apfel, klein und rund;
Und wenn sie trinkt, fahr ich ihr an den Mund,
Daß ihr das Bier die platte Brust betriefet.
Zuweilen hält, in Trauermär vertiefet,
Die weise Muhme für den Schemel mich;
Ich gleit ihr weg, sie setzt zur Erde sich
Auf ihren Steiß und schreit: «Perdauz!» und hustet;
Der ganze Kreis hält sich die Seiten, prustet,
Lacht lauter dann, bis sich die Stimm erhebt:
Nein, solch ein Spaß sei nimmermehr erlebt!
Mach Platz nun, Elfchen, hier kommt Oberon.

Elfe. Hier meine Königin. – O macht' er sich davon!

Oberon mit seinem Zuge von der einen Seite, Titania mit dem ihrigen von der andern.

Oberon. Schlimm treffen wir bei Mondenlicht, du stolze
Titania!

Titania. Wie? Oberon ist hier,
Der Eifersüchtge? Elfen, schlüpft von hinnen,
Denn ich verschwor sein Bett und sein Gespräch.

Oberon. Vermeßne, halt! Bin ich nicht dein Gemahl?

Titania. So muß ich wohl dein Weib sein; doch ich weiß
Die Zeit, daß du dich aus dem Feenland
Geschlichen, tagelang als Corydon
Gesessen, spielend auf dem Haberrohr,
Und Minne der verliebten Phyllida
Gesungen hast. – Und warum kommst du jetzt
Von Indiens entferntestem Gebirg,
Als weil – ei denk doch! – weil die Amazone,
Die strotzende, hochaufgeschürzte Dame,
Dein Heldenliebchen, sich vermählen will?
Da kommst du denn, um ihrem Bette Heil
Und Segen zu verleihn.

Oberon. Titania,
Wie kannst du dich vermessen, anzuspielen
Auf mein Verständnis mit Hippolyta?
Da du doch weißt, ich kenne deine Liebe

Zum Theseus? Locktest du im Dämmerlichte
Der Nacht ihn nicht von Perigunen weg,
Die er vorher geraubt? Warst du nicht schuld,
Daß er der schönen Ägle Treue brach,
Der Ariadne und Antiopa?

Titania. Das sind die Grillen deiner Eifersucht!
Und nie seit Sommers Anfang trafen wir
Auf Hügeln noch im Tal, im Wald noch Wiese,
Am Kieselbrunnen, am beschilften Bach,
Noch an des Meeres Klippenstrand uns an
Und tanzten Ringel nach des Windes Pfeifen,
Daß dein Gezänk uns nicht die Lust verdarb.
Drum sog der Wind, der uns vergeblich pfiff,
Als wie zur Rache, böse Nebel auf
Vom Grund des Meers; die fielen auf das Land
Und machten jeden winzgen Bach so stolz,
Daß er des Bettes Dämme niederriß.
Drum schleppt der Stier sein Joch umsonst, der Pflüger
Vergeudet seinen Schweiß, das grüne Korn
Verfault, eh seine Jugend Bart gewinnt.
Leer steht die Hürd auf der ersäuften Flur,
Und Krähen prassen in der siechen Herde.
Verschlämmt vom Lehme liegt die Kegelbahn;
Unkennbar sind die artgen Labyrinthe
Im muntern Grün, weil niemand sie betritt.
Den Menschenkindern fehlt die Winterlust;
Kein Sang noch Jubel macht die Nächte froh.
Drum hat der Mond, der Fluten Oberherr,
Vor Zorne bleich, die ganze Luft gewaschen
Und fieberhafter Flüsse viel erzeugt.
Durch eben die Zerrüttung wandeln sich
Die Jahreszeiten; silberhaarger Frost
Fällt in den zarten Schoß der Purpurrose;
Indes ein würzger Kranz von Sommerknospen
Auf Hiems' Kinn und der beeisten Scheitel
Als wie zum Spotte prangt. Der Lenz, der Sommer,
Der zeitigende Herbst, der zornge Winter,

Sie alle tauschen die gewohnte Tracht,
Und die erstaunte Welt erkennt nicht mehr
An ihrer Frucht und Art, wer jeder ist.
Und diese ganze Brut von Plagen kommt
Von unserm Streit, von unserm Zwiespalt her;
Wir sind davon die Stifter und Erzeuger.

Oberon. So hilf dem ab! Es liegt an dir. Warum
Kränkt ihren Oberon Titania?
Ich bitte nur ein kleines Wechselkind
Zum Edelknaben.

Titania. Gib dein Herz zur Ruh!
Das Feenland kauft mir dies Kind nicht ab;
Denn seine Mutter war aus meinem Orden
Und hat in Indiens gewürzter Luft
Gar oft mit mir die Nächte weggeschwatzt.
Wir saßen auf Neptunus' gelbem Sand,
Sahn nach den Handelsschiffen auf der Flut
Und lachten, wenn vom üppgen Spiel des Windes
Der Segel schwangrer Leib zu schwellen schien.
Dies ahmte sie, mit kleinen Schritten wankend
(Ihr Leib trug damals meinen kleinen Junker),
Aus Torheit nach und segelt' auf dem Lande
Nach Spielereien aus und kehrte, reich
An Ware, wie von einer Reise, heim.
Doch sie, ein sterblich Weib, starb an dem Kinde,
Und ihr zulieb erzieh ich nun das Kind,
Und ihr zuliebe geb ich es nicht weg.

Oberon. Wie lange denkt Ihr hier im Hain zu weilen?

Titania. Vielleicht bis nach des Theseus Hochzeitsfest.
Wollt Ihr in unsern Ringen ruhig tanzen
Und unsre lustgen Mondscheinspiele sehn,
So kommt mit uns! Wo nicht: vermeidet mich,
Und ich will nie mich nahen, wo Ihr haust.

Oberon. Gib mir das Kind, so will ich mit dir gehn.

Titania. Nicht um dein Königreich. – Ihr Elfen, fort mit mir;
Denn Zank erhebt sich, weil' ich länger hier.

(*Mit ihrem Gefolge ab.*)

Oberon. Gut, zieh nur hin! du sollst aus diesem Walde
Nicht eher, bis du mir den Trotz gebüßt.
Mein guter Droll, komm her! Weißt du noch wohl,
Wie ich einst saß auf einem Vorgebirge
Und 'ne Sirene, die ein Delphin trug,
So süße Harmonien hauchen hörte,
Daß die empörte See gehorsam ward,
Daß Sterne wild aus ihren Kreisen fuhren,
Der Nymphe Lied zu hören?
Droll. Ja, ich weiß.
Oberon. Zur selben Zeit sah ich (du konntest nicht)
Cupido zwischen Mond und Erde fliegen
In voller Wehr; er zielt' auf eine holde
Vestal', im Westen thronend, scharfen Blicks,
Und schnellte rasch den Liebespfeil vom Bogen,
Als sollt er hunderttausend Herzen spalten.
Allein ich sah das feurige Geschoß
Im keuschen Strahl des feuchten Monds verlöschen;
Die königliche Priesterin ging weiter
In sittsamer Betrachtung, liebefrei;
Doch merkt ich auf den Pfeil, wohin er fiele;
Er fiel gen Westen auf ein zartes Blümchen,
Sonst milchweiß, purpurn nun durch Amors Wunde,
Und Mädchen nennen's «Lieb' im Müßiggang».
Hol mir die Blum! Ich wies dir einst das Kraut;
Ihr Saft, geträufelt auf entschlafne Wimpern,
Macht Mann und Weib in jede Kreatur,
Die sie zunächst erblicken, toll vergafft.
Hol mir das Kraut; doch komm zurück, bevor
Der Leviathan eine Meile schwimmt.
Droll. Rund um die Erde zieh ich einen Gürtel
In viermal zehn Minuten. (*Ab.*)
Oberon. Hab ich nur
Den Saft erst, so belausch ich, wenn sie schläft,
Titanien und träufl ihn ihr ins Auge.
Was sie zunächst erblickt, wenn sie erwacht,
Sei's Löwe, sei es Bär, Wolf oder Stier,

Ein naseweiser Aff, ein Paviänchen:
Sie soll's verfolgen mit der Liebe Sinn;
Und eh ich sie von diesem Zauber löse,
Wie ich's vermag mit einem andern Kraut,
Muß sie mir ihren Edelknaben lassen.
Doch still, wer kommt hier? Ich bin unsichtbar
Und will auf ihre Unterredung horchen.

Demetrius und Helena treten auf.

Demetrius. Ich lieb dich nicht; verfolge mich nicht mehr!
Wo ist Lysander und die schöne Hermia?
Ihn töten möcht ich gern; sie tötet mich.
Du sagtest mir von ihrer Flucht hieher;
Nun bin ich hier, bin in der Wildnis wild,
Weil ich umsonst hier meine Hermia suche.
Fort! heb dich weg und folge mir nicht mehr!

Helena. Du ziehst mich an, hartherziger Magnet!
Doch ziehest du nicht Eisen, denn mein Herz
Ist echt wie Stahl. Laß ab, mich anzuziehn,
So hab ich dir zu folgen keine Macht.

Demetrius. Lock ich Euch an und tu ich schön mit Euch?
Sag ich Euch nicht die Wahrheit rund heraus,
Daß ich Euch nimmer lieb und lieben kann?

Helena. Und eben darum lieb ich Euch nur mehr!
Ich bin Eur Hündchen, und, Demetrius,
Wenn Ihr mich schlagt, ich muß Euch dennoch schmeicheln.
Begegnet mir wie Eurem Hündchen nur,
Stoßt, schlagt mich, achtet mich gering, verliert mich:
Vergönnt mir nur, unwürdig, wie ich bin,
Euch zu begleiten. Welchen schlechtern Platz
Kann ich mir wohl in Eurer Lieb erbitten
(Und doch ein Platz von hohem Wert für mich),
Als daß Ihr so wie Euren Hund mich haltet?

Demetrius. Erreg nicht so den Abscheu meiner Seele!
Mir ist schon übel, blick ich nur auf dich.

Helena. Und mir ist übel, blick ich nicht auf Euch.

Demetrius. Ihr tretet Eurer Sittsamkeit zu nah,
Da Ihr die Stadt verlaßt und einem Mann

Euch in die Hände gebt, der Euch nicht liebt;
Da Ihr den Lockungen der stillen Nacht
Und einer öden Stätte bösem Rat
Das Kleinod Eures Mädchentums vertraut.

Helena. Zum Schutzbrief dienet Eure Tugend mir;
Es ist nicht Nacht, wenn ich Eur Antlitz sehe;
Drum glaub ich jetzt, es sei nicht Nacht um mich.
Auch fehlt's hier nicht an Welten von Gesellschaft,
Denn Ihr seid ja für mich die ganze Welt.
Wie kann man sagen nun, ich sei allein,
Da doch die ganze Welt hier auf mich schaut?

Demetrius. Ich laufe fort, verberge mich im Busch
Und lasse dich der Gnade wilder Tiere.

Helena. Das wildeste hat nicht ein Herz wie du.
Lauft, wenn Ihr wollt! Die Fabel kehrt sich um:
Apollo flieht, und Daphne setzt ihm nach;
Die Taube jagt den Greif; die sanfte Hindin
Stürzt auf den Tiger sich. Vergebne Eil,
Wenn vor der Zagheit Tapferkeit entflieht!

Demetrius. Ich steh nicht länger Rede: laß mich gehn!
Wo du mir folgst, so glaube sicherlich,
Ich tue dir im Walde Leides noch.

Helena. Ach, in der Stadt, im Tempel, auf dem Felde
Tust du mir Leides. Pfui, Demetrius!
Dein Unglimpf würdigt mein Geschlecht herab.
Um Liebe kämpft ein Mann wohl mit den Waffen;
Wir sind, um euch zu werben, nicht geschaffen.
Ich folge dir und finde Wonn in Not,
Gibt die geliebte Hand mir nur den Tod.

(*Beide ab.*)

Oberon. Geh, Nymphe, nur! Er soll uns nicht von hinnen,
Bis du ihn fliehst und er dich will gewinnen –

Droll kommt zurück.

Hast du die Blume da? Willkommen, Wildfang!

Droll. Da ist sie, seht!

Oberon. Ich bitt dich, gib sie mir.

Ich weiß 'nen Hügel, wo man Quendel pflückt,
Wo aus dem Gras Viol' und Maßlieb nickt,
Wo dicht gewölbt des Geißblatts üppge Schatten
Mit Hagedorn und mit Jasmin sich gatten.
Dort ruht Titania, halbe Nächte kühl
Auf Blumen eingewiegt durch Tanz und Spiel.
Die Schlange legt die bunte Haut dort nieder,
Ein weit Gewand für eines Elfen Glieder.
Ich netz ihr Aug mit dieser Blume Saft,
Der ihr den Kopf voll schnöder Grillen schafft.
Nimm auch davon, und such in diesem Holze:
Ein holdes Mädchen wird mit sprödem Stolze
Von einem Jüngling, den sie liebt, verschmäht.
Salb ihn, doch so, daß er die Schön' erspäht,
Sobald er aufwacht. Am athenischen Gewand
Wird ohne Müh der Mann von dir erkannt.
Verfahre sorgsam, daß mit heißerm Triebe,
Als sie den Liebling, er sie wieder liebe,
Und triff mich vor dem ersten Hahnenschrei.

Droll. Verlaßt Euch, Herr, auf Eures Knechtes Treu.

(*Sie gehen ab.*)

ZWEITE SZENE

Ein anderer Teil des Waldes
Titania kommt mit ihrem Gefolge

Titania. Kommt! einen Ringel-, einen Feensang!
Dann auf das Drittel 'ner Minute fort!
Ihr, tötet Raupen in den Rosenknospen!
Ihr andern führt mit Fledermäusen Krieg,
Bringt ihrer Flügel Balg als Beute heim,
Den kleinen Elfen Röcke draus zu machen!
Ihr endlich sollt den Kauz, der nächtlich kreischt
Und über unsre schmucken Geister staunt,
Von uns verscheuchen! Singt mich nun in Schlaf;
An eure Dienste dann und laßt mich ruhn!

Lied.

Erste Elfe.

Bunte Schlangen, zweigezüngt,
Igel, Molche, fort von hier!
Daß ihr euren Gift nicht bringt
In der Königin Revier!

Chor.

Nachtigall, mit Melodei
Sing in unser Eiapopei!
Eiapopeia! Eiapopei!
Daß kein Spruch,
Kein Zauberfluch
Der holden Herrin schädlich sei.
Nun gute Nacht mit Eiapopei!

Zweite Elfe.

Schwarze Käfer, uns umgebt
Nicht mit Summen! Macht euch fort!
Spinnen, die ihr künstlich webt,
Webt an einem andern Ort!

Chor.

Nachtigall, mit Melodei
Sing in unser Eiapopei!
Eiapopeia! Eiapopei!
Daß kein Spruch,
Kein Zauberfluch
Der holden Herrin schädlich sei.
Nun gute Nacht mit Eiapopei!

Erste Elfe.

Alles gut, nun auf und fort!
Einer halte Wache dort!

(*Elfen ab. Titania schläft.*)

Oberon tritt auf.

Oberon
(*zu Titania, indem er die Blume über ihren Augenlidern ausdrückt*).

Was du wirst erwachend sehn,
Wähl es dir zum Liebsten schön;
Seinetwegen schmacht und stöhn,
Sei es Brummbär, Kater, Luchs,
Borstger Eber oder Fuchs;
Was sich zeigt an diesem Platz,
Wenn du aufwachst, wird dein Schatz,
Sähst du gleich die ärgste Fratz! (*Ab.*)

Lysander und Hermia treten auf.

Lysander. Kaum tragen durch den Wald Euch noch die Füße,
Und ich gesteh es, ich verlor den Pfad.
Wollt Ihr, so laßt uns ruhen, meine Süße,
Bis tröstend sich das Licht des Tages naht.
Hermia. Ach ja, Lysander! sucht für Euch ein Bette;
Der Hügel hier sei meine Schlummerstätte.
Lysander. *Ein* Rasen dien als Kissen für uns zwei:
Ein Herz, *ein* Bett, zwei Busen, *eine* Treu.
Hermia. Ich bitt Euch sehr! Um meinetwillen, Lieber!
Liegt nicht so nah! Liegt weiter dort hinüber!
Lysander. O ärgert Euch an meiner Unschuld nicht!
Die Liebe deute, was die Liebe spricht.
Ich meinte nur, mein Herz sei Eurem so verbunden,
Daß nur *ein* Herz in beiden wird gefunden.
Verkettet hat zwei Busen unser Schwur:
So wohnt in zweien *eine* Treue nur.
Erlaubet denn, daß ich mich zu Euch füge,
Denn, Herz, ich lüge nicht, wenn ich so liege.
Hermia. Wie zierlich spielt mit Worten doch mein Freund! –
Ich würde selbst ja meiner Unart feind,
Hätt ich «Lysander lüge», je gemeint.
Doch aus Gefälligkeit und Lieb, ich bitte,
Rückt weiter weg! so weit, wie nach der Sitte

Der Menschen sich, getrennt von einem Mann,
Ein tugendsames Mädchen betten kann.
Der Raum sei zwischen uns. – Schlaf süß! Der Himmel gebe,
Daß, bis dein Leben schließt, die Liebe lebe!
Lysander. Amen! so holder Bitte stimm ich bei:
Mein Herz soll brechen, bricht es meine Treu.
Mög alle Ruh des Schlafes bei dir wohnen!
Hermia. Des Wunsches Hälfte soll den Wünscher lohnen!
(*Sie schlafen.*)
Droll (*tritt auf*). Wie ich auch den Wald durchstrich,
Kein Athener zeigte sich,
Zum Versuch auf seinem Auge,
Was dies Liebesblümchen tauge.
Aber wer – o Still und Nacht –
Liegt da in Athenertracht?
Er ist's, den mein Herr gesehn
Die Athenerin verschmähn;
Hier schläft auch ruhig und gesund
Das Mädchen auf dem feuchten Grund.
Die Arme darf nicht liegen nah
Dem Schlagetot der Liebe da.
Allen Zauber dieses Taus,
Flegel, gieß ich auf dich aus.
(*Indem er den Saft über seine Augen auspreßt.*)
Wachst du auf, so scheuch den Schlummer
Dir vom Aug der Liebe Kummer!
Nun erwach! Ich geh davon,
Denn ich muß zum Oberon.
Demetrius und Helena, beide laufend.
Helena. Demetrius, sollt's auch mein Tod sein, steh!
Demetrius. O quäle mich nicht so! Fort, sag ich, geh!
Helena. Ach, du verlässest mich im Dunkel hier?
Demetrius. Ich geh allein; du bleib, das rat ich dir.
(*Demetrius ab.*)
Helena. Die tolle Jagd, sie macht mir weh und bange;
Je mehr ich fleh, je minder ich erlange.
Wo Hermia ruhen mag? Sie ist beglückt;

Denn sie hat Augen, deren Strahl entzückt.
Wie wurden sie so hell? Durch Tränen? nein,
Sonst müßten meine ja noch heller sein.
Nein, ich bin ungestalt wie wilde Bären,
Daß Tiere sich voll Schrecken von mir kehren.
Was Wunder also, daß Demetrius
Gleich einem Ungeheur mich fliehen muß?
Vor welchem Spiegel konnt ich mich vergessen,
Mit Hermias Sternenaugen mich zu messen?
Doch, was ist dies? Lysander, der hier ruht?
Tot oder schlafend? Seh ich doch kein Blut.
Lysander, wenn Ihr lebt, so hört! erwachet!

Lysander (*im Erwachen*).
Durchs Feuer lauf ich, wenn's dir Freude machet!
Verklärte Helena, so zart gewebt,
Daß sichtbar sich dein Herz im Busen hebt!
Wo ist Demetrius? O der Verbrecher!
Sein Name sei vertilgt! Dies Schwert dein Rächer!

Helena. Sprecht doch nicht so, Lysander, sprecht nicht so!
Liebt er schon Eure Braut: ei nun, seid froh!
Sie liebt Euch dennoch stets.

Lysander. O nein! wie reut
Mich die bei ihr verlebte träge Zeit!
Nicht Hermia, Helena ist jetzt mein Leben;
Wer will die Kräh nicht für die Taube geben?
Der Wille wird von der Vernunft regiert:
Mir sagt Vernunft, daß Euch der Preis gebührt.
Ein jedes Ding muß Zeit zum Reifen haben;
So reiften spät in mir des Geistes Gaben.
Erst jetzt, da ich am Ziel des Mannes bin,
Wird die Vernunft des Willens Führerin
Und läßt mich nun der Liebe Tun und Wesen
In goldner Schrift in Euren Augen lesen.

Helena. Weswegen ward ich so zum Hohn erwählt?
Verdient ich es um Euch, daß Ihr mich quält?
War's nicht genug, genug nicht, junger Mann,
Daß ich nicht einen Blick gewinnen kann,

Nicht einen holden Blick von meinem Lieben,
Müßt Ihr mit Spötterein mich noch betrüben?
Ihr tut, fürwahr, Ihr tut an mir nicht recht,
Daß Ihr um mich zu buhlen Euch erfrecht.
Gehabt Euch wohl! Allein, ich muß gestehen,
Ich glaubt' in Euch mehr Edelmut zu sehen.
O daß, verschmäht von einem Mann, ein Weib
Dem andern dienen muß zum Zeitvertreib! (*Ab.*)

Lysander. Sie siehet Hermia nicht. – So schlaf nur immer,
Und nahtest du Lysandern doch dich nimmer!
Wie nach dem Übermaß von Näschereien
Der Ekel pflegt am heftigsten zu sein;
Wie die am meisten Ketzereien hassen,
Die, einst betört, sie wiederum verlassen:
Mein Übermaß! mein Wahn! so flieh ich dich;
Dich hasse jeder, doch am ärgsten ich. –
Nun strebt nach Helena, Mut, Kraft und Sinne,
Daß ich ihr Ritter werd und sie gewinne! (*Ab.*)

Hermia (*fährt auf*). O hilf, Lysander, hilf mir! Siehst du nicht
Die Schlange, die den Busen mir umflicht?
Weh mir! Erbarmen! – Welch ein Traum, mein Lieber?
Noch schüttelt mich das Schrecken wie ein Fieber.
Mir schien es, eine Schlange fräß mein Herz,
Und lächelnd sähst du meinen Todesschmerz. –
Lysander! wie, Lysander, du bist fort?
Du hörst mich nicht? O Gott! kein Laut? kein Wort?
Wo bist du? Um der Liebe willen, sprich,
Wenn du mich hörst! Es bringt zur Ohnmacht mich. –
Noch nicht? Nun seh ich wohl, ich darf nicht weilen:
Dich muß ich oder meinen Tod ereilen. (*Ab.*)

DRITTER AUFZUG

Erste Szene

Der Wald. Die Elfenkönigin liegt noch schlafend
Squenz, Zettel, Schnock, Flaut, Schnauz, Schlucker treten auf

Zettel. Sind wir alle beisammen?

Squenz. Aufs Haar; und hier ist ein prächtig bequemer Platz zu unserer Probe. Dieser grüne Fleck soll unser Theater sein, diese Weißdornhecke unsre Kammer zum Anziehen, und wir wollen's in Aktion vorstellen, wie wirs vor dem Herzoge vorstellen wollen.

Zettel. Peter Squenz –

Squenz. Was sagst du, lieber Sappermentszettel?

Zettel. Es kommen Dinge vor in dieser Komödie von Pyramus und Thisbe, die nimmermehr gefallen werden. Erstens: Pyramus muß ein Schwert ziehen, um sich selbst umzubringen, und das können die Damen nicht vertragen. He! Was wollt Ihr darauf antworten?

Schnauz. Potz Kuckuck, ja! ein gefährlicher Punkt.

Schlucker. Ich denke, wir müssen am Ende das Totmachen auslassen.

Zettel. Nicht ein Tüttelchen; ich habe einen Einfall, der alles gutmacht. Schreibt mir einen Prolog, und laßt den Prolog verblümt zu verstehen geben, daß wir mit unsern Schwertern keinen Schaden tun wollen; und daß Pyramus nicht wirklich tot gemacht wird; und zu mehr besserer Sicherheit sagt ihnen, daß ich, Pyramus, nicht Pyramus bin, sondern Zettel, der Weber. Das wird ihnen schon die Furcht benehmen.

Squenz. Gut, wir wollen einen solchen Prologus haben, und er soll in Acht- und Sechssilbern geschrieben sein.

Zettel. Nein, nehmt zwei mehr, laßt's Achtsilber sein[1].

Schnauz. Werden die Damen nicht auch vor dem Löwen erschrecken?

---

1. Die Stelle über die Versform fehlt bei Schlegel.

Schlucker. Ich fürcht es, davor steh ich euch.

Zettel. Meister, ihr solltet dies bei euch selbst überlegen. Einen Löwen – Gott behüt uns! – unter Damen zu bringen, ist eine greuliche Geschichte; es gibt kein grausameres Wildbret als so'n Löwe, wenn er lebendig ist; und wir sollten uns vorsehn.

Schnauz. Derhalben muß ein andrer Prologus sagen, daß er kein Löwe ist.

Zettel. Ja, ihr müßt seinen Namen nennen, und sein Gesicht muß halb durch des Löwen Hals gesehen werden; und er selbst muß durchsprechen und sich so oder ungefähr so applizieren: Gnädige Frauen, oder schöne gnädige Frauen, ich wollte wünschen, oder ich wollte ersuchen, oder ich wollte gebeten haben, fürchten Sie nichts, zittern Sie nicht so; mein Leben für das Ihrige! Wenn Sie dächten, ich käme hieher als ein Löwe, so dauerte mich nur meine Haut. Nein, ich bin nichts dergleichen; ich bin ein Mensch wie andre auch; – und dann laßt ihn nur seinen Namen nennen und ihnen rund heraus sagen, daß er Schnock der Schreiner ist.

Squenz. Gut, so soll's auch sein. Aber da sind noch zwei harte Punkte: nämlich, den Mondschein in die Kammer zu bringen; denn ihr wißt, Pyramus und Thisbe kommen bei Mondschein zusammen.

Schnock. Scheint der Mond in der Nacht, wo wir unser Spiel spielen?

Zettel. Einen Kalender! Einen Kalender! Seht in den Almanach! Suchet Mondschein! Suchet Mondschein!

Squenz. Ja, er scheint die Nacht.

Zettel. Gut, so könnt ihr ja einen Flügel von dem großen Stubenfenster, wo wir spielen, offenlassen, und der Mond kann durch den Flügel herein scheinen.

Squenz. Ja, oder es könnte auch einer mit einem Dornbusch und einer Laterne herauskommen und sagen, er komme, die Person des Mondscheins zu defigurieren oder zu präsentieren. Aber da ist noch ein Punkt: wir müssen in der großen Stube eine Wand haben; denn Pyramus und Thisbe, sagt die Historie, redeten durch die Spalte einer Wand miteinander.

Schnock. Ihr bringt mein Leben keine Wand hinein. Was sagst du, Zettel?

Zettel. Einer oder der andre muß Wand vorstellen; und laßt ihn ein bißchen Kalk, oder ein bißchen Lehm, oder ein bißchen Mörtel an sich haben, um Wand zu bedeuten; und laßt ihn seine Finger so halten, und durch die Klinze sollen Pyramus und Thisbe wispern.

Squenz. Wenn das sein kann, so ist alles gut. Kommt, setzt euch, jeder Mutter Sohn, und probiert eure Parte. Pyramus, Ihr fangt an; wann Ihr Eure Rede ausgeredet habt, so tretet hinter den Zaun; und so jeder nach seinem Stichwort.

Droll tritt auf.

Droll. Welch hausgebacknes Volk macht hier sich breit,
So nah der Wiege unsrer Königin?
Wie? gibt's ein Schauspiel? Ich will Hörer sein,
Mitspieler auch vielleicht, nachdem sich's fügt.

Squenz. Sprecht, Pyramus; Thisbe, tretet vor.

Pyramus. «Thisbe, wie eine Blum' von Giften duftet süß –»

Squenz. Düften! Düften!

Pyramus. «– – von Düften duftet süß,
So tut dein Atem auch, o Thisbe, meine Zier.
Doch horch, ich hör ein' Stimm; es ist mein Vater gwiß;
Bleib eine Weile stehn, ich bin gleich wieder hier.» (*Ab.*)

Droll (*beiseite*). Ein seltnes Stück von einem Pyramus. (*Ab.*)

Thisbe. Muß ich jetzt reden?

Squenz. Ja, zum Henker, freilich müßt Ihr; Ihr müßt wissen, er geht nur weg, um ein Geräusch zu sehen, das er gehört hat, und wird gleich wiederkommen.

Thisbe. «Umstrahlter Pyramus, an Farbe lilienweiß
Und rot wie eine Ros auf triumphierndem Strauch;
Du muntrer Juvenil, der Männer Zier und Preis,
Treu wie das treuste Roß, das nie ermüdet auch.
Ich will dich treffen an, glaub mir, bei Nickels Grab.»

Squenz. Ninus' Grab, Kerl. Aber das müßt Ihr jetzt noch nicht sagen, das antwortet Ihr dem Pyramus. Ihr sagt Euren ganzen Part auf einmal her, Stichwörter und den ganzen Plunder. –

Pyramus, tretet auf, Euer Stichwort ist schon dagewesen; es ist: «ermüdet auch.»

Zettel mit einem Eselskopfe und Droll kommen zurück.

Thisbe. Uf–«So treu, wie's treuste Pferd, das nie ermüdet auch.»

Pyramus. «Wenn, Thisbe, ich wär schön, so wär ich einzig dein.»

Squenz. O greulich! erschrecklich! Es spukt hier. Ich bitt euch, Meister! lauft, Meister! Hilfe! (*Sie laufen davon.*)

Droll. Nun jag ich euch und führ euch kreuz und quer
Durch Dorn, durch Busch, durch Sumpf, durch Wald.
Bald bin ich Pferd, bald Eber, Hund und Bär,
Erschein als Werwolf und als Feuer bald,
Will grunzen, wiehern, bellen, brummen, flammen
Wie Eber, Pferd, Hund, Bär und Feur zusammen. (*Ab.*)

Zettel. Warum laufen sie weg? Dies ist eine Schelmerei von ihnen, um mich fürchten zu machen.

Schnauz kommt zurück.

Schnauz. O Zettel! du bist verwandelt! Was seh ich an dir?

Zettel. Was du siehst? Du siehst deinen eigenen Eselskopf. Nicht?

(*Schnauz ab.*)

Squenz kommt zurück.

Squenz. Gott behüte dich, Zettel! Gott behüte dich! du bist transferiert. (*Ab.*)

Zettel. Ich merke ihre Schelmerei: sie wollen einen Esel aus mir machen, mich fürchten machen, wenn sie können. Aber ich will hier nicht von der Stelle; lass' sie machen, was sie wollen; ich will hier auf und ab spazieren und singen, damit sie sehen, daß ich mich nicht fürchte.

(*Er singt.*)

Die Schwalbe, die den Sommer bringt,
Der Spatz, der Zeisig fein,
Die Lerche, die sich lustig schwingt
Bis in den Himmel 'nein –:

Titania (*erwachend*).
Weckt mich von meinem Blumenbett ein Engel?

Zettel (*singt*). Der Kuckuck, der der Grasmück
So gern ins Nestchen heckt
Und lacht darob mit arger Tück
Und manchen Ehmann neckt –:

Denn sein Rufen soll eine gar gefährliche Vorbedeutung sein, und wem jückt es nicht ein bißchen an der Stirne, wenn er sich Kuckuck grüßen hört?

Titania. Ich bitte dich, du holder Sterblicher,
Sing noch einmal! Mein Ohr ist ganz verliebt
In deine Melodie; auch ist mein Auge
Betört von deiner lieblichen Gestalt;
Gewaltig treibt mich deine schöne Tugend,
Beim ersten Blick dir zu gestehn, zu schwören:
Daß ich dich liebe[1].

Zettel. Mich dünkt, Madame, Sie könnten dazu nicht viel Ursache haben. Und doch, die Wahrheit zu sagen, halten Vernunft und Liebe heutzutage nicht viel Gemeinschaft. Schade, daß ehrliche Nachbarn sie nicht zu Freunden machen wollen! Gelt, ich kann auch spaßen, wenn's darauf ankommt.

Titania. Du bist so weise, wie du reizend bist.

Zettel. Das nun just auch nicht. Doch, wenn ich Witz genug hätte, um aus diesem Walde zu kommen, so hätte ich just so viel, als mir nötig täte.

Titania. Begehre nicht, aus diesem Hain zu fliehn;
Du mußt hier, willig oder nicht, verziehn.
Ich bin ein Geist von nicht gemeinem Stande;
Ein ewger Sommer zieret meine Lande;
Und sieh, ich liebe dich! drum folge mir.
Ich gebe Elfen zur Bedienung dir;
Sie sollen Perlen aus dem Meer dir bringen
Und, wenn du leicht auf Blumen schlummerst, singen.
Ich will vom Erdenstoffe dich befrein,
Daß du so luftig sollst wie Geister sein.

---

1. Um den Reim im Original zu bewahren, könnte man auch so übersetzen:
Und deine Schönheit treibt gewaltig mich
Beim ersten Blick zum Schwur: Ich liebe dich.

Senfsamen! Bohnenblüte! Motte! Spinnweb!

Vier Elfen treten auf.

Erster Elf. Hier!

Zweiter Elf. Und ich!

Dritter Elf. Und ich!

Vierter Elf. Und ich?

Alle. Was sollen wir?

Titania. Gefällig seid und dienstbar diesem Herrn.
Hüpft, wo er geht, und gaukelt um ihn her;
Sucht Aprikos' ihm auf und Stachelbeer';
Maulbeeren gebt ihm, Feigen, Purpurtrauben;
Ihr müßt der Biene Honigsack ihm rauben;
Zur Kerze nehmt von ihr ein wächsern Bein
Und steckt es an bei eines Glühwurms Schein,
Zu leuchten meinem Freund Bett aus und ein;
Mit bunter Schmetterlinge Flügelein
Wehrt fächelnd ihm vom Aug den Mondenschein.
Nun, Elfen, huldigt ihm und neigt euch fein.

Erster Elf. Heil dir, Sterblicher!

Zweiter Elf. Heil!

Dritter Elf. Heil!

Vierter Elf. Heil!

Zettel. Ich flehe Euer Gnaden von ganzem Herzen um Verzeihung, Ich bitte um Euer Gnaden Namen.

Spinnweb. Spinnweb.

Zettel. Ich wünsche näher mit Ihnen bekannt zu werden, guter Musje Spinnweb. Wenn ich mich in den Finger schneide, werde ich so frei sein, Sie zu gebrauchen. – Ihr Name, ehrsamer Herr?

Bohnenblüte. Bohnenblüte.

Zettel. Ich bitte Sie, empfehlen Sie mich Madame Hülse, Ihrer Frau Mutter, und Herrn Bohnenschote, Ihrem Herrn Vater. Guter Herr Bohnenblüte, auch mit Ihnen hoffe ich näher bekannt zu werden. – Ihren Namen, mein Herr, wenn ich bitten darf.

Senfsamen. Senfsamen.

Zettel. Lieber Musje Senfsamen, ich kenne Ihre Geduld gar

wohl. Jener niederträchtige und ungeschlachte Kerl, Rinderbraten, hat schon manchen wackern Herrn von Ihrem Hause verschlungen. Sei'n Sie versichert, Ihre Freundschaft hat mir schon oft die Augen übergehen machen. Ich wünsche nähere Bekanntschaft, lieber Musje Senfsamen.

Titania. Kommt, führt ihn hin zu meinem Heiligtume!
Mich dünkt, von Tränen blinke Lunas Glanz;
Und wenn sie weint, weint jede kleine Blume
Um einen wild zerrißnen Mädchenkranz.
Ein Zauber soll des Liebsten Zunge binden:
Wir wollen still den Weg zur Laube finden.

(*Alle ab.*)

Zweite Szene

Ein anderer Teil des Waldes

Oberon (*tritt auf*). Mich wundert's, ob Titania erwachte
Und welch Geschöpf ihr gleich ins Auge fiel,
Worin sie sterblich sich verlieben muß.

Droll kommt.

Da kommt mein Bote ja. – Nun, toller Geist,
Was spuken hier im Wald für Abenteuer?

Droll. Herr, meine Fürstin liebt ein Ungeheuer.
Sie lag in Schlaf versunken auf dem Moos
In ihrer heilgen Laube dunklem Schoß,
Als eine Schar von lumpgen Handwerksleuten,
Die mühsam kaum ihr täglich Brot erbeuten,
Zusammenkommt und hier ein Stück probiert,
So sie auf Theseus' Hochzeitstag studiert.
Der ungesalzenste von den Gesellen,
Den Pyramus berufen vorzustellen,
Tritt von der Bühn und wartet im Gesträuch;
Ich nutze diesen Augenblick sogleich,
Mit einem Eselskopf ihn zu begaben.
Nicht lange drauf muß Thisbe Antwort haben;
Mein Mime tritt heraus; kaum sehen ihn
Die Freund, als sie wie wilde Gänse fliehn,

Wenn sie des Jägers leisen Tritt erlauschen;
Wie graue Krähen, deren Schwarm mit Rauschen
Und Krächzen auffliegt, wenn ein Schuß geschieht,
Und wild am Himmel da- und dorthin zieht.
Vor meinem Spuk rollt der sich auf der Erde,
Der schreiet Mord! mit kläglicher Gebärde;
Das Schrecken, das sie sinnlos machte, lieh
Sinnlosen Dingen Waffen gegen sie.
An Dorn und Busch bleibt Hut und Ärmel stecken;
Sie fliehn hindurch, berupft an allen Ecken.
In solcher Angst trieb ich sie weiter fort,
Nur Schätzchen Pyramus verharrte dort.
Gleich mußte nun Titania erwachen
Und aus dem Langohr ihren Liebling machen.

Oberon. Das geht ja über mein Erwarten schön.
Doch hast du auch den Jüngling von Athen,
Wie ich dir auftrug, mit dem Saft bestrichen?

Droll. O ja, ich habe schlafend ihn beschlichen.
Das Mädchen ruhte neben ihm ganz dicht:
Erwacht er, so entgeht sein Aug ihr nicht.

Demetrius und Hermia treten auf.

Oberon. Tritt her; da kommt ja der Athener an.

Droll. Das Mädchen ist es, aber nicht der Mann.

Demetrius. O könnt Ihr so, weil ich Euch liebe, schmälen?
Den Todfeind solltet Ihr so tödlich quälen!

Hermia. Noch mehr verdient, was ich von dir erfuhr;
Denn fluchen sollt ich dir und schalt dich nur.
Erschlugst du mir Lysandern, weil er ruhte,
So bad, einmal befleckt, dich ganz im Blute
Und töt auch mich!
Die Sonne liebt den Tag nicht treuer, steter,
Als wie er mich: nun wär er als Verräter
Entflohn, indes ich schlief? Nein, nimmermehr!
Eh wollt ich glauben, daß es möglich wär,
Ganz zu durchbohren dieser Erde Boden
Und durch die Öffnung zu den Antipoden
Zu senden des verwegnen Mondes Gruß,

Der hellen Mittagssonne zum Verdruß.
Es kann nicht anders sein: du mordetest ihn mir.
So sieht ein Mörder aus, so graß, so stier!
Demetrius. So siehet ein Erschlagner aus, so ich:
Denn Eure Grausamkeit durchbohrte mich.
Doch Ihr, die Mördrin, glänzet wie Cythere
Am Himmel dort in ihrer lichten Sphäre.
Hermia. Was soll mir dies? Wo ist Lysander? sprich! —
Gib ihn mir wieder, Freund, ich bitte dich.
Demetrius. Den Hunden gäb ich lieber seine Leiche.
Hermia. Hinweg, du Hund! du treibst durch deine Streiche
Mich armes Weib zur Wut. Hast du ihn umgebracht:
Nie werde mehr für einen Mann geacht't.
Sprich einmal wahr, sprich mir zuliebe wahr!
Hättst du, wenn er gewacht, ihm wohl ein Haar
Gekrümmt? und hast ihn, weil er schlief, erschlagen?
O Kühnheit! eine Natter konnt es wagen.
Ja, eine Natter tat's; die ärgste sticht
Zweizüngiger als du, o Schlange, nicht.
Demetrius. An einen Wahn verschwendst du deine Wut.
Ich bin nicht schuldig an Lysanders Blut;
Auch mag er wohl, soviel ich weiß, noch leben.
Hermia. Und geht's ihm wohl? Kannst du mir Nachricht geben?
Demetrius. Und könnt ich nun, was würde mir dafür?
Hermia. Mich nie zu sehn, dies Vorrecht schenk ich dir.
Und so verlaß ich deine schnöde Nähe;
Tot sei er oder nicht, wenn ich nur dich nicht sehe. (*Ab.*)
Demetrius. Ihr folgen ist vergebliches Bemühn
In diesem Sturm; so will ich hier verziehn.
Noch höher wird des Grames Not gesteigert,
Seit sich sein Schuldner Schlaf zu zahlen weigert.
Vielleicht empfang ich einen Teil der Schuld,
Erwart ich hier den Abtrag in Geduld. (*Er legt sich nieder.*)
Oberon. Was tatest du? du hast dich ganz betrogen.
Ein treues Auge hat den Liebessaft gesogen;
Dein Fehlgriff hat den treuen Bund gestört
Und nicht den Unbestand zur Treu bekehrt.

Droll. So siegt das Schicksal denn, daß gegen *einen* Treuen
Millionen falsch auf Schwüre Schwür' entweihen.

Oberon. Streif durch den Wald behender als der Wind
Und suche Helena, das schöne Kind.
Sie ist ganz liebekrank und blaß von Wangen,
Von Seufzern, die ihr sehr ans Leben drangen.
Geh, locke sie durch Täuschung her zu mir;
Derweil sie kommt, bezaubr' ich diesen hier.

Droll. Ich eil, ich eil, sieh, wie ich eil;
So fliegt vom Bogen des Tataren Pfeil. (*Ab.*)

Oberon. Blume mit dem Purpurschein
Die Cupidos Pfeile weihn,
Senk dich in sein Aug hinein;
Wenn er sieht sein Liebchen fein,
Daß sie glorreich ihm erschein
Wie Cyther' im Sternenreihn. –
Wachst du auf, wenn sie dabei:
Bitte, daß sie hilfreich sei.

Droll kommt zurück.

Droll. Hauptmann unsrer Elfenschar,
Hier stellt Helena sich dar.
Der von mir gesalbte Mann
Fleht um Liebeslohn sie an.
Wollen wir ihr Wesen sehn?
O die tollen Sterblichen!

Oberon. Tritt beiseit! Erwachen muß
Von dem Lärm Demetrius.

Droll. Wenn dann zwei um eine frein:
Das wird erst ein Hauptspaß sein.
Gehn die Sachen kraus und bunt,
Freu ich mich von Herzensgrund.

Lysander und Helena treten auf.

Lysander. Pflegt Spott und Hohn in Tränen sich zu kleiden?
Wie glaubst du denn, ich huldge dir zum Hohn?
Sieh, wenn ich schwöre, wein ich: solchen Eiden
Dient zur Beglaubigung ihr Ursprung schon.

Kannst du des Spottes Reden wohl verklagen,
Die an der Stirn des Ernstes Siegel tragen?

Helena. Stets mehr und mehr wird deine Schalkheit kund.
Wie teuflisch fromm, mit Schwur den Schwur erlegen!
Beschwurst du nicht mit Hermia so den Bund?
Wäg Eid an Eid, so wirst du gar nichts wägen.
Die Eid an sie und mich, wie Märchen leicht,
Leg in zwei Schalen sie, und keine steigt.

Lysander. Verblendung war's, mein Herz ihr zu versprechen.

Helena. Verblendung nenn ich's, jetzt den Schwur zu brechen.

Lysander. Demetrius liebt *sie*; dich liebt er nicht.

Demetrius (*erwachend*).
O Huldin! schönste Göttin meiner Wahl!
Womit vergleich ich deiner Augen Strahl?
Kristall ist trübe. O wie reifend schwellen
Die Lippen dir, zwei küssende Morellen!
Und jenes dichte Weiß, des Taurus Schnee,
Vom Ostwind rein gefächelt, wird zur Kräh,
Wenn du die Hand erhebst. Laß mich dies Siegel
Der Wonne küssen, aller Reinheit Spiegel!

Helena. O Schmach! o Höll! ich seh, ihr alle seid
Zu eurer Lust zu plagen mich bereit.
Wär Sitt und Edelmut in euch Verwegnen,
Ihr würdet mir so schmählich nicht begegnen.
Könnt ihr mich denn nicht hassen, wie ihr tut,
Wenn ihr mich nicht verhöhnt in frechem Mut?
Wärt ihr in Wahrheit Männer, wie im Schein,
So flößt' ein armes Weib euch Mitleid ein.
Ihr würdet nicht mit Lob und Schwüren scherzen,
Da ich doch weiß, ihr hasset mich von Herzen;
Als Nebenbuhler liebt ihr Hermia,
Wetteifernd nun verhöhnt ihr Helena.
Ein tapfres Stück, ein männlich Unternehmen,
Durch Spott ein armes Mädchen zu beschämen,
Ihr Tränen abzulocken! Quält ein Weib
Ein edler Mann wohl bloß zum Zeitvertreib?

Lysander. Demetrius, du bist nicht bieder: sei's!

Du liebst ja Hermia; weißt, daß ich es weiß.
Hier sei von Herzensgrund, in Güt und Frieden,
An Hermias Huld mein Anteil dir beschieden.
Tritt deinen nun an Helena mir ab;
Ich lieb und will sie lieben bis ins Grab.

Helena. Ihr losen Schwätzer, wie es keine gab!

Demetrius. Nein, Hermia mag ich nicht: behalt sie, Lieber!
Liebt ich sie je, die Lieb ist längst vorüber.
Mein Herz war dort nur wie in fremdem Land;
Nun hat's zu Helena sich heimgewandt,
Um dazubleiben.

Lysander. Glaubs nicht, Helena.

Demetrius. Tritt nicht der Treu, die du nicht kennst, zu nah;
Du möchtest sonst vielleicht es teuer büßen.
Da kommt dein Liebchen; geh, sie zu begrüßen.

Hermia tritt auf.

Hermia. Die Nacht, die uns der Augen Dienst entzieht,
Macht, daß dem Ohr kein leiser Laut entflieht.
Was dem Gesicht an Schärfe wird benommen,
Muß doppelt dem Gehör zugute kommen.
Mein Aug war's nicht, das dich, Lysander, fand;
Mein Ohr, ich dank ihm, hat die Stimm erkannt.
Doch warum mußtest du so von mir eilen?

Lysander. Den Liebe fortriß, warum sollt er weilen?

Hermia. Und welche Liebe war's, die fort von mir dich trieb?

Lysander. Lysanders Liebe litt nicht, daß er blieb;
Die schöne Helena, die so die Nacht durchfunkelt,
Daß sie die lichten O's, die Augen dort, verdunkelt.
Was suchst du mich? Tat dies dir noch nicht kund,
Mein Haß zu dir sei meines Fliehens Grund?

Hermia. Ihr sprecht nicht, wie Ihr denkt. Es kann nicht sein.

Helena. Ha! sie stimmt auch in die Verschwörung ein.
Nun merk ich's: alle drei verbanden sich
Zu dieser falschen Posse gegen mich.
Feindselge Hermia! undankbares Mädchen!
Verstandest du, verschworst mit diesen dich,
Um mich zu necken mit so schnödem Spott?

Sind alle Heimlichkeiten, die wir teilten,
Der Schwestertreu Gelübde, jene Stunden,
Wo wir den raschen Tritt der Zeit verwünscht,
Wie sie uns schied: o alles nun vergessen?
Die Schulgenossenschaft, die Kinderunschuld?
Wie kunstbegabte Götter schufen wir
Mit unsern Nadeln *eine* Blume beide,
Nach *einem* Muster und auf *einem* Sitz;
Ein Liedchen wirbelnd, beid in *einem* Ton,
Als wären unsre Hände, Stimmen, Herzen
Einander einverleibt. So wuchsen wir
Zusammen, einer Doppelkirsche gleich,
Zum Schein getrennt, doch in der Trennung eins;
Zwei holde Beeren, *einem* Stiel entwachsen,
Dem Scheine nach zwei Körper, doch *ein* Herz.
Zwei Schildern *eines* Wappens glichen wir,
Die friedlich stehn, gekrönt von *einem* Helm.
Und nun zerreißt Ihr so die alte Liebe?
Gesellt im Hohne Eurer armen Freundin
Zu Männern Euch? Das ist nicht freundschaftlich,
Das ist nicht jungfräulich; und mein Geschlecht
Sowohl wie ich darf Euch darüber schelten,
Obschon die Kränkung mich allein betrifft.

Hermia. Ich hör erstaunt die ungestümen Reden;
Ich höhn Euch nicht; es scheint, Ihr höhnet mich.

Helena. Habt Ihr Lysandern nicht bestellt, zum Hohn
Mir nachzugehn, zu preisen mein Gesicht?
Und Euren andern Buhlen, den Demetrius,
Der eben jetzt noch mich mit Füßen stieß,
Mich Göttin, Nymphe, wunderschön zu nennen,
Und köstlich, himmlisch? Warum sagt er das
Der, die er haßt? Und warum schwört Lysander
Die Liebe ab, die ganz die Seel ihm füllt,
Und bietet mir (man denke nur!) sein Herz,
Als weil Ihr ihn gereizt, weil Ihr's gewollt?
Bin ich schon nicht so in der Gunst wie Ihr,
Mit Liebe so umkettet, so beglückt,

Ja, elend gnug, um ungeliebt zu lieben:
Ihr solltet mich bedauern, nicht verachten.
Hermia. Ich kann mir nicht erklären, was Ihr meint.
Helena. Schon recht! Beharrt nur! Heuchelt ernste Blicke
Und zieht Gesichter hinterm Rücken mir!
Blinzt euch nur zu! Verfolgt den feinen Scherz!
Wohl ausgeführt, wird er euch nachgerühmt.
Wär Mitleid, Huld und Sitte noch in euch,
Ihr machtet so mich nicht zu eurem Ziel.
Doch lebet wohl! Zum Teil ist's meine Schuld:
Bald wird Entfernung oder Tod sie büßen.
Lysander. Bleib, holde Helena, und hör mich an!
Mein Herz! mein Leben! meine Helena!
Helena. O herrlich!
Hermia. Lieber, höhne sie nicht so!
Demetrius. Und gilt ihr Bitten nichts, so kann ich zwingen.
Lysander. Nichts mehr erzwingen, als was sie erbittet;
Dein Drohn ist kraftlos wie ihr schwaches Flehn.
Dich lieb ich, Helena! Bei meinem Leben,
Ich liebe dich und will dies Leben wagen,
Der Lüge den zu zeihn, der widerspricht.
Demetrius. Ich sag, ich liebe dich weit mehr als er.
Lysander. Ha! sagst du das, so komm, beweis es auch.
Demetrius. Auf, komm!
Hermia. Lysander, wohin zielt dies alles?
Lysander. Fort, Mohrenmädchen!
Demetrius. Nein, o nein! er tut,
Als bräch er los; er tobt, als wollt er folgen,
Kommt aber nicht. O geht mir, zahmer Mensch!
Lysander. Fort, Katze, Klette! Mißgeschöpf, laß los!
Sonst schleudr ich dich wie eine Natter weg.
Hermia. Wie wurdet Ihr so wild? wie so verwandelt,
Mein süßes Herz?
Lysander. Dein Herz? Fort, fort, hinweg!
Zigeunerin! fort, widerwärtger Trank!
Hermia. Ihr scherzet nicht?
Helena. Ja wahrlich, und Ihr auch!

Lysander. Demetrius, ich halte dir mein Wort.
Demetrius. Ich hätt es schriftlich gern von deiner Hand;
Dich hält 'ne schwache Hand, ich trau dir nicht.
Lysander. Wie? sollt ich sie verwunden, schlagen, töten?
Hass' ich sie schon, ich will kein Leid ihr tun.
Hermia. Wie? könnt Ihr mehr mir Leid tun, als mich hassen?
Warum mich hassen? Was geschah, Geliebter?
Bin ich nicht Hermia? Seid Ihr nicht Lysander?
Ich bin so schön noch, wie ich eben war.
Ihr liebtet über Nacht mich; doch verließt Ihr
Mich über Nacht. Und muß ich also sagen
(Verhüten es die Götter!), Ihr verließt
Im Ernste mich?
Lysander. Im Ernst, so wahr ich lebe!
Und nie begehrt ich wieder dich zu sehn.
Drum gib nur Hoffnung, Frage, Zweifel auf!
Sei sicher, nichts ist wahrer, 's ist kein Scherz:
Ich hasse dich und liebe Helena.
Hermia. Weh mir! – Du Gauklerin! du Blütenwurm!
Du Liebesdiebin! Was? du kamst bei Nacht,
Stahlst meines Liebsten Herz.
Helena. Schön, meiner Treu!
Hast du denn keine Scheu, noch Mädchensitte,
Nicht eine Spur von Scham? Und zwingst du so
Zu harten Reden meine sanften Lippen?
Du Marionette, pfui! du Puppe, du!
Hermia. Wie? Puppe? Ha, nun wird ihr Spiel mir klar:
Sie hat ihn unsern Wuchs vergleichen lassen –
Ich merke schon – auf ihre Höh getrotzt.
Mit ihrer Figur, mit ihrer langen Figur
Hat sie sich seiner, seht mir doch! bemeistert.
Und stehst du nun so groß bei ihm in Gunst,
Weil ich so klein, weil ich so zwerghaft bin?
Wie klein bin ich, du bunte Bohnenstange?
Wie klein bin ich? Nicht gar so klein, daß nicht
Dir meine Nägel an die Augen reichten.
Helena. Ihr Herrn, ich bitt euch, wenn ihr schon mich höhnt,

Beschirmt mich doch vor ihr. Nie war ich böse,
Bin keineswegs geschickt zur Zänkerin;
Ich bin so feig wie irgend nur ein Mädchen.
Verwehrt ihr, mich zu schlagen; denket nicht,
Weil sie ein wenig kleiner ist als ich,
Ich nähm es mit ihr auf.
Hermia. Schon wieder kleiner?
Helena. Seid, gute Hermia, nicht so bös auf mich,
Ich liebt Euch immer, hab Euch nie gekränkt,
Und stets bewahrt, was Ihr mir anvertraut;
Nur daß ich, dem Demetrius zuliebe,
Ihm Eure Flucht in diesen Wald verriet.
Er folgte Euch, aus Liebe folgt ich *ihm;*
Er aber schalt mich weg und drohte, mich
Zu schlagen, stoßen, ja zu töten gar;
Und nun, wo Ihr mich ruhig gehen laßt,
So trag ich meine Torheit heim zur Stadt
Und folg Euch ferner nicht. O laßt mich gehn!
Ihr seht, wie kindisch und wie blöd ich bin.
Hermia. Gut, zieht nur hin! Wer hindert Euch daran?
Helena. Ein töricht Herz, das ich zurück hier lasse.
Hermia. Wie? Bei Lysander?
Helena. Bei Demetrius.
Lysander. Sei ruhig, Helena! sie soll kein Leid dir tun.
Demetrius. Sie soll nicht, Herr, wenn Ihr sie schon beschützt.
Helena. Oh, sie hat arge Tück in ihrem Zorn.
Sie war 'ne böse Sieben in der Schule
Und ist entsetzlich wild, obschon so klein.
Hermia. Schon wieder klein, und anders nicht wie klein?
Wie duldet Ihr's, daß sie mich so verspottet?
Weg! laß mich zu ihr!
Lysander. Packe dich, du Zwergin!
Du Knirps aus Knötrich, der das Wachstum hemmt[1].
Du Ecker du, du Paternosterkralle!
Demetrius. Ihr seid zu dienstgeschäftig, guter Freund,

1. Dieser Vers fehlt bei Schlegel.

Zugunsten der, die Euren Dienst verschmäht.
Laß mir sie gehn! Sprich nicht von Helena!
Nimm nicht Partei für sie! Vermissest du
Dich im geringsten, Lieb ihr zu bezeugen,
So sollst du's büßen.

Lysander. Jetzo bin ich frei;
Nun komm, wofern du's wagst; laß sehn, wes Recht
An Helena, ob deins, ob meines gilt.

Demetrius. Dir folgen? Nein, ich halte Schritt mit dir.
(*Lysander und Demetrius ab.*)

Hermia. Nun, Fräulein! Ihr seid schuld an all dem Lärm.
Ei, bleibt doch stehn!

Helena. Nein, nein! ich will nicht traun,
Noch länger Eur verhaßtes Antlitz schaun.
Sind Eure Hände hurtiger zum Raufen,
So hab ich längre Beine doch zum Laufen. (*Ab.*)

Hermia. Ich staun und weiß nicht, was ich sagen soll.
(*Sie läuft der Helena nach.*)

Oberon. Das ist dein Unbedacht! Stets irrst du dich,
Wenn's nicht geflißne Schelmenstreiche sind.

Droll. Ich irrte diesmal, glaubt mir, Fürst der Schatten,
Gabt Ihr denn nicht von dem bestimmten Mann
Mir die Athenertracht als Merkmal an?
Und so weit bin ich ohne Schuld, daß jener,
Den ich gesalbt, doch wirklich ein Athener;
Und so weit bin ich froh, daß so sich's fügt,
Weil diese Balgerei mich sehr vergnügt.

Oberon. Du siehst zum Kampf bereit die hitzgen Freier:
Drum eile, Droll: wirf einen nächtgen Schleier,
Bedecke die gestirnte Feste schnell
Mit Nebeln, düster wie Kozytus' Quell;
Und locke sie auf falsche Weg und Stege,
Damit sie nicht sich kommen ins Gehege.
Bald borg die Stimme vom Demetrius
Und reize keck Lysandern zum Verdruß;
Bald schimpf und höhne wieder wie Lysander
Und bringe so sie weiter auseinander,

Bis ihre Stirnen Schlaf, der sich dem Tod vergleicht,
Mit dichter Schwing und bleirnem Tritt beschleicht.
Zerdrück dies Kraut dann auf Lysanders Augen,
Die Zauberkräfte seines Saftes taugen,
Von allem Wahn sie wieder zu befrein
Und den gewohnten Blick ihm zu verleihn.
Wenn sie erwachen, ist, was sie betrogen,
Wie Träum und eitle Nachtgebild entflogen;
Dann kehren wieder nach Athen zurück
Die Liebenden, vereint zu stetem Glück.
Derweil dies alles deine Sorgen sind,
Bitt ich Titanien um ihr indisch Kind;
Ich bann ihr vom betörten Augenlide
Des Unholds Bild, und alles werde Friede.

Droll. Mein Elfenfürst, wir müssen eilig machen.
Die Nacht teilt das Gewölk mit schnellen Drachen.
Auch schimmert schon Auroras Herold dort,
Und seine Näh scheucht irre Geister fort
Zum Totenacker; banger Seelen Heere,
Am Scheideweg begraben und im Meere:
Man sieht ins wurmbenagte Bett sie gehn.
Aus Angst, der Tag möcht ihre Schande sehn,
Verbannt vom Lichte sie ihr eigner Wille,
Und ihnen dient die Nacht zur ewgen Hülle.

Oberon. Doch wir sind Geister andrer Region.
Oft jagt ich mit Aurorens Liebling schon,
Darf, wie ein Weidmann, noch den Wald betreten,
Wenn flammend sich des Ostens Pforten röten
Und, aufgetan, der Meeresfluten Grün
Mit schönem Strahle golden überglühn.
Doch zaudre nicht! Sei schnell vor allen Dingen!
Wir können dies vor Tage noch vollbringen. (*Oberon ab.*)

Droll. Hin und her, hin und her,
Alle führ ich hin und her.
Land und Städte scheun mich sehr.
Kobold, führ sie hin und her!

Hier kommt der eine.

Lysander tritt auf.

Lysander. Demetrius! Wo bist du, Stolzer, du?
Droll. Hier, Schurk, mit bloßem Degen; mach nur zu!
Lysander. Ich komme schon.
Droll. So laß uns miteinander
Auf ebnem Boden gehn.

(*Lysander ab, als ging' er der Stimme nach.*)

Demetrius tritt auf.

Demetrius. Antworte doch, Lysander!
Ausreißer! Memme! liefst du so mir fort?
In welchem Busche steckst du? sprich ein Wort!
Droll. Du Memme, forderst hier heraus die Sterne,
Erzählst dem Busch, du föchtest gar zu gerne,
Und kommst doch nicht? Komm, Bübchen, komm doch her,
Ich geb die Rute dir. Beschimpft ist der,
Der gegen dich nur zieht.
Demetrius. He, bist du dort?
Droll. Folg meinem Ruf, zum Kampf ist dies kein Ort.

(*Droll und Demetrius ab.*)

Lysander kommt zurück.

Lysander. Stets zieht er vor mir her mit lautem Drohen;
Komm ich, wohin er ruft, ist er entflohen.
Behender ist der Schurk im Lauf als ich:
Ich folgt ihm schnell, doch schneller mied er mich,
So daß ich fiel auf dunkler, rauher Bahn,
Und hier nun ruhn will. – (*Legt sich nieder.*)
Holder Tag, brich an!
Sobald mir nur dein graues Licht erscheint,
Räch ich den Hohn und strafe meinen Feind. (*Entschläft.*)

Droll und Demetrius kommen zurück.

Droll. Ho, ho! du Memme, warum kommst du nicht?
Demetrius. Steh, wenn du darfst, und sieh mir ins Gesicht.
Ich merke wohl, von einem Platz zum andern
Entgehst du mir und läßt umher mich wandern.
Wo bist du nun?
Droll. Hieher komm! ich bin hier.
Demetrius. Du neckst mich nur, doch zahlst du's teuer mir,

Wenn je der Tag dich mir vors Auge bringt.
Jetzt zieh nur hin, weil Müdigkeit mich zwingt,
Mich hinzustrecken auf dies kalte Kissen;
Frühmorgens werd ich dich zu finden wissen.
(*Legt sich nieder und entschläft.*)
Helena tritt auf.

Helena. O träge, lange Nacht, verkürze dich!
Und Tageslicht, laß mich nicht länger schmachten!
Zur Heimat führe weg von diesen mich,
Die meine arme Gegenwart verachten.
Du, Schlaf, der oft dem Grame Lindrung leiht,
Entziehe mich mir selbst auf kurze Zeit. (*Schläft ein.*)

Droll. Dreie nur! – Fehlt eins noch hier:
Zwei von jeder Art macht vier.
Seht, sie kommt ja, wie sie soll,
Auf der Stirn Verdruß und Groll.
Amor steckt von Schalkheit voll,
Macht die armen Weiblein toll.
Hermia tritt auf.

Hermia. Wie matt! wie krank! Zerzaust von Dornensträuchen,
Vom Tau beschmutzt und tausendfach in Not:
Ich kann nicht weitergehn, nicht weiterschleichen;
Mein Fuß vernimmt nicht der Begier Gebot.
Hier will ich ruhn; und soll's ein Treffen geben,
O Himmel, schütze mir Lysanders Leben! (*Schläft ein.*)

Droll. Auf dem Grund
Schlaf gesund!
Gießen will
Ich dir still
Auf die Augen Arzenei.
(*Träufelt den Saft auf Lysanders Augen.*)
Wirst du wach,
O so lach
Freundlich der,
Die vorher
Du geliebt, und bleib ihr treu.
Dann geht es, wie das Sprüchlein rühmt:

Gebt jedem das, was ihm geziemt.
Hans nimmt sein Gretchen,
Jeder sein Mädchen;
Find't seinen Deckel jeder Topf,
Und allen gehts nach ihrem Kopf. (*Ab.*)

VIERTER AUFZUG

ERSTE SZENE

Der Wald
Titania und Zettel mit einem Gefolge von Elfen
Oberon im Hintergrunde, ungesehen

Titania. Komm, laß uns hier auf Blumenbetten kosen!
Beut, Holder, mir die zarte Wange dar:
Den glatten Kopf besteck ich dir mit Rosen
Und küsse dir dein schönes Ohrenpaar.

Zettel. Wo ist Bohnenblüte?

Bohnenblüte. Hier.

Zettel. Kratz mir den Kopf, Bohnenblüte. – Wo ist Musje Spinn-[web?

Spinnweb. Hier.

Zettel. Musje Spinnweb, lieber Musje, kriegen Sie Ihre Waffen zur Hand und schlagen Sie mir eine rotbeinige Biene auf einem Distelkopfe tot, und, lieber Musje, bringen Sie mir den Honigbeutel. Tummeln Sie sich nicht allzusehr bei dieser Verrichtung, Musje; und, lieber Musje, haben Sie acht, daß der Honigbeutel nicht entzwei geht; es würde mir leid tun, Signor, wenn Sie sich mit einem Honigbeutel beschütteten. Wo ist Musje Senfsamen?

Senfsamen. Hier.

Zettel. Geben Sie die Pfote, Musje Senfsamen; ich bitte Sie, lassen Sie die Reverenzen, lieber Musje.

Senfsamen. Was befehlen Sie?

Zettel. Nichts, lieber Musje, als daß Sie dem Kavalier Bohnenblüte kratzen helfen. Ich muß zum Balbier, Musje; denn mir ist, als wär ich gewaltig haarig ums Gesicht herum, und ich bin ein so zärtlicher Esel: wenn mein Haar mich nur ein bißchen kitzelt, gleich muß ich kratzen.

Titania. Willst du Musik vernehmen, süßer Freund?

Zettel. Ich hab ein räsonabel gutes Ohr für Musik; spielt mir ein Stück auf der Maultrommel.

Titania. Sag, süßer Freund, was hast du Lust zu essen?

Zettel. Ja, meiner Seel! Eine Krippe voll Futter. Ich könnte auch guten, trocknen Hafer käuen. Mir ist, als hätte ich großen Appetit nach einem Bunde Heu; gutes Heu, süßes Heu hat seinesgleichen auf der Welt nicht.

Titania. Ich hab 'nen dreisten Elfen, der nach Nüssen
Im Magazin des Eichhorns suchen soll.

Zettel. Ich hätte lieber ein oder zwei Hand voll trockner Erbsen. Aber ich bitt Euch, laßt keinen von Euren Leuten mich stören. Es kommt mir eine Exposition[1] zum Schlaf an.

Titania. Schlaf du! Dich soll indes mein Arm umwinden.
Ihr Elfen, weg! Nach allen Seiten fort! –
So lind umflicht mit süßen Blütenranken
Das Geißblatt; so umringelt, weiblich zart,
Das Efeu seines Ulmbaums rauhe Finger:
Wie ich dich liebe! wie ich dich vergöttre!

(*Sie schlafen ein.*)

Oberon tritt vor. Droll kommt.

Oberon. Willkommen, Droll! Siehst du dies süße Schauspiel?
Jetzt fängt mich doch ihr Wahnsinn an zu dauern.
Denn da ich eben im Gebüsch sie traf,
Wie sie für diesen Tropf nach Düften suchte,
Da schalt ich sie und ließ sie zornig an.
Sie hatt ihm die behaarten Schläf' umwunden
Mit einem frischen, würzgen Blumenkranz.
Derselbe Tau, der sonst wie runde Perlen
Des Morgenlandes an den Knospen schwoll,
Stand in der zarten Blümchen Augen jetzt,
Wie Tränen, trauernd über eigne Schmach.

---

1. statt Disposition

Als ich sie nach Gefallen ausgeschmält
Und sie voll Demut und Geduld mich bat,
Da fordert ich von ihr das Wechselkind;
Sie gab's mir gleich und sandte ihren Elfen
Zu meiner Laub' im Feenland mit ihm.
Nun, da der Knabe mein ist, sei ihr Auge
Von dieser häßlichen Verblendung frei.
Du, lieber Droll, nimm diese fremde Larve
Vom Kopfe des Gesellen aus Athen;
Auf daß er mit den andern hier, erwachend,
Sich wieder heimbegebe nach Athen,
Und alle der Geschichten dieser Nacht
Nur wie der Launen eines Traums gedenken.
Doch lös ich erst die Elfenkönigin:
(*Er berührt ihre Augen mit einem Kraut.*)
Sei, als wäre nichts geschehn!
Sieh, wie du zuvor gesehn!
So besiegt zu hohem Ruhme
Cynthias Knospe Amors Blume.
Nun, holde Königin! wach auf, Titania!
Titania. Mein Oberon, was für Gesicht' ich sah!
Mir schien, ein Esel hielt mein Herz gefangen.
Oberon. Da liegt dein Freund.
Titania. Wie ist dies zugegangen?
O wie mir nun vor dieser Larve graut!
Oberon. Ein Weilchen still! – Droll, nimm den Kopf da weg.
Titania, du laß Musik beginnen
Und binde stärker aller fünfe Sinnen
Als durch gemeinen Schlaf.
Titania. Musik her! Schlafbeschwörende Musik!
Droll. Wenn du erwachst, so sollst du umgeschaffen
Aus deinen eignen dummen Augen gaffen.
Oberon. Ertön Musik! (*Sanfte Musik.*)
Nun komm, Gemahlin! Hand in Hand gefügt,
Und dieser Schläfer Ruheplatz gewiegt!
Die Freundschaft zwischen uns ist nun erneut:
Wir tanzen morgen Mitternacht erfreut

In Theseus' Hause bei der Festlichkeit
Und segnen es mit aller Herrlichkeit.
Auch werden da vermählt zu gleicher Zeit
Die Paare hier in Wonn und Fröhlichkeit.

Droll. Elfenkönig, horch! da klang
Schon der Lerche Morgensang.

Oberon. Hüpfen wir denn, Königin,
Schweigend nach den Schatten hin!
Schneller als die Monde kreisen,
Können wir die Erd umreisen.

Titania. Komm, Gemahl, und sage du
Mir im Fliehn: wie ging es zu,
Daß man diese Nacht im Schlaf
Bei den Sterblichen mich traf?

(*Alle ab. Waldhörner hinter der Szene.*)

Theseus, Hippolyta, Egeus und Gefolge treten auf.

Theseus. Geh einer hin und finde mir den Förster,
Denn unsre Maienandacht ist vollbracht;
Und da sich schon des Tages Vortrab zeigt,
So soll Hippolyta die Jagdmusik
Der Hunde hören. – Koppelt sie im Tal
Gen Westen los; eilt, sucht den Förster auf.
Komm, schöne Fürstin, auf des Berges Höh;
Dort laßt uns in melodischer Verwirrung
Das Bellen hören samt dem Widerhall.

Hippolyta. Ich bin beim Herkules und Kadmus einst,
Die mit spartanschen Hunden einen Bär
In Kretas Wäldern hetzten; nie vernahm ich
So tapfres Toben. Nicht die Haine nur,
Das Firmament, die Quellen, die Reviere,
Sie schienen all' *ein* Ruf und Gegenruf.
Nie hört ich so harmonschen Zwist der Töne,
So hellen Donner.

Theseus. Auch meine Hunde sind aus Spartas Zucht,
Weitmäulig, scheckig und ihr Kopf behangen

Mit Ohren, die den Tau vom Grase streifen;
Krummbeinig, wammig wie Thessaliens Stiere;
Nicht schnell zur Jagd, doch ihrer Kehlen Ton
Folgt aufeinander wie ein Glockenspiel.
Harmonischer scholl niemals ein Gebell
Zum Hussa und zum frohen Hörnerschall
In Kreta, Sparta, noch Thessalien.
Entscheidet selbst. – Doch still! wer sind hier diese?

Egeus. Hier schlummert meine Tochter, gnädger Herr;
Dies ist Lysander, dies Demetrius,
Dies Helena, des alten Nedars Kind.
Ich bin erstaunt, beisammen sie zu treffen.

Theseus. Sie machten ohne Zweifel früh sich auf,
Den Mai zu feiern, hörten unsre Absicht
Und kamen her zu unsrer Festlichkeit.
Doch sag mir, Egeus, ist dies nicht der Tag,
Wo Hermia ihre Wahl erklären sollte?

Egeus. Er ist's, mein Fürst.

Theseus. Geh, heiß die Jäger, sie
Mit ihren Hörnern wecken.

Waldhörner und Jagdgeschrei hinter der Szene, Demetrius, Lysander, Hermia und Helena erwachen und fahren auf.

Theseus. Ei, guten Tag! Sankt Velten ist vorbei,
Und paaren jetzt sich diese Vögel erst?

Lysander. Verzeihung, Herr! (*Er und die übrigen knien.*)

Theseus. Steht auf, ich bitt euch alle.
Ich weiß, ihr seid zwei Feind und Nebenbuhler:
Wo kommt nun diese milde Eintracht her,
Daß, fern vom Argwohn, Haß beim Hasse schläft
Und keiner Furcht vor Feindlichkeiten hegt?

Lysander. Mein Fürst, ich werd verworren Antwort geben,
Halb wachend, halb im Schlaf; noch, schwör ich Euch,
Weiß ich nicht recht, wie ich hieher mich fand.
Doch denk ich (denn ich möchte wahrhaft reden –
Und jetzt besinn ich mich, so ist es auch),
Ich kam mit Hermia her; wir hatten vor,
Weg von Athen an einen Ort zu fliehn,

Wo des Gesetzes Bann uns nicht erreichte. –
Egeus. Genug, genug! Mein Fürst, Ihr habt genug;
Ich will den Bann, den Bann auf seinen Kopf.
Fliehn wollten sie, ja fliehn, Demetrius!
Und wollten so berauben dich und mich,
Dich deines Weibs und meines Wortes mich;
Des Wortes, das zum Weibe dir sie gab!
Demetrius. Mein Fürst, die schöne Helena verriet
Mir ihren Plan, in diesen Wald zu flüchten;
Und ich verfolgte sie hieher aus Wut,
Die schöne Helena aus Liebe mich.
Doch weiß ich nicht, mein Fürst, durch welche Macht
(Doch eine höhre Macht ist's) meine Liebe
Zu Hermia, wie Schnee zerronnen, jetzt
Mir eines eitlen Tands Erinnrung scheint,
Worein ich in der Kindheit mich vergafft.
Der Gegenstand, die Wonne meiner Augen
Und alle Treu und Tugend meiner Brust
Ist Helena allein. Mit ihr, mein Fürst,
War ich verlobt, bevor ich Hermia sah.
Doch wie ein Kranker haßt ich diese Nahrung.
Nun, zum natürlichen Geschmack genesen,
Begehr ich, lieb ich sie, schmacht ich nach ihr
Und will ihr treu sein nun und immerdar.
Theseus. Ihr Liebenden, ein Glück, daß ich euch traf!
Wir setzen dies Gespräch bald weiter fort. –
Ihr, Egeus, müßt Euch meinem Willen fügen:
Denn schließen sollen diese Paar im Tempel
Zugleich mit uns den ewigen Verein.
Und weil der Morgen schon zum Teil verstrich,
So bleib auch unsre Jagd nun ausgesetzt. –
Kommt mit zur Stadt! Wir wollen drei selb drei
Ein Fest begehn, das ohnegleichen sei. –
Komm denn, Hippolyta.
(*Theseus, Hippolyta, Egeus und Gefolge ab.*)
Demetrius. Dies alles scheint so klein und unerkennbar
Wie ferne Berge, schwindend im Gewölk.

Hermia. Mir ist, ich säh dies mit geteiltem Auge,
Dem alles doppelt scheint.
Helena. So ist's auch mir.
Ich fand Demetrius, so wie ein Kleinod,
Mein und auch nicht mein eigen.
Demetrius. Seid Ihr denn
Des Wachens auch gewiß? Mir scheint's, wir schlafen,
Wir träumen noch. Denkt Ihr nicht, daß der Herzog
Hier war und ihm zu folgen uns gebot?
Hermia. Ja, auch mein Vater.
Helena. Und Hippolyta.
Lysander. Und er beschied uns zu sich in den Tempel.
Demetrius. Wohl denn, wir wachen also. Auf, ihm nach!
Und plaudern wir im Gehn von unsern Träumen. (*Ab.*)

(*Wie sie abgehn, wacht Zettel auf.*)

Zettel. Wenn mein Stichwort kommt, ruft mich, und ich will antworten. Mein nächstes ist: «O schönster Pyramus!» – He! holla! – Peter Squenz! Flaut, der Bälgenflicker! Schnauz, der Kesselflicker! Schlucker! – Sapperment! Alle davongelaufen und lassen mich hier schlafen! – Ich habe ein äußerst rares Gesicht gehabt. Ich hatte 'nen Traum – 's geht über Menschenwitz, zu sagen, was es für ein Traum war. Der Mensch ist nur ein Esel, wenn er sich einfallen läßt, diesen Traum auszulegen. Mir war, als wär ich – kein Menschenkind kann sagen, was. Mir war, als wär ich, und mir war, als hätt ich – aber der Mensch ist nur ein lumpiger Hanswurst, wenn er sich unterfängt zu sagen, was mir war, als hätt ichs; des Menschen Auge hat's nicht gehört, des Menschen Ohr hats nicht gesehen, des Menschen Hand kann's nicht schmecken, seine Zunge kanns nicht begreifen und sein Herz nicht wieder sagen, was mein Traum war. – Ich will den Peter Squenz dazukriegen, mir von diesem Traum eine Ballade zu schreiben; sie soll Zettels Traum heißen, weil sie so seltsam angezettelt ist, und ich will sie gegen das Ende des Stücks vor dem Herzoge singen. Vielleicht, um sie noch anmutiger zu machen, werde ich sie nach dem Tode singen. (*Ab.*)

ZWEITE SZENE

Athen
Eine Stube in Squenzens Hause
Squenz, Flaut, Schnauz und Schlucker kommen

Squenz. Habt ihr nach Zettels Hause geschickt? Ist er noch nicht nach Haus gekommen?

Schlucker. Man hört nichts von ihm. Ohne Zweifel ist er transportiert.

Flaut. Wenn er nicht kommt, so ist das Stück zum Henker. Es geht nicht vor sich, nicht wahr?

Squenz. Es ist nicht möglich. Ihr habt keinen Mann in ganz Athen außer ihm, der kapabel ist, den Pyramus herauszubringen.

Flaut. Nein; er hat schlechterdings den besten Witz von allen Handwerksleuten in Athen.

Squenz. Ja, der Tausend! und die beste Person dazu. Und was eine süße Stimme betrifft, da ist er ein rechtes Phänomen.

Flaut. Ein Phönix müßt Ihr sagen. Ein Phänomen (Gott behüte uns) ist ein garstiges Ding.

Schnock kommt.

Schnock. Meister, der Herzog kommt eben vom Tempel, und noch drei oder vier andere Herren und Damen mehr sind verheiratet. Wenn unser Spiel vor sich gegangen wäre, so wären wir alle gemachte Leute gewesen.

Flaut. O lieber Sappermentsjunge, Zettel! So hat er nun sechs Batzen des Tags für Lebenszeit verloren. Er konnte sechs Batzen des Tags nicht entgehn – und wenn ihm der Herzog nicht sechs Batzen des Tags für den Pyramus gegeben hätte, will ich mich hängen lassen! Er hätt es verdient. – Sechs Batzen des Tags für den Pyramus, oder gar nichts!

Zettel kommt.

Zettel. Wo sind die Buben? Wo sind die Herzensjungen?

Squenz. Zettel! – O allertrefflichster[1] Tag! gebenedeite Stunde!

---

1. Einige Übersetzer versuchen, das von Squenz an dieser Stelle falsch gebrauchte Wort durch « chlorreich » (statt glorreich) wiederzugeben.

Zettel. Meister, ich muß Wunderdinge reden, aber fragt mich nicht was; denn wenn ich's euch sage, bin ich kein ehrlicher Athener. Ich will euch alles sagen, just wie es sich zutrug.

Squenz. Laß uns hören, lieber Zettel.

Zettel. Nicht eine Silbe. Nur soviel will ich euch sagen: der Herzog haben zu Mittage gespeist. Kriegt eure Gerätschaften herbei! Gute Schnüre an eure Bärte! Neue Bänder an eure Schuh. Kommt gleich beim Palaste zusammen; laßt jeden seine Rolle überlesen; denn das Kurze und das Lange von der Sache ist: unser Spiel geht vor sich. Auf allen Fall laßt Thisbe reine Wäsche anziehn, und laßt dem, der den Löwen macht, seine Nägel nicht verschneiden; denn sie sollen heraushängen als des Löwen Klauen. Und, allerliebste Akteure! eßt keine Zwiebeln, keinen Knoblauch; denn wir sollen süßen Odem von uns geben, und ich zweifle nicht, sie werden sagen: Es ist eine sehr süße Komödie. Keine Worte weiter! Fort! marsch! fort! (*Alle ab.*)

FÜNFTER AUFZUG

ERSTE SZENE

Ein Zimmer im Palast des Theseus

Theseus, Hippolyta, Philostrat, Herren vom Hofe und Gefolge treten auf

Hippolyta. Was diese Liebenden erzählen, mein Gemahl,
Ist wundervoll.

Theseus. Mehr wundervoll wie wahr.
Ich glaubte nie an diese Feenpossen
Und Fabelein. Verliebte und Verrückte
Sind beide von so brausendem Gehirn,
So bildungsreicher Phantasie, die wahrnimmt,
Was nie die kühlere Vernunft begreift.
Wahnwitzige, Poeten und Verliebte
Bestehn aus Einbildung. Der eine sieht

Mehr Teufel, als die weite Hölle faßt:
Der Tolle nämlich; der Verliebte sieht,
Nicht minder irr, die Schönheit Helenas
Auf einer äthiopisch braunen Stirn.
Des Dichters Aug, in schönem Wahnsinn rollend,
Blitzt auf zum Himmel, blitzt zur Erd hinab,
Und wie die schwangre Phantasie Gebilde
Von unbekannten Dingen ausgebiert,
Gestaltet sie des Dichters Kiel, benennt
Das luftge Nichts und gibt ihm festen Wohnsitz.
So gaukelt die gewaltge Einbildung;
Empfindet sie nur irgend eine Freude,
Sie ahnet einen Bringer dieser Freude;
Und in der Nacht, wenn uns ein Graun befällt,
Wie leicht, daß man den Busch für einen Bären hält!

Hippolyta. Doch diese ganze Nachtbegebenheit
Und ihrer aller Sinn, zugleich verwandelt,
Bezeugen mehr als Spiel der Einbildung:
Es wird daraus ein Ganzes voll Bestand,
Doch seltsam immer noch und wundervoll.

Lysander, Demetrius, Hermia und Helena treten auf.

Theseus. Hier kommen die Verliebten, froh entzückt.
Glück, Freunde, Glück! Und heitre Liebestage
Nach Herzenswunsch!

Lysander. Beglückter noch, mein Fürst,
Sei Euer Aus- und Eingang, Tisch und Bett!

Theseus. Nun kommt! Was haben wir für Spiel' und Tänze?
Wie bringen wir nach Tisch bis Schlafengehn
Den langen Zeitraum von drei Stunden hin?
Wo ist der Meister unsrer Lustbarkeiten?
Was gibt's für Kurzweil? Ist kein Schauspiel da,
Um einer langen Stunde Qual zu lindern? –
Ruft mir den Philostrat.

Philostrat. Hier, großer Theseus!

Theseus. Was gibt's für Zeitvertreib auf diesen Abend?
Was für Musik und Tanz? Wie täuschen wir
Die träge Zeit als durch Belustigung?

Philostrat. Der Zettel hier besagt die fertgen Spiele:
Wähl Eure Hoheit, was sie sehen will.
(*Überreicht ein Papier.*)
Theseus (*liest*). «Das Treffen der Kentauren – wird zur Harfe
Von einem Hämling aus Athen gesungen.»
Nein, nichts hievon! Das hab ich meiner Braut
Zum Ruhm des Vetter Herkules erzählt. –
«Der wohlbezechten Bacchanalen Wut,
Wie sie den Sänger Thraziens zerreißen.»
Das ist ein altes Stück; es ward gespielt,
Als ich von Theben siegreich wiederkam. –
«Der Musen Neunzahl, traurend um den Tod
Der jüngst im Bettelstand verstorbenen Gelahrtheit.»
Das ist 'ne strenge, beißende Satire,
Die nicht zu einer Hochzeitsfeier paßt. –
«Ein kurz langweilger Akt vom jungen Pyramus
Und Thisbe, seinem Lieb. Spaßhafte Tragödie.»
Kurz und langweilig? Spaßhaft und doch tragisch?
Das ist ja glühend Eis und schwarzer Schnee.
Wer findet mir die Eintracht dieser Zwietracht?
Philostrat. Es ist ein Stück, ein Dutzend Worte lang,
Und also kurz, wie ich nur eines weiß;
Langweilig wird es, weils ein Dutzend Worte
Zu lang ist, gnädger Fürst; kein Wort ist recht
Im ganzen Stück, kein Spieler weiß Bescheid.
Und tragisch ist es auch, mein Gnädigster,
Denn Pyramus bringt selbst darin sich um.
Als ichs probieren sah, ich muß gestehn,
Es zwang mir Tränen ab; doch lustger weinte
Des lauten Lachens Ungestüm sie nie.
Theseus. Wer sind die Spieler?
Philostrat. Männer, hart von Faust,
Die in Athen hier ein Gewerbe treiben,
Die nie den Geist zur Arbeit noch geübt
Und nun ihr widerspenstiges Gedächtnis
Mit diesem Stück auf Euer Fest geplagt.
Theseus. Wir wollen's hören.

Philostrat. Nein, mein gnädger Fürst,
Es ist kein Stück für Euch. Ich hört es an,
Und es ist nichts daran, nichts auf der Welt,
Wenn Ihr nicht Spaß an ihren Künsten findet,
Die sie mit schwerer Müh sich eingeprägt,
Euch damit aufzuwarten.

Theseus. Ich will's hören,
Denn nie kann etwas unwillkommen sein,
Was Einfalt darbringt und Ergebenheit.
Geht, führt sie her! Ihr Frauen, nehmet Platz!
(*Philostrat ab.*)

Hippolyta. Ich mag nicht gern Armseligkeit bedrückt,
Ergebenheit im Dienst erliegen sehn.

Theseus. Du sollst ja, Teure, nichts dergleichen sehn.

Hippolyta. Er sagt ja, sie verstehen nichts hievon.

Theseus. Um desto gütger ist's, für nichts zu danken.
Was sie versehen, ihnen nachzusehen,
Sei unsre Lust. Was armer, willger Eifer
Zu leisten nicht vermag, schätz edle Rücksicht
Nach dem Vermögen nur, nicht nach dem Wert.
Wohin ich kam, da hatten sich Gelahrte
Auf wohlgesetzte Reden vorbereitet;
Da haben sie gezittert, sich entfärbt,
Gestockt in einer halb gesagten Phrase;
Die Angst erstickte die erlernte Rede,
Noch eh sie ihren Willkomm vorgebracht,
Und endlich brachen sie verstummend ab.
Sogar aus diesem Schweigen, liebes Kind,
Glaub mir, fand ich den Willkomm doch heraus;
Ja, in der Schüchternheit bescheidnen Eifers
Las ich soviel als von der Plapperzunge
Vorwitzig prahlender Beredsamkeit.
Wenn Lieb und Einfalt sich zu reden nicht erdreisten,
Dann, dünkt mich, sagen sie im Wenigsten am meisten.
Philostrat kommt zurück.

Philostrat. Beliebt es Eurer Hoheit? Der Prolog
Ist fertig.

Theseus. Laßt ihn kommen.

Trompeten. – Der Prolog tritt auf.

Prolog. Wenn wir mißfallen tun, so ist's mit gutem Willen;
Der Vorsatz bleibt doch gut, wenn wir ihn nicht erfüllen.
Zu zeigen unsre Pflicht durch dieses kurze Spiel,
Das ist der wahre Zweck von unserm End und Ziel.
Erwäget also denn: warum wir kommen sein:
Wir kommen nicht, als sollt ihr euch daran ergetzen;
Die wahre Absicht ist – zu eurer Lust allein
Sind wir nicht hier – daß wir in Reu und Leid euch setzen.
Die Spieler sind bereit; wenn ihr sie werdet sehen,
Versteht ihr alles schon, was ihr nur wollt verstehen.

Theseus. Dieser Bursche nimmt's nicht sehr genau.

Lysander. Er hat seinen Prolog geritten wie ein wildes Füllen; er weiß noch nicht, wo er halt machen soll. Eine gute Lehre, gnädiger Herr: es ist nicht genug, daß man rede; man muß auch richtig reden.

Hippolyta. In der Tat, er hat auf seinem Prolog gespielt wie ein Kind auf der Flöte. Er brachte wohl einen Ton heraus, aber keine Note.

Theseus. Seine Rede war wie eine verwickelte Kette: nichts zerrissen, aber alles in Unordnung. Wer kommt zunächst?

Pyramus, Thisbe, Wand, Mondschein und Löwe treten als stumme Personen auf.

Prolog. Was dies bedeuten soll, das wird euch wundern müssen,
Bis Wahrheit alle Ding' stellt an das Licht herfür.
Der Mann ist Pyramus, wofern ihr es wollt wissen;
Und dieses Fräulein schön ist Thisbe, glaubt es mir.
Der Mann mit Mörtel hier und Leimen[1] soll bedeuten
Die Wand, die garstge Wand, die ihre Lieb tät scheiden.
Doch freut es sie, drob auch sich niemand wundern soll,
Wenn durch die Spalte klein sie konnten flüstern wohl.
Der Mann da mit Latern und Hund und Busch von Dorn
Den Mondschein präsentiert, denn, wann ihr's wollt erwägen:
Bei Mondschein hatten die Verliebten sich verschworn,

---

1. Lehm

Zu gehen nach Nini Grab, um dort der Lieb zu pflegen.
Dies gräßlich wilde Tier, mit Namen Löwe groß,
Die treue Thisbe, die des Nachts zuerst gekommen,
Tät scheuchen, ja vielmehr erschrecken, daß sie bloß
Den Mantel fallen ließ und drauf die Flucht genommen.
Drauf dieser schnöde Löw in seinen Rachen nahm
Und ließ mit Blut befleckt den Mantel lobesam.
Sofort kommt Pyramus, ein Jüngling weiß und rot,
Und find't den Mantel da von seiner Thisbe tot;
Worauf er mit dem Deg'n, mit blutig bösem Degen
Die blutge heiße Brust sich tapferlich durchstach;
Und Thisbe, die indes im Maulbeerschatten glegen,
Zog seinen Dolch heraus und sich das Herz zerbrach.
Was noch zu sagen ist, das wird – glaubt mir fürwahr! –
Euch Mondschein, Wand und Löw und das verliebte Paar
Der Läng und Breite nach, solang sie hier verweilen,
Erzählen, wenn ihr wollt, in wohlgereimten Zeilen.

(*Prolog, Thisbe, Löwe und Mondschein ab.*)

Theseus. Mich nimmt wunder, ob der Löwe sprechen wird.

Demetrius. Kein Wunder, gnädiger Herr: ein Löwe kann's wohl, da so viele Esel es tun.

Wand. In dem besagten Stück es sich zutragen tut,
Daß ich, Thoms Schnauz genannt, die Wand vorstelle gut.
Und eine solche Wand, wovon ihr solltet halten,
Sie sei durch einen Schlitz recht durch und durch gespalten,
Wodurch der Pyramus und seine Thisbe fein
Oft flüsterten fürwahr ganz leis und insgeheim.
Der Mörtel und der Lehm und dieser Stein tut zeigen,
Daß ich bin diese Wand, ich wills euch nicht verschweigen;
Und dies die Spalte ist, zur Linken und zur Rechten,
Wodurch die Buhler zwei sich täten wohl besprechen.

Theseus. Kann man verlangen, daß Lehm und Haar besser reden sollten?

Demetrius. Es ist die witzigste Abteilung, die ich jemals vortragen hörte.

Theseus. Pyramus geht auf die Wand los! Stille!

Pyramus. O Nacht, so schwarz von Farb, o grimmerfüllte Nacht!

O Nacht, die immer ist, sobald der Tag vorbei.
O Nacht! O Nacht! O Nacht! ach! ach! ach! Himmel! ach!
Ich fürcht, daß Thisbes Wort vergessen worden sei. –
Und du, o Wand, o süß' und liebenswerte Wand,
Die zwischen unsrer beiden Eltern Haus tut stehen;
Du Wand, o Wand, o süß' und liebenswerte Wand!
Zeig deine Spalte mir, daß ich dadurch mag sehen.

(*Wand hält die Finger in die Höhe.*)

Hab Dank, du gute Wand! der Himmel lohn es dir!
Jedoch, was seh ich dort? Thisbe, die seh ich nicht.
O böse Wand, durch die ich nicht seh meine Zier,
Verflucht sei'n deine Stein', daß du so äffest mich.

Theseus. Mich dünkt, die Wand müßte wieder fluchen, da sie Empfindung hat.

Pyramus. Nein, fürwahr, Herr, das muß er nicht. «Äffest mich» ist Thisbes Stichwort; sie muß hereinkommen, und ich muß sie dann durch die Wand ausspionieren. Ihr sollt sehen, es wird just zutreffen, wie ich's Euch sage. Da kommt sie schon.

Thisbe kommt.

Thisbe. O Wand, du hast schon oft gehört das Seufzen mein,
Mein'n schönsten Pyramus weil du so trennst von mir;
Mein roter Mund hat oft geküsset deine Stein',
Dein' Stein', mit Lehm und Haar geküttet auf in dir.

Pyramus. Ein' Stimm ich sehen tu; ich will zur Spalt und schauen,
Ob ich nicht hören kann meiner Thisbe Antlitz klar.
Thisbe!

Thisbe. Dies ist mein Schatz, mein Liebchen ist's, fürwahr!

Pyramus.
Denk was du willst, ich bin's; du kannst mir sicher trauen,
Und gleich Limander bin ich treu in meiner Pflicht.

Thisbe, Und ich gleich Helena, bis mich der Tod ersticht.

Pyramus. So treu war Schefelus einst seiner Procrus nicht.

Thisbe. Wie Procrus Schef'lus liebt', lieb ich dein Angesicht.

Pyramus. O küß mich durch das Loch von dieser garstgen Wand!

Thisbe. Mein Kuß trifft nur das Loch, nicht deiner Lippen Rand.

Pyramus. Willst du bei Nickels Grab heut nacht mich treffen an?

Thisbe. Sei's lebend oder tot, ich komme, wenn ich kann.

Wand. So hab ich Wand nunmehr mein Part gemachet gut,
Und nun sich also Wand hinwegbegeben tut.

(*Wand, Pyramus und Thisbe ab.*)

Theseus. Nun ist also die Wand zwischen den beiden Nachbarn nieder.

Demetrius. Das ist nicht mehr als billig, gnädiger Herr, wenn Wände Ohren haben.

Hippolyta. Dies ist das einfältigste Zeug, das ich jemals hörte.

Theseus. Das Beste in dieser Art ist nur Schattenspiel, und das Schlechteste ist nichts Schlechteres, wenn die Einbildungskraft nachhilft.

Hippolyta. Das muß denn Eure Einbildungskraft tun und nicht die ihrige.

Theseus. Wenn wir uns nichts Schlechteres von ihnen einbilden als sie selbst, so mögen sie für vortreffliche Leute gelten. Hier kommen zwei edle Tiere herein, ein Mond und ein Löwe.

Löwe und Mondschein treten auf.

Löwe. Ihr, Fräulein, deren Herz fürchtet die kleinste Maus,
Die in monströser Gestalt tut auf dem Boden schweben,
Mögt itzo zweifelsohn erzittern und erbeben,
Wenn Löwe, rauh von Wut, läßt sein Gebrüll heraus.
So wisset denn, daß ich Hans Schnock der Schreiner bin,
Kein böser Löw fürwahr, noch eines Löwen Weib;
Denn käm ich als ein Löw und hätte Harm im Sinn,
So daurte, meiner Treu, mich mein gesunder Leib.

Theseus. Eine sehr höfliche Bestie und sehr gewissenhaft.

Demetrius. Das Beste von Bestien, gnädiger Herr, was ich je gesehn habe.

Lysander. Dieser Löwe ist ein rechter Fuchs an Herzhaftigkeit.

Theseus. Wahrhaftig, und eine Gans an Klugheit.

Demetrius. Nicht so, gnädiger Herr, denn seine Herzhaftigkeit kann sich seiner Klugheit nicht bemeistern wie der Fuchs einer Gans.

Theseus. Ich bin gewiß, seine Klugheit kann sich seiner Herzhaftigkeit nicht bemeistern; denn eine Gans bemeistert sich keines Fuchses. Wohl! überlaßt es seiner Klugheit und laßt uns auf den Mond horchen.

Mond. Den wohlgehörnten Mond d'Latern z'erkennen gibt.
Demetrius. Er sollte die Hörner auf dem Kopfe tragen.
Theseus. Er ist ein Vollmond, seine Hörner stecken unsichtbar in der Scheibe.
Mond. Den wohlgehörnten Mond d'Latern z'erkennen gibt;
Ich selbst den Mann im Mond, wofern es euch beliebt.
Theseus. Das ist noch der größte Verstoß unter allen: der Mann sollte in die Laterne gesteckt werden; wie ist er sonst der Mann im Monde?
Demetrius. Er darf es nicht wegen des Lichtes. Er würde es in Feuer und Flammen setzen.
Hippolyta. Ich bin diesen Mond satt; ich wollte, er wechselte.
Theseus. Das kleine Licht seiner Vernunft zeigt, daß er im Abnehmen ist. Aber doch aus Höflichkeit und der Ordnung wegen müssen wir die Zeit ausdauern.
Lysander. Sprich weiter, Mond!
Mond. Alles, was ich zu sagen habe, ist, euch zu melden, daß diese Laterne der Mond ist; ich der Mann im Monde; dieser Dornbusch mein Dornbusch; und dieser Hund mein Hund.
Demetrius. Alle diese Dinge sollten also in der Laterne sein, denn sie sind im Monde. Doch still! hier kommt Thisbe.

Thisbe tritt auf.

Thisbe. Dies ist ja Nickels Grab; wo ist mein Liebchen denn?
Löwe. Oh! (*Der Löwe brüllt, Thisbe läuft davon.*)
Demetrius. Gut gebrüllt, Löwe!
Theseus. Gut gelaufen, Thisbe!
Hippolyta. Gut geschienen, Mond! – In der Tat, der Mond scheint mit vielem Anstande.

(*Der Löwe zerreißt den Mantel der Thisbe.*)

Theseus. Gut gezaust, Löwe!
Demetrius. Und da kam Pyramus.

Pyramus kommt.

Lysander. Und da verschwand der Löwe. (*Löwe ab.*)
Pyramus. Ich dank dir, süßer Mond, für deine Sonnenstrahlen,
Die also hell und schön den Erdenball bemalen;
Dieweil bei deinem Gold und funkelnd süßem Licht

Zu kosten ich verhoff mein'r Thisben Angesicht.
Doch halt, o Pein!
Was soll dies sein?
Was für ein Graus ist dies?
Aug, siehst du noch?
O schweres Joch!
Mein Herz, mein Liebchen süß,
Dein Mantel gut
Befleckt mit Blut!
Ihr Furien, kommt im Trab
Herbei und rächt
Und löscht und brecht
Den Lebensfaden ab.

Theseus. Dieser Jammer und der Tod eines werten Freundes sollten einen Menschen schon zum Trauern bringen.

Hippolyta. Bei meiner Seele, ich bedaure den Mann.

Pyramus. Warum denn, o Natur, tatst du den Löwen bauen?
Weil solch ein schnöder Löw mein Lieb hat defloriert;
Sie, welche ist – nein, war – die schönste aller Frauen,
Die je des Tages Glanz mit ihrem Schein geziert.
Komm, Tränenschar!
Aus, Schwert! durchfahr
Die Brust dem Pyramo!
Die Linke hier,
Wo 's Herz hüpft mir;
So sterb ich denn, so, so!
Nun tot ich bin,
Der Leib ist hin,
Die Seel speist Himmelsbrot.
O Zung, lisch aus!
Mond, lauf nach Haus!
Nun tot, tot, tot, tot, tot!

(*Er stirbt. Mondschein ab.*)

Hippolyta. Wie kommt's, daß der Mondschein weggegangen ist, ehe Thisbe zurückkommt und ihren Liebhaber findet?

Theseus.
Sie wird ihn beim Sternenlicht finden. – Hier kommt sie;

Thisbe kommt.

und ihr Jammer endigt das Spiel.

Hippolyta. Mir deucht, sie sollte keinen langen Jammer für solch einen Pyramus nötig haben; ich hoffe, sie wird sich kurz fassen.

Demetrius. Eine Motte wird in der Waage den Ausschlag geben, ob Pyramus oder Thisbe mehr taugt.

Lysander. Sie hat ihn schon mit ihren süßen Augen ausgespäht.

Demetrius. Und so jammert sie folgendergestalt.

Thisbe.

Schläfst du, mein Kind?
Steh auf geschwind!
  Wie, Täubchen, bist du tot?
O sprich! o sprich!
O rege dich!
  Ach! tot ist er! o Not!
Dein Lilienmund,
Dein Auge rund,
  Wie Schnittlauch frisch und grün;
Dein' Kirschennas,
Dein' Wangen blaß,
  Die wie ein Goldlack blühn,
Soll nun ein Stein
Bedecken fein?
  O klopf mein Herz und brich!
Ihr Schwestern drei!
Kommt, kommt herbei
  Und leget Hand an mich!
Zung, nicht ein Wort!
Nun, Dolch, mach fort,
  Zerreiß des Busens Schnee.
Lebt wohl, ihr Herrn!
Ich scheide gern.
Ade, ade, ade! (*Sie stirbt.*)

Theseus. Mondschein und Löwe sind übriggeblieben, um die Toten zu begraben.

Demetrius. Ja, und Wand auch.

Zettel. Nein, wahrhaftig nicht; die Wand ist niedergerissen, die ihre Väter trennte. Beliebt es euch, den Epilog zu sehen oder einen Bergomasker Tanz zwischen zweien von unsrer Gesellschaft zu hören?

Theseus. Keinen Epilog, ich bitte euch; euer Stück bedarf keiner Entschuldigung. Entschuldigt nur nicht: wenn alle Schauspieler tot sind, braucht man keinen zu tadeln. Meiner Treu, hätte der, der es geschrieben hat, den Pyramus gespielt und sich in Thisbes Strumpfband aufgehängt, so wär es eine schöne Tragödie gewesen; und das ist es auch, wahrhaftig, und recht wacker agiert. Aber kommt, euren Bergomasker Tanz! Den Epilog laßt laufen.

(*Ein Tanz von Rüpeln.*)

Theseus. Die Mitternacht rief zwölf mir ehrner Zunge.
Zu Bett, Verliebte! Bald ist's Geisterzeit.
Wir werden, fürcht ich, in den Morgen schlafen,
Soweit wir in die Nacht hinein gewacht.
Dies greiflich dumme Spiel hat doch den trägen Gang
Der Nacht getäuscht. Zu Bett, geliebten Freunde!
Noch vierzehn Tage lang soll diese Festlichkeit
Sich jede Nacht erneun mit Spiel und Lustbarkeit.

(*Alle ab.*)

Droll (*tritt auf.*) Jetzt beheult der Wolf den Mond,
Durstig brüllt im Forst der Tiger;
Jetzt, mit schwerem Dienst verschont,
Schnarcht der arbeitsmüde Pflüger;
Jetzo schmaucht der Brand am Herd,
Und das Käuzlein kreischt und jammert,
Daß der Krank' es ahnend hört
Und sich fest ans Kissen klammert;
Jetzo gähnt Gewölb und Grab,
Und, entschlüpft den kalten Mauern,
Sieht man Geister auf und ab,
Sieht am Kirchhofszaun sie lauern.
Und wir Elfen, die mit Tanz
Hekates Gespann umhüpfen
Und, gescheucht vom Sonnenglanz,

Träumen gleich ins Dunkel schlüpfen,
Schwärmen jetzo; keine Maus
Störe dies geweihte Haus!
Voran komm ich mit Besenreis,
Den Flur zu fegen blank und weiß.

Oberon und Titania mit ihrem Gefolge treten auf.

Oberon. Bei des Feuers mattem Flimmern,
Geister, Elfen, stellt euch ein!
Tanzet in den bunten Zimmern
Manchen leichten Ringelreihn!
Singt nach meiner Lieder Weise!
Singet! hüpfet! lose! leise!

Titania. Wirbelt mir mit zarter Kunst
Eine Not' auf jedes Wort;
Hand in Hand, mit Feengunst,
Singt und segnet diesen Ort.

(*Gesang und Tanz.*)

Oberon. Nun, bis Tages Wiederkehr,
Elfen, schwärmt im Haus umher!
Kommt zum besten Brautbett hin,
Daß es Heil durch uns gewinn!
Das Geschlecht, entsprossen dort,
Sei gesegnet immerfort;
Jedes dieser Paare sei
Ewiglich im Lieben treu;
Ihr Geschlecht soll nimmer schänden
Die Natur mit Feindeshänden;
Und mit Zeichen schlimmer Art,
Muttermal und Hasenschart,
Werde durch des Himmels Zorn
Ihnen nie ein Kind geborn. –
Elfen, sprengt durchs ganze Haus
Tropfen heilgen Wiesentaus!
Jedes Zimmer, jeden Saal
Weiht und segnet allzumal!
Friede sei in diesem Schloß
Und sein Herr ein Glücksgenoß!

Nun genung!
Fort im Sprung!
Trefft mich in der Dämmerung!
(*Oberon, Titania und Gefolge ab.*)

Droll. Wenn wir Schatten euch beleidigt,
O so glaubt – und wohl verteidigt
Sind wir dann –: ihr alle schier
Habet nur geschlummert hier
Und geschaut in Nachtgesichten
Eures eignen Hirnes Dichten.
Wollt ihr diesen Kindertand,
Der wie leere Träume schwand,
Liebe Herrn, nicht gar verschmähn,
Sollt ihr bald was Beßres sehn.
Wenn wir bösem Schlangenzischen
Unverdienterweis entwischen,
So verheißt auf Ehre Droll
Bald euch unsres Dankes Zoll;
Ist ein Schelm zu heißen willig,
Wenn dies nicht geschieht, wie billig.
Nun gute Nacht! Das Spiel zu enden,
Begrüßt uns mit gewognen Händen! (*Ab.*)

DER KAUFMANN VON VENEDIG

Entstanden: 1595 oder 1596
Übersetzt von August Wilhelm v. Schlegel

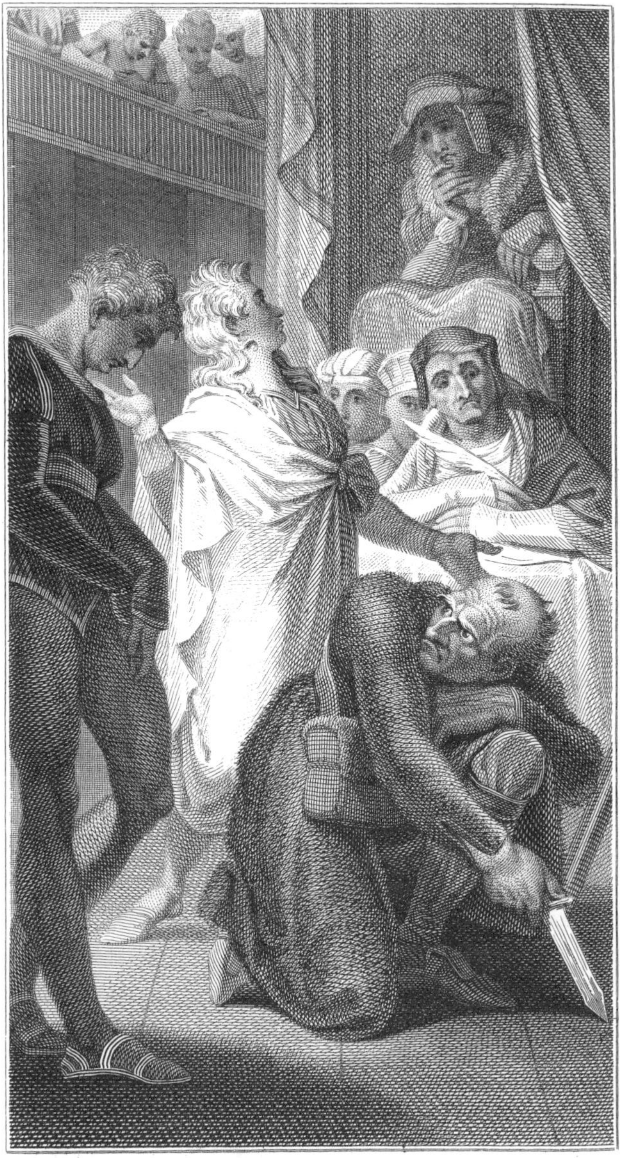

PERSONEN

Der Doge von Venedig
Prinz vou Marokko } *Freier der Porzia*
Prinz von Arragon }
ANTONIO, *der Kaufmann von Venedig*
BASSANIO, *sein Freund*
SOLANIO }
SALARINO } *Freunde des Antonio*
GRAZIANO }
LORENZO, *Liebhaber der Jessica*
SHYLOCK, *ein Jude*
TUBAL, *ein Jude, sein Freund*
LANZELOT GOBBO, *Shylocks Diener*
Der alte GOBBO, *Lanzelots Vater*
SALERIO, *ein Bote von Venedig*
LEONARDO, *Bassanios Diener*
BALTHASAR } *Porzias Diener*
STEPHANO }
PORZIA, *eine reiche Erbin*
NERISSA, *ihre Begleiterin*
JESSICA, *Shylocks Tochter*

Senatoren von Venedig,
Beamte des Gerichtshofes, Gefangenwärter,
Bediente und andres Gefolge

Die Szene ist teils zu *Venedig*, teils zu *Belmont*,
Porzias Landsitz

ERSTER AUFZUG

ERSTE SZENE

Venedig. Eine Straße

Antonio, Salarino und Solanio treten auf

Antonio. Fürwahr, ich weiß nicht, was mich traurig macht;
Ich bin es satt; ihr sagt, das seid ihr auch.
Doch wie ich dran kam, wie mir's angeweht,
Von was für Stoff es ist, woraus erzeugt,
Das soll ich erst erfahren.
Und solchen Dummkopf macht aus mir die Schwermut,
Ich kenne mit genauer Not mich selbst.

Salarino. Eur Sinn treibt auf dem Ozean umher,
Wo Eure Galeonen, stolz besegelt,
Wie Herrn und reiche Bürger auf der Flut,
Als wären sie das Schaugepräng der See,
Hinwegsehn über kleines Handelsvolk,
Das sie begrüßet, sich vor ihnen neigt,
Wie sie vorbeiziehn mit gewebten Schwingen.

Solanio. Herr, glaubt mir, hätt ich soviel auf dem Spiel,
Das beste Teil von meinem Herzen wäre
Bei meiner Hoffnung auswärts. Immer würd ich
Gras pflücken, um den Zug des Winds zu sehn;
Nach Häfen, Reed' und Damm in Karten gucken,
Und alles, was mich Unglück fürchten ließ
Für meine Ladungen, würd ohne Zweifel
Mich traurig machen.

Salarino. Mein Hauch, der meine Suppe kühlte, würde
Mir Fieberschauer anwehn, dächt ich dran,
Wieviel zur See ein starker Wind kann schaden.
Ich könnte nicht die Sanduhr rinnen sehn,
So dächt ich gleich an Seichten und an Bänke,
Säh meinen «reichen Hans» im Sande fest,
Das Haupt bis unter seine Rippen neigend,
Sein Grab zu küssen. Ging ich in die Kirche
Und säh das heilige Gebäu' von Stein,

Sollt ich nicht gleich an schlimme Felsen denken,
Die an das zarte Schiff nur rühren dürfen,
So streut es auf den Strom all sein Gewürz
Und hüllt die wilde Flut in meine Seiden.
Und kurz, jetzt eben dies Vermögen noch,
Nun gar keins mehr? Soll ich, daran zu denken,
Gedanken haben und mir doch nicht denken,
Daß solch ein Fall mich traurig machen würde?
Doch sagt mir nichts; ich weiß, Antonio
Ist traurig, weil er seines Handels denkt.

Antonio. Glaubt mir, das nicht; ich dank es meinem Glück:
Mein Vorschuß[1] ist nicht *einem* Schiff vertraut,
Noch *einem* Ort; noch hängt mein ganz Vermögen
Am Glücke dieses gegenwärtgen Jahrs;
Deswegen macht mein Handel mich nicht traurig.

Solanio. So seid Ihr denn verliebt?

Antonio. Pfui, pfui!

Solanio. Auch nicht verliebt? Gut denn, so seid Ihr traurig,
Weil Ihr nicht lustig seid; Ihr könntet eben
Auch lachen, springen, sagen: Ihr seid lustig,
Weil Ihr nicht traurig seid. Nun, beim zweiköpfgen Janus!
Natur bringt wunderliche Käuz ans Licht:
Der drückt die Augen immer ein und lacht
Wie 'n Starmatz über einen Dudelsack;
Ein andrer von so saurem Angesicht,
Daß er die Zähne nicht zum Lachen wiese,
Schwür Nestor auch, der Spaß sei lachenswert.

Bassanio, Lorenzo und Graziano kommen.

Hier kommt Bassanio, Euer edler Vetter,
Graziano und Lorenzo; lebt nun wohl,
Wir lassen Euch in besserer Gesellschaft.

Salarino. Ich wär geblieben, bis ich Euch erheitert;
Nun kommen wertre Freunde mir zuvor.

Antonio. Sehr hoch steht Euer Wert in meiner Achtung;
Ich nehm es so, daß Euch Geschäfte rufen

---

1. Kaufgut

Und Ihr den Anlaß wahrnehmt, wegzugehn.
Salarino. Guten Morgen, liebe Herren!
Bassanio. Ihr lieben Herrn, wann lachen wir einmal?
Ihr macht euch gar zu selten: muß das sein?
Salarino. Wir stehen Euch zu Diensten, wann's beliebt.
(*Salarino und Solanio ab.*)
Lorenzo. Da Ihr Antonio gefunden habt,
Bassanio, wollen wir Euch nun verlassen.
Doch bitt ich, denkt zur Mittagszeit daran,
Wo wir uns treffen sollen.
Bassanio. Rechnet drauf.
Graziano. Ihr seht nicht wohl, Signor Antonio;
Ihr macht Euch mit der Welt zuviel zu schaffen:
Der kommt darum, der mühsam sie erkauft.
Glaubt mir, Ihr habt Euch wunderbar verändert.
Antonio. Mir gilt die Welt nur wie die Welt, Graziano;
Ein Schauplatz, wo man eine Rolle spielt,
Und mein' ist traurig.
Graziano. Laßt den Narrn mich spielen,
Mit Lust und Lachen laßt die Runzeln kommen
Und laßt die Brust[1] von Wein mir lieber glühn,
Als härmendes Gestöhn das Herz mir kühlen.
Weswegen sollt ein Mann mit warmem Blut
Dasitzen wie sein Großpapa, gehaun
In Alabaster? Schlafen, wenn er wacht?
Und eine Gelbsucht an den Leib sich ärgern?
Antonio, ich will dir etwas sagen;
Ich liebe dich, und Liebe spricht aus mir:
Es gibt so Leute, deren Angesicht
Sich überzieht gleich einem stehnden Sumpf,
Und die ein eigensinnig Schweigen halten,
Aus Absicht, sich in einen Schein zu kleiden
Von Weisheit, Würdigkeit und tiefem Sinn;
Als wenn man spräche: Ich bin Herr Orakel;
Tu ich den Mund auf, rühr sich keine Maus.

---

1. Im Original: Leber

O mein Antonio, ich kenne deren,
Die man deswegen bloß für Weise hält,
Weil sie nichts sagen; sprächen sie, sie brächten
Die Ohren, die sie hörten, in Verdammnis,
Weil sie die Brüder Narren schelten würden.
Ein andermal sag ich dir mehr hievon;
Doch fische nicht mit so trübselgem Köder
Nach diesem Narren-Gründling, diesem Schein.
Komm, Freund Lorenzo! – Lebt so lange wohl,
Ich schließe meine Predigt nach der Mahlzeit.

Lorenzo. Gut, wir verlassen Euch bis Mittagszeit.
Ich muß von diesen stummen Weisen sein,
Denn Graziano läßt mich nie zum Wort.

Graziano. Gut, leiste mir zwei Jahre noch Gesellschaft,
So kennst du deiner Zunge Laut nicht mehr.

Antonio. Lebt wohl! Ich werd ein Schwätzer Euch zulieb.

Graziano. Dank, fürwahr! denn Schweigen ist bloß zu empfehlen
An geräucherten Zungen und jungfräulichen Seelen.

(*Graziano und Lorenzo ab.*)

Antonio. Ist das nun irgend was?

Bassanio. Graziano spricht unendlich viel nichts, mehr als irgendein Mensch in ganz Venedig. Seine vernünftigen Gedanken sind wie zwei Weizenkörner in zwei Scheffel Spreu versteckt; Ihr sucht den ganzen Tag, bis Ihr sie findet, und wenn Ihr sie habt, so verlohnen sie das Suchen nicht.

Antonio. Gut, sagt mir jetzt, was für ein Fräulein ist's,
Zu der geheime Wallfahrt Ihr gelobt,
Wovon Ihr heut zu sagen mir verspracht?

Bassanio. Euch ist nicht unbekannt, Antonio,
Wie sehr ich meinen Glücksstand hab erschöpft,
Indem ich glänzender mich eingerichtet,
Als meine schwachen Mittel tragen konnten.
Auch jammr' ich jetzt nicht, daß die große Art
Mir untersagt ist; meine Sorg ist bloß,
Mit Ehren von den Schulden loszukommen,
Worin mein Leben, etwas zu verschwendrisch,
Mich hat verstrickt. Bei Euch, Antonio,

Steht meine größte Schuld, an Geld und Liebe,
Und Eure Liebe leistet mir Gewähr,
Daß ich Euch meine Plän eröffnen darf,
Wie ich mich löse von der ganzen Schuld.

Antonio. Ich bitt Euch, mein Bassanio, laßt mich's wissen;
Und steht es, wie Ihr selber immer tut,
Im Angesicht der Ehre, seid gewiß:
Ich selbst, mein Beutel, was ich nur vermag,
Liegt alles offen da zu Euerm Dienst.

Bassanio. In meiner Schulzeit, wenn ich einen Bolzen
Verloren hatte, schoß ich seinen Bruder
Von gleichem Schlag den gleichen Weg; ich gab
Nur besser acht, um jenen auszufinden,
Und, beide wagend, fand ich beide oft.
Ich führ Euch dieses Kinderbeispiel an,
Weil das, was folgt, die lautre Unschuld ist.
Ihr lieht mir viel, und wie ein wilder Junge
Verlor ich, was Ihr lieht; allein, beliebt's Euch,
Noch einen Pfeil desselben Wegs zu schießen,
Wohin der erste flog, so zweifl ich nicht,
Ich will so lauschen, daß ich beide finde.
Wo nicht, bring ich den letzten Satz zurück
Und bleib Eur Schuldner, dankbar für den ersten.

Antonio. Ihr kennt mich und verschwendet nur die Zeit,
Da Ihr Umschweife macht mit meiner Liebe.
Unstreitig tut Ihr jetzt mir mehr zu nah,
Da Ihr mein Äußerstes in Zweifel zieht,
Als hättet Ihr mir alles durchgebracht.
So sagt mir also nur, was ich soll tun,
Wovon Ihr wißt, es kann durch mich geschehn,
Und ich bin gleich bereit: deswegen sprecht!

Bassanio. In Belmont ist ein Fräulein, reich an Erbe,
Und sie ist schön und, schöner als dies Wort,
Von hohen Tugenden; von ihren Augen
Empfing ich holde, stumme Botschaft einst.
Ihr Nam' ist Porzia; minder nicht an Wert
Als Catos Tochter, Brutus' Porzia.

Auch ist die weite Welt des nicht unkundig,
Denn die vier Winde wehn von allen Küsten
Berühmte Freier her; ihr sonnig Haar
Wallt um die Schläf ihr wie ein goldnes Vlies;
Zu Kolchos' Strande macht es Belmonts Sitz,
Und mancher Iason kommt, bemüht um sie.
O mein Antonio! hätt ich nur die Mittel,
Den Rang mit ihrer einem zu behaupten,
So weissagt mein Gemüt so günstig mir,
Ich werde sonder Zweifel glücklich sein.

Antonio. Du weißt, mein sämtlich Gut ist auf der See;
Mir fehlt's an Geld und Anstalt[1], eine Summe
Gleich bar zu heben; also geh, sieh zu,
Was in Venedig mein Kredit vermag:
Den spann ich an bis auf das äußerste,
Nach Belmont dich für Porzia auszustatten.
Geh, frage gleich herum, ich will es auch,
Wo Geld zu haben; ich bin nicht besorgt,
Daß man uns nicht auf meine Bürgschaft borgt.

(*Beide ab.*)

ZWEITE SZENE

Belmont. Ein Zimmer in Porzias Hause
Porzia und Nerissa kommen

Porzia. Auf mein Wort, Nerissa, meine kleine Person ist dieser großen Welt überdrüssig.

Nerissa. Ihr würdet es sein, bestes Fräulein, wenn Euer Ungemach in ebenso reichem Maße wäre, als Euer gutes Glück ist. Und doch, nach allem, was ich sehe, sind die ebenso krank, die sich mit allzuviel überladen, als die bei nichts darben. Es ist also kein mittelmäßiges Los, im Mittelstande zu sein. Überfluß kommt eher zu grauen Haaren, aber Auskommen lebt länger.

---

1. Waren

Porzia. Gute Sprüche, und gut vorgetragen.

Nerissa. Gut befolgt wären sie besser.

Porzia. Wäre tun so leicht als wissen, was gut zu tun ist, so wären Kapellen Kirchen geworden und armer Leute Hütten Fürstenpaläste. Der ist ein guter Prediger, der seine eignen Ermahnungen befolgt; – ich kann leichter zwanzig lehren, was gut zu tun ist, als einer von den zwanzigen sein und meine eignen Lehren befolgen. Das Gehirn kann Gesetze für das Blut aussinnen; aber eine hitzige Natur springt über eine kalte Vorschrift hinaus. Solch ein Hase ist Tollheit, der junge Mensch, daß er weghüpft über das Netz des Krüppels guter Rat. Aber dies Vernünfteln hilft mir nicht dazu, einen Gemahl zu wählen. – O über das Wort *wählen!* Ich kann weder wählen, wen ich will, noch ausschlagen, wen ich nicht mag: so wird der Wille einer lebenden Tochter durch den letzten Willen eines toten Vaters gefesselt. Ist es nicht hart, Nerissa, daß ich nicht *einen* wählen und auch keinen ausschlagen darf?

Nerissa. Euer Vater war allzeit tugendhaft, und fromme Männer haben im Tode gute Eingebungen: also wird die Lotterie, die er mit diesen drei Kästchen von Gold, Silber und Blei ausgesonnen hat, daß der, welcher seine Mitgift trifft, Euch erhält, ohne Zweifel von niemand recht getroffen werden als von einem, der Euch recht liebt. Aber welchen Grad von Zuneigung fühlt Ihr gegen irgendeinen der fürstlichen Freier, die schon gekommen sind?

Porzia. Ich bitte dich, nenne sie her; wie du sie nennst, will ich sie beschreiben, und von meiner Beschreibung schließe auf meine Zuneigung.

Nerissa. Zuerst ist da der neapolitanische Prinz.

Porzia. Das ist ein wildes Füllen, in der Tat. Er spricht von nichts als seinem Pferde und bildet sich nicht wenig auf seine Talente ein, daß er es selbst beschlagen kann. Ich fürchte sehr, seine gnädige Frau Mutter hat es mit einem Schmied gehalten.

Nerissa. Ferner ist da der Pfalzgraf.

Porzia. Er tut nichts wie stirnrunzeln, als wollt er sagen: «Wenn

Ihr mich nicht haben wollt, so laßts!» Er hört lustige Geschichten an und lächelt nicht. Ich fürchte, es wird der weinende Philosoph aus ihm, wenn er alt wird, da er in seiner Jugend so unhöflich finster sieht. Ich möchte lieber an einen Totenkopf mit dem Knochen im Munde verheiratet sein als an einen von diesen. Gott beschütze mich vor beiden!

Nerissa. Was sagt Ihr denn zu dem französischen Herrn, Monsieur le Bon?

Porzia. Gott schuf ihn, also laßt ihn für einen Menschen gelten. Im Ernst, ich weiß, daß es sündlich ist, ein Spötter zu sein; aber er! Ja doch, er hat ein besseres Pferd als der Neapolitaner; eine bessere schlechte Gewohnheit, die Stirn zu runzeln, als der Pfalzgraf; er ist jedermann und niemand. Wenn eine Drossel singt, so macht er gleich Luftsprünge; er ficht mit seinem eigenen Schatten. Wenn ich ihn nähme, so nähme ich zwanzig Männer; wenn er mich verachtete, so vergäbe ich es ihm: denn er möchte mich bis zur Tollheit lieben, ich werde es niemals erwidern.

Nerissa. Was sagt Ihr denn zu Faulconbridge, dem jungen Baron aus England?

Porzia. Ihr wißt, ich sage nichts zu ihm, denn er versteht mich nicht, noch ich ihn. Er kann weder Lateinisch, Französisch, noch Italienisch; und Ihr dürft wohl einen körperlichen Eid ablegen, daß ich nicht für einen Heller Englisch verstehe. Er ist eines feinen Mannes Bild – aber ach! wer kann sich mit einer stummen Figur unterhalten? Wie seltsam er gekleidet ist! Ich glaube, er kaufte sein Wams in Italien, seine weiten Beinkleider in Frankreich, seine Mütze in Deutschland und sein Betragen allenthalben.

Nerissa. Was haltet Ihr von dem schottischen Herrn, seinem Nachbar?

Porzia. Daß er eine christliche Nachbarnliebe an sich hat, denn er borgte eine Ohrfeige von dem Engländer und schwor, sie wiederzubezahlen, wenn er imstande wäre; ich glaube, der Franzose ward sein Bürge und unterzeichnete für den andern.

Nerissa. Wie gefällt Euch der junge Deutsche, des Herzogs von Sachsen Neffe?

Porzia. Sehr abscheulich des Morgens, wenn er nüchtern ist, und höchst abscheulich des Nachmittags, wenn er betrunken ist. Wenn er am besten ist, so ist er wenig schlechter als ein Mensch, und wenn er am schlechtesten ist, wenig besser als ein Vieh. Komme das Schlimmste, was da will, ich hoffe, es soll mir doch glücken, ihn loszuwerden.

Nerissa. Wenn er sich erböte zu wählen und wählte das rechte Kästchen, so schlügt Ihr ab, Eures Vaters Willen zu tun, wenn Ihr abschlügt, ihn zu nehmen.

Porzia. Aus Furcht vor dem Schlimmsten bitte ich dich also, setze einen Römer voll Rheinwein auf das falsche Kästchen; denn wenn der Teufel darin steckt, und diese Versuchung ist von außen daran, so weiß ich, er wird es wählen. Alles lieber, Nerissa, als einen Schwamm heiraten.

Nerissa. Ihr braucht nicht zu fürchten, Fräulein, daß Ihr einen von diesen Herren bekommt; sie haben mir ihren Entschluß eröffnet, welcher in nichts anderm besteht, als sich nach Hause zu begeben und Euch nicht mehr mit Bewerbungen lästig zu fallen, Ihr müßtet denn auf eine andre Weise zu gewinnen sein als nach Eures Vaters Vorschrift in Ansehung der Kästchen.

Porzia. Sollte ich so alt werden wie Sibylla, will ich doch so keusch sterben wie Diana, wenn ich nicht dem letzten Willen meines Vaters gemäß erworben werde. Ich bin froh, daß diese Partei Freier so vernünftig ist; denn es ist nicht einer darunter, nach dessen Abwesenheit mich nicht sehnlichst verlangt, und ich bitte Gott, ihnen eine glückliche Reise zu verleihn.

Nerissa. Erinnert Ihr Euch nicht, Fräulein, von Eures Vaters Lebzeiten eines Venezianers, eines Studierten und Kavaliers, der in Gesellschaft des Marquis von Montferrat hierher kam?

Porzia. Ja ja, es war Bassanio: so, denke ich, nannte er sich.

Nerissa. Ganz recht, Fräulein. Von allen Männern, die meine törichten Augen jemals erblickt haben, war er einer schönen Frau am meisten wert.

Porzia. Ich erinnre mich seiner wohl und erinnre mich, daß er dein Lob verdient. (*Ein Diener kommt.*) Nun, was gibt es Neues?

Bedienter. Die vier Fremden suchen Euch, Fräulein, um Abschied zu nehmen; und es ist ein Vorläufer von einem fünften da, vom Prinzen von Marokko, der Nachricht bringt, daß sein Herr, der Prinz, zu Nacht hier sein wird.

Porzia. Könnte ich den fünften mit so gutem Herzen willkommen heißen, als ich den vier andern Lebewohl sage, so wollte ich mich seiner Ankunft freuen. Hat er das Gemüt eines Heiligen und das Geblüt eines Teufels, so wollte ich lieber, er weihte mich, als er freite mich. Komm, Nerissa. – Geht voran, Bursch. – Derweil wir die Pforte hinter einem Freier verschließen, klopft ein andrer an die Tür.

(*Alle ab.*)

DRITTE SZENE

Venedig. Ein öffentlicher Platz
Bassanio und Shylock treten auf

Shylock. Dreitausend Dukaten – gut.

Bassanio. Ja, Herr, auf drei Monate.

Shylock. Auf drei Monate – gut.

Bassanio. Wofür, wie ich Euch sagte, Antonio Bürge sein soll.

Shylock. Antonio Bürge sein soll – gut.

Bassanio. Könnt Ihr mir helfen? Wollt Ihr mir gefällig sein? Soll ich Eure Antwort wissen?

Shylock. Dreitausend Dukaten, auf drei Monate, und Antonio Bürge.

Bassanio. Eure Antwort darauf?

Shylock. Antonio ist ein guter Mann.

Bassanio. Habt Ihr irgendeine Beschuldigung des Gegenteils wider ihn gehört?

Shylock. Ei nein, nein, nein! – Wenn ich sage, er ist ein guter Mann, so meine ich damit, versteht mich, daß er vermögend ist. Aber seine Mittel stehen auf Hoffnung; er hat eine Galeone, die auf Tripolis geht, eine andre nach Indien. Ich höre ferner auf dem Rialto, daß er eine dritte zu Mexiko hat, eine vierte nach England – und so hat er noch andre Auslagen in der Fremde verstreut. Aber Schiffe sind nur Bretter, Matrosen sind nur Menschen; es gibt Landratten und Wasserratten, Wasserdiebe und Landdiebe – ich will sagen, Korsaren, und dann haben wir die Gefahr von Wind, Wellen und Klippen. – Der Mann ist bei alledem vermögend – dreitausend Dukaten – ich denke, ich kann seine Bürgschaft annehmen.

Bassanio. Seid versichert, Ihr könnt es.

Shylock. Ich will versichert sein, daß ich es kann; und damit ich versichert sein kann, will ich mich bedenken. Kann ich Antonio sprechen?

Bassanio. Wenn es Euch beliebt, mit uns zu speisen.

Shylock. Ja, um Schinken zu riechen, von der Behausung zu essen, wo euer Prophet, der Nazarener, den Teufel hineinbeschwor. Ich will mit euch handeln und wandeln, mit euch stehen und gehen, und was dergleichen mehr ist; aber ich will nicht mit euch essen, mit euch trinken, noch mit euch beten. Was gibt es Neues auf dem Rialto? – Wer kommt da?

Antonio kommt.

Bassanio. Das ist Signor Antonio.

Shylock (für sich). Wie sieht er einem falschen Zöllner gleich!
Ich hass' ihn, weil er von den Christen ist,
Doch mehr noch, weil er aus gemeiner Einfalt
Umsonst Geld ausleiht und hier in Venedig
Den Preis der Zinsen uns herunterbringt.
Wenn ich ihm mal die Hüfte rühren kann,
So tu ich meinem alten Grolle gütlich.
Er haßt mein heilig Volk und schilt selbst da,
Wo alle Kaufmannschaft zusammenkommt,
Mich, mein Geschäft und rechtlichen Gewinn,
Den er nur Wucher nennt. Verflucht mein Stamm,
Wenn ich ihm je vergebe!

Bassanio. Shylock, hört Ihr?

Shylock. Ich überlege meinen baren Vorrat;
Doch, wie ich's ungefähr im Kopfe habe,
Kann ich die volle Summe von dreitausend
Dukaten nicht gleich schaffen. – Nun, was tut's?

Tubal, ein wohlbegüterter Hebräer,
Hilft mir schon aus. – Doch still! auf wieviel Monat
Begehrt Ihr? –
(*Zu Antonio.*) Geh's Euch wohl, mein werter Herr!
Von Euer Edlen war die Rede eben.

Antonio. Shylock, wiewohl ich weder leih noch borge,
Um Überschuß zu geben oder nehmen,
Doch will ich, weil mein Freund es dringend braucht,
Die Sitte brechen. – Ist er unterrichtet,
Wieviel Ihr wünscht?

Shylock. Ja, ja, dreitausend Dukaten.

Antonio. Und auf drei Monat.

Shylock. Ja, das vergaß ich – auf drei Monat also.
Nun gut denn, Eure Bürgschaft! laßt mich sehn –
Doch hört mich an; Ihr sagtet, wie mich dünkt,
Daß Ihr auf Vorteil weder leiht noch borgt.

Antonio. Ich pfleg es nie.

Shylock. Als Jakob Labans Schafe hütete –
Er war nach unserm heilgen Abraham,
Weil seine Mutter weislich für ihn schaffte,
Der dritte Erbe – ja, ganz recht, der dritte –

Antonio. Was tut das hier zur Sache? Nahm er Zinsen?

Shylock. Nein, keine Zinsen; was man Zinsen nennt,
Das grade nicht; gebt acht, was Jakob tat:
Als er mit Laban sich verglichen hatte,
Was von den Lämmern bunt und sprenklicht fiele,
Das sollte Jakobs Lohn sein, kehrten sich
Im Herbst die brünstgen Mütter zu den Widdern;
Und wenn nun zwischen dieser wollgen Zucht
Das Werk der Zeugung vor sich ging, so schälte
Der kluge Schäfer Euch gewisse Stäbe,
Und weil[1] sie das Geschäft der Paarung trieben,
Steckt' er sie vor den geilen Müttern auf,
Die so empfingen; und zur Lämmerzeit
Fiel alles buntgesprengt und wurde Jakobs.

---

1. während

So kam er zum Gewinn und ward gesegnet:
Gewinn ist Segen, wenn man ihn nicht stiehlt.
Antonio. Dies war ein Glücksfall, worauf Jakob diente;
In seiner Macht stand's nicht, es zu bewirken;
Des Himmels Hand regiert' und lenkt' es so.
Steht dies, um Zinsen gutzuheißen, da?
Und ist Eur Gold und Silber Schaf und Widder?
Shylock. Weiß nicht; ich laß es eben schnell sich mehren.
Doch hört mich an, Signor.
Antonio. Siehst du, Bassanio,
Der Teufel kann sich auf die Schrift berufen.
Ein arg Gemüt, das heilges Zeugnis vorbringt,
Ist wie ein Schalk mit Lächeln auf der Wange,
Ein schöner Apfel, in dem Herzen faul.
O wie der Falschheit Außenseite glänzt!
Shylock. Dreitausend Dukaten – 's ist 'ne runde Summe.
Drei Mond auf zwölf – laßt sehen, was das bringt. –
Antonio. Nun, Shylock, soll man Euch verpflichtet sein?
Shylock. Signor Antonio, viel und oftermals
Habt Ihr auf dem Rialto mich geschmäht
Um meine Gelder und um meine Zinsen;
Stets trug ich's mit geduldgem Achselzucken,
Denn Dulden ist das Erbteil unsers Stamms.
Ihr scheltet mich abtrünnig[1], einen Bluthund,
Und speit auf meinen jüdischen Rockelor,
Bloß weil ich nutze, was mein eigen ist.
Gut denn, nun zeigt es sich, daß Ihr mich braucht.
Da habt Ihr's; Ihr kommt zu mir, und Ihr sprecht:
«Shylock, wir wünschten Gelder.» So sprecht Ihr,
Der mir den Auswurf auf den Bart geleert
Und mich getreten, wie Ihr von der Schwelle
Den fremden Hund stoßt; Geld ist Eur Begehren,
Wie sollt ich sprechen nun? Sollt ich nicht sprechen:
«Hat ein Hund Geld? Ist's möglich, daß ein Spitz
Dreitausend Dukaten leihn kann?» oder soll ich

1. Im Original: ungläubig

Mich bücken und in eines Schuldners[1] Ton,
Demütig wispernd, mit verhaltnem Odem,
So sprechen: «Schöner Herr, am letzten Mittwoch
Spiet Ihr mich an; Ihr tratet mich den Tag;
Ein andermal hießt Ihr mich einen Hund;
Für diese Höflichkeiten will ich Euch
Die und die Gelder leihn.»

Antonio. Ich könnte leichtlich wieder so dich nennen,
Dich wieder anspein, ja mit Füßen treten.
Willst du dies Geld uns leihen, leih es nicht
Als deinen Freunden (denn wann nahm die Freundschaft
Vom Freund Ertrag für unfruchtbar Metall?);
Nein, leih es lieber deinem Feind; du kannst,
Wenn er versäumt, mit beßrer Stirn eintreiben,
Was dir verfallen ist.

Shylock. Nun seht mir, wie Ihr stürmt!
Ich wollt Euch Liebes tun, Freund mit Euch sein,
Die Schmach vergessen, die Ihr mir getan,
Das Nötge schaffen und keinen Heller Zins
Für meine Gelder nehmen; und Ihr hört nicht:
Mein Antrag ist doch liebreich.

Antonio. Ja, das wär er.

Shylock. Und diese Liebe will ich Euch erweisen.
Geht mit mir zum Notarius, da zeichnet
Mir Eure Schuldverschreibung; und zum Spaß,
Wenn Ihr mir nicht auf den bestimmten Tag
An dem bestimmten Ort die und die Summe,
Wie der Vertrag nun lautet, wiederzahlt:
Laßt uns ein volles Pfund von Eurem Fleisch
Zur Buße setzen, das ich schneiden dürfe
Aus welchem Teil von Eurem Leib ich will.

Antonio. Es sei, aufs Wort! Ich will den Schein so zeichnen
Und sagen, daß ein Jude liebreich ist.

Bassanio. Ihr sollt für mich dergleichen Schein nicht zeichnen:
Ich bleibe dafür lieber in der Not.

---

1. Wörtlich: eines Leibeigenen, Frondienstpflichtigen

Antonio. Ei, fürchte nichts! Ich werde nicht verfallen;
Schon in zwei Monden, einen Monat früher
Als die Verschreibung fällig, kommt gewiß
Zehnfältig der Betrag davon mir ein.
Shylock. O Vater Abraham! über diese Christen,
Die eigne Härte anderer Gedanken
Argwöhnen lehrt! Ich bitt Euch, sagt mir doch:
Versäumt er seinen Tag, was hätt ich dran,
Die mir verfallne Buße einzutreiben?
Ein Pfund von Menschenfleisch, von einem Menschen
Genommen, ist so schätzbar, auch so nutzbar nicht
Als Fleisch von Schöpsen, Ochsen, Ziegen. Seht,
Ihm zu Gefallen biet ich diesen Dienst:
Wenn er ihn annimmt, gut; wo nicht, lebt wohl!
Und, bitt Euch, kränkt mich nicht für meine Liebe.
Antonio. Ja, Shylock, ich will diesen Schein dir zeichnen.
Shylock. So trefft mich gleich im Hause des Notars,
Gebt zu dem lustgen Schein ihm Anweisung;
Ich gehe, die Dukaten einzusacken,
Nach meinem Haus zu sehn, das in der Hut
Von einem lockern Buben hinterblieb,
Und will im Augenblicke bei Euch sein.
Antonio. So eil dich, wackrer Jude. – (*Shylock ab.*)
Der Hebräer
Wird noch ein Christ; er wendet sich zur Güte.
Bassanio. Ich mag nicht Freundlichkeit bei tückischem Gemüte.
Antonio. Kommt nur! Hiebei kann kein Bedenken sein,
Längst vor der Zeit sind meine Schiff herein. (*Ab.*)

ZWEITER AUFZUG

Erste Szene

Belmont. Ein Zimmer in Porzias Hause

Trompetenstoß. Der Prinz von Marokko und sein Zug; Porzia, Nerissa und andre von ihrem Gefolge treten auf

Marokko. Verschmähet mich ob meiner Farbe nicht,
Die schattige Livrei der lichten Sonne,
Die mich als nahen Nachbar hat gepflegt.
Bringt mir den schönsten Mann, erzeugt im Norden,
Wo Phöbus' Glut kaum schmelzt des Eises Zacken,
Und ritzen wir uns Euch zulieb die Haut,
Wes Blut am rötsten ist, meins oder seins.
Ich sag Euch, Fräulein, dieses mein Gesicht
Hat Tapfre schon geschreckt; bei meiner Liebe schwör ich,
Die edlen Jungfraun meines Landes haben
Es auch geliebt; ich wollte diese Farbe
Nicht anders tauschen, als um Euren Sinn
Zu stehlen, meine holde Königin.
Porzia. Bei meiner Wahl lenkt mich ja nicht allein
Die zarte Fordrung eines Mädchenauges;
Auch schließt das Los, woran mein Schicksal hängt,
Mich von dem Recht des freien Wählens aus.
Doch, hätte mich mein Vater nicht beengt,
Mir auferlegt durch seinen Willen, dem
Zur Gattin mich zu geben, welcher mich
Auf solche Art gewinnt, wie ich Euch sagte:
Ihr hättet gleichen Anspruch, großer Prinz,
Mit jedem Freier, den ich sah bis jetzt,
Auf meine Neigung.
Marokko. Habt auch dafür Dank.
Drum führt mich zu den Kästchen, daß ich gleich
Mein Glück versuche. Bei diesem Säbel, der
Den Sophi schlug und einen Perserprinz,

Der dreimal Sultan Soliman besiegt:
Die wildsten Augen wollt ich überblitzen,
Das kühnste Herz auf Erden übertrotzen,
Die Jungen reißen von der Bärin weg,
Ja, wenn er brüllt nach Raub, den Löwen höhnen,
Dich zu gewinnen, Fräulein! Aber ach!
Wenn Herkules und Lichas Würfel spielen,
Wer tapfrer ist, so kann der beßre Wurf
Durch Zufall kommen aus der schwächern Hand;
So unterliegt Alcides seinem Knaben,
Und so kann ich, wenn blindes Glück mich führt,
Verfehlen, was dem minder Würdgen wird,
Und Grames sterben.

Porzia. Ihr müßt Eur Schicksal nehmen,
Es überhaupt nicht wagen, oder schwören,
Bevor Ihr wählet, wenn Ihr irrig wählt,
In Zukunft nie mit irgendeiner Frau
Von Eh zu sprechen: also seht Euch vor!

Marokko.
Ich will's auch nicht, kommt, bringt mich zur Entscheidung.

Porzia. Vorher zum Tempel; nach der Mahlzeit mögt Ihr
Das Los versuchen.

Marokko. Gutes Glück also!
Bald über alles elend oder froh.

(*Alle ab.*)

ZWEITE SZENE

Venedig. Eine Straße
Lanzelot Gobbo kommt

Lanzelot. Sicherlich, mein Gewissen läßt mir's zu, von diesem Juden, meinem Herrn, wegzulaufen. Der böse Feind ist mir auf der Ferse und versucht mich und sagt zu mir: «Gobbo, Lanzelot Gobbo, guter Lanzelot», oder «Guter Gobbo», oder «Guter Lanzelot Gobbo, brauch deine Beine, reiß aus, lauf davon.» Mein Gewissen sagt: «Nein, hüte dich, ehrlicher Lanzelot; hüte dich, ehrlicher Gobbo»; oder, wie obgemeldet, «ehrlicher Lanzelot Gobbo; lauf nicht, laß das Ausreißen bleiben.» Gut, der überaus herzhafte Feind heißt mich aufpacken; «Marsch!» sagt der Feind; «fort!» sagt der Feind; «um des Himmels willen! faß dir ein wackres Herz», sagt der Feind, «und lauf». Gut, mein Gewissen hängt sich meinem Herzen um den Hals und sagt sehr weislich zu mir: «Mein ehrlicher Freund Lanzelot, da du eines ehrlichen Mannes Sohn bist», oder vielmehr eines ehrlichen Weibes Sohn; denn die Wahrheit zu sagen, mein Vater hatte einen kleinen Beigeschmack, er war etwas ansäuerlich. – Gut, mein Gewissen sagt: «Lanzelot, weich und wanke nicht!» – «Weiche», sagt der Feind; «wanke nicht», sagt mein Gewissen. «Gewissen», sage ich, «dein Rat ist gut»; «Feind», sage ich, «dein Rat ist gut». Lasse ich mich durch mein Gewissen regieren, so bleibe ich bei dem Juden, meinem Herrn, der, Gott sei mir gnädig! eine Art von Teufel ist. Laufe ich von dem Juden weg, so lasse ich mich durch den bösen Feind regieren, der, mit Respekt zu sagen, der Teufel selber ist. Gewiß, der Jude ist der wahre eingefleischte Teufel, und, auf mein Gewissen, mein Gewissen ist gewissermaßen ein hartherziges Gewissen, daß es mir raten will, bei dem Juden zu bleiben. Der Feind gibt mir einen freundschaftlichen Rat; ich will laufen, Feind! meine Fersen stehen dir zu Gebote, ich will laufen.

Der alte Gobbo kommt mit einem Korbe.

Gobbo. Musje, junger Herr, Er da, sei Er doch so gut: wo gehe ich wohl zu des Herrn Juden seinem Hause hin?

Lanzelot (*beiseite*). O Himmel! mein eheleiblicher Vater, der zwar nicht pfahlblind, aber doch so ziemlich stockblind ist und mich nicht kennt. Ich will mir einen Spaß mit ihm machen.

Gobbo. Musje, junger Herr, sei Er so gut: wo gehe ich zu des Herrn Juden seinem Hause hin?

Lanzelot. Schlagt Euch rechter Hand an der nächsten Ecke, aber bei der allernächsten Ecke linker Hand; versteht, bei der ersten nächsten Ecke schlagt Euch weder rechts noch links, sondern dreht Euch schnurgerade aus nach des Juden seinem Hause herum.

Gobbo. Potz Wetterchen, das wird ein schlimmer Weg zu finden sein. Könnt Ihr mir nicht sagen, ob ein gewisser Lanzelot, der sich bei ihm aufhält, sich bei ihm aufhält oder nicht?

Lanzelot. Sprecht Ihr vom jungen Monsieur Lanzelot? (*Beiseite.*) Nun gebt Achtung, nun will ich loslegen. – Sprecht Ihr vom jungen Monsieur Lanzelot?

Gobbo. Kein Monsieur, Herr, sondern eines armen Mannes Sohn. Sein Vater, ob ich es schon sage, ist ein herzlich armer Mann und, Gott sei Dank, recht wohlauf.

Lanzelot. Gut, sein Vater mag sein, was er will; hier ist die Rede vom jungen Monsieur Lanzelot.

Gobbo. Eurem gehorsamen Diener und Lanzelot, Herr.

Lanzelot. Ich bitte Euch demnach, alter Mann, demnach ersuche ich Euch: sprecht Ihr vom jungen Monsieur Lanzelot?

Gobbo. Von Lanzelot, wenn's Eur Gnaden beliebt.

Lanzelot. Demnach Monsieur Lanzelot. Sprecht nicht von Monsieur Lanzelot, Vater; denn der junge Herr ist (vermöge der Schickungen und Verhängnisse und solcher wunderlichen Redensarten, der drei Schwestern und dergleichen Fächern der Gelahrtheit) in Wahrheit Todes verblichen oder, um es rund herauszusagen, in die Ewigkeit gegangen.

Gobbo. Je, da sei Gott vor! Der Junge war so recht der Stab meines Alters, meine beste Stütze. –

Lanzelot. Seh ich wohl aus wie ein Knittel oder wie ein Zaunpfahl, wie ein Stab oder eine Stütze? – Kennt Ihr mich, Vater?

Gobbo. Ach du liebe Zeit, ich kenne Euch nicht, junger Herr; aber ich bitte Euch, sagt mir, ist mein Junge – Gott hab ihn selig! – lebendig oder tot?

Lanzelot. Kennt Ihr mich nicht, Vater?

Gobbo. Lieber Himmel! ich bin ein alter blinder Mann, ich kenne Euch nicht.

Lanzelot. Nun wahrhaftig, wenn Ihr auch Eure Augen hättet, so könntet Ihr mich doch wohl nicht kennen; das ist ein weiser Vater, der sein eignes Kind kennt. Gut, alter Mann, ich will Euch Nachricht von Eurem Sohne geben. Gebt mir

Euren Segen! Wahrheit muß ans Licht kommen. Ein Mord kann nicht lange verborgen bleiben, eines Menschen Sohn kann's; aber zuletzt muß die Wahrheit heraus.

Gobbo. Ich bitte Euch, Herr, steht auf, ich bin gewiß, Ihr seid mein Junge Lanzelot nicht.

Lanzelot. Ich bitte Euch, laßt uns weiter keine Possen damit treiben, sondern gebt mir Euern Segen. Ich bin Lanzelot, Euer Junge, der da war, Euer Sohn, der da ist, Euer Kind, das da sein wird.

Gobbo. Ich kann mir nicht denken, daß Ihr mein Sohn seid.

Lanzelot. Ich weiß nicht, was ich davon denken soll; aber ich bin Lanzelot, des Juden Diener, und ich bin gewiß, Margrete, Eure Frau, ist meine Mutter.

Gobbo. Ganz recht, ihr Name ist Margrete; ich will einen Eid tun, wenn du Lanzelot bist, so bist du mein eigen Fleisch und Blut. Gott im Himmelsthrone! was hast du für einen Bart gekriegt? – Du hast mehr Haar am Kinne, als mein Karrengaul Fritz am Schwanze hat.

Lanzelot. Je, so läßt's ja, als ob Fritz sein Schwanz rückwärts wüchse; ich weiß doch, er hatte mehr Haar im Schwanze als im Gesicht, da ich ihn das letztemal sah.

Gobbo. Herrje, wie du dich verändert hast! Wie verträgst du dich mit deinem Herrn? Ich bringe ihm ein Präsent; nun, wie vertragt ihr euch?

Lanzelot. Gut, gut! aber für meine Person, da ich mich darauf gesetzt habe, davonzulaufen, so will ich mich nicht eher niedersetzen, als bis ich ein Stück Weges gelaufen bin. Mein Herr ist ein rechter Jude; ihm ein Präsent geben! Einen Strick gebt ihm. Ich bin ausgehungert in seinem Dienst; Ihr könnt jeden Finger, den ich habe, mit meinen Rippen zählen. Vater, ich bin froh, daß Ihr gekommen seid. Gebt mir Euer Präsent für einen gewissen Herrn Bassanio, der wahrhaftig prächtige neue Livreien gibt. Komme ich nicht bei ihm in Dienst, so will ich laufen, soweit Gottes Erdboden reicht. – Welch ein Glück! da kommt er selbst. Macht Euch an ihn, Vater, denn ich will ein Jude sein, wenn ich bei dem Juden länger diene.

Bassanio kommt mit Leonardo und andern Begleitern.

Bassanio. Das könnt Ihr tun – aber seid so bei der Hand, daß das Abendessen spätestens um fünf Uhr fertig ist. Besorgt diese Briefe, gebt diese Livreien in Arbeit und bittet Graziano, sogleich in meine Wohnung zu kommen.

(*Ein Bedienter ab.*)

Lanzelot. Macht Euch an ihn, Vater?

Gobbo. Gott segne Euer Gnaden!

Bassanio. Großen Dank! Willst du was von mir?

Gobbo. Da ist mein Sohn, Herr, ein armer Junge –

Lanzelot. Kein armer Junge, Herr, sondern des reichen Juden Diener, der gerne möchte, wie mein Vater spezifizieren wird–

Gobbo. Er hat, wie man zu sagen pflegt, eine große Deklination zu dienen –

Lanzelot. Wirklich, das Kurze und das Lange von der Sache ist: ich diene dem Juden und trage Verlangen, wie mein Vater spezifizieren wird –

Gobbo. Sein Herr und er (mit Respekt vor Euer Gnaden zu sagen) vertragen sich wie Katzen und Hunde –

Lanzelot. Mit einem Worte, die reine Wahrheit ist, daß der Jude, da er mir Unrecht getan, mich nötigt, wie mein Vater, welcher, so Gott will, ein alter Mann ist, notifizieren wird –

Gobbo. Ich habe hier ein Gericht Tauben, die ich bei Euer Gnaden anbringen möchte, und mein Gesuch ist –

Lanzelot. In aller Kürze, das Gesuch interzediert mich selbst, wie Euer Gnaden von diesem ehrlichen alten Mann hören werden, der, obschon ich es sage, obschon ein alter Mann, doch ein armer Mann und mein Vater ist.

Bassanio. Einer spreche für beide. Was wollt Ihr?

Lanzelot. Euch dienen, Herr.

Gobbo. Ja, das wollten wir Euch gehorsamst opponieren[1].

Bassanio. Ich kenne dich, die Bitt ist dir gewährt;
Shylock, dein Herr, hat heut mit mir gesprochen
Und dich empfohlen; wenn's empfehlenswert,

---

1. Er will sagen: offerieren

Aus eines reichen Juden Dienst zu gehn,
Um einem armen Edelmann zu folgen.

Lanzelot. Das alte Sprichwort ist recht schön verteilt zwischen meinem Herrn Shylock und Euch, Herr: Ihr habt die Gnade Gottes, und er hat genug.

Bassanio. Du triffst es; Vater, geh mit deinem Sohn.
Nimm Abschied erst von deinem alten Herrn
Und frage dich nach meiner Wohnung hin.
(*Zu seinen Begleitern.*) Ihr, gebt ihm eine nettere Livrei
Als seinen Kameraden; sorgt dafür!

Lanzelot. Kommt her, Vater. – Ich kann keinen Dienst kriegen; nein! ich habe gar kein Mundwerk am Kopfe. – Gut! – (*Er besieht seine flache Hand.*) Wenn einer in ganz Italien eine schönere Tafel hat, damit auf die Schrift zu schwören – Ich werde gut Glück haben; ohne Umstände, hier ist eine ganz schlechte Lebenslinie; hier ist 'ne Kleinigkeit an Frauen. Ach, fünfzehn Weiber sind nichts! elf Witwen und neun Mädchen ist ein knappes Auskommen für *einen* Mann. Und dann, dreimal ums Haar zu ersaufen und mich an der Ecke eines Federbettes beinah tot zu stoßen – das heiße ich gut davonkommen! Gut, wenn Glück ein Weib ist, so ist sie doch eine gute Dirne mit ihrem Kram[1]. – Kommt, Vater, ich nehme in *einem* Umsehn von dem Juden Abschied.

(*Lanzelot und der alte Gobbo ab.*)

Bassanio. Tu das, ich bitt dich, guter Leonardo;
Ist dies gekauft und ordentlich besorgt,
Komm schleunig wieder; denn zur Nacht bewirt ich
Die besten meiner Freunde; eil dich, geh!

Leonardo. Verlaßt Euch auf mein eifrigstes Bemühn.

Graziano kommt.

Graziano. Wo ist dein Herr?

Leonardo. Er geht da drüben, Herr. (*Leonardo ab.*)

Graziano. Signor Bassanio!

---

1. Sinn: Wenn Fortuna ein Weib ist, so ist sie eine nette Frauensperson, was dieses Zeug (15 Weiber, 11 Witwen, 9 Mädchen, dreimaliges Ertrinken) anlangt

Bassanio. Graziano!
Graziano. Ich habe ein Gesuch an Euch.
Bassanio. Ihr habt es schon erlangt.
Graziano. Ihr müßt mir's nicht weigern; ich muß mit Euch nach Belmont gehen.
Bassanio. Nun ja, so müßt Ihr – aber hör, Graziano,
Du bist zu wild, zu rauh, zu keck im Ton:
Ein Wesen, welches gut genug dir steht
Und Augen wie den unsern nicht mißfällt.
Doch wo man dich nicht kennt, ja, da erscheint
Es allzufrei; drum nimm dir Müh und dämpfe
Mit ein paar kühlen Tropfen Sittsamkeit
Den flüchtgen Geist, daß ich durch deine Wildheit
Dort nicht mißdeutet werd und meine Hoffnung
Zugrunde geht.
Graziano. Signor Bassanio, hört mich:
Wenn ich mich nicht zu feinem Wandel füge,
Mit Ehrfurcht red und dann und wann nur fluche,
Gebetbuch in der Tasche, Kopf geneigt;
Ja, selbst beim Tischgebet so vors Gesicht
Den Hut mir halt und seufz und Amen sage;
Nicht allen Brauch der Höflichkeit erfülle,
Wie einer, der, der Großmama zulieb,
Scheinheilig tut: so traut mir niemals mehr.
Bassanio. Nun gut, wir werden sehn, wie Ihr Euch nehmt.
Graziano. Nur heute nehm ich aus; das gilt nicht mir,
Was ich heut abend tu.
Bassanio. Nein, das wär schade;
Ich bitt Euch, lieber in den kecksten Farben
Der Lust zu kommen; denn wir haben Freunde,
Die lustig wollen sein. Lebt wohl indes,
Ich habe ein Geschäft.
Graziano. Und ich muß zu Lorenzo und den andern,
Doch auf den Abend kommen wir zu Euch.

(*Alle ab.*)

DRITTE SZENE

Ein Zimmer in Shylocks Hause
Jessica und Lanzelot kommen

Jessica. Es tut mir leid, daß du uns so verläßt;
Dies Haus ist Hölle, und du, ein lustger Teufel,
Nahmst ihm ein Teil von seiner Widrigkeit.
Doch lebe wohl; da hast du 'nen Dukaten!
Und, Lanzelot, du wirst beim Abendessen
Lorenzo sehn als Gast von deinem Herrn.
Dann gib ihm diesen Brief, tu es geheim;
Und so leb wohl, daß nicht etwa mein Vater
Mich mit dir reden sieht.

Lanzelot. Adieu! – Tränen müssen meine Zunge vertreten, allerschönste Heidin! allerliebste Jüdin! Wenn ein Christ nicht zum Schelm an dir wird, und dich bekommt, so trügt mich alles. Aber adieu! Diese törichten Tropfen erweichen meinen männlichen Mut allzusehr. (*Ab.*)

Jessica. Leb wohl, du Guter!
Ach wie gehässig ist es nicht von mir,
Daß ich des Vaters Kind zu sein mich schäme;
Doch, bin ich seines Blutes Tochter schon,
Bin ich's nicht seines Herzens. O Lorenzo,
Hilf mir dies lösen! treu dem Worte bleib!
So werd ich Christin und dein liebend Weib. (*Ab.*)

VIERTE SZENE

Eine Straße
Graziano, Lorenzo, Salarino und Solanio treten auf

Lorenzo. Nun gut, wir schleichen weg vom Abendessen,
Verkleiden uns in meinem Haus und sind
In einer Stunde alle wieder da.

Graziano. Wir haben uns nicht recht darauf gerüstet.

Salarino. Auch keine Fackelträger noch bestellt.

Solanio. Wenn es nicht zierlich anzuordnen steht,

So ist es nichts und unterbliebe besser.
Lorenzo. 's ist eben vier; wir haben noch zwei Stunden
Zur Vorbereitung.

Lanzelot kommt mit einem Briefe.

Freund Lanzelot, was bringst du?
Lanzelot. Wenn's Euch beliebt, dies aufzubrechen, so wird es gleichsam andeuten.
Lorenzo. Ich kenne wohl die Hand; ja, sie ist schön;
Und weißer als das Blatt, worauf sie schrieb,
Ist diese schöne Hand.
Graziano. Auf meine Ehre, eine Liebesbotschaft.
Lanzelot. Mit Eurer Erlaubnis, Herr.
Lorenzo. Wo willst du hin?
Lanzelot. Nun, Herr, ich soll meinen alten Herrn, den Juden, zu meinem neuen Herrn, dem Christen, auf heute zum Abendessen laden.
Lorenzo. Da nimm dies; sag der schönen Jessica,
Daß ich sie treffen will. – Sag's heimlich! geh;

(*Lanzelot ab.*)

Ihr Herrn,
Wollt ihr euch zu dem Maskenzug bereiten?
Ich bin versehn mit einem Fackelträger.
Salarino. Ja, auf mein Wort, ich gehe gleich danach.
Solanio. Das will ich auch.
Lorenzo. Trefft mich und Graziano.
In einer Stund in Grazianos Haus.
Salarino. Gut das, es soll geschehn.

(*Salarino und Solanio ab.*)

Graziano. Der Brief kam von der schönen Jessica?
Lorenzo. Ich muß dir's nur vertraun: sie gibt mir an,
Wie ich sie aus des Vaters Haus entführe;
Sie sei versehn mit Gold und mit Juwelen,
Ein Pagenanzug liege schon bereit.
Kommt je der Jud, ihr Vater, in den Himmel,
So ist's um seiner holden Tochter willen;
Und nie darf Unglück in den Weg ihr treten,
Es müßte denn mit diesem Vorwand sein,

Daß sie von einem falschen Juden stammt.
Komm, geh mit mir und lies im Gehn dies durch;
Mir trägt die schöne Jessica die Fackel.

(*Beide ab.*)

Fünfte Szene

Vor Shylocks Hause
Shylock und Lanzelot kommen

Shylock. Gut, du wirst sehn mit deinen eignen Augen
Des alten Shylocks Abstand von Bassanio.
He, Jessica! – Du wirst nicht voll dich stopfen,
Wie du bei mir getan – He, Jessica! –
Und liegen, schnarchen, Kleider nur zerreißen –
He, sag ich, Jessica!

Lanzelot. He, Jessica!

Shylock. Wer heißt dich schrein? Ich hab's dir nicht geheißen.

Lanzelot. Euer Edlen pflegten immer zu sagen, ich könnte nichts ungeheißen tun.

Jessica kommt.

Jessica. Ruft Ihr? Was ist Euch zu Befehl?

Shylock. Ich bin zum Abendessen ausgebeten.
Da hast du meine Schlüssel, Jessica.
Zwar weiß ich nicht, warum ich geh; sie bitten
Mich nicht aus Liebe, nein, sie schmeicheln mir;
Doch will ich gehn aus Haß, auf den Verschwender
Von Christen zehren. – Jessica, mein Kind,
Acht auf mein Haus! – Ich geh recht wider Willen.
Es braut ein Unglück gegen meine Ruh,
Denn diese Nacht träumt ich von Säcken Geldes.

Lanzelot. Ich bitte Euch, Herr, geht; mein junger Herr erwartet Eure Zukunft.

Shylock. Ich seine auch.

Lanzelot. Und sie haben sich verschworen. – Ich sage nicht, daß Ihr eine Maskerade sehen sollt; aber wenn Ihr eine seht, so war es nicht umsonst, daß meine Nase an zu bluten fing, auf den letzten Ostermontag des Morgens um sechs Uhr, der das Jahr auf den Tag fiel, wo vier Jahre vorher nachmittags Aschermittwoch war.

Shylock. Was? gibt es Masken? Jessica, hör an:
Verschließ die Tür, und wenn du Trommeln hörst
Und das Gequäk der quergehalsten Pfeife,
So klettre mir nicht an den Fenstern auf;
Steck nicht den Kopf hinaus in offne Straße,
Nach Christennarren mit bemaltem Antlitz
Zu gaffen; stopfe meines Hauses Ohren –
Die Fenster, mein ich – zu und laß den Schall
Der albern' Geckerei nicht dringen in
Mein ehrbar Haus. Bei Jakobs Stabe schwör ich:
Ich habe keine Lust, zu Nacht zu schmausen[1];
Doch will ich gehn. — Du Bursch, geh mir voran;
Sag, daß ich komme.

Lanzelot. Herr, ich will vorangehn.
Guckt nur am Fenster, Fräulein, trotz dem allem;
Denn vorbeigehn wird ein Christ,
Wert, daß ihn 'ne Jüdin küßt. (*Ab.*)

Shylock. Was sagt der Narr von Hagars Stamme? he?

Jessica. Sein Wort war: «Fräulein, lebet wohl» – sonst nichts.

Shylock. Der Laff ist gut genug, jedoch ein Fresser,
'ne Schnecke zum Gewinn und schläft bei Tag
Mehr als das Murmeltier; in meinem Stock
Baun keine Drohnen; drum laß ich ihn gehn
Und laß ihn gehn zu einem, dem er möge
Den aufgeborgten Beutel leeren helfen.
Gut, Jessica, geh nun ins Haus hinein,
Vielleicht komm ich im Augenblicke wieder.
Tu, was ich dir gesagt, schließ hinter dir
Die Türen; fest gebunden, fest gefunden,
Das denkt ein guter Wirt zu allen Stunden. (*Ab.*)

Jessica. Lebt wohl, und denkt das Glück nach meinem Sinn,
Ist mir ein Vater, Euch ein Kind dahin. (*Ab.*)

---

1. Genauer: außerhalb meines Hauses zu schmausen heute abend

SECHSTE SZENE

Ebendaselbst

Graziano und Salarino kommen maskiert

Graziano. Dies ist das Vordach, unter dem Lorenzo
Uns haltzumachen bat.
Salarino. Die Stund ist fast vorbei.
Graziano. Und Wunder ist es, daß er sie versäumt;
Verliebte laufen stets der Uhr voraus.
Salarino. O zehnmal schneller fliegen Venus' Tauben,
Den neuen Bund der Liebe zu versiegeln,
Als sie gewohnt sind, unverbrüchlich auch
Gegebne Treu zu halten.
Graziano. So geht's in allem; wer steht auf vom Mahl
Mit gleicher Eßlust, als er niedersaß?
Wo ist das Pferd, das seine lange Bahn
Zurückmißt mit dem ungedämpften Feuer,
Womit es sie betreten? Jedes Ding
Wird mit mehr Trieb erjaget als genossen.
Wie ähnlich einem Wildfang und Verschwender
Eilt das beflaggte Schiff aus heimscher Bucht,
Geliebkost und geherzt vom Buhler Wind!
Wie ähnlich dem Verschwender[1] kehrt es heim,
Zerlumpt die Segel, Rippen abgewittert,
Kahl, nackt, geplündert von dem Buhler Wind!

Lorenzo tritt auf.

Salarino. Da kommt Lorenzo, mehr hievon nachher.
Lorenzo. Entschuldigt, Herzensfreunde, den Verzug:
Nicht ich, nur mein Geschäft hat warten lassen.
Wenn ihr den Dieb um Weiber spielen wollt,
Dann wart ich auch so lang auf euch. – Kommt näher!
Hier wohnt mein Vater Jude – He! wer da?

Jessica oben am Fenster in Knabentracht.

Jessica. Wer seid Ihr? sagt's zu mehrer Sicherheit,

---

1. Richtiger: dem verlorenen Sohn

Wiewohl ich schwör, ich kenne Eure Stimme.
Lorenzo. Lorenzo und dein Liebster.
Jessica. Lorenzo sicher, und mein Liebster, ja!
Denn wen lieb ich so sehr? Und nun, wer weiß
Als Ihr, Lorenzo, ob ich Eure bin?
Lorenzo. Der Himmel und dein Sinn bezeugen dir's.
Jessica. Hier, fang dies Kästchen auf, es lohnt die Müh.
Gut, daß es Nacht ist, daß Ihr mich nicht seht,
Denn ich bin sehr beschämt von meinem Tausch;
Doch Lieb ist blind, Verliebte sehen nicht
Die artgen Kinderein, die sie begehen;
Denn könnten sie's, Cupido würd erröten,
Als Knaben so verwandelt mich zu sehn.
Lorenzo. Kommt, denn Ihr müßt mein Fackelträger sein.
Jessica. Was? muß ich selbst noch leuchten meiner Schmach?
Sie liegt fürwahr schon allzusehr am Tage.
Ei, Lieber, 's ist ein Amt zum kundbar machen;
Ich muß verheimlicht sein.
Lorenzo. Das bist du, Liebe,
Im hübschen Anzug eines Knaben schon.
Doch komm sogleich,
Die finstre Nacht stiehlt heimlich sich davon;
Wir werden bei Bassanios Fest erwartet.
Jessica. Ich mach die Türen fest, vergülde mich
Mit mehr Dukaten noch und bin gleich bei Euch.
(*Tritt zurück.*)
Graziano. Nun! auf mein Wort! 'ne Göttin, keine Jüdin.
Lorenzo. Verwünscht mich, wenn ich sie nicht herzlich liebe;
Denn sie ist klug, wenn ich mich drauf verstehe,
Und schön ist sie, wenn nicht mein Auge trügt,
Und treu ist sie, so hat sie sich bewährt.
Drum sei sie, wie sie ist, klug, schön und treu,
Mir in beständigem Gemüt verwahrt.
Jessica kommt heraus.
Nun bist du da? – Ihr Herren, auf und fort!
Der Maskenzug erwartet schon uns dort.
(*Ab mit Jessica und Salarino.*)

Antonio tritt auf.

Antonio. Wer da?
Graziano. Signor Antonio.
Antonio. Ei, ei, Graziano, wo sind all die andern?
Es ist neun Uhr, die Freund erwarten Euch.
Kein Tanz zur Nacht, der Wind hat sich gedreht,
Bassanio will im Augenblick an Bord;
Wohl zwanzig Boten schickt ich aus nach Euch.
Graziano. Mir ist es lieb, nichts kann mich mehr erfreun,
Als unter Segel gleich die Nacht zu sein.

(*Beide ab.*)

SIEBENTE SZENE

Belmont. Ein Zimmer in Porzias Hause

Trompetenstoß. Porzia und der Prinz von Marokko treten auf, beide mit Gefolge

Porzia. Geht, zieht beiseit den Vorhang und entdeckt
Die Kästchen sämtlich diesem edlen Prinzen. –
Trefft Eure Wahl nunmehr.
Marokko. Von Gold das erste, das die Inschrift hat:
«Wer mich erwählt, gewinnt, was mancher Mann begehrt.»
Das zweite, silbern, führet dies Versprechen:
«Wer mich erwählt, bekommt soviel, als er verdient.»
Das dritte, schweres Blei, mit plumper Warnung:
«Wer mich erwählt, der gibt und wagt sein Alles dran.»
Woran erkenn ich, ob ich recht gewählt?
Porzia. Das eine faßt mein Bildnis in sich, Prinz:
Wenn Ihr das wählt, bin ich zugleich die Eure.
Marokko. So leit ein Gott mein Urteil! Laßt mich sehn!
Ich muß die Sprüche nochmals überlesen.
Was sagt dies bleir'ne Kästchen?
«Wer mich erwählt, der gibt und wagt sein Alles dran.»
Der gibt – wofür? für Blei? und wagt für Blei?
Dies Kästchen droht; wenn Menschen alles wagen,
Tun sie's in Hoffnung köstlichen Gewinns.
Ein goldner Mut fragt nichts nach niedern Schlacken,

Ich geb also und wage nichts für Blei.
Was sagt das Silber mit der Mädchenfarbe?
«Wer mich erwählt, bekommt soviel, als er verdient.»
Soviel, als er verdient? – Halt ein, Marokko,
Und wäge deinen Wert mit steter Hand.
Wenn du geachtet wirst nach deiner Schätzung,
Verdienest du genug, doch kann genug
Wohl nicht soweit bis zu dem Fräulein reichen.
Und doch, mich ängsten über mein Verdienst,
Das wäre schwaches Mißtraun in mich selbst.
Soviel, als ich verdiene? – Ja, das ist
Das Fräulein; durch Geburt verdien ich sie,
Durch Glück, durch Zier und Gaben der Erziehung;
Doch mehr verdien ich sie durch Liebe. Wie,
Wenn ich nicht weiter schweift und wählte hier?
Laßt nochmals sehn den Spruch, in Gold gegraben:
«Wer mich erwählt, gewinnt, was mancher Mann begehrt.»
Das ist das Fräulein; alle Welt begehrt sie,
Aus jedem Weltteil kommen sie herbei,
Dies sterblich atmend Heilgenbild zu küssen;
Hyrkaniens Wüsten und die wilden Öden
Arabiens sind gebahnte Straßen nun
Für Prinzen, die zur schönen Porzia reisen;
Das Reich der Wasser, dessen stolzes Haupt
Speit in des Himmels Antlitz, ist kein Damm
Für diese fremden Geister; nein, sie kommen
Wie über einen Bach zu Porzias Anblick.
Eins von den drein enthält ihr himmlisch Bild;
Soll Blei es in sich fassen? Lästrung wär's,
Zu denken solche Schmach; es wär zu schlecht,
Im düstern Grab ihr Leichentuch zu panzern.
Und soll ich glauben, daß sie Silber einschließt,
Von zehnmal minderm Wert als reines Gold?
O sündlicher Gedanke! Solch ein Kleinod
Ward nie geringer als in Gold gefaßt.
In England gibt's 'ne Münze, die das Bild
Von einem Engel führt, in Gold geprägt.

Doch der ist drauf gedruckt; hier liegt ein Engel
Ganz drin im goldnen Bett. – Gebt mir den Schlüssel,
Hier wähl ich, und geling es, wie es kann.
Porzia. Da nehmt ihn, Prinz, und liegt mein Bildnis da,
So bin ich Euer.

(*Er schließt das goldne Kästchen auf.*)

Marokko. O Hölle, was ist hier?
Ein Beingeripp, dem ein beschriebner Zettel
Im hohlen Auge liegt? Ich will ihn lesen:
«Alles ist nicht Gold, was gleißt,
Wie man oft Euch unterweist.
Manchen in Gefahr es reißt,
Was mein äußrer Schein verheißt;
Goldnes Grab hegt Würmer meist;
Wäret Ihr so weis als dreist,
Jung an Gliedern, alt an Geist,
So würdet Ihr nicht abgespeist
Mit der Antwort: Geht und reist.»
Ja fürwahr, mit bittrer Kost;
Leb wohl denn, Glut! Willkommen, Frost!
Lebt, Porzia, wohl! Zu langem Abschied fühlt
Mein Herz zu tief; so scheidet, wer verspielt. (*Ab.*)
Porzia. Erwünschtes Ende! Geht, den Vorhang zieht!
So wähle jeder, der ihm ähnlich sieht. (*Alle ab.*)

ACHTE SZENE

Venedig. Eine Straße
Salarino und Solanio treten auf

Salarino. Ja, Freund, ich sah Bassanio unter Segel;
Mit ihm ist Graziano abgereist,
Und auf dem Schiff ist sicher nicht Lorenzo.
Solanio. Der Schelm von Juden schrie den Dogen auf,
Der mit ihm ging, das Schiff zu untersuchen.
Salarino. Er kam zu spät, das Schiff war unter Segel;
Doch da empfing der Doge den Bericht,

In einer Gondel habe man Lorenzo
Mit seiner Liebsten Jessica gesehn;
Auch gab Antonio ihm die Versichrung,
Sie sei'n nicht mit Bassanio auf dem Schiff.
Solanio. Nie hört ich so verwirrte Leidenschaft,
So seltsam wild und durcheinander, als
Der Hund von Juden in den Straßen ausließ:
«Mein' Tochter – mein' Dukaten – o mein' Tochter!
Fort mit 'nem Christen – o mein' christlichen Dukaten!
Recht und Gericht! mein' Tochter! mein' Dukaten!
Ein Sack, zwei Säcke, beide zugesiegelt,
Voll von Dukaten, doppelten Dukaten!
Gestohl'n von meiner Tochter; und Juwelen,
Zwei Stein' – zwei reich' und köstliche Gestein',
Gestohl'n von meiner Tochter! O Gerichte,
Find't mir das Mädchen! – Sie hat die Steine bei sich
Und die Dukaten.»
Salarino. Ja, alle Gassenbuben folgen ihm
Und schrein: «Die Stein', die Tochter, die Dukaten!»
Solanio. Daß nur Antonio nicht den Tag versäumt,
Sonst wird er hiefür zahlen.
Salarino. Gut bedacht!
Mir sagte gestern ein Franzose noch,
Mit dem ich schwatzte, in der engen See,
Die Frankreich trennt von England, sei ein Schiff
Von unserm Land verunglückt, reich geladen;
Ich dachte des Antonio, da er's sagte,
Und wünscht im stillen, daß es seins nicht wär.
Solanio. Ihr solltet ihm doch melden, was Ihr hört;
Doch tut's nicht plötzlich, denn es könnt ihn kränken.
Salarino. Ein beßres Herz lebt auf der Erde nicht.
Ich sah Bassanio und Antonio scheiden;
Bassanio sagt' ihm, daß er eilen wolle
Mit seiner Rückkehr. «Nein», erwidert' er,
«Schlag dein Geschäft nicht von der Hand, Bassanio,
Um meinetwillen, laß die Zeit es reifen.
Und die Verschreibung, die der Jude hat,

Laß sie beschweren nicht dein liebend Herz.
Sei fröhlich, wende die Gedanken ganz
Auf Gunstbewerbung und Bezeugungen
Der Liebe, wie sie dort dir ziemen mögen.»
Und hier, die Augen voller Tränen, wandt er
Sich abwärts, reichte seine Hand zurück,
Und, als ergriff ihn wunderbare Rührung,
Drückt' er Bassanios Hand. So schieden sie.
Solanio. Ich glaub, er liebt die Welt nur seinetwegen;
Ich bitt Euch, laßt uns gehn, ihn aufzufinden,
Um seine Schwermut etwas zu zerstreun
Auf ein und andre Art.
Salarino. Ja, tun wir das.
(*Beide ab.*)

NEUNTE SZENE

Belmont. Ein Zimmer in Porzias Hause
Nerissa kommt mit einem Bedienten

Nerissa. Komm, hurtig, hurtig, zieh den Vorhang auf!
Der Prinz von Arragon hat seinen Eid
Getan und kommt sogleich zu seiner Wahl.
Trompentenstoß. Der Prinz von Arragon, Porzia und beider Gefolge.
Porzia. Schaut hin, da stehn die Kästchen, edler Prinz!
Wenn Ihr das wählet, das mich in sich faßt,
Soll die Vermählung gleich gefeiert werden.
Doch fehlt Ihr, Prinz, so müßt Ihr ohne weiters
Im Augenblick von hier Euch wegbegeben.
Arragon. Drei Dinge gibt der Eid mir auf zu halten:
Zum ersten, niemals jemand kundzutun,
Welch Kästchen ich gewählt; sodann: verfehl ich
Das rechte Kästchen, nie in meinem Leben
Um eines Mädchens Hand zu werben; endlich:
Wenn sich das Glück zu meiner Wahl nicht neigt,
Sogleich Euch zu verlassen und zu gehn.
Porzia. Auf diese Pflichten schwört ein jeder, der
Zu wagen kommt um mein geringes Selbst.

Arragon. Und so bin ich gerüstet. Glück wohlauf
Nach Herzens Wunsch! – Gold, Silber, schlechtes Blei:
«Wer mich erwählt, der gibt und wagt sein Alles dran.»
Du müßtest schöner aussehn, eh ich's täte.
Was sagt das goldne Kästchen? Ha, laßt sehn!
«Wer mich erwählt, gewinnt, was mancher Mann begehrt.»
Was mancher Mann begehrt? – Dies *mancher* meint vielleicht
Die Torenmenge, die nach Scheine wählt,
Nur lernend, was ein blödes Auge lehrt;
Die nicht ins Innre dringt und wie die Schwalbe
Im Wetter bauet an der Außenwand,
Recht in der Kraft und Bahn des Ungefährs.
Ich wähle nicht, was mancher Mann begehrt,
Weil ich nicht bei gemeinen Geistern hausen,
Noch mich zu rohen Haufen stellen will.
Nun dann zu dir, du silbern Schatzgemach!
Sag mir noch mal die Inschrift, die du führst:
«Wer mich erwählt, bekommt soviel, als er verdient.»
Ja, gut gesagt: denn wer darf darauf ausgehn,
Das Glück zu täuschen und geehrt zu sein,
Den das Verdienst nicht stempelt? Maße keiner
Sich einer unverdienten Würde an.
O würden Güter, Rang und Ämter nicht
Verderbterweis erlangt und würde Ehre
Durch das Verdienst des Eigners rein erkauft,
Wie mancher deckte dann sein bloßes Haupt!
Wie mancher, der befiehlt, gehorchte dann!
Wie viel des Pöbels würde ausgesondert
Aus reiner Ehre Saat! und wieviel Ehre
Gelesen aus der Spreu, dem Raub der Zeit,
Um neu zu glänzen! – Wohl, zu meiner Wahl!
«Wer mich erwählt, bekommt soviel, als er verdient.»
Ich halt es mit Verdienst: gebt mir dazu den Schlüssel,
Und unverzüglich schließt mein Glück hier auf.
Porzia. Zu lang geweilt für das, was Ihr da findet.
Arragon. Was gibt's hier? Eines Gecken Bild, der blinzt
Und mir 'nen Zettel reicht! Ich will ihn lesen.

O wie so gar nicht gleichst du Porzien!
Wie gar nicht meinem Hoffen und Verdienst!
«Wer mich erwählt, bekommt soviel, als er verdient.»
Verdient ich nichts als einen Narrenkopf?
Ist das mein Preis? Ist mein Verdienst nicht höher?

Porzia. Fehlen und richten sind getrennte Ämter,
Und die sich widersprechen.

Arragon. Was ist hier?

«Siebenmal im Feur geklärt
Ward dies Silber: so bewährt
Ist ein Sinn, den nichts betört.
Mancher achtet Schatten wert,
Dem ist Schattenheil beschert;
Mancher Narr in Silber fährt,
So auch dieser, der Euch lehrt:
Nehmet, wen Ihr wollt, zum Weib
Immer trägt mich Euer Leib.
Geht und sucht Euch Zeitvertreib!»

Mehr und mehr zum Narrn mich macht
Jede Stunde hier verbracht.
Mit einem Narrenkopf zum Frein
Kam ich her und geh mit zwein.
Herz, leb wohl! was ich versprach,
Halt ich, trage still die Schmach.

(*Arragon mit Gefolge ab.*)

Porzia. So ging dem Licht die Motte nach!
O diese weisen Narren! wenn sie wählen,
Sind sie so klug, durch Witz es zu verfehlen.

Nerissa. Die alte Sag ist keine Ketzerei.
Daß Frein und Hängen eine Schickung sei.

Porzia. Komm, zieh den Vorhang zu, Nerissa.

Ein Bedienter kommt.

Bedienter. Wo ist mein Fräulein?

Porzia. Hier; was will mein Herr?

Bedienter. An Eurem Tor ist eben abgestiegen
Ein junger Venezianer, welcher kommt,
Die nahe Ankunft seines Herrn zu melden,

Von dem er stattliche Begrüßung bringt;
Das heißt, nebst vielen artgen Worten, Gaben
Von reichem Wert; ich sahe niemals noch
Solch einen holden Liebesabgesandten.
Nie kam noch im April ein Tag so süß,
Zu zeigen, wie der Sommer köstlich nahe,
Als dieser Bote seinem Herrn voran.

Porzia. Nichts mehr, ich bitt dich; ich besorge fast,
Daß du gleich sagen wirst, er sei dein Vetter;
Du wendest solchen Festtagswitz an ihn.
Komm, komm, Nerissa; denn er soll mich freun,
Cupidos Herold, so geschickt und fein.

Nerissa. Bassanio, Herr des Herzens! laß es sein.

(*Alle ab.*)

DRITTER AUFZUG

ERSTE SZENE

Venedig. Eine Straße

Solanio und Salarino treten auf

Solanio. Nun, was gibt's Neues auf dem Rialto?

Salarino. Ja, noch wird es nicht widersprochen, daß dem Antonio sein Schiff von reicher Ladung in der Meerenge gestrandet ist. Die Goodwins, denke ich, nennen sie die Stelle: eine sehr gefährliche Sandbank, wo die Gerippe von manchem stattlichen Schiff begraben liegen, wenn Gevatterin Fama eine Frau von Wort ist.

Solanio. Ich wollte, sie wäre darin eine so lügenhafte Gevatterin, als jemals eine Ingwer kaute oder ihren Nachbarn weismachte, sie weine um den Tod ihres dritten Mannes. Aber es ist wahr – ohne alle Umschweife, und ohne die gerade, ebne Bahn des Gespräches zu kreuzen – daß der gute Antonio, der redliche Antonio – o daß ich eine Benennung wüßte, die gut genug wäre, seinem Namen Gesellschaft zu leisten! –

Salarino. Wohlan, zum Schluß!

Solanio. He, was sagst du? – Ja, das Ende ist, er hat ein Schiff eingebüßt.

Salarino. Ich wünsche, es mag das Ende seiner Einbußen sein.

Solanio. Laßt mich beizeiten Amen sagen, ehe mir der Teufel einen Querstrich durch mein Gebet macht; denn hier kommt er in Gestalt eines Juden.

Shylock kommt.

Wie steht's, Shylock? Was gibt es Neues unter den Kaufleuten?

Shylock. Ihr wußtet, niemand besser, niemand besser als Ihr um meiner Tochter Flucht.

Salarino. Das ist richtig; ich meinerseits kannte den Schneider, der ihr die Flügel zum Wegfliegen gemacht hat.

Solanio. Und Shylock seinerseits wußte, daß der Vogel flügge war; und dann haben sie es alle in der Art, das Nest zu verlassen.

Shylock. Sie ist verdammt dafür.

Salarino. Das ist sicher, wenn der Teufel ihr Richter sein soll.

Shylock. Daß mein eigen Fleisch und Blut sich so empört!

Solanio. Pfui dich an, altes Fell! bei dem Alter empört es sich?

Shylock. Ich sage, meine Tochter ist mein Fleisch und Blut.

Salarino. Zwischen deinem Fleisch und ihrem ist mehr Unterschied als zwischen Ebenholz und Elfenbein, mehr zwischen eurem Blute als zwischen rotem Wein und Rheinwein. – Aber sagt uns, was hört Ihr: hat Antonio einen Verlust zur See gehabt oder nicht?

Shylock. Da hab ich einen andern schlimmen Handel: ein Bankerottierer, ein Verschwender, der sich kaum auf dem Rialto darf blicken lassen; ein Bettler, der so schmuck auf den Markt zu kommen pflegte! Er sehe sich vor mit seinem Schein! Er hat mich immer Wucherer genannt – er sehe sich vor mit seinem Schein! – er verlieh immer Geld aus christlicher Liebe, – er sehe sich vor mit seinem Schein!

Salarino. Nun, ich bin sicher, wenn er verfällt, so wirst du sein Fleisch nicht nehmen: wozu wär es gut?

Shylock. Fische mit zu ködern. Sättigt es sonst niemanden, so sättigt es doch meine Rache. Er hat mich beschimpft, mir 'ne halbe Million gehindert; meinen Verlust belacht, meinen Gewinn bespottet, mein Volk geschmäht, meinen Handel gekreuzt, meine Freunde verleitet, meine Feinde gehetzt. Und was hat er für Grund! Ich bin ein Jude. Hat nicht ein Jude Augen? Hat nicht ein Jude Hände, Gliedmaßen, Werkzeuge, Sinne, Neigungen, Leidenschaften? Mit derselben Speise genährt, mit denselben Waffen verletzt, denselben Krankheiten unterworfen, mit denselben Mitteln geheilt, gewärmt und gekältet von eben dem Winter und Sommer als ein Christ? Wenn ihr uns stecht, bluten wir nicht? Wenn ihr uns kitzelt, lachen wir nicht? Wenn ihr uns vergiftet, sterben wir nicht? Und wenn ihr uns beleidigt, sollen wir uns nicht rächen? Sind wir euch in allen Dingen ähnlich, so wollen wir's euch auch darin gleich tun. Wenn ein Jude einen Christen beleidigt, was ist seine Demut? Rache. Wenn ein Christ einen Juden beleidigt, was muß seine Geduld sein nach christlichem Vorbild? Nu, Rache. Die Bosheit, die ihr mich lehrt, die will ich ausüben, und es muß schlimm hergehen, oder ich will es meinen Meistern zuvortun.

Ein Bedienter kommt.

Bedienter. Edle Herren, Antonio, mein Herr, ist zu Hause und wünscht euch zu sprechen.

Salarino. Wir haben ihn allenthalben gesucht.

Tubal kommt.

Solanio. Hier kommt ein anderer von seinem Stamm; der dritte Mann ist nicht aufzutreiben, der Teufel selbst müßte denn Jude werden.

(*Solanio, Salarino und Bedienter ab.*)

Shylock. Nun, Tubal, was bringst du Neues von Genua? Hast du meine Tochter gefunden?

Tubal. Ich bin oft an Örter gekommen, wo ich von ihr hörte, aber ich kann sie nicht finden.

Shylock. Ei so, so, so, so! Ein Diamant fort, kostet mich zweitausend Dukaten zu Frankfurt. Der Fluch ist erst jetzt auf unser Volk gefallen, ich hab ihn niemals gefühlt bis jetzt.

Zweitausend Dukaten dafür! und noch mehr kostbare, kostbare Juwelen! Ich wollte, meine Tochter läge tot zu meinen Füßen und hätte die Juwelen in den Ohren! Wollte, sie läge eingesargt zu meinen Füßen, und die Dukaten im Sarge! Keine Nachricht von ihnen! Ei, daß dich! – und ich weiß noch nicht, was beim Nachsetzen draufgeht. Ei, du Verlust über Verlust! Der Dieb mit soviel davongegangen, und soviel, um den Dieb zu finden; und keine Genugtuung, keine Rache! Kein Unglück tut sich auf, als was mir auf den Hals fällt; keine Seufzer, als die ich ausstoße, keine Tränen, als die ich vergieße.

Tubal. Ja, andre Menschen haben auch Unglück. Antonio, so hört ich in Genua –

Shylock. Was, was, was? Ein Unglück? ein Unglück?

Tubal. Hat eine Galeone verloren, die von Tripolis kam.

Shylock. Gott sei gedankt! Gott sei gedankt! Ist es wahr? ist es wahr?

Tubal. Ich sprach mit ein paar von den Matrosen, die sich aus dem Schiffbruch gerettet.

Shylock. Ich danke dir, guter Tubal! Gute Zeitung, gute Zeitung! – Wo? in Genua?

Tubal. Eure Tochter vertat in Genua, wie ich hörte, in *einem* Abend achtzig Dukaten!

Shylock. Du gibst mir einen Dolchstich – ich kriege mein Gold nicht wieder zu sehn – Achtzig Dukaten in *einem* Strich! achtzig Dukaten!

Tubal. Verschiedene von Antonios Gläubigern reisten mit mir zugleich nach Venedig; die beteuerten, er müsse notwendig fallieren.

Shylock. Das freut mich sehr! ich will ihn peinigen, ich will ihn martern; das freut mich!

Tubal. Einer zeigte mir einen Ring, den ihm Eure Tochter für einen Affen gab.

Shylock. Daß sie die Pest! Du marterst mich, Tubal. Es war mein Türkis, ich bekam ihn von Lea, als ich noch Junggeselle war; ich hätte ihn nicht für einen Wald von Affen weggegeben.

Tubal. Aber Antonio ist gewiß ruiniert.

Shylock. Ja, das ist wahr! das ist wahr! Geh, Tubal, miete mir einen Amtsdiener, bestell ihn vierzehn Tage vorher. Ich will sein Herz haben, wenn er verfällt; denn wenn er aus Venedig weg ist, so kann ich Handel treiben, wie ich will. Geh, geh, Tubal, und triff mich bei unsrer Synagoge! geh, guter Tubal! bei unsrer Synagoge, Tubal! (*Ab.*)

Zweite Szene

Belmont. Ein Zimmer in Porzias Hause

Bassanio, Porzia, Graziano, Nerissa und Gefolge treten auf
Die Kästchen sind aufgestellt

Porzia. Ich bitt Euch, wartet ein, zwei Tage noch,
Bevor Ihr wagt; denn wählt Ihr falsch, so büße
Ich Euren Umgang ein; darum verzieht.
Ein Etwas sagt mir (doch es ist nicht Liebe),
Ich möcht Euch nicht verlieren; und Ihr wißt,
Es rät der Haß in diesem Sinne nicht.
Allein damit Ihr recht mich deuten möchtet
(Und doch, ein Mädchen spricht nur mit Gedanken),
Behielt' ich gern Euch ein paar Tage hier,
Eh Ihr für mich Euch wagt. Ich könnt Euch leiten
Zur rechten Wahl, dann bräch ich meinen Eid;
Das will ich nie; so könnt Ihr mich verfehlen.
Doch wenn Ihr's tut, macht Ihr mich sündlich wünschen,
Ich hätt ihn nur gebrochen. O der Augen,
Die so bezaubert mich und mich geteilt!
Halb bin ich Eur, die andre Hälfte Euer –
Mein, wollt ich sagen; doch wenn mein, dann Euer,
Und so ganz Euer. O die böse Zeit,
Die Eignern ihre Rechte vorenthält!
Und so, ob Euer schon, nicht Euer. – Trifft es,
So sei das Glück dafür verdammt, nicht ich.
Zu lange red ich, doch nur um die Zeit
Zu dehnen, in die Länge sie zu ziehn,
Die Wahl noch zu verzögern.

Bassanio. Laßt mich wählen,
Denn wie ich jetzt bin, leb ich auf der Folter.
Porzia. Bassanio, auf der Folter? So bekennt,
Was für Verrat in Eurer Liebe steckt.
Bassanio. Allein der häßliche Verrat des Mißtrauns,
Der mich am Glück der Liebe zweifeln läßt.
So gut verbände Schnee und Feuer sich
Zum Leben, als Verrat und meine Liebe.
Porzia. Ja, doch ich sorg, Ihr redet auf der Folter,
Wo sie, gezwungen, sagen, was man will.
Bassanio. Verheißt mir Leben, so bekenn ich Wahrheit.
Porzia. Nun wohl, bekennt und lebt!
Bassanio. Bekennt und liebt!
Mein ganz Bekenntnis wäre dies gewesen.
O selge Folter, wenn der Folterer
Mich Antwort lehrt zu meiner Lossprechung?
Doch laßt mein Heil mich bei den Kästchen suchen.
Porzia. Hinzu denn! Eins darunter schließt mich ein;
Wenn Ihr mich liebt, so findet Ihr es aus.
Nerissa und ihr andern steht beiseit. –
Laßt nun Musik ertönen, weil er wählt!
So, wenn er fehltrifft, end' er Schwanen gleich
Hinsterbend in Musik; daß die Vergleichung
Noch näher passe, sei mein Aug der Strom,
Sein wäßrig Totenbett. Er kann gewinnen,
Und was ist dann Musik? Dann ist Musik
Wie Paukenklang, wenn sich ein treues Volk
Dem neugekrönten Fürsten neigt; ganz so
Wie jene süßen Tön in erster Frühe,
Die in des Bräutigams schlummernd Ohr sich schleichen
Und ihn zur Hochzeit laden. Jetzo geht er
Mit minder Anstand nicht, mit weit mehr Liebe,
Als einst Alcides, da er den Tribut
Der Jungfrau löste, welchen Troja heulend
Dem Seeuntier gezahlt. Ich steh als Opfer,
Die dort von fern sind die Dardanschen Fraun
Mit rotgeweinten Augen, ausgegangen,

Der Tat Erfolg zu sehn. – Geh, Herkules!
Leb du, so leb ich! mit viel stärkerm Bangen
Seh ich den Kampf, als du ihn eingegangen.

(*Musik, während Bassanio über die Kästchen mit sich zu Rate geht.*)

Lied

Erste Stimme. Sagt, woher stammt Liebeslust?
Aus den Sinnen, aus der Brust?
Ist euch ihr Lebenslauf bewußt?

Zweite Stimme. In den Augen erst gehegt,
Wird Liebeslust durch Schaun gepflegt;
Stirbt das Kindchen, beigelegt
In der Wiege, die es trägt,
Läutet Totenglöckchen ihm;
Ich beginne: Bim! bim! bim!

Chor. Bim! bim! bim!

Bassanio. – So ist oft äußrer Schein sich selber fremd,
Die Welt wird immerdar durch Zier berückt.
Im Recht, wo ist ein Handel so verderbt,
Der nicht, geschmückt von einer holden Stimme,
Des Bösen Schein verdeckt? Im Gottesdienst,
Wo ist ein Irrwahn, den ein ehrbar Haupt
Nicht heiligte, mit Sprüchen nicht belegte,
Und bürge die Verdammlichkeit durch Schmuck?
Kein Laster ist so blöde, das von Tugend
Im äußern Tun nicht Zeichen an sich nähme.
Wie manche Feige, die Gefahren stehn
Wie Spreu dem Winde, tragen doch am Kinn
Den Bart des Herkules und finstern Mars,
Fließt gleich in ihren Herzen Blut wie Milch!
Und diese leihn des Mutes Auswuchs nur,
Um furchtbar sich zu machen. Blickt auf Schönheit,
Ihr werdet sehn, man kauft sie nach Gewicht,
Das hier ein Wunder der Natur bewirkt,

Und die es tragen, um so lockrer macht.
So diese schlänglicht krausen goldnen Locken,
Die mit den Lüften so mutwillig hüpfen
Auf angemaßtem Reiz: man kennt sie oft
Als eines zweiten Kopfes Ausstattung,
Der Schädel, der sie trug, liegt in der Gruft.
So ist denn Zier die trügerische Küste
Von einer schlimmen See, der schöne Schleier,
Der Indiens Schöne[1] birgt; mit einem Wort:
Die Scheinwahrheit, womit die schlaue Zeit
Auch Weise fängt. Darum, du gleißend Gold,
Des Midas harte Kost, dich will ich nicht,
Noch dich, gemeiner, bleicher Botenläufer
Von Mann zu Mann; doch du, du magres Blei,
Das eher droht als irgend was verheißt,
Dein schlichtes Ansehn spricht beredt mich an:
Ich wähle hier, und sei es wohlgetan!

Porzia. Wie jede Regung fort die Lüfte tragen!
Als irre Zweifel, ungestüm Verzagen
Und bange Schaur und blasse Schüchternheit.
O Liebe, mäßge dich in deiner Seligkeit!
Halt ein, laß deine Freuden sanfter regnen;
Zu stark fühl ich, du mußt mich minder segnen,
Damit ich nicht vergeh.

Bassanio (*öffnet das bleierne Kästchen*). Was find ich hier?
Der schönen Porzia Bildnis? Welcher Halbgott
Kam so der Schöpfung nah? Regt sich dies Auge?
Wie, oder schwebend auf des meinen Wölbung,
Scheint es bewegt? Hier sind erschloßne Lippen,
Die Nektarodem trennt: so süße Scheidung
Muß zwischen solchen süßen Freunden sein.
Der Maler spielte hier in ihrem Haar,
Die Spinne wob ein Netz, der Männer Herzen
Zu fangen wie die Mück im Spinngeweb.
Doch ihre Augen – o wie konnt er sehn,

---

1. eine indische Schönheit (vielleicht als häßlich aufgefaßt)

Um sie zu malen? Da er eins gemalt,
Dünkt mich, es mußt ihm seine beiden stehlen
Und ungepaart sich lassen. Doch seht, soweit
Die Wahrheit meines Lobes diesem Schatten
Zu nahe tut, da es ihn unterschätzt,
Soweit läßt diesen Schatten hinter sich
Die Wahrheit selbst zurück. – Hier ist der Zettel,
Der Inbegriff und Auszug meines Glücks.

«Ihr, der nicht auf Schein gesehn:
Wählt so recht und trefft so schön!
Weil Euch dieses Glück geschehn,
Wollet nicht nach anderm gehn.
Ist Euch dies nach Wunsch getan
Und findt Ihr Heil auf dieser Bahn,
Müßt Ihr Eurer Liebsten nahn,
Und sprecht mit holdem Kuß sie an.»

Ein freundlich Blatt – erlaubt, mein holdes Leben,

(*er küßt sie*)

Ich komm, auf Schein zu nehmen und zu geben,
Wie, wer um einen Preis mit andern ringt
Und glaubt, daß vor dem Volk sein Tun gelingt;
Er hört den Beifall, Jubel schallt zum Himmel:
Im Geist benebelt, staunt er – «Dies Getümmel
Des Preises», fragt er sich, «gilt es denn mir?»
So, dreimal holdes Fräulein, steh ich hier,
Noch zweifelnd, ob kein Trug mein Auge blend't,
Bis Ihr bestätigt, zeichnet, anerkennt.

Porzia. Ihr seht mich, Don Bassanio, wo ich stehe,
So wie ich bin. Obschon für mich allein
Ich nicht ehrgeizig wär in meinem Wunsch,
Viel besser mich zu wünschen; doch für Euch
Wollt ich verdreifacht zwanzigmal ich selbst sein,
Noch tausendmal so schön, zehntausendmal
So reich. –
Nur um in Eurer Schätzung hoch zu stehn
Möcht ich an Gaben, Reizen, Gütern, Freunden

Unschätzbar sein; doch meine volle Summa
Macht etwas nur: das ist, in Bausch und Bogen,
Ein unerzognes, ungelehrtes Mädchen,
Darin beglückt, daß sie noch nicht zu alt
Zum Lernen ist; noch glücklicher, daß sie
Zum Lernen nicht zu blöde ward geboren;
Am glücklichsten, weil sie ihr weich Gemüt
Dem Euren überläßt, daß Ihr sie lenkt
Als ihr Gemahl, ihr Führer und ihr König.
Ich selbst, und was nur mein, ist Euch und Eurem
Nun zugewandt; noch eben war ich Eigner
Des schönen Guts hier, Herrin meiner Leute,
Monarchin meiner selbst; und eben jetzt
Sind Haus und Leut und ebendies «ich selbst»
Eur eigen, Herr. Nehmt sie mit diesem Ring;
Doch trennt Ihr Euch von ihm, verliert, verschenkt ihn,
So prophezei es Eurer Liebe Fall,
Und sei mein Anspruch gegen Euch zu klagen.
Bassanio. Fräulein, Ihr habt der Worte mich beraubt,
Mein Blut nur in den Adern spricht zu Euch;
Verwirrung ist in meinen Lebensgeistern,
Wie sie nach einer wohlgesprochnen Rede
Von einem teuren Prinzen wohl im Kreis
Der murmelnden zufriednen Meng erscheint,
Wo jedes Etwas, ineinander fließend,
Zu einem Chaos wird von nichts als Freude,
Laut und doch sprachlos. – Doch weicht dieser Ring
Von diesem Finger, dann weicht hier das Leben;
O dann sagt kühn, Bassanio sei tot!
Nerissa. Mein Herr und Fräulein, jetzt ist unsre Zeit,
Die wir dabei gestanden und die Wünsche
Gelingen sehn, zu rufen: Freud und Heil!
Habt Freud und Heil, mein Fräulein und mein Herr!
Graziano. Mein Freund Bassanio und mein wertes Fräulein,
Ich wünsch euch, was für Freud ihr wünschen könnt;
Denn sicher wünscht ihr keine von mir weg.
Und wenn ihr beiderseits zu feiern denkt

Den Austausch eurer Treue, bitt ich euch,
Daß ich zugleich mich auch verbinden dürfe.

Bassanio. Von Herzen gern, kannst du ein Weib dir schaffen.

Graziano. Ich dank Euch, Herr, Ihr schafftet mir ein Weib.
Mein Auge kann so hurtig schaun als Eures;
Ihr saht das Fräulein, ich die Dienerin;
Ihr liebtet und ich liebte; denn Verzug
Steht mir nicht besser an als Euch, Bassanio.
Eur eignes Glück hing an den Kästchen dort,
Und so auch meines, wie es sich gefügt.
Denn werbend hier, bis ich in Schweiß geriet,
Und schwörend, bis mein Gaum' von Liebesschwüren
Ganz trocken war, ward ich zuletzt – geletzt
Durch ein Versprechen dieser Schönen hier,
Mir Liebe zu erwidern, wenn Eur Glück
Ihr Fräulein erst gewönne.

Porzia. Ist's wahr, Nerissa?

Nerissa. Ja, Fräulein, wenn Ihr Euren Beifall gebt.

Bassanio. Und meint Ihr's, Graziano, recht im Ernst?

Graziano. Ja, auf mein Wort.

Bassanio. Ihr ehrt durch Eure Heirat unser Fest.

Graziano. Wir wollen mit ihnen auf den ersten Jungen wetten um tausend Dukaten.
Doch wer kommt hier; Lorenzo und sein Heidenkind?
Wie? und mein alter Landsmann, Freund Salerio?

Lorenzo, Jessica und Salerio treten auf.

Bassanio. Lorenzo und Salerio, willkommen,
Wofern die Jugend meines Ansehns hier
Willkommen heißen darf. Erlaubet mir,
Ich heiße meine Freund und Landesleute
Willkommen, holde Porzia.

Porzia. Ich mit Euch;
Sie sind mir sehr willkommen.

Lorenzo. Dank Euer Gnaden! – Was mich angeht, Herr,
Mein Vorsatz war es nicht, Euch hier zu sehn;
Doch da ich unterwegs Salerio traf,
So bat er mich, daß ich's nicht weigern konnte,

Hieher ihn zu begleiten.
Salerio. Ja, ich tat's
Und habe Grund dazu. Signor Antonio
Empfiehlt sich Euch. (*Gibt dem Bassanio einen Brief.*)
Bassanio. Eh ich den Brief erbreche,
Sagt, wie befindet sich mein wackrer Freund?
Salerio. Nicht krank, Herr, wenn er's im Gemüt nicht ist,
Noch wohl, als im Gemüt; der Brief da wird
Euch seinen Zustand melden.
Graziano. Nerissa, muntert dort die Fremde auf,
Heißt sie willkommen. Eure Hand, Salerio!
Was bringt Ihr von Venedig mit? Wie geht's
Dem königlichen Kaufmann, dem Antonio?
Ich weiß, er wird sich unsers Glückes freun;
Wir sind die Iasons, die das Vlies gewonnen.
Salerio. O hättet Ihr das Vlies, das er verlor.
Porzia. In dem Papier ist ein feindselger Inhalt,
Es stiehlt die Farbe von Bassanios Wangen.
Ein teurer Freund tot; nichts auf Erden sonst,
Was eines festgesinnten Mannes Fassung
So ganz verwandeln kann. Wie? schlimm und schlimmer?
Erlaubt, Bassanio, ich bin halb Ihr selbst,
Und mir gebührt die Hälfte auch von allem,
Was dies Papier Euch bringt.
Bassanio. O werte Porzia,
Hier sind ein paar so widerwärtge Worte,
Als je Papier befleckten. Holdes Fräulein,
Als ich zuerst Euch meine Liebe bot,
Sagt ich Euch frei, mein ganzer Reichtum rinne
In meinen Adern: ich sei Edelmann;
Und dann sagt ich Euch wahr. Doch, teures Fräulein,
Da ich auf nichts mich schätzte, sollt Ihr sehn,
Wie sehr ich Prahler war. Da ich Euch sagte,
Mein Gut sei nichts, hätt ich Euch sagen sollen,
Es sei noch unter nichts; denn in der Tat,
Mich selbst verband ich einem teuren Freunde,
Den Freund verband ich seinem ärgsten Feind,

Um mir zu helfen. Hier, Fräulein, ist ein Brief,
Das Blatt Papier wie meines Freundes Leib
Und jedes Wort drauf eine offne Wunde,
Der Lebensblut entströmt. – Doch ist es wahr,
Salerio? Sind denn alle Unternehmen
Ihm fehlgeschlagen? Wie, nicht eins gelang?
Von Tripolis, von Mexiko, von England,
Von Indien, Lissabon, der Berberei?
Und nicht *ein* Schiff entging dem furchbarn Anstoß
Von Armut drohnden Klippen?

Salerio. Nein, nicht eins.
Und außerdem, so scheint es, hätt er selbst
Das bare Geld, den Juden zu bezahlen,
Der nähm es nicht. Nie kannt ich ein Geschöpf,
Das die Gestalt von einem Menschen trug,
So gierig, einen Menschen zu vernichten.
Er liegt dem Dogen früh und spät im Ohr
Und klagt des Staats verletzte Freiheit an,
Wenn man sein Recht ihm weigert. Zwanzig Handelsleute,
Der Doge selber und die Senatoren
Vom größten Ansehn reden all ihm zu;
Doch niemand kann aus der Schikan ihn treiben
Von Recht, verfallner Buß und seinem Schein.

Jessica. Als ich noch bei ihm war, hört ich ihn schwören
Vor seinen Landesleuten Chus und Tubal,
Er wolle lieber des Antonio Fleisch
Als den Betrag der Summe zwanzigmal,
Die er ihm schuldig sei. Und, Herr, ich weiß,
Wenn ihm nicht Recht, Gewalt und Ansehn wehrt,
Wird es dem armen Manne schlimm ergehn.

Porzia. Ist's Euch ein teurer Freund, der so in Not ist?

Bassanio. Der teurste Freund, der liebevollste Mann,
Das unermüdet willigste Gemüt
Zu Dienstleistungen und ein Mann, an dem
Die alte Römerehre mehr erscheint
Als sonst an wem, der in Italien lebt.

Porzia. Welch eine Summ' ist er dem Juden schuldig?

Bassanio. Für mich, dreitausend Dukaten.
Porzia. Wie? nicht mehr?
Zahlt ihm sechstausend aus und tilgt den Schein,
Doppelt sechstausend, dann verdreifacht das,
Eh einem Freunde dieser Art ein Haar
Gekränkt soll werden durch Bassanios Schuld.
Erst geht mit mir zur Kirch und nennt mich Weib,
Dann nach Venedig fort zu Eurem Freund,
Denn nie sollt Ihr an Porzias Seite liegen
Mit Unruh in der Brust. Gold geb ich Euch,
Um zwanzigmal die kleine Schuld zu zahlen;
Zahlt sie und bringt den echten Freund mit Euch.
Nerissa und ich selbst indessen leben
Wie Mädchen und wie Witwen. Kommt mit mir,
Ihr sollt auf Euren Hochzeitstag von hier.
Begrüßt die Freunde, laßt den Mut nichts trüben;
So teur gekauft, will ich Euch teuer lieben. –
Doch laßt mich hören Eures Freundes Brief.

Bassanio (liest). «Liebster Bassanio! Meine Schiffe sind alle verunglückt, meine Gläubiger werden grausam, mein Glücksstand ist ganz zerrüttet, meine Verschreibung an den Juden ist verfallen, und da es unmöglich ist, daß ich lebe, wenn ich sie zahle, so sind alle Schulden zwischen mir und Euch berichtigt. Wenn ich Euch nur bei meinem Tode sehen könnte! Jedoch handelt nach Belieben; wenn Eure Liebe Euch nicht überredet, zu kommen, so muß es mein Brief nicht.»

Porzia. O Liebster, geht, laßt alles andre liegen!
Bassanio. Ja, eilen will ich, da mir Eure Huld
Zu gehn erlaubt; doch bis ich hier zurück,
Sei nie ein Bett an meinem Zögern schuld,
Noch trete Ruhe zwischen unser Glück!

(*Alle ab.*)

Dritte Szene

Venedig. Eine Straße
Shylock, Solanio, Antonio und Gefangenwärter treten auf

Shylock. Acht auf ihn, Schließer! – Sagt mir nicht von Gnade,
Dies ist der Narr, der Geld umsonst auslieh. –
Acht auf ihn, Schließer!
Antonio. Hört mich, guter Shylock.
Shylock. Ich will den Schein, nichts gegen meinen Schein!
Ich tat 'nen Eid, auf meinen Schein zu dringen.
Du nanntest Hund mich, eh du Grund gehabt;
Bin ich ein Hund, so meide meine Zähne.
Der Doge soll mein Recht mir tun. – Mich wundert's,
Daß du so töricht bist, du loser Schließer,
Auf sein Verlangen mit ihm auszugehn.
Antonio. Ich bitte, hör mich reden.
Shylock. Ich will den Schein, ich will nicht reden hören,
Ich will den Schein, und also sprich nicht mehr.
Ich macht mich nicht zum schwachen, blinden Narrn,
Der seinen Kopf wiegt, seufzt, bedauert, nachgibt
Den christlichen Vermittlern. Folg mir nicht,
Ich will kein Reden, meinen Schein will ich. (*Shylock ab.*)
Solanio. Das ist ein unbarmherzger Hund, wie's keinen
Je unter Menschen gab.
Antonio. Laßt ihn nur gehn,
Ich geh ihm nicht mehr nach mit eitlen Bitten.
Er sucht mein Leben, und ich weiß warum;
Oft hab ich Schuldner, die mir vorgeklagt,
Davon erlöst, in Buß ihm zu verfallen;
Deswegen haßt er mich.
Solanio. Gewiß, der Doge
Gibt nimmer zu, daß diese Buße gilt.
Antonio. Der Doge kann des Rechtes Lauf nicht hemmen;
Denn die Bequemlichkeit, die Fremde finden
Hier in Venedig, wenn man sie versagt,
Setzt die Gerechtigkeit des Staats herab,

Weil der Gewinn und Handel dieser Stadt
Beruht auf allen Völkern. Gehn wir denn!
Der Gram und der Verlust zehrt so an mir,
Kaum werd ich ein Pfund Fleisch noch übrig haben
Auf morgen für den blutgen Gläubiger.
Komm, Schließer! Gebe Gott, daß nur Bassanio
Mich für ihn zahlen sieht, so gilt mir's gleich. (*Ab.*)

VIERTE SZENE

Belmont. Ein Zimmer in Porzias Hause
Porzia, Nerissa, Lorenzo, Jessica und Balthasar kommen

Lorenzo. Mein Fräulein, sag ich's schon in Eurem Beisein,
Ihr habt ein edles und ein echt Gefühl
Von göttergleicher Freundschaft; das beweist Ihr,
Da Ihr die Trennung vom Gemahl so tragt.
Doch wüßtet Ihr, wem Ihr die Ehr erzeigt,
Welch einem biedern Mann Ihr Hilfe sendet,
Welch einem lieben Freunde Eures Gatten,
Ich weiß, Ihr wäret stolzer auf das Werk,
Als Euch gewohnte Güte drängen kann.
Porzia. Noch nie bereut ich, daß ich Gutes tat,
Und werd es jetzt auch nicht; denn bei Genossen,
Die miteinander ihre Zeit verleben
Und deren Herz *ein* Joch der Liebe trägt,
Da muß unfehlbar auch ein Ebenmaß
Von Zügen sein, von Sitten und Gemüt.
Dies macht mich glauben, der Antonio,
Als Busenfreund von meinem Gatten, müsse
Durchaus ihm ähnlich sein. Wenn es so ist,
Wie wenig ist es, was ich aufgewandt,
Um meiner Seele Ebenbild zu lösen
Aus einem Zustand höllscher Grausamkeit!
Doch dies kommt einem Selbstlob allzu nah;
Darum nichts mehr davon. Hört andre Dinge:
Lorenzo, ich vertrau in Eure Hand
Die Wirtschaft und die Führung meines Hauses,

Bis zu Bassanios Rückkehr; für mein Teil
Ich sandt ein heimliches Gelübd zum Himmel,
Zu leben in Beschauung und Gebet,
Allein begleitet von Nerissa hier,
Bis zu der Rückkunft unser beider Gatten.
Ein Kloster liegt zwei Meilen weit von hier,
Da wollen wir verweilen. Ich ersuch Euch:
Lehnt nicht den Auftrag ab, den meine Liebe
Und eine Nötigung des Zufalls jetzt
Euch auferlegt.

Lorenzo. Von ganzem Herzen, Fräulein;
In allem ist mir Euer Wink Befehl.

Porzia. Schon wissen meine Leute meinen Willen
Und werden Euch und Jessica erkennen
An meiner eignen und Bassanios Statt.
So lebt denn wohl, bis wir uns wiedersehn!

Lorenzo. Sei froher Mut mit Euch und heitre Stunden!

Jessica. Ich wünsch Eur Gnaden alle Herzensfreude.

Porzia. Ich dank Euch für den Wunsch und bin geneigt,
Ihn Euch zurückzuwünschen. – Jessica, lebt wohl!
(*Jessica und Lorenzo ab.*) Nun, Balthasar,
Wie ich dich immer treu und redlich fand,
Laß mich auch jetzt dich finden. Nimm den Brief
Und eile, was in Menschenkräften steht,
Nach Padua; gib ihn zu eignen Händen
An meinen Vetter ab, Doktor Bellario.
Sieh zu, was er dir für Papiere gibt
Und Kleider; bringe die in höchster Eil
Zur Überfahrt an die gemeine Fähre,
Die nach Venedig schifft. Verlier die Zeit
Mit Worten nicht; geh, ich bin vor dir da.

Balthasar. Fräulein, ich geh mit aller schuldgen Eil.
(*Balthasar ab.*)

Porzia. Nerissa, komm. Ich hab ein Werk zur Hand,
Wovon du noch nicht weißt; wir wollen unsre Männer,
Eh sie es denken, sehn.

Nerissa. Und sie auch uns?

Porzia. Jawohl, Nerissa, doch in solcher Tracht,
Daß sie mit dem versehn uns denken sollen,
Was uns gebricht. Ich wette, was du willst:
Sind wir wie junge Männer aufgestutzt,
Will ich der feinste Bursch von beiden sein
Und meinen Degen mit mehr Anstand tragen
Und sprechen wie im Übergang vom Knaben
Zum Mann und einem heiseren Diskant[1].
Ich will zwei jüngferliche Tritte dehnen
Zu *einem* Männerschritt; vom Raufen sprechen
Wie kecke junge Herrn; und artig lügen,
Wie edle Frauen meine Liebe suchten
Und, da ich sie versagt, sich tot gehärmt. –
Ich konnte nicht mit allen fertig werden[2];
Und dann bereu ich es und wünsch, ich hätte
Bei alledem sie doch nicht umgebracht.
Und zwanzig solcher kleinen Lügen sag ich,
So daß man schwören soll, daß ich die Schule
Schon seit dem Jahr verließ. – Ich hab im Sinn
Wohl tausend Streiche solcher dreisten Gecken,
Die ich verüben will.
Nerissa. So sollen wir in Männer uns verwandeln?
Porzia. Ja, komm, ich sag dir meinen ganzen Anschlag[3],
Wenn wir im Wagen sind, der uns am Tor
Des Parks erwartet; darum laß uns eilen,
Denn wir durchmessen heut noch zwanzig Meilen. (*Ab.*)

FÜNFTE SZENE

Belmont. Ein Garten
Lanzelot und Jessica kommen

Lanzelot. Ja, wahrhaftig! Denn seht Ihr, die Sünden der Väter sollen an den Kindern heimgesucht werden: darum glaubt

1. Wörtlich: mit der schrillen Stimme einer Hirtenpfeife
2. Der Sinn der Originalstelle ist wohl: es war ihnen nicht zu helfen, ich konnte es nicht ändern
3. Schlegel hat hier eine leichte Anzüglichkeit fallen lassen

mir, ich bin besorgt für Euch. Ich ging immer gerade gegen Euch heraus, und so sage ich Euch meine Deliberation über die Sache. Also seid gutes Mutes, denn wahrhaftig, ich denke, Ihr seid verdammt. Es ist nur *eine* Hoffnung dabei, die Euch zustatten kommen kann, und das ist auch nur so eine Art von Bastardhoffnung.

Jessica. Und welche Hoffnung ist das?

Lanzelot. Ei, Ihr könnt gewissermaßen hoffen, daß Euer Vater Euch nicht erzeugt hat, daß Ihr nicht des Juden Tochter seid.

Jessica. Das wäre in der Tat eine Art von Bastardhoffnung, dann würden die Sünden meiner Mutter an mir heimgesucht werden.

Lanzelot. Wahrhaftig, dann fürchte ich, Ihr seid von Vater und Mutter wegen verdammt. Wenn ich die Scylla, Euren Vater, vermeide, so falle ich in die Charybdis, Eure Mutter; gut, Ihr seid auf eine und die andre Art verloren.

Jessica. Ich werde durch meinen Mann selig werden; er hat mich zu einer Christin gemacht.

Lanzelot. Wahrhaftig, da ist er sehr zu tadeln. Es gab unser vorher schon Christen genug, grade soviel, als nebeneinander gut bestehen konnten. Dies Christenmachen wird den Preis der Schweine steigern; wenn wir alle Schweinefleischesser werden, so ist in kurzem kein Schnittchen Speck in der Pfanne für Geld mehr zu haben.

Lorenzo kommt.

Jessica. Ich will meinem Mann erzählen, was Ihr sagt, Lanzelot; hier kommt er.

Lorenzo. Bald werde ich eifersüchtig auf Euch, Lanzelot, wenn Ihr meine Frau so in die Ecken zieht.

Jessica. Ihr habt nichts zu befürchten, Lorenzo; Lanzelot und ich, wir sind ganz entzweit. Er sagt mir grade heraus, im Himmel sei keine Gnade für mich, weil ich eines Juden Tochter bin; und er behauptet, daß Ihr kein gutes Mitglied des gemeinen Wesens seid, weil Ihr Juden zum Christentum bekehrt und dadurch den Preis des Schweinefleisches steigert.

Lorenzo. Das kann ich besser beim gemeinen Wesen verantworten als Ihr Eure Streiche mit der Mohrin. Da Ihr ein Weißer seid, Lanzelot, hättet Ihr die Schwarze nicht so aufgeblasen machen sollen.

Lanzelot. Es tut mir leid, wenn ich ihr etwas weisgemacht habe; aber da das Kind einen weisen Vater hat, wird es doch keine Waise sein.

Lorenzo. Wie jeder Narr mit den Worten spielen kann! Bald, denke ich, wird sich der Witz am besten durch Stillschweigen bewähren und Gesprächigkeit bloß noch an Papageien gelobt werden. – Geht ins Haus, Bursch, sagt, daß sie zur Mahlzeit zurichten.

Lanzelot. Das ist geschehn, Herr, sie haben alle Mägen.

Lorenzo. Lieber Himmel, welch ein Witzschnapper Ihr seid! Sagt also, daß sie die Mahlzeit anrichten.

Lanzelot. Das ist auch geschehn, es fehlt nur am Decken.

Lorenzo. Wollt Ihr also decken?

Lanzelot. Mich, Herr? Ich weiß besser, was sich schickt.

Lorenzo. Wieder Silben gestochen! Willst du deinen ganzen Reichtum an Witz auf einmal zum besten geben? Ich bitte dich, verstehe einen schlichten Mann nach seiner schlichten Meinung. Geh zu deinen Kameraden, heiß sie den Tisch decken, das Essen auftragen, und wir wollen zur Mahlzeit hereinkommen.

Lanzelot. Der Tisch, Herr, soll aufgetragen werden, das Essen soll gedeckt werden; und was Euer Hereinkommen zur Mahlzeit betrifft, dabei laßt Lust und Laune walten. (*Ab.*)

Lorenzo. O heilige Vernunft, was eitle Worte!
Der Narr hat ins Gedächtnis sich ein Heer
Wortspiele eingeprägt. Und kenn ich doch
Gar manchen Narrn an einer bessern Stelle,
So aufgestutzt, der um ein spitzes Wort
Die Sache preisgibt. Wie geht's dir, Jessica?
Und nun sag deine Meinung, liebes Herz,
Wie Don Bassanios Gattin dir gefällt?

Jessica. Mehr als ich sagen kann. Es schickt sich wohl,
Daß Don Bassanio fromm sein Leben führe;
Denn da sein Weib ihm solch ein Segen ist,

Find't er des Himmels Lust auf Erden schon.
Und will er das auf Erden nicht, so wär's
Ihm recht, er käme niemals in den Himmel.
Ja, wenn zwei Götter irgendeine Wette
Des Himmels um zwei irdsche Weiber spielten,
Und Porzia wär die eine, tät es not,
Noch sonst was mit der andern auf das Spiel
Zu setzen; denn die arme rohe Welt
Hat ihresgleichen nicht.

Lorenzo. Und solchen Mann
Hast du an mir, als er an ihr ein Weib.

Jessica. Ei, fragt doch darum meine Meinung auch.

Lorenzo. Sogleich; doch laß uns erst zur Mahlzeit gehn.

Jessica. Nein, laßt mich vor der Sättigung Euch loben.

Lorenzo. Nein, bitte, spare das zum Tischgespräch;
Wie du dann sprechen magst, so mit dem andern
Werd ich's verdaun.

Jessica. Nun gut, ich werd Euch anzupreisen wissen. (*Ab.*)

VIERTER AUFZUG

ERSTE SZENE

Venedig. Ein Gerichtssaal

Der Doge, die Senatoren, Antonio, Bassanio, Graziano, Salarino, Solanio und andre

Doge. Nun, ist Antonio da?

Antonio. Eur Hoheit zu Befehl.

Doge. Es tut mir leid um dich; du hast zu tun
Mit einem felsenharten Widersacher;
Es ist ein Unmensch, keines Mitleids fähig.
Kein Funk Erbarmen wohnt in ihm.

Antonio. Ich hörte,
Daß sich Eur Hoheit sehr verwandt, zu mildern
Sein streng Verfahren; doch weil er sich verstockt
Und kein gesetzlich Mittel seinem Haß

Mich kann entziehn, so stell ich denn Geduld
Entgegen seiner Wut und bin gewaffnet
Mit Ruhe des Gemütes, auszustehn
Des seinen ärgsten Grimm und Tyrannei[1].

Doge. Geh wer und ruf den Juden in den Saal.

Solanio. Er wartet an der Tür; er kommt schon, Herr.

Shylock kommt.

Doge. Macht Platz, laßt ihn uns gegenüberstehn. –
Shylock, die Welt denkt, und ich denk es auch,
Du treibest diesen Anschein deiner Bosheit
Nur bis zum Augenblick der Tat; und dann,
So glaubt man, wirst du dein Erbarmen zeigen
Und deine Milde, wunderbarer noch
Als deine angenommne Grausamkeit.
Statt daß du jetzt das dir Verfallne eintreibst,
Ein Pfund von dieses armen Kaufmanns Fleisch,
Wirst du nicht nur die Buße fahren lassen,
Nein, auch gerührt von Lieb und Menschlichkeit,
Die Hälfte[2] schenken von der Summe selbst,
Ein Aug des Mitleids auf die Schäden werfend,
Die kürzlich seine Schultern so bestürmt:
Genug, um einen königlichen Kaufmann
Ganz zu erdrücken und an seinem Fall
Teilnahme zu erzwingen, selbst von Herzen,
So hart wie Kieselstein, von ehrnen Busen
Von Türken und Tataren, nie gewöhnt
An Dienste zärtlicher Gefälligkeit.
Wir all erwarten milde Antwort, Jude.

Shylock. Ich legt Eur Hoheit meine Absicht vor:
Bei unserm heilgen Sabbat schwor ich es,
Zu fordern, was nach meinem Schein mir zusteht.
Wenn Ihr es weigert, tut's auf die Gefahr
Der Freiheit und Gerechtsam' Eurer Stadt.
Ihr fragt, warum ich lieber ein Gewicht
Von schnödem Fleisch will haben, als dreitausend

---

1. Grausamkeit – 2. Wörtlich: einen Teil

Dukaten zu empfangen? Darauf will ich
Nicht Antwort geben; aber setzet nun,
Daß mir's so ansteht: ist das Antwort gnug?
Wie? wenn mich eine Ratt im Hause plagt?
Und ich, sie zu vergiften, nun dreitausend
Dukaten geben will? – Ist's noch nicht Antwort gnug?
Es gibt der Leute, die kein schmatzend Ferkel
Ausstehen können; manche werden toll,
Wenn sie 'ne Katze sehn; noch andre können,
Wenn die Sackpfeife durch die Nase singt,
Den Harn nicht bei sich halten; denn die Triebe,
Der Leidenschaften Meister, lenken sie
Nach Lust und Abneigung. Nun, Euch zur Antwort:
Wie sich kein rechter Grund angeben läßt,
Daß *der* kein schmatzend Ferkel leiden kann,
Der keine Katz, ein harmlos nützlich Tier,
Der keinen Dudelsack; und muß durchaus
Sich solcher unfreiwillgen Schmach ergeben,
Daß er, belästigt, selbst belästgen muß;
So weiß ich keinen Grund, will keinen sagen,
Als eingewohnten Haß und Widerwillen,
Den mir Antonio einflößt, daß ich so
Ein mir nachteilig Recht an ihm verfolge.
Habt Ihr nun eine Antwort?

Bassanio. Nein, es ist keine, du fühlloser Mann,
Die deine Grausamkeit entschuldgen könnte.

Shylock. Muß ich nach deinem Sinn dir Antwort geben?

Bassanio. Bringt jedermann das um, was er nicht liebt?

Shylock. Wer haßt ein Ding und brächt es nicht gern um?

Bassanio. Beleidigung ist nicht sofort auch Haß.

Shylock. Was? läßt du dich die Schlange zweimal stechen?

Antonio. Ich bitt Euch, denkt, Ihr rechtet mit dem Juden.
Ihr mögt so gut hintreten auf den Strand,
Die Flut von ihrer Höh sich senken heißen;
Ihr mögt so gut den Wolf zur Rede stellen,
Warum er nach dem Lamm das Schaf läßt blöken?
Ihr mögt so gut den Bergestannen wehren,

Ihr hohes Haupt zu schütteln und zu sausen,
Wenn sie des Himmels Sturm in Aufruhr setzt;
Ihr mögt so gut das Härteste bestehn,
Als zu erweichen suchen – was wär härter? –
Sein jüdisch Herz. – Ich bitt Euch also, bietet
Ihm weiter nichts, bemüht Euch ferner nicht
Und gebt in aller Kürz und gradezu
Mir meinen Spruch, dem Juden seinen Willen.

Bassanio. Statt der dreitausend Dukaten sind hier sechs.

Shylock. Wär jedes Stück von den sechstausend Dukaten
Sechsfach geteilt und jeder Teil 'n Dukat,
Ich nähm sie nicht, ich wollte meinen Schein.

Doge. Wie hoffst du Gnade, da du keine übst?

Shylock. Welch Urteil soll ich scheun, tu ich kein Unrecht?
Ihr habt viel feiler Sklaven unter Euch,
Die Ihr wie Eure Esel, Hund' und Maultier'
In sklavischem, verworfnem Dienst gebraucht,
Weil Ihr sie kauftet. Sag ich nun zu Euch:
Laßt sie doch frei, vermählt sie Euren Erben;
Was plagt Ihr sie mit Lasten? laßt ihr Bett
So weich als Eures sein, labt ihren Gaum'
Mit eben solchen Speisen. – Ihr antwortet:
Die Sklaven sind ja unser; und so geb ich
Zur Antwort: das Pfund Fleisch, das ich verlange,
Ist teur gekauft, ist mein, und ich will's haben.
Wenn Ihr versagt, pfui über Eur Gesetz!
So hat das Recht Venedigs keine Kraft.
Ich wart auf Spruch; antwortet: soll ich's haben?

Doge. Ich bin befugt, die Sitzung zu entlassen,
Wo nicht Bellario, ein gelehrter Doktor,
Zu dem ich um Entscheidung ausgeschickt,
Hier heut erscheint.

Salarino. Eur Hoheit, draußen steht
Ein Bote hier, mit Briefen von dem Doktor,
Er kommt soeben an von Padua.

Doge. Bringt uns die Briefe, ruft den Boten vor.

Bassanio. Wohlauf, Antonio! Freund, sei gutes Muts!

Der Jude soll mein Fleisch, Blut, alles haben,
Eh dir ein Tropfen Bluts für mich entgeht.

Antonio. Ich bin ein angestecktes Schaf der Herde,
Zum Tod am tauglichsten; die schwächste Frucht
Fällt vor der andern, und so laßt auch mich.
Ihr könnt nicht bessern Dienst mir tun, Bassanio,
Als wenn Ihr lebt und mir die Grabschrift setzt.

Nerissa tritt auf, als Schreiber eines Advokaten gekleidet.

Doge. Kommt Ihr von Padua, von Bellario?

Nerissa. Von beiden, Herr; Bellario grüßt Eur Hoheit.

(*Sie überreicht einen Brief.*)

Bassanio. Was wetzest du so eifrig da dein Messer?

Shylock. Die Buß dem Bankrottierer auszuschneiden.

Graziano. An deiner Seel, an deiner Sohle nicht,
Machst du dein Messer scharf, du harter Jude!
Doch kein Metall, selbst nicht des Henkers Beil,
Hat halb die Schärfe deines scharfen Grolls.
So können keine Bitten dich durchdringen?

Shylock. Nein, keine, die du Witz zu machen hast.

Graziano. O sei verdammt, du unbarmherzger Hund!
Und um dein Leben sei Gerechtigkeit verklagt.
Du machst mich irre fast in meinem Glauben,
Daß ich es halte mit Pythagoras,
Wie Tieresseelen in die Leiber sich
Von Menschen stecken; einen Wolf regierte
Dein hündscher Geist, der, aufgehenkt für Mord,
Die grimme Seele weg vom Galgen riß
Und, weil[1] du lagst in deiner schnöden Mutter,
In dich hineinfuhr; denn dein ganz Begehren
Ist wölfisch, blutig, räuberisch und hungrig.

Shylock. Bis du von meinem Schein das Siegel wegschiltst,
Tust du mit Schrein nur deiner Lunge weh.
Stell deinen Witz her, guter junger Mensch,
Sonst fällt er rettungslos in Trümmern dir.
Ich stehe hier um Recht

---

1. während

Doge. Der Brief da von Bellarios Hand empfiehlt
Uns einen jungen und gelehrten Doktor. –
Wo ist er denn?

Nerissa. Er wartet dicht bei an
Auf Antwort, ob Ihr Zutritt ihm vergönnt.

Doge. Von ganzem Herzen! Geht ein paar von euch
Und gebt ihm höfliches Geleit hieher.
Hör das Gericht indes Bellarios Brief.

Ein Schreiber liest.

«Eur Hoheit dient zur Nachricht, daß ich beim Empfange Eures Briefes sehr krank war. Aber in dem Augenblick, da Euer Bote ankam, war bei mir auf einen freundschaftlichen Besuch ein junger Doktor von Rom, namens Balthasar. Ich machte ihn mit dem streitigen Handel zwischen dem Juden und dem Kaufmann Antonio bekannt; wir schlugen viele Bücher nach. Er ist von meiner Meinung unterrichtet, die er, berichtigt durch seine eigne Gelehrsamkeit (deren Umfang ich nicht genug empfehlen kann), mitgenommen hat, um auf mein Andringen Euer Hoheit an meiner Statt Genüge zu leisten. Ich ersuche Euch, laßt seinen Mangel an Jahren keinen Grund sein, ihm eine anständige Achtung zu versagen; denn ich kannte noch niemals einen so jungen Körper mit einem so alten Kopf. Ich überlasse ihn Eurer gnädigen Aufnahme; seine Prüfung wird ihn am besten empfehlen.»

Doge. Ihr hört, was der gelehrte Mann uns schreibt,
Und hier, so glaub ich, kommt der Doktor schon.

Porzia tritt auf, wie ein Rechtsgelehrter gekleidet.

Gebt mir die Hand; Ihr kommt von unserm alten
Bellario?

Porzia. Zu dienen, gnädger Herr!

Doge. Ihr seid willkommen! nehmet Euren Platz.
Seid Ihr schon mit der Zwistigkeit bekannt,
Die hier vor dem Gericht verhandelt wird?

Porzia. Ich bin ganz unterrichtet von der Sache.
Wer ist der Kaufmann hier und wer der Jude?

Doge. Antonio, alter Shylock, tretet vor!

Porzia. Eur Nam ist Shylock?

Shylock. Shylock ist mein Name.
Porzia. Von wunderlicher Art ist Euer Handel,
Doch in der Form, daß das Gesetz Venedigs
Euch nicht anfechten kann, wie Ihr verfahrt. –
Ihr seid von ihm gefährdet; seid Ihr nicht?
Antonio. Ja, wie er sagt.
Porzia. Den Schein erkennt Ihr an?
Antonio. Ja.
Porzia. So muß der Jude Gnad ergehen lassen.
Shylock. Wodurch genötigt, muß ich? Sagt mir das.
Porzia. Die Art der Gnade weiß von keinem Zwang.
Sie träufelt wie des Himmels milder Regen
Zur Erde unter ihr; zwiefach gesegnet:
Sie segnet den, der gibt, und den, der nimmt;
Am mächtigsten in Mächtgen, zieret sie
Den Fürsten auf dem Thron mehr als die Krone.
Das Zepter zeigt die weltliche Gewalt,
Das Attribut der Würd und Majestät,
Worin die Furcht und Scheu der Könge sitzt.
Doch Gnad ist über diese Zeptermacht,
Sie thronet in dem Herzen der Monarchen,
Sie ist ein Attribut der Gottheit selbst,
Und irdsche Macht kommt göttlicher am nächsten,
Wenn Gnade bei dem Recht steht. Darum, Jude,
Suchst du um Recht schon an, erwäge dies:
Daß nach dem Lauf des Rechtes unser keiner
Zum Heile käm; wir beten all um Gnade,
Und dies Gebet muß uns der Gnade Taten
Auch üben lehren. Dies hab ich gesagt,
Um deine Forderung des Rechts zu mildern;
Wenn du darauf bestehst, so muß Venedigs
Gestrenger Hof durchaus dem Kaufmann dort
Zum Nachteil einen Spruch tun.
Shylock. Meine Taten
Auf meinen Kopf! Ich fordre das Gesetz,
Die Buße und Verpfändung meines Scheins.
Porzia. Ist er das Geld zu zahlen nicht imstand?

Bassanio. O ja, hier biet ich's ihm vor dem Gericht,
Ja, doppelt selbst; wenn das noch nicht genügt,
Verpflicht ich mich, es zehnfach zu bezahlen,
Und setze Hände, Kopf und Herz zum Pfand.
Wenn dies noch nicht genügt, so zeigt sich's klar,
Die Bosheit drückt die Redlichkeit. Ich bitt Euch,
Beugt einmal das Gesetz nach Eurem Ansehn:
Tut kleines Unrecht um ein großes Recht
Und wehrt dem argen Teufel seinen Willen.
Porzia. Es darf nicht sein. Kein Ansehn in Venedig
Vermag ein gültiges Gesetz zu ändern.
Es würde als ein Vorgang angeführt,
Und mancher Fehltritt[1] nach demselben Beispiel
Griff' um sich in dem Staat; es kann nicht sein.
Shylock. Ein Daniel kommt zu richten, ja, ein Daniel!
Wie ich dich ehr, o weiser junger Richter!
Porzia. Ich bitte, gebt zum Ansehn mir den Schein.
Shylock. Hier ist er, mein ehrwürdger Doktor, hier!
Porzia. Shylock, man bietet dreifach dir dein Geld.
Shylock. Ein Eid! Ein Eid! ich hab 'nen Eid im Himmel.
Soll ich auf meine Seele Meineid laden?
Nicht um Venedig.
Porzia. Gut, er ist verfallen,
Und nach den Rechten kann der Jud hierauf
Verlangen ein Pfund Fleisch, zunächst am Herzen
Des Kaufmanns auszuschneiden. — Sei barmherzig!
Nimm dreifach Geld, laß mich den Schein zerreißen.
Shylock. Wenn er bezahlt ist, wie sein Inhalt lautet. —
Es zeigt sich klar, Ihr seid ein würdger Richter;
Ihr kennt die Rechte, Euer Vortrag war
Der bündigste; ich fordr Euch auf beim Recht,
Wovon Ihr ein verdienter Pfeiler seid,
Kommt nun zum Spruch; bei meiner Seele schwör ich,
Daß keines Menschen Zunge über mich
Gewalt hat; ich steh hier auf meinen Schein.

---

1. Richtiger: Regelwidrigkeit, Unstatthaftigkeit

Antonio. Von ganzem Herzen bitt ich das Gericht,
Den Spruch zu tun.
Porzia. Nun wohl, so steht es denn!
Bereitet Euren Busen für sein Messer.
Shylock. O weiser Richter! wackrer junger Mann.
Porzia. Denn des Gesetzes Inhalt und Bescheid
Hat volle Übereinkunft mit der Buße,
Die hier im Schein als schuldig wird erkannt.
Shylock. Sehr wahr; o weiser und gerechter Richter!
Um wieviel älter bist du, als du aussiehst!
Porzia. Deshalb entblößt den Busen.
Shylock. Ja, die Brust,
So sagt der Schein — nicht wahr, mein edler Richter?
«Zunächst dem Herzen», sind die eignen Worte.
Porzia. So ist's. Ist eine Waage da, das Fleisch
Zu wägen?
Shylock. Ja, ich hab sie bei der Hand.
Porzia. Nehmt einen Feldscher, Shylock, für Eur Geld,
Ihn zu verbinden, daß er nicht verblutet.
Shylock. Ist das so angegeben in dem Schein?
Porzia. Es steht nicht da; allein was tut's? Es wär
Doch gut, Ihr tätet das aus Menschenliebe.
Shylock. Ich kann's nicht finden, 's ist nicht in dem Schein.
Porzia. Kommt, Kaufmann! habt Ihr irgend was zu sagen?
Antonio. Nur wenig; ich bin fertig und gerüstet.
Gebt mir die Hand, Bassanio, lebet wohl!
Es kränk Euch nicht, daß dies für Euch mich trifft,
Denn hierin zeigt das Glück sich gütiger
Als seine Weis ist; immer läßt es sonst
Elende ihren Reichtum überleben,
Mit hohlem Aug und faltger Stirn ein Alter
Der Armut anzusehn; von solcher Schmach[1]
Langwier'ger Buße nimmt es mich hinweg.
Empfehlt mich Eurem edlen Weib, erzählt Ihr
Den Hergang von Antonios Ende; sagt,

---

1. von solchem Elend

Wie ich Euch liebte; rühmt im Tode mich;
Und wenn Ihr's auserzählt, heißt sie entscheiden,
Ob nicht Bassanio einst geliebt ist worden.
Bereut nicht, daß Ihr einen Freund verliert,
Und er bereut nicht, daß er für Euch zahlt:
Denn schneidet nur der Jude tief genug,
So zahl ich gleich die Schuld von ganzem Herzen.
Bassanio. Antonio, ich hab ein Weib zur Ehe,
Die mir so lieb ist als mein Leben selbst;
Doch Leben selbst, mein Weib und alle Welt
Gilt höher als dein Leben nicht bei mir.
Ich gäbe alles hin, ja opfert' alles
Dem Teufel da, um dich nur zu befrein.
Porzia. Da wüßt Eur Weib gewiß Euch wenig Dank,
Wär sie dabei und hört Eur Anerbieten.
Graziano. Ich hab ein Weib, die ich auf Ehre liebe;
Doch wünscht ich sie im Himmel, könnte sie
Dort eine Macht erflehn, des hündschen Juden
Gemüt zu ändern.
Nerissa. Gut, daß Ihr's hinter ihrem Rücken tut,
Sonst störte wohl der Wunsch des Hauses Frieden.
Shylock (*beiseite*).
So sind die Christenmänner; ich hab 'ne Tochter:
Wär irgendwer vom Stamm des Barrabas
Ihr Mann geworden, lieber als ein Christ! —
Die Zeit geht hin; ich bitt Euch, kommt zum Spruch.
Porzia. Ein Pfund von dieses Kaufmanns Fleisch ist dein.
Der Hof erkennt es, und das Recht erteilt es.
Shylock. O höchst gerechter Richter! –
Porzia. Ihr müßt das Fleisch ihm schneiden aus der Brust:
Das Recht bewilligt's, und der Hof erkennt es.
Shylock. O höchst gelehrter Richter! – Na, ein Spruch!
Kommt, macht Euch fertig.
Porzia. Wart noch ein wenig: Eins ist noch zu merken!
Der Schein hier gibt dir nicht ein Tröpfchen Blut;
Die Worte sind ausdrücklich: ein Pfund Fleisch!
Nimm denn den Schein, und nimm du dein Pfund Fleisch;

Allein vergießest du, indem du's abschneidst,
Nur einen Tropfen Christenblut, so fällt
Dein Hab und Gut nach dem Gesetz Venedigs
Dem Staat Venedigs heim.

Graziano. Gerechter Richter! – merk, Jud! – o weiser Richter!

Shylock. Ist das Gesetz?

Porzia. Du sollst die Akte sehn.
Denn, weil du dringst auf Recht, so sei gewiß:
Recht soll dir werden, mehr als du begehrst.

Graziano. O weiser Richter! – merk, Jud! ein weiser Richter!

Shylock. Ich nehme das Erbieten denn: zahlt dreifach
Mir meinen Schein und laßt den Christen gehn.

Bassanio. Hier ist das Geld.

Porzia. Halt!
Dem Juden alles Recht – still! keine Eil!
Er soll die Buße haben, weiter nichts.

Graziano. O Jud! ein weiser, ein gerechter Richter!

Porzia. Darum bereite dich, das Fleisch zu schneiden.
Vergieß kein Blut, schneid auch nicht mehr noch minder
Als grad ein Pfund; ist's minder oder mehr
Als ein genaues Pfund, sei's nur soviel,
Es leichter oder schwerer an Gewicht
Zu machen, um ein armes Zwanzigstteil
Von einem Skrupel, ja wenn sich die Waagschal
Nur um die Breite eines Haares neigt,
so stirbst du, und dein Gut verfällt dem Staat.

Graziano. Ein zweiter Daniel, ein Daniel, Jude!
Ungläubiger, ich hab dich bei der Hüfte.

Porzia. Was hält den Juden auf? Nimm deine Buße.

Shylock. Gebt mir mein Kapital und laßt mich gehn.

Bassanio. Ich hab es schon für dich bereit: hier ist's.

Porzia. Er hat's vor offenem Gericht geweigert:
Sein Recht nur soll er haben und den Schein.

Graziano. Ich sag, ein Daniel, ein zweiter Daniel!
Dank, Jude, daß du mich das Wort gelehrt.

Shylock. Soll ich nicht haben bloß mein Kapital?

Porzia. Du sollst nichts haben als die Buße, Jude,

Die du auf eigene Gefahr magst nehmen.
Shylock. So lass' es ihm der Teufel wohl bekommen!
Ich will nicht länger Rede stehn.
Porzia. Wart, Jude!
Das Recht hat andern Anspruch noch an dich.
Es wird verfügt in dem Gesetz Venedigs,
Wenn man es einem Fremdling dargetan,
Daß er durch Umweg' oder gradezu
Dem Leben eines Bürgers nachgestellt,
Soll die Partei, auf die sein Anschlag geht,
Die Hälfte seiner Güter an sich ziehn;
Die andre Hälfte fällt dem Schatz anheim,
Und an des Dogen Gnade hängt das Leben
Des Schuldgen einzig, gegen alle Stimmen.
In der Benennung, sag ich, stehst du nun,
Denn es erhellt aus offenbarem Hergang,
Daß du durch Umweg' und auch gradezu
Recht eigentlich gestanden dem Beklagten
Nach Leib und Leben: und so trifft dich denn
Die Androhung, die ich zuvor erwähnt.
Drum nieder, bitt um Gnade bei dem Dogen!
Graziano. Bitt um Erlaubnis, selber dich zu hängen;
Und doch, da all dein Gut dem Staat verfällt,
Behältst du nicht den Wert von einem Strick;
Man muß dich hängen auf des Staates Kosten.
Doge. Damit du siehst, welch andrer Geist uns lenkt,
So schenk ich dir das Leben, eh du bittest.
Dein halbes Gut gehört Antonio,
Die andre Hälfte fällt dem Staat anheim,
Was Demut lindern kann zu einer Buße[1].
Porzia. Ja, für den Staat, nicht für Antonio.
Shylock. Nein, nehmt mein Leben auch, schenkt mir das nicht!
Ihr nehmt mein Haus, wenn ihr die Stütze nehmt,
Worauf mein Haus beruht; ihr nehmt mein Leben,

1. Sinn: Wenn du dich demütig benimmst, kann die Konfiskation zu einer Geldbuße gemildert werden.

Wenn ihr die Mittel nehmt, wodurch ich lebe.
Porzia. Was könnt Ihr für ihn tun, Antonio?
Graziano. Ein Strick umsonst! nichts mehr, um Gottes willen!
Antonio. Beliebt mein gnädger Herr und das Gericht
Die Buße seines halben Guts zu schenken,
So bin ich es zufrieden, wenn er mir
Die andre Hälfte zum Gebrauche läßt,
Nach seinem Tod dem Mann sie zu erstatten,
Der kürzlich seine Tochter stahl.
Noch zweierlei beding ich: daß er gleich
Für diese Gunst das Christentum bekenne;
Zum andern, stell er eine Schenkung aus
Hier vor Gericht von allem, was er nachläßt,
An seinen Schwiegersohn und seine Tochter.
Doge. Das soll er tun, ich widerrufe sonst
Die Gnade, die ich eben hier erteilt.
Porzia. Bist du's zufrieden, Jude? Nun, was sagst du?
Shylock. Ich bin's zufrieden.
Porzia. Ihr, Schreiber, setzt die Schenkungsakte auf.
Shylock. Ich bitt, erlaubt mir, weg von hier zu gehn:
Ich bin nicht wohl, schickt mir die Akte nach,
Und ich will zeichnen.
Doge. Geh denn, aber tu's.
Graziano. Du wirst zwei Paten bei der Taufe haben;
Wär ich dein Richter, kriegtest du zehn mehr[1] –
Zum Galgen, nicht zum Taufstein, dich zu bringen.
(*Shylock ab.*)
Doge. Ich lad Euch, Herr, zur Mahlzeit bei mir ein.
Porzia. Ich bitt Eur Hoheit um Entschuldigung.
Ich muß vor Abend fort nach Padua
Und bin genötigt, gleich mich aufzumachen.
Doge. Es tut mir leid, daß Ihr Verhindrung habt.
Antonio, zeigt Euch dankbar diesem Mann:
Ihr seid ihm sehr verpflichtet, wie mich dünkt.
(*Doge, Senatoren und Gefolge ab.*)

---

1. d.h. ein Zwölf-Richter-Kollegium behufs Verurteilung zum Tode

Bassanio. Mein würdger Herr, ich und mein Freund, wir sind
Durch Eure Weisheit heute losgesprochen
Von schweren Bußen; für den Dienst erwidern
Wir mit der Schuld des Juden, den dreitausend
Dukaten, willig die gewogne Müh.
Antonio. Und bleiben Euer Schuldner überdies
An Liebe und an Diensten immerfort.
Porzia. Wer wohl zufrieden ist, ist wohl bezahlt;
Ich bin zufrieden, da ich euch befreit,
Und halte dadurch mich für wohl bezahlt;
Lohnsüchtiger war niemals mein Gemüt.
Ich bitt euch, kennt mich, wenn wir mal uns treffen;
Ich wünsch euch Gutes, und so nehm ich Abschied.
Bassanio. Ich muß noch in Euch dringen, bester Herr:
Nehmt doch ein Angedenken, nicht als Lohn,
Nur als Tribut; gewährt mir zweierlei,
Mir's nicht zu weigern und mir zu verzeihn.
Porzia. Ihr dringt sehr in mich! gut, ich gebe nach:
Gebt Eure Handschuh mir, ich will sie tragen,
Und, Euch zur Lieb, nehm ich den Ring von Euch.
Zieht nicht die Hand zurück, ich will nichts weiter,
Und weigern dürft Ihr's nicht, wenn Ihr mich liebt.
Bassanio. Der Ring – ach, Herr! ist eine Kleinigkeit,
Ihn Euch zu geben, müßt ich mich ja schämen.
Porzia. Ich will nichts weiter haben als den Ring,
Und, wie mich dünkt, hab ich nun Lust dazu.
Bassanio. Es hängt an diesem Ring mehr als sein Wert;
Den teursten in Venedig geb ich Euch
Und find ihn aus durch öffentlichen Ausruf.
Für diesen bitt ich nur, entschuldigt mich.
Porzia. Ich seh, Ihr seid freigebig im Erbieten;
Ihr lehrtet erst mich bitten, und nun scheint es,
Ihr lehrt mich, wie man Bettlern Antwort gibt.
Bassanio. Den Ring gab meine Frau mir, bester Herr;
Sie steckte mir ihn an und hieß mich schwören,
Ich woll ihn nie verlieren noch vergeben.
Porzia. Mit solchen Worten spart man seine Gaben.

Ist Eure Frau nicht gar ein töricht Weib
Und weiß, wie gut ich diesen Ring verdient,
So wird sie nicht auf immer Feindschaft halten,
Weil Ihr ihn weggabt. Gut, gehabt Euch wohl!
(*Porzia und Nerissa ab.*)

Antonio. Laßt ihn den Ring doch haben, Don Bassanio;
Laßt sein Verdienst zugleich mit meiner Liebe
Euch gelten gegen Eurer Frau Gebot.

Bassanio. Geh, Graziano, lauf und hol ihn ein,
Gib ihm den Ring und bring ihn, wenn du kannst,
Zu des Antonio Haus. Fort! eile dich!
(*Graziano ab.*)
Kommt, Ihr und ich, wir wollen gleich dahin,
Und früh am Morgen wollen wir dann beide
Nach Belmont fliegen. Kommt, Antonio! (*Ab.*)

ZWEITE SZENE

Eine Straße
Porzia und Nerissa kommen

Porzia. Erfrag des Juden Haus, gib ihm die Akte
Und laß ihn zeichnen. Wir wollen fort zu Nacht
Und einen Tag vor unsern Männern noch
Zu Hause sein. Die Akte wird Lorenzen
Gar sehr willkommen sein.
Graziano kommt.

Graziano. Schön, daß ich Euch noch treffe, werter Herr.
Hier schickt Euch Don Bassanio, da er besser
Es überlegt, den Ring und bittet Euch,
Mittags bei ihm zu speisen.

Porzia. Das kann nicht sein;
Den Ring nehm ich mit allem Danke an
Und bitt Euch, sagt ihm das; seid auch so gut,
Den jungen Mann nach Shylocks Haus zu weisen.

Graziano. Das will ich tun.

Nerissa (*zu Porzia*). Herr, noch ein Wort mit Euch. –
(*Heimlich.*) Ich will doch sehn, von meinem Mann den Ring

Zu kriegen, den ich immer zu bewahren
Ihn schwören ließ.

Porzia. Ich steh dafür, du kannst es.
Da wird's an hoch und teuer Schwören gehn,
Daß sie die Ring an Männer weggegeben;
Wir leugnen's keck und überschwören sie.
Fort! eile dich! Du weißt ja, wo ich warte.

Nerissa.
Kommt, lieber Herr! wollt Ihr sein Haus mir zeigen? (*Ab.*)

FÜNFTER AUFZUG

ERSTE SZENE

Belmont. Freier Platz vor Porzias Hause
Lorenzo und Jessica treten auf

Lorenzo. Der Mond scheint hell. In solcher Nacht wie diese,
Da linde Luft die Bäume schmeichelnd küßte
Und sie nicht rauschen ließ, in solcher Nacht
Erstieg wohl Troilus die Mauern Trojas
Und seufzte seine Seele zu den Zelten
Der Griechen hin, wo seine Cressida
Die Nacht in Schlummer lag.

Jessica. In solcher Nacht
Schlüpft' überm Taue Thisbe furchtsam hin
Und sah des Löwen Schatten eh als ihn
Und lief erschrocken weg.

Lorenzo. In solcher Nacht
Stand Dido, eine Weid in ihrer Hand,
Am wilden Strand und winkte ihrem Liebsten
Zur Rückkehr nach Karthago.

Jessica. In solcher Nacht
Las einst Medea jene Zauberkräuter,
Den Äson zu verjüngen.

Lorenzo. In solcher Nacht
Stahl Jessica sich von dem reichen Juden

Und lief mit einem ausgelaßnen Liebsten
Bis Belmont von Venedig.
Jessica. In solcher Nacht
Schwor ihr Lorenzo, jung und zärtlich, Liebe
Und stahl ihr Herz mit manchem Treugelübd,
Wovon nicht eines echt war.
Lorenzo. In solcher Nacht
Verleumdete die artge Jessica
Wie eine kleine Schelmin ihren Liebsten,
Und er vergab es ihr.
Jessica. Ich wollt Euch übernachten, käme niemand.
Doch horcht! ich hör den Fußtritt eines Manns.

Ein Bedienter kommt.

Lorenzo. Wer kommt so eilig in der stillen Nacht?
Bedienter. Ein Freund.
Lorenzo. Ein Freund? was für ein Freund? Eur Name, Freund?
Bedienter. Mein Nam ist Stephano, und ich soll melden,
Daß meine gnädge Frau vor Tages Anbruch
Wird hier in Belmont sein; sie streift umher
Bei heilgen Kreuzen, wo sie kniet und betet
Um frohen Ehestand.
Lorenzo. Wer kommt mit ihr?
Bedienter. Ein heilger Klausner und ihr Mädchen bloß.
Doch sagt mir, ist mein Herr noch nicht zurück?
Lorenzo. Nein, und wir haben nichts von ihm gehört.
Doch, liebe Jessica, gehn wir hinein;
Laß uns auf einen feierlichen Willkomm
Für die Gebieterin des Hauses denken.

Lanzelot kommt.

Lanzelot. Holla, holla! he! heda! holla! holla!
Lorenzo. Wer ruft?
Lanzelot. Holla! habt Ihr Herrn Lorenzo und Frau Lorenzo gesehn? Holla! holla!
Lorenzo. Laß dein Hollarufen, Kerl! Hier!
Lanzelot. Holla! wo? wo?
Lorenzo. Hier!
Lanzelot. Sagt ihm, daß ein Postillon von meinem Herrn ge-

kommen ist, der sein Horn voll guter Neuigkeiten hat: mein Herr wird vor morgens hier sein.

(*Lanzelot ab.*)

Lorenzo. Komm, süßes Herz, erwarten wir sie drinnen.
Und doch, es macht nichts aus: wozu hineingehn?
Freund Stephano, ich bitt Euch, meldet gleich
Im Haus die Ankunft Eurer gnädgen Frau
Und bringt die Musikanten her ins Freie.

(*Stephano ab.*)

Wie süß das Mondlicht auf dem Hügel schläft!
Hier sitzen wir und lassen die Musik
Zum Ohre schlüpfen; sanfte Still und Nacht,
Stimmt zu den Klängen süßer Harmonie.
Komm, Jessica! Sieh, wie die Himmelsflur
Ist eingelegt mit Scheiben lichten Goldes!
Auch nicht der kleinste Kreis, den du da siehst,
Der nicht im Schwunge wie ein Engel singt,
Zum Chor der hellgeaugten Cherubim.
So voller Harmonie sind ewge Geister:
Nur wir, weil dies hinfällge Kleid von Staub
Und grob umhüllt, wir können sie nicht hören.

Musikanten kommen.

He! kommt und weckt Dianen auf mit Hymnen,
Rührt euer Herrin Ohr mit zartem Spiel, (*Musik*)
Zieht mit Musik sie heim.

Jessica. Nie macht die liebliche Musik mich lustig.

Lorenzo. Der Grund ist, Eure Geister sind gespannt.
Bemerkt nur eine wilde flüchtge Herde,
Der ungezähmten jungen Füllen Schar:
Sie machen Sprünge, brüllen, wiehern laut,
Wie ihres Blutes heiße Art sie treibt;
Doch schallt nur die Trompete oder trifft
Sonst eine Weise der Musik ihr Ohr,
So seht Ihr, wie sie miteinander stehn;
Ihr wildes Auge schaut mit Sittsamkeit,
Durch süße Macht der Töne. Drum lehrt der Dichter,
Gelenkt hab Orpheus Bäume, Felsen, Fluten,

Weil nichts so stöckisch, hart und voll von Wut,
Das nicht Musik auf eine Zeit verwandelt.
Der Mann, der nicht Musik hat in ihm selbst,
Den nicht die Eintracht süßer Töne rührt,
Taugt zu Verrat, zu Räuberei und Tücken[1];
Die Regung seines Sinns ist dumpf wie Nacht,
Sein Trachten düster wie der Erebus.
Trau keinem solchen! – Horch auf die Musik!

Porzia und Nerissa in der Entfernung.

Porzia. Das Licht, das wir da sehen, brennt im Saal;
Wie weit die kleine Kerze Schimmer wirft!
So scheint die gute Tat in arger Welt.
Nerissa. Da der Mond schien, sahn wir die Kerze nicht.
Porzia. So löscht der größre Glanz den kleinern aus.
Ein Stellvertreter strahlet wie ein König,
Bis ihm ein König naht; und dann ergießt
Sein Prunk sich, wie vom innern Land ein Bach
Ins große Bett der Wasser. Horch, Musik!
Nerissa. Es sind die Musikanten Eures Hauses.
Porzia. Ich sehe, nichts ist ohne Rücksicht gut;
Mich dünkt, sie klingt viel schöner als bei Tag.
Nerissa. Die Stille gibt den Reiz ihr, gnädge Frau.
Porzia. Die Krähe singt so lieblich wie die Lerche,
Wenn man auf keine lauschet; und mir deucht,
Die Nachtigall, wenn sie bei Tage sänge,
Wo alle Gänse schnattern, hielt' man sie
Für keinen bessern Spielmann als den Spatz.
Wie manches wird durch seine Zeit gezeitigt
Zu echtem Preis und zur Vollkommenheit! –
Still! Luna schläft ja beim Endymion
Und will nicht aufgeweckt sein.

(*Die Musik hört auf.*)

Lorenzo. Wenn nicht alles
Mich trügt, ist das die Stimme Porzias.
Porzia. Er kennt mich, wie der blinde Mann den Kuckuck,

---

1. Richtiger: Untaten

An meiner schlechten Stimme.
Lorenzo. Gnädge Frau, willkommen!
Porzia. Wir beteten für unsrer Männer Wohlfahrt
Und hoffen, unsre Worte fördern sie:
Sind sie zurück?
Lorenzo. Bis jetzt nicht, gnädge Frau.
Allein ein Bote ist vorausgekommen,
Sie anzumelden.
Porzia. Geh hinein, Nerissa,
Sag meinen Leuten, daß sie gar nicht tun,
Als wären wir vom Haus entfernt gewesen; –
Auch Ihr, Lorenzo! Jessica, auch Ihr!
(*Trompetenstoß.*)
Lorenzo. Da kommt schon Eur Gemahl, ich höre blasen;
Wir sind nicht Plaudertaschen, fürchtet nichts.
Porzia. Mich dünkt, die Nacht ist nur ein krankes Tagslicht,
Sie sieht ein wenig bleicher; 's ist ein Tag
Wie's Tag ist, wenn die Sonne sich verbirgt.
Bassanio, Antonio, Graziano treten auf mit ihrem Gefolge.
Bassanio. Wir hielten mit den Antipoden Tag,
Erschient Ihr, während sich die Sonn entfernt.
Porzia. Wenn mein Betragen nur das Licht nicht scheut,
So mag mein Fußtritt wohl im Dunkeln wandeln[1]:
Ihr seid zu Haus willkommen, mein Gemahl!
Bassanio. Ich dank Euch, heißt willkommen meinen Freund!
Dies ist der Mann, dies ist Antonio,
Dem ich so grenzenlos verpflichtet bin.
Porzia. Ihr müßt in allem ihm verpflichtet sein;
Ich hör, er hat sich sehr für Euch verpflichtet.
Antonio. Zu mehr nicht, als ich glücklich bin gelöst.
Porzia. Herr, Ihr seid unserm Hause sehr willkommen!
Es muß sich anders zeigen als in Reden,

---

1. Freie Übersetzung. Genauer:
Gern möcht ich leuchten, doch nicht leicht erscheinen.
Leichtsinn der Frau ist ihres Gatten Schwermut,
Doch nie lieg Eurer Schwermut Schuld an mir.

Drum kürz ich diese Wortbegrüßung ab.

Graziano und Nerissa haben sich unterdessen besonders unterredet.

Graziano. Ich schwör's bei jenem Mond, Ihr tut mir Unrecht!
Fürwahr, ich gab ihn an des Richters Schreiber:
Wär er verschnitten, dem ich ihn geschenkt,
Weil Ihr Euch, Liebste, so darüber kränkt!

Porzia. Wie? schon ein Zank? worüber kam es her?

Graziano. Um einen Goldreif, einen dürftgen Ring,
Den sie mir gab; der Denkspruch war daran
Genau der Art, wie Vers' auf einer Klinge
Vom Messerschmied: «Liebt mich und laßt mich nicht.»

Nerissa. Was redet Ihr vom Denkspruch und dem Wert?
Ihr schwurt mir, da ich ihn Euch gab, Ihr wolltet
Ihn tragen bis zu Eurer Todesstunde;
Er sollte selbst im Sarge mit Euch ruhn.
Ihr mußtet ihn um Eurer Eide willen,
Wo nicht um mich, verehren und bewahren.
Des Richters Schreiber! – o ich weiß, der Schreiber,
Der ihn bekam, trägt niemals Haar am Kinn.

Graziano. Doch, wenn er lebt, bis er zum Mann erwächst.

Nerissa. Ja, wenn ein Weib zum Manne je erwächst.

Graziano. Auf Ehr, ich gab ihn einem jungen Menschen,
'ner Art von Buben, einem kleinen Knirps,
Nicht höher als du selbst, des Richters Schreiber.
Der Plauderbub erbat den Ring zum Lohn:
Ich konnt ihm das um alles nicht versagen.

Porzia. Ihr wart zu tadeln, offen sag ich's Euch,
Euch von der ersten Gabe Eurer Frau
So unbedacht zu trennen; einer Sache,
Mit Eiden angesteckt an Euren Finger
Und so mit Treu an Euren Leib geschmiedet.
Ich schenkte meinem Liebsten einen Ring
Und hieß ihn schwören, nie ihn wegzugeben;
Hier steht er, und ich darf für ihn beteuern,
Er ließ' ihn nicht, er riss' ihn nicht vom Finger
Für alle Schätze, so die Welt besitzt.
Ihr gabt fürwahr, Graziano, Eurer Frau

Zu lieblos eine Ursach zum Verdruß;
Geschäh es mir, es machte mich verrückt.
Bassanio (*beiseite*). Ich möchte mir die linke Hand nur abhaun
Und schwören, ich verlor den Ring im Kampf.
Graziano. Bassanio schenkte seinen Ring dem Richter,
Der darum bat und in der Tat ihn auch
Verdiente; dann erbat der Bursch, sein Schreiber,
Der Müh vom Schreiben hatte, meinen sich,
Und weder Herr noch Diener wollten was
Als die zwei Ringe nehmen.
Porzia. Welch einen Ring gabt Ihr ihm, mein Gemahl?
Nicht den, hoff ich, den Ihr von mir empfingt.
Bassanio. Könnt ich zum Fehler eine Lüge fügen,
So würd ich's leugnen; doch Ihr seht, mein Finger
Hat nicht den Ring mehr an sich, er ist fort.
Porzia. Gleich leer an Treu ist Euer falsches Herz.
Beim Himmel, nie komm ich in Euer Bett,
Bis ich den Ring gesehn.
Nerissa. Noch ich in Eures,
Bis ich erst meinen sehe.
Bassanio. Holde Porzia,
Wär Euch bewußt, wem ich ihn gab, den Ring,
Wär Euch bewußt, für wen ich gab den Ring,
Und säht Ihr ein, wofür ich gab den Ring
Und wie unwillig ich mich schied vom Ring,
Da nichts genommen wurde als der Ring,
Ihr würdet Eures Unmuts Härte mildern.
Porzia. Und hättet Ihr gekannt die Kraft des Rings,
Halb deren Wert nur, die Euch gab den Ring,
Und Eure Ehre, hangend an dem Ring,
Ihr hättet so nicht weggeschenkt den Ring.
Wo wär ein Mann so unvernünftig wohl,
Hätt es Euch nur beliebt, mit einger Wärme
Ihn zu verteidgen, daß er ohne Scheu
Ein Ding begehrte, das man heilig hält?
Nerissa lehrt mich, was ich glauben soll:
Ich sterbe drauf, ein Weib bekam den Ring.

Bassanio. Bei meiner Ehre, nein! bei meiner Seele!
Kein Weib bekam ihn, sondern einem Doktor
Der Rechte gab ich ihn, der mir dreitausend
Dukaten ausschlug und den Ring erbat;
Ich weigert's ihm, ließ ihn verdrießlich gehn,
Den Mann, der meines teuern Freundes Leben
Aufrechterhielt. Was soll ich sagen, Holde?
Ich war genötigt, ihn ihm nachzuschicken;
Gefälligkeit und Scham bedrängten mich,
Und meine Ehre litt nicht, daß sie Undank
So sehr befleckte. Drum verzeiht mir, Beste!
Denn, glaubt mir, bei den heilgen Lichtern dort,
Ihr hättet, wärt Ihr dagewesen, selbst
Den Ring erbeten für den würdgen Doktor.
Porzia. Daß nur der Doktor nie mein Haus betritt.
Denn weil er das Juwel hat, das ich liebte,
Das Ihr meintwillen zu bewahren schwurt,
So will ich auch freigebig sein wie Ihr:
Ich will ihm nichts versagen, was ich habe,
Nicht meinen Leib noch meines Gatten Bett;
Denn kennen will ich ihn, das weiß ich sicher.
Schlaft keine Nacht vom Haus! wacht wie ein Argus!
Wenn Ihr's nicht tut, wenn Ihr allein mich laßt:
Bei meiner Ehre, die mein eigen noch!
Den Doktor nehm ich mir zum Bettgenossen.
Nerissa. Und ich den Schreiber; darum seht Euch vor,
Wie Ihr mich laßt in meiner eignen Hut.
Graziano. Gut! tut das nur, doch laßt ihn nicht ertappen,
Ich möchte sonst des Schreibers Feder kappen.
Antonio. Ich bin der Unglücksgrund von diesem Zwist.
Porzia. Es kränk Euch nicht; willkommen seid Ihr dennoch.
Bassanio. Vergebt mir, Porzia, mein gezwungnes Unrecht,
Und vor den Ohren aller dieser Freunde
Schwör ich dir, ja, bei deinen holden Augen,
Worin ich selbst mich sehe –
Porzia. Gebt doch acht!
In meinen Augen sieht er selbst sich doppelt,

In jedem Aug einmal – beruft Euch nur
Auf Euer doppelt Selbst, das ist ein Eid,
Der Glauben einflößt.

Bassanio. Hört mich doch nur an!
Verzeiht dies, und bei meiner Seele schwör ich,
Ich breche nie dir wieder einen Eid.

Antonio. Ich lieh einst meinen Leib hin für sein Gut;
Ohn ihn, der Eures Gatten Ring bekam,
War er dahin; ich darf mich noch verpflichten –
Zum Pfande meine Seele – Eur Gemahl
Wird nie mit Vorsatz mehr die Treue brechen.

Porzia. So seid denn Ihr sein Bürge; gebt ihm den
Und heißt ihn besser hüten als den andern.

Antonio. Hier, Don Bassanio, schwört, den Ring zu hüten.

Bassanio. Beim Himmel! eben den gab ich dem Doktor.

Porzia. Ich hab ihn auch von ihm, verzeiht, Bassanio!
Für diesen Ring gewann der Doktor mich.

Nerissa. Und Ihr, verzeiht, mein artger Graziano,
Denn jener kleine Bursch, des Doktors Schreiber,
War um den Preis hier letzte Nacht bei mir.

Graziano. Nun, das sieht aus wie Wegebesserung
Im Sommer, wann die Straßen gut genug.
Was? sind wir Hahnrei, eh wir's noch verdient?

Porzia. Sprecht nicht so gröblich. – Ihr seid all erstaunt;
Hier ist ein Brief, lest ihn bei Muße durch,
Er kommt von Padua, vom Bellario;
Da könnt Ihr finden: Porzia war der Doktor,
Nerissa dort ihr Schreiber; hier Lorenzo
Kann zeugen, daß ich gleich nach Euch gereist
Und eben erst zurück bin; ich betrat
Mein Haus noch nicht. – Antonio, seid willkommen!
Ich habe beßre Zeitung noch im Vorrat,
Als Ihr erwartet. Diesen Brief erbrecht;
Ihr werdet sehn, drei Eurer Galeonen
Sind reich beladen plötzlich eingelaufen;
Ich sag Euch nicht, was für ein eigner Zufall
Den Brief mir zugespielt hat.

Antonio. Ich verstumme.
Bassanio. Wart Ihr der Doktor, und ich kannt Euch nicht?
Graziano. Wart Ihr der Schreiber, der mich krönen soll?
Nerissa. Ja, doch der Schreiber, der es niemals tun will,
Wenn er nicht lebt, bis er zum Mann erwächst.
Bassanio. Ihr müßt mein Bettgenoß sein, schönster Doktor.
Wenn ich nicht da bin, liegt bei meiner Frau.
Antonio. Ihr gabt mir Leben, Teure, und zu leben:
Hier les ich für gewiß, daß meine Schiffe
Im Hafen sicher sind.
Porzia. Wie steht's, Lorenzo!
Mein Schreiber hat auch guten Trost für Euch.
Nerissa. Ja, und er soll ihn ohne Sporteln haben.
Hier übergeb ich Euch und Jessica
Vom reichen Juden eine Schenkungsakte
Auf seinen Tod, von allem, was er nachläßt.
Lorenzo. Ihr schönen Fraun streut Manna Hungrigen
In ihren Weg.
Porzia. Es ist beinahe Morgen,
Und doch, ich weiß gewiß, seht ihr noch nicht
Den Hergang völlig ein. – Laßt uns hineingehn,
Und da vernehmt auf Fragartikel uns,
Wir wollen auch auf alles wahrhaft dienen.
Graziano. Ja, tun wir das; der erste Fragartikel,
Worauf Nerissa schwören muß, ist der:
Ob sie bis morgen lieber warten mag,
Ob schlafen gehn zwei Stunden nur vor Tag?
Doch käm der Tag, ich wünscht ihn seiner Wege,
Damit ich bei des Doktors Schreiber läge.
Gut! lebenslang hüt ich kein ander Ding
Mit solchen Ängsten als Nerissas Ring.

(*Alle ab.*)

VIEL LÄRM UM NICHTS

Entstanden: 1598 oder 1599

Übersetzt von Wolf Graf von Baudissin
unter der Redaktion von Ludwig Tieck

(Der ursprüngliche Titel der Übersetzung lautet:
Viel Lärmen um nichts)

PERSONEN

DON PEDRO, *Prinz von Arragon*
LEONATO, *Gouverneur von Messina*
DON JUAN, *Pedros Halbbruder*
CLAUDIO, *ein florentinischer Graf*
BENEDIKT, *ein Edelmann aus Padua*
ANTONIO, *Leonatos Bruder*
BALTHASAR, *Don Pedros Diener*
BORACHIO, KONRAD } *Don Juans Begleiter*
HOLZAPFEL, SCHLEHWEIN } *einfältige Gerichtsdiener*
Ein Schreiber
HERO, *Leonatos Tochter*
BEATRICE, *Leonatos Nichte*
MARGARETA, URSULA } *Heros Kammerfrauen*
Ein Mönch
Ein Knabe, Boten, Wachen, Gefolge

Die Szene ist in *Messina*

ERSTER AUFZUG

Erste Szene

Leonato, Hero, Beatrice und ein Bote treten auf

Leonato. Ich sehe aus diesem Briefe, daß Don Pedro von Arragon diesen Abend in Messina eintrifft.

Bote. Er kann nicht mehr weit sein: er war kaum drei Meilen von der Stadt entfernt, als ich ihn verließ.

Leonato. Wieviel Edelleute habt ihr in diesem Treffen verloren?

Bote. Überhaupt nur wenig Offiziere, und keinen von großem Namen.

Leonato. Ein Sieg gilt doppelt, wenn der Feldherr seine volle Zahl wieder heimbringt. Wie ich sehe, hat Don Pedro einem jungen Florentiner, namens Claudio, große Ehre erwiesen.

Bote. Die er seinerseits sehr wohl verdient und Don Pedro nicht minder nach Verdienst erkennt. Er hat mehr gehalten, als seine Jugend versprach, und in der Gestalt eines Lammes die Taten eines Löwen vollbracht; ja, wahrlich, es sind alle Erwartungen noch trefflicher von ihm übertroffen, als Ihr erwarten dürft, von mir erzählt zu hören.

Leonato. Er hat einen Oheim hier in Messina, welchem diese Nachricht sehr lieb sein wird.

Bote. Ich habe ihm schon Briefe überbracht, und er scheint große Freude daran zu haben; so große Freude, daß es schien, sie könne sich nicht ohne ein Zeichen von Schmerz bescheiden genug darstellen.

Leonato. Brach er in Tränen aus?

Bote. In großem Maß.

Leonato. Eine zärtliche Ergießung der Zärtlichkeit. Keine Gesichter sind echter, als die so gewaschen werden. Wieviel besser ist's, über die Freude zu weinen, als sich am Weinen zu freuen.

Beatrice. Sagt mir doch, ist Signor Schlachtschwert aus dem Feldzug wieder heimgekommen? oder noch nicht?

Bote. Ich kenne keinen unter diesem Namen, mein Fräulein. Es wird keiner von den Offizieren so genannt.

Leonato. Nach wem fragt Ihr, Nichte?

Hero. Meine Muhme meint den Signor Benedikt von Padua.

Bote. Oh, der ist zurück und immer noch so aufgeräumt als jemals.

Beatrice. Er schlug seinen Zettel hier in Messina an und forderte den Cupido auf den befiederten Pfeil heraus; und meines Oheims Narr, als er die Aufforderung gelesen, unterschrieb in Cupidos Namen und forderte ihn auf den stumpfen Bolzen. Sagt mir doch, wie viele hat er in diesem Feldzug umgebracht und aufgegessen? Oder lieber, wie viele hat er umgebracht? Denn ich versprach ihm, alle aufzuessen, die er umbringen würde.

Leonato. Im Ernst, Nichte, Ihr seid unbarmherzig gegen den Signor Benedikt. Aber Ihr werdet Euren Mann an ihm finden, das glaubt mir nur.

Bote. Er hat in diesem Feldzug gute Dienste getan, mein Fräulein.

Beatrice. Ihr hattet verdorbnen Proviant, und er half ihn verzehren, nicht wahr? Er ist ein sehr tapfrer Tellerheld und hat einen unvergleichlichen Appetit.

Bote. Dagegen, Fräulein, ist er auch ein guter Soldat.

Beatrice. Gegen Fräulein ist er ein guter Soldat: aber was ist er gegen Kavaliere?

Bote. Ein Kavalier gegen einen Kavalier, ein Mann gegen einen Mann. Er ist mit allen ehrenwerten guten Eigenschaften ausstaffiert.

Beatrice. Ausstaffiert! O ja! Aber die Staffage ist auch danach. – Ei nun, wir sind alle sterblich.

Leonato. Ihr müßt meine Nichte nicht mißverstehn, lieber Herr. Es ist eine Art von scherzhaftem Krieg zwischen ihr und Signor Benedikt. Sie kommen nie zusammen ohne ein Scharmützel von sinnreichen Einfällen.

Beatrice. Leider gewinnt er niemals dabei. In unsrer letzten Affäre gingen ihm vier von seinen fünf Sinnen als Krüppel davon, und seine ganze Person muß sich seitdem mit einem behelfen. Wenn er noch Sinn und Witz genug zurückbehalten hat, sich warmzuhalten, so mag man ihm das als ein Ab-

zeichen gönnen, das ihn von seinem Pferde unterscheidet, denn sein ganzer Vorrat beschränkt sich jetzt darauf, daß man ihn für ein menschliches Wesen hält. Wer ist denn jetzt sein Unzertrennlicher? Denn alle vier Wochen hat er einen neuen Herzensfreund.

Bote. Ist's möglich?

Beatrice. Sehr leicht möglich: denn er hält es mit seiner Treue wie mit der Form seines Huts, die immer mit jeder nächsten Mode wechselt.

Bote. Wie ich sehe, Fräulein, steht dieser Kavalier nicht sonderlich bei Euch angeschrieben.

Beatrice. Nein, wenn das wäre, so würde ich alles, was ich schrieb, verbrennen. Aber sagt mir doch, wer ist jetzt sein Kamerad? Gibt's keinen jungen Raufer, der Lust hat, in seiner Gesellschaft eine Reise zum Teufel zu machen! –

Bote. Man sieht ihn am meisten mit dem edlen Claudio.

Beatrice. O Himmel! Dem wird er sich anhängen wie eine Krankheit. Man holt ihn sich schneller als die Pest, und wen er angesteckt hat, der wird augenblicklich verrückt. Tröste Gott den edlen Claudio; wenn er sich den Benedikt zugezogen, wird er nicht unter tausend Pfund von ihm geheilt.

Bote. Ich wünschte Freundschaft mit Euch zu halten, Fräulein.

Beatrice. Tut das, mein Freund.

Leonato. Ihr werdet niemals verrückt werden, Nichte!

Beatrice. Nein, nicht eh ein heißer Januar kommt.

Bote. Don Pedro nähert sich eben. (*Geht ab.*)

Don Pedro, Balthasar, Don Juan, Claudio und Benedikt treten auf.

Don Pedro. Teurer Signor Leonato, Ihr geht Eurer Unruhe entgegen. Es ist sonst der Welt Brauch, Unkosten zu vermeiden, und Ihr sucht sie auf.

Leonato. Nie kam Unruhe unter Eurer Gestalt in mein Haus, mein gnädiger Fürst. Wenn uns die Unruhe verließ, bleibt sonst die Behaglichkeit zurück: wenn Ihr dagegen wieder abreist, wird die Trauer verweilen und das Glück von mir Abschied nehmen.

Don Pedro. Ihr nehmt Eure Last zu willig auf. – Das ist Eure Tochter, wie ich vermute?

Leonato. Das hat mir ihre Mutter oft gesagt.

Benedikt. Zweifeltet Ihr daran, Signor, daß Ihr sie fragtet?

Leonato. Nein, Signor Benedikt, denn damals wart Ihr noch ein Kind.

Don Pedro. Da habt Ihr's nun, Benedikt: wir sehn daraus, was Ihr jetzt als Mann sein müßt. In der Tat, sie kündigt selber ihren Vater an. – Ich wünsche Euch Glück, mein Fräulein, Ihr gleicht einem ehrenwerten Vater.

Benedikt. Wenn auch Signor Leonato ihr Vater ist, sie würde nicht um ganz Messina seinen Kopf auf ihren Schultern tragen wollen, wie sehr sie ihm auch gleicht.

Beatrice. Mich wundert, daß Ihr immer schwatzen müßt, Signor Benedikt; kein Mensch achtet auf Euch.

Benedikt. Wie, mein liebes Fräulein Hochmut! Lebt Ihr auch noch?

Beatrice. Wie sollte wohl Hochmut sterben, wenn er solche Nahrung vor sich hat, wie Signor Benedict? – Die Höflichkeit selbst wird zum Hochmut werden, wenn Ihr Euch vor ihr sehen laßt.

Benedikt. Dann ist Höflichkeit ein Überläufer; aber soviel ist gewiß, alle Damen sind in mich verliebt, Ihr allein ausgenommen; und ich wollte, mein Herz sagte mir, ich hätte kein so hartes Herz; denn wahrhaftig, ich liebe keine.

Beatrice. Ein wahres Glück für die Frauen; Ihr wäret ihnen ein gefährlicher Bewerber geworden. Ich danke Gott und meinem kalten Herzen, daß ich hierin mit Euch *eines* Sinnes bin. Lieber wollt ich meinen Hund eine Krähe anbellen hören, als einen Mann schwören, daß er mich liebe.

Benedikt. Gott erhalte mein gnädiges Fräulein immer in dieser Gesinnung! So wird doch ein oder der andre ehrliche Mann dem Schicksal eines zerkratzten Gesichts entgehn.

Beatrice. Kratzen würde es nicht schlimmer machen, wenn es ein Gesicht wäre wie Eures.

Benedikt. Gut, Ihr versteht Euch trefflich drauf, Papageien abzurichten.

Beatrice. Ein Vogel von meiner Zunge ist besser als ein Vieh von Eurer.

Benedikt. Ich wollte, mein Pferd wäre so schnell als Eure Zunge und liefe so in eins fort. Doch nun geht und der Himmel sei mit Euch, denn ich bin fertig.

Beatrice. Ihr müßt immer mit lahmen Pferdegeschichten aufhören; ich kenne Euch von alten Zeiten her.

Don Pedro. Kurz und gut, Leonato; – ihr, Signor Claudio und Signor Benedikt; – mein werter Freund Leonato hat euch alle eingeladen. Ich sage ihm eben, wir werden wenigstens einen Monat verweilen, und er bittet den Himmel, daß irgendeine Veranlassung uns länger hier aufhalten möge. Ich wollte schwören, daß er kein Heuchler sei, sondern daß ihm dies Gebet von Herzen geht.

Leonato. Ihr würdet nicht falsch schwören, mein gnädiger Herr. Laßt mich Euch willkommen heißen, Prinz Juan; nach Eurer Aussöhnung mit dem Fürsten, Eurem Bruder, widme ich Euch alle meine Dienste.

Don Juan. Ich danke Euch. Ich bin nicht von vielen Worten, aber ich danke Euch.

Leonato. Gefällt's Euer Gnaden, vorauszugehn?

Don Pedro. Eure Hand, Leonato, wir gehn zusammen.

(*Leonato, Don Pedro, Don Juan, Beatrice und Hero gehn ab.*)

Benedikt und Claudio.

Claudio. Benedikt, hast du Leonatos Tochter wohl ins Auge gefaßt?

Benedikt. Ins Auge habe ich sie nicht gefaßt, aber angesehn habe ich sie.

Claudio. Ist sie nicht ein sittsames, junges Fräulein?

Benedikt. Fragt Ihr mich wie ein ehrlicher Mann um meine schlichte, aufrichtige Meinung? Oder soll ich Euch nach meiner Gewohnheit als ein erklärter Feind ihres Geschlechts antworten?

Claudio. Nein, ich bitte dich, rede nach ernstem, nüchternem Urteil.

Benedikt. Nun denn, auf meine Ehre: mich dünkt, sie ist zu niedrig für ein hohes Lob, zu braun für ein helles Lob, zu klein für ein großes Lob; alles, was ich zu ihrer Empfehlung sagen kann, ist dies: wäre sie anders, als sie ist, so wäre sie nicht

hübsch, und weil sie nicht anders ist, als sie ist, so gefällt sie mir nicht.

Claudio. Du glaubst, ich treibe Scherz: nein, sage mir ehrlich, wie sie dir gefällt.

Benedikt. Wollt Ihr sie kaufen, weil Ihr Euch so genau erkundigt?

Claudio. Kann auch die ganze Welt solch Kleinod kaufen?

Benedikt. Jawohl, und ein Futteral dazu. Aber sprecht Ihr dies in vollem Ernst? Oder agiert Ihr den lustigen Rat und erzählt uns, Amor sei ein geübter Hasenjäger und Vulkan ein trefflicher Zimmermann? Sagt doch, welchen Schlüssel muß man haben, um den rechten Ton Eures Gesanges zu treffen?

Claudio. In meinem Aug ist sie das holdeste Fräulein, das ich jemals erblickte.

Benedikt. Ich kann noch ohne Brille sehn, und ich sehe doch von dem allem nichts. Da ist ihre Muhme: wenn die nicht von einer Furie besessen wäre, sie würde Hero an Schönheit so weit übertreffen, als der erste Mai den letzten Dezember. Aber ich hoffe, Ihr denkt nicht daran, ein Ehemann zu werden: oder habt Ihr solche Gedanken? –

Claudio. Und hätt ich schon das Gegenteil beschworen, ich traute meinem Eide kaum, wenn Hero meine Gattin werden wollte.

Benedikt. Nun wahrhaftig, steht es so mit Euch? Hat die Welt auch nicht einen einzigen Mann mehr, der seine Kappe ohne Verdacht tragen will[1]? Soll ich keinen Junggesellen von sechzig Jahren mehr sehn? Nun, nur zu; wenn du denn durchaus deinen Hals unters Joch zwängen willst, so trage den Druck davon und verseufze deine Sonntage. Sieh, da kommt Don Pedro und sucht dich.

Don Pedro kommt zurück.

Don Pedro. Welch Geheimnis hat euch hier zurückgehalten, daß ihr nicht mit uns in Leonatos Haus gingt?

Benedikt. Ich wollte, Eure Hoheit nötigte mich, es zu sagen.

Don Pedro. Ich befehle dir's bei deiner Lehnspflicht.

---

1. Anspielung auf den Hahnrei, der mit seiner Kappe die Hörner verdeckt

Benedikt. Ihr hört's, Graf Claudio: ich kann schweigen wie ein Stummer, das könnt Ihr glauben; aber bei meiner Lehnspflicht – seht Ihr wohl, bei meiner Lehnspflicht – er ist verliebt. In wen? (so fragt Eure Hoheit jetzt) und nun gebt acht, wie kurz die Antwort ist: in Hero, Leonatos kurze Tochter.

Claudio. Wenn dem so wäre, wär es nun gesagt.

Benedikt. Wie das alte Märchen, mein Fürst: es ist nicht so und war nicht so, und wolle Gott nur nicht, daß es so werde! –

Claudio. Wenn meine Leidenschaft sich nicht in kurzem ändert, so wolle Gott nicht, daß es anders werde.

Don Pedro. Amen! wenn Ihr sie liebt, denn das Fräulein ist dessen sehr würdig.

Claudio. So sprecht Ihr nur, mein Fürst, mich zu fangen.

Don Pedro. Bei meiner Treu, ich rede, wie ich's denke.

Claudio. Das tat ich ebenfalls, mein Fürst, auf Ehre.

Benedikt. Und ich, bei meiner zwiefachen Ehre und Treue, mein Fürst, ich gleichfalls.

Claudio. Daß ich sie liebe, fühl ich.

Don Pedro. Daß sie es wert ist, weiß ich.

Benedikt. Und daß ich weder fühle, wie man sie lieben kann, noch weiß, wie sie dessen würdig sei, das ist eine Überzeugung, welche kein Feuer aus mir herausschmelzen soll; darauf will ich mich spießen[1] lassen.

Don Pedro. Du warst von jeher ein verstockter Ketzer in Verachtung der Schönheit.

Claudio. Und der seine Rolle nie anders durchzuführen wußte, als indem er seinem Willen Gewalt antat.

Benedikt. Daß mich ein Weib geboren hat, dafür dank ich ihr; daß sie mich aufzog, auch dafür sag ich ihr meinen demütigsten Dank: aber daß ich meine Stirn dazu hergebe, die Jagd darauf abzublasen, oder mein Hifthorn an einen unsichtbaren Riem aufhänge, das können mir die Frauen nicht zumuten. Weil ich ihnen das Unrecht nicht tun möchte, einer von ihnen zu mißtrauen, so will ich mir das Recht vorbehalten, keiner zu trauen; und das Ende vom Liede ist (und zu-

---

1. Genauer: verbrennen

gleich gewiß auch das beste Lied), daß ich ein Junggesell bleiben will.

Don Pedro. Ich erlebe es noch, dich einmal ganz blaß vor Liebe zu sehen.

Benedikt. Vor Zorn, vor Krankheit oder Hunger, mein Fürst; aber nicht vor Liebe. Beweist mir, daß ich jemals aus Liebe mehr Blut verliere, als ich durch eine Flasche Wein wieder ersetzen kann, so stecht mir die Augen aus mit eines Balladenschreibers Feder, hängt mich auf über der Tür eines schlechten Hauses und schreibt darunter: «Zum blinden Cupido».

Don Pedro. Nun ja, wenn du je von diesem Glauben abfällst, so mach dir keine Rechnung auf unsre Barmherzigkeit[1].

Benedikt. Wenn ich das tue, so hängt mich in einem Faß auf wie eine Katze und schießt nach mir; und wer mich trifft, dem klopft auf die Schulter und nennt ihn Adam[2].

Don Pedro. Nun wohl, die Zeit wird kommen,
«Wo sich der wilde Stier dem Joche fügt».

Benedikt. Das mag der wilde Stier; wenn aber der verständige Benedikt sich ihm fügt, so reißt dem Stier seine Hörner aus und setzt sie an meine Stirn, und laßt mich von einem Anstreicher abmalen, und mit so großen Buchstaben, wie man zu schreiben pflegt: «Hier sind gute Pferde zu vermieten», setzt unter mein Bildnis: «Hier ist zu sehn Benedikt, der Ehemann.»

Claudio. Wenn das geschähe, so würdest du hörnertoll sein.

Don Pedro. Nun, wenn nicht Cupido seinen ganzen Köcher in Venedig verschossen hat, so wirst du in kurzem für deinen Hochmut beben müssen.

Benedikt. Dazu müßte noch erst ein Erdbeben kommen.

Don Pedro. Gut, andre Zeiten, andre Gedanken. Für jetzt, lieber Signor Benedikt, geht hinein zu Leonato, empfehlt mich ihm und sagt ihm, ich werde mich zum Abendessen bei ihm einfinden; denn wie ich höre, macht er große Zurüstungen.

Benedikt. Diese Bestellung traue ich mir allenfalls noch zu, und somit befehle ich Euch – –

---

1. Wörtlich: wirst du einen prächtigen Unterhaltungsstoff abgeben
2. Adam Bell, ein in der Volkssage berühmter Schütze

Claudio. «Dem Schutz des Allerhöchsten: gegeben in meinem Hause (wenn ich eins hätte) – –

Don Pedro. Den sechsten Juli: Euer getreuer Freund Benedikt».

Benedikt. Nun, spottet nicht, spottet nicht: der Inhalt Eurer Gespräche ist zuweilen mit Lappen verbrämt und die Verbrämung nur sehr schwach aufgenäht: eh Ihr so alte Späße wieder hervorsucht, prüft Euer Gewissen, und somit empfehle ich mich Euch. (*Benedikt ab.*)

Claudio. Eur Hoheit könnte jetzt mich sehr verpflichten.

Don Pedro. Sprich, meine Lieb ist dein: belehre sie,
Und du sollst sehn, wie leicht sie fassen wird
Die schwerste Lehre, die dir nützlich ist.

Claudio. Hat Leonato einen Sohn, mein Fürst?

Don Pedro. Kein Kind, als Hero, sie ist einzge Erbin.
Denkst du an sie, mein Claudio?

Claudio. O mein Fürst,
Eh Ihr den jetzt beschloßnen Krieg begannt,
Sah ich sie mit Soldatenblick mir an,
Dem sie gefiel: allein die rauhe Arbeit
Ließ Wohlgefallen nicht zur Liebe reifen.
Jetzt kehr ich heim, und jene Kriegsgedanken
Räumten den Platz; statt ihrer drängen nun
Sich Wünsche ein von sanfter, holder Art
Und mahnen an der jungen Hero Reiz,
Und daß sie vor dem Feldzug mir gefiel.

Don Pedro. Ich seh dich schon als einen Neuverliebten,
Und unser Ohr bedroht ein Buch von Worten.
Liebst du die schöne Hero, sei getrost,
Ich will bei ihr und ihrem Vater werben,
Du sollst sie haben: war es nicht dies Ziel,
Nach dem die feingeflochtne Rede strebte?

Claudio. Wie lieblich pflegt Ihr doch des Liebeskranken,
Des Gram Ihr gleich an seiner Blässe kennt.
Nur daß zu plötzlich nicht mein Lieben schiene,
Wollt ich durch längre Rede es beschönen.

Don Pedro. Wozu die Brücke breiter als der Fluß?
Die Not ist der Gewährung bester Grund.

Sieh, was dir hilft, ist da: feststeht, du liebst,
Und ich bin da, das Mittel dir zu reichen.
Heut abend, hör ich, ist ein Maskenball,
Verkleidet spiel ich deine Rolle dann,
Der schönen Hero sag ich, ich sei Claudio,
Mein Herz schütt ich in ihren Busen aus
Und nehm ihr Ohr gefangen mit dem Sturm
Und mächtgen Angriff meiner Liebeswerbung.
Sogleich nachher sprech ich den Vater an,
Und dieses Liedes End ist, sie wird dein.
Nun komm und laß sogleich ans Werk uns gehn. –

(*Beide ab.*)

ZWEITE SZENE

Leonato und Antonio treten auf

Leonato. Nun, Bruder! wo ist mein Neffe, dein Sohn? – Hat er die Musik besorgt?

Antonio. Er macht sich sehr viel damit zu tun. Aber, Bruder, ich kann dir seltsame Neuigkeiten erzählen, von denen du dir nicht hättest träumen lassen.

Leonato. Sind sie gut?

Antonio. Nachdem der Erfolg sie stempeln wird: indes die Hülle ist gut, von außen sehn sie hübsch aus. Der Prinz und Graf Claudio, die in einer dicht verwachsnen Allee in meinem Garten spazierengingen, wurden *so* von einem meiner Leute behorcht: der Prinz entdeckte dem Claudio, er sei verliebt in meine Nichte, deine Tochter, und willens, sich ihr heut abend auf dem Ball zu erklären: und wenn er finde, daß sie nicht abgeneigt sei, so wolle er den Augenblick beim Schopf ergreifen und gleich mit dem Vater reden.

Leonato. Hat der Bursche einigen Verstand, der das sagte?

Antonio. Ein guter, ein recht schlauer Bursch: ich will ihn rufen lassen, dann kannst du ihn selbst ausfragen.

Leonato. Nein, nein, wir wollen es für einen Traum halten, bis es an den Tag kommt. – Aber ich will doch meiner Tochter davon sagen, damit sie sich besser auf eine Antwort gefaßt machen kann, wenn es von ohngefähr wahr sein sollte. Geht doch und erzählt ihr's. (*Verschiedene Personen gehn über die Bühne.*) Vettern, ihr wißt, was ihr zu tun habt? – – O bitte um Verzeihung, lieber Freund, Ihr müßt mit mir gehn, ich bedarf Eures guten Kopfs. – Lieber Vetter, geht mir in dieser geschäftigen Zeit zur Hand.

(*Alle ab.*)

DRITTE SZENE

Andres Zimmer in Leonatos Hause
Don Juan und Konrad treten auf

Konrad. Was der Tausend, mein Prinz, warum seid Ihr denn so übermäßig schwermütig?

Don Juan. Weil ich übermäßig viel Ursache dazu habe, deshalb ist auch meine Verstimmung ohne Maß.

Konrad. Ihr solltet doch Vernunft anhören.

Don Juan. Und wenn ich sie nun angehört, welchen Trost hätt ich dann davon?

Konrad. Wenn auch nicht augenblickliche Hilfe, doch Geduld zum Leiden.

Don Juan. Ich wundre mich, wie du, der, wie du selbst sagst, unterm Saturn geboren bist, dich damit abgibst, ein moralisches Mittel gegen ein tödliches Übel anzupreisen. Ich kann nicht verbergen, wer ich bin; ich muß ernst sein, wenn ich Ursache dazu habe, und über niemands Einfälle lachen; essen, wenn mich hungert, und auf niemands Belieben warten; schlafen, wenn mich schläfert, und um niemands Geschäfte mich anstrengen; lachen, wenn ich lustig bin, und keinen in seiner Laune streicheln.

Konrad. Ei ja; aber Ihr solltet Euch nicht so zur Schau tragen, bis Ihr's ohne Widerspruch tun könnt. Erst neulich habt Ihr Euch mit Eurem Bruder überworfen, und jetzt eben hat er Euch wieder zu Gnaden aufgenommen; da könnt Ihr unmöglich in seiner Gunst Wurzel schlagen, wenn Ihr Euch nicht selbst das gute Wetter dazu macht. Ihr müßt Euch notwendig günstige Witterung für Eure Ernte schaffen.

Don Juan. Lieber wollt ich eine Hundsrose im Zaun sein, als eine edle Rose in seiner Gnade: und für mein Blut schickt sich's besser, von allen verschmäht zu werden, als ein Betragen zu drechseln und jemands Liebe zu stehlen. Soviel ist gewiß, niemand wird mich einen schmeichlerischen Biedermann nennen, niemand soll mir's aber dagegen absprechen, daß ich ein aufrichtiger Bösewicht sei. Mit einem Maulkorb trauen sie mir, und mit einem Block lassen sie mich laufen: darum bin ich entschlossen, in meinem Käfig nicht zu singen. Hätt ich meine Zähne los, so würd ich beißen: hätt ich meinen freien Lauf, so täte ich, was mir beliebt. Bis dahin laß mich sein, was ich bin, und such mich nicht zu ändern.

Konrad. Könnt Ihr denn von Eurem Mißvergnügen keinen Gebrauch machen?

Don Juan. Ich mache allen möglichen Gebrauch davon, ich brauche es eben. Wer kommt denn da? Was gibt's Neues, Borachio? –

Borachio kommt.

Borachio. Ich komme von drüben von einem großen Abendschmaus: der Prinz, Euer Bruder, wird von Leonato königlich bewirtet, und ich kann Euch vorläufig erzählen, daß eine Heirat im Werke ist.

Don Juan. Könnte mir das nicht ein Fundament werden, irgendein Unheil drauf zu bauen? Wer ist denn der Narr, der sich an ewige Unruhe verloben will?

Borachio. Ei, es ist Eures Bruders rechte Hand.

Don Juan. Wer? der höchst ausbündige Claudio?

Borachio. Eben der.

Don Juan. Ein schmuckes Herrchen! Und wer? und wer? Was sein Absehn? –

Borachio. Nun Hero, Leonatos Tochter und Erbin.

Don Juan. Das kaum flügge Märzhühnchen? Wie kommst du dazu? –

Borachio. Ich habe das Ausräuchern der Zimmer zu besorgen; und als ich eben in einem dumpfigen Saal damit beschäftigt bin, kommen der Prinz und Claudio Hand in Hand, in sehr ernsthafter Unterredung. Ich duckte mich hinter die Tapete, und da hört ich, wie sie Abrede nahmen, der Prinz solle um Hero für sich werben, und wenn er sie bekomme, sie dem Grafen Claudio geben.

Don Juan. Komm, komm, laß uns hinüber; das kann meinem Grimm Nahrung werden. Dieser junge Emporschößling hat den ganzen Ruhm meiner Niederlage; kann ich den nur auf *einem* Wege kreuzen, so will ich mich allerwegen glücklich schätzen. Ihr seid beide zuverlässig und steht mir bei? –

Konrad. Bis in den Tod, gnädger Herr.

Don Juan. Gehn wir zu dem großen Gastmahl! Ihre Fröhlichkeit ist desto größer, weil ich zugrunde gerichtet bin. Ich wollte, der Koch dächte wie ich! Wollen wir gehn und sehn, was zu tun ist? –

Borachio. Wir sind zu Euerm Befehl, mein gnädiger Herr.

(*Alle ab.*)

ZWEITER AUFZUG

ERSTE SZENE

Halle in Leonatos Hause

Leonato, Antonio, Hero und Beatrice treten auf

Leonato. War Graf Juan nicht zum Abendessen hier?

Antonio. Ich sah ihn nicht.

Beatrice. Wie herbe dieser Mann aussieht! Ich kann ihn niemals ansehn, daß ich nicht eine volle Stunde Sodbrennen bekäme.

Hero. Er hat eine sehr melancholische Gemütsart.

Beatrice. Das müßte ein vortrefflicher Mann sein, der gerade das Mittel zwischen ihm und Benedikt hielte: der eine ist wie ein Bild und sagt gar nichts, und der andre wie der «gnädigen Frau» ältester Sohn und plappert immer fort.

Leonato. Also die Hälfte von Signor Benedikts Zunge in Don

Juans Mund, und die Hälfte von Don Juans Schwermut in Benedikts Gesicht. –

Beatrice. Und dazu ein hübsches Bein und ein feiner Fuß, Onkel, und Geld genug in der Tasche, solch ein Mann müßte jedes Mädchen in der Welt erobern, wenn er's verstände, ihre Gunst zu gewinnen.

Leonato. Auf mein Wort, Nichte, du wirst dir in deinem Leben keinen Mann gewinnen, wenn du eine so böse Zunge hast.

Antonio. Ja wahrhaftig, sie ist zu böse.

Beatrice. Zu böse ist mehr als böse: auf die Weise entgeht mir eine Gabe Gottes, denn es heißt: «Gott gibt einer bösen Kuh kurze Hörner, aber einer zu bösen Kuh gibt er gar keine.»

Leonato. Weil du also zu böse bist, wird Gott dir gar keine Hörner geben.

Beatrice. Richtig, wenn er mir keinen Mann gibt, und das ist ein Segen, um den ich jeden Morgen und jeden Abend auf den Knien bitte. Himmel! Wie sollte ich wohl einen Mann mit einem Bart im Gesicht aushalten: lieber schlief ich auf Wolle.

Leonato. Du kannst dir ja einen Mann aussuchen, der keinen Bart hat.

Beatrice. Was sollte ich mit dem anfangen? Ihm meine Kleider anziehn und ihn zum Kammermädchen machen? Wer einen Bart hat, ist mehr als ein Jüngling, und wer keinen hat, weniger als ein Mann: wer mehr als ein Jüngling ist, taugt nicht für mich, und wer weniger als ein Mann ist, für den tauge ich nicht. Deshalb will ich lieber sechs Batzen Handgeld vom Bärenführer als Lohn nehmen und seine Affen zur Hölle führen [1].

Leonato. Du gehst also zur Hölle?

Beatrice. Nein, nur an die Pforte. Da wird mir der Teufel entgegenkommen, mit Hörnern auf dem Kopf, wie ein alter Hahnrei, und sagen: «Mach dich fort und geh zum Himmel, Beatrice, geh zum Himmel! Hier ist kein Platz für euch Mäd-

---

1. Sprichwörtliches Schicksal alter Jungfern

chen»; darauf liefre ich ihm denn meine Affen ab, und nun flugs hinauf zu Sankt Peter am Himmelstor, der zeigt mir, wo die Junggesellen sitzen, und da leben wir so lustig, als der Tag lang ist.

Antonio (*zu Hero*). Nun, liebe Nichte, ich hoffe doch, Ihr werdet Euch von Euerm Vater regieren lassen?

Beatrice. Ei, das versteht sich. Es ist meiner Muhme Schuldigkeit, einen Knicks zu machen und zu sagen: «Wie es euch gefällt, mein Vater.» Aber mit alledem, liebes Mühmchen, muß es ein hübscher junger Mensch sein, sonst mach einen zweiten Knicks und sage: «Wie es mir gefällt, mein Vater.» –

Leonato. Nun, Nichte, ich hoffe noch den Tag zu erleben, wo du mit einem Manne versehn bist.

Beatrice. Nicht eher, bis der liebe Gott die Männer aus einem andern Stoff macht als aus Erde. Soll es ein armes Mädchen nicht verdrießen, sich von einem Stück gewaltigen Staubes meistern zu lassen? Einem nichtsnutzigen Lehmkloß Rechenschaft von ihrem Tun und Lassen abzulegen? Nein, Onkel, ich nehme keinen. Adams Söhne sind meine Brüder, und im Ernst, ich halte es für eine Sünde, so nah in meine Verwandtschaft zu heiraten.

Leonato. Tochter, denk an das, was ich dir sagte. Wenn der Prinz auf eine solche Art um dich wirbt, so weißt du deine Antwort.

Beatrice. Die Schuld wird an der Musik liegen, Muhme, wenn er nicht zur rechten Zeit um dich anhält. Wenn der Prinz zu ungestüm wird, so sag ihm, man müsse in jedem Dinge Maß halten; und so vertanze die Antwort. Denn siehst du, Hero, freien, heiraten und bereuen sind wie eine Kurante, ein Menuett und eine Pavana; der erste Antrag ist heiß und rasch wie eine Kurante, und ebenso phantastisch; die Hochzeit manierlich, sittsam wie ein Menuett, voll altfränkischer Feierlichkeit; und dann kommt die Reue und fällt mit ihren lahmen Beinen in die Pavana immer schwerer und schwerer, bis sie in ihr Grab sinkt.

Leonato. Muhme, du betrachtest alle Dinge sehr scharf und bitter.

Beatrice. Ich habe gesegnete Augen, Oheim, ich kann eine Kirche bei hellem Tage sehn.

Leonato. Da kommen die Masken; Bruder, macht Platz.

(*Leonato, Beatrice, Antonio gehn ab.*)

Don Pedro kommt maskiert.

Don Pedro. Gefällt es Euch, mein Fräulein, mit Eurem Freunde umherzugehn?

Hero. Wenn Ihr langsam geht und freundlich ausseht und nichts sagt, so will ich Euch das Gehn zusagen; auf jeden Fall, wenn ich davongehe.

Don Pedro. Mit mir, in meiner Gesellschaft?

Hero. Das kann ich sagen, wenn mir's gefällt.

Don Pedro. Und wann gefällt's Euch, das zu sagen?

Hero. Wenn ich Euer Gesicht werde leiden mögen; denn es wäre ein Leiden, wenn die Laute dem Futteral gliche.

Don Pedro. Deine Maske ist wie Philemons Dach, drinnen in der Hütte ist Jupiter.

Hero. Auf diese Weise müßte Eure Maske mit Stroh gedeckt sein. (*Gehn vorbei.*)

Margareta und Balthasar maskiert.

Margareta. Redet leise, wenn Ihr von Liebe redet[1].

Balthasar. Nun, ich wollte, Ihr liebtet mich.

Margareta. Das wollte ich nicht, um Eurer selbst willen. Denn ich habe eine Menge schlimmer Eigenschaften.

Balthasar. Zum Beispiel?

Margareta. Ich bete laut.

Balthasar. Um so lieber seid Ihr mir: da können die Euch hören, Amen sagen.

Margareta. Der Himmel verhelfe mir zu einem guten Tänzer.

Balthasar. Amen.

Margareta. Und schaffe mir ihn aus den Augen, sobald der Tanz aus ist. – Nun, Küster, antwortet.

Balthasar. Schon gut, der Küster hat seine Antwort.

(*Gehn vorbei.*)

---

1. Im Original spricht Don Pedro diese Worte

Ursula und Antonio treten maskiert ein.

Ursula. Ich kenne Euch gar zu gut, Ihr seid Signor Antonio.

Antonio. Auf mein Wort, ich bin's nicht.

Ursula. Ich kenne Euch an Eurem wackelnden Kopf.

Antonio. Die Wahrheit zu sagen, das mache ich ihm nach.

Ursula. Ihr könntet ihn unmöglich so vortrefflich schlecht nachmachen, wenn Ihr nicht der Mann selber wärt. Hier ist ja seine trockne Hand ganz und gar; Ihr seid's, Ihr seid's.

Antonio. Auf mein Wort, ich bin's nicht.

Ursula. Geht mir doch! Denkt Ihr denn, ich kenne Euch nicht an Eurem lebhaften Witz? Kann sich Tugend verbergen? Ei, ei, Ihr seid's. Die Anmut läßt sich nicht verhüllen, und damit gut. (*Gehn vorüber.*)

Benedikt und Beatrice maskiert.

Beatrice. Wollt Ihr mir nicht sagen, wer Euch das gesagt hat?

Benedikt. Nein, das bitte ich mir aus.

Beatrice. Und wollt Ihr mir auch nicht sagen, wer Ihr seid?

Benedikt. Jetzt nicht.

Beatrice. Daß ich voller Hochmut sei – und daß ich meinen besten Witz aus den hundert lustigen Erzählungen herneh-me. – Nun seht, das sagte mir Signor Benedikt.

Benedikt. Wer ist das?

Beatrice. Ich bin gewiß, Ihr kennt ihn mehr als zuviel.

Benedikt. Nein, gewiß nicht.

Beatrice. Hat er Euch nie lachen gemacht?

Benedikt. Sagt mir doch, wer ist er denn?

Beatrice. Nun, er ist des Prinzen Hofnarr: ein sehr schaler Spaßmacher, der nur das Talent hat, unmögliche Lästerungen zu ersinnen. Niemand findet Gefallen an ihm als Wüstlinge, und was ihn diesen empfiehlt, ist nicht sein Witz, sondern seine Schlechtigkeit: denn er unterhält sie und ärgert sie zugleich, und dann lachen sie einmal über ihn, und ein andermal schlagen sie ihn. Ich weiß gewiß, er ist hier in diesem Geschwader: ich wollte, unsre Fahrzeuge begegneten sich.

Benedikt. Sollte ich diesen Kavalier finden, so will ich ihm erzählen, was Ihr von ihm sagt.

Beatrice. Ja, ja, tut das immer. Er wird dann allenfalls ein paar Gleichnisse an mir zerbrechen, und wenn sich's etwa fügt, daß niemand drauf achtgibt oder drüber lacht, so verfällt er in Schwermut, und dann ist ein Rebhuhnflügel gerettet, denn der Narr wird den Abend gewiß nicht essen. (*Musik drinnen.*) Wir müssen den Anführern folgen.

Benedikt. In allem, was gut ist.

Beatrice. Freilich, wenn sie zu etwas Bösem führen, so fall ich bei der nächsten Tour von ihnen ab.

(*Beide ab.*)

Tanz drinnen. Es kommen Don Juan, Borachio, Claudio.

Don Juan. Es ist richtig, mein Bruder ist in Hero verliebt und hat ihren Vater auf die Seite genommen, um ihm den Antrag zu machen: die Damen folgen ihr, und nur eine Maske bleibt zurück.

Borachio. Und das ist Claudio, ich kenne ihn an seiner Haltung.

Don Juan. Seid Ihr nicht Signor Benedikt?

Claudio. Ihr habt's getroffen, ich bin's.

Don Juan. Signor, Ihr steht sehr hoch in meines Bruders Freundschaft. Er ist in Hero verliebt: redet ihm das aus, ich bitte Euch. Sie ist ihm an Geburt nicht gleich; Ihr würdet darin als ein rechtschaffner Mann handeln.

Claudio. Wie wißt Ihr's denn, daß er sie liebt? –

Don Juan. Ich hörte ihn seine Zuneigung beteuern.

Borachio. Ich auch. Er schwur, er wolle sie noch diesen Abend heiraten.

Don Juan. Kommt, wir wollen zum Bankett. –

(*Don Juan und Borachio ab.*)

Claudio. So gab ich Antwort ihm als Benedikt,
Doch Claudios Ohr vernahm die schlimme Zeitung.
Es ist gewiß, der Prinz warb für sich selbst;
Freundschaft hält stand in allen andern Dingen,
Nur in der Liebe Dienst und Werbung nicht.
Drum brauch ein Liebender die eigne Zunge,
Es rede jeglich Auge für sich selbst,
Und keiner trau dem Anwalt: Schönheit weiß
Durch Zauberkünste Treu in Blut zu wandeln,

Das ist ein Fall, der stündlich zu erproben,
Und dem ich doch vertraut: Hero, fahr hin.

Benedikt kommt wieder.

Benedikt. Graf Claudio?

Claudio. Ja, der bin ich.

Benedikt. Kommt, wollt Ihr mit?

Claudio. Wohin?

Benedikt. Nun, zum nächsten Weidenbaum, in Euren eignen Angelegenheiten, Graf. Auf welche Manier wollt Ihr Euern Kranz tragen; um den Hals, wie eines Wucherers Kette? oder unterm Arm, wie eines Hauptmanns Schärpe? Tragen müßt Ihr ihn, auf eine oder die andre Weise, denn der Prinz hat Eure Hero weggefangen.

Claudio. Viel Glück mit ihr!

Benedikt. Nun, das nenn ich gesprochen wie ein ehrlicher Viehhändler: so endigt man einen Ochsenhandel. Aber hättet Ihr's wohl gedacht, daß der Prinz Euch einen solchen Streich spielen würde?

Claudio. Ich bitte Euch, laßt mich.

Benedikt. Oho, Ihr seid ja wie der blinde Mann. Der *Junge* stahl Euch Euer Essen, und Ihr schlagt den Pfeiler.

Claudio. Wenn Ihr denn nicht wollt, so gehe ich. (*Ab.*)

Benedikt. Ach, das arme angeschoßne Huhn! Jetzt wird sich's in die Binsen verkriechen. -- Aber daß Fräulein Beatrice mich kennt, und doch auch nicht kennt... Des Prinzen Hofnarr? Ha! Mag sein, daß man mir diesen Titel gibt, weil ich lustig bin. — Aber nein! tue ich mir denn nicht selbst Unrecht? Halten mich denn die Leute für so etwas? Ist's denn nicht die boshafte, bittre Gemütsart Beatricens, welche die Rolle der Welt übernimmt und mich dafür ausgibt? Gut, ich will mich rächen, wie ich kann.

Don Pedro, Hero und Leonato kommen.

Don Pedro. Sagt, Signor, wo ist der Graf? Habt Ihr ihn nicht gesehn?

Benedikt. Wahrhaftig, gnädigster Herr, ich habe eben die Rolle der Frau Fama gespielt. Ich fand ihn hier so melancholisch wie ein Jagdhaus im Forst: darauf erzählte ich ihm – und ich glaube, ich erzählte die Wahrheit – Euer Gnaden habe die Gunst dieses jungen Fräuleins gewonnen, und bot ihm meine Begleitung zum nächsten Weidenbaum an, entweder ihm einen Kranz zu flechten, weil man ihm untreu geworden, oder ihm eine Rute zu binden, weil er nichts Besseres verdiene als Streiche.

Don Pedro. Streiche? Was hat er denn begangen?

Benedikt. Die alberne Sünde eines Schulknaben, der, voller Freuden über ein gefundenes Vogelnest, es seinem Kameraden zeigt, und dieser stiehlt's ihm weg.

Don Pedro. Willst du denn das Zutrauen zur Sünde machen? Die Sünde ist beim Stehler.

Benedikt. Nun, es wäre doch nicht umsonst gewesen, wenn wir die Rute gebunden hätten und den Kranz dazu; den Kranz hätte er selbst tragen können, und die Rute wäre für Euch gewesen, denn Ihr habt ihm, wie mir's vorkommt, sein Vogelnest gestohlen.

Don Pedro. Ich will ihm seine Vögel nur singen lehren und sie dann dem Eigentümer wieder zustellen.

Benedikt. Wenn ihr Gesang zu Euren Worten stimmt, so war es bei meiner Treue ehrlich gesprochen.

Don Pedro. Fräulein Beatrice hat einen Handel mit Euch; der Kavalier, mit dem sie tanzte, hat ihr gesagt, Ihr hättet sehr übel von ihr gesprochen.

Benedikt. Oh! Sie ist vielmehr mit mir umgegangen, daß kein Klotz es ausgehalten hätte; eine Eiche, an der nur noch ein einziges grünes Laub gewesen wäre, hätte ihr geantwortet; ja, selbst meine Maske fing an lebendig zu werden und mit ihr zu zanken. Sie sagte mir, indem sie mich für einen andern hielt, ich sei des Prinzen Hofnarr; ich sei langweiliger als ein starkes Tauwetter; das ging, Schlag auf Schlag, mit einer so unglaublichen Geschwindigkeit, daß ich nicht anders dastand als ein Mann an einer Scheibe, nach welcher eine ganze Armee schießt. Sie spricht lauter Dolche, und jedes Wort durchbohrt; wenn ihr Atem so fürchterlich wäre als ihre Ausdrücke, so könnte niemand in ihrer Nähe leben, sie würde alles bis an den Nordpol vergiften. Ich möchte sie nicht heiraten, und bekäme sie alles zur Mitgift, was Adam vor dem Sündenfall besaß. Sie hätte den Herkules gezwungen, ihr den Braten zu wenden, ja, er hätte seine Keule spalten müssen, um das Feuer anzumachen. Nein, reden wir nicht von der; an der werdet Ihr die höllische Ate finden, nur in schmucken Kleidern. Wollte doch Gott, wir hätten einen Gelehrten, der sie beschwören könnte; denn wahrhaftig, solange sie hier ist, lebt sich's in der Hölle so ruhig, als auf geweihter Stätte, und die Leute sündigen mit Fleiß, um nur hinzukommen: so sehr folgen ihr alle Zwietracht, Grausen und Verwirrung.

Claudio und Beatrice kommen.

Don Pedro. Seht, da kommt sie.

Benedikt. Hat Eure Hoheit nicht eine Bestellung für mich an das Ende der Welt? Ich wäre jetzt bereit, um des geringsten Auftrags willen, der Euch in den Sinn käme, zu den Antipoden zu gehn. Ich wollte Euch vom äußersten Rande von Asien einen Zahnstocher holen; Euch das Maß vom Fuß des Priesters Johannes bringen; Euch ein Haar aus dem Bart des großen Khans holen; eine Gesandtschaft zu den Pygmäen übernehmen – ehe ich nur drei Worte mit dieser Harpye wechseln sollte. Habt Ihr kein Geschäft für mich?

Don Pedro. Keines, als daß ich um Eure angenehme Gesellschaft bitte.

Benedikt. O Himmel, mein Fürst, hier habt Ihr ein Gericht, das nicht für mich ist; ich kann diese gnädige Frau Zunge nicht vertragen. (*Ab.*)

Don Pedro. Seht Ihr wohl, Fräulein, Ihr habt Signor Benedikts Herz verloren.

Beatrice. Es ist wahr, gnädiger Herr, er hat es mir eine Zeitlang versetzt, und ich gab ihm seinen Zins dafür, ein doppeltes Herz für sein einfaches. Seitdem hatte er mir's aber mit falschen Würfeln wieder abgenommen[1], so daß Euer Gnaden wohl sagen mag, ich habe es verloren.

---

1. Der Übersetzer ersetzt das *vorher* des Originals durch *seitdem*, um eine Unklarheit zu beheben.

Don Pedro. Ihr habt ihn untergekriegt, mein Fräulein, Ihr habt ihn untergekriegt.

Beatrice. Ich wollte nicht, daß er mir das täte, gnädiger Herr, ich möchte sonst Narren zu Kindern bekommen. Hier bringe ich Euch den Grafen Claudio, den Ihr mir zu suchen auftrugt.

Don Pedro. Nun, wie steht's, Graf, warum seid Ihr so traurig?

Claudio. Nicht traurig, mein Fürst.

Don Pedro. Was denn? krank?

Claudio. Auch das nicht.

Beatrice. Der Graf ist weder traurig, noch krank, noch lustig, noch wohl; aber höflich, Graf, höflich wie eine Apfelsine[1], und ein wenig von ebenso eifersüchtiger Farbe.

Don Pedro. In Wahrheit, Fräulein, ich glaube, Eure Beschreibung trifft zu; obgleich ich schwören kann, daß, wenn dies der Fall ist, sein Argwohn im Irrtum sei. Sieh, Claudio, ich warb in deinem Namen, und die schöne Hero ist gewonnen; ich hielt bei ihrem Vater an und habe seine Einwilligung erhalten. Bestimme jetzt deinen Hochzeitstag, und Gott schenke dir seinen Segen.

Leonato. Graf, empfangt von mir meine Tochter und mit ihr mein Vermögen. Seine Gnaden haben die Heirat gemacht, und die ewige Gnade sage Amen dazu.

Beatrice. Redet doch, Graf, das war eben Euer Stichwort.

Claudio. Schweigen ist der beste Herold der Freude. Ich wäre nur wenig glücklich, wenn ich sagen könnte, wie sehr ich's bin. Fräulein, wie Ihr die Meine seid, bin ich nun der Eure; ich gebe mich selbst für Euch hin und bin selig über die Auswechslung.

Beatrice. Redet doch, Muhme, oder wenn Ihr nichts wißt, so schließt ihm den Mund mit einem Kuß und laßt ihn auch nicht zu Wort kommen.

Don Pedro. In der Tat, mein Fräulein, Ihr habt ein fröhliches Herz.

---

1. Im Original: Wortspiel zwischen *civil* (ernst) und *Seville* (Orange); alte Schreibart: *civil* (Orange aus Sevilla)

Beatrice. O ja, gnädiger Herr, ich weiß es ihm Dank, dem närrischen Dinge, es hält sich immer an der Windseite des Kummers. Meine Muhme sagt ihm da ins Ohr, er sei in ihrem Herzen.

Claudio. Ja, das tut sie, Muhme.

Beatrice. Lieber Gott, über das Heiraten! So kommt alle Welt unter die Haube, nur ich nicht, und mich brennt die Sonne braun; ich muß schon im Winkel sitzen und mit Ach und Weh nach einem Mann weinen.

Don Pedro. Fräulein Beatrice, ich will Euch einen schaffen.

Beatrice. Ich wollte, Euer Vater hätte diese Mühe übernommen. Haben Euer Gnaden nicht vielleicht einen Bruder, der Euch gleicht? Euer Vater verstand sich auf herrliche Ehemänner, wenn ein armes Mädchen nur dazu kommen könnte!

Don Pedro. Wollt Ihr mich haben, mein Fräulein?

Beatrice. Nein, mein Prinz, ich müßte denn einen andern daneben für die Werkeltage haben können. Eure Hoheit ist zu kostbar, um Euch für alle Tage zu tragen. – Aber ich bitte, verzeiht mir, mein Prinz; ich bin einmal dazu geboren, lauter Torheiten und nichts Ernsthaftes zu sprechen.

Don Pedro. Euer Schweigen verdrießt mich am meisten; nichts kleidet Euch besser als Munterkeit, denn Ihr seid ohne Frage in einer lustigen Stunde geboren.

Beatrice. O nein, gnädigster Herr, denn meine Mutter weinte. Aber es tanzte eben ein Stern, und unter dem bin ich zur Welt gekommen. Glück zu, Vetter und Muhme! –

Leonato. Nichte, wollt Ihr das besorgen, wovon ich Euch sagte?

Beatrice. O ich bitte tausendmal um Vergebung, Oheim; mit Eurer Hoheit Erlaubnis. (*Ab.*)

Don Pedro. Wahrhaftig, ein angenehmes, muntres Mädchen! –

Leonato. Melancholisches Element hat sie nicht viel, gnädiger Herr. Sie ist nie ernsthaft, als wenn sie schläft: und auch dann ist sie's nicht immer. Denn, wie meine Tochter mir erzählt, träumt ihr zuweilen tolles Zeug, und vom Lachen wacht sie auf.

Don Pedro. Sie kann's nicht leiden, daß man ihr von einem Manne sagt.

Leonato. O um alles in der Welt nicht; sie spottet alle ihre Freier von sich weg.

Don Pedro. Das wäre eine vortreffliche Frau für Benedikt! –

Leonato. O behüte Gott, mein Fürst; wenn die eine Woche verheiratet wären, sie hätten einander toll geschwatzt.

Don Pedro. Graf Claudio, wann gedenkt Ihr Eure Braut zur Kirche zu führen?

Claudio. Morgen, gnädiger Herr. Die Zeit geht auf Krücken, bis die Liebe im Besitz aller ihrer Rechte ist.

Leonato. Nicht vor dem nächsten Montag, mein lieber Sohn, welches gerade heute über acht Tage wäre; und auch das ist noch immer eine zu kurze Zeit, um alles nach meinem Sinn zu veranstalten.

Don Pedro. Ich sehe, ihr schüttelt den Kopf über einen so langen Aufschub, aber ich verspreche dir's, Claudio, diese Woche soll uns nicht langweilig werden. Ich will während dieser Zwischenzeit eine von Herkules' Arbeiten vollbringen, und zwar die, den Signor Benedikt und das Fräulein Beatrice sterblich ineinander verliebt zu machen. Ich sähe die beiden gar zu gern als ein Paar und zweifle nicht, damit zustande zu kommen, wenn ihr drei mir solchen Beistand versprechen wollt, wie ich's jedem von euch anweisen werde.

Leonato. Ich bin zu Euren Diensten, mein Fürst, und sollte mich's zehn schlaflose Nächte kosten.

Claudio. Ich auch, gnädiger Herr.

Don Pedro. Und Ihr auch, schöne Hero?

Hero. Ich will alles tun, was nicht unziemlich ist, um meiner Muhme zu einem guten Mann zu verhelfen.

Don Pedro. Und Benedikt ist noch keiner von den hoffnungslosesten Ehemännern, die ich kenne. Soviel kann ich von ihm rühmen: er ist von edler Geburt, von erprobter Tapferkeit und bewährter Rechtschaffenheit. Ich will Euch lehren, wie Ihr Eure Muhme stimmen sollt, daß sie sich in Benedikt verliebe: und ich werde mit eurer beider Hilfe Benedikt so bearbeiten, daß er trotz seinem schnellen Witz und seinem verwöhnten Gaumen in Beatricen verliebt werden soll. Wenn wir das zustande bringen, so ist Cupido kein Bogenschütze mehr; sein Ruhm wird uns zuteil werden, denn dann sind wir die einzigen wahren Liebesgötter. Kommt mit mir hinein, ich will euch meinen Plan sagen. (*Ab.*)

Zweite Szene

Zimmer in Leonatos Hause

Don Juan und Borachio treten auf

Don Juan. Es ist richtig; Graf Claudio wird Leonatos Tochter heiraten.

Borachio. Ja, gnädiger Herr; ich kann aber einen Querstrich machen.

Don Juan. Jeder Schlagbaum, jeder Querstrich, jedes Hindernis wird mir eine Arznei sein. Ich bin krank vor Verdruß über ihn, und was nur irgend seine Neigung kreuzt, geht gleichen Weges mit der meinigen. Wie willst du denn diese Heirat hindern?

Borachio. Nicht auf eine redliche Art, gnädiger Herr, aber so versteckt, daß keine Unredlichkeit an mir sichtbar werden soll.

Don Juan. Wie denn? Mach's kurz.

Borachio. Ich glaube, ich sagte Euch schon vor einem Jahr, gnädiger Herr, wie weit ich's in Margaretens Gunst gebracht, des Kammermädchens der Hero?

Don Juan. Ich erinnere mich.

Borachio. Ich kann sie zu jedem ungewöhnlichen Augenblick in der Nacht so bestellen, daß sie aus dem Kammerfenster ihres Fräuleins heraussieht.

Don Juan. Und was für Leben ist darin, der Tod dieser Heirat zu werden?

Borachio. Das Gift hieraus zu mischen ist hernach Eure Sache. Geht zum Prinzen, Eurem Bruder; seid nicht sparsam damit, ihm zu sagen, welchen Schimpf es seiner Ehre bringe, den hochberühmten Claudio (dessen Würdigung Ihr mächtig erheben müßt) mit einer verrufenen Dirne zu vermählen, wie diese Hero.

Don Juan. Und welchen Beweis soll ich ihm davon geben?

Borachio. Beweis genug, den Prinzen zu täuschen, Claudio zu quälen, Hero zugrunde zu richten und Leonato zu töten. Wollt Ihr denn noch mehr haben?

Don Juan. Alles will ich dran setzen, nur um sie zu ärgern.

Borachio. Nun wohl, so findet mir eine bequeme Stunde, in der Ihr Don Pedro und Graf Claudio beiseite nehmen könnt. Sagt ihnen, Ihr wüßtet, Hero liebe mich; zeigt einen besondern Eifer für den Prinzen wie für Claudio, und wie Ihr aus Besorgnis für Eures Bruders Ehre, der diese Heirat gemacht, und für seines Freundes Ruf, der im Begriff sei, durch die Larve eines Mädchens[1] hintergangen zu werden, dies alles offenbartet. Sie werden Euch schwerlich ohne Untersuchung glauben: dann erbietet Euch, Beweise zu schaffen, und zwar nicht geringere, als daß sie mich an ihrem Kammerfenster sehn sollen; mich hören, wie ich Margareten Hero nenne, wie Margarete mich Borachio ruft: und dies alles laßt sie grade in der Nacht vor dem bestimmten Hochzeitstage sehn. Denn ich will indes die Sache so einrichten, daß Hero abwesend sein soll, und daß, wenn sich so wahrscheinliche Gründe für ihre Treulosigkeit häufen, Argwohn als Überzeugung erscheinen und die ganze Zurüstung unnütz werden soll.

Don Juan. Mag daraus Unheil kommen, was will, ich unternehme es. Zeige dich gewandt in der Ausführung, und tausend Dukaten sollen deine Belohnung sein.

Borachio. Bleibt nur standhaft in Eurer Anklage, meine Gewandtheit soll mir keine Schande machen.

Don Juan. Ich will gleich gehn und hören, welchen Tag sie zur Hochzeit angesetzt haben.

(*Beide ab.*)

---

1. Genauer: durch den Schein von Jungfräulichkeit

DRITTE SZENE

Leonatos Garten

Benedikt und ein Page treten auf

Benedikt. Höre!

Page. Signor?

Benedikt. In meinem Kammerfenster liegt ein Buch, bringe mir das hieher in den Garten.

Page. Ich bin schon hier, gnädiger Herr.

Benedikt. Das weiß ich, aber ich will dich fort haben und hernach wieder hier. (*Page geht.*) Ich wundre mich doch außerordentlich, wie ein Mann, der sieht, wie ein anderer zum Narren wird, wenn er seine Gebärden der Liebe widmet, doch, nachdem er solche läppischen Torheiten an jenem verspottet, sich zum Gegenstand seiner eignen Verachtung macht, indem er sich selbst verliebt: und solch ein Mann ist Claudio. Ich weiß die Zeit, da ihm keine Musik recht war, als Trommel und Querpfeife, und nun hörte er lieber Tamburin und Flöte. Ich weiß die Zeit, wo er fünf Stunden zu Fuß gelaufen wäre, um eine gute Rüstung zu sehn, und jetzt könnte er fünf Nächte ohne Schlaf zubringen, um den Schnitt eines neuen Wamses zu ersinnen. Sonst sprach er schlicht vom Munde weg, wie ein ehrlicher Junge und ein guter Soldat; nun ist er ein Wortdrechsler geworden, seine Rede ist wie ein phantastisch besetztes Bankett, ebensoviel kurioses, seltsames Konfekt. – Sollt *ich* jemals so verwandelt werden können, solange ich noch aus diesen Augen sehe? Wer weiß: – Ich glaube es nicht. Ich will nicht darauf schwören, daß mich die Liebe nicht in eine Auster verwandeln könne; aber darauf möchte ich doch einen Eid ablegen, daß sie mich vorher erst in eine Auster verwandelt haben muß, eh sie einen solchen Narren aus mir machen soll. Dieses Mädchen ist schön, das tut mir noch nichts; ein andres hat Verstand, das tut mir auch nichts; eine dritte ist tugendhaft, das tut mir immer noch nichts: und bis nicht alle Vorzüge sich in einem Mädchen vereinigen, soll kein Mädchen bei mir einen Vorzug haben.

Reich muß sie sein, das ist ausgemacht; verständig, oder ich mag sie nicht; tugendhaft, oder ich biete gar nicht auf sie; schön, oder ich sehe sie nicht an; sanft, oder sie soll mir nicht nahe kommen; edel, oder ich nehme sie nicht, und gäbe man mir noch einen Engel zu; angenehm in ihrer Unterhaltung, vollkommen in der Musik: und wenn sie das alles ist, so mag ihr Haar eine Farbe haben, wie es Gott gefällt. Ach! da kommen der Prinz und unser Amoroso. Ich will mich in die Laube verstecken. (*Geht beiseite.*)

Don Pedro, Leonato und Claudio kommen.

Don Pedro. Gefällt's Euch jetzt, das Lied zu hören?
Claudio. Ja, teurer Herr. – Wie still der Abend ist,
Wie schlummernd, daß Musik noch süßer töne! –
Don Pedro. Seht Ihr, wie Benedikt sich dort versteckt?
Claudio. Jawohl, mein Fürst. Wenn der Gesang beendigt,
Soll unser Füchslein gleich sein Teil erhalten.

Balthasar mit Musik kommt.

Don Pedro. Kommt, Balthasar, singt das Gedicht noch einmal.
Balthasar. Mein Fürst, verlangt nicht von so rauher Stimme,
Zum zweitenmal dies Lied Euch zu verderben.
Don Pedro. Stets war's ein Merkmal der Vortrefflichkeit,
Durch Larve die Vollendung zu entstellen: –
Ich bitt dich, sing, laß mich nicht länger werben.
Balthasar. Weil Ihr von Werbung sprecht, so will ich singen,
Denn oft beginnt sein Werben ein Galan,
Wo 's ihm der Müh nicht wert scheint: dennoch wirbt er
Und schwört, er sei verliebt.
Don Pedro. Nun bitt ich, singe,
Und willst du erst noch länger präludieren,
So tu's in Noten.
Balthasar. Welche Not! die Noten
Sind der Notiz nicht wert, notiert Euch das.
Don Pedro. Das nenn ich drei gestrichne Noten mir,
Not, Noten und Notiz!

(*Musik.*)

Benedikt. Nun, *divina musica.* Nun ist seine Seele in Verzückung!

Ist es nicht seltsam, daß Schafdärme die Seele aus eines Menschen Leibe ziehn können? Nun, im Ernst, eine Hornmusik wäre mir lieber.

Lied.

Klagt, Mädchen, klagt nicht Ach und Weh,
Kein Mann bewahrt die Treue,
Am Ufer halb, halb schon zur See
Reizt, lockt sie nur das Neue.
Weint keine Trän und laßt sie gehn,
Seid froh und guter Dinge,
Daß statt der Klag und dem Gestöhn
Juchheisasa erklinge.

Singt nicht Balladen trüb und bleich,
In Trauermelodien:
Der Männer Trug war immer gleich
Seitdem die Schwalben ziehen.
Weint keine Trän usw.

Don Pedro. Auf meine Ehre, ein hübsches Lied.

Balthasar. Und ein schlechter Sänger, gnädiger Herr.

Don Pedro. Wie? O nein doch, du singst gut genug für den Notbehelf.

Benedikt (beiseite). Wär's ein Hund gewesen, der so geheult hätte, sie hätten ihn aufgehängt. Nun, Gott gebe, daß seine heisre Stimme kein Unglück bedeute! – Ich hätte ebenso gern den Nachtraben gehört, wäre auch alles erdenkliche Unglück danach erfolgt.

Don Pedro (zu Claudio). Ja, Ihr habt recht. – Höre, Balthasar! Schaffe uns eine recht ausgesuchte Musik; morgen abend soll sie unter Fräulein Heros Fenstern spielen.

Balthasar. Die beste, die ich finden kann, gnädiger Herr.

(*Ab mit den Musikern.*)

Don Pedro. Schön; – jetzt laß uns. – Kommt, Leonato, was erzähltet Ihr mir doch vorhin? Daß Eure Nichte Beatrice in Benedikt verliebt sei?

Claudio (*beiseite*). O nur zu, nur zu, der Vogel sitzt. (*Laut.*) Ich hätte nie geglaubt, daß das Fräulein einen Mann lieben könnte.

Leonato. Ich ebensowenig. Aber das ist eben das Wunderbarste, daß sie grade für den Benedikt schwärmt, den sie dem äußern Schein nach bisher verabscheute.

Benedikt. Ist's möglich? bläst der Wind aus *der* Ecke?

Leonato. Auf mein Wort, gnädiger Herr, ich weiß nicht, was ich davon denken soll. Aber sie liebt ihn mit einer rasenden Leidenschaft, es geht über alle Grenzen der Vorstellung.

Don Pedro. Vielleicht ist's nur Verstellung.

Claudio. Das möcht ich auch glauben.

Leonato. O Gott, Verstellung? Es ist wohl noch nie eine verstellte Leidenschaft der lebendigen Leidenschaft so nahe gekommen, als sich's an ihr äußert.

Don Pedro. Nun, und welche Symptome der Leidenschaft zeigt sie denn?

Claudio (*leise*). Jetzt ködert den Hamen, dieser Fisch wird anbeißen.

Leonato. Welche Symptome, gnädiger Herr? Sie sitzt Euch da, ... nun, meine Tochter sagte Euch ja, wie.

Claudio. Ja, das tat sie.

Don Pedro. Wie denn? Wie? Ihr setzt mich in Erstaunen. Ich hätte immer gedacht, ihr Herz sei ganz unempfindlich gegen alle Angriffe der Liebe.

Leonato. Darauf hätte ich auch geschworen, mein Fürst, und besonders gegen Benedikt.

Benedikt (*beiseite*). Ich hielte es für eine Prellerei, wenn's der weißbärtige Kerl nicht sagte. Spitzbüberei, meiner Seele, kann sich doch nicht hinter solcher Ehrwürdigkeit verbergen.

Claudio (*beiseite*). Jetzt hat's gefaßt, nur immer weiter.

Don Pedro. Hat sie Benedikt ihre Neigung zu erkennen gegeben?

Leonato. Nein, sie schwört auch, dies nie zu tun: das ist eben ihre Qual.

Claudio. Jawohl, darin liegt's. Das sagte mir auch Eure Tochter; «Soll ich», sagte sie, «die ich ihm sooft mit Spott begegnet, ihm jetzt schreiben, daß ich ihn liebe?»

Leonato. Das sagt sie, wenn sie grade einen Brief an ihn angefangen hat. Denn sie steht wohl zwanzigmal in der Nacht auf, und da sitzt sie dann in ihrem Nachtkleide und schreibt ganze Seiten voll – meine Tochter sagt uns alles. – – Und nachher zerreißt sie den Brief in tausend Hellerstückchen, zankt mit sich selbst, daß sie sowenig Zurückhaltung besitze, an jemand zu schreiben, von dem sie's doch wisse, er werde sie verhöhnen: «Ich beurteile ihn», sagt sie, «nach meiner eigenen Sinnesart, denn ich würde ihn verhöhnen, wenn er mir schriebe; ja, wie sehr ich ihn liebe, ich tät es doch».

Claudio. Dann nieder auf die Knie stürzt sie, weint, seufzt, schlägt sich an die Brust, zerrauft ihr Haar, betet, flucht: «O süßer Benedikt! Gott schenke mir Geduld!»

Leonato. Freilich, das tut sie, das sagt mir meine Tochter, Ja, sie ist so außer sich in ihrer Ekstase, daß meine Tochter zuweilen fürchtet, sie möchte in der Verzweiflung sich ein Leids tun: das ist nur zu wahr.

Don Pedro. Es wäre doch gut, wenn Benedikt es durch jemand anders erführe, da sie es ihm nun einmal nicht entdecken wird.

Claudio. Wozu? Er würde doch nur Scherz damit treiben und das arme Fräulein dafür ärger quälen.

Don Pedro. Wenn er das täte, so wär's ein gutes Werk, ihn zu hängen. Sie ist ein vortreffliches, liebes Fräulein und ihr guter Ruf über allen Verdacht erhaben.

Claudio. Dabei ist sie ausgezeichnet verständig.

Don Pedro. In allen andern Dingen, nur nicht darin, daß sie den Benedikt liebt.

Leonato. O gnädiger Herr! wenn Verstand und Leidenschaft in einem so zarten Wesen miteinander kämpfen, so haben wir zehn Beispiele für eines, daß die Leidenschaft den Sieg davonträgt. Es tut mir leid um sie, und ich habe die gerechteste Ursache dazu, da ich ihr Oheim und Vormund bin.

Don Pedro. Ich wollte, sie hätte diese Entzückungen mir gegönnt; ich hätte alle andern Rücksichten abgetan und sie zu meiner Hälfte gemacht. Ich bitte Euch, sagt doch dem Benedikt von der Sache und hört, was er erwidern wird.

Leonato. Meint Ihr wirklich, daß es gut wäre?

Claudio. Hero ist überzeugt, es werde ihr Tod sein; denn sie sagt, sie sterbe, wenn er sie nicht wiederliebe, und sie sterbe auch lieber, als daß sie ihm ihre Liebe entdecke; und wenn er sich wirklich um sie bewirbt, so wird sie eher sterben wollen, als das Geringste von ihrem gewohnten Widerspruchsgeist aufgeben.

Don Pedro. Sie hat ganz recht; wenn sie ihm ihre Neigung merken ließe, so wär's sehr möglich, daß er sie nur verlachte. Der Mann hat, wie ihr alle wißt, eine sehr übermütige Gesinnung.

Claudio. Er ist sonst ein feiner Mann.

Don Pedro. Er hat allerdings eine recht glückliche äußere Bildung.

Claudio. Ganz gewiß, und wie mich dünkt, auch viel Verstand.

Don Pedro. Es zeigen sich in der Tat mitunter Funken an ihm, welche wie Witz aussehn.

Leonato. Und ich halte ihn auch für tapfer.

Don Pedro. Wie Hektor, das versichre ich Euch; und nach der Art, wie er mit Händeln umzugehn versteht, muß man auch einräumen, daß er Klugheit besitzt. Denn entweder weicht er ihnen mit großer Vorsicht aus, oder er unterzieht sich ihnen mit einer christlichen Furcht.

Leonato. Wenn er Gott fürchtet, so muß er notwendig Frieden halten. Wenn er den Frieden bricht, kann's nicht anders sein, als daß er seine Händel mit Furcht und Zittern anfängt.

Don Pedro. Und so ist es auch. Denn der Mann fürchtet Gott, obgleich nach seinen derben Späßen kein Mensch das von ihm glauben sollte. Mit alledem dauert mich Eure Nichte. Wollen wir gehn und Benedikt aufsuchen und ihm von ihrer Liebe sagen?

Claudio. Nimmermehr, gnädigster Herr. Diese Schwachheit wird endlich verständigem Rate weichen.

Leonato. Ach, das ist unmöglich. Eher wird ihr Leben von ihr weichen.

Don Pedro. Nun, wir wollen hören, was Eure Tochter weiter davon sagt, und sich's indes verkühlen lassen. Ich halte viel auf Benedikt und wünsche sehr, er möchte sich einmal mit aller Bescheidenheit prüfen und einsehn, wie wenig er eine so treffliche Dame zu besitzen verdient.

Leonato. Wollen wir gehn, mein Fürst? Das Mittagessen wird fertig sein.

Claudio (*beiseite*). Wenn er sich hierauf nicht sterblich in sie verliebt, so will ich nie wieder einer Wahrscheinlichkeit trauen.

Don Pedro (*beiseite*). Man muß jetzt das nämliche Netz für sie aufstellen, und das laßt Eure Tochter und ihre Kammerfrau übernehmen. Der Spaß wird sein, wenn jeder von ihnen sich von der Leidenschaft des andern überzeugt hält, und ohne allen Grund. Das ist die Szene, die ich sehen möchte: es wird eine wahre Pantomime sein. Wir wollen sie abschicken, um ihn zu Tische zu rufen.

(*Don Pedro, Claudio und Leonato ab.*)

Benedikt (*tritt hervor*). Das kann keine Schelmerei sein; das Gespräch war zu ernsthaft. Sie haben die Gewißheit der Sache von Hero; sie scheinen das Fräulein zu bedauern: es scheint, ihre Leidenschaft hat die höchste Spannung erreicht. – In mich verliebt? Oh, das muß erwidert werden. Ich höre, wie man von mir denkt: sie sagen, ich werde mich stolz gebärden, wenn ich merke, wie sie mich liebt. Sie sagen ferner, sie werde eher sterben, als irgendein Zeichen ihrer Neigung geben. Ich dachte, nie zu heiraten; aber man soll mich nicht für stolz halten. Glücklich sind, die erfahren, was man an ihnen aussetzt, und sich danach bessern können. Sie sagen, das Fräulein sei schön; ja, das ist eine Wahrheit, die ich bezeugen kann; und tugendhaft: – allerdings, ich kann nichts dawider sagen; – und verständig, ausgenommen, daß sie in mich verliebt sei: – nun – meiner Treu, das ist eben kein Zuwachs ihrer Verständigkeit, aber doch kein großer Beweis ihrer Torheit, denn ich will mich entsetzlich wieder in sie verlieben. – Ich wage es freilich drauf, daß man mir etliche alberne Späße und Witzbrocken zuwirft, weil ich selbst so lange über das Heiraten geschmält habe; aber kann sich der Geschmack nicht ändern? Es liebt einer in seiner Jugend ein Gericht, das er im Alter nicht ausstehn kann – sollen wir uns durch Sticheleien und Sentenzen und derlei papierene Kugeln des Gehirns aus der rechten Bahn unsrer Laune schrecken lassen? Nein, die Welt muß bevölkert werden. Als ich sagte, ich wolle als Junggeselle sterben, dacht ich es nicht zu erleben, daß ich noch eine Frau nehmen würde. Da kommt Beatrice. Beim Sonnenlicht, sie ist schön! ich erspähe schon einige Zeichen der Liebe an ihr.

Beatrice kommt.

Beatrice. Wider meinen Willen hat man mich abgeschickt, Euch zu Tische zu rufen.

Benedikt. Schöne Beatrice, ich danke Euch für Eure Mühe.

Beatrice. Ich gab mir nicht mehr Mühe, diesen Dank zu verdienen, als Ihr Euch bemüht, mir zu danken. Wär es mühsam gewesen, so wär ich nicht gekommen.

Benedikt. Die Bestellung machte Euch also Vergnügen?

Beatrice. Ja, grade soviel, als Ihr auf einer Messerspitze nehmen könnt, um's einer Dohle beizubringen. Ihr habt wohl keinen Appetit, Signor? So gehabt Euch wohl. (*Ab.*)

Benedikt. Ah, «wider meinen Willen hat man mich abgeschickt, Euch zu Tische zu rufen!» Das kann zweierlei bedeuten: – «es kostete mich nicht mehr Mühe, diesen Dank zu verdienen, als Ihr Euch bemüht, mir zu danken»: das heißt soviel als: jede Mühe, die ich für Euch unternehme, ist so leicht als ein Dank. Wenn ich nicht Mitleid für sie fühle, so bin ich ein Schurke; wenn ich sie nicht liebe, so bin ich ein Jude. Ich will gleich gehn und mir ihr Bildnis verschaffen. (*Ab.*)

DRITTER AUFZUG

Erste Szene

Es treten auf Hero, Margareta, Ursula

Hero. Lauf, Margareta, in den Saal hinauf,
Dort findst du meine Muhme Beatrice
Mit Claudio und dem Prinzen im Gespräch:
Raun ihr ins Ohr, daß ich und Ursula
Im Garten sind und unsre Unterhaltung
Nur sie betrifft; sag, daß du uns behorcht.
Dann heiß sie schleichen in die dichte Laube,
Wo Geißblattranken, an der Sonn erblüht,
Der Sonne Zutritt wehren: – wie Günstlinge,
Von Fürsten stolz gemacht, mit Stolz verschatten
Die Kraft, die sie erschaffen. – Dort versteckt
Soll sie uns reden hören: dies besorge,
Mach deine Sachen gut und laß uns jetzt.
Margareta. Ich schaffe gleich sie her, verlaßt Euch drauf. (*Ab.*)
Hero. Nun, Ursula, wenn Beatrice kommt
Und wir im Baumgang auf- und niederwandeln,
Sei einzig nur vom Benedikt die Rede.
Wenn ich ihn nenne, sei es deine Rolle,
Ihn mehr, als je ein Mann verdient, zu loben.
Darauf erzähl ich dir, wie Benedikt
In Beatricen sterblich sei verliebt.
So schnitzt der kleine Gott die schlauen Pfeile,
Die schon durch Hören treffen. Jetz fang an:
Denn sieh nur, Beatrice, wie ein Kiebitz,
Schlüpft dicht am Boden hin, uns zu belauschen.
(*Beatrice schleicht in die Laube.*)
Ursula. Die Lust beim Angeln ist, sehn, wie der Fisch
Den Silberstrom mit goldnen Rudern teilt,
Den tückschen Haken gierig zu verschlingen.
So angeln wir nach jener, die sich eben
Geduckt dort in die Geißblatthülle birgt.

Sorgt nicht um meinen Anteil am Gespräch.
Hero. Komm näher nun, daß nichts ihr Ohr verliere
Vom süßen Köder, den wir trüglich legen.
(*Sie nähern sich der Laube.*)
Nein, wahrlich, Ursula, sie ist zu stolz.
Ich kenn ihr Herz, es ist so spröd und wild
Wie ungezähmte Falken.
Ursula. Ist's denn wahr?
Liebt Benedikt so einzig Beatricen?
Hero. So sagt der Prinz und auch mein Bräutigam.
Ursula. Und trugen sie Euch auf, es ihr zu sagen?
Hero. Sie baten mich, ich mög es ihr entdecken.
Ich sprach, da Benedikt ihr Freund, sie möchten
Ihm raten, diese Neigung zu besiegen,
Daß Beatrice nie davon erfahre.
Ursula. Warum, mein Fräulein? Sagt, verdienet er,
So reiche, vollbeglückte Ehe nicht,
Als Beatrice je gewähren kann?
Hero. Beim Liebesgott! Ich weiß es, er verdient
Soviel, als man dem Manne nur vergönnt.
Doch schuf Natur noch nie ein weiblich Herz
Von spröderm Stoff, als das der Beatrice;
Hohn und Verachtung sprüht ihr funkelnd Auge
Und schmäht, worauf sie blickt: so hoch im Preise
Stellt sie den eignen Witz, daß alles andre
Ihr nur gering erscheint; sie *kann* nicht lieben,
Noch Bild und Form der Neigung in sich prägen,
So ist sie in sich selbst vergafft.
Ursula. Gewiß,
Und darum wär's nicht gut, erführe sie's,
Wie er sie liebt; sie würd ihn nur verspotten.
Hero. Da sagst du wahr. Ich sah noch keinen Mann,
So klug, so jung und brav, so schön gebildet,
Sie münzt ihn um ins Gegenteil. Wenn blond,
So schwur sie, sollt er ihre Schwester heißen.
Wenn schwarz, hatt' Natur einen Harlekin,
Sich zeichnend, einen Tintenfleck gemacht;

Schlank, war's ein Lanzenschaft mit schlechtem Kopf,
Klein, ein Achatbild, ungeschickt geschnitzt:
Sprach er, ein Wetterhahn für alle Winde,
Schwieg er, ein Block, den keiner je bewegt.
So kehrt sie stets die falsche Seit hervor
Und gibt der Tugend und der Wahrheit nie,
Was Einfalt und Verdienst erwarten dürfen.

Ursula. Gewiß, so scharfer Witz macht nicht beliebt.

Hero. O nein! So schroff, so außer aller Form,
Wie's Beatrice liebt, empfiehlt wohl nie.
Wer aber darf ihr's sagen? Wollt ich reden,
Ich müßt an ihrem Spott vergehn; sie lachte
Mich aus mir selbst, erdrückte mich mit Witz.
Mag Benedikt drum wie verdecktes Feuer
In Seufzern sterben, innen sich verzehren:
Das ist ein beßrer Tod, als totgespottet,
Was schlimmer ist, als totgekitzelt werden.

Ursula. Erzählt's Ihr doch, hört, was sie dazu sagt.

Hero. Nein, lieber geh ich selbst zu Benedikt
Und rat ihm, seine Leidenschaft zu zähmen.
Und wahrlich, einge ehrliche Verleumdung
Auf meine Muhm ersinn ich. Niemand glaubt,
Wie leicht ein böses Wort die Gunst vergiftet.

Ursula. Tut Eurer Muhme nicht so großes Unrecht,
Sie kann nicht alles Urteil so verleugnen,
Mit soviel schnellem, scharfem Witz begabt
(Als man sie dessen rühmt), zurückzuweisen
Solch seltnen Kavalier als Signor Benedikt.

Hero. In ganz Italien sucht er seinesgleichen:
Versteht sich, meinen Claudio ausgenommen.

Ursula. Ich bitt Euch, zürnt mir deshalb nicht, mein Fräulein:
Nach meiner Ansicht glaub ich, Signor Benedikt
Gilt nach Gestalt und Haltung, Geist und Mut
In unserm Welschland für den ersten Mann.

Hero. Gewiß, er ist von hochbewährtem Ruf.

Ursula. Den ihm sein Wert verdient, eh er ihn hatte.
Wann macht Ihr Hochzeit, Fräulein?

Hero. Nun, allernächstens; morgen wohl. Jetzt komm,
Ich will dir Kleider zeigen, rate mir,
Was morgen mich am besten schmücken wird.
Ursula. Die klebt am Leim: Ihr fingt sie, dafür steh ich.
Hero. So bringt ein Zufall Amorn oft Gelingen:
Den trifft sein Pfeil, den fängt er sich mit Schlingen.

(*Beide ab.*)

Beatrice (*kommt hervor*).
Welch Feur durchströmt mein Ohr! Ist's wirklich wahr?
Wollt ihr mir Spott und Hohn so scharf verweisen?
Leb wohl denn, Mädchenstolz, auf immerdar,
Mich lüstet nimmermehr nach solchen Preisen.
Und, Benedikt, lieb immer: so gewöhn ich
Mein wildes Herz an deine teure Hand:
Sei treu, und, Liebster, deine Treue krön ich,
Und unsre Herzen bind ein heilges Band.
Man sagt, du bist es wert, und ich kann schwören,
Ich wußt es schon, und besser als vom Hören. (*Ab.*)

ZWEITE SZENE

Zimmer in Leonatos Hause
Don Pedro, Claudio, Benedikt und Leonato

Don Pedro. Ich bleibe nur noch, bis Eure Hochzeit vorüber ist, und gehe dann nach Arragon zurück.

Claudio. Ich will Euch dahin begleiten, mein Fürst, wenn Ihr mir's vergönnen wollt.

Don Pedro. Nein, das hieße, den neuen Glanz Eures Ehestands ebenso verderben, als einem Kinde sein neues Kleid zeigen und ihm verbieten, es zu tragen. Ich will mir nur Benedikts Gesellschaft erbitten, denn der ist von der Spitze seines Scheitels bis zur Sohle seines Fußes lauter Fröhlichkeit. Er hat Cupidos Bogensehne zwei- oder dreimal durchschnitten, und der kleine Henker wagt seitdem nicht mehr, auf ihn zu schießen. Er hat ein Herz, so gesund und ganz wie eine Glocke, und seine Zunge ist der Klöpfel, denn was sein Herz denkt, spricht seine Zunge aus.

Benedikt. Ihr Herrn, ich bin nicht mehr, der ich war.

Leonato. Das sag ich auch, mir scheint, Ihr seid ernster.

Claudio. Ich hoffe, er ist verliebt.

Don Pedro. Fort mit dem unnützen Menschen! – Es ist kein so wahrer Blutstropfen in ihm, daß er durch eine Liebe wahrhaft gerührt werden könnte; ist er ernst, so fehlt's ihm an Geld.

Benedikt. Mich schmerzt der Zahn.

Don Pedro. Heraus damit! – Was! um Zahnweh seufzen[1]?

Leonato. Was doch nur ein Fluß oder ein Wurm ist?

Benedikt. Gut, jeder kann den Schmerz bemeistern, nur der nicht, der ihn fühlt.

Claudio. Ich bleibe doch dabei, er ist verliebt.

Don Pedro. Es ist kein Zeichen verliebter Grillen an ihm, es müßte denn die Grille sein, mit der er in fremde Moden verliebt ist: also z. B. heut ein Holländer, morgen ein Franzos, oder in der Tracht zweier Länder zugleich, ein Deutscher, vom Gürtel abwärts ganz Pluderhosen, und ein Spanier drüber, ohne Wams. Hätte er also nicht eine verliebte Grille für diese Narrheit (wie er sie denn wirklich hat), so wäre er kein Narr aus Liebe, wie ihr ihn dazu machen wollt.

Claudio. Wenn er nicht in irgendein Frauenzimmer verliebt ist, so traut keinem Wahrzeichen mehr. Er bürstet alle Morgen seinen Hut; was kann das sonst bedeuten?

Don Pedro. Hat ihn jemand beim Barbier gesehn?

Claudio. Nein, aber wohl den Barbiersdiener bei ihm, und die alte Zier seiner Wangen ist schon gebraucht, Bälle damit zu stopfen.

Leonato. In der Tat, er sieht um einen Bart jünger aus.

Don Pedro. Und was mehr ist, er reibt sich mit Bisam; merkt ihr nun, wo 's ihm fehlt?

Claudio. Das heißt mit andern Worten, der holde Knabe liebt.

---

1. Hier übergeht Baudissin ein Wortspiel, das sich kaum sinngemäß aus dem Englischen ins Deutsche übertragen läßt. Ähnliche Lücken in der Baudissinschen Übersetzung werden im folgenden nicht mehr besonders vermerkt.

Don Pedro. Der größte Beweis ist seine Schwermut.

Claudio. Und wann pflegte er sonst sein Gesicht zu waschen?

Don Pedro. Ja, oder sich zu schminken? Ich höre aber wohl, was man deswegen von ihm sagt.

Claudio. Und sein sprudelnder Geist! der jetzt in eine Lautensaite gekrochen ist und durch Griffe regiert wird.

Don Pedro. Freilich, das alles kündigt eine tragische Geschichte an. *Summa summarum*, er ist verliebt.

Claudio. Ja, und ich weiß auch, wer in ihn verliebt ist.

Don Pedro. Nun, das möchte ich auch wissen. Ich wette, es ist eine, die ihn nicht kennt.

Claudio. O freilich! Ihn und alle seine Fehler; und die demungeachtet für ihn stirbt.

Don Pedro. Die muß mit dem Gesicht aufwärts begraben werden.

Benedikt. Das alles hilft aber nicht für mein Zahnweh. Alter Herr, kommt ein wenig mit mir auf die Seite; ich habe acht oder neun vernünftige Worte ausstudiert, die ich Euch sagen möchte, und die diese Steckenpferde nicht zu hören brauchen.

(*Benedikt und Leonato ab.*)

Don Pedro. Ich wette mein Leben, er hält bei ihm um Beatricen an.

Claudio. Ganz gewiß. Hero und Margarete haben unterdes ihre Rolle mit Beatricen gespielt, und nun werden wohl diese Bären einander nicht beißen, wenn sie sich begegnen.

Don Juan kommt.

Don Juan. Mein Fürst und Bruder, grüß Euch Gott!

Don Pedro. Guten Tag, Bruder.

Don Juan. Wenn es Euch gelegen wäre, hätte ich mit Euch zu reden.

Don Pedro. Allein?

Don Juan. Wenn es Euch gefällt – doch Graf Claudio mag's immer hören; denn was ich zu sagen habe, betrifft ihn.

Don Pedro. Wovon ist die Rede?

Don Juan. Gedenkt Ihr Euch morgen zu vermählen, edler Herr?

Don Pedro. Das wißt Ihr ja.

Don Juan. Das weiß ich nicht, wenn er erst wissen wird, was ich weiß.

Claudio. Wenn irgendein Hindernis stattfindet, so bitte ich Euch, entdeckt es.

Don Juan. Ihr denkt vielleicht, ich sei Euer Freund nicht: das wird sich hernach ausweisen, und Ihr werdet mich besser würdigen, erfahrt Ihr, was ich Euch entdecken werde. Von meinem Bruder glaube ich, daß er Euch wohlwill und aus Herzensliebe Euch dazu verholfen hat, Eure baldige Heirat ins Werk zu richten. In Wahrheit, eine schlimm angebrachte Werbung! Eine schlimm verwandte Mühe! –

Don Pedro. Nun? was wollt Ihr damit sagen?

Don Juan. Ich kam hieher, es Euch mitzuteilen; und um die Sache kurz zu fassen – denn es ist schon zu lange die Rede davon gewesen – das Fräulein ist treulos.

Claudio. Wer? Hero?

Don Juan. Eben sie; Leonatos Hero, Eure Hero – jedermanns Hero.

Claudio. Treulos?

Don Juan. Das Wort ist zu gut, ihre Verderbtheit zu malen: ich könnte sie leicht schlimmer nennen. Denkt nur auf die schlimmste Benennung, ich werde sie rechtfertigen. Wundert Euch nicht, bis wir mehr Beweis haben: geht nur heut abend mit mir, dann sollt Ihr sehn, wie ihr Kammerfenster erstiegen wird, und zwar noch in der Nacht vor ihrem Hochzeitstage. Wenn Ihr sie dann noch liebt, so heiratet sie morgen; aber Eurer Ehre wird es freilich besser stehn, wenn Ihr Eure Gedanken ändert.

Claudio. Wär es möglich?

Don Pedro. Ich will es nicht glauben.

Don Juan. Habt Ihr nicht Mut, zu glauben, was Ihr seht, so bekennt auch nicht, was Ihr wißt. Wollt Ihr mir folgen, so will ich Euch genug zeigen. Wenn Ihr erst mehr gehört und gesehn habt, so tut hernach, was Euch beliebt.

Claudio. Sehe ich diese Nacht irgend etwas, weshalb ich sie morgen nicht heiraten könnte, so will ich sie vor der ganzen Versammlung, wo sie getraut werden sollte, beschimpfen.

Don Pedro. Und so wie ich für dich warb, sie zu erlangen, so will ich mich nun mit dir vereinigen, sie zu beschämen.

Don Juan. Ich will sie nicht weiter verunglimpfen, bis ihr meine Zeugen seid. Seid nur ruhig bis Mitternacht, dann mag der Ausgang sich offenbaren.

Don Pedro. O Tag, verkehrt und leidig!

Claudio. O Unglück, fremd und seltsam!

Don Juan. O Schmach mit Glück verhütet:
So sollt ihr sagen, saht ihr erst den Ausgang.

(*Alle ab.*)

DRITTE SZENE

Straße

Holzapfel, Schlehwein und Wache treten auf

Holzapfel. Seid ihr fromme, ehrliche Leute und getreu?

Schlehwein. Ja; sonst wär's schade drum, wenn sie nicht die ewige Salvation[1] litten an Leib und Seele.

Holzapfel. Nein, das wäre noch viel zuwenig Strafe für sie, wenn sie nur irgendeine Legitimität an sich hätten, da sie doch zu des Prinzen Wache inkommodiert sind.

Schlehwein. Richtig. Teilt ihnen jetzt ihr Kommando aus, Nachbar Holzapfel.

Holzapfel. Erstens also. Wer meint ihr, der die meiste Unkapazität hätte, Konstabler zu sein? –

Erste Wache. Veit Haberkuchen, Herr, oder Görge Steinkohle, denn sie können lesen und schreiben.

Holzapfel. Kommt her, Nachbar Steinkohle. Gott hat Euch mit einem guten Namen gesegnet. Ein Mann von guter Physiognomik sein, ist ein Geschenk des Glücks; aber die Schreibe- und Lesekunst kommt von der Natur.

Zweite Wache. Und beides, Herr Konstabler – –

Holzapfel. Habt Ihr, ich weiß, daß Ihr das sagen wolltet. Also dann, was Eure Physiognomik betrifft, seht, da gebt Gott die Ehre und macht nicht viel Rühmens davon; und Eure Schreibe- und Lesekunst, damit könnt Ihr Euch sehn lassen,

---

1. Schlehwein meint damnation (Verdammung).

wo kein Mensch solche Dummheiten nötig hat. Man hält Euch hier für den allerstupidsten Menschen, um Konstabler bei unsrer Wache zu sein; darum sollt Ihr die Laterne halten. So lautet Eure Vorschrift: Ihr sollt alle Fragebunten irritieren[1]; Ihr seid dazu da, daß Ihr allen und jedem zuruft: Halt! in des Prinzen Namen.

Zweite Wache. Aber wenn nun einer nicht halten will?

Holzapfel. Nun, seht Ihr, da kümmert Euch nicht um ihn, laßt ihn laufen, ruft sogleich die übrige Wache zusammen und dankt Gott, daß Ihr den Schelm los seid.

Schlehwein. Wenn man ihn angerufen hat, und er will nicht stehn, so ist er keiner von des Prinzen Untertanen.

Holzapfel. Richtig. Und mit solchen, die nicht des Prinzen Untertanen sind, sollen sie sich gar nicht abgeben. Dann sollt Ihr auch keinen Lärm auf der Straße machen, denn daß eine Wache auf dem Posten Toleranz und Spektakel treibt, kann gar nicht geduldet werden.

Zweite Wache. Wir wollen lieber schlafen als schwatzen, wir wissen schon, was sich für eine Wache gehört.

Holzapfel. Recht. Ihr sprecht wie ein alter und tranquiller Wächter; denn ich sehe auch nicht, was im Schlafen für Sünde sein sollte. Nur nehmt Euch in acht, daß sie Euch Eure Piken nicht stehlen. Ferner! Ihr sollt in allen Bierschenken einkehren, und den Besoffenen sollt Ihr befehlen, zu Bett zu gehn. –

Zweite Wache. Aber wenn sie nun nicht wollen. –

Holzapfel. Nun, seht Ihr, da laßt sie sitzen, bis sie wieder nüchtern sind. Und wenn sie Euch dann keine bessere Antwort geben, da könnt Ihr ihnen sagen, sie wären nicht die Leute, für die Ihr sie gehalten habt.

Zweite Wache. Gut, Herr.

Holzapfel. Wenn Ihr einem Diebe begegnet, so könnt Ihr ihn kraft Eures Amts in Verdacht haben, daß er kein ehrlicher Mann sei; und was dergleichen Leute betrifft, seht Ihr, je weniger Ihr mit Ihnen zu verkehren oder zu schaffen habt, je besser ist's für Eure Repetition.

---

1. Er will sagen: Vaganten arretieren

Zweite Wache. Wenn wir's aber von ihm wissen, daß er ein Dieb ist, sollen wir ihn da nicht festhalten?

Holzapfel. Freilich, kraft Eures Amts könnt Ihr's tun; aber ich denke, wer Pech angreift, besudelt sich: der friedfertigste Weg ist immer, wenn Ihr einen Dieb fangt, laßt ihn zeigen, was er kann und sich aus Eurer Gesellschaft wegstehlen.

Schlehwein. Ihr habt doch immer für einen sanftmütigen Mann gegolten, Kamerad.

Holzapfel. Das ist wahr, mit meinem Willen möcht ich keinen Hund hängen, wieviel mehr denn einen Menschen, der nur einige Redlichkeit im Leibe hat.

Schlehwein. Wenn Ihr ein Kind in der Nacht weinen hört, so müßt Ihr der Amme rufen, daß sie's stillt.

Zweite Wache. Wenn aber die Amme schläft und uns nicht hört?

Holzapfel. Nun, so zieht ihn Frieden weiter und laßt das Kind sie mit dem Schreien wecken. Denn wenn das Schaf sein Lamm nicht hören will, das da bäh schreit, so wird's auch keinem Kalb antworten, wenn's blökt.

Schlehwein. Das ist sehr wahr.

Holzapfel. Dies ist das Ende Eurer Destruktion: Ihr, Konstabler, sollt jetzt den Prinzen in eigner Person präsentieren: wenn Ihr dem Prinzen in der Nacht begegnet, könnt Ihr ihn stehen heißen.

Schlehwein. Nein, mein Seel, das kann er doch wohl nicht.

Holzapfel. Fünf Schillinge gegen einen: jedermann, der die Konstipation dieser Bürgerwache kennt, muß sagen, er kann ihn stehn heißen: aber zum Henker, versteht sich, wenn der Prinz Lust hat: denn freilich, die Wache darf niemand beleidigen, und es ist doch eine Beleidigung, jemand gegen seinen Willen stehn zu heißen.

Schlehwein. Sapperment, das denk ich auch.

Holzapfel. Ha, ha, ha! – Nun, Leute, gute Nacht. Sollte irgend eine Sache von Wichtigkeit passieren, so ruft nach mir. Wahret das Amtsgeheimnis, jeder für alle; und so schlaft wohl. Kommt, Nachbar.

Zweite Wache. Nun, Leute, wir wissen jetzt, was unsres Amtes ist: kommt und setzt euch mit auf die Kirchenbank bis um zwei Uhr, und dann zu Bett.

Holzapfel. Noch ein Wort, ehrliche Nachbarn. Ich bitte euch, wacht doch vor Signor Leonatos Türe, denn weil's da morgen eine Hochzeit gibt, so wird heut abend viel Spektakel sein. Gott befohlen! Nun, gute Addition! das bitte ich euch.

(*Holzapfel und Schlehwein ab.*)

Borachio und Konrad kommen.

Borachio. He, Konrad.

Erste Wache. Still! rührt Euch nicht. –

Borachio. Konrad, sag ich!

Konrad. Hier, Mensch! ich bin an deinem Ellbogen.

Borachio. Zum Henker, mein Ellbogen juckte mir auch, ich wußte wohl, daß das die Krätze bedeuten würde.

Konrad. Die Antwort darauf will ich dir schuldig bleiben; nun nur weiter in deiner Geschichte.

Borachio. Stelle dich nur hart unter dieses Vordach, denn es fängt an zu regnen; und nun will ich dir, wie ein redlicher Trunkenbold, alles offenbaren.

Erste Wache. Irgendeine Verräterei, Leute! Steht aber stockstill!

Borachio. Wisse also, ich habe tausend Dukaten von Don Juan verdient.

Konrad. Ist's möglich, daß eine Schurkerei so teuer sein kann?

Borachio. Du solltest lieber fragen, ob's möglich sei, daß ein Schurke so reich sein könne: denn wenn die reichen Schurken der armen bedürfen, so können die armen fordern, was sie wollen.

Konrad. Das wundert mich.

Borachio. Man sieht wohl, du bist noch kein Eingeweihter, du solltest doch wissen, daß die Mode eines Mantels, eines Wamses oder eines Huts für einen Mann soviel als nichts ist.

Konrad. Nun ja, es ist die Kleidung.

Borachio. Ich meine aber die Mode.

Konrad. Ja doch, die Mode ist die Mode.

Borachio. Ach was, das heißt ebensoviel als ein Narr ist ein Narr. Aber siehst du denn nicht, was für ein mißgestalter Schelm diese Mode ist?

Erste Wache. Ei! den Herrn Mißgestalt kenne ich: der hat nun an die sieben Jahr das Schelmenhandwerk mitgemacht und geht jetzt herum wie ein vornehmer Herr; ich besinne mich auf seinen Namen.

Borachio. Hörtest du nicht eben jemand?

Konrad. Nein, es war die Fahne auf dem Hause.

Borachio. Siehst du nicht, sag ich, was für ein mißgestalter Schelm diese Mode ist? Wie schwindlicht er all das hitzige, junge Blut zwischen vierzehn und fünfunddreißig herumdreht? Bald stutzt er sie dir zu, wie Pharaos Soldaten auf den schwarzgeräucherten Bildern, bald wie die Priester des Baal zu Babel auf den alten Kirchenfenstern, bald wie den kahlgeschornen Herkules auf den braunen, wurmstichigen Tapeten, wo sein Hosenlatz so groß ist wie seine Keule.

Konrad. Kann sein, ich sehe auch, daß die Mode mehr Kleider aufträgt als der Mensch. Aber hat sie dich denn nicht auch schwindlicht gemacht, daß du von deiner Erzählung abgekommen bist, um mir von der Mode vorzufaseln?

Borachio. Nicht so sehr, als du denkst. Wisse also, daß ich diese Nacht mit Margareten, Fräulein Heros Kammermädchen, unter Heros Namen ein Liebesgespräch geführt; daß sie sich aus ihres Fräuleins Fenster zu mir heruntergeneigt und mir tausendmal gute Nacht gewünscht hat: oh, ich erzähle dir die Geschichte erbärmlich: – ich hätte vorher sagen sollen, wie der Prinz, Claudio und mein Herr, gekörnt, gestellt und geprellt von meinem Herrn Don Juan, von weitem im Garten diese zärtliche Zusammenkunft mit ansahen.

Konrad. Hielten sie denn Margarete für Hero?

Borachio. Zwei von ihnen taten's, der Prinz und Claudio; aber mein Herr, der Teufel, wußte wohl, daß es Margarete sei. Teils seine Schwüre, mit denen er sie vorher berückt hatte, teils die dunkle Nacht, die sie täuschte, vor allem aber meine künstliche Schelmerei, die alle Verleumdung des Don Juan bekräftigte, brachten's so weit, daß Claudio wütend davonging und schwur, er wolle morgen, wie es verabredet war, in der Kirche mit ihr zusammenkommen, sie dann vor der ganzen Versammlung durch Entdeckung von dem, was er in der Nacht gesehn, beschimpfen und sie ohne Gemahl nach Hause schicken.

Erste Wache. Wir befehlen euch in des Prinzen Namen, steht!

Zweite Wache. Ruft den eigentlichen Herrn Konstabler; wir haben hier das allergefährlichste Stück von liederlicher Wirtschaft[1] decoffriert, das jemals im Lande vorgefallen ist.

Erste Wache. Und ein Herr Mißgestalt ist im Spiel, ich kenne ihn, er trägt eine Locke.

Konrad. Liebe Herren . . .

Zweite Wache. Ihr sollt uns den Herrn Mißgestalt herbeischaffen, das werden wir Euch wohl zeigen.

Konrad. Meine Herren – –

Erste Wache. Stillgeschwiegen! Ihr sollt wissen, daß wir Euch gehorchen, mit Euch zu gehn.

Borachio. Wir werden da in eine recht bequeme Situation kommen, wenn sie uns erst auf ihre Piken genommen haben.

Konrad. O ja, eine recht pikante Situation. Kommt, wir wollen mit euch gehn. (*Alle ab.*)

VIERTE SZENE

Zimmer in Leonatos Hause
Hero, Margareta, Ursula

Hero. Liebe Ursula, wecke doch deine Muhme Beatrice und bitte sie, aufzustehn.

Ursula. Sogleich, mein Fräulein.

Hero. Und hieher zu kommen.

Ursula. Sehr wohl. (*Ab.*)

Margareta. Ich dächte doch, Eure andre Palatine sei noch schöner.

Hero. Nein, liebes Gretchen, ich werde diese tragen.

Margareta. Sie ist wahrhaftig nicht so hübsch, und ich stehe Euch dafür, Eure Muhme wird Euch dasselbe sagen.

Hero. Meine Muhme ist eine Närrin, und du bist die zweite; ich werde keine andre als diese nehmen.

---

1. Besser wäre: das allergefährlichste Kompott. Er meint Komplott. (Im Original: *lechery*, Unzucht, verwechselt mit *treachery*, Verrat.)

Margareta. Euern neuen Aufsatz finde ich allerliebst, wenn das Haar nur um einen Gedanken brauner wäre; und Euer Kleid ist nach der geschmackvollsten Mode, das ist gewiß. Ich habe das Kleid der Herzogin von Mailand gesehn, von dem man soviel Wesens macht.

Hero. Das soll ja über alles gehn, sagt man.

Margareta. Auf meine Ehre, es ist nur ein Nachtkleid im Vergleich mit dem Eurigen. Das Zeug von Goldstoff und die Aufschnitte mit Silber garniert und mit Perlen gestickt; niederhängende und Seitenärmel, und Garnierungen unten herum, die mit einem bläulichen Lahn unterlegt sind. Was aber die schöne, ausgesuchte, gefällige und ganz besondere Mode betrifft, da ist Eures zehnmal mehr wert.

Hero. Gott gebe, daß ich's mit Freuden tragen möge, denn mein Herz ist erstaunlich schwer.

Margareta. Es wird bald noch schwerer werden, wenn es erst das Gewicht eines Mannes tragen soll.

Hero. Pfui doch, schämst du dich denn nicht? –

Margareta. Warum denn, mein Fräulein? Daß ich von Dingen in Ehren rede? Ist nicht eine Heirat ein Ding in Ehren, auch bei Bettlern? Ist nicht Euer Herr ein Ehrenmann auch ohne Heirat? Ich hätte wohl sagen sollen – haltet mir's zu Gnaden – das Gewicht eines Gemahls? Wenn nicht schlimme Gedanken gute Reden verdrehen, so werde ich niemanden Ärgernis geben. Ist wohl irgendein Anstoß darin, wenn ich sage: schwerer durch das Gewicht eines Gemahls? Nein, gewiß nicht, wenn es nur der rechte Mann und die rechte Frau sind, sonst freilich hieße das, die Sache leicht nehmen und nicht schwer. Fragt nur Fräulein Beatrice, hier kommt sie.

Beatrice kommt.

Hero. Guten Morgen, Muhme.

Beatrice. Guten Morgen, liebe Hero.

Hero. Nun, was ist dir? Du sprichst ja in einem so kranken Ton?

Beatrice. Mich dünkt, aus allen andern Tonarten bin ich heraus. – Es ist gleich fünf Uhr, Muhme, es ist Zeit, daß du dich fertig machst. – Mir ist ganz krank zu Mut, wahrhaftig! – Ach!

Margareta. Nun, wenn Ihr nicht eine Renegatin geworden seid, so kann man nicht mehr nach den Sternen segeln.

Beatrice. Was meint die Närrin damit?

Margareta. Ich? O gar nichts, aber Gott schenke jedem, was sein Herz wünscht.

Hero. Diese Handschuhe schickte mir der Graf, es ist der lieblichste Wohlgeruch.

Beatrice. Der Sinn ist mir benommen; ich rieche nichts.

Margareta. Benommen? Oder eingenommen? Je nun, man erkältet sich wohl[1].

Beatrice. O Gott steh uns bei, Gott steh uns bei! Wie lange ist's denn, daß du Jagd auf Witz machst?

Margareta. Seitdem Ihr es aufgegeben habt, mein Fräulein. Steht mein Witz mir nicht vortrefflich?

Beatrice. Er scheint noch nicht genug ins Feld, du solltest ihn an deiner Kappe tragen. – Aber auf mein Wort, ich bin recht krank.

Margareta. Euer Gnaden sollten sich abgezogenen Kardobenedikt holen lassen und ihn aufs Herz legen; es gibt kein beßres Mittel für Beklemmungen.

Hero. Da stichst du sie mit einer Distel.

Beatrice. Benedikt? Warum Benedikt? Soll vielleicht eine Moral in dem Benedikt stecken?

Margareta. Moral? Nein, mein' Treu, ich meinte nichts Moralisches damit, ich meinte natürliche Kardobenediktendistel. Ihr denkt vielleicht, ich halte Euch für verliebt. Nein, beim Himmel, ich bin nicht solch eine Närrin, daß ich alles denken sollte, was mir einfällt, und es fällt mir auch nicht ein, zu denken, was ich könnte. Denn wenn ich mir auch den Kopf ausdächte, so kann ich mir's nicht denken, daß Ihr, mein Fräulein, verliebt seid, oder jemals sein werdet, oder jemals sein könnt. Und doch war Benedikt auch so einer, und ist jetzt ein Mensch wie andre. Er schwur, er wolle nie heiraten, und jetzt, trotz seinem hohen Sinn, verzehrt er sein Essen

---

1. Im Original: Ich bin verstopft, Muhme; ich rieche nichts. — Ein Mädchen, und verstopft! Das ist ja ein netter Schnupfen.

ohne Murren. Ob Ihr noch zu bekehren seid, weiß ich nicht; aber mir scheint, Ihr seht auch schon aus den Augen wie andre Mädchen.

Beatrice. Was ist das für eine Art von Gang, den deine Zunge nimmt?

Margareta. Kein falscher Galopp.

Ursula (kommt zurück). Gnädiges Fräulein, macht Euch fertig, der Fürst, der Graf, Signor Benedikt, Don Juan und alle jungen Kavaliere aus der Stadt sind da, um Euch zur Kirche zu führen.

Hero. Helft mir mich ankleiden, liebe Muhme, liebes Gretchen, liebe Ursula. (*Alle ab.*)

FÜNFTE SZENE

Anderes Zimmer in Leonatos Hause

Leonato, Holzapfel, Schlehwein treten auf

Leonato. Was habt Ihr mir zu sagen, mein ehrlicher Nachbar?

Holzapfel. Ei, gnädiger Herr, ich möchte gern eine Konfidenz mit Euch haben, die Euch sehr introduziert.

Leonato. Macht's kurz, ich bitt Euch: Ihr seht, ich habe viel zu tun.

Holzapfel. Ja, gnädiger Herr, so ist es.

Schlehwein. Ja, wahrlich, so ist es.

Leonato. Was ist denn, meine guten Freunde?

Holzapfel. Der gute, liebe Schlehwein, mein gnädiger Herr, bleibt nicht recht bei der Sache. Ein alter Mann, gnädiger Herr! Und sein Verstand ist nicht so konfus, wie ich's ihm mit Gottes Hilfe wünschen möchte. Aber, das muß ich sagen, ehrlich! ehrlich! wie die Haut zwischen seinen Augenbraunen!

Schlehwein. Ja, gottlob! ich bin so ehrlich, als irgendein Mann auf der Welt, der ein alter Mann ist, und nicht ehrlicher als ich.

Holzapfel. Korporationen sind odorös[1], palabras[2], Nachbar Schlehwein!

---

1. Er meint: Komparationen sind odiös
2. Statt *pocas palabras*, kurzgefaßt

Leonato. Nachbarn, ihr seid mir nachgrade ennuyant!

Holzapfel. Das sagen Euer Gnaden nur so aus Höflichkeit, denn wir sind des armen Herzogs Gerichtsdiener. Aber wär ich auch so ennuyant als ein König, so wollt ich's mich nicht dauern lassen und alles auf Euer Gnaden wenden.

Leonato. Dein ganzes Talent zu ennuyieren auf mich?

Holzapfel. Ja, und wenn's noch tausendmal mehr wäre, als es schon ist; denn ich höre eine so gute Exklamation von Euer Gnaden, als von irgend jemand in der Stadt; und obgleich ich nur ein armer Mann bin, so freut's mich doch, es zu hören.

Schlehwein. Und mich auch.

Leonato. Wenn ich nur wüßte, was ihr mir denn zu sagen habt.

Schlehwein. Seht Ihr, Herr, unsre Wache hat diese Nacht, immer in Exzeption von Eurer höchsten Gegenwart, ein paar so durchtriebne Spitzbuben aufgefangen, als nur in Messina zu finden sind.

Holzapfel. Ein guter, alter Mann, gnädiger Herr! Er muß immer was zu schwatzen haben; wie man zu sagen pflegt: Wenn das Alter eintritt, geht der Verstand zu Ende. Gott steh mir bei! Man sollt's nicht glauben! Brav, meiner Treu, Nachbar Schlehwein! Seht Ihr, der liebe Gott ist ein guter Mann; wenn ihrer zwei auf einem Pferde reiten, so muß schon einer hinten aufsitzen. Eine ehrliche Seele, meiner Treu! Ja, gnädiger Herr, das ist er, so gut als einer, der Brot ißt. Aber was Gott tut, das ist wohlgetan. Die Menschen können nicht alle gleich sein. Ja, ja! der liebe, gute Nachbar! –

Leonato. In der Tat, Nachbar, er reicht doch nicht an Euch.

Holzapfel. Gaben, die von Gott kommen.

Leonato. Ich muß gehn.

Holzapfel. Ein einziges Wort, gnädiger Herr: unsre Wache hat wirklich zwei perspektivische[1] Kerls irritiert, und wir möchten, daß Euer Gnaden sie noch heut morgen exanimierten.

Leonato. Übernehmt dieses Examen selbst und bringt mir das Protokoll. Ich bin jetzt sehr eilig, wie ihr wohl seht.

Holzapfel. Das soll aufs komplottste besorgt werden.

---

1. Er meint: suspektive

Leonato. Trinkt ein Glas Wein, ehe ihr geht, und so lebt wohl!

Ein Diener kommt.

Diener. Gnädiger Herr, man wartet auf Euch, um Euer Fräulein Tochter zur Trauung zu führen.

Leonato. Ich komme gleich, ich bin fertig. (*Ab.*)

Holzapfel. Geht doch, lieber Kamerad, geht doch zum Görge Steinkohle, sagt doch, er soll seine Feder und Tintenfaß mit ins Gefängnis nehmen. Wir sollen jetzt hin und diese Kerls exanimieren.

Schlehwein. Und das muß mit Verstand geschehn.

Holzapfel. An Verstand soll's nicht fehlen, darauf verlaßt Euch. Hier sitzt was (*an die Stirn deutend*), das soll einen oder den andern schon zur Konfektion bringen. Holt Ihr nur den gelehrten Schreiber, um unsre ganze Exkommunikation zu Papiere zu liefern, und kommt dann wieder zu mir ins Gefängnis.

(*Gehn ab.*)

VIERTER AUFZUG

ERSTE SZENE

In der Kirche

Don Pedro, Don Juan, Leonato, Mönch, Claudio, Benedikt, Hero und Beatrice

Leonato. Wohlan, Pater Franziskus, macht's kurz; nichts als was zur eigentlichen Trauung gehört. Ihre besonderen Pflichten könnt Ihr ihnen hernach vorhalten.

Mönch. Ihr seid hier, gnädiger Herr, um Euch diesem Fräulein zu vermählen?

Claudio. Nein.

Leonato. Um mit ihr vermählt zu werden, Pater; *Ihr* seid hier, um sie zu vermählen.

Mönch. Fräulein, seid Ihr hier, um mit diesem Grafen vermählt zu werden?

Hero. Ja.

Mönch. Wofern einer von euch ein innres Hindernis weiß, weshalb ihr nicht verbunden werden dürfet, so beschwöre ich euch, bei dem Heil eurer Seelen, es zu entdecken.

Claudio. Wißt Ihr eines, Hero?

Hero. Keines, Herr.

Mönch. Wißt Ihr eines, Graf?

Leonato. Ich getraue mich, für ihn zu antworten: keines.

Claudio. Oh, was sich die Menschen nicht alles getrauen! Was sie alles tun! Was sie täglich tun, und wissen nicht, was sie tun! –

Benedikt. Nun? Interjektionen? Freilich! Einige werden gebraucht beim Lachen, als z. B. Ha, ha, ha! –

Claudio. Pater, mach Platz! Erlaubt ein Wort, mein Vater:
Gabt Ihr aus freier Wahl mir, ohne Zwang,
Dies Mädchen, Eure Tochter?

Leonato. So frei, mein Sohn, als Gott sie mir gegeben.

Claudio. Und was geb ich zurück Euch, dessen Wert
So reichem, köstlichem Geschenk entspräche?

Don Pedro. Nichts, wenn Ihr nicht zurück sie selbst erstattet.

Claudio. Ihr lehrt mich edle Dankbarkeit, mein Prinz.
Hier, Leonato, nehmt zurück sie wieder,
Gebt Eurem Freunde nicht die faule Frucht,
Sie ist nur Schein und Zeichen ihrer Ehre. –
Seht nur, wie mädchengleich sie jetzt errötet.
O wie vermag in Würd und Glanz der Tugend
Verworfne Sünde listig sich zu kleiden!
Zeugt nicht dies Blut als ein verschämter Anwalt
Von ihrer schlichten Tugend? Schwürt ihr nicht,
Ihr alle, die sie seht, sie sei noch schuldlos,
Nach diesem äußern Schein? Doch ist sie's nicht:
Sie kennt die Gluten heimlicher Umarmung,
Nur Schuld, nicht Sittsamkeit, ist dies Erröten.

Leonato. Was meint Ihr, Herr?

Claudio. Sie nicht zu nehmen, mein ich,
Mein Herz an keine Buhlerin zu knüpfen.

Leonato. Mein teurer Graf, wenn Ihr in eigner Prüfung
Schwach ihre unerfahrne Jugend traft
Und ihre Jungfraunehre überwandet –

Claudio. Ich weiß schon, was Ihr meint! Erkannt ich sie,
Umarmte sie in mir nur ihren Gatten
Und milderte die vorbegangne Sünde:
Nein, Leonato!
Nie mit zu freiem Wort versucht ich sie;
Stets wie ein Bruder seiner Schwester zeigt ich
Schamhafte Ehrbarkeit und züchtge Liebe.
Hero. Und hab ich jemals anders Euch geschienen?
Claudio. Fluch deinem Schein! Ich will dagegen schreiben.
Du *schienst* Diana mir in ihrer Sphäre,
Keusch wie die Knospe, die noch nicht erblüht:
Doch du *bist* ungezähmt in deiner Lust,
Wie Venus oder jene üppgen Tiere,
Die sich im wilden Sinnentaumel wälzen.
Hero. Ist meinem Herrn nicht wohl, daß er so spricht?
Claudio. Ihr, teurer Fürst, sagt nichts?
Don Pedro. Was soll ich sagen?
Ich steh entehrt, weil ich die Hand geboten,
Den teuern Freund der Dirne zu verknüpfen.
Leonato. Wird dies gesprochen oder ist's ein Traum?
Don Juan. Es wird gesprochen, Herr, und ist auch wahr.
Benedikt. Dies sieht nicht aus wie Hochzeit.
Hero. Wahr? O Gott! –
Claudio. Leonato, steh ich hier?
Ist dies der Prinz, ist dies des Prinzen Bruder?
Dies Heros Antlitz? Sind dies unsre Augen? –
Leonato. Das alles ist so; doch was soll es, Herr?
Claudio. Erlaubt nur eine Frag an Eure Tochter:
Beim Recht, das Euch Natur und Blut gegeben
Auf Euer Kind, heißt sie die Wahrheit reden.
Leonato. Tu's, ich befehl es dir, wenn du mein Kind.
Hero. O Gott, beschütze mich! Wie man mich drängt! –
Wie nennt Ihr diese Weise des Verhörs?
Claudio. Antwortet jetzt, nennt wahrhaft Euren Namen.
Hero. Ist der nicht Hero? Wer schmäht diesen Namen
Mit irgend wahrem Vorwurf?
Claudio. Das tut Hero,

Ja, Hero selbst kann Heros Tugend schmähn. –
Wer ist der Mann, den gestern nacht Ihr spracht
Aus Eurem Fenster zwischen zwölf und eins?
Wenn Ihr unschuldig seid, antwortet mir.

Hero. Ich sprach mit keinem Mann zu dieser Stunde.

Don Pedro. Nun wohl, so seid Ihr schuldig! Leonato,
Mich schmerzt, daß Ihr dies hört, bei meiner Ehre!
Ich selbst, mein Bruder, der gekränkte Graf,
Sahn sie und hörten sie zu jener Stunde
An ihrem Fenster mit 'nem Wüstling reden,
Der, wie ein frecher Schuft, auch eingestand
Die tausend schändlichen Zusammenkünfte,
So heimlich stattgehabt.

Don Juan. Pfui! Pfui! man kann
Sie nicht benennen, Herr, noch drüber reden.
Die Sprach ist nicht so rein, um ohne Sünde
Davon zu sprechen; drum, mein schönes Kind,
Beklag ich Euren schlecht beratnen Wandel.

Claudio. O Hero! Welche Hero könntst du sein,
Wenn halb nur deine äußre Huld im Innern
Dein Tun und deines Herzens Rat bewachte!
So fahr denn wohl, höchst Häßliche, höchst Schöne!
Du reine Sündlichkeit, sündhafte Reinheit!
Um deinethalb schließ ich der Liebe Tor
Und häng als Decke Argwohn vor mein Auge;
Sie wandle jede Schönheit mir in Unheil,
Daß nie ihr Bild im Glanz der Huld mir strahle.

Leonato. Ist niemands Dolch für meine Brust geschliffen?

(*Hero fällt in Ohnmacht.*)

Beatrice. Was ist dir, Muhme? warum sinkst du nieder?

Don Juan. Kommt, gehn wir. Diese Schmach ans Licht gebracht,
Löscht ihre Lebensgeister.

(*Don Pedro, Don Juan und Claudio ab.*)

Benedikt. Wie geht's dem Fräulein?

Beatrice. Tot, fürcht ich – Oheim, helft!
Hero! ach Hero! Oheim! Pater! Benedikt! –

Leonato. Zieh, Schicksal, nicht die schwere Hand zurück!

Tod ist die schönste Hülle ihrer Schmach,
Und einzig zu erflehn.
Beatrice. Wie ist dir, Muhme?
Mönch. Getrost, mein Fräulein!
Leonato. Blickst du noch auf?
Mönch. Ja, warum soll sie nicht?
Leonato. Warum? Ha! ruft nicht jede Kreatur
Schmach über sie? Vermochte sie es wohl,
Die in ihr Blut geprägte Schuld zu leugnen?
Du sollst nicht leben? Schließ dein Aug auf ewig!
Denn glaubt ich nicht, daß du alsbald hier stürbest,
Daß deine Kraft die Schande überlebte,
Ich würde selbst als Schlußwort meiner Flüche
Dein Herz durchbohren. - Klagt ich, du seist mein Einzges?
Zürnt ich deshalb der kargenden Natur?
O eins zuviel an dir! Weshalb das Eine! –
Weshalb warst du je lieblich meinem Auge,
Weshalb nicht nahm ich mit barmherzger Hand
Ein Bettlerkind mir auf vor meinem Tor?
Daß, wenn es so mit Schmach besudelt wäre,
Alsdann ich spräch: kein Teil davon ist mein,
Im fremden Stamm hat diese Schande Wurzel. –
Doch mein! meins, das ich liebte, das ich pries,
Mein Eigentum, mein Stolz: so sehr ja meins,
Daß ich mir selbst nicht mehr als mein erschien,
Mich an ihr messend: Ha, sie! sie ist gefallen
In einen Pfuhl von Schwarz: die weite See
Hat Tropfen nicht genug, sie reinzuwaschen,
Zu wenig Salz, vor Fäulnis zu bewahren
Dies bös verderbte Fleisch!
Benedikt. Herr, seid geduldig;
Ich, wahrlich, bin vor Staunen so betäubt,
Daß mir die Worte fehlen.
Beatrice. Bei meinem Leben! man verleumdet' sie!
Benedikt. Fräulein, schlieft Ihr zu Nacht in ihrem Zimmer?
Beatrice. Nein, diesmal nicht; doch bis zur letzten Nacht
Schlief ich das ganze Jahr in ihrer Kammer.

Leonato. Bestätigt! Ha, bestätigt! Noch verstärkt,
Was schon verschlossen war mit Eisenbanden!
Wie könnten beide Prinzen, Claudio, lügen?
Der so sie liebte, daß, die Schmach erzählend,
Er sie mit Tränen wusch? Fort! laßt sie sterben.
Mönch. Hört jetzt mich an;
Denn nur deshalb hab ich so lang geschwiegen
Und diesem Vorfall freien Raum gegeben,
Das Fräulein zu beachten. Sah ich doch,
Wie tausend Röten durch ihr Antlitz fuhren
Als Boten; und wie tausend Unschuldsengel
In weißer Scham hinweg die Röten trieben.
Und in dem Auge glüht' ein Feuer auf,
Verbrennend allen Irrwahn, den die Prinzen
Aufstellten wider ihre Mädchentreu.
– – Nennt mich Tor,
Traut meinem Wissen nicht, noch der Erfahrung,
Die mit der Prüfung Siegel stets bekräftigt
Die Wahrheit meines Wissens, nicht dem Alter,
Ehrwürdgem Stand, Beruf und heilgem Amt,
Liegt nicht dies süße Fräulein schuldlos hier,
Von giftgem Wahn getroffen.
Leonato. Mönch, unmöglich!
Du siehst, es blieb ihr nur so viele Gnade,
Nicht zur Verdammnis ihrer Schuld zu fügen
Des Meineids Sünde. Leugnet sie es denn?
Was suchst du denn entschuldgend zu verhüllen,
Was frei in eigner Nacktheit vor uns steht?
Mönch. Fräulein, wer ist's, mit dem man Euch verklagt?
Hero. Die mich verklagten, wissen's, ich weiß keinen.
Weiß ich von irgendeinem Mann, der lebt,
Mehr, als der Jungfrau Sittsamkeit erlaubt,
Sei keine Sünde mir vergeben. – Vater,
Beweist, daß irgendwer mit mir gesprochen
Um Mitternacht, und daß ich gestern abend
Mit irgendeinem Wesen Wort gewechselt,
Verstoßt mich, haßt mich, martert mich zu Tode.

Mönch. Ein seltsam Irren muß die Prinzen täuschen!
Benedikt. Gewiß sind zwei von ihnen Ehrenmänner;
Und ward ihr beßres Urteil fehlgeleitet,
Schreibt sich die Bosheit wohl vom Bastard her,
Des Geist und Sinn nur lebt von Trug und Tücke.
Leonato. Ich weiß nicht. Sprachen wahr sie, so zerreiße
Dich[1] diese Hand; ist falsch sie angeklagt,
So soll der Stolzeste wohl davon hören.
Zeit hat noch nicht mein Blut so ausgetrocknet,
Noch Alter meinen Geist so abgestumpft,
Noch Armut mein Vermögen so vernichtet,
Noch schlechter Wandel mich beraubt der Freunde,
Daß sie nicht, so mich kränkend, fühlen sollen
Der Glieder Kraft, als auch des Geistes Klugheit,
Des Reichtums Macht und auserwählter Freunde,
Es ihnen übergnug zu zahlen.
Mönch. Haltet!
Laßt meinen Rat in diesem Fall Euch leiten.
Die Prinzen ließen Eure Tochter tot;
Laßt eine Zeitlang heimlich sie verschließen
Und macht bekannt, daß wirklich sie gestorben.
Entfaltet allen äußern Prunk der Trauer;
Und hängt an Eurer Ahnen altes Grabmal
Ein Epitaph; vollziehet jede Feier,
Die zur Beerdigung die Sitt erheischt.
Leonato. Und wohin führt dies alles? Was dann weiter?
Mönch. Dies wird, gut durchgeführt, Verleumdung wandeln
In Mitleid gegen sie; das ist schon viel.
Doch mehr noch träum ich von so kühnem Wagnis,
Von größerer Geburt aus diesen Wehn.
Sie starb, so muß man überall verbreiten,
Im Augenblick, als man sie angeklagt;
So wird sie dann entschuldigt und bedauert
Von jedem, der es hört; denn so geschieht's,
Daß, was wir haben, wir nach Wert nicht achten,

---

1. gemeint ist Hero

Solange wir's genießen; ist's verloren,
Dann überschätzen wir den Preis; ja dann
Erkennen wir den Wert, den uns Besitz
Mißachten ließ. So wird's mit Claudio sein,
Hört er, daß seine Worte sie getötet.
Mit süßer Macht schleicht ihres Lebens Bild
Sich in die Werkstatt seiner Phantasie,
Und jedes liebliche Organ des Lebens
Stellt sich, in köstliches Gewand gekleidet,
Weit zarter, rührender, voll frischern Lebens
Dem innern Auge seines Geistes dar,
Als da sie wirklich lebt'; und er wird trauern,
Hat Lieb in seinem Herzen je geherrscht,
Und wünschen, daß er nicht sie angeklagt,
Selbst wenn er auch die Schuld als wahr erkannte.
Geschieht dies nun, so zweifelt nicht, Erfolg
Wird diese Sache besser noch gestalten,
Als ich das ungefähre Bild entwerfe.
Doch wär auch jeglich andres Ziel verfehlt,
Die Überzeugung von des Fräuleins Tod
Tilgt das Gerücht von ihrer Schmach gewiß;
Und schlüg Euch alles fehl, so bergt sie dann,
Wie's ihrem wunden Ruf am besten ziemt,
In eines Klosters abgeschiednem Leben
Vor aller Augen, Zungen, Schmähn und Kränkung.

Benedikt. Signor Leonato, folgt dem Rat des Mönchs,
Und wißt Ihr schon, wie sehr ich Lieb und Neigung
Dem Prinzen und Graf Claudio zugewendet,
Doch will ich, auf mein Wort, so sorglich schweigen,
So streng und treu für Euch, wie Eure Seele
Sich selber bleibt.

Leonato. In dieser Flut des Grams
Mögt ihr mich lenken an dem schwächsten Faden.

Mönch. So sei denn, wenn Euch Fassung nicht verläßt,
Seltsame Heilung seltnem Schmerz beschieden. –
Ihr, Fräulein, sterbt zum Schein; Eur Hochzeitsfest
Ward, hoff ich, nur verlegt; drum harrt in Frieden.

(*Mönch, Hero und Leonato ab.*)

Benedikt. Fräulein Beatrice, habt Ihr die ganze Zeit geweint?

Beatrice. Ja, und ich werde noch viel länger weinen.

Benedikt. Das will ich nicht wünschen.

Beatrice. Dessen bedarf's auch nicht, ich tu es freiwillig.

Benedikt. Gewiß, ich denke, Eurer schönen Base ist Unrecht geschehn.

Beatrice. Ach! Wie hoch würde der Mann sich um mich verdient machen, der ihr Recht verschaffte!

Benedikt. Gibt es irgendeinen Weg, solche Freundschaft zu zeigen?

Beatrice. Einen sehr ebnen Weg, aber keinen solchen Freund.

Benedikt. Kann ein Mann es vollbringen?

Beatrice. Es ist eines Mannes Amt, aber nicht das Eure.

Benedikt. Ich liebe nichts in der Welt so sehr, als Euch; ist das nicht seltsam?

Beatrice. So seltsam, als etwas, von dem ich nichts weiß. Es wäre mir ebenso möglich, zu sagen, ich liebte nichts in der Welt so sehr, als Euch; aber glaubt mir's nicht; und doch lüg ich nicht; ich bekenne nichts und leugne nichts. Mich jammert meine Muhme.

Benedikt. Bei meinem Degen, Beatrice, du liebst mich.

Beatrice. Schwört nicht bei Eurem Degen und eßt ihn.

Benedikt. Ich will bei ihm schwören, daß du mich liebst; und ich will den zwingen, meinen Degen zu essen, der da sagt, ich liebe Euch nicht.

Beatrice. Ihr wollt Euer Wort nicht wiederessen?

Benedikt. Mit keiner Brühe, die nur je ersonnen werden kann. Ich beteure, daß ich dich liebe.

Beatrice. Nun denn, Gott verzeihe mir!

Benedikt. Was für eine Sünde, liebste Beatrice?

Beatrice. Ihr unterbracht mich eben zur guten Stunde; ich war im Begriff zu beteuern, ich liebte Euch.

Benedikt. Tue das von ganzem Herzen.

Beatrice. Ich liebe Euch mit soviel von meinem Herzen, daß nichts mehr übrigbleibt, es Euch dabei zu beteuern.

Benedikt. Heiß mich, was du willst, für dich ausführen.

Beatrice. Ermorde Claudio.

Benedikt. Oh, nicht für die ganze Welt!

Beatrice. Ihr ermordet mich, indem Ihr's weigert; lebt wohl!

Benedikt. Warte noch, süße Beatrice.

Beatrice. Ich bin fort, obgleich ich noch hier bin. – Nein, Ihr seid keiner Liebe fähig; – nein, ich bitt Euch, laßt mich.

Benedikt. Beatrice – –

Beatrice. Im Ernst, ich will gehn.

Benedict. Laßt uns erst Freunde sein.

Beatrice. O ja, Ihr wagt eher Freund mit mir zu sein, als mit meinem Feinde zu fechten.

Benedict. Ist Claudio dein Feind?

Beatrice. Hat sich der nicht auf den äußersten Grad als ein Schurke gezeigt, der meine Verwandte verleumdet, geschmäht, entehrt hat? Oh, daß ich ein Mann wäre! – Was! Sie hinzuhalten, bis sie ihm am Altar die Hand hinhält, und dann mit so öffentlicher Beschuldigung, so unverhohlener Beschimpfung, so unbarmherziger Tücke – o Gott! daß ich ein Mann wäre! ich wollte sein Herz auf offnem Markt verzehren.

Benedikt. Höre mich, Beatrice – –

Beatrice. Mit einem Manne aus ihrem Fenster reden! Ein feines Märchen!

Benedikt. – Nein, aber Beatrice – –

Beatrice. Die süße Hero! Sie ist gekränkt, sie ist verleumdet, sie ist vernichtet!

Benedikt. Beatr . . . – –

Beatrice. Prinzen und Grafen! Wahrhaftig, ein recht prinzliches Zeugnis! ein honigsüßes Grafenstückchen! ein lieber Bräutigam, wahrhaftig! O daß ich ein Mann wäre um seinetwillen! oder daß ich einen Freund hätte, der um meinetwillen ein Mann sein wollte! Aber Mannheit ist in Zeremonien und Höflichkeiten zerschmolzen, Tapferkeit in Komplimente; die Männer sind ganz Zungen geworden, und noch dazu sehr gezierte. Es ist jetzt schon einer ein Herkules, der nur eine Lüge sagt und darauf schwört; ich kann durch meinen Wunsch kein Mann werden, so will ich denn als ein Weib mich grämen und sterben.

Benedikt. Warte, liebste Beatrice; bei dieser Hand, ich liebe dich.

Beatrice. Braucht sie mir zuliebe zu etwas Besserm, als dabei zu schwören!

Benedikt. Seid Ihr in Eurem Gewissen überzeugt, daß Graf Claudio Hero Unrecht getan hat?

Beatrice. Ja, so gewiß ich einen Gedanken oder eine Seele habe.

Benedikt. Genug, zählt auf mich. Ich fordre ihn heraus. Laßt mich Eure Hand küssen; und so empfehle ich mich Euch; bei dieser Hand, Claudio soll mir eine schwere Rechenschaft ablegen. Wie Ihr von mir hört, so denket von mir. Geht, tröstet Eure Muhme; ich muß sagen, sie sei gestorben, und so lebt wohl! (*Beide ab.*)

ZWEITE SZENE

Gefängnis

Holzapfel, Schlehwein, Schreiber; alle drei in ihren Amtsröcken, Wache mit Konrad und Borachio

Holzapfel. Sind alle Verschwornen unsres Trübenaals beisammen?

Schlehwein. Oh, einen Stuhl und Kissen für den Herrn Schreiber.

Schreiber. Welches sind die Malefikanten?

Holzapfel. Zum Henker, der bin ich und mein Gevatter.

Schlehwein. Das versteht sich. Wir haben die Introduktion, sie zu exanimieren.

Schreiber. Aber wo sind die Verbrecher, die examiniert werden sollen? Laßt sie vor den Herrn Konstabler führen.

Holzapfel. Ja, zum Henker, laßt sie vorführen. Wie ist sein Name, Freund?

Borachio. Borachio.

Holzapfel. Seid so gut, schreibt's auf, Borachio. – Seiner, Musjeh? –

Konrad. Ich bin ein Kavalier, Herr, und mein Name ist Konrad.

Holzapfel. Schreibt auf, Meister Kavalier Konrad. Leute, sagt einmal, dient ihr Gott?

Konrad und Borachio. Nun, das hoffen wir.

Holzapfel. Schreibt's nieder: sie hoffen, sie dienen Gott, und schreibt Gott voran: denn Gott bewahre doch, daß Gott vor solchen Schelmen vorangehn sollte. Leute, es ist bereits erwiesen, daß ihr nicht viel besser seid als Spitzbuben, und man wird bald genug eine Ahndung davon kriegen. Was könnt ihr nun für euch anführen?

Konrad. Ei nun, Herr, wir sagen, wir sind keine.

Holzapfel. Ein verdammt pfiffiger Bursch, das muß ich sagen; aber ich will schon mit ihm fertig werden. – Kommt einmal hier heran, Musjeh; ein Wort ins Ohr, Herr: ich sage Ihm, man glaubt von euch, ihr seid zwei Spitzbuben.

Borachio. Herr, ich sage Euch, wir sind keine.

Holzapfel. Tretet wieder auf die Seite. Bei Gott, sprechen sie nicht, als hätten sie sich miteinander verabredet? Habt Ihr's hingeschrieben, daß sie keine sind? –

Schreiber. Herr Konstabler, das ist nicht die Manier zu examinieren. Ihr müßt die Wache abhören, die sie verklagt hat.

Holzapfel. Ja, zum Henker, das ist die vidimierte Heerstraße[1]. Die Wache soll kommen. (*Wache kommt.*) Leute, ich befehle euch in des Prinzen Namen, verklagt mir einmal diese beiden Menschen.

Erste Wache. Dieser Mann hier sagte, Herr, Don Juan, des Prinzen Bruder, sei ein Schurke. –

Holzapfel. Schreibt hin – Don Juan ein Schurke. – Was! das ist ja klarer Meineid, des Prinzen Bruder einen Schurken zu nennen.

Borachio. Herr Konstabler –

Holzapfel. Still geschwiegen, Kerl, dein Gesicht gefällt mir gar nicht, muß ich dir gestehn.

Schreiber. Was hörtet ihr ihn sonst noch sagen?

Zweite Wache. Ei nun, er sagte auch, er hätte tausend Dukaten vom Don Juan erhalten, um Fräulein Hero fälschlich anzuklagen.

Holzapfel. Klare Brandmörderei, wenn jemals eine begangen ist.

Schlehwein. Ja, mein Seel, so ist es auch.

Schreiber. Was sonst noch, Mensch?

---

1. Der Sinn dieses Kalauers im Original ist nicht verständlich.

Erste Wache. Und daß Graf Claudio nach seinen Reden sich vorgesetzt habe, Fräulein Hero vor der ganzen Versammlung zu beschimpfen und sie nicht zu heiraten.

Holzapfel. O Spitzbube! Dafür wirst du noch ins ewige Jubiläum verdammt werden.

Schreiber. Was noch mehr?

Zweite Wache. Das war alles.

Schreiber. Und das ist mehr, Leute, als ihr leugnen könnt. Prinz Juan hat sich diesen Morgen heimlich weggestohlen; Hero ward auf diese Weise angeklagt, auf ebendiese Weise verstoßen, und ist aus Gram darüber plötzlich gestorben. Herr Konstabler, laßt die beiden Leute binden und in Leonatos Haus führen, ich will vorangehn und ihm das Verhör zeigen. (*Ab.*)

Holzapfel. Recht so; laßt ihnen die Bandagen antun.

Schlehwein. Laßt sie festbinden.

Konrad. Fort, ihr Maulaffen!

Holzapfel. Gott steh mir bei, wo ist der Schreiber? Er soll schreiben: des Prinzen Konstabler ein Maulaffe! Wart! bindet sie fest! Du nichtswürdiger Kerl! –

Konrad. Fort! Ihr seid ein Esel, Ihr seid ein Esel.

Holzapfel. Despektierst du denn mein Amt nicht? Despektierst du denn meine Jahre nicht? – Wär er doch noch hier, daß er es aufschreiben könnte, daß ich ein Esel bin! Aber, ihr Leute, vergeßt mir's nicht, daß ich ein Esel bin; wenn's auch nicht hingeschrieben ward, erinnert's euch ja, daß ich ein Esel bin. Nein, du Spitzbube, du steckst voller Moralität, das kann ich dir durch zuverlässige Zeugen beweisen. Ich bin ein gescheuter Mann, und was mehr ist, ein Mann bei der Justiz, und was mehr ist, ein ansässiger Mann, und was mehr ist, ein so hübsches Stück Fleisch, als nur irgendeines in ganz Messina, und ein Mann, der sich auf die Gesetze versteht, siehst du, und ein Mann, der sein Vermögen hat, siehst du, und ein Mann, der um vieles gekommen ist, und der seine zwei Röcke hat, und alles, was an ihm, ist sauber und akkurat. Bringt ihn fort! Ach, hätten sie's nur von mir aufgeschrieben, daß ich ein Esel bin! – (*Alle ab.*)

Erste Szene

Vor Leonatos Hause

Es treten auf Leonato und Antonio

Antonio. Fährst du so fort, so bringst du selbst dich um;
Und nicht verständig ist's, dem Gram so helfen,
Dir selbst zum Schaden.
Leonato. Spare deinen Rat!
Er fällt so fruchtlos in mein Ohr, wie Wasser
Ein Sieb durchströmt. O gib mir keinen Rat!
Und keinen Tröster laß mein Ohr erquicken,
als solchen, dessen Schmerz dem meinen gleicht. –
Bring mir 'nen Vater, der sein Kind so liebte,
Des Freud an ihm vernichtet ward, wie meine,
Und heiß Geduld ihn predigen.
Miß seinen Gram nach meinem auf ein Haar,
Jeglichem Weh entsprech ein gleiches Weh,
Und hier wie dort ein Schmerz für jeden Schmerz,
In jedem Zug und Umriß Licht und Schatten;
Wenn der nun lächelt und den Bart sich streicht,
Ruft: Gram, fahr hin, und ei! statt tief zu seufzen,
Sein Leid mit Sprüchen flickt, mit Bücherphrasen
Den bittern Schmerz betäubt, den bringe mir,
Von diesem will ich dann Geduld erlernen.
Doch solchen Mann gibt's nicht. Denn, Bruder, Menschen,
Sie raten, trösten, heilen nur den Schmerz,
Den sie nicht selber fühlen. Trifft er sie,
Dann wird zur wilden Wut derselbe Trost,
Der eben noch Arznei dem Gram verschrieb,
An seidner Schnur den Wahnsinn wollte fesseln,
Herzweh mit Luft, den Krampf mit Worten stillen.
Nein! nein! Stets war's der Brauch, Geduld zu rühmen
Dem Armen, den die Last des Kummers beugt;
Doch keines Menschen Kraft noch Willensstärke
Genügte solcher Weisheit, wenn er selbst

Das gleiche duldete, drum keinen Rat;
Denn lauter schreit mein Schmerz als dein Ermahnen.

Antonio. So hat der Mann dem Kinde nichts voraus?

Leonato. Ich bitt dich, schweig! Ich bin nur Fleisch und Blut
Denn noch bis jetzt gab's keinen Philosophen,
Der mit Geduld das Zahnweh konnt ertragen,
Ob sie der Götter Sprache gleich geredet,
Und Schmerz und Zufall als ein Nichts verlacht.

Antonio. So häufe nur nicht allen Gram auf dich;
Laß jene, die dich kränkten, gleichfalls dulden.

Leonato. Da sprichst du weislich: ja, so soll's geschehn.
Mein Herz bezeugt mir's, Hero ward verleumdet,
Und dies soll Claudio hören, dies der Fürst,
Und alle sollen's, die sie so entehrt.

Don Pedro und Claudio kommen.

Antonio. Hier kommen Claudio und der Prinz in Eil.

Don Pedro. Ah, guten Morgen!

Claudio. Guten Tag euch beiden.

Leonato. Hört mich, ihr Herrn --

Don Pedro. Leonato, wir sind eilig.

Leonato. So eilig, Herr? So lebt denn wohl, ihr Herrn; –
Jetzt habt ihr Eile? – Wohl, 's ist einerlei.

Don Pedro. Nun, guter Alter, zankt doch nicht mit uns.

Antonio. Schafft ihm ein Zank sein Recht, so weiß ich solche,
Die wohl den kürzern zögen.

Claudio. Ei, wer kränkt ihn?

Leonato. Ha, wahrlich du! Du kränktest mich, du Heuchler! –
O leg die Hand nur nicht an deinen Degen,
Ich fürchte nichts.

Claudio. Verdorre diese Hand,
Eh sie dem Alter so zu drohen dächte.
Die Hand am Schwert hat nichts bedeutet, wahrlich!

Leonato. Ha, Mann! Nicht grinse so und spotte meiner!
Ich spreche nicht als Tor und blöder Greis,
Noch unter meines Alters Freibrief prahl ich,
Was ich als Jüngling tat, was ich noch täte,
Wär ich nicht alt: Nein, hör es, auf dein Haupt!

Du kränktest so mein schuldlos Kind und mich,
Daß ich ablege meine Würd und Ehrfurcht;
Mit grauem Haar und vieler Jahre Druck
Fordr' ich dich hier, als Mann dich mir zu stellen.
Ich sage, du belogst[1] mein schuldlos Kind;
Dein falsches Zeugnis hat ihr Herz durchbohrt,
Und unter ihren Ahnen ruht sie jetzt,
Ha! in dem Grab, wo Schande nimmer schlief,
Als ihre, die dein Schurkenstreich ersann.

Claudio. Mein Schurkenstreich?

Leonato. Ja, deiner, Claudio, deiner.

Don Pedro. Ihr drückt Euch unrecht aus, Signor.

Leonato. Mein Prinz,
An ihm will ich's beweisen, wenn er's wagt,
Trotz seiner Fechterkunst und raschen Übung,
Trotz seiner Jugend Lenz und muntern Blüte.

Claudio. Laßt mich. Ich habe nichts mit Euch zu schaffen.

Leonato. So willst du gehn? Du hast mein Kind gemordet;
Ermordst du, Knabe, mich, mordst du 'nen Mann.

Antonio. Er muß uns beide morden, ja, zwei Männer,
Darauf kommt's hier nicht an: zuerst den einen;
Ja, wer gewinnt, der lacht. Mir steh er Rede!
Komm, Bursche, folge mir! Komm, folg mir, Bursch! –
Herr Jung! ich haue deine Finten durch.
Ja, ja, so wahr ich Edelmann, das will ich!

Leonato. Bruder – –

Antonio. Sei du nur still! Gott weiß, das Mädchen liebt ich.
Nun ist sie tot, von Schurken tot geschmäht,
Die wohl so gern sich einem Manne stellen,
Als ich der Schlang an ihre Zunge griffe.
Gelbschnäbel, Buben, Affen, Prahler. – –

Leonato. Bruder! –

Antonio. Ei was, sei still! – Was da! ich kenne sie,
Weiß, was sie gelten, bis auf Gramm und Skrupel:
Vorlaute, dreiste, modesüchtge Knaben,

---

1. verleumdetest

Die lügen, trügen, höhnen, schmähn und lästern.
Mit bunter Narrentracht den Helden spielen,
Und ein halb Dutzend grimmer Worte lernten:
«Was sie dem Feind antäten, käm's soweit –»
Und das ist alles.

Leonato. Bruder – –

Antonio. 's ist schon gut,
Du kümmre dich um nichts, laß mich nur machen.

Don Pedro. Ihr Herrn, wir wolln nicht euern Unmut wecken.
Daß Eure Tochter starb, geht mir zu Herzen;
Doch auf mein Wort, sie war um nichts beschuldigt,
Als was gewiß und klar erwiesen stand.

Leonato. Mein Fürst, mein Fürst – –

Don Pedro. Ich will nicht hören.

Leonato. Nicht?
Fort, Bruder! – Ihr sollt hören!

Antonio. Ja, Ihr sollt!
Ja! oder einge von uns sollen's fühlen!

(*Leonato und Antonio ab.*)

Benedikt kommt.

Don Pedro. Seht, da kommt der Mann, den wir gesucht.

Claudio. Nun, Signor, was gibt's Neues?

Benedikt. Guten Tag, mein Fürst.

Don Pedro. Willkommen, Signor. Ihr hättet eben beinahe einen Strauß trennen können.

Claudio. Es fehlte nicht viel, so hätten zwei alte Männer ohne Zähne unsre zwei Nasen abgebissen.

Don Pedro. Leonato und sein Bruder. Was denkst du wohl? Hätten wir gefochten, so fürchte ich, wir wären zu jung für sie gewesen.

Benedikt. In einer schlechten Sache hat man keinen rechten Mut. Ich kam, euch beide aufzusuchen.

Claudio. Und wir sind schon lange auf den Beinen, dich zu suchen. Denn wir sind gewaltig melancholisch und sähen's gern, wenn uns das jemand austriebe. Willst du deinen Witz in Bewegung setzen?

Benedikt. Er steckt in meiner Scheide, soll ich ihn ziehn?

Don Pedro. Trägst du deinen Witz an der Seite?

Claudio. Das tat noch niemand, obgleich wohl viele ihren Witz beiseite gelegt haben. Ich will dich spielen heißen, wie wir's den Fiedlern tun; spiel auf, mach uns lustig.

Don Pedro. So wahr ich ehrlich bin, er sieht blaß aus. Bist du krank oder verdrießlich?

Claudio. Mut, Freund! Wenn der Gram auch eine Katze ums Leben bringen kann, so hast du doch wohl Herz genug, den Gram ums Leben zu bringen?

Benedikt. Signor, wenn Ihr Euern Witz gegen mich richtet, so denk ich ihm in seinem Rennen standzuhalten. Habt die Güte und wählt ein andres Thema.

Claudio. So schafft Euch erst eine neue Lanze, denn diese letzte brach mittendurch.

Don Pedro. Beim Himmel, er verändert sich mehr und mehr; ich glaube, er ist im Ernst verdrießlich.

Claudio. Nun, wenn er's ist, so weiß er, wie er seinen Gürtel zu schnallen hat.

Benedikt. Soll ich Euch ein Wort ins Ohr sagen?

Claudio. Gott bewahre uns vor einer Ausforderung!

Benedikt (*beiseite zu Claudio*). Ihr seid ein Nichtswürdiger; ich scherze nicht. Ich will's Euch beweisen, wie Ihr wollt, womit Ihr wollt und wann Ihr wollt. Tut mir Bescheid, oder ich mache Eure Feigherzigkeit öffentlich bekannt. Ihr habt ein liebenswürdiges Mädchen getötet, und ihr Tod soll schwer auf Euch fallen. Laßt mich Eure Antwort hören.

Claudio (*laut*). Schön, ich werde mich einfinden, wenn Eure Mahlzeit der Mühe verlohnt.

Don Pedro. Was? ein Schmaus? ein Schmaus?

Claudio. Jawohl, er hat mich eingeladen auf einen Kalbskopf und einen Kapaun, und wenn ich beide nicht mit der größten Zierlichkeit vorschneide, so sagt, mein Messer tauge nichts. Gibt's nicht etwa auch eine junge Schnepfe?

Benedikt. Signor, Euer Witz geht einen guten leichten Paß, er fällt nicht schwer.

Don Pedro. Ich muß dir doch erzählen, wie Beatrice neulich deinen Witz herausstrich. Ich sagte, du hättest einen feinen

Witz; o ja, sagte sie, fein und klein. Nein, sagte ich, einen großen Witz; recht, sagte sie, groß und derb; nein, sagte ich, einen guten Witz; sehr wahr, sagte sie, er tut niemanden weh. Aber, sagte ich, es ist ein kluger, junger Mann; gewiß, sagte sie, ein recht superkluger, junger Mensch. Und was noch mehr ist, sagte ich, er versteht sich auf verschiedene Sprachen. Das glaub ich, sagte sie, denn er schwur mir Montag abend etwas zu, was er Dienstag morgen wieder verschwur; da habt Ihr eine doppelte Sprache, da habt Ihr zwei Sprachen. So hat sie eine ganze Stunde lang alle deine besondern Tugenden travestiert, bis sie zuletzt mit einem Seufzer schloß: du seist der artigste Mann in Italien.

Claudio. Wobei sie bitterlich weinte und hinzufügte: sie kümmre sich nichts drum.

Don Pedro. Ja, das tat sie; und doch mit alledem, wenn sie ihn nicht herzlich haßte, so würde sie ihn herzlich lieben. Des Alten Tochter hat uns alles erzählt.

Claudio. Alles, alles! und noch obendrein, Gott sahe ihn, als er sich im Garten versteckt hatte.

Don Pedro. Und wann werden wir denn des wilden Stieres Hörner auf des vernünftigen Benedikt Stirne sehn?

Claudio. Und wann werden wir mit großen Buchstaben geschrieben lesen: Hier wohnt Benedikt, der verheiratete Mann?

Benedikt. Lebt wohl, junger Bursch; Ihr wißt meine Meinung, ich will Euch jetzt Euerm schwatzhaften Humor überlassen. Ihr schwadroniert mit Euern Späßen, wie die Großprahler mit ihren Klingen, die gottlob! niemand verwunden. Gnädiger Herr, ich sage Euch meinen Dank für Eure bisherige Güte; von nun an muß ich mich Eurer Gesellschaft entziehn. Euer Bruder, der Bastard, ist aus Messina entflohen; ihr beide habt ein liebes, unschuldiges Mädchen ums Leben gebracht. Was diesen Don Ohnebart hier betrifft, so werden er und ich noch miteinander sprechen, und bis dahin mag er in Frieden ziehn. (*Ab.*)

Don Pedro. Es ist sein Ernst?

Claudio. Sein ehrsamster Ernst, und ich wollte wetten, alles aus Liebe zu Beatrice.

Don Pedro. Und er hat dich gefordert?

Claudio. In aller Form.

Don Pedro. Was für ein artiges Ding ein Mann ist, wenn er in Wams und Hosen herumläuft und seinen Verstand zu Hause läßt! –

Claudio. Er ist alsdann ein Riese gegen einen Affen; aber dafür ist dann auch ein Affe ein Doktor gegen solch einen Mann.

Holzapfel, Schlehwein, Wache mit Konrad und Borachio.

Don Pedro. Aber jetzt stille, laß gut sein, und du, mein Herz, geh in dich und sei ernst. Sagte er nicht, mein Bruder sei entflohn?

Holzapfel. Nur heran, Herr, wenn Euch die Gerechtigkeit nicht zahm machen kann, so soll die Justiz niemals wieder ein Argelment auf ihre Waagschale legen; ja, und wenn Ihr vorher ein hippokratischer Taugenichts gewesen seid, so muß man Euch jetzt auf die Finger sehn.

Don Pedro. Was ist das? Zwei von meines Bruders Leuten gebunden? und Borachio der eine?

Claudio. Forscht doch nach ihrem Vergehn, gnädiger Herr.

Don Pedro. Gerichtsdiener, welches Vergehn haben sich diese Leute zuschulden kommen lassen?

Holzapfel. Ei, gnädiger Herr, falschen Rapport haben sie begangen; überdem sind Unwahrheiten vorgekommen; andernteils haben sie Kolonien gesagt; sechstens und letztens haben sie ein Fräulein verlästert; drittens haben sie Unrichtigkeiten verifiziert, und schließlich sind sie lügenhafte Spitzbuben.

Don Pedro. Erstens frage ich dich, was sie getan haben; drittens frag ich dich, was ihr Vergehn ist; sechstens und letztens, warum man sie arretiert hat; und schließlich, was ihr ihnen zur Last legt.

Claudio. Richtig subdividiert, nach seiner eignen Einteilung. Das nenn ich mir entwirrte Verwirrung.

Don Pedro. Was habt ihr begangen, Leute, daß man euch auf diese Weise gebunden hat? Dieser gelehrte Konstabler ist zu scharfsinnig, als daß man ihn verstehen könnte. Worin besteht euer Vergehn?

Borachio. Teuerster Prinz, laßt mich nicht erst vor Gericht gestellt werden; hört mich an, und mag dieser Graf mich niederstoßen. Ich habe Euch mit sehenden Augen blind gemacht; was euer beider Weisheit nicht entdecken konnte, haben diese schalen Toren ans Licht gebracht, die mich in der Nacht behorchten, als ich diesem Manne hier erzählte, wie Don Juan, Euer Bruder, mich angestiftet, Fräulein Hero zu verleumden; wie Ihr in den Garten gelockt wurdet und mich um Margareten, die Heros Kleider trug, werben saht; wie Ihr sie verstoßen habt, als Ihr sie heiraten solltet. Diesen meinen Bubenstreich haben sie zu Protokoll genommen, und lieber will ich ihn mit meinem Blut versiegeln, als ihn noch einmal zu meiner Schande wiederholen. Das Fräulein ist durch meine und meines Herrn falsche Beschuldigung getötet worden; und kurz, ich begehre jetzt nichts als den Lohn eines Bösewichtes.

Don Pedro. Rennt nicht dies Wort wie Eisen durch dein Blut?

Claudio. Ich habe Gift getrunken, als er sprach.

Don Pedro. Und hat mein Bruder hiezu dich verleitet?

Borachio. Ja, und mich reichlich für die Tat belohnt.

Don Pedro. Er ist Verrat und Tücke ganz und gar –
Und nun entfloh er auf dies Bubenstück.

Claudio. O süße Hero! Jetzt strahlt mir dein Bild
Im reinen Glanz, wie ich zuerst es liebte.

Holzapfel. Kommt, führt diese Requisiten weg; unser Schreiber wird alleweil auch den Signor Leonato von dem Handel destruiert haben; und ihr, Leute, vergeßt nicht zu seiner Zeit und an seinem Ort zu spezifizieren, daß ich ein Esel bin.

Schlehwein. Hier, hier kommt der Herr Signor Leonato und der Schreiber dazu.

Leonato, Antonio und der Schreiber kommen.

Leonato. Wo ist der Bube? Laßt mich sehn sein Antlitz,
Daß, wenn ein Mensch mir vorkommt, der ihm gleicht,
Ich ihn vermeiden kann. Wer ist's von diesen?

Borachio. Wollt Ihr den sehn, der Euch gekränkt? Ich bin's.

Leonato. Bist du der Sklav, des Hauch getötet hat
Mein armes Kind?

Borachio. Derselbe; ich allein.

Leonato. Nein, nicht so, Bube, du verleumdest dich.
Hier steht ein Paar von ehrenwerten Männern,
Ein Dritter floh, des Hand im Spiele war: –
Euch dank ich, Prinzen, meiner Tochter Tod,
Den schreibt zu euern hohen, würdgen Taten,
Denn herrlich war's vollbracht, bedenkt ihr's recht.
Claudio. Ich weiß nicht, wie ich Euch um Nachsicht bäte,
Doch reden muß ich. Wählt die Rache selbst,
Die schwerste Buß erdenkt für meine Sünde,
Ich trage sie. Doch nur im Mißverstand
Lag meine Sünde!
Don Pedro. Und meine, das beschwör ich.
Und doch, dem guten Greis genugzutun,
Möcht ich mich beugen unterm schwersten Joch,
Mit dem er mich belasten will.
Leonato. Befehlen kann ich nicht: «Erweckt mein Kind»,
Das wär unmöglich. Doch ich bitt euch beide,
Verkündet's unsrer Stadt Messina hier,
Wie schuldlos sie gestorben. Wenn Eur Lieben
Ein Lied der Trauer Euch ersinnen läßt,
So hängt ein Epitaph an ihre Gruft
Und singt es ihrer Asche, singt's heut nacht.
Auf morgen früh lad ich Euch in mein Haus,
Und könnt Ihr jetzt mein Eidam nicht mehr werden,
So seid mein Neffe. Mein Bruder hat 'ne Tochter,
Beinah ein Abbild meines toten Kindes,
Und sie ist einzge Erbin von uns beiden;
Der schenkt, was ihre Muhm erhalten sollte,
Und so stirbt meine Rache.
Claudio. Edler Mann!
So übergroße Güt entlockt mir Tränen.
Mit Rührung nehm ich's an: verfügt nun künftig
Nach Willkür mit dem armen Claudio.
Leonato. Auf morgen denn erwart ich Euch bei mir,
Für heut gut Nacht. *Der* Niederträchtige
Steh im Verhör Margreten gegenüber,
Die, glaub ich, auch zu dem Komplott gehörte,

Erkauft von Euerm Bruder.

Borachio. Bei meiner Seele, nein, so war es nicht;
Sie sprach mit mir, nicht wissend, was sie tat;
Stets hab ich treu und rechtlich sie gefunden
In allem, was ich je von ihr erfahren.

Holzapfel. Anbei ist noch Meldung zu tun, gnädiger Herr, obgleich es freilich nicht weiß auf schwarz dasteht, daß dieser Requisit hier, dieser arme Sünder, mich einen Esel genannt hat. Ich muß bitten, daß das bei seiner Bestrafung in Anregung kommen möge. Und ferner hörte die Wache sie von einem Mißgestalt reden; er leiht Geld um Gottes willen und treibt's nun schon so lange, und gibt nichts wieder, daß die Leute anfangen, hartherzig zu werden und nichts mehr um Gottes willen geben wollen. Seid von der Güte und verhört ihn auch über diesen Punkt.

Leonato. Hab Dank für deine Sorg und brav Bemühn.

Holzapfel. Eur Wohlgeboren reden wie ein recht ehrwürdiger und dankbarer junger Mensch, und ich preise Gott für Euch.

Leonato. Da hast du für deine Mühe.

Holzapfel. Gott segne dieses fromme Haus.

Leonato. Geh, ich nehme dir deine Gefangenen ab und danke dir.

Holzapfel. So resigniere ich Eur Wohlgeboren einen infamen Spitzbuben, nebst untertänigster Bitte an Eur Wohlgeboren, ein Exempel an sich zu statuieren, andern dergleichen zur Warnung. Gott behüte Eur Wohlgeboren; ich wünsche Euch alles Gute; Gott geb Euch gute Beßrung, ich erlaube Eur Wohlgeboren, jetzt alleruntertänigst nach Hause zu gehn; und wenn ein fröhliches Wiedersehn zu den erwünschten Dingen gehört, so wolle Gott es in seiner Gnade verhüten. Kommt, Nachbar. (*Gehn ab.*)

Leonato. Nun bis auf morgen früh, ihr Herrn, lebt wohl.

Antonio. Lebt wohl, ihr Herren, vergeßt uns nicht auf morgen.

Don Pedro. Wir fehlen nicht.

Claudio. Heut nacht wein ich um Hero.

(*Don Pedro und Claudio ab.*)

Leonato. Schafft diese fort: Jetzt frag ich Margareten,
Wie sie bekannt ward mit dem schlechten Menschen. (*Ab.*)

Zweite Szene

Leonatos Garten

Benedikt und Margareta, die sich begegnen

Benedikt. Hört doch, liebe Margareta, macht Euch um mich verdient und verhelft mir zu einem Gespräch mit Beatricen.

Margareta. Wollt Ihr mir dafür auch ein Sonett zum Lobe meiner Schönheit schreiben?

Benedikt. In so hohem Stil, Margareta, daß kein jetzt Lebender, noch so Verwegner sich daran wagen soll, denn in Wahrheit, das verdienst du.

Margareta. Daß keiner sich an meine Schönheit wagen soll?

Benedikt. Dein Witz schnappt so rasch wie eines Windspiels Maul; er fängt auf.

Margareta. Und Eurer trifft so stumpf wie eines Fechters Rapier; er stößt und verwundet nicht.

Benedikt. Lauter Galanterie, Margareta, er will kein Frauenzimmer verwunden. Und nun bitte ich dich, rufe mir Beatrice, ich strecke die Waffen vor dir.

Margareta. Nun, ich will sie rufen, ich denke, sie hat ihre Füße bei der Hand.

Benedikt. Wenn das ist, so hoffe ich, kommt sie.

(*Singt.*)

Gott Amor droben
Kennt meinen Sinn,
Und weiß aus vielen Proben,
Wie schwach ich bin. – –

Ich meine im Singen; aber in der Liebe – –. Leander, der treffliche Schwimmer; Troilus, der den ersten Pandarus in Requisition setzte, und ein ganzes Buch voll von diesen weiland Liebesrittern, deren Namen jetzt so glatt in der ebenen Bahn der fünffüßigen Iamben dahingleiten, alle diese waren nie so ernstlich über und über in Liebe versenkt, als mein armes Ich. Aber wahrhaftig, ich kann's nicht in Reimen beweisen; ich hab's versucht; ich finde keinen Reim auf Mädchen als – Schäfchen, ein zu unschuldiger Reim; auf Zorn, als Horn, ein harter Reim; auf Ohr, Tor, ein alberner Reim – sehr verfängliche Endungen; nein, ich bin einmal nicht unter einem reimenden Planeten geboren, ich weiß auch nicht in Feiertagsworten zu werben.

Beatrice kommt.

Schönste Beatrice, kamst du wirklich, weil ich dich rief?

Beatrice. Ja, Signor, und ich werde gehn, wenn Ihr mir's sagt.

Benedikt. Oh, Ihr bleibt also bis dahin?

Beatrice. *Dahin* habt Ihr jetzt eben gesagt, also lebt nun wohl. Doch eh ich gehe, sagt mir das, weshalb ich kam; laßt mich hören, was zwischen Euch und Claudio vorgefallen ist.

Benedikt. Nichts als böse Reden, und demzufolge laß mich dich küssen.

Beatrice. Böse Reden sind böse Luft, und böse Luft ist nur böser Atem, und böser Atem ist ungesund, und also will ich ungeküßt wiedergehn.

Benedikt. Du hast das Wort aus seinem rechten Sinn herausgeschreckt, so energisch ist dein Witz. Aber ich will dir's schlichtweg erzählen. Claudio hat meine Forderung erhalten, und ich werde jetzt bald mehr von ihm hören, oder ich nenne ihn öffentlich eine Memme. Und nun sage mir, in welche von meinen schlechten Eigenschaften hast du dich zuerst verliebt? –

Beatrice. In alle auf einmal; denn sie bilden zusammen eine so wohlorganisierte Republik von Fehlern, daß sie auch nicht einer guten Eigenschaft gestatten, sich unter sie zu mischen. Aber um welche von meinen schönen Qualitäten habt Ihr zuerst die Liebe zu mir erdulden müssen?

Benedikt. Die Liebe erdulden! Eine hübsche Phrase! Freilich erdulde ich die Liebe, denn wider meinen Willen muß ich dich lieben.

Beatrice. Wohl gar deinem Herzen zum Trotz? Ach, das arme Herzchen! – Wenn Ihr um meinetwillen trotzt, will ich ihm um Euretwillen Trotz bieten, denn ich werde niemals das lieben, was mein Freund haßt.

Benedikt. Du und ich sind zu vernünftig, um uns friedlich umeinander zu bewerben.

Beatrice. Das sollte man aus dieser Beichte nicht schließen: unter zwanzig vernünftigen Männern wird nicht einer sich selbst loben.

Benedikt. Ein altes, altes Sprichwort, Beatrice, das gegolten haben mag, als es noch gute Nachbarn gab: wer in unserm Zeitalter sich nicht selbst eine Grabschrift aufsetzt, ehe er stirbt, der wird nicht länger im Gedächtnis leben, als die Glocke läutet und die Witwe weint.

Beatrice. Und das wäre?

Benedikt. Ihr fragt noch? Nun, eine Stunde läuten und eine Viertelstunde weinen. Deshalb ist der beste Ausweg für einen Verständigen (wenn anders Don Wurm, sein Gewissen, ihn nicht daran hindert), die Posaune seiner eigenen Tugenden zu sein, wie ich's jetzt für mich bin. Soviel über mein Selbstlob (und daß ich des Lobes wert sei, will ich selbst bezeugen); nun sagt mir aber, wie geht es Eurer Muhme? –

Beatrice. Sehr schlecht.

Benedikt. Und wie geht es Euch selbst?

Beatrice. Auch sehr schlecht.

Benedikt. Seid fromm, liebt mich und bessert Euch; und nun will ich Euch Lebewohl sagen, denn hier kommt jemand in Eil.

Ursula kommt.

Ursula. Mein Fräulein, Ihr sollt zu Euerm Oheim kommen, es ist ein schöner Lärm da drinnen! man hat erwiesen, unser Fräulein Hero sei böslich verleumdet, die Prinzen und Claudio mächtig betrogen, und Don Juan, der Anstifter von dem allem, hat sich auf und davon gemacht. Wollt Ihr jetzt gleich mitkommen?

Beatrice. Wollt Ihr diese Neuigkeiten mit anhören, Signor? –

Benedikt. Ich will in deinem Herzen leben, in deinem Schoß sterben, in deinen Augen begraben werden, und über das alles will ich mit dir zu deinem Oheim gehn. (*Ab.*)

DRITTE SZENE

In der Kirche

Don Pedro, Claudio, Gefolge mit Musik und Fackeln

Claudio. Ist dies des Leonato Grabgewölb?
Diener. Ja, gnädger Herr.
Claudio (liest von einer Rolle).

Schmähsucht brach der Hero Herz
Hier schläft sie im Jungfraunkranz.
Für der Erde kurzen Schmerz
Schmückt sie Tod mit Himmelsglanz;
Leben mußt in Schmach ersterben,
Tod ihr ewgen Ruhm erwerben.
(*Hängt die Rolle auf.*)
Häng an ihres Grabmals Steinen,
Wenn ich tot, sie zu beweinen.

Nun stimmet an und singt die Todeshymne.

Gesang.

Gnad uns, Königin der Nacht,
Die dein Mägdlein umgebracht;
Trauernd und mit Angstgestöhn
Um ihr Grab wir reuig gehn.
Mitternacht, steh uns bei!
Mehr' unser Klaggeschrei!
Feierlich, feierlich!
Gräber, gähnt weit empor!
Steig auf, o Geisterchor,
Feierlich, feierlich!

Claudio. Nun ruh in Frieden dein Gebein!
Dies Fest soll jährlich sich erneun.

Don Pedro. Löscht eure Fackeln jetzt, schon fällt der Tau,
Der Wolf zieht waldwärts, und vom Schlaf noch schwer,
Streift sich der Osten schon mit lichtem Grau,

Vor Phöbus' Rädern zieht der Tag einher.
Euch allen Dank! verlaßt uns und lebt wohl.
Claudio. Guten Morgen, Freunde, geh nun jeder heim.
Don Pedro. Kommt, laßt zum neuen Feste jetzt uns schmücken,
Und dann zu Leonato folgt mir nach.
Claudio. Und Hymen mög uns diesmal mehr beglücken,
Als an dem heut gesühnten Trauertag. (*Alle ab.*)

VIERTE SZENE

Zimmer in Leonatos Hause
Leonato, Antonio, Benedikt, Beatrice, Ursula, Mönch und Hero treten auf

Mönch. Sagt ich's euch nicht, daß sie unschuldig sei? –
Leonato. Wie Claudio und der Prinz, die sie verklagt
Auf jenen Irrtum, den wir jetzt besprochen.
Doch etwas ist Margret im Fehl verstrickt,
Zwar gegen ihren Willen, wie's erscheint
In dem Verlauf der ganzen Untersuchung.
Antonio. Nun, ich bin froh, daß alles glücklich endet.
Benedikt. Das bin ich auch, da sonst mein Wort mich band,
Vom jungen Claudio Rechenschaft zu fordern.
Leonato. Nun, meine Tochter und ihr andern Fraun
Zieht in das nächste Zimmer euch zurück,
Und wenn ich sende, kommt in Masken her.
Der Prinz und Claudio wolln um diese Stunde
Mich hier besuchen. Du, Bruder, kennst dein Amt,
Du mußt der Vater deiner Nichte sein
Und Claudio sie vermählen.

(*Die Frauen ab.*)

Antonio. Das tu ich dir mit fester, sichrer Miene.
Benedikt. Euch, Pater, denk ich auch noch zu bemühn.
Mönch. Wozu, Signor?
Benedikt. Zu binden oder lösen, eins von beiden.
Herr Leonato, so weit ist's, mein Teurer,
Mit günstgen Augen sieht mich Eure Nichte.

Leonato. Die Augen lieh ihr, wahrlich, meine Tochter.
Benedikt. Und ich vergelt es mit verliebten Augen.
Leonato. Den Liebesblick habt Ihr von mir erhalten,
Von Claudio und dem Prinzen. Doch, was wollt Ihr?
Benedikt. Die Antwort, Herr, bedünkt mich problematisch.
Mein Wille wünscht, daß Euer guter Wille
Sich unserm Willen fügt und dieser Tag
Uns durch das Band der heilgen Eh verknüpfe
Und dazu, würdger Mann, schenkt Euern Beistand.
Leonato. Mein Jawort geb ich gern.
Mönch. Ich meinen Beistand.
Hier kommt der Prinz und Claudio.

Don Pedro und Claudio mit Gefolge.

Don Pedro. Guten Morgen diesem ganzen edlen Kreis!
Leonato. Guten Morgen, teurer Fürst, guten Morgen, Claudio!
Wir warten Euer; seid Ihr noch entschlossen,
Mit meines Bruders Kind Euch zu vermählen?
Claudio. Ich halte Wort, und wär sie eine Mohrin.
Leonato. Ruf, Bruder, sie, der Priester ist bereit.

(*Antonio ab.*)

Don Pedro. Ei, guten Morgen, Benedikt, wie geht's?
Wie kommt Euch solch ein Februarsgesicht,
So voller Frost und Sturm und Wolkenschatten?
Claudio. Ich denk, er denkt wohl an den wilden Stier.
Nur still! dein Horn schmück ich mit goldnem Knopf,
Und ganz Europa soll dir Bravo rufen,
Wie einst Europa sich am Zeus erfreute,
Da er als edles Vieh trug Liebesbeute.
Benedikt. Zeus brüllt' als Stier ein sehr verführend Muh,
Und solch ein Gast kirrt' Eures Vaters Kuh,
Und ließ ein Kalb zurück dem edlen Tier,
Ganz so von Ansehn und Geblök wie Ihr.

Antonio kommt wieder, mit ihm die Frauen maskiert.

Claudio. Das zahl ich Euch; doch jetzt kommt andre Rechnung.
An welche Dame darf ich hier mich wenden?
Antonio. Hier, diese ist's, nehmt sie von meiner Hand.
Claudio. So ist sie mein! Zeigt mir Eur Antlitz, Holde.

Leonato. Nicht so, bevor du ihre Hand erfaßt
Vor diesem Priester und ihr Treu gelobt.
Claudio. Gebt mir die Hand vor diesem würdgen Mönch,
Wenn Ihr mich wollt, so bin ich Euer Gatte.
Hero. Als ich gelebt, war ich Eur erstes Weib;
Als Ihr geliebt, wart Ihr mein erster Gatte.
(*Nimmt die Maske ab.*)
Claudio. Noch eine Hero?
Hero. Nichts ist so gewiß.
Geschmäht starb eine Hero; doch ich lebe,
So wahr ich lebe, bin ich rein von Schuld.
Don Pedro. Die vorge Hero! Hero! die gestorben! –
Leonato. Sie lebte wieder, als Verleumdung starb.
Mönch. All dies Erstaunen bring ich zum Verständnis.
Sobald die heilgen Bräuche sind vollbracht,
Bericht ich jeden Umstand ihres Todes.
Indes nehmt als Gewöhnliches dies Wunder
Und laßt uns alle zur Kapelle gehn.
Benedikt. Still, Mönch, gemach! Wer ist hier Beatrice?
Beatrice. Ich bin statt ihrer da. Was wollt Ihr mir?
Benedikt. Liebt Ihr mich nicht?
Beatrice. Nein, weiter nicht als billig.
Benedikt. So sind Eur Oheim und der Prinz und Claudio
Gar sehr getäuscht; sie schwuren doch, Ihr liebtet.
Beatrice. Liebt Ihr mich nicht?
Benedikt. Nein, weiter nicht als billig.
Beatrice. So sind mein Mühmchen, Ursula und Gretchen
Gar sehr getäuscht; sie schwuren doch, Ihr liebtet.
Benedikt. Sie schwuren ja: Ihr seid fast krank um mich.
Beatrice. Sie schwuren ja: Ihr seid halbtot aus Liebe.
Benedikt. Ei, nichts davon, Ihr liebt mich also nicht?
Beatrice. Nein, wahrlich, nichts als freundliches Erwidern.
Leonato. Kommt, Nichte, glaubt mir's nur, Ihr liebt den Herrn.
Claudio. Und ich versichr' es Euch, er liebt auch sie:
Seht nur dies Blatt, von seiner Hand geschrieben,
Ein lahm Sonett aus seinem eignen Hirn
Zu Beatricens Preis.

Hero. Und hier ein zweites
Von ihrer Schrift, aus ihrer Tasch entwandt,
Verrät, wie sie für Benedikt erglüht.

Benedikt. O Wunder, hier zeugen unsre Hände gegen unsre Herzen. Komm, ich will dich nehmen, aber bei diesem Sonnenlicht, ich nehme dich nur aus Mitleid.

Beatrice. Ich will Euch nicht geradezu abweisen; aber bei diesem Tagesglanz, ich folge nur dem dringenden Zureden meiner Freunde, und zum Teil, um Euer Leben zu retten; denn man sagt mir, Ihr hättet die Auszehrung.

Benedikt. Still! ich stopfe dir den Mund. (*Küßt sie.*)

Don Pedro. Wie geht's nun, Benedikt, du Ehemann? –

Benedikt. Ich will dir etwas sagen, Prinz: eine ganze hohe Schule von Witzknackern soll mich jetzt nicht aus meinem Humor sticheln. Meinst du, ich frage etwas nach einer Satire oder einem Epigramm? Könnte man von Einfällen beschmutzt werden, wer hätte dann noch einen saubern Fleck an sich? Mit einem Wort, weil ich mir's einmal vorgesetzt, zu heiraten, so mag mir die ganze Welt jetzt vorsetzen, was sie an Gegengründen weiß, mir soll's eins sein; und darum macht nur keine Glossen wegen dessen, was ich ehmals dagegen gesagt habe; denn der Mensch ist ein wandelbares Geschöpf, und damit ist's gut. Was dich betrifft, Claudio, so dachte ich dir, eins zu versetzen; aber da es den Anschein hat, als sollten wir jetzt Vettern werden, so lebe fort in heiler Haut und liebe meine Muhme.

Claudio. Ich hatte schon gehofft, du würdest Beatricen einen Korb geben, damit ich dich aus deinem einzelnen Stande hätte herausklopfen können und dich zu einem Dualisten machen, und ein solcher wirst du auch ohne Zweifel werden, wenn meine Muhme dir nicht gewaltig auf die Finger sieht.

Benedikt. Still doch, wir sind Freunde. Laßt uns vor der Hochzeit einen Tanz machen, das schafft uns leichtere Herzen und unsern Frauen leichtere Füße.

Leonato. Den Tanz wollen wir hernach haben.

Benedikt. Nein, lieber vorher; spielt nur, ihr Musikanten.– Prinz, du bist so nachdenklich, nimm dir eine Frau! nimm dir eine

Frau! Es gibt keinen ehrwürdigern Stab, als der mit Horn beschlagen ist.

Ein Diener kommt.

Diener. Mein Fürst, Eur Bruder ward im Fliehn gefangen;
Man bracht ihn mit Bedeckung nach Messina.

Benedikt. Denkt nicht eher als morgen an ihn; ich will unterdes schon auf derbe Strafen sinnen. Spielt auf, Musikanten!

(*Tanz. Alle ab.*)

WIE ES EUCH GEFÄLLT

Zwischen 1598 und 1600 entstanden
Übersetzt von August Wilhelm v. Schlegel

PERSONEN

Der Herzog, in der Verbannung
FRIEDRICH, *Bruder des Herzogs und Usurpator seines Gebiets*
AMIENS, JACQUES – *Edelleute, die den Herzog in der Verbannung begleiten*
LE BEAU, *ein Hofmann in Friedrichs Diensten*
CHARLES, *Friedrichs Ringer*
OLIVER, JAKOB, ORLANDO – *Söhne des Freiherrn Roland de Boys*
ADAM, DENNIS – *Bediente Olivers*
PROBSTEIN, *der Narr*
Ehrn OLIVARIUS TEXTDREHER, *ein Pfarrer*
CORINNUS, SILVIUS – *Schäfer*
WILHELM, *ein Bauernbursche, in Käthchen verliebt*
Eine Person, die den Hymen vorstellt
ROSALINDE, *Tochter des vertriebnen Herzogs*
CELIA, *Friedrichs Tochter*
PHÖBE, *eine Schäferin*
KÄTHCHEN, *ein Bauernmädchen*

Edelleute der beiden Herzoge, Pagen, Jäger und andres Gefolge

Die Szene ist anfänglich bei Olivers Hause; nachher teils am Hofe des Usurpators, teils im *Ardenner Wald*

ERSTER AUFZUG

ERSTE SZENE

Olivers Garten

Orlando und Adam treten auf

Orlando. Soviel ich mich erinnre, Adam, war es folgendergestalt: Er vermachte mir im Testament nur ein armes Tausend Kronen und, wie du sagst, schärfte meinem Bruder bei seinem Segen ein, mich gut zu erziehn, und da hebt mein Kummer an. Meinen Bruder Jakob unterhält er auf der Schule, und das Gerücht sagt goldne Dinge von ihm. Was mich betrifft, mich zieht er bäurisch zu Hause auf, oder eigentlicher zu sagen, behält mich unerzogen hier zu Hause. Denn nennt Ihr das Erziehung für einen Edelmann von meiner Geburt, was vor der Stallung eines Ochsen nichts voraus hat? Seine Pferde werden besser besorgt; denn außer dem guten Futter lernen sie auch ihre Schule, und zu dem Ende werden Bereiter teuer bezahlt; aber ich, sein Bruder, gewinne nichts bei ihm als Wachstum, wofür seine Tiere auf dem Mist ihm ebenso verpflichtet sind wie ich. Außer diesem Nichts, das er mir im Überfluß zugesteht, scheint sein Betragen das Etwas, welches die Natur mir gab, von mir zu nehmen; er läßt mich mit seinen Knechten essen, versperrt mir den brüderlichen Platz und, soviel an ihm liegt, untergräbt er meinen angebornen Adel durch meine Erziehung. Das ist's, Adam, was mich betrübt, und der Geist meines Vaters, der, denke ich, auf mir ruht, fängt an, sich gegen diese Knechtschaft aufzulehnen. Ich will sie nicht länger ertragen, wiewohl ich noch kein kluges Mittel weiß, ihr zu entgehen.

Adam. Dort kommt mein Herr, Euer Bruder.

Oliver tritt auf.

Orlando. Geh beiseit, Adam, und du sollst hören, wie er mich anfährt.

Oliver. Nun, Junker, was macht Ihr hier?

Orlando. Nichts. Man hat mich nicht gelehrt, irgend etwas zu machen.

Oliver. Was richtet Ihr denn zugrunde?

Orlando. Ei, Herr, ich helfe Euch zugrunde richten, was Gott gemacht hat, Euren armen unwerten Bruder, mit Nichtstun.

Oliver. Beschäftigt Euch besser und seid einmal nichtsnutzig.

Orlando. Soll ich Eure Schweine hüten und Treber mit ihnen essen? Welches verlornen Sohns Erbteil habe ich durchgebracht, daß ich in solch Elend geraten mußte?

Oliver. Wißt Ihr, wo Ihr seid, Herr?

Orlando. O Herr, sehr gut! hier in Eurem Baumgarten.

Oliver. Wißt Ihr, vor wem Ihr steht?

Orlando. Ja, besser als der mich kennt, vor dem ich stehe. Ich kenne Euch als meinen ältesten Bruder, und nach den sanften Banden des Bluts solltet Ihr mich ebenso kennen. Die gute Sitte der Nationen gesteht Euch Vorrechte vor mir zu, weil Ihr der Erstgeborne seid; aber derselbe Gebrauch beraubt mich meines Blutes nicht, wären auch zwanzig Brüder zwischen uns. Ich habe soviel vom Vater in mir als Ihr, obwohl Ihr der Verehrung, die ihm gebührt, näher seid, weil Ihr früher kamt.

Oliver. Was, Knabe?

Orlando. Gemach, gemach, ältester Bruder! Dazu seid Ihr zu jung.

Oliver. Willst du Hand an mich legen, Schurke?

Orlando. Ich bin kein Schurke! ich bin der jüngste Sohn des Freiherrn Roland de Boys. Er war mein Vater, und der ist dreifach ein Schurke, der da sagt, solch ein Vater konnte Schurken zeugen. Wärst du nicht mein Bruder, so ließe meine Hand deine Kehle nicht los, bis diese andre dir die Zunge für dies Wort ausgerissen hätte. Du hast dich selber gelästert.

Adam. Liebe Herren, seid ruhig! um des Andenkens eures Vaters willen, seid einträchtig!

Oliver. Laß mich los, sag ich.

Orlando. Nicht eher, bis mir's gefällt. Ihr sollt mich anhören. Mein Vater legte Euch in seinem Testament auf, mir eine gute Erziehung zu geben. Ihr habt mich wie einen Bauern großgezogen, habt alle Eigenschaften, die einem Edelmann zukommen, vor mir verborgen und verschlossen gehalten. Der Geist meines Vaters wird mächtig in mir, und ich will es nicht länger erdulden; darum gesteht mir solche Übungen zu, wie sie dem Edelmann geziemen, oder gebt mir das geringe Teil, das mir mein Vater im Testament hinterließ, so will ich mein Glück damit versuchen.

Oliver. Und was willst du anfangen? Betteln, wenn das durchgebracht ist? Gut, geht nur hinein, ich will mich nicht lange mit Euch quälen, Ihr sollt zum Teil Euren Willen haben. Ich bitt Euch, laßt mich nur.

Orlando. Ich will Euch nicht weiter belästigen, als mir für mein Bestes notwendig ist.

Oliver. Packt Euch mit ihm, alter Hund!

Adam. Ist «alter Hund» mein Lohn? Doch es ist wahr, die Zähne sind mir in Eurem Dienst ausgefallen. – Gott segne meinen alten Herrn, er hätte solch ein Wort nicht gesprochen.

(*Orlando und Adam ab.*)

Oliver. Steht es so? Fängst du an, mir über den Kopf zu wachsen? Ich will dir den Kitzel vertreiben und die tausend Kronen doch nicht geben. He, Dennis!

Dennis kommt.

Dennis. Rufen Euer Gnaden?

Oliver. Wollte nicht Charles, des Herzogs Ringer, mit mir sprechen?

Dennis. Wenn es Euch beliebt: er ist hier an der Tür und bittet sehr um Zutritt zu Euch.

Oliver. Ruft ihn herein. (*Dennis ab.*) Das wird eine gute Auskunft sein, und morgen ist der Wettkampf schon.

Charles kommt.

Charles. Euer Gnaden guten Morgen!

Oliver. Guter Monsieur Charles! – Was sind die neuesten Neuigkeiten am neuen Hof?

Charles. Keine Neuigkeiten am Hof als die alten: nämlich, daß der alte Herzog von seinem jüngern Bruder, dem neuen Herzog, vertrieben ist, und drei oder vier getreue Herren haben sich in freiwillige Verbannung mit ihm begeben; ihre

Ländereien und Einkünfte bereichern den neuen Herzog, darum gibt er ihnen gern Erlaubnis, zu wandern.

Oliver. Könnt Ihr mir sagen, ob Rosalinde, des Herzogs Tochter, mit ihrem Vater verbannt ist?

Charles. O nein, denn des Herzogs Tochter, ihre Muhme, liebt sie so, da sie von der Wiege an zusammen aufgewachsen sind, daß sie ihr in die Verbannung gefolgt, oder gestorben wäre, wenn sie hätte zurückbleiben müssen. Sie ist am Hofe, und der Oheim liebt sie nicht weniger als seine eigne Tochter. Niemals haben sich zwei Frauen mehr geliebt als diese.

Oliver. Wo wird sich der alte Herzog aufhalten?

Charles. Sie sagen, er ist bereits im Ardenner Wald, und viele lustige Leute mit ihm, und da leben sie wie Zigeunervolk[1]. Es heißt, viele junge Leute strömen ihm täglich zu und versaufen sorglos die Zeit wie im Goldnen Alter.

Oliver. Sagt, werdet Ihr morgen vor dem neuen Herzoge ringen?

Charles. Ganz gewiß, Herr, und ich komme, Euch etwas zu eröffnen. Man hat mich unter der Hand benachrichtigt, daß Euer jüngster Bruder, Orlando, gewillt ist, gegen mich verkleidet einen Gang zu wagen. Morgen, Herr, ringe ich für meinen Ruhm, und wer ohne zerbrochene Gliedmaßen davonkommt, wird von Glück zu sagen haben. Euer Bruder ist jung und zart, und um Euretwillen sollte es mir leid tun, ihn so zuzurichten, wie ich doch meiner eignen Ehre wegen müßte, wenn er sich stellt. Darum kam ich aus Liebe zu Euch her, Euch Nachricht davon zu geben, damit Ihr ihn entweder von seinem Vorhaben zurückhaltet oder nicht übelnehmen mögt, was über ihn ergeht, weil er sich's doch selber zugezogen hat und es ganz gegen meinen Willen geschieht.

Oliver. Charles, ich danke dir für deine Liebe zu mir, die ich freundlichst vergelten will, wie du sehn sollst. Ich habe selbst einen Wink von dieser Absicht meines Bruders bekommen und unter der Hand gearbeitet, ihn davon abzubringen; aber er ist entschlossen. Ich muß dir sagen, Charles – er ist der hartnäckigste junge Bursch in Frankreich, voll Ehrgeiz, ein

1. Im Original: wie der alte Robin Hood von England

neidischer Nebenbuhler von jedermanns Gaben, ein heimlicher und niederträchtiger Ränkemacher gegen mich, seinen leiblichen Bruder. Darum tu nach Gefallen; mir wär's so lieb, du brächest ihm den Hals als die Finger; und du magst dich nur vorsehn, denn wenn du ihm nur eine geringe Schmach zufügst oder wenn er keine große Ehre an dir einlegen kann, so wird er dir mit Gift nachstellen, dich durch irgendeine Verräterei fangen und nicht von dir lassen, bis er dich auf diese oder jene Weise ums Leben gebracht hat; denn ich versichere dir – und fast mit Tränen sage ich es –: es lebt kein Mensch auf Erden, der so jung und so verrucht wäre. Ich spreche noch brüderlich von ihm; sollte ich ihn dir zergliedern, so wie er ist, so müßte ich erröten und weinen, und du müßtest blaß werden und erstaunen.

Charles. Ich bin herzlich erfreut, daß ich zu Euch kam. Stellt er sich morgen ein, so will ich ihm seinen Lohn geben. Wenn er je wieder auf die Beine kommt, so will ich mein Lebtag nicht wieder um den Preis ringen. Gott behüte Euer Gnaden! (*Ab.*)

Oliver. Lebt wohl, guter Charles! – Nun will ich den Abenteurer anspornen. Ich hoffe, sein Ende zu erleben; denn meine Seele, ich weiß nicht warum, hasset nichts so sehr als ihn. Doch ist er von sanftem Gemüt, nicht belehrt und dennoch unterrichtet, voll edlen Trachtens, von jedermann bis zur Verblendung geliebt; und in der Tat so fest im Herzen der Leute, besonders meiner eignen, die ihn am besten kennen, daß ich darüber ganz geringgeschätzt werde. Aber so soll es nicht lange sein – dieser Ringer soll alles ins reine bringen. Es bleibt nichts zu tun übrig, als daß ich den Knaben dorthin hetze, was ich gleich ins Werk richten will. (*Ab.*)

Zweite Szene

Eine Esplanade vor des Herzogs Palast

Rosalinde und Celia treten auf

Celia. Ich bitte dich, Rosalinde, liebes Mühmchen, sei lustig.

Rosalinde. Liebe Celia, ich zeige mehr Fröhlichkeit, als ich in meiner Gewalt habe, und du wolltest dennoch, daß ich noch lustiger wäre? Kannst du micht nicht lehren, einen verbannten Vater zu vergessen, so mußt du nicht verlangen, daß mir eine ungewöhnliche Lust in den Sinn kommen soll.

Celia. Daran sehe ich, daß du mich nicht in so vollem Maße liebst, wie ich dich liebe. Wenn mein Oheim, dein verbannter Vater, deinen Oheim, den Herzog, meinen Vater verbannt hätte, und du wärst immer bei mir geblieben, so hätte ich meine Liebe gewöhnen können, deinen Vater als den meinigen anzusehn. Das würdest du auch tun, wenn deine Liebe zu mir von so echter Beschaffenheit wäre als die meinige zu dir.

Rosalinde. Gut; ich will meinen Glücksstand vergessen, um mich an deinem zu erfreun.

Celia. Du weißt, mein Vater hat kein Kind außer mir und auch keine Aussicht, eins zu bekommen; und wahrlich, wenn er stirbt, sollst du seine Erbin sein; denn was er deinem Vater mit Gewalt genommen, will ich dir in Liebe wiedergeben. Bei meiner Ehre, das will ich, und wenn ich meinen Eid breche, mag ich zum Ungeheuer werden! Darum, meine süße Rose, meine liebe Rose, sei lustig!

Rosalinde. Das will ich von nun an, Mühmchen, und auf Späße denken. Laß sehen, was hältst du vom Verlieben?

Celia. Ei ja, tu's, um Spaß damit zu treiben. Aber liebe keinen Mann im wahren Ernst, auch zum Spaß nicht weiter, als daß du mit einem unschuldigen Erröten in Ehren wieder davonkommen kannst.

Rosalinde. Was wollen wir denn für Spaß haben?

Celia. Laß uns sitzen und die ehrliche Hausmutter Fortuna von ihrem Rade weglästern[1], damit ihre Gaben künftig gleicher ausgeteilt werden mögen.

Rosalinde. Ich wollte, wir könnten das; denn ihre Wohltaten sind oft gewaltig übel angebracht, und am meisten versieht sich die freigebige blinde Frau mit ihren Geschenken an Frauen.

Celia. Das ist wahr; denn die, welche sie schön macht, macht sie selten ehrbar, und die, welche sie ehrbar macht, macht sie sehr häßlich.

---

1. Sinn: wegspotten

Rosalinde. Nein, da gehst du über von Fortunens Amt zu dem der Natur; Fortuna herrscht in den weltlichen Gaben, nicht in den Zügen der Natur.

Probstein kommt.

Celia. Nicht? wenn die Natur ein schönes Geschöpf gemacht hat, kann es Fortuna nicht ins Feuer fallen lassen? – Wiewohl uns die Natur Witz genug verliehen hat, um des Glücks zu spotten, schickt es nicht diesen Narren herein, dem Gespräch ein Ende zu machen?

Rosalinde. In der Tat, da ist das Glück der Natur zu mächtig, wenn es durch einen natürlichen Einfaltspinsel dem natürlichen Witz ein Ende macht.

Celia. Wer weiß, auch dies ist nicht das Werk des Glückes, sondern der Natur, die unsern natürlichen Witz zu albern findet, um über solche Göttinnen zu klügeln, und uns diesen Einfältigen zum Schleifstein geschickt hat; denn immer ist die Albernheit des Narren der Schleifstein der Witzigen. – Nun Witz, wohin wanderst du?

Probstein. Fräulein, Ihr müßt zu Eurem Vater kommen.

Celia. Seid Ihr als Bote abgeschickt?

Probstein. Nein, auf meine Ehre, man hieß mich nur nach Euch gehn.

Rosalinde. Wo hast du den Schwur gelernt, Narr?

Probstein. Von einem gewissen Ritter, der bei seiner Ehre schwur, die Pfannkuchen wären gut, und bei seiner Ehre schwur, der Senf wäre nichts nutz. Nun behaupte ich: die Pfannkuchen waren nichts nutz und der Senf gut, und doch hatte der Ritter nicht falsch geschworen.

Celia. Wie beweiset Ihr das in der Hülle und Fülle Eurer Gelahrtheit?

Rosalinde. Ei ja, nun nehmt Eurer Weisheit den Maulkorb ab.

Probstein. Tretet beide vor, streicht euer Kinn und schwört bei euren Bärten, daß ich ein Schelm bin.

Celia. Bei unsern Bärten, wenn wir welche hätten, du bist einer.

Probstein. Bei meiner Schelmerei, wenn ich sie hätte, dann wär ich einer. Aber wenn ihr bei dem schwört, was nicht ist, so habt ihr nicht falsch geschworen; ebensowenig der Ritter, der auf seine Ehre schwur, denn er hatte niemals welche, oder wenn auch, so hatte er sie längst weggeschworen, ehe ihm diese Pfannkuchen und der Senf zu Gesicht kamen.

Celia. Ich bitte dich, wen meinst du?

Probstein. Einen, den der alte Friedrich, Euer Vater, liebt.

Celia. Meines Vaters Liebe reicht hin, ihm zur Ehre zu verhelfen. Genug, sprecht nicht mehr von ihm; Ihr werdet gewiß nächstens einmal für Euren bösen Leumund gestäupt.

Probstein. Desto schlimmer, daß Narren nicht mehr weislich sagen dürfen, was weise Leute närrisch tun.

Celia. Meiner Treu, du sagst die Wahrheit; denn seit das bißchen Witz, das die Narren haben, zum Schweigen gebracht worden ist, so macht das bißchen Narrheit, das weise Leute besitzen, große Parade. Da kommt Monsieur Le Beau.

Le Beau tritt auf.

Rosalinde. Den Mund voll von Neuigkeiten.

Celia. Die er uns zukommen lassen wird, wie Tauben ihre Jungen füttern.

Rosalinde. Da werden wir also mit Neuigkeiten gemästet.

Celia. Desto besser, so stehn wir ansehnlicher zu Markt. Guten Morgen, Monsieur Le Beau! was gibt es Neues?

Le Beau. Schöne Prinzessin, Euch ist ein guter Spaß entgangen.

Celia. Ein Spaß? wohin[1]?

Le Beau. Wohin, Madame? wie soll ich das beantworten?

Rosalinde. Wie es Witz und Glück verleihen.

Probstein. Oder wie das Verhängnis beschließt.

Celia. Gut gesagt! Das war wie mit der Kelle angeworfen.

Probstein. Ja, wenn ich meinen Geschmack nicht behaupte –

Rosalinde. So verlierst du deinen alten Beigeschmack.

Le Beau. Ihr bringt mich aus der Fassung, meine Damen. Ich wollte euch von einem wackern Ringen erzählen, das ihr versäumt habt, mit anzusehn.

Rosalinde. Sagt uns doch, wie es dabei herging.

Le Beau. Ich will euch den Anfang erzählen und wenn es euer Gnaden gefällt, könnt ihr das Ende ansehn; denn das Beste

---

1. Wörtlich: welcher Art?

muß noch geschehen, und sie kommen hieher, wo ihr seid, um es auszuführen.

Celia. Gut, den Anfang, der tot und begraben ist.

Le Beau. Es kam ein alter Mann mit seinen drei Söhnen –

Celia. Ich weiß ein altes Märchen, das so anfängt.

Le Beau. Drei stattliche junge Leute, vortrefflich gewachsen und männlich –

Rosalinde. Mit Zetteln am Halse: «Kund und zu wissen sei männiglich» –

Le Beau. Der älteste unter den dreien rang mit Charles, des Herzogs Ringer. Charles warf ihn in einem Augenblick nieder und brach ihm drei Rippen entzwei, so daß fast keine Hoffnung für sein Leben ist; ebenso richtete er den zweiten und den dritten zu. Dort liegen sie, und der arme alte Mann, ihr Vater, erhebt eine so jämmerliche Wehklage über sie, daß alle Zuschauer ihm mit Weinen beistehn.

Rosalinde. Ach!

Probstein. Aber welches ist der Spaß, Herr, der den Damen entgangen ist?

Le Beau. Nun, der, wovon ich spreche.

Probstein. So wird man alle Tage klüger! Das ist das erste, was ich höre, daß Rippenentzweibrechen ein Spaß für Damen ist.

Celia. Ich auch, das versichere ich dir.

Rosalinde. Aber ist denn noch jemand da, den nach dieser Seitenmusik gelüstet? Ist noch sonst wer auf zerbrochene Rippen erpicht? – Sollen wir das Ringen mit ansehen, Muhme?

Le Beau. Ihr müßt, wenn ihr hier bleibt; denn sie haben diesen Platz zum Kampfe gewählt; er wird gleich vor sich gehn.

Celia. Wirklich, dort kommen sie. Laß uns nun bleiben und zusehn.

Trompetenstoß. Herzog Friedrich, Herren vom Hofe, Orlando, Charles und Gefolge.

Herzog Friedrich. Wohlan! Da der junge Mensch nicht hören will, so mag er auf seine eigne Gefahr vorwitzig sein.

Rosalinde. Ist der dort der Mann?

Le Beau. Das ist er, mein Fräulein.

Celia. Ach, er ist zu jung, doch hat er ein siegreiches Ansehn.

Herzog Friedrich. Ei, Tochter und Nichte! Seid ihr hierher geschlichen, um das Ringen zu sehn?

Rosalinde. Ja, mein Fürst, wenn Ihr uns gütigst erlaubt.

Herzog Friedrich. Ihr werdet wenig Vergnügen daran finden: das kann ich euch sagen; das Paar ist zu ungleich. Aus Mitleid mit des Ausforderers Jugend möchte ich ihn gern davon abbringen, allein er läßt sich nicht raten. Sprecht mit ihm, Fräulein; seht, ob Ihr ihn bewegen könnt.

Celia. Ruft ihn hieher, guter Monsieur Le Beau.

Herzog Friedrich. Tut das, ich will nicht dabei sein.

(*Der Herzog entfernt sich.*)

Le Beau. Herr Ausforderer, die Prinzessinnen verlangen Euch zu sprechen.

Orlando. Ich bin ehrerbietigst zu ihrem Befehl.

Rosalinde. Junger Mann, habt Ihr Charles, den Ringer, herausgefordert?

Orlando. Nein, schöne Prinzessin; er ist der allgemeine Ausforderer; ich komme bloß, wie andre auch, die Kräfte meiner Jugend gegen ihn zu versuchen.

Celia. Junger Mann, Euer Mut ist zu kühn für Eure Jahre. Ihr habt einen grausamen Beweis von der Stärke dieses Menschen gesehn: wenn Ihr Euch selbst mit Euren Augen sähet oder mit Eurem Urteil erkenntet, so würde Euch die Furcht vor dem Ausgange ein gleicheres Wagstück anraten. Wir bitten Euch um Euer selbst willen, an Eure Sicherheit zu denken und das Unternehmen aufzugeben.

Rosalinde. Tut das, junger Mann; Euer Ruf soll deswegen nicht herabgesetzt werden. Es soll unser Gesuch beim Herzoge sein, daß das Ringen nicht vor sich gehe.

Orlando. Ich beschwöre euch, straft micht nicht mit euren nachteiligen Gedanken; ich erkenne mich selbst für schuldig, daß ich so schönen und vortrefflichen Fräulein irgend etwas verweigre. Laßt nur eure schönen Augen und freundlichen Wünsche mich zu meiner Prüfung geleiten. Wenn ich zu Boden geworfen werde, so kommt nur Schmach über jemand, der noch niemals in Ehren war; wenn umgebracht, so ist nur jemand tot, der sich nichts andres wünscht. Ich werde meinen Freunden kein Leid zufügen, denn ich habe keine, mich zu beweinen, und der Welt keinen Nachteil, denn ich besitze nichts in ihr; ich fülle in der Welt nur einen Platz aus, der besser besetzt werden kann, wenn ich ihn räume.

Rosalinde. Ich wollte, das bißchen Stärke, das ich habe, wäre mit Euch.

Celia. Meine auch, um ihre zu ergänzen.

Rosalinde. Fahrt wohl! Gebe der Himmel, daß ich mich in Euch betrüge.

Celia. Eures Herzens Wunsch werde Euch zuteil.

Charles. Wohlan, wo ist der junge Held, dem so danach gelüstet, bei seiner Mutter Erde zu liegen?

Orlando. Hier ist er, Herr; aber sein Wille hegt eine anständigere Absicht.

Herzog Friedrich. Ihr sollt nur *einen* Gang machen.

Charles. Ich stehe Euer Hoheit dafür, Ihr werdet ihn nicht zu einem zweiten bereden, nachdem Ihr ihn so dringend vom ersten abgemahnt habt.

Orlando. Ihr denkt nachher über mich zu spotten: so braucht Ihr's nicht vorher zu tun. Doch kommt zur Sache.

Rosalinde. Nun, Herkules steh dir bei, junger Mann!

Celia. Ich wollte, ich wäre unsichtbar, um dem starken Manne das Bein unterwegs ziehen zu können.

(*Charles und Orlando ringen.*)

Rosaline. O herrlicher junger Mann!

Celia. Hätte ich einen Donnerkeil in meinen Augen, so weiß ich, wer zu Boden sollte.

(*Charles wird zu Boden geworfen. Jubelgeschrei.*)

Herzog Friedrich. Nicht weiter! nicht weiter!

Orlando. Doch, wenn es Euer Hoheit beliebt! ich bin noch nicht recht ins Schnaufen gekommen.

Herzog Friedrich. Wie steht's mit dir, Charles?

Le Beau. Er kann nicht sprechen, mein Fürst.

Herzog Friedrich. Tragt ihn weg. Wie ist dein Name, junger Mensch?

Orlando. Orlando, mein Fürst, der jüngste Sohn des Freiherrn Roland de Boys.

Herzog Friedrich. Ich wollt, du wärst sonst jemands Sohn ge-
Die Welt hielt deinen Vater ehrenwert, [wesen.
Doch ich erfand ihn stets als meinen Feind.
Du würdst mir mehr mit dieser Tat gefallen,
Wenn du aus einem andern Hause stammtest.
Doch fahre wohl! du bist ein wackrer Jüngling!
Hättst du 'nen andern Vater nur genannt!

(*Herzog Friedrich mit Gefolge und Le Beau ab.*)

Celia. Wär ich mein Vater, Mühmchen, tät ich dies?

Orlando. Ich bin weit stolzer, Rolands Sohn zu sein,
Sein jüngster Sohn – und tauschte nicht den Namen,
Würd ich auch Friedrichs angenommner Erbe.

Rosalinde. Mein Vater liebte Roland wie sein Leben,
Und alle Welt war so wie er gesinnt.
Hätt ich zuvor den jungen Mann gekannt,
Den Bitten hätt ich Tränen zugesellt,
Eh er sich so gewagt.

Celia. Komm, liebe Muhme,
Laß uns ihm danken und ihm Mut einsprechen;
Denn meines Vaters rauhe Art und Groll
Gehn mir ans Herz. – Herr, Ihr habt Lob verdient;
Wenn Ihr im Lieben Eur Versprechen haltet,
Wie Ihr verdunkelt, was man sich versprach,
Ist Eure Liebste glücklich.

Rosalinde (*gibt ihm eine Kette von ihrem Halse*).
Junger Mann,
Tragt dies von mir, von einer Glückverstoßnen,
Die mehr wohl gäbe, fehlt' es nicht an Mitteln.
Nun, gehn wir, Muhme?

Celia. Ja – lebt wohl denn, edler Junker!

Orlando. Kann ich nicht sagen: Dank? mein beßres Teil
Liegt ganz darnieder; was noch aufrecht steht,
Ist nur ein Wurfziel, bloß ein leblos Holz[1].

---

1. Gemeint ist eine Quintane, Stechpuppe.

Rosalinde. Er ruft uns nach – mein Stolz sank mit dem Glück –
Ich frag ihn, was er will. – Rieft Ihr uns, Herr? –
Herr, Ihr habt brav gekämpft und mehre noch
Besiegt als Eure Feinde.
Celia. Komm doch, Mühmchen.
Rosalinde. Ich komme schon. Lebt wohl!
(*Rosalinde und Celia ab.*)
Orlando. Welch ein Gefühl belastet meine Zunge?
Ich kann nicht reden, lud sie gleich mich ein.
Le Beau kommt.
Armer Orlando! du bist überwältigt,
Charles oder etwas Schwächers siegt dir ob.
Le Beau. Mein guter Herr, ich rat aus Freundschaft Euch:
Verlaßt den Ort; wiewohl Ihr hohen Preis
Euch habt erworben, Lieb und echten Beifall,
So steht doch so des Herzogs Stimmung jetzt,
Daß er mißdeutet, was Ihr nun getan.
Der Fürst ist launisch; was er ist, in Wahrheit,
Ziemt besser Euch zu sehn, als mir zu sagen.
Orlando. Ich dank Euch, Herr, und bitt Euch, sagt mir dies:
Wer war des Herzogs Tochter von den beiden,
Die hier beim Ringen waren?
Le Beau. Von beiden keine, wenn's nach Sitten gilt;
Doch wirklich ist die kleinste seine Tochter,
Die andre, Tochter des verbannten Herzogs,
Von ihrem Oheim hier zurückbehalten
Zu seiner Tochter Umgang; ihre Liebe
Ist zärtlicher als schwesterliche Bande.
Doch sag ich Euch: seit kurzem hegt der Herzog
Unwillen gegen seine holde Nichte,
Der auf die Ursach bloß gegründet ist,
Daß sie die Welt um ihre Gaben preist
Und sie beklagt um ihres Vaters willen;
Und, auf mein Wort, sein Ingrimm auf das Fräulein
Bricht einmal plötzlich los. – Lebt wohl, mein Herr!
Dereinst in einer bessern Welt als diese
Wünsch ich mir mehr von Eurer Lieb und Umgang.

Orlando.
Ich bleib Euch sehr verbunden; lebet wohl! (*Le Beau ab.*)
So muß ich aus dem Dampf in die Erstickung,
Von Herzogs Druck in Bruders Unterdrückung. –
Doch Engel Rosalinde! – (*Ab.*)

DRITTE SZENE

Ein Zimmer im Palast
Celia und Rosalinde treten auf

Celia. Ei, Mühmchen! ei, Rosalinde! Cupido sei uns gnädig, nicht ein Wort?

Rosalinde. Nicht eins, das man einem Hunde vorwerfen könnte.

Celia. Nein, deine Worte sind zu kostbar, um sie den Hunden vorzuwerfen; wirf mir einige zu. Komm, lähme mich mit Vernunftgründen.

Rosalinde. Da wär es um zwei Muhmen geschehen, wenn die eine mit Gründen gelähmt würde und die andre unklug ohne Grund.

Celia. Aber ist das alles um deinen Vater?

Rosalinde. Nein, etwas davon ist um meines Vaters Kind. O wie voll Disteln ist diese Werktagswelt!

Celia. Es sind nur Kletten, Liebe, die dir bei einem Festtagsspaß angeworfen werden. Wenn wir nicht in gebahnten Wegen gehen, so haschen unsre eigenen Röcke sie auf.

Rosalinde. Vom Rocke könnt ich sie abschütteln; diese Kletten stecken mir im Herzen.

Celia. Huste sie weg.

Rosalinde. Das wollte ich wohl tun, wenn ich ihn herbeihusten könnte.

Celia. Ei was! ringe mit deinen Neigungen.

Rosalinde. Ach, sie nehmen die Partei eines bessern Ringers, als ich bin.

Celia. Helfe dir der Himmel! Du wirst dich zu seiner Zeit mit ihm messen, gilt es auch eine Niederlage. – Doch laß uns diese Scherze abdanken und in vollem Ernste sprechen. Ist es möglich, daß du mit einem Male in eine so gewaltige Zuneigung zu des alten Herrn Roland jüngstem Sohn verfallen konntest?

Rosalinde. Der Herzog, mein Vater, liebte seinen Vater über alles.

Celia. Folgt daraus, daß du seinen Sohn über alles lieben mußt? Nach dieser Folgerung müßte ich ihn hassen, denn mein Vater haßt seinen Vater über alles, und doch hasse ich den Orlando nicht.

Rosalinde. Nein gewiß, hasse ihn nicht, um meinetwillen!

Celia. Warum sollte ich? verdient er nicht alles Gute?

Herzog Friedrich kommt mit Herren vom Hofe.

Rosalinde. Um deswillen laß mich ihn lieben, und liebe du ihn, weil ich es tue. – Sieh, da kommt der Herzog.

Celia. Die Augen voller Zorn.

Herzog Friedrich. Fräulein, in schnellster Eile schickt Euch an und weicht von unserm Hof.

Rosalinde. Ich, Oheim?

Herzog Friedrich. Ja, Ihr, Nichte.
Wenn in zehn Tagen du gefunden wirst
Von unserm Hofe binnen zwanzig Meilen,
Bist du des Todes.

Rosalinde. Ich ersuch Eur Gnaden,
Gebt mir die Kenntnis meines Fehlers mit.
Wenn ich Verkehr pfleg mit dem eignen Selbst,
Ja irgend meine eignen Wünsche kenne,
Wenn ich nicht träum und nicht von Sinnen bin,
Wie ich nicht hoffe: nie, mein werter Oheim,
Selbst nicht mit ungeborenen Gedanken
Beleidigt ich Eur Hoheit.

Herzog Friedrich. So sprechen stets Verräter;
Beständ in Worten ihre Reinigung,
So sind sie schuldlos wie die Heiligkeit.
Laß dir's genügen, daß ich dir nicht traue.

Rosalinde.
Doch macht Eur Mißtraun nicht mich zum Verräter;
Sagt mir, worauf der Anschein denn beruht?

Herzog Friedrich. Genug, du bist die Tochter deines Vaters.

Rosalinde. Das war ich, als Eur Hoheit ihm sein Land nahm;
Das war ich, als Eur Hoheit ihn verbannte.
Verräterei wird nicht vererbt, mein Fürst,
Und überkämen wir von Eltern sie,
Was geht's mich an? Mein Vater übte keine.
Drum, bester Herr, verkennt mich nicht so sehr,
Zu glauben, meine Armut sei verrätrisch.
Celia. Mein teuerster Gebieter, hört mich an!
Herzog Friedrich. Ja, Celia, dir zulieb ließ ich sie bleiben,
Sonst irrte sie umher mit ihrem Vater.
Celia. Ich bat nicht damals, daß sie bleiben möchte,
Ihr wolltet es, Ihr waret selbst erweicht.
Ich war zu jung, um *die* Zeit, sie zu schätzen:
Jetzt kenn ich sie; wenn sie verrätrisch ist,
So bin ich's auch; wir schliefen stets beisammen,
Erwachten, lernten, spielten miteinander,
Und wo wir gingen, wie der Juno Schwäne,
Da gingen wir gepaart und unzertrennlich.
Herzog Friedrich. Sie ist zu fein für dich, und ihre Sanftmut,
Ihr Schweigen selbst und ihre Duldsamkeit
Spricht zu dem Volk, und es bedauert sie.
Du Törin, du! Sie stiehlt dir deinen Namen,
Und du scheinst glänzender und tugendreicher,
Ist sie erst fort. Drum öffne nicht den Mund;
Fest und unwiderruflich ist mein Spruch,
Der über sie erging: sie ist verbannt.
Celia. Sprecht denn dies Urteil über mich, mein Fürst!
Ich kann nicht leben außer ihrer Nähe.
Herzog Friedrich. Du bist 'ne Törin. – Nichte, seht Euch vor!
Wenn Ihr die Zeit versäumt – auf meine Ehre
Und kraft der Würde meines Worts: Ihr sterbt.
(*Herzog und Gefolge ab.*)
Celia. O arme Rosalinde, wohin willst du?
Willst du die Väter tauschen? So nimm meinen.
Ich bitt dich, sei nicht trauriger als ich!
Rosalinde. Ich habe ja mehr Ursach.
Celia. Nicht doch, Muhme.

Sei nur getrost! Weißt du nicht, daß der Herzog
Mich, seine Tochter, hat verbannt?
Rosalinde. Das nicht.
Celia. Das nicht? So fehlt die Liebe Rosalinden,
Die dich belehrt, daß du und ich nur eins.
Soll man uns trennen? Solln wir scheiden, Süße?
Nein, mag mein Vater andre Erben suchen.
Ersinne nur mit mir, wie wir entfliehn,
Wohin wir gehn und was wir mit uns nehmen;
Und suche nicht, die Last auf dich zu ziehn,
Dein Leid zu tragen und mich auszuschließen.
Bei diesem Himmel, bleich von unserm Gram,
Sag, was du willst, ich gehe doch mit dir.
Rosalinde. Wohl! wohin gehn wir?
Celia. Zu meinem Oheim im Ardenner Wald.
Rosalinde. Doch ach, was für Gefahr wird es uns bringen,
So weit zu reisen, Mädchen wie wir sind?
Schönheit lockt Diebe schneller noch als Gold.
Celia. Ich stecke mich in arme, niedre Kleidung
Und streiche mein Gesicht mit Ocker an;
Tu ebendas, so ziehn wir unsern Weg
Und reizen keine Räuber.
Rosalinde. Wär's nicht besser,
Weil ich von mehr doch als gemeinem Wuchs,
Daß ich mich trüge völlig wie ein Mann?
Den schmucken kurzen Säbel an der Hüfte,
Den Jagdspieß in der Hand, und – läg im Herzen
Auch noch so viele Weiberfurcht versteckt –
Wir sähen kriegerisch und prahlend drein,
Wie manche andre Männermemmen auch,
Die mit dem Ansehn es zu zwingen wissen.
Celia. Wie willst du heißen, wenn du nun ein Mann bist?
Rosalinde. Nicht schlechter als der Page Jupiters;
Denk also dran, mich Ganymed zu nennen.
Doch wie willst du genannt sein?
Celia. Nach etwas, das auf meinen Zustand paßt:
Nicht länger Celia, sondern Aliena.

Rosalinde. Wie, Muhme, wenn von Eures Vaters Hof
Wir nun den Schalksnarrn wegzustehlen suchten,
Wär er uns nicht ein Trost auf unsrer Reise?
Celia. Oh, der geht mit mir in die weite Welt,
Um den laß mich nur werben. Laß uns gehn
Und unsern Schmuck und Kostbarkeiten sammeln,
Die beste Zeit und sichern Weg bedenken
Vor der Verfolgung, die nach meiner Flucht
Wird angestellt. So ziehn wir denn in Frieden,
Denn Freiheit ist uns, nicht der Bann beschieden. (*Ab.*)

ZWEITER AUFZUG

ERSTE SZENE

Der Ardenner Wald
Der Herzog, Amiens und andre Edelleute in Jägerkleidung

Herzog. Nun, meine Brüder und des Banns Genossen,
Macht nicht Gewohnheit süßer dieses Leben
Als das gemalten Pomps? Sind diese Wälder
Nicht sorgenfreier als der falsche Hof?
Wir fühlen hier die Buße Adams nur,
Der Jahrszeit Wechsel; so den eisgen Zahn
Und böses Schelten von des Winters Sturm;
Doch, wenn er beißt und auf den Leib mir bläst,
Bis ich vor Kälte schaudre, sag ich lächelnd:
«Dies ist nicht Schmeichelei; Ratgeber sind's,
Die fühlbar mir bezeugen, wer ich bin.»
Süß ist die Frucht der Widerwärtigkeit,
Die gleich der Kröte, häßlich und voll Gift,
Ein köstliches Juwel im Haupte trägt.
Dies unser Leben, vom Getümmel frei,
Gibt Bäumen Zungen, findet Schrift im Bach,
In Steinen Lehre, Gutes überall.
Amiens. Ich tauscht es selbst nicht; glücklich ist Eur Hoheit,

Die auszulegen weiß des Schicksals Härte
In solchem ruhigen und milden Sinn.
Herzog. Kommt, wolln wir gehen und uns Wildbret töten?
Doch schmerzt's, daß wir den armen fleckgen Narren,
Die Bürger sind in dieser öden Stadt,
Auf eignem Grund mit hakgen Spitzen blutig
Die runden Hüften reißen.
Erster Edelmann. Ja, mein Fürst,
Den melancholschen Jacques kränkt dieses sehr;
Er schwört, daß Ihr auf diesem Weg mehr Unrecht
Als Euer Bruder übt, der Euch verbannt.
Heut schlüpften ich und Amiens hinter ihn,
Als er sich hingestreckt an einer Eiche,
Wovon die alte Wurzel in den Bach
Hineinragt, der da braust den Wald entlang;
Es kam dahin ein arm verschüchtert Wild,
Das von des Jägers Pfeil beschädigt war,
Um auszuschmachten; und gewiß, mein Fürst,
Das arme Tier stieß solche Seufzer aus,
Daß jedesmal sein ledern Kleid sich dehnte
Zum Bersten fast, und dicke runde Tränen
Längs der unschuldgen Nase liefen kläglich
Einander nach; und der behaarte Narr,
Genau bemerkt[1] vom melancholschen Jacques,
Stand so am letzten Rand des schnellen Bachs,
Mit Tränen ihn vermehrend.
Herzog. Nun, und Jacques?
Macht er dies Schauspiel nicht zur Sittenpredigt?
Erster Edelmann. O ja, in tausend Gleichnissen. Zuerst
Das Weinen in den unbedürftgen Strom:
«Ach, armer Hirsch!» so sagt' er, «wie der Weltling
Machst du dein Testament: gibst dem den Zuschuß,
Der schon zuviel hat.» – Dann, weil er allein
Und von den samtnen Freunden war verlassen:
«Recht!» sagt' er, «so verteilt das Elend stets

---

1. beobachtet

Des Umgangs Flut.» – Alsbald ein Rudel Hirsche,
Der Weide voll, sprang sorglos an ihm hin,
Und keiner stand zum Gruße. «Ja», rief Jacques,
«Streift hin, ihr fetten, wohlgenährten Bürger!
So ist die Sitte eben; warum schaut ihr
Nach dem bankrotten, armen Schelme da?»
Auf diese Art durchbohrt er schmähungsvoll
Den Kern vom Lande, Stadt und Hof, ja selbst
Von diesem unserm Leben; schwört, daß wir
Nichts als Tyrannen, Räuber, Schlimmres noch,
Weil wir die Tiere schrecken, ja sie töten
In ihrem eignen heimatlichen Sitz.

Herzog. Und ließet ihr in der Betrachtung ihn?

Erster Edelmann.
Ja, gnädger Herr, beweinend und besprechend
Das schluchzende Geschöpf.

Herzog. Zeigt mir den Ort,
Ich lasse gern in diesen düstern Launen
Mich mit ihm ein; er ist dann voller Sinn.

Erster Edelmann. Ich will Euch zu ihm bringen. (*Ab.*)

ZWEITE SZENE

Ein Zimmer im Palaste

Herzog Friedrich, Herren vom Hofe und Gefolge treten auf

Herzog Friedrich. Ist es denn möglich, daß sie niemand sah?
Es kann nicht sein! nein, Schurken hier am Hof
Sind im Verständnis mit und gaben's zu.

Erster Edelmann. Ich hörte nicht, daß irgendwer sie sah.
Die Fraun im Dienste ihrer Kammer brachten
Sie in ihr Bett und fanden morgens früh
Das Bett von ihrem Fräulein ausgeleert [1].

Zweiter Edelmann.
Mein Herzog, der Hanswurst, den Euer Hoheit
Oft zu belachen pflegt', wird auch vermißt.

---

1. Wörtlich: seines Schatzes beraubt

Hesperia, der Prinzessin Kammerfräulein,
Bekennt, sie habe insgeheim belauscht,
Wie Eure Nicht' und Tochter überaus
Geschick und Anstand jenes Ringers lobten,
Der jüngst den nervgen Charles darniederwarf;
Sie glaubt, wohin sie auch gegangen sind,
Der Jüngling sei gewißlich ihr Begleiter.
Herzog Friedrich. Schickt hin zum Bruder, holt den Braven her;
Ist der nicht da, bringt mir den Bruder selbst:
Der soll ihn mir schon finden. Tut dies schnell;
Laßt Nachsuchung und Forschen nicht ermatten,
Die törichten Verlaufnen heimzubringen. (*Ab.*)

Dritte Szene

Vor Olivers Hause
Orlando und Adam begegnen sich

Orlando. Wer ist da?
Adam. Was? Ihr, mein junger Herr? – O edler Herr!
O mein geliebter Herr! O Ihr, Gedächtnis
Des alten Roland! Sagt, was macht Ihr hier?
Weswegen übt Ihr Tugend? schafft Euch Liebe?
Und warum seid Ihr edel, stark und tapfer?
Was wart Ihr so erpicht, den stämmgen Kämpfer
Des launenhaften Herzogs zu bezwingen?
Eur Ruhm kam allzu schnell vor Euch nach Haus.
Wißt Ihr nicht, Junker, daß gewissen Leuten
All ihre Gaben nur als Feinde dienen?
So, bester Herr, sind Eure Tugenden
An Euch geweihte, heilige Verräter.
O welche Welt ist dies, wenn das, was herrlich,
Den, der es hat, vergiftet!
Orlando. Nun denn, was gibt's?
Adam. Oh, unglückselger Jüngling!
Geht durch dies Tor nicht; unter diesem Dach
Lebt aller Eurer Trefflichkeiten Feind:
Eur Bruder – nein, kein Bruder, doch der Sohn –

Nein, nicht der Sohn; ich will nicht Sohn ihn nennen
Des, den ich seinen Vater heißen wollte –
Hat Euer Lob gehört und denkt zu Nacht
Die Wohnung zu verbrennen, wo Ihr liegt,
Und Euch darinnen. Schlägt ihm dieses fehl,
So sucht er andre Weg, Euch umzubringen;
Ich habe ihn belauscht und seinen Anschlag.
Kein Wohnort ist dies Haus, 'ne Mördergrube;
Verabscheut, fürchtet es, geht nicht hinein.
Orlando. Sag, wohin willst du, Adam, daß ich gehe?
Adam. Gleichviel wohin, ist es nur hieher nicht.
Orlando. Was? willst du, daß ich gehn und Brot soll betteln?
Wohl gar mit schnödem, tollem Schwert erzwingen
Als Straßenräuber meinen Unterhalt?
Das muß ich tun, sonst weiß ich nichts zu tun;
Doch will ich dies nicht, komme, was da will.
Ich setze mich der Bosheit lieber aus
Des abgefallnen Bluts und blutgen Bruders.
Adam. Nein, tut das nicht! ich hab fünfhundert Kronen,
Sorgsam ersparten Lohn von Eurem Vater;
Ich legt ihn bei, mein Pfleger dann zu sein,
Wann mir der Dienst erlahmt in schwachen Gliedern
Und man das Alter in die Ecke wirft.
Nehmt das, und der die jungen Raben füttert,
Ja, sorgsam für den Sperling Vorrat häuft,
Sei meines Alters Trost! Hier ist das Gold;
Nehmt alles, laßt mich Euren Diener sein.
Seh ich gleich alt, bin ich doch stark und rüstig;
Denn nie in meiner Jugend mischt ich mir
Heiß und aufrührerisch Getränk ins Blut.
Noch ging ich je mit unverschämter Stirn
Den Mitteln nach zu Schwäch und Unvermögen.
Drum ist mein Alter wie ein frischer Winter,
Kalt, doch erquicklich. Laßt mich mit Euch gehn!
Ich tu den Dienst von einem jüngern Mann
In aller Eurer Notdurft und Geschäften.
Orlando. O guter Alter, wie so wohl erscheint

In dir der treue Dienst der alten Welt,
Da Dienst um Pflicht sich mühte, nicht um Lohn!
Du bist nicht nach der Sitte dieser Zeiten,
Wo niemand mühn sich will als um Beförderung,
Und kaum daß er sie hat, erlischt sein Dienst
Gleich im Besitz. So ist es nicht mit dir.
Doch, armer Greis, du pflegst den dürren Stamm,
Der keine Blüte mehr vermag zu treiben
Für alle deine Sorgsamkeit und Müh.
Doch komm, wir brechen miteinander auf;
Und eh wir deinen Jugendlohn verzehrt,
Ist uns ein friedlich kleines Los beschert.

Adam. Auf, Herr! und bis zum letzten Atemzug
Folg ich Euch nach, ergeben ohne Trug.
Von siebzehn Jahren bis zu achtzig schier
Wohnt ich, nun wohn ich ferner nicht mehr hier.
Um siebzehn ziemt's, daß mit dem Glück man buhle,
Doch achtzig ist zu alt für diese Schule.
Könnt ich vom Glück nur diesen Lohn erwerben,
Nicht Schuldner meines Herrn und sanft zu sterben! (*Ab.*)

VIERTE SZENE

Der Wald

Rosalinde als Knabe, Celia, wie eine Schäferin gekleidet, und Probstein treten auf

Rosalinde. O Jupiter! wie matt sind meine Lebensgeister!

Probstein. Ich frage nicht nach meinen Lebensgeistern, wenn nur meine Beine nicht matt wären.

Rosalinde. Ich wäre imstande, meinen Mannskleidern eine Schande anzutun und wie ein Weib zu weinen. Aber ich muß das schwächere Gefäß unterstützen, denn Wams und Hosen müssen sich gegen den Unterrock herzhaft beweisen. Also Herz gefaßt, liebe Aliena!

Celia. Ich bitte dich, ertrage mich, ich kann nicht weiter.

Probstein. Ich für mein Teil wollte Euch lieber ertragen als tragen.

Und doch trüge ich kein Kreuz, wenn ich Euch trüge; denn ich bilde mir ein, Ihr habt keinen Kreuzer in Eurem Beutel.

Rosalinde. Gut, dies ist der Ardenner Wald.

Probstein. Ja, nun bin ich in den Ardennen, ich Narr; da ich zu Hause war, war ich an einem bessern Ort, aber Reisende müssen sich schon begnügen.

Rosalinde. Ja, tut das, guter Probstein. – Seht, wer kommt da? Ein junger Mann und ein alter in tiefem Gespräch.

Corinnus und Silvius treten auf.

Corinnus. Dies ist der Weg, daß sie dich stets verschmäht.

Silvius. O wüßtest du, Corinnus, wie ich liebe!

Corinnus. Zum Teil errat ich's, denn einst liebt ich auch.

Silvius. Nein, Freund: alt wie du bist, errätst du's nicht,
Warst du auch jung ein so getreuer Schäfer,
Als je aufs mitternächtge Kissen seufzte;
Allein, wenn deine Liebe meiner gleich –
Zwar glaub ich, keiner liebte jemals so –
Zu wieviel höchlich ungereimten Dingen
Hat deine Leidenschaft dich hingerissen?

Corinnus. Zu Tausenden, die ich vergessen habe.

Silvius. O dann hast du so herzlich nie geliebt!
Entsinnst du dich der kleinsten Torheit nicht,
In welche dich die Liebe je gestürzt,
So hast du nicht geliebt;
Und hast du nicht gesessen, wie ich jetzt,
Den Hörer mit der Liebsten Preis ermüdend,
So hast du nicht geliebt;
Und brachst du nicht von der Gesellschaft los
Mit eins, wie jetzt die Leidenschaft mich heißt,
So hast du nicht geliebt. – O Phöbe! Phöbe! Phöbe! (*Ab.*)

Rosalinde. Ach, armer Schäfer! deine Wunde suchend,
Hab ich durch schlimmes Glück die meine funden.

Probstein. Und ich meine. Ich erinnre mich, da ich verliebt war, daß ich meinen Degen an einem Stein zerstieß und hieß ihn das dafür hinnehmen, daß er sich unterstände, nachts zu Hannchen Freundlich zu kommen; und ich erinnre mich, wie ich ihr Waschholz küßte und die Euter der Kuh, die ihre artigen, rissigen Hände gemolken hatten. Ich erinnre mich, wie ich mit einer Erbsenschote schön tat, als wenn sie es wäre, und ich nahm zwei Erbsen, gab sie ihr wieder und sagte mit weinenden Tränen: «Tragt sie um meinetwillen.» Wir treuen Liebenden kommen oft auf seltsame Sprünge; wie alles von Natur sterblich ist, so sind alle sterblich Verliebten von Natur Narren.

Rosalinde. Du sprichst klüger, als du selber gewahr wirst.

Probstein. Nein, ich werde meinen eignen Witz nicht eher gewahr werden, als bis ich mir die Schienbeine daran zerstoße.

Rosalinde. O Jupiter! o Jupiter! Dieses Schäfers Leidenschaft ist ganz nach meiner Eigenschaft.

Probstein. Nach meiner auch, aber sie versauert ein wenig bei mir.

Celia. Ich bitte Euch, frag einer jenen Mann,
Ob er für Gold uns etwas Speise gibt.
Ich schmachte fast zu Tode.

Probstein. Heda, Tölpel.

Rosalinde. Still, Narr! Er ist dein Vetter nicht.

Corinnus. Wer ruft?

Probstein. Vornehmere als Ihr.

Corinnus. Sonst wären sie auch wahrlich sehr gering.

Rosalinde.
Still, sag ich Euch! – Habt guten Abend, Freund!

Corinnus. Ihr gleichfalls, feiner Herr, und allesamt.

Rosalinde. Hör, Schäfer, können Geld und gute Worte
In dieser Wildnis uns Bewirtung schaffen,
So zeigt uns, wo wir ruhn und essen können.
Dies junge Mädchen ist vom Wandern matt
Und schmachtet nach Erquickung.

Corinnus. Lieber Herr,
Sie tut mir leid, und ihretwillen mehr
Als meinetwillen wünscht ich, daß mein Glück
Instand mich besser setzt', ihr beizustehn.
Doch ich bin Schäfer eines andern Manns
Und schere nicht die Wolle, die ich weide.
Von filziger Gemütsart ist mein Herr
Und fragt nicht viel danach, den Weg zum Himmel

Durch Werke der Gastfreundlichkeit zu finden.
Auch stehn ihm Hütt und Herd und seine Weiden
Jetzt zum Verkauf; und auf der Schäferei
Ist, weil er nicht zu Haus, kein Vorrat da,
Wovon ihr speisen könnt; doch kommt und seht!
Von mir euch alles gern zu Dienste steht.
Rosalinde. Wer ist's, der seine Herd' und Wiesen kauft?
Corinnus. Der junge Schäfer, den ihr erst gesehn,
Den es nicht kümmert, irgendwas zu kaufen.
Rosalinde. Ich bitte dich, besteht's mit Redlichkeit,
Kauf du die Meierei, die Herd' und Weiden;
Wir geben dir das Geld, es zu bezahlen.
Celia. Und höhern Lohn; ich liebe diesen Ort
Und brächte willig hier mein Leben hin.
Corinnus. Soviel ist sicher, dies ist zu Verkauf.
Geht mit! Gefällt euch auf Erkundigung
Der Boden, der Ertrag und dieses Leben,
So will ich euer treuer Pfleger sein
Und kauf es gleich mit eurem Golde ein. (*Alle ab.*)

FÜNFTE SZENE

Ein anderer Teil des Waldes
Amiens, Jacques und andere

Lied.

Amiens. Unter des Laubdachs Hut
Wer gerne mit mir ruht
Und stimmt der Kehle Klang
Zu lustger Vögel Sang:
Komm geschwinde! geschwinde! geschwinde!
Hier nagt und sticht
Kein Feind ihn nicht
Als Wetter, Regen und Winde.
Jacques. Mehr, mehr, ich bitte dich, mehr!
Amiens. Es würde Euch melancholisch machen, Monsieur Jacques.
Jacques. Das danke ich ihm. Mehr, ich bitte dich, mehr! Ich kann

Melancholie aus einem Liede saugen, wie ein Wiesel Eier saugt. Mehr! mehr! ich bitte dich.

Amiens. Meine Stimme ist rauh; ich weiß, ich kann Euch nicht damit gefallen.

Jacques. Ich verlange nicht, daß Ihr mir gefallen sollt; ich verlange, daß Ihr singt. Kommt, noch eine Strophe! Nennt Ihr's nicht Strophen?

Amiens. Wie es Euch beliebt, Monsieur Jacques.

Jacques. Ich kümmre mich nicht um ihren Namen; sie sind mir nichts schuldig. Wollt Ihr singen?

Amiens. Mehr auf Euer Verlangen als mir zu Gefallen.

Jacques. Gut, wenn ich mich jemals bei einem Menschen bedanke, so will ich's bei Euch; aber was sie Komplimente nennen, ist, als wenn sich zwei Affen begegnen. Und wenn sich jemand herzlich bei mir bedankt, so ist mir, als hätte ich ihm einen Pfennig gegeben und er sagte: «Gotteslohn dafür.» Kommt singt, und wer nicht mag, halte sein Maul!

Amiens. Gut, ich will das Lied zu Ende bringen. – Ihr Herren, deckt indes die Tafel; der Herzog will unter diesem Baum trinken – er ist den ganzen Tag nach Euch aus gewesen.

Jacques. Und ich bin ihm den ganzen Tag aus dem Wege gegangen. Er ist ein zu großer Disputierer für mich. Es gehn mir so viele Gedanken durch den Kopf als ihm; aber ich danke dem Himmel und mache kein Wesens davon. Kommt, trillert eins her.

Lied. *Alle zusammen.*

Wer Ehrgeiz sich hält fern,
Lebt in der Sonne gern,
Selbst sucht, was ihn ernährt,
Und es mit Lust verzehrt:
Komm geschwinde! geschwinde! geschwinde!
Hier nagt und sticht
Kein Feind ihn nicht
Als Wetter, Regen und Winde.

Jacques. Ich will Euch einen Vers zu dieser Weise sagen, den ich gestern meiner Dichtungsgabe zum Trotz gemacht habe.

Amiens. Und ich will ihn singen.

Jacques. So lautet er:

Besteht ein dummer Tropf
Auf seinem Eselskopf,
Läßt seine Füll und Ruh
Und läuft der Wildnis zu:
Duc ad me! duc ad me! duc ad me[1]*!*
Hier sieht er mehr
So Narrn wie er,
Wenn er zu mir will kommen her.

Amiens. Was heißt das: *duc ad me?*

Jacques. Es ist eine griechische Beschwörung, um Narren in einen Kreis zu bannen. Ich will gehn und schlafen, wenn ich kann; kann ich nicht, so will ich auf alle Erstgeburt in Ägypten lästern.

Amiens. Und ich will den Herzog aufsuchen, sein Mahl ist bereitet. (*Von verschiedenen Seiten ab.*)

SECHSTE SZENE

Ein anderer Teil des Waldes

Orlando und Adam treten auf

Adam. Liebster Herr, ich kann nicht weitergehn; ach, ich sterbe vor Hunger! Hier werfe ich mich hin und messe mir mein Grab. Lebt wohl, bester Herr!

Orlando. Ei was, Adam! hast du nicht mehr Herz? Lebe noch ein wenig, stärke dich ein wenig, ermuntre dich ein wenig. Wenn dieser rauhe Wald irgendein Gewild hegt, so will ich ihm entweder zur Speise dienen oder es dir zur Speise bringen. Deine Einbildung ist dem Tode näher als deine Kräfte. Mir zuliebe sei getrost! halt dir den Tod noch eine Weile vom Leibe. Ich will gleich wieder bei dir sein, und wenn ich dir nicht etwas zu essen bringe, so erlaube ich dir zu sterben; aber wenn du stirbst, ehe ich komme, so hast du mich mit meiner Mühe zum besten. – So recht! du siehst munter aus,

---

1. führ ihn zu mir

und ich bin gleich wieder bei dir. Aber du liegst in der scharfen Luft; komm, ich will dich hinbringen, wo Überwind ist, und du sollst nicht aus Mangel an einer Mahlzeit sterben, wenn es irgendwas Lebendiges in dieser Einöde gibt. Mut gefaßt, guter Adam.

(*Beide ab.*)

SIEBENTE SZENE

Ein anderer Teil des Waldes

Ein gedeckter Tisch. Der Herzog, Amiens, Edelleute und Gefolge treten auf

Herzog. Ich glaub, er ist verwandelt in ein Tier,
Denn nirgends find ich ihn in Mannsgestalt.
Erster Edelmann. Mein Fürst, er ging soeben von hier weg
Und war vergnügt, weil wir ein Lied ihm sangen.
Herzog. Wenn er, ganz Mißlaut, musikalisch wird,
So gibt's bald Dissonanzen in den Sphären. –
Geht, sucht ihn, sagt, daß ich ihn sprechen will.

Jacques tritt auf.

Erster Edelmann. Er spart die Mühe mir durch seine Ankunft.
Herzog. Wie nun, mein Herr? was ist denn das für Art,
Daß Eure Freunde um Euch werben müssen?
Was? Ihr seht lustig aus?
Jacques. Ein Narr! ein Narr! – ich traf 'nen Narrn im Walde,
'nen scheckgen Narrn – o jämmerliche Welt! –
So wahr mich Speise nährt, ich traf 'nen Narrn,
Der streckte sich dahin und sonnte sich
Und schimpfte Frau Fortuna ganz beredt
Und ordentlich – und doch ein scheckger Narr!
«Guten Morgen, Narr!» sagt' ich; «Mein Herr», sagt' er,
«Nennt mich nicht Narr, bis mich das Glück gesegnet.»
Dann zog er eine Sonnenuhr hervor,
Und wie er sie besah mit blödem[1] Auge,
Sagt' er sehr weislich: «Zehn ist's an der Uhr.

---

1. glanzlos

Da sehn wir nun», sagt' er, «wie die Welt läuft:
's ist nur 'ne Stunde her, da war es neun,
Und nach 'ner Stunde noch wird's elfe sein;
Und so von Stund zu Stunde reifen wir,
Und so von Stund zu Stunde faulen wir,
Und daran hängt ein Märlein.» Da ich hörte
So predgen von der Zeit den scheckgen Narrn,
Fing meine Lung an, wie ein Hahn zu krähn,
Daß Narrn so tiefbedächtig sollten sein;
Und eine Stunde lacht ich ohne Rast
Nach seiner Sonnenuhr. – O wackrer Narr!
Ein würdger Narr! die Jacke lob ich mir[1].
Herzog. Was ist das für ein Narr?
Jacques. Ein würdger Narr! Er war ein Hofmann sonst
Und sagt, wenn Frauen jung und schön nur sind,
So haben sie die Gabe, es zu wissen.
In seinem Hirne, das so trocken ist
Wie Überrest von Zwieback nach der Reise,
Hat er seltsame Texte, übervoll
Von Lebensweisheit, die er brockenweise
Nun von sich gibt. – O wär ich doch ein Narr!
Mein Ehrgeiz geht auf eine bunte Jacke.
Herzog. Du sollst sie haben.
Jacques. 's ist mein einzger Wunsch;
Vorausgesetzt, daß Ihr Eur beßres Urteil
Von aller Meinung reinigt, die da wuchert,
Als wär ich weise. – Dann muß ich Freiheit haben,
So ausgedehnte Vollmacht wie der Wind –
So ziemt es Narrn – auf wen ich will, zu blasen,
Und wen am ärgsten meine Torheit geißelt,
Der muß am meisten lachen. Und warum?
Das fällt ins Auge wie der Weg zur Kirche:
Der, den ein Narr sehr weislich hat getroffen,
Wär wohl sehr töricht, schmerzt es noch sosehr,
Nicht fühllos bei dem Schlag zu tun. Wo nicht,

---

1. Wörtlich: bunt ist die einzge Tracht

So wird des Weisen Narrheit aufgedeckt
Selbst durch des Narren ungefähres Zielen.
Steckt mich in meine Jacke, gebt mich frei
Zu reden, wie mir's dünkt, und durch und durch
Will ich die angesteckte Welt schon säubern,
Wenn sie geduldig nur mein Mittel nehmen.
Herzog. O pfui! Ich weiß wohl, was du würdest tun.
Jacques. Und was, zum Kuckuck. würd ich tun als Gutes?
Herzog. Höchst arge Sünd, indem du Sünde schöltest;
Denn du bist selbst ein wüster Mensch gewesen,
So sinnlich wie nur je des Tieres Trieb;
Und alle Übel, alle bösen Beulen,
Die du auf freien Füßen dir erzeugt,
Die würdst du schütten in die weite Welt.
Jacques. Wie! wer schreit gegen Stolz
Und klagt damit den einzelnen nur an?
Schwillt seine Flut nicht mächtig wie die See,
Bis daß die letzten, letzten Mittel ebben?
Welch eine Bürgerfrau nenn ich mit Namen,
Wenn ich behaupt, es tragen Bürgerfraun
Der Fürsten Aufwand auf unwürdgen Schultern?
Darf *eine* sagen, daß ich sie gemeint,
Wenn so wie sie die Nachbarin auch ist?
Und wo ist *der* vom niedrigsten Beruf,
Der spricht: sein Großtun koste mir ja nichts –
Im Wahn, er sei gemeint – und seine Torheit
Nicht stimmt dadurch zu meiner Rede Ton?
Ei ja doch! wie denn? was denn? Laßt doch sehn,
Worin ihm meine Zunge Unrecht tat.
Tut sie sein Recht ihm, tat er selbst sich Unrecht;
Und ist er rein, nun wohl, so fliegt mein Tadel
Die Kreuz und Quer wie eine wilde Gans,
Die niemand angehört. – Wer kommt da? seht!

Orlando kommt mit gezognem Degen.

Orlando. Halt! eßt nicht mehr!
Jacques. Ich hab noch nicht gegessen.
Orlando. Und sollst nicht, bis die Notdurft erst bedient.

Jacques. Von welcher Art mag dieser Vogel sein?
Herzog. Hat deine Not dich, Mensch, so kühn gemacht?
Wie? oder ist's Verachtung guter Sitten,
Daß du so leer von Höflichkeit erscheinst?
Orlando. Ihr traft den Puls zuerst; der dornge Stachel
Der harten Not nahm von mir weg den Schein
Der Höflichkeit; im innern Land geboren,
Kenn ich wohl Sitte – aber haltet! sag ich,
Der stirbt, wer etwas von der Frucht berührt,
Eh ich und meine Sorgen sind befriedigt.
Jacques. Könnt Ihr nicht durch Vernunft befriedigt werden,
So muß ich sterben.
Herzog. Was wollt Ihr haben? Eure Freundlichkeit
Wird mehr als Zwang zur Freundlichkeit uns zwingen.
Orlando. Ich sterbe fast vor Hunger, gebt mir Speise.
Herzog. Sitzt nieder! eßt! willkommen unserm Tisch!
Orlando. Sprecht Ihr so liebreich? O vergebt, ich bitte!
Ich dachte, alles müßte wild hier sein,
Und darum setzt ich in die Fassung mich
Des trotzigen Befehls. Wer ihr auch seid,
Die hier in dieser unzugangbarn Wildnis
Unter dem Schatten melancholscher Wipfel
Säumt und vergeßt die Stunden träger Zeit:
Wenn je ihr beßre Tage habt gesehn,
Wenn je zur Kirche Glocken euch geläutet,
Wenn je ihr saßt bei guter Menschen Mahl,
Wenn je vom Auge Tränen ihr getrocknet
Und wißt, was Mitleid ist und Mitleid finden,
So laßt die Sanftmut mir statt Zwanges dienen:
Ich hoff's, erröt und berge hier mein Schwert.
Herzog. Wahr ist es, daß wir beßre Tage sahn,
Daß heilge Glocken uns zur Kirch geläutet,
Daß wir bei guter Menschen Mahl gesessen
Und Tropfen unsern Augen abgetrocknet,
Die ein geheiligt Mitleid hat erzeugt:
Und darum setzt in Freundlichkeit Euch hin
Und nehmt nach Wunsch, was wir an Hilfe haben,

Das Eurem Mangel irgend dienen kann.
Orlando. Enthaltet Euch der Speise nur ein Weilchen,
Indessen wie die Hindin ich mein Junges
Will futtern gehn. Dort ist ein armer Alter,
Der manchen sauren Schritt aus bloßer Liebe
Mir nachgehinkt: bis er befriedigt ist,
Den doppelt Leid, das Alter schwächt und Hunger,
Berühr ich keinen Bissen.
Herzog. Geht, holt ihn her!
Wir wollen nichts verzehren, bis Ihr kommt.
Orlando.
Ich dank Euch; seid für Euren Trost gesegnet! (*Orlando ab.*)
Herzog. Du siehst, unglücklich sind nicht wir allein,
Und dieser weite, allgemeine Schauplatz
Beut mehr betrübte Szenen dar als unsre,
Worin du spielst.
Jacques. Die ganze Welt ist Bühne
Und alle Fraun und Männer bloße Spieler.
Sie treten auf und gehen wieder ab,
Sein Leben lang spielt einer manche Rollen
Durch sieben Akte hin[1]. Zuerst das Kind,
Das in der Wärtrin Armen greint und sprudelt;
Der weinerliche Bube, der mit Bündel
Und glattem Morgenantlitz wie die Schnecke
Ungern zur Schule kriecht; dann der Verliebte,
Der wie ein Ofen seufzt, mit Jammerlied
Auf seiner Liebsten Braun; dann der Soldat,
Voll toller Flüch und wie ein Pardel bärtig,
Auf Ehre eifersüchtig, schnell zu Händeln,
Bis in die Mündung der Kanone suchend
Die Seifenblase Ruhm. Und dann der Richter
Im runden Bauche, mit Kapaun gestopft,
Mit strengem Blick und regelrechtem Bart,
Voll weiser Sprüch und Allerweltssentenzen

---

1. Wörtlich: und einer spielt im Leben viele Rollen,
es sind die sieben Alter

Spielt seine Rolle so. Das sechste Alter
Macht den besockten, hagern Pantalon,
Brill auf der Nase, Beutel an der Seite;
Die jugendliche Hose, wohl geschont,
'ne Welt zu weit für die verschrumpften Lenden;
Die tiefe Männerstimme, umgewandelt
Zum kindischen Diskant, pfeift und quäkt
In seinem Ton. Der letzte Akt, mit dem
Die seltsam wechselnde Geschichte schließt,
Ist zweite Kindheit, gänzliches Vergessen,
Ohn Augen, ohne Zahn, Geschmack und alles.

Orlando kommt zurück mit Adam.

Herzog. Nun, Freund, setzt nieder Eure würdge Last
Und laßt ihn essen.
Orlando. Ich dank Euch sehr für ihn.
Adam. Das tut auch not;
Kaum kann ich sprechen, selbst für mich zu danken.
Herzog. Willkommen denn! greift zu! Ich stör Euch nicht
Bis jetzt mit Fragen über Eure Lage. –
Gebt uns Musik und singt eins, guter Vetter!

Lied.

Amiens. Stürm, stürm, du Winterwind!
Du bist nicht falsch gesinnt,
Wie Menschenundank ist.
Dein Zahn nagt nicht sosehr,
Weil man nicht weiß, woher,
Wiewohl du heftig bist.
Heisa! singt heisa! den grünenden Bäumen!
Die Freundschaft ist falsch, und die Liebe nur Träumen.
Drum heisa, den Bäumen!
Den lustigen Räumen!

Frier, frier, du Himmelsgrimm!
Du beißest nicht so schlimm
Als Wohltat nicht erkannt;
Erstarrst du gleich die Flut,
Viel schärfer sticht das Blut

Ein Freund von uns gewandt.
Heisa! singt heisa! den grünenden Bäumen!
Die Freundschaft ist falsch, und die Liebe nur Träumen.
Drum heisa, den Bäumen!
Den lustigen Räumen!

Herzog. Wenn ihr der Sohn des guten Roland seid,
Wie Ihr mir eben redlich zugeflüstert
Und meinem Aug sein Ebenbild bezeugt,
Das konterfeit, in Eurem Antlitz lebt:
Seid herzlich hier begrüßt! Ich bin der Herzog,
Der Euren Vater liebte; Eur ferners Schicksal,
Kommt und erzählt's in meiner Höhle mir. –
Willkommen, guter Alter, wie dein Herr!
Führt ihn am Arme. – Gebt mir Eure Hand
Und macht mir Euer ganz Geschick bekannt.

(*Alle ab.*)

DRITTER AUFZUG

ERSTE SZENE

Ein Zimmer im Palast

Herzog Friedrich, Oliver, Herren vom Hofe und Gefolge

Herzog Friedrich.
Ihn nicht gesehn seitdem? Herr! Herr! das kann nicht sein.
Bestünd aus Milde nicht mein größter Teil,
So sucht ich kein entferntes Ziel der Rache,
Da du zur Stelle bist. – Doch sieh dich vor;
Schaff deinen Bruder, sei er, wo er will;
Such ihn mit Kerzen, bring in Jahresfrist
Ihn lebend oder tot; sonst komm nie wieder,
Auf unserm Boden Unterhalt zu suchen.
Was du nur dein nennst, Land und andres Gut,
Des Einziehns wert, fällt unsrer Hand anheim,
Bis du durch deines Bruders Mund dich lösest
Von allem, was wir gegen dich gedacht.

Oliver. O kennt' Eur Hoheit hierin nur mein Herz!
Ich liebt im Leben meinen Bruder nicht.

Herzog Friedrich.
Schurk um so mehr! – Stoßt ihn zur Tür hinaus,
Laßt die Beamten dieser Art Beschlag
Ihm legen auf sein Haus und Länderein:
Tut in der Schnelle dies und schafft ihn fort!
(*Alle ab.*)

ZWEITE SZENE

Der Wald

Orlando kommt mit einem Blatt Papier

Orlando. Da häng, mein Vers, der Liebe zum Beweis!
Und du, o Königin der Nacht dort oben,
Sieh keuschen Blicks aus deinem blassen Kreis
Den Namen deiner Jägrin hier erhoben.
O Rosalinde! sei der Wald mir Schrift:
Ich grabe mein Gemüt in alle Rinden,
Daß jedes Aug, das diese Bäume trifft,
Ringsum bezeugt mag deine Tugend finden.
Auf, auf, Orlando! rühme spät und früh
Die schöne, keusche, unnennbare «sie». (*Ab.*)

Corinnus und Probstein treten auf.

Corinnus. Und wie gefällt Euch dies Schäferleben, Meister Probstein?

Probstein. Wahrhaftig, Schäfer, an und für sich betrachtet, ist es ein gutes Leben; aber in Betracht, daß es ein Schäferleben ist, taugt es nichts. In Betracht, daß es einsam ist, mag ich es wohl leiden; aber in Betracht, daß es stille ist, ist es ein sehr erbärmliches Leben. Ferner in Betracht, daß es auf dem Lande ist, steht es mir an; aber in Betracht, daß es nicht am Hofe ist, wird es langweilig. Insofern es ein mäßiges Leben ist, seht Ihr, ist es nach meinem Sinn; aber insofern es nicht reichlicher dabei zugeht, streitet es sehr gegen meine Neigung. Verstehst Philosophie, Schäfer?

Corinnus. Mehr nicht, als daß ich weiß, daß einer sich desto schlimmer befindet, je kränker er ist; und wem's an Geld, Gut und Genügen gebricht, daß dem drei gute Freunde fehlen; daß des Regens Eigenschaft ist, zu nässen, und des Feuers, zu brennen; daß gute Weide fette Schafe macht und die Nacht hauptsächlich vom Mangel an Sonne kommt; daß einer, der weder durch Natur noch Kunst zu Verstand gekommen wäre, sich über die Erziehung zu beklagen hätte, oder aus einer sehr dummen Sippschaft sein müßte.

Probstein. So einer ist ein natürlicher Philosoph. Warst je am Hofe, Schäfer?

Corinnus. Nein, wahrhaftig nicht.

Probstein. So wirst du in der Hölle gebraten.

Corinnus. Ei, ich hoffe –

Probstein. Wahrhaftig, du wirst gebraten wie ein schlecht geröstet Ei, nur an *einer* Seite.

Corinnus. Weil ich nicht am Hofe gewesen bin? Euren Grund!

Probstein. Nun: wenn du nicht am Hofe gewesen bist, so hast du niemals gute Sitten gesehn. Wenn du niemals gute Sitten gesehn hast, so müssen deine schlecht sein, und alles Schlechte ist Sünde, und Sünde führt in die Hölle. Du bist in einem verfänglichen Zustande, Schäfer.

Corinnus. Ganz und gar nicht, Probstein. Was bei Hofe gute Sitten sind, die sind so lächerlich auf dem Lande, als ländliche Weise bei Hofe zum Spott dient. Ihr sagtet mir, bei Hofe grüßt Ihr nicht, ohne Eure Hand zu küssen. Das wäre eine sehr unreinliche Höflichkeit, wenn Hofleute Schäfer wären.

Probstein. Den Beweis, kürzlich, den Beweis?

Corinnus. Nun, wir müssen unsre Schafe immer angreifen, und ihre Felle sind fettig, wie Ihr wißt.

Probstein. Schwitzen die Hände unserer Hofleute etwa nicht, und ist das Fett von einem Schafe nicht so gesund wie der Schweiß von einem Menschen? Einfältig! einfältig! Einen besseren Beweis! her damit!

Corinnus. Auch sind unsre Hände hart.

Probstein. Eure Lippen werden sie desto eher fühlen. Wiederum einfältig! Einen tüchtigeren Beweis!

Corinnus. Und sind oft ganz beteert vom Bepflastern unsrer Schafe. Wollt Ihr, daß wir Teer küssen sollen? Die Hände der Hofleute riechen nach Bisam.

Probstein. Höchst einfältiger Mensch! Du wahre Würmerspeise gegen ein gutes Stück Fleisch! Lerne von den Weisen und erwäge! Bisam ist von schlechterer Abkunft als Teer: der unsaubre Abgang einer Katze. Einen bessern Beweis, Schäfer!

Corinnus. Ihr habt einen zu höfischen Witz für mich; ich lasse es dabei bewenden.

Probstein. Was? bei der Hölle? Gott helfe dir, einfältiger Mensch! Gott eröffne dir das Verständnis! Du bist ein Strohkopf.

Corinnus. Herr, ich bin ein ehrlicher Tagelöhner; ich verdiene, was ich esse, erwerbe, was ich trage, hasse keinen Menschen, beneide niemandes Glück, freue mich über andrer Leute Wohlergehn, bin zufrieden mit meinem Ungemach, und mein größter Stolz ist, meine Schafe weiden und meine Lämmer saugen zu sehn.

Probstein. Das ist wieder eine einfältige Sünde von Euch, daß Ihr die Schafe und die Böcke zusammenbringt und Euch nicht schämt, von der Begattung des Viehes Euren Unterhalt zu ziehn; daß ihr den Kuppler für einen Leithammel macht und so ein jähriges Lamm einem schiefbeinigen alten Hahnrei von Widder überantwortet gegen alle Regeln des Ehestandes. Wenn du dafür nicht in die Hölle kommst, so will der Teufel selbst keine Schäfer; sonst sehe ich nicht, wie du entwischen könntest.

Corinnus. Hier kommt der junge Herr Ganymed, meiner neuen Herrschaft Bruder.

Rosalinde kommt mit einem Blatt Papier.

Rosalinde (liest). «Von Ost bis West, in beiden Inden
Ist kein Juwel gleich Rosalinden;
Ihr Wert, beflügelt von den Winden,
Trägt durch die Welt hin Rosalinden.
Alle Schilderein erblinden
Bei dem Glanz von Rosalinden;

Keinen Reiz soll man verkünden
Als den Reiz von Rosalinden.»

Probstein. So will ich Euch acht Jahre hintereinander reimen, Essens- und Schlafenszeit ausgenommen; es ist der wahre Butterfrauentrab, wenn sie zu Markte gehn.

Rosalinde. Fort mit dir, Narr!

Probstein. Zur Probe:
Sehnt der Hirsch sich nach den Hinden:
Laßt ihn suchen Rosalinden.
Will die Katze sich verbinden:
Glaubt, sie macht's gleich Rosalinden.
Reben müssen Bäum umwinden[1]:
So tut's nötig Rosalinden.
Wer da mäht, muß Garben binden
Auf den Karrn mit Rosalinden.
Süße Nuß hat saure Rinden;
Solche Nuß gleicht Rosalinden.
Wer süße Rosen sucht, muß finden
Der Liebe Dorn und Rosalinden.
Das ist der eigentliche falsche Versgalopp. Warum behängt Ihr Euch mit ihnen?

Rosalinde. Still, dummer Narr! Ich fand sie an einem Baum.

Probstein. Wahrhaftig, der Baum trägt schlechte Früchte.

Rosalinde. Ich will Euch auf ihn impfen, und dann wird er Mispeln tragen: denn Eure Einfälle verfaulen, ehe sie halb reif sind, und das ist eben die rechte Tugend einer Mispel.

Probstein. Ihr habt gesprochen, aber ob gescheit oder nicht, das mag der Wald richten.

Celia kommt mit einem Blatt Papier.

Rosalinde. Still! hier kommt meine Schwester und liest; gehn wir beiseit.

Celia. «Sollten schweigen diese Räume,
Weil sie unbevölkert? Nein.
Zungen häng ich an die Bäume,

---

1. Im Original: Winterkleider müssen gefüttert werden

Daß sie reden Sprüche fein;
Bald, wie rasch das Menschenleben
Seine Pilgerfahrt durchläuft;
Wie die Zeit, ihm zugegeben,
Eine Spanne ganz begreift;
Bald, wie Schwüre falsch sich zeigen,
Wie sich Freund vom Freunde trennt.
Aber an den schönsten Zweigen
Und an jedes Spruches End
Soll man Rosalinde lesen,
Und verbreiten soll der Ruf,
Daß der Himmel aller Wesen
Höchsten Ausbund in ihr schuf.
Drum hieß die Natur sein Wille
Eine menschliche Gestalt
Zieren mit der Gaben Fülle;
Die Natur mischt' alsobald
Helenens Wange, nicht ihr Herz;
Kleopatrens Herrlichkeit;
Atalantens leichten Scherz
Und Lukreziens Sittsamkeit.
So ward durch einen Himmelsbund
Aus vielen Rosalind ersonnen,
Aus manchem Herzen, Aug und Mund,
Auf daß sie jeden Reiz gewonnen;
Der Himmel gab ihr dieses Recht
Und tot und lebend mich zum Knecht.»

Rosalinde. O gütiger Jupiter! – Mit welcher langweiligen Liebespredigt habt Ihr da Eure Gemeinde müde gemacht und nicht einmal gerufen: «Geduld, gute Leute!»

Celia. Seht doch, Freunde hinterm Rücken? – Schäfer, geh ein wenig abseits. – Geh mit ihm, Bursch.

Probstein. Kommt, Schäfer, laßt uns einen ehrenvollen Rückzug machen, wenngleich nicht mit Sang und Klang, doch mit Sack und Pack.

(*Corinnus und Probstein ab.*)

Celia. Hast du diese Verse gehört?

Rosalinde. O ja, ich hörte sie alle und noch was drüber; denn einige hatten mehr Füße, als die Verse tragen konnten.

Celia. Das tut nichts, die Füße konnten die Verse tragen.

Rosalinde. Ja, aber die Füße waren lahm und konnten sich nicht außerhalb des Verses bewegen, und darum standen sie so lahm im Verse.

Celia. Aber hast du gehört, ohne dich zu wundern, daß dein Name an den Bäumen hängt und eingeschnitten ist?

Rosalinde. Ich war schon sieben Tage in der Woche über alles Wundern hinaus[1], ehe du kamst: denn sieh nur, was ich an einem Palmbaum fand. Ich bin nicht so bereimt worden seit Pythagoras' Zeiten, wo ich eine Ratte war, die sie mit schlechten Versen vergifteten[2], wessen ich mich kaum noch erinnern kann.

Celia. Rätst du, wer es getan hat?

Rosalinde. Ist es ein Mann?

Celia. Mit einer Kette um den Hals, die du sonst getragen hast. Veränderst du die Farbe?

Rosalinde. Ich bitte dich, wer?

Celia. O Himmel! Himmel! Es ist ein schweres Ding für Freunde, sich wieder anzutreffen; aber Berg und Tal kommen im Erdbeben zusammen.

Rosalinde. Nein, sag, wer ist's?

Celia. Ist es möglich?

Rosalinde. Ich bitte dich jetzt mit der allerdringendsten Inständigkeit, sag mir, wer er ist.

Celia. O wunderbar, wunderbar und höchst wunderbarlich wunderbar und nochmals wunderbar und über alle Wunder weg.

Rosalinde. O du liebe Ungeduld! Denkst du, weil ich wie ein Mann ausstaffiert bin, daß auch meine Gemütsart in Wams und Hosen ist? Ein Zollbreit mehr Aufschub ist eine Süd-

---

1. Sinn der Originalstelle: sieben von den neun Tagen, die ein Wunder gewöhnlich dauert, hatte ich schon hinter mir

2. Im Original: eine irische Ratte (Anspielung auf den Glauben, daß Zauberer in Irland Menschen und Tiere zu Tode reimen konnten)

see weit von der Entdeckung. Ich bitte dich, sag mir, wer ist es? Geschwind, und sprich hurtig! Ich wollte, du könntest stottern, daß dir dieser verborgne Mann aus dem Munde käme wie Wein aus einer enghalsigen Flasche: entweder zuviel auf einmal oder gar nichts. Ich bitte dich, nimm den Kork aus deinem Munde, damit ich deine Zeitungen trinken kann.

Celia. Da könntest du einen Mann mit in den Leib bekommen.

Rosalinde. Ist er von Gottes Machwerk? Was für eine Art von Mann? Ist sein Kopf einen Hut wert oder sein Kinn einen Bart?

Celia. Nein, er hat nur wenig Bart.

Rosalinde. Nun, Gott wird mehr bescheren, wenn der Mensch recht dankbar ist; ich will den Wuchs von seinem Bart schon abwarten, wenn du mir nur die Kenntnis von seinem Kinn nicht länger vorenthältst.

Celia. Es ist der junge Orlando, der den Ringer und dein Herz in einem Augenblick zu Falle brachte.

Rosalinde. Nein, der Teufel hole das Spaßen! Sag auf dein ehrlich Gesicht und Mädchentreue.

Celia. Auf mein Wort, Muhme, er ist es.

Rosalinde. Orlando?

Celia. Orlando.

Rosalinde. Ach liebe Zeit! Was fange ich nun mit meinem Wams und Hosen an? – Was tat er, wie du ihn sahst? Was sagte er? Wie sah er aus? Wie trug er sich? Was macht er hier? Frug er nach mir? Wo bleibt er? Wie schied er von dir, und wann wirst du ihn wiedersehn? Antworte mir mit einem Wort.

Celia. Da mußt du mir erst Gargantuas Mund leihen; es wäre ein zu großes Wort für irgendeinen Mund, wie sie heutzutage sind. Ja und nein auf diese Artikel zu sagen ist mehr, als in einer Kinderlehre antworten.

Rosalinde. Aber weiß er, daß ich in diesem Lande bin, und in Mannskleidern? Sieht er so munter aus, wie an dem Tage, wo wir ihn ringen sahen?

Celia. Es ist ebenso leicht, Sonnenstäubchen zu zählen als die Aufgaben eines Verliebten zu lösen. Doch nimm ein Pröbchen von meiner Entdeckung und koste es recht aufmerksam. – Ich fand ihn unter einem Baum wie eine abgefallne Eichel.

Rosalinde. Der mag wohl Jupiters Baum heißen, wenn er solche Früchte fallen läßt.

Celia. Verleiht mir Gehör, wertes Fräulein.

Rosalinde. Fahret fort.

Celia. Da lag er, hingestreckt wie ein verwundeter Ritter.

Rosalinde. Wenn es gleich ein Jammer ist, solch einen Anblick zu sehn, so muß er sich doch gut ausgenommen haben.

Celia. Ruf deiner Zunge «Holla» zu, ich bitte dich; sie macht zur Unzeit Sprünge. Er war wie ein Jäger gekleidet.

Rosalinde. O Vorbedeutung! Er kommt, mein Herz zu erlegen.

Celia. Ich möchte mein Lied ohne Chor singen; du bringst mich aus der Weise.

Rosalinde. Wißt Ihr nicht, daß ich ein Weib bin? Wenn ich denke, muß ich sprechen. Liebe, sag weiter.

Orlando und Jacques treten auf.

Celia. Du bringst mich heraus. – Still! kommt er da nicht?

Rosalinde. Er ist's! Schlüpft zur Seite und laßt uns ihn aufs Korn nehmen. (*Celia und Rosalinde verbergen sich.*)

Jacques. Ich danke Euch für geleistete Gesellschaft; aber meiner Treu, ich wäre ebensogern allein gewesen.

Orlando. Ich auch; aber um der Sitte willen danke ich Euch gleichfalls für Eure Gesellschaft.

Jacques. Der Himmel behüt Euch! Laßt uns sowenig zusammenkommen wie möglich.

Orlando. Ich wünsche mir Eure entferntere Bekanntschaft.

Jacques. Ich ersuche Euch, verderbt keine Bäume weiter damit, Liebeslieder in die Rinden zu schneiden.

Orlando. Ich ersuche Euch, verderbt meine Verse nicht weiter damit, sie erbärmlich abzulesen.

Jacques. Rosalinde ist Eurer Liebsten Name?

Orlando. Wie Ihr sagt.

Jacques. Ihr Name gefällt mir nicht.

Orlando. Es war nicht die Rede davon, Euch zu gefallen, wie sie getauft wurde.

Jacques. Von welcher Statur ist sie?

Orlando. Grade so hoch wie mein Herz.

Jacques. Ihr seid voll artiger Antworten. Habt Ihr Euch etwa mit Goldschmiedweibern abgegeben und solche Sprüchlein von Ringen zusammengelesen?

Orlando. Das nicht; aber ich antworte Euch wie die Tapetenfiguren, aus deren Munde Ihr Eure Fragen studiert habt.

Jacques. Ihr habt einen behenden Witz; ich glaube, er ist aus Atalantens Fersen gemacht. Wollt Ihr Euch mit mir setzen, so wollen wir zusammen über unsre Gebieterin, die Welt, und unser ganzes Elend schmähen.

Orlando. Ich will kein lebendig Wesen in der Welt schelten als mich selber, an dem ich die meisten Fehler kenne.

Jacques. Der ärgste Fehler, den Ihr habt, ist, verliebt zu sein.

Orlando. Das ist ein Fehler, den ich nicht mit Eurer besten Tugend vertauschte. – Ich bin Eurer müde.

Jacques. Meiner Treu, ich suchte eben einen Narren, da ich Euch fand.

Orlando. Er ist in den Bach gefallen; guckt nur hinein, so werdet Ihr ihn sehn.

Jacques. Da werde ich meine eigne Person sehen.

Orlando. Die ich entweder für einen Narren oder eine Null halte.

Jacques. Ich will nicht länger bei Euch verweilen. Lebt wohl, guter Signor Amoroso!

Orlando. Ich freue mich über Euren Abschied. Gott befohlen, guter Monsieur Melancholie! (*Jacques ab.*)

Celia und Rosalinde treten vor.

Rosalinde. Ich will wie ein naseweiser Lakai mit ihm sprechen und ihn unter der Gestalt zum besten haben. – Hört Ihr, Jäger?

Orlando. Recht gut; was wollt Ihr?

Rosalinde. Sagt mir doch, was ist die Glocke?

Orlando. Ihr solltet mich fragen, was ist's an der Zeit; es gibt keine Glocke im Walde.

Rosalinde. So gibts auch keinen rechten Liebhaber im Walde, sonst würde jede Minute ein Seufzen und jede Stunde ein Ächzen den trägen Fuß der Zeit so gut anzeigen wie eine Glocke.

Orlando. Und warum nicht den schnellen Fuß der Zeit? Wäre das nicht ebenso passend gewesen?

Rosalinde. Mitnichten, mein Herr. Die Zeit reiset in verschiednem Schritt mit verschiednen Personen. Ich will Euch sagen, mit wem die Zeit den Paß geht, mit wem sie trabt, mit wem sie galoppiert und mit wem sie stillsteht.

Orlando. Ich bitte dich, mit wem trabt sie?

Rosalinde. Ei, sie trabt hart mit einem jungen Mädchen zwischen der Verlobung und dem Hochzeitstage. Wenn auch nur acht Tage dazwischen hingehn, so ist der Trab der Zeit so hart, daß es ihr wie acht Jahre vorkommt.

Orlando. Mit wem geht die Zeit den Paß?

Rosalinde. Mit einem Priester, dem es an Latein gebricht, und einem reichen Manne, der das Podagra nicht hat. Denn der eine schläft ruhig, weil er nicht studieren kann, und der andre lebt lustig, weil er keinen Schmerz fühlt; den einen drückt nicht die Last dürrer und auszehrender Gelehrsamkeit, der andre kennt die Last schweren mühseligen Mangels nicht. Mit diesen geht die Zeit den Paß.

Orlando. Mit wem galoppiert sie?

Rosalinde. Mit dem Diebe zum Galgen; denn ginge er auch noch sosehr Schritt vor Schritt, so denkt er doch, daß er zu früh kommt.

Orlando. Mit wem steht sie still?

Rosalinde. Mit Advokaten in den Gerichtsferien; denn sie schlafen von Session zu Session und werden also nicht gewahr, wie die Zeit fortgeht.

Orlando. Wo wohnt Ihr, artiger junger Mensch?

Rosalinde. Bei dieser Schäferin, meiner Schwester; hier am Saum des Waldes, wie Fransen an einem Rock.

Orlando. Seid Ihr hier einheimisch?

Rosalinde. Wie das Kaninchen, das zu wohnen pflegt, wo es zur Welt gekommen ist.

Orlando. Eure Aussprache ist etwas feiner, als Ihr sie an einem so abgelegnen Ort Euch hättet erwerben können.

Rosalinde. Das haben mir schon viele gesagt; aber in der Tat, ein alter geistlicher Onkel von mir lehrte mich reden; er war in seiner Jugend ein Städter und gar zu gut mit dem Hofmachen bekannt, denn er verliebte sich dabei. Ich habe ihn manche Predigt dagegen halten hören und danke Gott, daß ich kein Weib bin und keinen Teil an allen den Verkehrtheiten habe, die er ihrem ganzen Geschlecht zur Last legte.

Orlando. Könnt Ihr Euch nicht einiger von den vornehmsten Untugenden erinnern, die er den Weibern aufbürdete?

Rosalinde. Es gab keine vornehmsten darunter; sie sahen sich alle gleich wie Pfennige: jeder einzelne Fehler schien ungeheuer, bis sein Mitfehler sich neben ihn stellte.

Orlando. Bitte, sagt mir einige davon.

Rosalinde. Nein, ich will meine Arznei nicht wegwerfen, außer an Kranke. Es spukt hier ein junger Mensch im Walde herum, der unsre junge Baumzucht mißbraucht, den Namen Rosalinde in die Rinden zu graben, der Oden an Weißdorne hängt und Elegien an Brombeersträuche, alle – denkt doch! – um den Namen Rosalinde zu vergöttern. Könnte ich diesen Herzenskrämer antreffen, so gäbe ich ihm einen guten Rat, denn er scheint mit dem täglichen Liebesfieber behaftet.

Orlando. Ich bin's, den die Liebe so schüttelt; ich bitte Euch, sagt mir Euer Mittel.

Rosalinde. Es ist keins von meines Onkels Merkmalen an Euch zu finden. Er lehrte mich einen Verliebten erkennen; ich weiß gewiß, Ihr seid kein Gefangner in diesem Käfig.

Orlando. Was waren seine Merkmale?

Rosalinde. Eingefallne Wangen, die Ihr nicht habt; Augen mit blauen Rändern, die Ihr nicht habt; ein ungeselliger Sinn, den Ihr nicht habt; ein verwilderter Bart, den Ihr nicht habt – doch den erlasse ich Euch, denn, aufrichtig, was Ihr an Bart besitzet, ist eines jüngeren Bruders Einkommen. – Dann sollten Eure Kniegürtel lose hängen, Eure Mütze nicht gebunden sein, Eure Ärmel aufgeknöpft, Eure Schuhe nicht zugeschnürt, und alles und jedes an Euch müßte eine nachlässige Trostlosigkeit verraten. Aber solch ein Mensch seid Ihr nicht. Ihr seid vielmehr geschniegelt in Eurem Anzuge, mehr wie einer, der in sich selbst verliebt als sonst jemands Liebhaber ist.

Orlando. Schöner Junge, ich wollte, ich könnte dich glauben machen, daß ich liebe.

Rosalinde. Mich das glauben machen? Ihr könntet es ebensogut Eure Liebste glauben machen, was nie zu tun williger ist – dafür steh ich Euch – als zu gestehn, daß sie es tut; das ist einer von den Punkten, worin die Weiber immer ihr Gewissen Lügen strafen. Aber in ganzem Ernst: seid Ihr es, der die Verse an die Bäume hängt, in denen Rosalinde so bewundert wird?

Orlando. Ich schwöre dir, junger Mensch, bei Rosalindens weißer Hand: ich bin es, ich bin der Unglückliche.

Rosalinde. Aber seid Ihr so verliebt, als Eure Reime bezeugen?

Orlando. Weder Gereimtes noch Ungereimtes kann ausdrücken, wie sehr.

Rosalinde. Liebe ist eine bloße Tollheit, und ich sage Euch, verdient ebensogut eine dunkle Zelle und Peitsche als andre Tolle; und die Ursache, warum sie nicht so gezüchtigt und geheilt wird, ist, weil sich dieser Wahnsinn so gemein gemacht hat, daß die Zuchtmeister selbst verliebt sind. Doch kann ich sie mit gutem Rat heilen.

Orlando. Habt Ihr irgendwen so geheilt?

Rosalinde. Ja, einen, und zwar auf folgende Weise. Er mußte sich einbilden, daß ich seine Liebste, seine Gebieterin wäre, und alle Tage hielt ich ihn an, um mich zu werben. Ich, der ich nur ein launenhafter Junge bin, grämte mich dann, war weibisch, veränderlich, wußte nicht, was ich wollte, stolz, phantastisch, grillenhaft, läppisch, unbeständig, bald in Tränen, bald voll Lächeln, von jeder Leidenschaft etwas und von keiner etwas Rechtes, wie Kinder und Weiber meistenteils in diese Farben schlagen. Bald mochte ich ihn leiden, bald konnte ich ihn nicht ausstehn; dann machte ich mir mit ihm zu schaffen, dann sagte ich mich von ihm los; jetzt weinte ich um ihn, jetzt spie ich vor ihm aus: so daß ich meinen Bewerber aus einem tollen Anfall von Liebe in einen leibhaften Anfall von Tollheit versetzte, welche darin bestand, das Getümmel der Welt zu verschwören und in einem mönchischen Winkel zu leben. Und so heilte ich ihn, und auf diese Art nehme ich es über mich, Euer Herz so reinzuwaschen, wie ein gesundes Schafherz, daß nicht ein Flecken Liebe mehr daran sein soll.

Orlando. Ihr würdet mich nicht heilen, junger Mensch.

Rosalinde. Ich würde Euch heilen, wolltet Ihr mich nur Rosalinde nennen und alle Tage in meine Hütte kommen und um mich werben.

Orlando. Nun, bei meiner Treue im Lieben, ich will es; sagt mir, wo sie ist.

Rosalinde. Geht mit mir, so will ich sie Euch zeigen, und unterwegs sollt Ihr mir sagen, wo Ihr hier im Walde wohnt. Wollt Ihr kommen?

Orlando. Von ganzem Herzen, guter Junge.

Rosalinde. Nein, Ihr müßt mich Rosalinde nennen. — Komm, Schwester, laßt uns gehn.

(*Alle ab.*)

Dritte Szene

Der Wald

Probstein und Käthchen kommen. Jacques in der Ferne, belauscht sie

Probstein. Komm hurtig, gutes Käthchen; ich will deine Ziegen zusammenholen, Käthchen. Und sag, Käthchen: bin ich der Mann noch, der dir ansteht? Bist du mit meinen schlichten Zügen zufrieden?

Käthchen. Eure Züge? Gott behüte! Was sind das für Streiche?

Probstein. Ich bin hier bei Käthchen und ihren Ziegen, wie der Dichter, der die ärgsten Bocksprünge machte, der ehrliche Ovid, unter den Goten.

Jacques. O schlechtlogierte Gelehrsamkeit! schlechter als Jupiter unter einem Strohdach!

Probstein. Wenn eines Menschen Verse nicht verstanden werden und eines Menschen Witz von dem geschickten Kinde Verstand nicht unterstützt wird, das schlägt einen Menschen härter nieder als eine große Rechnung in einem kleinen Zimmer.

– Wahrhaftig, ich wollte, die Götter hätten dich poetisch gemacht.

Käthchen. Ich weiß nicht, was poetisch ist. Ist es ehrlich in Worten und Werken? Besteht es mit der Wahrheit?

Probstein. Nein, wahrhaftig nicht; denn die wahrste Poesie erdichtet am meisten, und Liebhaber sind der Poesie ergeben, und was sie in Poesie schwören, davon kann man sagen, sie erdichten es als Liebhaber.

Käthchen. Könnt Ihr denn wünschen, daß mich die Götter poetisch gemacht hätten?

Probstein. Ich tue es wahrlich, denn du schwörst mir zu, daß du ehrbar bist. Wenn du nun ein Poet wärest, so hätte ich einige Hoffnung, daß du erdichtetest.

Käthchen. Wolltet Ihr denn nicht, daß ich ehrbar wäre?

Probstein. Nein, wahrhaftig nicht, du müßtest denn sehr häßlich sein; denn Ehrbarkeit mit Schönheit gepaart ist wie eine Honigbrühe über Zucker.

Jaques. Ein sinnreicher Narr!

Käthchen. Gut, ich bin nicht schön, und darum bitte ich die Götter, daß sie mich ehrbar machen.

Probstein. Wahrhaftig, Ehrbarkeit an eine garstige Schmutzdirne wegzuwerfen, hieße, gut Essen auf eine unreinliche Schüssel legen.

Käthchen. Ich bin keine Schmutzdirne, ob ich schon den Göttern danke, daß ich garstig bin.

Probstein. Gut, die Götter sei'n für deine Garstigkeit gepriesen, die Schmutzigkeit kann noch kommen. Aber sei es, wie es will, ich heirate dich, und zu dem Ende bin ich bei Ehrn Olivarius Textdreher gewesen, dem Pfarrer im nächsten Dorf der mir versprochen hat, mich an diesem Platz im Walde zu treffen und uns zusammenzugeben.

Jacques (*beiseite*). Die Zusammenkunft möchte ich mit ansehn.

Käthchen. Nun, die Götter lassen es wohl gelingen!

Probstein. Amen! Wer ein zaghaft Herz hätte, möchte wohl bei diesem Unternehmen stutzen; denn wir haben hier keinen Tempel als den Wald, keine Gemeinde als Hornvieh. Aber was tut's? Mutig! Hörner sind verhaßt, aber unvermeidlich.

Es heißt, mancher Mensch weiß des Guten kein Ende; recht! mancher Mensch hat gute Hörner und weiß ihrer kein Ende. Wohl! es ist das Zugebrachte von seinem Weibe, er hat es nicht selbst erworben. – Hörner? Nun ja! Arme Leute allein? – Nein, nein, der edelste Hirsch hat sie so hoch wie der geringste. Ist der ledige Mann darum gesegnet? Nein. Wie eine Stadt mit Mauern vornehmer ist als ein Dorf, so ist die Stirn eines verheirateten Mannes ehrenvoller als die nackte Schläfe eines Junggesellen; und um soviel besser Schutzwehr ist als Unvermögen, um soviel kostbarer ist ein Horn als keins.

Ehrn Olivarius Textdreher kommt.

Hier kommt Ehrn Olivarius. – Ehrn Olivarius Textdreher, gut, daß wir Euch treffen. Wollt Ihr uns hier unter diesem Baum abfertigen, oder sollen wir mit Euch in Eure Kapelle gehn?

Ehrn Olivarius. Ist niemand da, um die Braut zu geben?

Probstein. Ich nehme sie nicht als Gabe von irgendeinem Mann.

Ehrn Olivarius. Sie muß gegeben werden, oder die Heirat ist nicht gültig.

Jacques (*tritt vor*). Nur zu! nur zu! ich will sie geben.

Probstein. Guten Abend, lieber Herr. Wie heißt Ihr doch! Wie gehts Euch? Schön, daß ich Euch treffe. Gotteslohn für Eure neuliche Gesellschaft! Ich freue mich sehr, Euch zu sehn. – Ich habe hier eben eine Kleinigkeit vor, Herr. Ich bitte, bedeckt Euch.

Jacques. Wollt Ihr Euch verheiraten, Hanswurst?

Probstein. Wie der Ochse sein Joch hat, Herr, das Pferd seine Kinnkette und der Falke seine Schellen, so hat der Mensch seine Wünsche; und wie sich Tauben schnäbeln, so möchte der Ehestand naschen.

Jacques. Und wollt Ihr, ein Mann von Eurer Erziehung, Euch im Busch verheiraten wie ein Bettler? In die Kirche geht und nehmt einen tüchtigen Priester, der Euch bedeuten kann, was Heiraten ist. Dieser Geselle wird Euch nur so zusammenfügen, wie sie's beim Tafelwerk machen; dann wird eins von euch eintrocknen und sich werfen wie frisches Holz: knack, knack.

Probstein (*beiseite*). Ich denke nicht anders, als mir wäre besser, von ihm getraut zu werden wie von einem andern; denn er sieht mir aus, als wenn er mich nicht recht trauen würde; und wenn er mich nicht recht traute, so ist das nachher ein guter Vorwand, mein Weib im Stiche zu lassen.

Jacques. Geh mit mir, Freund, und höre meinen Rat.

Probstein. Komm, lieb Käthchen!
Du wirst noch meine Frau, oder du bleibst mein Mädchen.
Lebt wohl, Ehrn Olivarius.

Nicht: «O holder Oliver!
O wackrer Oliver!
Laß mich nicht hinter dir.»

Nein: «Pack dich fort!
Geh! auf mein Wort,
Ich will nicht zur Trauung mit dir.»

(*Jacques, Probstein und Käthchen ab.*)

Ehrn Olivarius. Es tut nichts; keiner von allen diesen phantastischen Schelmen zusammen soll mich aus meinem Beruf herausnecken. (*Ab.*)

VIERTE SZENE

Der Wald. Vor einer Hütte
Rosalinde und Celia treten auf

Rosalinde. Sage mir nichts weiter, ich will weinen.

Celia. Tu es nur; aber sei doch so weise, zu bedenken, daß Tränen einem Mann nicht anstehn.

Rosalinde. Aber habe ich nicht Ursache zu weinen?

Celia. So gute Ursache sich einer nur wünschen mag. Also weine.

Rosalinde. Selbst sein Haar ist von einer falschen Farbe.

Celia. Nur etwas brauner als des Judas seins. Ja, seine Küsse sind rechte Judaskinder.

Rosalinde. Sein Haar ist bei alledem von einer hübschen Farbe.

Celia. Eine herrliche Farbe; es geht nichts über Nußbraun.

Rosalinde. Und seine Küsse sind so voll Heiligkeit wie die Berührung des geweihten Brotes.

Celia. Er hat ein Paar abgelegte Lippen der Diana gekauft; eine Nonne von des Winters Schwesterschaft küßt nicht geistlicher; das wahre Eis der Keuschheit ist in ihnen.

Rosalinde. Aber warum versprach er mir, diesen Morgen zu kommen, und kommt nicht?

Celia. Nein, gewißlich, es ist keine Treu und Glauben in ihm.

Rosalinde. Denkst du das?

Celia. Nun, ich glaube, er ist weder ein Beutelschneider noch ein Pferdedieb; aber was seine Wahrhaftigkeit in der Liebe betrifft, so halte ich ihn für so hohl als einen umgekehrten Becher oder eine wurmstichige Nuß.

Rosalinde. Nicht wahrhaftig in der Liebe?

Celia. Ja, wenn er verliebt ist; aber mich dünkt, das ist er nicht.

Rosalinde. Du hörtest ihn doch hoch und teuer beschwören, daß er es war.

Celia. *War* ist nicht *ist*. Auch ist der Schwur eines Liebhabers nicht zuverlässiger als das Wort eines Bierschenken: sie bekräftigen beide falsche Rechnungen. Er begleitet hier im Walde den Herzog, Euren Vater.

Rosalinde. Ich begegnete dem Herzog gestern und mußte ihm viel Rede stehn. Er fragte mich, von welcher Herkunft ich wäre; ich sagte ihm, von einer ebenso guten als er; er lachte und ließ mich gehn. Aber was sprechen wir von Vätern, solange ein Mann wie Orlando in der Welt ist?

Celia. O das ist ein reizender Mann! Er macht reizende Verse, spricht reizende Worte, schwört reizende Eide und bricht sie reizend der Quere, grade vor seiner Liebsten Herz, wie ein jämmerlicher Turnierer, der sein Pferd nach *einer* Seite spornt, seine Lanze zerbricht. Aber alles ist reizend, wo Jugend obenauf sitzt und die Zügel lenkt. Wer kommt hier?

Corinnus kommt.

Corinnus. Mein Herr und Fräulein, ihr befragtet oft
Mich um den Schäfer, welcher Liebe klagte,

Den ihr bei mir saht sitzen auf dem Rasen,
Wie er die übermütge Schäfrin pries,
Die seine Liebste war.

Celia. Was ist mit ihm?

Corinnus. Wollt ihr ein Schauspiel sehn, wahrhaft gespielt
Von treuer Liebe blassem Angesicht
Und roter Glut des Hohns und stolzer Hoffart:
Geht nur ein Endchen mit, ich führ euch hin,
Wenn ihr's beachten wollt.

Rosalinde. O kommt! gehn wir dahin;
Verliebte sehen nährt Verliebter Sinn.
Bringt uns zur Stell, und gibt es so das Glück,
So spiel ich eine Roll in ihrem Stück.

(*Alle ab.*)

FÜNFTE SZENE

Ein anderer Teil des Waldes
Silvius und Phöbe treten auf

Silvius. Höhnt mich nicht, liebe Phöbe! Tut's nicht, Phöbe!
Sagt, daß Ihr mich nicht liebt, doch sagt es nicht
Mit Bitterkeit; der Henker, dessen Herz
Des Tods gewohnter Anblick doch verhärtet,
Fällt nicht das Beil auf den gebeugten Nacken,
Bis er sich erst entschuldigt. Seid Ihr strenger
Als der von Tropfen Bluts sich nährt und kleidet?

Rosalinde, Celia und Corinnus kommen in der Entfernung.

Phöbe. Ich möchte keineswegs dein Henker sein;
Ich fliehe dich, um dir kein Leid zu tun.
Du sagst mir, daß ich Mord im Auge trage;
's ist artig in der Tat und steht zu glauben,
Daß Augen, diese schwächsten, zartsten Dinger,
Die feig ihr Tor vor Sonnenstäubchen schließen,
Tyrannen, Schlächter, Mörder sollen sein.
Ich seh dich finster an von ganzem Herzen:
Verwundet nun mein Aug, so laß dich's töten.

Tu doch, als kämst du um! so fall doch nieder!
Und kannst du nicht: pfui! schäm dich, so zu lügen,
Und sag nicht, meine Augen seien Mörder.
Zeig doch die Wunde, die mein Aug dir machte.
Ritz dich mit einer Nadel nur, so bleibt
Die Schramme dir; lehn dich auf Binsen nur,
Und es behält den Eindruck deine Hand
Auf einen Augenblick; allein die Augen,
Womit ich auf dich blitzte, tun dir nichts,
Und sicher ist auch keine Kraft in Augen,
Die Schaden tun kann.

Silvius. O geliebte Phöbe!
Begegnet je – wer weiß, wie bald dies je! –
Auf frischen Wangen dir der Liebe Macht,
Dann wirst du die geheimen Wunden kennen
Vom scharfen Pfeil der Liebe.

Phöbe. Doch bis dahin
Komm mir nicht nah, und wenn die Zeit gekommen,
Kränk mich mit deinem Spott, sei ohne Mitleid,
Wie ich bis dahin ohne Mitleid bin.

Rosalinde (*tritt vor*).
Warum? ich bitt Euch – Wer war Eure Mutter,
Daß Ihr den Unglückselgen kränkt und höhnt
Und was nicht alles? Hättet Ihr auch Schönheit
(Wie ich doch wahrlich mehr an Euch nicht sehe,
Als ohne Licht – im Finstern geht zu Bett),
Müßt Ihr deswegen stolz und fühllos sein?
Was heißt das? Warum blickt Ihr mich so an?
Ich seh nicht mehr an Euch, als die Natur
Auf Kauf zu machen pflegt. So war ich lebe!
Sie will auch *meine* Augen wohl betören?
Nein, wirklich, stolze Dame! hofft das nicht.
Nicht Euer Rabenhaar, kohlschwarze Brauen,
Glaskugelaugen, noch die Milchrahmwange
Bezwingen meinen Sinn, Euch zu verehren. –
O blöder Schäfer, warum folgt Ihr ihr
Wie feuchter Süd, von Wind und Regen schwellend?

Ihr seid ja tausendfach ein hübschrer Mann
Als sie ein Weib. Dergleichen Toren füllen
Die ganze Welt mit garstgen Kindern an.
Der Spiegel nicht: *Ihr* seid es, der ihr schmeichelt;
Sie sieht in Euch sich hübscher abgespiegelt,
Als ihre Züge sie erscheinen lassen. –
Doch, Fräulein, kennt Euch selbst, fallt auf die Knie,
Dankt Gott mit Fasten für 'nen guten Mann;
Denn als ein Freund muß ich ins Ohr Euch sagen:
Verkauft Euch bald, Ihr seid nicht jedes Kauf.
Liebt diesen Mann! fleht ihm als Eurem Retter:
Am häßlichsten ist Häßlichkeit am Spötter! –
So nimm sie zu dir, Schäfer. Lebt denn wohl!

Phöbe. O holder Jüngling, schilt ein Jahr lang so!
Dich hör ich lieber schelten als ihn werben.

Rosalinde. Er hat sich in ihre Häßlichkeit verliebt, und sie wird sich in meinen Zorn verlieben. Wenn das so ist, so will ich sie mit bittern Worten pfeffern, so schnell sie dir mit Stirnrunzeln antwortet. – Warum seht Ihr mich so an?

Phöbe. Aus üblem Willen nicht.

Rosalinde. Ich bitt Euch sehr, verliebt Euch nicht in mich,
Denn ich bin falscher als Gelübd' im Trunk;
Zudem, ich mag Euch nicht. Sucht Ihr etwa mein Haus:
's ist hinter den Oliven, dicht bei an.
Wollt Ihr gehn, Schwester? – Schäfer, setz ihr zu. –
Komm, Schwester! – Seid ihm günstger, Schäferin,
Und seid nicht stolz; konnt alle Welt auch sehn,
So blind wird keiner mehr von hinnen gehn.
Zu unsrer Herde, kommt!

(*Rosalinde und Celia ab.*)

Phöbe. O Schäfer[1]! nun kommt mir dein Spruch zurück:
«Wer liebte je und nicht beim ersten Blick?»

Silvius. Geliebte Phöbe –

Phöbe. Ha, was sagst du, Silvius?

---

1. Im Original: toter Schäfer (Bezieht sich nicht auf Silvius, sondern auf den verstorbenen Dichter Marlowe)

Silvius. Beklagt mich, liebe Phöbe.
Phöbe. Ich bin um dich bekümmert, guter Silvius.
Silvius. Wo die Bekümmernis, wird Hilfe sein.
Seid Ihr um meinen Liebesgram bekümmert,
Gebt Liebe mir; mein Gram und Euer Kummer
Sind beide dann vertilgt.
Phöbe. Du hast ja meine Lieb, ist das nicht nachbarlich?
Silvius. Dich möcht ich haben.
Phöbe. Ei, das wäre Habsucht.
Die Zeit war, Silvius, da ich dich gehaßt:
Es ist auch jetzt nicht so, daß ich dich liebte;
Doch weil du kannst so gut von Liebe sprechen,
So duld ich deinen Umgang, der mir sonst
Verdrießlich war, und bitt um Dienste dich.
Allein, erwarte keinen andern Lohn
Als deine eigne Freude, mir zu dienen.
Silvius. So heilig und so groß ist meine Liebe,
Und ich in solcher Dürftigkeit an Gunst,
Daß ich es für ein reiches Teil muß halten,
Die Ähren nur dem Manne nachzulesen,
Dem volle Ernte wird. Verliert nur dann und wann
Ein flüchtig Lächeln: davon will ich leben.
Phöbe. Kennst du den jungen Mann, der mit mir sprach?
Silvius. Nicht sehr genau, doch traf ich oft ihn an.
Er hat die Weid und Schäferei gekauft,
Die sonst dem alten Carlot zugehört.
Phöbe. Denk nicht, ich lieb ihn, weil ich nach ihm frage.
's ist nur ein dummer Bursch – doch spricht er gut;
Frag ich nach Worten? – Doch tun Worte gut,
Wenn, der sie spricht, dem, der sie hört, gefällt.
Es ist ein hübscher Junge – nicht gar hübsch;
Doch wahrlich, er ist stolz – zwar steht sein Stolz ihm:
Er wird einmal ein feiner Mann. Das Beste
Ist sein Gesicht, und schneller als die Zunge
Verwundete, heilt' es sein Auge wieder.
Er ist nicht eben groß, doch für sein Alter groß;
Sein Bein ist nur so so, doch macht sich's gut;

Es war ein lieblich Rot auf seinen Lippen,
Ein etwas reiferes und stärkres Rot
Als auf den Wangen: just der Unterschied
Wie zwischen dunkeln und gesprengten Rosen.
Es gibt der Weiber, Silvius: hätten sie
Ihn Stück für Stück betrachtet so wie ich,
Sie hätten sich verliebt; ich für mein Teil,
Ich lieb ihn nicht, noch hass' ich ihn, und doch
Hätt ich mehr Grund zu hassen als zu lieben.
Denn was hatt er für Recht, mich auszuschelten?
Er sprach, mein Haar sei schwarz, mein Auge schwarz,
Und, wie ich mich entsinne, höhnte mich.
Mich wundert's, daß ich ihm nicht Antwort gab.
Schon gut! Verschoben ist nicht aufgehoben;
Ich will ihm einen Brief voll Spottes schreiben,
Du sollst ihn zu ihm tragen: willst du, Silvius?

Silvius. Phöbe, von Herzen gern.

Phöbe. Ich schreib ihn gleich;
Der Inhalt liegt im Kopf mir und im Herzen,
Ich will ganz kurz und bitter zu ihm sein.
Komm mit mir, Silvius! (*Ab.*)

VIERTER AUFZUG

ERSTE SZENE

Der Wald

Rosalinde, Celia und Jacques treten auf

Jacques. Ich bitte dich, artiger, junger Mensch, laß uns besser miteinander bekannt werden.

Rosalinde. Sie sagen, Ihr wärt ein melancholischer Gesell.

Jacques. Das bin ich; ich mag es lieber sein als lachen.

Rosalinde. Die eins von beiden aufs äußerste treiben, sind abscheuliche Burschen und geben sich jedem Tadel preis, ärger als Trunkenbolde.

Jacques. Ei, es ist doch hübsch, traurig zu sein und nichts zu sagen.

Rosalinde. Ei, so ist es auch hübsch, ein Türpfosten zu sein.

Jacques. Ich habe weder des Gelehrten Melancholie, die Nacheifrung ist, noch des Musikers, die phantastisch ist, noch des Hofmanns, die hoffärtig ist, noch des Soldaten, die ehrgeizig ist, noch des Juristen, die politisch ist, noch der Frauen, die zimperlich ist; noch des Liebhabers, die das alles zusammen ist, sondern es ist eine Melancholie nach meiner Weise, aus mancherlei Ingredienzien bereitet, von mancherlei Gegenständen abgezogen, und wirklich die gesamte Betrachtung meiner Reisen, deren öftere Überlegung mich in eine höchst launische Betrübnis einhüllt.

Rosalinde. Ein Reisender? Meiner Treu, Ihr habt große Ursache, betrübt zu sein; ich fürchte, Ihr habt Eure eignen Länder verkauft, um andrer Leute ihre zu sehn. Viel gesehn haben und nichts besitzen, das kommt auf reiche Augen und arme Hände hinaus.

Jacques. Nun, ich habe Erfahrung gewonnen.

Orlando tritt auf.

Rosalinde. Und Eure Erfahrung macht Euch traurig. Ich möchte lieber einen Narren halten, der mich lustig machte, als Erfahrung, die mich traurig machte. Und noch obendrein darum zu reisen?

Orlando. Habt Gruß und Heil, geliebte Rosalinde.

Jacques. Nein, dann Gott befohlen, wenn Ihr gar in Versen sprecht. (*Ab.*)

Rosalinde. Fahrt wohl, mein Herr Reisender! Seht zu, daß Ihr lispelt und ausländische Kleidung tragt, macht alles Ersprießliche in Eurem eignen Lande herunter, entzweit Euch mit Eurer Geburt und scheltet schier den lieben Gott, daß er Euch kein andres Gesicht gab: sonst glaub ich es kaum, daß Ihr je in einer Gondel gefahren seid. – Nun, Orlando, wo seid Ihr die ganze Zeit her gewesen? Ihr, ein Liebhaber? – Spielt Ihr mir noch einmal so einen Streich, so kommt mir nicht wieder vors Gesicht.

Orlando. Meine schöne Rosalinde, es ist noch keine Stunde später, als ich versprach.

Rosalinde. Ein Versprechen in der Liebe um eine Stunde brechen? – Wer tausend Teile aus einer Minute macht und nur ein Teilchen von dem tausendsten Teil einer Minute in Liebessachen versäumt, von dem mag man wohl sagen, Cupido hat ihm auf die Schulter geklopft; aber ich stehe dafür, sein Herz ist unversehrt.

Orlando. Verzeiht mir, liebe Rosalinde.

Rosalinde. Nein, wenn Ihr so saumselig seid, so kommt mir nicht mehr vors Gesicht; ich hätte es ebenso gern, daß eine Schnecke um mich freite.

Orlando. Eine Schnecke?

Rosalinde. Ja, eine Schnecke! Denn kommt solch ein Liebhaber gleich langsam, so trägt er doch sein Haus auf dem Kopfe; ein besseres Leibgedinge, denk ich, als Ihr einer Frau geben könnt. Außerdem bringt er sein Schicksal mit sich.

Orlando. Was ist das?

Rosalinde. Ei, Hörner! die solche, wie Ihr, sich gern von ihren Weibern aufsetzen lassen. Aber er kommt mit seinem Lose ausgerüstet und verhütet den üblen Ruf seiner Frau.

Orlando. Tugend dreht keine Hörner, und meine Rosalinde ist tugendhaft.

Rosalinde. Und ich bin Eure Rosalinde.

Celia. Es beliebt ihm, Euch so zu nennen; aber er hat eine Rosalinde von zarterer Farbe als Ihr.

Rosalinde. Kommt, freit um mich, freit um mich, denn ich bin jetzt in einer Festtagslaune und könnte wohl einwilligen. – Was würdet Ihr zu mir sagen, wenn ich Eure rechte, rechte Rosalinde wäre?

Orlando. Ich würde küssen, ehe ich spräche.

Rosalinde. Nein, Ihr tätet besser, erst zu sprechen, und wenn Ihr dann stocktet, weil Ihr nichts mehr wüßtet, nähmt Ihr Gelegenheit zu küssen. Gute Redner räuspern sich, wenn sie aus dem Text kommen, und wenn Liebhabern (was Gott verhüte!) der Stoff ausgeht, so ist der schicklichste Behelf, zu küssen.

Orlando. Wenn nun der Kuß verweigert wird?

Rosalinde. So nötigt sie Euch zum Bitten, und das gibt neuen Stoff.

Orlando. Wer könnte wohl stocken, wenn er vor seiner Liebsten steht?

Rosalinde. Wahrlich, das solltet Ihr, wenn ich Eure Liebste wäre, sonst müßte ich meine Tugend für stärker halten als meinen Witz. Bin ich nicht Eure Rosalinde?

Orlando. Es macht mir Freude, Euch so zu nennen, weil ich gern von ihr sprechen mag.

Rosalinde. Gut, und in ihrer Person sage ich: ich will Euch nicht.

Orlando. So sterbe ich in meiner eignen Person.

Rosalinde. Mitnichten: verrichtet es durch einen Anwalt. Die arme Welt ist fast sechstausend Jahre alt, und die ganze Zeit über ist noch kein Mensch in eigner Person gestorben: nämlich in Liebessachen. Dem Troilus wurde das Gehirn von einer griechischen Keule zerschmettert; doch tat er, was er konnte, um vorher noch zu sterben, und er ist eins von den Mustern der Liebe. Leander, der hätte noch manches schöne Jahr gelebt, wär Hero gleich Nonne geworden, wenn eine heiße Sommernacht es nicht getan hätte; denn der arme Junge, er ging nur hin, um sich im Hellespont zu baden, bekam den Krampf und ertrank, und die albernen Chronikenschreiber seiner Zeit befanden, es sei Hero von Sestos. Doch das sind lauter Lügen; die Menschen sind von Zeit zu Zeit gestorben, und die Würmer haben sie verzehrt, aber nicht aus Liebe.

Orlando. Ich möchte meine rechte Rosalinde nicht so gesinnt wissen; denn ich beteure, ihr Stirnrunzeln könnte mich töten.

Rosalinde. Bei dieser Hand! es tötet keine Fliege. Aber kommt! nun will ich Eure Rosalinde in einer gutwilligeren Stimmung sein, und bittet von mir, was Ihr wollt, ich will es zugestehn.

Orlando. So liebe mich, Rosalinde.

Rosalinde. Ja, das will ich, Freitags, Sonnabends und so weiter.

Orlando. Und willst du mich haben?

Rosalinde. Ja, und zwanzig solcher.

Orlando. Was sagst du?

Rosalinde. Seid Ihr nicht gut?

Orlando. Ich hoff es.

Rosalinde. Nun denn, kann man des Guten zuviel haben? – Kommt, Schwester, Ihr sollt der Priester sein, um uns zu trauen. – Gebt mir Eure Hand, Orlando. – Was sagt Ihr, [Schwester?

Orlando. Bitte, trau uns.

Celia. Ich weiß die Worte nicht.

Rosalinde. Ihr müßt anfangen: «Wollt Ihr, Orlando –»

Celia. Schon gut. – Wollt Ihr, Orlando, gegenwärtige Rosalinde zum Weibe haben?

Orlando. Ja!

Rosalinde. Gut, aber wann?

Orlando. Nun, gleich: so schnell sie uns trauen kann.

Rosalinde. So müßt Ihr sagen: «Ich nehme dich, Rosalinde, zum Weibe.»

Orlando. Ich nehme dich, Rosalinde, zum Weibe.

Rosalinde. Ich könnte nach Eurem Erlaubnisschein fragen, doch – ich nehme dich, Orlando, zu meinem Manne. Da kommt ein Mädchen dem Priester zuvor, und wirklich, Weibergedanken eilen immer ihren Handlungen voraus.

Orlando. Das tun alle Gedanken, sie sind beflügelt.

Rosalinde. Nun sagt mir: wie lange wollt Ihr sie haben, nachdem Ihr ihren Besitz erlangt?

Orlando. Immerdar und einen Tag.

Rosalinde. Sagt, einen Tag, und laßt immerdar weg. Nein, nein, Orlando! Männer sind Mai, wenn sie freien, und Dezember in der Ehe. Mädchen sind Frühling, solange sie Mädchen sind, aber der Himmel verändert sich, wenn sie Frauen werden. Ich will eifersüchtiger auf dich sein als ein Turteltauber auf sein Weibchen, schreiichter als ein Papagei, wenn es regnen will, putzsüchtiger als ein Affe und launischer in Gelüsten als eine Meerkatze. Ich will um nichts weinen, wie Diana am Springbrunnen, und das will ich tun, wenn du zur Lustigkeit gestimmt bist; ich will lachen wie eine Hyäne, und zwar wenn du zu schlafen wünschest.

Orlando. Aber wird meine Rosalinde das tun?

Rosalinde. Bei meinem Leben, sie wird es machen wie ich.

Orlando. Oh, sie ist aber klug.

Rosalinde. Sonst hätte sie nicht den Witz dazu. Je klüger, desto verkehrter. Versperrt dem Witz eines Weibes die Türen, so muß er zum Fenster hinaus; macht das zu, so fährt er aus dem Schlüsselloch; verstopft das, so fliegt er mit dem Rauch aus dem Schornstein.

Orlando. Ein Mann, der eine Frau mit soviel Witz hätte, könnte fragen: «Witz, wo willst du mit der Frau hin?»

Rosalinde. Nein, das könntet Ihr versparen, bis Ihr den Witz Eurer Frau auf dem Wege zu Eures Nachbars Bett anträft.

Orlando. Welcher Witz hätte Witz genug, das zu entschuldigen?

Rosalinde. Nun, etwa: – sie ginge hin, Euch dort zu suchen. Ihr werdet sie nie ohne Antwort ertappen. Ihr müßtet sie denn ohne Zunge antreffen. Oh, die Frau, die die Schuld an ihren Fehlern nicht auf ihren Mann zu schieben versteht, die laßt nie ihr Kind säugen; sie würde es albern großziehn.

Orlando. Auf die nächsten zwei Stunden, Rosalinde, verlasse ich dich.

Rosalinde. Ach, geliebter Freund, ich kann dich nicht zwei Stunden entbehren.

Orlando. Ich muß dem Herzoge beim Mittagstisch aufwarten. Um zwei Uhr bin ich wieder bei dir.

Rosalinde. Ja, geht nur, geht nur! Das sah ich wohl von Euch voraus; meine Freunde sagten mir's, und ich dacht es ebenfalls – Eure Schmeichelzunge gewann mich – es ist nur eine Verstoßne mehr – und also: komm, Tod! – Zwei Uhr ist Eure Stunde?

Orlando. Ja, süße Rosalinde.

Rosalinde. Bei Treu und Glauben, und in vollem Ernst, und so mich der Himmel schirme, und bei allen artigen Schwüren, die keine Gefahr haben, brecht Ihr ein Pünktchen Eures Versprechens, oder kommt nur eine Minute nach der Zeit, so will ich Euch für den feierlichsten Wortbrecher halten und für den falschesten Liebhaber und den Allerunwürdigsten derer, die Ihr Rosalinde nennt, welcher nur aus dem ganzen

Haufen der Ungetreuen ausgesucht werden konnte. Darum hütet Euch vor meinem Urteil und haltet Euer Versprechen.

Orlando. So heilig, als wenn du wirklich meine Rosalinde wärst. Leb denn wohl!

Rosalinde. Gut, die Zeit ist der alte Richter, der solche Verbrecher ans Licht zieht, und die Zeit muß es ausweisen. Lebt wohl! (*Orlando ab.*)

Celia. Du hast unserm Geschlecht in deinem Liebesgeschwätz geradezu übel mitgespielt. Wir müssen dir Hosen und Wams über den Kopf ziehn, damit die Welt sieht, was der Vogel gegen sein eignes Nest getan hat.

Rosalinde. O Mühmchen! Mühmchen! Mühmchen! mein artiges kleines Mühmchen! wüßtest du, wieviel Klafter tief ich in Liebe versenkt bin! Aber es kann nicht ergründet werden; meine Zuneigung ist grundlos wie die Bucht von Portugal.

Celia. Sag lieber, bodenlos: soviel Liebe du hineintust, sie läuft alle wieder heraus.

Rosalinde. Nein, der boshafte Bastard der Venus, der vom Gedanken erzeugt, von der Grille empfangen und von der Tollheit geboren wurde, der blinde schelmische Bube, der jedermanns Augen betört, weil er selbst keine mehr hat: der mag richten, wie tief ich in der Liebe stecke. – Ich sage dir, Aliena, ich kann nicht ohne Orlandos Anblick sein; ich will Schatten suchen und seufzen, bis er kommt.

Celia. Und ich will schlafen.

(*Beide ab.*)

ZWEITE SZENE

Ein anderer Teil des Waldes

Jacques und Edelleute des Herzogs in Jägerkleidung treten auf

Jacques. Wer ist's, der den Hirsch erleg't?

Erster Edelmann. Ich tat es, Herr.

Jacques. Laßt uns ihn dem Herzog vorstellen, wie einen römischen Eroberer, und es schickte sich wohl, ihm das Hirschgeweih wie einen Siegeskranz aufzusetzen. Habt ihr kein Lied, Jäger, auf diese Gelegenheit?

Zweiter Edelmann. O ja, Herr.

Jacques. Singt es; es ist gleichviel, ob Ihr Ton haltet, wenn es nur Lärm genug macht.

Lied.

Erste Stimme. Was kriegt er, der den Hirsch erlegt?
Zweite Stimme. Sein ledern Kleid und Horn er trägt.
Erste Stimme. Drum singt ihn heim:
Ohn allen Zorn trag du das Horn;
Ein Helmschmuck war's, eh du geborn.

(*Dieser Zuruf wird im Chor von den übrigen wiederholt.*)

Erste Stimme. Deins Vaters Vater führt' es.
Zweite Stimme. Und deinen Vater ziert' es.
Alle. Das Horn, das Horn, das wackre Horn
Ist nicht ein Ding zu Spott und Zorn. (*Ab.*)

DRITTE SZENE

Rosalinde und Celia treten auf

Rosalinde. Was sagt Ihr nun? Ist nicht zwei Uhr vorbei?
Und kein Orlando zu sehen!

Celia. Ich stehe dir dafür, mit reiner Liebe und verwirrtem Gehirn hat er seinen Bogen und Pfeile genommen und ist ausgegangen – zu schlafen. Seht, wer kommt da?

Silvius tritt auf.

Silvius. An Euch geht meine Botschaft, schöner Jüngling.
Dies hieß mich meine Phöbe übergeben;
Ich weiß den Inhalt nicht; doch, wie ich riet
Aus finstrer Stirn und zorniger Gebärde,
Die sie gemacht hat, während sie es schrieb,
So muß es zornig lauten; mir verzeiht,
Denn ich bin schuldlos, Bote nur dabei.

Rosalinde. Bei diesem Briefe müßte die Geduld
Selbst sich empören und den Lärmer spielen;
Wer das hier hinnimmt, der nimmt alles hin.

Sie sagt, ich sei nicht schön, sei ungezogen,
Sie nennt mich stolz, und könne mich nicht lieben,
Wenn Männer selten wie der Phönix wären.
Ihr Herz ist auch der Hase, den ich jage.
Potz alle Welt! was schreibt sie so an mich?
Hört, Schäfer, diesen Brief habt Ihr erdacht.

Silvius. Nein, ich beteur', ich weiß vom Inhalt nicht.
Sie schrieb ihn selbst.

Rosalinde. Geht, geht! Ihr seid ein Narr,
Den Liebe bis aufs Äußerste gebracht.
Ich sah wohl ihre Hand: sie ist wie Leder,
'ne sandsteinfarbne Hand; ich glaubte in der Tat,
Sie hätte ihre alten Handschuh an,
Doch waren's ihre Hände – sie hat Hände
Wie eine Bäurin – doch das macht nichts aus;
Ich sage, nie erfand sie diesen Brief,
Hand und Erfindung ist von einem Mann.

Silvius. Gewiß, er ist von ihr.

Rosalinde. Es ist ein tobender und wilder Stil,
Ein Stil für Raufer; wie ein Türk dem Christen,
So trotzt sie mir. Ein weibliches Gehirn
Kann nicht so riesenhafte Dinge zeugen,
So äthiopsche Worte schwärzern Sinns,
Als wie sie aussehn. – Wollt Ihr selber hören?

Silvius. Wenn's Euch beliebt; noch hört ich nicht den Brief,
Doch schon zuviel von Phöbes Grausamkeit.

Rosalinde. Sie phöbet mich; hör an, wie die Tyrannin schreibt:

(*Liest.*)

«Bist du Gott im Hirtenstand,
Der ein Mädchenherz entbrannt?»

Kann ein Weib so höhnen?

Silvius. Nennt Ihr das höhnen?

Rosalinde. «Des verborgne Götterschaft
Qual in Weiberherzen schafft?»

Hörtet Ihr je solches Höhnen?

«Männer mochten um mich werben,
Nimmer bracht es mir Verderben.»

– – Als wenn ich ein Tier wäre.

«Wenn deiner lichten Augen Hohn
Erregte solche Liebe schon,
Ach, wie müßt' ihr milder Schein
Wunderwirkend in mir sein!
Da du schaltest, liebt ich dich;
Bätest du, was täte ich?
Der mein Lieben bringt zu dir,
Kennt dies Lieben nicht in mir.
Gib ihm denn versiegelt hin,
Ob dein jugendlicher Sinn
Nimmt das treue Opfer an
Von mir und allem, was ich kann.
Sonst schlag durch ihn mein Bitten ab,
Und dann begehr ich nur ein Grab.»

Silvius. Nennt Ihr das schelten?
Celia. Ach, armer Schäfer!
Rosalinde. Habt Ihr Mitleid mit ihm? Nein, er verdient kein Mitleid. – Willst du solch ein Weib lieben? – Was? dich zum Instrument zu machen, worauf man falsche Töne spielt? Nicht auszustehn! – Gut, geht Eures Weges zu ihr (denn ich sehe, die Liebe hat einen zahmen Wurm aus dir gemacht), und sagt ihr dies: Wenn sie mich liebt, befehle ich ihr an, dich zu lieben; wenn sie nicht will, so habe ich nichts mit ihr zu tun, es sei denn, daß du für sie bittest. – Wenn Ihr wahrhaft liebt, fort, und keine Silbe mehr, denn hier kommt jemand. (*Silvius ab.*)

Oliver tritt auf.

Oliver. Guten Morgen, schöne Kinder! Wißt ihr nicht,
Wo hier im Wald herum 'ne Schäferei,
Beschattet von Olivenbäumen, steht?
Celia. Westwärts von hier, den nahen Grund hinunter,
Bringt Euch die Reih von Weiden längs dem Bach,

Laßt Ihr sie rechter Hand, zum Orte hin.
Allein um diese Stunde hütet sich
Die Wohnung selber; es ist niemand drin.
Oliver. Wenn eine Zung ein Auge kann belehren,
Müßt ich euch kennen der Beschreibung nach:
Die Tracht, die Jahre so. «Der Knab ist blond,
Von Ansehn weiblich, und er nimmt sich aus
Wie eine reife Schwester; doch das Mädchen
Ist klein und brauner als ihr Bruder.» Seid ihr
Des Hauses Eigner nicht, das ich erfragt?
Celia. Weil Ihr uns fragt: ja, ohne Prahlerei.
Oliver. Orlando grüßt Euch beide, und er schickt
Dem Jüngling, den er seine Rosalinde
Zu nennen pflegt, dies blutge Tuch. Seid Ihr's?
Rosalinde. Ich bin's. Was will er uns damit bedeuten?
Oliver. Zu meiner Schand etwas, erfahrt Ihr erst,
Was für ein Mensch ich bin, und wo und wie
Dies Tuch befleckt ward.
Celia. Sagt, ich bitt Euch drum.
Oliver. Da jüngst Orlando sich von Euch getrennt,
Gab er sein Wort, in einer Stunde wieder
Zurück zu sein; und schreitend durch den Wald
Käut' er die Kost der süß und bittern Liebe. –
Seht, was geschah! Er warf sein Auge seitwärts
Und denkt, was für ein Gegenstand sich zeigt:
Am alten Eichbaum mit bemoosten Zweigen,
Den hohen Gipfel kahl von dürrem Alter,
Lag ein zerlumpter Mann, ganz überhaart,
Auf seinem Rücken schlafend; um den Hals
Wand eine grün und goldne Schlange sich,
Die mit dem Kopf, zu Drohungen behend,
Dem offnen Munde nahte; aber schnell,
Orlando sehend, wickelt sie sich los
Und schlüpft im Zickzack gleitend in den Busch.
In dessen Schatten hatte eine Löwin,
Die Euter ausgesogen, sich gelagert,
Den Kopf am Boden, katzenartig lauernd,

Bis sich der Schläfer rührte; denn es ist
Die königliche Weise dieses Tiers,
Auf nichts zu fallen, was als tot erscheint.
Dies sehend, naht' Orlando sich dem Mann
Und fand, sein Bruder war's, sein ältster Bruder.
Celia. Oh, von dem Bruder hört ich wohl ihn sprechen,
Und als den unnatürlichsten, der lebte,
Stellt' er ihn vor.
Oliver. Und konnt es auch mit Recht;
Denn gar wohl weiß ich, er war unnatürlich.
Rosalinde. Orlando aber? – Ließ er ihn zum Raub
Der hungrigen und ausgesognen Löwin?
Oliver. Zweimal wandt er den Rücken und gedacht es;
Doch Milde, edler als die Rache stets,
Und die Natur, der Lockung überlegen,
Vermochten ihn, die Löwin zu bekämpfen,
Die baldigst vor ihm fiel. Bei diesem Strauß
Erwacht ich von dem unglückselgen Schlummer.
Celia. Seid *Ihr* sein Bruder?
Rosalinde. Hat er *Euch* gerettet?
Celia. Ihr wart es, der so oft ihn töten wollte?
Oliver. Ich war's, doch bin ich's nicht; ich scheue nicht
Zu sagen, wer ich war; da die Bekehrung
So süß mich dünkt, seit ich ein andrer bin.
Rosalinde. Allein das blutge Tuch?
Oliver. Im Augenblick,
Da zwischen uns, vom ersten bis zum letzten,
Nun Tränen die Berichte mild gebadet,
Wie ich gelangt an jenen wüsten Platz –
Geleitet' er mich zu dem edlen Herzog,
Der frische Kleidung mir und Speise gab,
Der Liebe meines Bruders mich empfehlend,
Der mich sogleich in seine Höhle führte.
Er zog sich aus, da hatt ihm hier am Arm
Die Löwin etwas Fleisch hinweggerissen,
Das unterdes geblutet; er fiel in Ohnmacht
Und rief nach Rosalinden, wie er fiel.

Ich bracht ihn zu sich selbst, verband die Wunde,
Und da er bald darauf sich stärker fühlte,
Hat er mich hergesandt, fremd, wie ich bin,
Dies zu berichten, daß Ihr ihm den Bruch
Des Wortes mögt verzeihn; und dann dies Tuch,
Mit seinem Blut gefärbt, dem jungen Schäfer
Zu bringen, den er seine Rosalinde
Im Scherz zu nennen pflegt.

Celia. Was gibt es, Ganymed? mein Ganymed?

(*Rosalinde fällt in Ohnmacht.*)

Oliver. Wenn manche Blut sehn, fallen sie in Ohnmacht.

Celia. Ach, dies bedeutet mehr! Mein Ganymed!

Oliver. Seht, er kommt wieder zu sich.

Rosalinde. Ich wollt, ich wär zu Haus.

Celia. Wir führen dich dahin. –
Ich bitt Euch, wollt Ihr unterm Arm ihn fassen?

Oliver. Faßt nur Mut, junger Mensch! – Ihr ein Mann? – Euch fehlt ein männlich Herz.

Rosalinde. Das tut es, ich gesteh's. Ach, Herr, jemand könnte denken, das hieße sich recht verstellen. Ich bitte Euch, sagt Eurem Bruder, wie gut ich mich verstellt habe. – Ah! ha!

Oliver. Das war keine Verstellung; Eure Farbe legt ein zu starkes Zeugnis ab, daß es eine ernstliche Gemütsbewegung war.

Rosalinde. Verstellung, ich versichre Euch.

Oliver. Gut also, faßt ein Herz und stellt Euch wie ein Mann.

Rosalinde. Das tu ich, aber von Rechts wegen hätte ich ein Weib werden sollen.

Celia. Kommt – Ihr seht immer blässer und blässer – ich bitte Euch, nach Hause. Lieber Herr, geht mit uns.

Oliver. Gern, denn ich muß ja meinem Bruder melden,
Wie weit Ihr ihn entschuldigt, Rosalinde.

Rosalinde. Ich will etwas ausdenken; aber ich bitte Euch, rühmt ihm meine Verstellung. – Wollt Ihr gehn?

(*Alle ab.*)

FÜNFTER AUFZUG

ERSTE SZENE

Der Wald

Probstein und Käthchen kommen

Probstein. Wir werden die Zeit schon finden, Käthchen. Geduld, liebes Käthchen!

Käthchen. Wahrhaftig, der Pfarrer war gut genug, was auch der alte Herr sagen mochte.

Probstein. Ein abscheulicher Ehrn Olivarius, Käthchen, ein entsetzlicher Textdreher. Aber, Käthchen, da ist ein junger Mensch hier im Walde, der Anspruch auf dich macht.

Käthchen. Ja, ich weiß, wer es ist; er hat in der Welt nichts an mich zu fordern. Da kommt der Mensch, den Ihr meint.

Wilhelm kommt.

Probsein. Es ist mir ein rechtes Labsal, so einen Tölpel zu sehen. Meiner Treu, wir, die mit Witz gesegnet sind, haben viel zu verantworten. Wir müssen necken, wir können's nicht lassen.

Wilhelm. Guten Abend, Käthchen.

Käthchen. Schönen guten Abend, Wilhelm.

Wilhelm. Und Euch, Herr, einen guten Abend.

Probstein. Guten Abend, lieber Freund. Bedeck den Kopf! bedeck den Kopf! Nun, sei so gut, bedecke dich! Wie alt seid Ihr, Freund?

Wilhelm. Fünfundzwanzig, Herr.

Probstein. Ein reifes Alter. Ist dein Name Wilhelm?

Wilhelm. Wilhelm, Herr.

Probstein. Ein schöner Name. Bist hier im Walde geboren?

Wilhelm. Ja, Herr, Gott sei Dank!

Probstein. «Gott sei Dank» – eine gute Antwort. Bist reich?

Wilhelm. Nun, Herr, so, so.

Probstein. «So, so» ist gut, sehr gut, ganz ungemein gut – nein, doch nicht, es ist nur so so. Bist du weise?

Wilhelm. Ja, Herr, ich hab einen hübschen Verstand.

Probstein. Ei, wohl gesprochen! Da fällt mir ein Sprichwort ein: «Der Narr hält sich für weise, aber der Weise weiß, daß er ein Narr ist.» Wenn der heidnische Philosoph Verlangen trug, Weinbeeren zu essen, so öffnete er die Lippen, indem er sie in den Mund steckte; damit wollte er sagen, Weinbeeren wären zum Essen gemacht und Lippen zum Öffnen. Ihr liebt dieses Mädchen?

Wilhelm. Das tu ich, Herr.

Probstein. Gebt mir Eure Hand. Bist du gelehrt?

Wilhelm. Nein, Herr.

Probstein. So lerne dieses von mir: haben ist haben, denn es ist eine Figur in der Redekunst, daß Getränk, wenn es aus einem Becher in ein Glas geschüttet wird, eines leer macht, indem es das andere anfüllt; denn alle unsre Schriftsteller stimmen darin überein: *ipse* ist er; Ihr seid aber nicht *ipse*, denn ich bin «er».

Wilhelm. Was für ein «er», Herr?

Probstein. Der «er», Herr, der dies Mädchen heiraten muß. Also, Ihr Tölpel, meidet[1] – was in der Pöbelsprache heißt, verlaßt – den Umgang – was auf bäurisch heißt, die Gesellschaft – dieser Frauensperson – was im gemeinen Leben heißt, Mädchen; welches alles zusammen heißt: meidet den Umgang dieser Frauensperson, oder, Tölpel, du kommst um; oder, damit du es besser verstehst, du stirbst; nämlich ich töte dich, schaffe dich aus der Welt, bringe dich vom Leben zum Tode, von der Freiheit zur Knechtschaft. Ich will dich mit Gift bedienen, oder mit Bastonaden, oder mit dem Stahl; ich will eine Partei gegen dich zusammenrotten, dich mit Politik überwältigen; ich will dich auf hundertundfünfzig Arten umbringen: darum zittre und zieh ab.

Käthchen. Tu es, guter Wilhelm.

Wilhelm. Gott erhalt Euch guter Dinge, Herr. (*Ab.*)

---

1. Wörtlich: abandonniert (Probstein braucht vornehm klingende Fremdwörter)

Corinnus kommt.

Corinnus. Unsre Herrschaft sucht Euch. Kommt! geschwind! geschwind!

Probstein. Lauf, Käthchen! Lauf, Käthchen! Ich komme nach, ich komme nach. (*Alle ab.*)

ZWEITE SZENE

Ebendaselbst

Orlando und Oliver treten auf

Orlando. Ist es möglich, daß Ihr auf so geringe Bekanntschaft Neigung zu ihr gefaßt? Kaum saht Ihr sie, so liebtet Ihr; kaum liebtet Ihr, so warbt Ihr; kaum habt Ihr geworben, so sagt sie auch ja? Und Ihr beharrt darauf, sie zu besitzen?

Oliver. Macht Euch weder aus der Übereilung darin ein Bedenken, noch aus ihrer Armut, der geringen Bekanntschaft, meinem schnellen Werben, oder aus ihrem raschen Einwilligen, sondern sagt mit mir: ich liebe Aliena; sagt mit ihr: daß sie mich liebt; willigt mit beiden ein, daß wir einander besitzen mögen. Es soll zu Eurem Besten sein, denn meines Vaters Haus und alle Einkünfte des alten Herrn Roland will ich Euch abtreten und hier als Schäfer leben und sterben.

Rosalinde kommt.

Orlando. Ihr habt meine Einwilligung. Laßt Eure Hochzeit morgen sein, ich will den Herzog dazu einladen und sein ganzes frohes Gefolge. Geht und bereitet Aliena vor; denn seht Ihr, hier kommt meine Rosalinde.

Rosalinde. Gott behüte Euch, Bruder.

Oliver. Und Euch, schöne Schwester.

Rosalinde. Oh, mein lieber Orlando, wie bekümmert es mich, dich dein Herz in einer Binde tragen zu sehn.

Orlando. Meinen Arm.

Rosalinde. Ich dachte, dein Herz wäre von den Klauen eines Löwen verwundet worden.

Orlando. Verwundet ist es, aber von den Augen eines Fräuleins.

Rosalinde. Hat Euch Euer Bruder erzählt, wie ich mich stellte, als fiel ich in Ohnmacht, da er mir Euer Tuch zeigte?

Orlando. Ja, und größere Wunder als das.

Rosalinde. O ich weiß, wo Ihr hinauswollt. – Ja, es ist wahr, niemals ging noch etwas so schnell zu, außer etwa ein Gefecht zwischen zwei Widdern und Cäsars thrasonisches Geprahle: «Ich kam, sah und siegte.» Denn Euer Bruder und meine Schwester trafen sich nicht so bald, so sahen sie; sahen nicht so bald, so liebten sie; liebten nicht so bald, so seufzten sie; seufzten nicht so bald, so fragten sie einander nach der Ursache; wußten nicht so bald die Ursache, so suchten sie das Hilfsmittel; und vermittels dieser Stufen haben sie eine Treppe zum Ehestande gebaut, die sie unaufhaltsam hinaufsteigen, oder unenthaltsam vor dem Ehestande sein werden. Sie sind in der rechten Liebeswut, sie wollen zusammen, man brächte sie nicht mit Keulen auseinander.

Orlando. Sie sollen morgen verheiratet werden, und ich will den Herzog zur Vermählung laden. Aber ach! welch bittres Ding ist es, Glückseligkeit nur durch andrer Augen zu erblicken! Um desto mehr werde ich morgen auf dem Gipfel der Schwermut sein, je glücklicher ich meinen Bruder schätzen werde, indem er hat, was er wünscht.

Rosalinde. Wie nun? morgen kann ich Euch nicht statt Rosalindens dienen?

Orlando. Ich kann nicht länger von Gedanken leben.

Rosalinde. So will ich Euch denn nicht länger mit eitlem Geschwätz ermüden. Wißt also von mir (denn jetzt rede ich nicht ohne Bedeutung), daß ich weiß, Ihr seid ein Edelmann von guten Gaben. Ich sage dies nicht, damit Ihr eine gute Meinung von meiner Wissenschaft fassen sollt, insofern ich sage: ich *weiß*, daß Ihr es seid, noch strebe ich nach einer größern Achtung, als die Euch einigermaßen Glauben ablocken kann, zu Eurem eignen Besten, nicht zu meinem Ruhm. Glaubt denn, wenn's Euch beliebt, daß ich wunderbare Dinge vermag; seit meinem dritten Jahr hatte ich Verkehr mit einem Zauberer von der tiefsten Einsicht in seiner Kunst, ohne doch verdammlich zu sein. Wenn Euch Rosalinde so sehr am Herzen liegt, als Euer Benehmen laut bezeugt, so sollt Ihr sie heiraten, wann Euer Bruder Aliena heiratet. Ich weiß, in welche bedrängte Lage sie gebracht ist, und es ist mir nicht unmöglich, wenn Ihr nichts dagegen habt, sie Euch morgen vor die Augen zu stellen, leibhaftig und ohne Gefährde.

Orlando. Sprichst du in nüchternem Ernst?

Rosalinde. Das tu ich bei meinem Leben, das ich sehr wert halte, sage ich gleich, daß ich Zauberei verstehe. Also werft Euch in Euren besten Staat, ladet Eure Freunde; denn wollt Ihr morgen verheiratet werden, so sollt Ihr's, und mit Rosalinden, wenn Ihr wollt.

Silvius und Phöbe treten auf.

Seht, da kommen Verliebte, die eine in mich und der andere in sie.

Phöbe. Es war von Euch sehr unhold, junger Mann,
Den Brief zu zeigen, den ich an Euch schrieb.

Rosalinde. Ich frage nichts danach, es ist mein Streben,
Verachtungsvoll und unhold Euch zu scheinen.
Es geht Euch da ein treuer Schäfer nach;
Ihn blickt nur an, ihn liebt, er huldigt Euch.

Phöbe. Sag, guter Schäfer, diesem jungen Mann,
Was lieben heißt.

Silvius. Es heißt, aus Seufzern ganz bestehn und Tränen,
Wie ich für Phöbe.

Phöbe. Und ich für Ganymed.

Orlando. Und ich für Rosalinde.

Rosalinde. Und ich für keine Frau.

Silvius. Es heißt aus Treue ganz bestehn und Eifer,
Wie ich für Phöbe.

Phöbe. Und ich für Ganymed.

Orlando. Und ich für Rosalinde.

Rosalinde. Und ich für keine Frau.

Silvius. Es heißt, aus nichts bestehn als Phantasie,
Aus nichts als Leidenschaft, aus nichts als Wünschen,
Ganz Anbetung, Ergebung und Gehorsam,
Ganz Demut, ganz Geduld und Ungeduld,

Ganz Reinheit, ganz Bewährung, ganz Gehorsam.
Und so bin ich für Phöbe.

Phöbe. Und so bin ich für Ganymed.

Orlando. Und so bin ich für Rosalinde.

Rosalinde. Und so bin ich für keine Frau.

Phöbe (zu Rosalinden).
Wenn dem so ist, was schmäht Ihr meine Liebe?

Silvius (zu Phöbe).
Wenn dem so ist, was schmäht Ihr meine Liebe?

Orlando. Wenn dem so ist, was schmäht Ihr meine Liebe?

Rosalinde. Wem sagt Ihr das: «Was schmäht Ihr meine Liebe?»

Orlando. Der, die nicht hier ist, und die mich nicht hört.

Rosalinde. Ich bitte Euch, nichts mehr davon; es ist, als wenn die Wölfe gegen den Mond heulen. – (*Zu Silvius.*) Ich will Euch helfen, wenn ich kann. – (*Zu Phöbe.*) Ich wollte Euch lieben, wenn ich könnte. – Morgen kommen wir alle zusammen. – (*Zu Phöbe.*) Ich will Euch heiraten, wenn ich je ein Weib heirate, und ich heirate morgen. – (*Zu Orlando.*) Ich will Euch Genüge leisten, wenn ich je irgendwem Genüge leistete, und Ihr sollt morgen verheiratet werden. – (*Zu Silvius.*) Ich will Euch zufriedenstellen, wenn das, was Euch gefällt, Euch zufriedenstellt, und Ihr sollt morgen heiraten. – (*Zu Orlando.*) So wahr Ihr Rosalinde liebt, stellt Euch ein. – (*Zu Silvius.*) So wahr Ihr Phöbe liebt, stellt Euch ein – und so wahr ich kein Weib liebe, werde ich mich einstellen. Damit gehabt euch wohl! ich habe euch meine Befehle zurückgelassen.

Silvius. Ich bleibe nicht aus, wenn ich das Leben behalte.

Phöbe. Ich auch nicht.

Orlando. Ich auch nicht. (*Alle ab.*)

DRITTE SZENE

Ebendaselbst

Probstein und Käthchen kommen

Probstein. Morgen ist der frohe Tag, Käthchen; morgen heiraten wir uns.

Käthchen. Mich verlangt von ganzem Herzen danach, und ich hoffe, es ist kein unehrbares Verlangen, wenn mich verlangt, eine Frau wie andre auch zu werden. Hier kommen zwei von des verbannten Herzogs Pagen.

Zwei Pagen kommen.

Erster Page. Schön getroffen, wackrer Herr!

Probstein. Wahrhaftig, schön getroffen! Kommt, setzt euch, setzt euch, und ein Lied.

Zweiter Page. Damit wollen wir aufwarten; setzt Euch zwischen uns. – Sollen wir frisch dran, ohne uns zu räuspern, oder auszuspeien, oder zu sagen, daß wir heiser sind, womit man immer einer schlechten Stimme die Vorrede hält?

Erster Page. Gut! gut! und beide aus einem Tone, wie zwei Zigeuner auf einem Pferde.

Lied.

Ein Liebster und sein Mädel schön,
Mit heisa und ha und juchheisa trala!
Die täten durch das Kornfeld gehn
Zur Maienzeit, der lustigen Paarezeit,
Wann Vögel singen, tirlirelirei:
Süß Liebe liebt den Mai.

Und zwischen Halmen auf dem Rain,
Mit heisa und ha und juchheisa trala!
Legt sich das hübsche Paar hinein,
Zur Maienzeit, der lustigen Paarezeit,
Wann Vögel singen, tirlirelirei:
Süß Liebe liebt den Mai.

Sie sangen diese Melodei,
Mit heisa und ha und juchheisa trala,

Wie's Leben nur 'ne Blume sei,
Zur Maienzeit, der lustigen Paarezeit,
Wann Vögel singen, tirlirelirei:
Süß Liebe liebt den Mai.

So nutzt die gegenwärtge Zeit,
Mit heisa und ha und juchheisa trala!
Denn Liebe lacht im Jugendkleid,
Zur Maienzeit, der lustigen Paarezeit,
Wann Vögel singen, tirlirelirei:
Süß Liebe liebt den Mai.

Probstein. Wahrhaftig, meine jungen Herren, obschon das Lied nicht viel sagen wollte, so war die Weise doch sehr unmelodisch.

Erster Page. Ihr irrt Euch, Herr, wir hielten das Tempo, wir haben die Zeit genau in acht genommen.

Probstein. Ja, meiner Treu! ich könnte die Zeit auch besser in acht nehmen, als ein solch albernes Lied anzuhören. Gott befohlen! und er verleihe euch beßre Stimmen. – Komm, Käthchen! (*Alle ab.*)

Vierte Szene

Ein anderer Teil des Waldes

Der Herzog. Amiens, Jacques, Orlando, Oliver und Celia treten auf

Herzog. Und glaubst du denn, Orlando, daß der Knabe
Dies alles kann, was er versprochen hat?

Orlando. Zuweilen glaub ich's, und zuweilen nicht,
So wie, wer fürchtet, hofft, und weiß, er fürchte.

Rosalinde, Silvius und Phöbe treten auf.

Rosalinde. Habt noch Geduld, indes wir den Vertrag
In Ordnung bringen, Herzog, Ihr erklärt,
Daß, wenn ich Eure Rosalinde stelle,
Ihr dem Orlando hier sie geben wollt?

Herzog. Ja, hätt ich Königreich' ihr mitzugeben.

Rosalinde (*zu Orlando*).
Ihr sagt, Ihr wollt sie, wenn ich sie Euch bringe?

Orlando. Ja, wär ich aller Königreiche König.

Rosalinde (*zu Phöbe*).
Ihr sagt, Ihr wollt mich nehmen, wenn ich will?

Phöbe. Das will ich, stürb ich gleich die Stunde drauf.

Rosalinde. Wenn Ihr Euch aber weigert, mich zu nehmen,
Wollt Ihr Euch diesem treuen Schäfer geben?

Phöbe. So ist der Handel.

Rosalinde (*zu Silvius*).
Ihr sagt, wenn Phöbe will, wollt Ihr sie haben?

Silvius. Ja, wär sie haben und der Tod auch eins.

Rosalinde. Und ich versprach, dies alles auszugleichen.
O Herzog, haltet Wort, gebt Eure Tochter;
Orlando, haltet Eures, sie zu nehmen.
Ihr, Phöbe, haltet Wort, heiratet mich:
Wenn Ihr mich ausschlagt, ehlicht diesen Schäfer.
Ihr, Silvius, haltet Wort, heiratet sie,
Wenn sie mich ausschlägt – und von dannen geh ich,
Zu schlichten diese Zweifel. (*Rosalinde und Celia ab.*)

Herzog. An diesem Schäferknaben fallen mir
Lebendge Züge meiner Tochter auf.

Orlando. Mein Fürst, das erste Mal, daß ich ihn sah,
Schien mir's, er sei ein Bruder Eurer Tochter.
Doch, lieber Herr, der Knab ist waldgeboren
Und wurde unterwiesen in den Gründen
Verrufner Wissenschaft von seinem Oheim,
Den er als einen großen Zaubrer schildert,
Vergraben im Bezirke dieses Walds.

Probstein und Käthchen kommen.

Jacques. Sicherlich ist eine neue Sündflut im Anzuge, und diese Paare begeben sich in die Arche. Da kommt ein Paar seltsamer Tiere, die man in allen Sprachen Narren nennt.

Probstein. Gruß und Empfehlung euch allen!

Jacques. Werter Fürst, heißt ihn willkommen; das ist der schekkicht gesinnte Herr, den ich so oft im Walde antraf. Er schwört, er sei ein Hofmann gewesen.

Probstein. Wenn irgend jemand das bezweifelt, so laßt ihn mich auf die Probe stellen. Ich habe mein Menuett getanzt, ich habe den Damen geschmeichelt, ich bin politisch gegen meinen Freund gewesen und geschmeidig gegen meinen Feind; ich habe drei Schneider zugrunde gerichtet, ich habe vier Händel gehabt und hätte bald einen ausgefochten.

Jacques. Und wie wurde der ausgemacht?

Probstein. Nun, wir kamen zusammen und fanden, der Handel stehe auf dem siebenten Punkt.

Jacques. Wie, siebenten Punkt? – Lobt mir den Burschen, mein gnädiger Herr.

Herzog. Er gefällt mir sehr.

Probstein. Gott behüt Euch, Herr! ich wünsche das nämliche von Euch. Ich dränge mich hier unter die übrigen ländlichen Paare, zu schwören und zu verschwören, je nachdem der Ehestand bindet und Fleisch und Blut bricht. Eine arme Jungfer, Herr, ein übel aussehend Ding, Herr, aber mein eigen; eine demütige Laune von mir, Herr, zu nehmen, was sonst niemand will. Reiche Ehrbarkeit, Herr, wohnt wie ein Geizhals in einem armen Hause, wie eine Perle in einer garstigen Auster.

Herzog. Meiner Treu, er ist sehr behende und spruchreich.

Probstein. Gemäß dem Spruch vom Narrenbolzen und derlei Lieblichkeiten[1].

Jacques. Aber der siebente Punkt! Wie fandet Ihr den Handel auf dem siebenten Punkt?

Probstein. Wegen einer siebenmal zurückgeschobenen Lüge. – Halt dich grade, Käthchen! – Nämlich so, Herr. Ich konnte den Schnitt von eines gewissen Hofmanns Bart nicht leiden; er ließ mir melden, wenn ich sagte, sein Bart wäre nicht gut gestutzt, so wäre er andrer Meinung: das nennt man den *höflichen Bescheid.* Wenn ich ihm wiedersagen ließ, er wäre nicht gut gestutzt, so ließ er mir sagen, er stutzte ihn für seinen eignen Geschmack: das nennt man den *feinen Stich.* Sagte ich noch einmal, er wäre nicht gut gestutzt, so erklärte er mich unfähig, zu urteilen: das nennt man die *grobe Erwiderung.* Nochmals, er wäre nicht gut gestutzt, so antwortete

1. fehlt bei Schlegel, umstrittene Stelle im Original

er, ich spräche nicht wahr: das nennt man die *beherzte Abfertigung*. Nochmals, er wäre nicht gut gestutzt, so sagte er, ich löge: das nennt man den *trotzigen Widerspruch*, und so bis zur *bedingten Lüge* und zur *offenbaren Lüge*.

Jacques. Und wie oft sagtet Ihr, sein Bart wäre nicht gut gestutzt?

Probstein. Ich wagte nicht, weiter zu gehn, als bis zur bedingten Lüge, noch er, mir die offenbare Lüge zuzuschieben, und so maßen wir unsre Degen und schieden.

Jacques. Könnt Ihr nun nach der Reihe die Grade nennen?

Probstein. O Herr, wir streiten wie gedruckt nach dem Buch, so wie man Komplimentierbücher hat. Ich will Euch die Grade aufzählen. Der erste der höfliche Bescheid; der zweite der feine Stich; der dritte die grobe Erwiderung; der vierte die beherzte Abfertigung; der fünfte der trotzige Widerspruch; der sechste die Lüge unter Bedingung; der siebente die offenbare Lüge. Aus allen diesen könnt Ihr Euch herausziehen, außer der offenbaren Lüge, und aus der sogar mit einem bloßen *Wenn*. Ich habe erlebt, daß sieben Richter einen Streit nicht ausgleichen konnten, aber wie die Parteien zusammenkamen, fiel dem einen nur ein Wenn ein; zum Beispiel: «*Wenn Ihr so sagt, so sage ich so*», und sie schüttelten sich die Hände und machten Brüderschaft. Das Wenn ist der wahre Friedensstifter; ungemeine Kraft in dem Wenn.

Jacques. Ist das nicht ein seltner Bursch, mein Fürst? Er versteht sich auf alles so gut und ist doch ein Narr.

Herzog. Er braucht seine Torheit wie ein Stellpferd, um seinen Witz dahinter abzuschießen.

Hymen, mit Rosalinde in Frauenkleidern an der Hand, und Celia treten auf.

(*Feierliche Musik.*)

Hymen. Der ganze Himmel freut sich,
Wenn irdscher Dinge Streit sich
In Frieden endet.

Nimm deine Tochter, Vater,
Die Hymen, ihr Berater,
Vom Himmel sendet;
Daß du sie gebst in dessen Hand,
Dem Herz in Herz sie schon verband.

Rosalinde (*zum Herzog*).
Euch übergeb ich mich, denn ich bin Euer.
(*Zu Orlando.*) Euch übergeb ich mich, denn ich bin Euer.
Herzog. Trügt nicht der Schein, so seid Ihr meine Tochter.
Orlando. Trügt nicht der Schein, so seid Ihr meine Rosalinde.
Phöbe. Ist's Wahrheit, was ich seh,
Dann – meine Lieb, ade!
Rosalinde (*zum Herzog*).
Ich will zum Vater niemand, außer Euch.
(*Zu Orlando.*) Ich will zum Gatten niemand, außer Euch.
(*Zu Phöbe.*) Ich nehme nie ein Weib mir, außer Euch.

Hymen. Still! die Verwirrung end ich,
Die Wunderdinge wend ich
Zum Schluß, der schön sich fügt.
Acht müssen Hand in Hand
Hier knüpfen Hymens Band,
Wenn nicht die Wahrheit lügt.

(*Zu Orlando und Rosalinde.*)
Euch und Euch trenn nie ein Leiden;
(*Zu Oliver und Celia.*)
Euch und Euch kann Tod nur scheiden;
(*Zu Phöbe.*)
Ihr müßt seine Lieb erkennen,
Oder ein Weib Gemahl benennen;
(*Zu Probstein und Käthchen.*)
Ihr und Ihr seid euch gewiß,
Wie der Nacht die Finsternis.
Weil wir Hochzeitschöre singen,
Fragt euch satt nach diesen Dingen,
Daß euer Staunen sei verständigt,
Wie wir uns trafen, und dies endigt.

Lied.

Ehstand ist der Juno Krone:
O selger Bund von Tisch und Bett!
Hymen bevölkert jede Zone,
Drum sei die Eh verherrlichet.
Preis, hoher Preis und Ruhm zum Lohne
Hymen, dem Gotte jeder Zone!

Herzog. O liebe Nichte, sei mir sehr willkommen!
Als Tochter, nichts Geringres, aufgenommen.
Phöbe (zu Silvius).
Ich breche nicht mein Wort: du bist nun mein;
Mich nötigt deine Treue zum Verein.

Jacques de Boys tritt auf.

Jacques de Boys. Verleiht für ein paar Worte mir Gehör:
Ich bin der zweite Sohn des alten Roland,
Der Zeitung diesem schönen Kreise bringt.
Wie Herzog Friedrich hörte, täglich strömten
Zu diesem Walde Männer von Gewicht,
Warb er ein mächtig Heer; sie brachen auf,
Von ihm geführt, in Absicht, seinen Bruder
Zu fangen hier und mit dem Schwert zu tilgen.
Und zu dem Saume dieser Wildnis kam er,
Wo ihm ein alter, heilger Mann begegnet,
Der ihn nach einigem Gespräch bekehrt
Von seiner Unternehmung und der Welt.
Die Herrschaft läßt er dem vertriebnen Bruder,
Und die mit ihm Verbannten stellt er her
In alle ihre Güter. Daß dies Wahrheit,
Verbürg ich mit dem Leben.
Herzog. Willkommen, junger Mann!
Du steuerst kostbar zu der Brüder Hochzeit:
Dem einen vorenthaltne Länderein,
– Ein ganzes Land, ein Herzogtum, dem andern.
Zuerst laßt uns in diesem Wald vollenden,
Was hier begonnen ward und wohl erzeugt;
Und dann soll jeder dieser frohen Zahl,

Die mit uns herbe Tag und Nächt erduldet,
Die Wohltat unsers neuen Glückes teilen,
Wie seines Ranges Maß es mit sich bringt.
Doch jetzt vergeßt die neue Herrlichkeit,
Bei dieser ländlich frohen Lustbarkeit.
Spiel auf, Musik! – Ihr Bräutigam' und Bräute,
Schwingt euch zum Tanz im Überschwang der Freude.

Jacques. Herr, mit Erlaubnis: – hab ich recht gehört,
So tritt der Herzog in ein geistlich Leben
Und läßt die Pracht des Hofes hinter sich.

Jacques de Boys. Das tut er.

Jacques. So will ich zu ihm. Diese Neubekehrten,
Sie geben viel zu hören und zu lernen.
(*Zum Herzog.*)
Euch, Herr, vermach ich Eurer vorgen Würde;
Durch Tugend und Geduld verdient Ihr sie;
(*Zu Orlando.*)
Euch einer Liebsten, Eurer Treue wert;
(*Zu Oliver.*)
Euch Eurem Erb und Braut und mächtgen Freunden;
(*Zu Silvius.*)
Euch einem lang und wohlverdienten Ehbett;
(*Zu Probstein.*)
Und Euch dem Zank: denn bei der Liebesreise
Hast du dich auf zwei Monat nur versehn
Mit Lebensmitteln. – Seid denn guter Dinge!
Ich bin für andre als für Tänzersprünge.

Herzog. Bleib, Jacques, bleib!

Jacques. Zu keiner Lustbarkeit; – habt Ihr Befehle,
So schickt sie mir in die verlaßne Höhle. (*Ab.*)

Herzog. Wohlan! wohlan! begeht den Feiertag:
Beginnt mit Lust, was glücklich enden mag.
(*Ein Tanz.*)

EPILOG[1]

Rosalinde. Es ist nicht hergebracht, die Heldin als Epilog zu sehen; aber es ist nicht unziemlicher, als den Helden als Prolog zu erblicken. Ist es wahr, daß «der gute Wein keines Kranzes bedarf», so ist es auch wahr, daß ein gutes Stück keinen Epilog nötig hat; doch braucht man beim guten Wein gute Kränze, und gute Stücke werden durch gute Epiloge nur um so besser. In welcher Lage bin ich denn nun, da ich weder ein guter Epilog bin, noch für ein gutes Stück eure Gunst zu gewinnen habe? Ich bin nicht wie eine Bettlerin gekleidet, darum würde mir Betteln nicht geziemen; so verlege ich mich aufs Beschwören, und ich will mit den Frauen den Anfang machen. Ich beschwöre euch, o ihr Frauen, bei der Liebe, die ihr zu den Männern tragt, laßt euch von dem Stücke soviel gefallen, als euch gut dünkt; und ich beschwöre euch, o ihr Männer, bei der Liebe, die ihr zu den Frauen tragt (und euer vergnügtes Grinsen sagt mir, keiner von euch haßt sie), daß euch zusammen mit den Frauen das Stück gefallen möge. Wäre ich eine Frau, so wollte ich so viele von euch küssen, als Bärte hätten, die mir gefielen, Gesichter, die mir zusagten, und einen Atem, der mir nicht zuwider wäre; und ich bin gewiß, alle, die gute Bärte, Antlitze und angenehmen Atem haben, werden für mein freundliches Anerbieten, indem ich meine Verbeugung mache, mir Lebewohl sagen. (*Geht ab.*)

---

1. in der Ausgabe letzter Hand weggelassen

DIE LUSTIGEN WEIBER VON WINDSOR

Um 1600 entstanden
Übersetzt von Wolf Graf von Baudissin,
unter der Redaktion von Ludwig Tieck

PERSONEN

Sir JOHN FALSTAFF
FENTON
SCHAAL, *Friedensrichter*
SCHMÄCHTIG, *Schaals Vetter*
Herr PAGE } *Bürger von Windsor*
Herr FLUTH } *Bürger von Windsor*
Sir HUGH EVANS, *ein wallisischer Pfarrer*
Doktor CAJUS, *ein französischer Arzt*
Der Wirt zum Hosenbande
BARDOLPH
PISTOL
NYM
ROBIN, *Fallstaffs Page*
WILHELM, *des Herrn Page kleiner Sohn*
SIMPEL, *Schmächtigs Diener*
RUGBY, *Cajus' Diener*
Frau PAGE
Frau FLUTH
Jungfer ANNE PAGE
Frau HURTIG
Knechte des Herrn Fluth

Szene: *Windsor* und die umliegende Gegend

ERSTER AUFZUG

ERSTE SZENE

Windsor, Straße

Es treten auf Schaal, Schmächtig und Evans

Schaal. Sir Hugh, keine Einrede weiter; das qualifiziert sich für die Sternenkammer, und wenn er zwanzigmal Sir John Falstaff wäre, so soll er nicht zum Narren haben Robert Schaal, Esquire. –

Schmächtig. In der Grafschaft Gloster, Friedensrichter und *coram*[1] –

Schaal. Ja, Vetter Schmächtig, und *custalorum*[2].

Schmächtig. Ja, und *rotalorum* dazu, und einen gebornen Edelmann, Herr Pfarrer, der sich *armigero* schreibt; auf jedem Schein, Verhaftsbefehl, Quittung oder Schuldbrief, *armigero.*

Schaal. Freilich, so halt ich's, und so hab ich's allzeit gehalten diese dreihundert Jahr.

Schmächtig. Alle seine Deszendenten, die ihm vorangegangen, haben's so gehalten, und alle seine Aszendenten, die nach ihm kommen, können's auch so halten, sie führen alle den silbernen Hecht und Leu[3], separiert vom schwarzen Gatter, im Wappen.

Schaal. Das Gatter ist uralt. –

Evans. Tie silberne Läus passe sich kuth für ten alten schwarzen Kater; schreitend nehme sie sich wohl aus; es sein vertrauliche Kreature mit dem Menschen und peteuten Liebe.

Schaal. Hecht und Leu sind der Trutz, das Gatter der Schutz.

Schmächtig. Ich könnte mir noch mehr Quartiere anschaffen Vetter.

---

1. *Coram* (*me*), vor (mir).
2. *custalorum*, entstellt aus *custos rotulorum* (Bewahrer der Akten).
3. Im Original: ein Dutzend weiße Hechte. Baudissin verzichtet auf wortgetreue Übersetzung und sucht das Wortspiel (*luces*, Hechte, *louses*, Läuse) einigermaßen ins Deutsche zu übernehmen: Leu, Läus. Auf solche Freiheiten des Übersetzers werde ich im folgenden nicht mehr hinweisen.

Schaal. Das könntet Ihr auch durch eine Vermählung.

Evans. Was wollt Ihr tann mit dem Mehl im Quartier? Vermehlt Euch lieber in der Mühle. – Aber tas ischt alles eins. Wann Sir John sich Unziemlichkeite keken Euch erlaupt hat, so kehöre ich zur Kirche, und soll mir's lieb sein, euch Wohlkewogenheit zu erzeige und Konkortanzen und Kompensationes zwischen euch zustante zu pringe.

Schaal. Der hohe Gerichtshof soll davon hören; 's ist ein Skandal! –

Evans. 's ischt nicht wohlketan, daß der hohe Kerichtshof von einem Schkantal höre; 's ischt keine Furcht Kottes in einem Schkantal; der hohe Kerichtshof, seht Ihr, wird Lust hape, zu vernehme von der Furcht Kottes, und nicht zu vernehme von einem Schkantal; laßt Euch tas zum Avis tiene.

Schaal. Ha, bei meinem Leben! Wenn ich wieder jung würde, sollte das Schwert es enden! –

Evans. Viel peßer, wann Freunde tas Schwert sein und es enden; und ta kommt mir noch andrer Einfall in tie Ketanke, ter, wann's klückt, keteihliche Konvenienzen mit sich pringt; ta ischt Anna Page, was ischt Tochter des Herrn Keorg Page, was ischt artiges Fräuleinschaft.

Schmächtig. Jungfer Anne? die hat braune Haare und spricht fein[1] wie ein Frauenzimmer.

Evans. 's ischt epen selpiges Personal, und krate so akkurat, wie ihr's praucht; und siepehundert Pfund und Kolt und Silper wollen ihr der Kroßvater aufm Sterpepett (Kott schenke ihm einen verknügten Auferständnis) vermachte, wann sie kapapel ischt und kann siepzehn Jahre hinter sich pringe. Tarum wär's kuter Vorschlag, wann wir abließe von unser Wischewasche, und intentierte ein Heurat zwischen jungen Herrn Apraham und Jungfer Anne Page.

Schmächtig. Hat ihr Großvater ihr siebenhundert Pfund vermacht?

Evans. Ja, und ihr Vater pfuntiert ihr noch mehr Patzen.

Schmächtig. Ich kenne das junge Frauenzimmer, sie hat gute Gaben.

---

1. im Diskant

Evans. Siepehundert Pfund und andre Erbprospekten sein kute Gaben.

Schaal. Nun laßt uns zum ehrlichen Herrn Page gehn; ist Falstaff da?

Evans. Soll ich euch Lügen sage? Ich verachte, wann einer lükt, wie ich verachte, wann einer falsch ischt, oder wann einer nicht wahrhaftig ischt. Der Ritter Sir John ischt ta, und ich pitte euch, laßt euch raten von eure wahre Freunte. Ich will jetzt an tie Tür klopfe wegen tem Herrn Page. He! Holla! Kott pehüte Euer Haus hier! –

Page kommt.

Page. Wer ist da?

Evans. Hier sein Kottes Seken, und Euer Freund, und Friedensrichter Schaal; hier ischt auch junger Herr Schmächtig, welcher Euch vielleicht noch antre Tinge zu perichte habe wird, wann die Sache sich nach Eurem Kusto anstellt.

Page. Ich bin erfreut, euch wohl zu sehn, meine gestrengen Herrn; ich danke Euch für mein Wildbret, Herr Schaal.

Schaal. Herr Page, ich bin erfreut, Euch wohl zu sehn; recht wohl bekomme es Euch, recht von Herzen wohl; ich wünschte, Euer Wildbret wäre besser gewesen, es war schlecht geschossen. – Was macht denn die gute Frau Page? Ich bin Euch doch allzeit von Herzen ergeben, ja wahrhaftig, von ganzem Herzen.

Page. Sir, ich danke Euch.

Schaal. Sir, ich danke *Euch*; bei Ja und Nein, das tue ich.

Page. Sehr erfreut, Euch zu sehn, lieber Junker Schmächtig.

Schmächtig. Was macht denn Euer gelber Windhund, Sir? Ich hörte sagen, er sei in Cotsale[1] geschlagen worden.

Page. Es konnte nicht entschieden werden.

Schmächtig. Ihr wollt's nur nicht Wort haben, Ihr wollt's nicht Wort haben! –

Schaal. Das will er nicht; 's ist Euer Schaden, 's ist Euer Schaden; 's ist ein guter Hund.

Page. Ein Köter, Sir.

---

1. gemeint ist Cotswold

Schaal. Sir, 's ist ein guter Hund und ein schöner Hund; kann man wohl mehr sagen? Er ist gut und er ist schön. – Ist Sir John Falstaff hier?

Page. Sir, er ist drinnen, und ich wünschte, ich könnte ein gutes Werk zwischen euch stiften.

Evans. Tas ischt kesproche, wie frommer Chrischt spreche sollte.

Schaal. Er hat mich beleidigt, Herr Page!

Page. Sir, das gesteht er auch gewissermaßen ein.

Schaal. Er hat's eingestanden, und ich habe es ausgestanden; ist das nicht wahr, Herr Page? Er hat mich beleidigt, ja, das hat er; auf mein Wort, das hat er: glaubt mir's, Robert Schaal, Esquire, versichert, er sei beleidigt.

Page. Hier kommt Sir John.

Es treten auf Sir John Falstaff, Bardolph, Nym und Pistol.

Falstaff. Nun, Herr Schaal, Ihr wollt mich beim König verklagen?

Schaal. Ritter, Ihr habt meine Leute geprügelt, mein Wild erlegt und mein Jagdhaus erbrochen! –

Falstaff. Aber doch Eures Försters Tochter nicht geküßt?

Schaal. Ei, was da! Darauf sollt Ihr mir Antwort geben.

Falstaff. Die Antwort sollt Ihr gleich haben; ich habe das alles getan. – Das wäre nun beantwortet.

Schaal. Der Hof soll's erfahren. –

Falstaff. Laßt's lieber den Keller erfahren; im Hof wird man Euch auslachen.

Evans. Pauca verpa, Sir John; tann ich bin einer, tem es vor pittern Worten kraut.

Falstaff. Kraut? Kraut und Rüben! – Schmächtig, ich habe Euch den Kopf zerschlagen; was kam dabei heraus?

Schmächtig. Dabei kam genug heraus, mein Seel, und das trage ich Euch auch noch nach, Euch und Euern langfingrigen Schuften Bardolph, Nym und Pistol. Sie schleppten mich in die Schenke und machten mich besoffen und mausten mir die Taschen leer.

Bardolph. Ihr schmaler Ziegenkäse!

Schmächtig. Schon gut.

Pistol. Was willst du, Mephistophilus?

Schmächtig. Ja, schon gut.

Nym. Blitz, sag ich, *pauca*, *pauca*, das ist mein Humor.

Schmächtig. Wo ist Simpel, mein Kerl? Wißt Ihr's nicht, Vetter?

Evans. Still, ich pitt euch! Jetzt habt wohl Opacht: hier sein drei Schiedsrichter in tieser Sachen, soviel ich's pekreife; tas sein Herr Page, *fidelicet* Herr Page; und tas sein ich selper, *fidelicet* ich selper; und tann sein das tritte Part letztlich und peschließlich mein Herr Wirt vom Hosepand.

Page. Wir drei wollen's anhören und unter ihnen ausmachen.

Evans. Sehr praf; ich will mir's notiere in meiner Prieftaschen, und hernach wolle wir zur Prozetur schreite, mit krößter Möklichkeit und Tiskretion.

Falstaff. Pistol –

Pistol. Er tritt hervor und leiht das Ohr.

Evans. Der Teufel und seine Kroßmutter! Was vor Syntax sein tas: er tritt hervor und leiht tas Ohr? Ei, tas sein Affektierunge.

Falstaff. Pistol, hast du Herrn Schmächtig seine Börse gemaust?

Schmächtig. Ja, bei diesen Handschuhen, das hat er, oder ich will mein Lebtag nicht wieder auf meine große Stube kommen! Sieben Grot in alter Münze und zwei Peilkentaler von König Eduard her, die mir drittehalb Schillinge das Stück bei Jochen Miller gekostet haben, bei diesen Handschuhen!

Falstaff. Tatst du das wahrhaftig, Pistol?

Evans. Nein, tas ischt nicht wahrhaftig ketan, wenn er Pörsen maust.

Pistol. Ha, du Gebirgsfremdling! Sir John und Gönner mein,
Ich kämpft Kartel auf dieses Blechrapier.
Verleugnungswort in deine Labras dir!
Verleugnungswort dir; Hef und Schaum, du lügst!

Schmächtig. Bei diesen Handschuhen, dann war er's.

Nym. Merkt auf Avis und laßt guten Humor gelten! Ich werde rufen; in der eignen Grube attrappiert, wenn Ihr Euern Büttelhumor auf mich los laßt; das ist die wahre Notiz davon.

Schmächtig. Bei diesem Hut, so ist's der mit dem roten Gesicht gewesen; denn wenn ich mich auch nicht mehr recht besinnen kann, was ich tat, als ihr mich betrunken machtet, so bin ich doch nicht ganz und gar ein Esel.

Falstaff. Was sagt ihr dazu, Scharlach und Hans?

Bardolph. Nun, was mich betrifft, Herr, ich sage, der junge Herr hatte sich von seinen fünf Sünden getrunken.

Evans. Fünf Sinne müßt Ihr sagen; pfui über solche Ignoranz!

Bardolph. Und als er kaputt war, Sir, da ward er, wie wir zu sprechen pflegen, auskassiert; und seine Konklusionen gingen mit ihm durch die Lappen.

Schmächtig. Ja, Lateinisch spracht Ihr damals auch, aber das ist alles eins; solange ich lebe, will ich mich nicht wieder besaufen, als in ehrlicher, höflicher, gottesfürchtiger Gesellschaft, weil mir das passiert ist; und wo ich mich einmal wieder besaufe, da will ich's mit solchen tun, die da Gottesfurcht haben, und nicht mit versoffnen Schelmen.

Evans. So wahr Kott helfe, tas ischt tugendhaftige Tenkungsweise.

Falstaff. Ihr hört, wie man das alles leugnet, meine Herrn; ihr hört es.

Jungfer Anne Page kommt mit Wein; Frau Fluth und Frau Page.

Page. Nein, Tochter, trag den Wein ins Haus, wir wollen drinnen trinken (*Anne Page geht.*)

Schmächtig. O Himmel! das ist Jungfer Anne Page! –

Page. Wie geht's, Frau Fluth? –

Falstaff. Frau Fluth, bei meiner Treu, Ihr kommt recht zur guten Stunde: mit Eurer Erlaubnis, liebe Frau! (*Er küßt sie.*)

Page. Frau, heiß diese Herrn willkommen: – kommt, wir haben eine warme Wildpastete zu Mittag; kommt, ihr Herrn, ich hoffe, wir lassen allen Mißmut im Glase.

(*Sie gehn hinein; Schaal, Schmächtig und Evans bleiben.*)

Schmächtig. Ich wollte vierzig Schillinge drum geben, wenn ich mein Buch mit Liedern und Sonetten hier hätte.

Simpel kommt.

Na, Simpel, wo hast du gesteckt? Ich soll mir wohl selbst aufwarten, sag einmal? Hast du vielleicht das Rätselbuch bei dir, hast du's?

Simpel. Das Rätselbuch? Ei, habt Ihr's nicht der Else Kleinsemmel geliehen auf letzte Allerheiligen, vierzehn Tage vor Michaelis?

Schaal. Kommt, Vetter, kommt, Vetter, wir warten auf Euch. Ein Wort mit Euch, Vetter; hört einmal an, Vetter; es ist gleichsam ein Antrag, eine Art von Antrag im Werk, der von fernher von unserm Sir Hugh ausgeht; versteht Ihr mich? –

Schmächtig. Ja, Herr, Ihr sollt mich vernünftig finden; wenn das ist, werde ich tun, was vernünftig ist.

Schaal. Nein, versteht nur erst.

Schmächtig. Das tue ich auch, Sir.

Evans. Kebt seiner Motion Kehör, Junker Schmächtig, ich werte Euch tie Sache peschreiplich mache, wann Ihr die Kapazität dazu pesitzt.

Schmächtig. Nein, ich werde es machen, wie mein Vetter Schaal sagt, nehmt mir's nicht vor ungut; denn für mein bescheiden Teil ist der Friedensrichter in der Grafschaft, seht Ihr.

Evans. Aber tavon sein nicht die Rete; tie Rete sein in Petreff Eurer Heurat.

Schaal. Ja, das ist der Punkt, Sir.

Evans. Ja, mein Seel, tas sein es auch; ter kanz eigentliche Punkt; und mit Junkfer Anne Page.

Schmächtig. Ja, wenn das ist – die will ich heiraten auf irgend vernünftige Bedingungen.

Evans. Aber könnt Ihr auch Affektionierungen spüren für tas Frauenzimmer? Laßt mich tas in Erfahrung pringen, aus Euerm Mund oder aus Euren Lippen; tann unterschiedliche Philosophe pehaupte, die Lippe formiere kewissermaßen Pestandteil des Mundes; teshalb also präzis: könnt Ihr tiesem Mädchen Eure Neigung zuwerfen?

Schaal. Vetter Abraham Schmächtig, könnt Ihr sie lieben?

Schmächtig. Ich hoffe, Vetter, ich werde es zustande bringen, wie es sich für einen schickt, der gern nach der Vernunft zu Werke geht.

Evans. Ei, Kotts Erzengel und Holzengel! Ihr müßt wie ein Positif sprechen; könnt Ihr's tahin für sie pringe, taß Ihr Euer Verlangen auf sie werft?

Schaal. Das müßt Ihr. Wollt Ihr sie mit einer guten Aussteuer heiraten?

Schmächtig. Wenn *Ihr* mir's vorstellt, Vetter, könnt Ihr mich zu noch viel größern Dingen bringen, wenn sie nur halbwege vernünftig sind.

Schaal. Nein, versteht mich recht, versteht mich recht, mein trautster Vetter: was ich tue, ist nur Euch zu Gefallen, Vetter; könnt Ihr das Mädchen lieben?

Schmächtig. Ich will sie heiraten, Sir, wenn Ihr's verlangt, und wenn sich dann auch anfänglich keine große Liebe einfindet, so wird der Himmel sie schon bei näherer Bekanntschaft diminuieren lassen, wenn wir erst Mann und Frau sind und mehr Gelegenheit haben, uns einander kennenzulernen. Ich hoffe, mit der Vertraulichkeit wird sich auch die Geringschätzung einstellen. Wenn Ihr mir aber sagt, *heirate sie*, so heirate ich sie; dazu bin ich völlig dissolviert und ganz dissolut.

Evans. Tas ischt kanz überkelegte Antwort, pis auf ten Schnitzer im Peiwort *tissolut;* das Peiwort heißt nach unserm Petünke: *resolut;* allein tie Meinung ischt kuth.

Schaal. Freilich, ich denke, der Vetter meint es gut.

Schmächtig. Ja wahrhaftig, sonst wollte ich mich ebensogern hängen lassen.

Anne Page kommt wieder.

Schaal. Da kommt die schöne Jungfer Anne; ich wollt, ich wäre noch jung, um Euretwillen, Jungfer Anne! –

Anne. Das Essen steht auf dem Tisch; mein Vater bittet um Euer Gestrengen Gesellschaft.

Schaal. Ich werde ihm aufwarten, schöne Jungfer Anne!

Evans. Kott heiliges Kepot! Ich darf nicht auspleipen, wann's zum Kratias[1] keht.

(*Schaal und Evans gehn hinein.*)

Anne. Wollen Euer Gestrengen nicht hineinkommen?

Schmächtig. Nein, ich bedanke mich recht schönstens, mein Seel, ich bin sehr wohl so.

---

1. *Deo gratias* (Tischgebet)

Anne. Das Essen wartet auf Euch, Junker.

Schmächtig. Ich bin nicht hungrig, ich bedanke mich meiner Seel. Geh, Kerl, obgleich du eigentlich mein Bedienter bist, geh und warte meinem Vetter Schaal auf. (*Simpel geht ab*.) Ein Friedensrichter kann schon einmal seinem Freunde Dank wissen für einen Bedienten. – Ich halte jetzt nur drei Kerls und einen Jungen, bis meine Mutter tot sein wird; aber was tut's? ich lebe doch wie ein armer geborner Edelmann.

Anne. Ich darf nicht ohne Euer Gestrengen hineinkommen, sie werden sich nicht setzen, bis Ihr kommt.

Schmächtig. Meiner Treu, ich esse doch nichts; ich dank Euch ebenso, als hätt ich's genossen.

Anne. Bitt Euch, Junker, spaziert doch hinein.

Schmächtig. Ich spaziere lieber hier draußen, ich danke Euch; ich ward neulich am Schienbein getroffen, als ich mit dem Oberfechtmeister auf Degen und Dolch rapierte, drei Gänge um eine Schüssel geschmorte Pflaumen, und auf Ehre, ich kann seitdem den Geruch von warmem Essen nicht ausstehen. Warum bellen Eure Hunde so? Sind Bären in der Stadt?

Anne. Ich glaube ja, Sir; ich hörte davon reden.

Schmächtig. Die Bärenhetze ist mein Leibspaß; aber ich gerate so schnell darüber in Händel, als jemand in England. Ihr fürchtet Euch wohl vor dem Bären, wenn Ihr ihn los seht? nicht wahr?

Anne. Ja freilich, Junker.

Schmächtig. Das ist nun Essen und Trinken für mich, seht Ihr, den Sackerson habe ich wohl zwanzigmal los gesehn, und habe ihn bei der Kette angefaßt; aber das muß wahr sein, die Weiber haben so gequiekt und geschrien, daß es eine Art hatte; aber die Weiber können sie überhaupt nicht ausstehn; es sind recht garstige rauhe Dinger.

Page kommt wieder.

Page. Kommt, lieber Junker Schmächtig, wir warten auf Euch.

Schmächtig. Ich mag nicht essen, ich dank Euch, Herr.

Page. Ei was tausend, Ihr müßt; kommt, Junker.

Schmächtig. Nun, so bitt ich Euch, geht voran.

Page. Nur zu, Junker.

Schmächtig. Jungfer Anne, Ihr müßt vorangehn.

Anne. Nicht doch, Junker, ich bitte Euch, geht nur.

Schmächtig. Gewiß und wahrhaftig, ich will nicht vorangehn, nein, wahrhaftig, ich will Euch nicht so zu nah tun.

Page. Ich bitte sehr!

Schmächtig. So will ich denn lieber unhöflich als beschwerlich sein; Ihr tut Euch selbst zu nah, wahrhaftig! –

(*Sie gehn hinein.*)

ZWEITE SZENE

Ebendaselbst

Evans und Simpel treten auf

Evans. Nun keh und frag den Wek aus nach Toktor Cajus' Haus, frag sein Haus, wo der Wek keht; und tort wohnt kewisse Frau Hurtig, welche kleichsam seine Amme ischt, oder seine Wartfrau, oder seine Köchin, oder seine Wäscherin, seine Seiferin und seine Spülerin.

Simpel. Gut, Herr.

Evans. Nein, es kommt noch pesser: kiep ihr tiesen Prief, tann tiese Frau ischt kar kenaue Pekanntschaft mit Jungfer Anne Page; und ter Prief ischt, sie zu pitten und requirieren, teines Herrn Anliegen pei ter Jungfer Anne Page auszurichten. Ich pitte tich, keh: ich muß jetzt mit der Mahlzeit Ente machen, es komme noch Äpfel und Käse.

(*Sie gehn zu verschiedenen Seiten ab.*)

DRITTE SZENE

Zimmer im Gasthof zum Hosenbande

Falstaff, der Wirt, Bardolph, Nym, Pistol und Robin

Falstaff. Mein Wirt vom Hosenbande –

Wirt. Was sagt mein Rodomont? Sprich gelahrt und weislich.

Falstaff. Wahrhaftig, mein Wirt, ich muß einige von meinem Gefolge abschaffen.

Wirt. Laß fahren, Roland Herkules; dank ab; laß sie traben; marsch! marsch! –

Falstaff. Ich brauche zehn Pfund die Woche! –

Wirt. Du bist ein Imperator und Diktator, ein Kaiser und ein Weiser: Ich will den Bardolph nehmen, er soll trichtern und zapfen. Sprach ich so recht, mein Roland Hektor?

Falstaff. Tu das, mein guter Wirt.

Wirt. Ich habe gesprochen; laß ihn mitgehn. Laß mich dich schäumen und leimen sehn. Ein Wort, ein Mann! Komm mit! – (*Geht ab.*)

Falstaff. Bardolph, geh mit ihm. – Ein Bierzapf ist ein gutes Gewerbe, ein alter Mantel gibt ein neues Wams und ein verwelkter Lakei einen frischen Zapfer. Geh! Leb wohl!

Bardolph. 's ist ein Leben, wie ich's mir gewünscht habe: ich werde schon fortkommen. (*Geht ab.*)

Pistol. «O schnöd hungarscher Wicht! Willst du den Zapfen schwingen?»

Nym. Er wurde im Trunk erzeugt: ist das nicht ein eingefleischter Humor?

Falstaff. Ich bin froh, daß ich die Zunderbüchse so losgeworden bin: seine Diebereien waren zu offenbar; sein Mausen war wie ein ungeschickter Sänger, er hielt kein Tempo.

Nym. Der rechte Humor ist, im wahren Monument zu stehlen.

Pistol. Aneignen nennt es der Gebildete: – Stehlen? o pfui! 'ne Feige für die Phrase! –

Falstaff. Ja, ihr Herrn; ich fange an, auf die Neige zu geraten.

Pistol. Kein Wunder, daß du dick und trübe wardst.

Falstaff. 's ist keine Hilfe; ich muß mein Glück verbessern, ich muß Künste ersinnen.

Pistol. Der junge Rabe schreit nach Fraß.

Falstaff. Wer von euch kennt Fluth in dieser Stadt?

Pistol. Den Wicht kenn ich: gut ist er von Gehalt.

Falstaff. Meine ehrlichen Jungen, ich will euch sagen, was mir vorschwebt.

Pistol. Ein Wanst von hundert Pfund.

Falstaff. Keine Wortspiele, Pistol! Allerdings hat mein Wanst es weit in der Dicke gebracht; aber hier ist die Rede nicht von Wänsten, sondern von Gewinsten, nicht von Dicke, sondern von Tücke. Mit einem Wort, ich habe im Sinn, einen Liebeshandel mit der Frau Fluth anzufangen; ich wittre Unterhaltung bei ihr; sie diskuriert, sie kommt entgegen, sie schielt mit dem Seitenblick der Auffordrung; ich konstruiere mir die Wendungen ihres vertraulichen Stils, und die schwierigste Passage ihres Betragens in einfaches Englisch übersetzt, lautet: ich bin Sir John Falstaff.

Pistol. Er hat ihr Vorhaben studiert und dann versiert; aus der Sprache der Züchtigkeit ins Englische.

Nym. Der Anker ist tief: soll dieser Humor gelten?

Falstaff. Nun, das Gerücht sagt, daß sie den Knopf auf ihres Mannes Beutel regiert; er besitzt ein Regiment von Engeln.

Pistol. Nimm gleichviel Teufel dir in Sold, und auf sie los, mein Sohn! –

Nym. Der Humor steigt; recht gut, humorisiert mir diese Engel! –

Falstaff. Ich habe hier einen Brief an sie geschrieben, und hier einen zweiten an Pages Frau, die mir jetzt eben gleichsfalls verliebte Augen zuwarf und meine Statur mit höchst kennerhaften Blicken musterte. Zuweilen vergoldete der Strahl ihres Anschauens meinen Fuß und zuweilen meinen stattlichen Bauch.

Pistol. So schien die Sonn auf einen Düngerhaufen.

Nym. Ich danke dir für den Humor.

Falstaff. Oh, sie überlief meine Außenseite mit so gieriger Aufmerksamkeit, daß das Verlangen ihres Auges mich zu versengen drohte wie ein Brennglas. Hier ist auch ein Brief für diese; sie führt gleichfalls die Börse; sie ist eine Küste von Guayana, ganz Gold und Fülle. Diese beiden sollen meine Schätze werden, und ich will sie brandschatzen; sie sollen mein Ost- und Westindien sein, und ich will nach beiden Handel treiben. Geh, trag du diesen Brief an Frau Page und du jenen an Frau Fluth: unser Weizen blüht, Kinder, unser Weizen blüht.

Pistol. Soll ich Herr Pandarus von Troja werden,
Die Seite stahlbewehrt? dann, Luzifer, hol alles!

Nym. Ich will keinen schofeln Humor ausspielen; da nehmt den Humorsbrief wieder; ich will das Dekorum manifestieren.

Falstaff (*zu Robin.*) Hör, Kleiner, trag die Briefe mir geschickt;
Segl' als mein Frachtschiff zu den goldnen Küsten.
Ihr Schurken, fort! Zergeht wie Schloßen, lauft,
Trabt, plackt euch, rührt die Fersen, sucht euch Schutz; –
Falstaff lernt jetzt französische Manier
Nach neuster Art: ich und mein Page hier.
(*Falstaff und Robin ab.*)

Pistol. Die Geier packen dein Gedärm; denn Würfel falsch
Und sechs und As hilft durch, prellt reich und arm.
Mir schwellt der Sack von Dreiern, wenn du darbst,
Du phrygscher, niederträchtger Türke du!

Nym. Ich habe Operationen im Kopf, die der Humor der Rache sind.

Pistol. Willst Rache?

Nym. Ja, beim Firmament und seinem Stern!

Pistol. Mit Witz? mit Stahl?

Nym. Mit beiderlei Humoren ich;
Dem Page bedeut ich dieser Liebsanstalt Humor! –

Pistol. Und Fluth von mir die Kund erhält,
Wie Falstaff, schnöder Knecht,
Die Taub ihm raubt, ums Geld ihn prellt,
Und kränkt sein Ehbett echt.

Nym. Mein Humor soll nicht abkühlen; ich will Page zu Giftgedanken irritieren; ich will ihn mit Gelbsucht durchglühen, denn meine Empörung ist gefährlich: das ist mein wahrer Humor.

Pistol. Du bist der Mars der Malkontenten, ich stehe dir bei. Marsch, fort! (*Sie gehn ab.*)

VIERTE SZENE

Im Hause des Doktor Cajus
Frau Hurtig, Simpel und John Rugby treten auf

Frau Hurtig. He, John Rugby! Sei so gut, geh ans Fenster und sieh, ob du meinen Herrn kommen siehst, Herrn Doktor Cajus: wenn er kommt und findet jemand im Hause, so wird er des lieben Gottes Geduld und des Königs Englisch einmal wieder schön zurichten.

Rugby. Ich will gehn und aufpassen. (*Rugby ab.*)

Frau Hurtig. Geh; wir wollen auch einen Nachttrunk dafür zusammenbrauen, wenn's mit dem Steinkohlenfeuer zu Ende geht. – Ein ehrlicher, williger, guter Bursch, wie nur je einer einen Dienstboten im Hause verlangen kann; und das muß ich sagen, kein Plappermaul und kein Händelmacher: sein schlimmster Fehler ist, daß er so erpicht aufs Beten ist; in dem Stück ist er ein bißchen wunderlich; aber wir haben alle unsre Fehler. – Nun, das mag so hingehn. – Peter Simpel, sagt Ihr, ist Euer Name?

Simpel. Ja, in Ermanglung eines bessern.

Frau Hurtig. Und Herr Schmächtig ist Euer Herr?

Simpel. Ja, meiner Treu.

Frau Hurtig. Trägt er nicht einen großen runden Bart, wie eines Handschuhmachers Schabmesser?

Simpel. Ei bewahre, er hat nur so ein kleines, dünnes Gesichtchen mit einem kleinen gelben Bart; ein zimtfarbnes Bärtchen.

Frau Hurtig. Ein friedfertiger, tranquiller Mann, nicht wahr?

Simpel. Ja, das ist er: aber dabei ist er mit seinen Fäusten so bei der Hand, als nur irgendeiner zwischen seinem und meinem Kopf: er hat sich einmal mit einem Flurschützen geprügelt.

Frau Hurtig. Was Ihr sagt! Ach, nun besinne ich mich auf ihn: Wirft er die Nase nicht, sozusagen, in die Luft? – und spreizt sich, wenn er geht?

Simpel. Ja, mein Seel, das tut er.

Frau Hurtig. Nun, der Himmel beschere Annchen kein schlimmeres Glück. Sagt dem Herrn Pfarrer Evans, ich werde für seinen Herrn tun, was ich kann; Anne ist ein gutes Mädchen, und ich wünsche –

Rugby kommt wieder.

Rugby. Ach, Herrje! da kommt mein Herr! –

Frau Hurtig. Nun wird es über uns alle hergehn. Lauft hier hinein, lieber junger Mensch, geht in dies Kabinett. (*Sie schiebt Simpel ins Kabinett.*) Er wird nicht lange bleiben. – He, John Rugby! John! he, John, sag ich! Geh, John, und frage nach deinem Herrn; ich fürchte, es ist ihm was zugestoßen, daß er nicht heimkommt. (*Singt.*) Tralldaldera! tralldaldera!

Doktor Cajus kommt.

Cajus. Was singen Ihr da? Ik nik lieben solken Poß: – ik bitten, geht und 'ohlen mik in meine Kabinett *un boîtier vert*, einen Büchs, einen grünen Büchs: *Entendez-vous*?

Frau Hurtig. Jawohl, ich werd's Euch holen. Ich bin froh, daß er nicht selbst hineingeht; wenn er den jungen Menschen gefunden hätte, wäre er hörnertoll geworden.

Cajus. Ouf, ouf, ouf, ouf! ma foi, il fait fort chaud. Je m'en vais à la cour – la grande affaire –

Frau Hurtig (*zurückkommend*). Ist's diese, Herr Doktor?

Cajus. Oui, mettez-le in mein Taschen, *dépêchez* 'urtig. Wo steck' die Schelm, Rugby?

Frau Hurtig. He, John Rugby! John!

Rugby. Hier! hier!

Cajus. Ihr sein John Rugby, und Ihr sein 'ans Rugby: kommt, nehmt das Degen und folgen mir nak auf die Fuß, nak 'ofe.

Rugby. Ich habe ihn bei der Hand, Herr, hier im Vorsaal.

Cajus. Bei mein Ehre, ik sögern su lang. *Mordieu, qu'ai-je oublié!* Da sein gewisse Simple[1] in mein Kabinett, das ik nik wollt lassen da für die Welt.

Frau Hurtig. O weh, nun wird er den jungen Menschen dort finden und rasend werden.

Cajus. (*öffnet das Kabinett*) *Oh diable! diable!* Was sein 'ier in mein Kabinett? Spitzenbub, *larron;* Rugby, meine Degen.

(*Er führt Simpel aus dem Kabinett.*)

Frau Hurtig. Bester Herr, gebt Euch zufrieden.

Cajus. Und weswegen soll ik mir geben sufrieden? *hein?*

Frau Hurtig. Der junge Mensch ist ein ehrlicher Mensch.

Cajus. Was 'at der hehrlik Mensch su tun in mein Kabinett? Da is keine hehrlik Mensch, das soll kommen in mein Kabinett.

---

1. Heilkräuter

Frau Hurtig. Ich bitte Euch, seid nicht so phlegmatisch, hört nur das Wahre von der Sache. Er kam und brachte mir einen Auftrag vom Pfarrer Evans.

Cajus. Gut! –

Simpel. Ja, du lieber Gott, um sie zu ersuchen, daß –

Frau Hurtig. Still doch, ich bitte Euch! –

Cajus. Still sein Ihr mit Eure Sung; sprecken Ihr weiter Eure *commission.*

Simpel. Um diese ehrliche Frauensperson, Eure Jungfer, zu ersuchen, daß sie ein gut Wort bei der Jungfer Anne Page für meinen Herrn einlegte, um die Heirat richtig zu machen.

Frau Hurtig. Das ist alles, wahrhaftig; ja, aber ich werde meine Finger nicht ins Feuer stecken, ich brauche das nicht.

Cajus. Der *Pasteur Hevans'* aben Euk geschickt? Rugby, *baillez-moi* hetwas Papier; Ihr warten 'ier ein bisken.

Frau Hurtig. Ich bin froh, daß er so ruhig ist; wenn er recht durch und durch in Aufruhr gekommen wäre, da hättet Ihr ihn einmal recht laut und melancholisch sehn sollen. Aber mit alledem, mein Freund, will ich für Euern Herrn tun, was ich nur kann, und das wahre Ja und Nein ist, daß der französische Doktor, mein Herr – ich kann ihn schon meinen Herrn nennen, seht Ihr, denn ich führe ihm seine Wirtschaft, und ich wasche, spüle, braue, backe, scheure, koche ihm Essen und Trinken, mache die Betten und tue alles selbst.

Simpel. 's ist eine große Last, wenn man unter fremde Hände kommt.

Frau Hurtig. Wißt Ihr das auch schon? Ja wahrhaftig, eine tüchtige Last, und dabei früh auf sein und spät zu Bett; — aber mit alledem, (ich sage Euch das ins Ohr, ich möchte nicht viel Gerede davon haben) – mein Herr ist selbst verliebt in Jungfer Anne Page; – aber mit alledem – ich weiß, wie Annchen denkt – davon ist nicht die Rede.

Cajus. Du 'ans Aff: gib diesen *billet* an Pasteur Ugo; *pardieu,* es sein eine 'erausforderung; ik will ihm habsneiden seinen Kehl in die Tierkart'[1]; und ik will lehren so eine 'asenfuß

1. Er meint (im) «Tierpark» (von Windsor).

von Priest'r, sik su melier' und su mische. Du kannst dir packen; es sein nik gut, daß du 'ier bleiben. *Pardieu*, ik will ihm habsneiden halle sein swei Stein, *pardieu!* Er soll nik behalt eine Stein su smeiße nak seine 'und. (*Simpel geht ab.*)

Frau Hurtig. Ach lieber Himmel, er spricht ja nur für seinen Freund.

Cajus. Das tute nix sur Sak! 'aben Ihr nik gesagt, daß ik soll 'aben Anne Page vor mir selbst? *Pardieu*, ik will totmaken die 'ans Priest'r, und ik 'aben bestellt meine Wirt *de la jarretière* su meß unsre Waff: – *Pardieu!* ik will selber 'aben Anne Page.

Frau Hurtig. Herr, das Mädchen liebt Euch, und alles wird gut gehn. Wir müssen die Leute reden lassen, was zum Element!

Cajus. Rugby, komm mit mik an die 'of. *Pardieu*, wenn ik nik kriegen Anne Page, ik smeißen Eure Kop aus den 'aus: folgen mir auf mein Fuß, Rugby.

(*Doktor Cajus und Rugby ab.*)

Frau Hurtig. Anne lange Nase sollt ihr kriegen! – Nein, darin weiß ich, wie Annchen denkt: keine Frau in Windsor weiß besser, wie Annchen denkt, als ich, oder kann mehr mit ihr aufstellen, Gott sei Dank! –

Fenton (*draußen*). Ist jemand drinnen? He?

Frau Hurtig. Wer muß nur da sein? Kommt doch näher! Nur herein! –

Fenton tritt auf.

Fenton. Nun, liebe Frau, wie geht's?

Frau Hurtig. Desto besser, weil Euer Gnaden beliebt, danach zu fragen.

Fenton. Was gibt's Neues? Was macht die hübsche Jungfer Anne?

Frau Hurtig. Ja, wahrhaftig, Herr, hübsch ist sie auch, und ehrbar, und artig; und ist Eure gute Freundin, das kann ich Euch nebenbei versichern, dem Himmel sei Dank.

Fenton. Wird mir's denn gelingen, meinst du? Werde ich nicht vergeblich werben?

Frau Hurtig. Freilich, Herr, der da droben hat alles in seiner Hand; aber mit alledem, Herr Fenton, will ich Euch hoch und teuer schwören, daß sie Euch liebt. Hat Euer Gnaden nicht eine Warze überm Auge?

Fenton. Ja freilich, die habe ich. Was soll uns die?

Frau Hurtig. Ei, davon wäre viel zu erzählen. Meiner Treu, sie ist mir die Rechte, das Annchen; aber soviel kann ich detestieren: so ein ehrliches Mädchen, als jemals Brot gegessen hat. Wir plauderten wohl eine Stunde von der Warze: so lache ich in meinem Leben nicht, als wenn ich bei dem Mädchen bin. Freilich, sie ist allzu langkohlisch und kopfhängerisch, das ist wahr; aber was Euch betrifft — nun! nur immer guten Mut! –

Fenton. Nun, ich werde sie heut noch sehn. Wart, da hast du eine Kleinigkeit; sprich ein gutes Wort für mich. Solltest du sie ehr sehn als ich, so empfiehl mich. –

Frau Hurtig. Euch empfehlen? Ja, mein Seel, das soll geschehn; und will Eur Gnaden noch mehr von der Warze erzählen, sobald sich wieder eine Konfidenz findet; und noch von andern Liebhabern.

Fenton. Gut, lebe wohl, ich habe jetzt große Eil.

Frau Hurtig. Viel Glück, Eur Gnaden. – (*Fenton geht.*) Wahrhaftig ein nobler Herr! aber Annchen kann ihn nicht leiden; ich weiß, wie Annchen denkt, besser als irgend jemand. – Potztausend! Was habe ich vergessen! – (*Sie geht ab.*)

ZWEITER AUFZUG

ERSTE SZENE

Straße

Frau Page tritt auf mit einem Brief

Frau Page. Was! War ich in den Feiertagen meiner Schönheit Liebesbriefen entgangen und bin jetzt ein Inhalt für sie? Laßt doch sehn: – (*sie liest*) «Fordert keine Vernunftgründe von mir, warum ich Euch liebe: denn wenn gleich Liebe die Vernunft als verdammenden Inquisitor zuläßt, kann sie sie doch nicht als Ratgeber brauchen. Ihr seid nicht jung; ich ebensowenig; wohlan denn, hier ist Sympathie. Ihr seid munter, das bin ich auch: haha! darin liegt noch mehr Sympathie. Ihr liebt den Sekt, ich auch: gibt's wohl noch beßre Sympathie? Laß Dir's genügen, Frau Page (wenn anders die Liebe eines Soldaten Dir genügen kann), daß ich Dich liebe. Ich will nicht sagen, bedaure mich; das ist keine soldatenhafte Phrase; aber ich sage, liebe mich:

Der für Dich wacht
Bei Tag und Nacht
Aus aller Macht,
Auf Kampf und Schlacht
Für Dich bedacht[1].

John Falstaff.»

Welch ein Herodes von Judäa das ist! O gottlose, gottlose Welt! – Ist er doch schon vom Alter fast ganz aufgetragen und gebärdet sich wie ein junger Liebhaber! Welch unbedachtes Betragen hat denn mit des Teufels Beistand dieser flämische Trunkenbold aus meinem Gespräch aufgeschnappt, daß er sich auf diese Weise an mich wagen darf? Wahrhaftig, er ist kaum dreimal in meiner Gesellschaft gewesen! – Was sollt ich ihm sagen? Ich war doch damals sparsam mit meiner Lustigkeit; der Himmel verzeihe mir's! – Wahrhaftig, ich will auf eine Akte[2] im Parlament antragen, den Männern das Handwerk zu legen. Wie soll ich mich an ihm rächen? Denn rächen will ich mich, so gewiß seine Eingeweide aus lauter Pudding zusammengesetzt sind.

Frau Fluth kommt.

Frau Fluth. Frau Page! Wahrhaftig, ich wollte eben zu Euch.

Frau Page. Und wahrhaftig, ich zu Euch. Ihr seht recht übel aus!

Frau Fluth. Ei, das glaub ich nimmermehr; ich kann das Gegenteil beweisen.

Frau Page. Mir kommt's aber doch so vor.

Frau Fluth. Nun gut, so mag's denn sein; aber wie ich sage, ich

---

1. Freie Übertragung – 2. Richtiger: Bill

könnte Euch das Gegenteil beweisen. Oh, Frau Page, gebt mir einen guten Rat!

Frau Page. Wovon ist die Rede, Schatz?

Frau Fluth. Oh, Schatz, wenn sich's nicht an einer Kleinigkeit stieße, so könnte ich zu großer Ehre kommen! –

Frau Page. Schade was für die Kleinigkeit, Schatz; schlag die Ehre nicht aus; was ist's denn? Kümmre dich nicht um die Kleinigkeit; nun, was ist's?

Frau Fluth. Wenn ich nur für eine kurze Ewigkeit zur Hölle fahren wollte, so könnte ich zur Ritterwürde kommen.

Frau Page. Was, du lügst, Sir Alice Fluth! Nun, um solche Ritterschaft steht's oft nur flitterhaft; und ich dächte, im Punkte deiner Hausehre ließest du's beim alten.

Frau Fluth. Ich sehe, wir verstehn uns nicht, liebes Kind; da hier, lies, lies: sieh nur, wie! – – Ich werde um so schlechter von den fetten Mannsleuten denken, solange ich noch ein Auge habe, der Mannsbilder Gestalt zu unterscheiden. Und doch fluchte er nicht; lobte die Sittsamkeit der Frauen und sprach so anständige und wohlgesetzte Verachtung alles Unschicklichen aus, daß ich drauf geschworen hätte, seine Gesinnung stimmte zum Ausdruck seiner Worte: aber die haben nicht mehr Zusammenhang und passen nicht besser zueinander, als der hundertste Psalm und die Melodie vom *grünen Ärmel.* Welcher Sturmwind mußte uns diesen Walfisch mit so viel Tonnen Öl im Bauch an die Küste von Windsor werfen? Wie soll ich mich an ihm rächen? Ich denke, das beste wäre, ihn mit Hoffnung hinzuhalten, bis das gottlose Feuer der bösen Lust ihn in seinem eignen Fett zerschmolzen hätte. Hast du je so etwas gehört?

Frau Page. Ein Brief wie der andre, nur daß die Namen Fluth und Page verschieden sind. Zu deinem größten Trost in diesem Labyrinth von Leichtfertigkeiten ist hier der Zwillingsbruder deines Briefs; aber laß nur deinen zuerst erben, denn auf meine Ehre, der meinige soll es nie. Ich wette, er hat ein ganzes Tausend solcher Briefe mit leeren Plätzen für die verschiednen Namen; und gewiß noch mehr, und diese sind von der zweiten Auflage. Er wird sie ohne Zweifel noch drucken lassen, denn es ist ihm einerlei, was er unter die Presse bringt, da er uns beide darunter bringen wollte. Lieber möchte ich eine Riesin sein und unter dem Berg Pelion liegen! Wahrhaftig, ich will ehr zwanzig treulose Turteltauben finden, als einen züchtigen Mann.

Frau Fluth. Seht doch, ganz derselbige; dieselbe Handschrift, dieselben Worte; was denkt er nur von uns? –

Frau Page. Wahrhaftig, ich weiß nicht; es bringt mich fast so weit, mit meiner eignen Ehrbarkeit zu zanken. – Ich muß mich ansehn wie eine Person, die ich noch gar nicht kenne; denn wahrhaftig, hätte er nicht eine Seite an mir entdeckt, von der ich selber gar nichts weiß, er hätte es nicht gewagt, mit solcher Wut zu entern.

Frau Fluth. Entern sagst du? Nun, ich weiß gewiß, ich will ihn immer überm Deck halten.

Frau Page. Das will ich auch; kommt er je unter meine Luken, so will ich nie wieder in See gehn. Wir müssen uns an ihm rächen: wir müssen ihm eine Zusammenkunft bestimmen, ihm einen Schimmer von Hoffnung für sein Begehren geben und ihn mit fein geködertem Aufschub immer weiter locken, bis er unserm Gastwirt zum Hosenbande seine Pferde versetzt hat.

Frau Fluth. Ja, ich will die Hand dazu bieten, ihm jeden schlimmen Streich zu spielen, der nur unsrer Ehre nicht zu nahe tritt. Himmel, wenn mein Mann diesen Brief sähe! Er würde seiner Eifersucht ewige Nahrung geben.

Frau Page. Ei sieh, da kommt er, und mein guter Mann auch; er ist so weit entfernt von aller Eifersucht, als ich, ihm Anlaß zu geben; und das, hoffe ich, ist eine unermeßliche Kluft.

Frau Fluth. Um so glücklicher ihr! –

Frau Page. Laßt uns einen Kriegsrat gegen diesen fetten Ritter halten! Kommt hieher.

(*Sie gehn in den Hintergrund der Bühne.*)

Fluth kommt mit Pistol, Page mit Nym.

Fluth. Nun, ich hoffe, es ist nicht so.

Pistol. Hoffnung ist oft ein Jagdhund ohne Spur:
Sir John lockt dein Gemahl.

Fluth. Ei, Herr, meine Frau ist nicht jung.

Pistol. Er wirbt um hoch und tief, um reich und arm,
Um jung und alt, um ein' und alle, Fluth:
Er liebt sich Mengelmuß. Fluth, Augen auf! –

Fluth. Liebt meine Frau? –

Pistol. Mit Leber, heiß wie Glut. Wehr's ab, sonst lauf
Wie Herr Aktäon, rings umklafft vom Jagdgebell.
– O schändlich tönt das Wort!

Fluth. Was für ein Wort, Herr?

Pistol. Das Horn, sag ich. Leb wohl.
Hab acht! die Augen auf! denn Diebe schleichen nachts:
Hab acht! eh Sommer kommt und Kuckuckvögel singen. –
Mir nach, Herr Korp'ral Nym! –
Page, glaub ihm, denn er spricht Vernunft! (*Pistol geht ab.*)

Fluth. Ich will Geduld haben; ich werde schon dahinterkommen.

Nym (*zu Page*). Und dies ist wahr; der Humor des Lügens ist mir zuwider. Er hat mich in gewissen Humoren beleidigt; ich habe einen Degen, und er muß die Zähne zeigen, wann's not tut. Er liebt Euer Weib, das ist das Kurze und das Lange. Mein Nam ist Korporal Nym; ich rede und agnosziere: 's ist wahr; mein Nam ist Nym, und Falstaff liebt Euer Weib. – Lebt wohl! Ich hasse den Humor von Brot und Käse, und das ist der Humor davon. Lebt wohl. (*Nym geht ab.*)

Page. Der Humor davon; ei! das ist mir ein Bursch, der unser Englisch aus allem Verstande herausschreckt.

Fluth. Ich will Falstaff aufsuchen.

Page. In meinem Leben hörte ich keinen so affektiert schleppenden Schurken.

Fluth. Finde ich's so, gut! –

Page. Ich werde keinem solchen Chinesen trauen, und empföhle ihn auch der Stadtpfarrer als einen ehrlichen Mann.

Fluth. Es war ein wackrer, verständiger Bursch; gut! –

Frau Page und Frau Fluth treten vor.

Page. Ei, sieh da, Gretchen!

Frau Page. Wo gehst du hin, Georg? – höre doch!

Frau Fluth. Was ist denn, lieber Franz? Warum so melancholisch.

Fluth. Ich melancholisch? Ich bin nicht melancholisch! Mach, daß du zu Haus kommst! – geh! –

Frau Fluth. Gewiß hast du wieder Grillen im Kopf. Kommt Ihr mit, Frau Page?

Frau Page. Ich geh mit Euch. Kommst du jetzt zum Essen, Georg? – (*Beiseite.*) Sieh, wer da kommt! Die soll unsre Botin an den saubern Ritter sein.

Frau Hurtig kommt.

Frau Fluth. Wahrhaftig, an die dachte ich eben; die wird grade recht sein.

Frau Page. Ihr kommt wohl, meine Tochter Anne zu besuchen?

Frau Hurtig. Ja wahrhaftig! Und was macht denn die liebe Jungfer Anne?

Frau Page. Geht mit uns hinein und seht selbst; wir haben wohl ein Stündchen mit Euch zu plaudern.

(*Die drei Frauen gehen hinein.*)

Page. Wie nun, Herr Fluth? –

Fluth. Ihr hörtet doch, was der Kerl mir sagte? Nicht?

Page. Ja, und Ihr hörtet, was der andre mir sagte?

Fluth. Glaubt Ihr, daß ihnen zu trauen sei?

Page. Hole der Henker das Gesindel! Ich glaube nicht, daß der Ritter so was wagt; aber diese, die ihm eine Absicht auf unsre Frauen schuld geben, sind ein Gespann von seinen ausgemusterten Bedienten, völlige Spitzbuben, seit sie außer Dienst sind.

Fluth. Waren das seine Bedienten?

Page. Freilich waren sie's.

Fluth. Mir gefällt das Ding darum noch nicht besser. – Wohnt er jetzt im Hosenband?

Page. Ja freilich. Sollte er seinen Kurs auf meine Frau richten, so wollte ich sie ihm frank und frei überlassen; und was er mehr von ihr erbeutet als harte Reden, das will ich auf meinen Kopf nehmen.

Fluth. Ich habe eben kein Mißtrauen in meine Frau, aber ich möchte sie doch nicht gern zusammenlassen. Ein Mann kann auch zu sicher sein; ich möchte nichts auf meinen Kopf nehmen. Ich kann mich nicht so leicht zufrieden geben.

Page. Sieh da, kommt hier nicht unser schwadronierender Wirt zum Hosenbande? Entweder er hat Wein im Kopf oder Geld in der Tasche, wenn er so lustig aussieht. Nun, wie geht's, mein Gastwirt? –

Der Gastwirt und Schaal kommen.

Wirt. Wo bleibst du, Rodomont? Du bist ein Edelmann; Caballero Friedensrichter, komm doch! –

Schaal. Ich komme, mein Gastwirt, ich folge dir. – Vielmals guten Tag, lieber Herr Page; Herr Page, wollt Ihr mit uns gehn? Wir haben einen Spaß vor.

Wirt. Sag's ihm, Caballero Friedensrichter, sag's ihm, Rodomont.

Schaal. Herr, es soll ein Strauß zwischen Sir Hugh, dem wallisischen Priester, und Cajus, dem französischen Doktor, ausgefochten werden.

Fluth. Mein lieber Herr Wirt zum Hosenbande, ein Wort mit Euch! –

Wirt. Was sagst du, Rodomont?

(*Sie gehn auf die Seite.*)

Schaal (*zu Page*). Wollt Ihr mit und es ansehn? Unser lustiger Wirt hat ihre Waffen messen müssen und hat ihnen, glaube ich, verschiedene Plätze angewiesen; denn wahrhaftig, ich höre, der Pfarrer spaßt nicht. Gebt acht, ich will Euch erzählen, worin unsre Komödie bestehen soll.

Wirt. Du hast doch keine Schuldklage wider meinen Ritter, mein Gastkavalier?

Fluth. Nein, auf Ehre nicht. Aber ich will Euch eine Flasche gebrannten Sekt geben, wenn Ihr mir Zutritt zu ihm schafft und ihm sagt, ich heiße Bach; nur zum Scherz.

Wirt. Da ist meine Hand, Roland, du sollst dich bei ihm präsentieren und absentieren: – war's so recht? – und Bach sollst du heißen. Er ist ein lustiger Ritter. Wollt ihr gehn, Kinder?

Schaal. Nehmt mich mit, mein Gastwirt.

Page. Ich höre, der Franzose versteht sich trefflich auf sein Rapier

Schaal. Still, Herr, davon wüßt ich ein Lied zu singen. Zu jetziger Zeit steht Ihr in einer Distanz und habt Eure Mensuren, Paraden und was weiß ich alles; auf's Herz kommt's an, Herr Page, hier sitzt es, hier sitzt es! Ich weiß die Zeit, da hätte ich mit meinem langen Degen vier handfeste Burschen springen lassen wie die Ratten.

Wirt. Lustig, Burschen, lustig: wollen wir uns trollen?

Page. Ich gehe mit Euch. Ich hörte sie lieber zanken als fechten.

(*Der Wirt, Schaal und Page gehn ab.*)

Fluth. Obgleich Page ein sorgloser Narr ist und so fest auf seiner Frauen Schwachheit baut, kann ich doch meinen Argwohn nicht so leicht ablegen. Sie war mit ihm in Gesellschaft bei der Frau Page, und was sie da angefangen haben, weiß ich nicht. Wohlan, ich muß der Sache auf die Spur kommen, und ich weiß eine Verkleidung, um den Falstaff auszuhorchen. Wenn ich sie unschuldig finde, so ist meine Mühe nicht umsonst; ist sie's nicht, so war die Mühe gut angewandt. (*Er geht ab.*)

Zweite Szene

Zimmer im Gasthofe zum Hosenbande

Falstaff und Pistol treten auf

Falstaff. Ich leih dir keinen Deut.

Pistol. Dann ist die Welt mein' Auster,
Die ich mit Schwert will öffnen. –

Falstaff. Nicht einen Deut. Ich habe nachgegeben, Bursch, daß du meine Autorität als Pfand gebraucht hast; ich habe meine guten Freunde molestiert, um eine dreimalige Frist für dich und deinen Nebengaul Nym zu ergattern, sonst hättet ihr durchs Gatter gucken müssen wie ein Zwillingsgestirn von Pavianen. Ich bin schon zur Hölle verdammt, weil ich ein paar Kavalieren und guten Freunden zugeschworen habe, Ihr wärt brave Soldaten und tüchtige Burschen; und als Frau Brigitte ihren Fächerstiel verlor, da nahm ich's auf meine Ehre, du hättest ihn nicht.

Pistol. Halbiert ich's nicht? Nahmst du nicht fünfzehn Pence?

Falstaff. Und das mit Recht, du Schurke, ganz mit Recht. Denkst du, ich werde meine Seele gratis in Gefahr geben? Mit einem

Wort, hänge dich nicht mehr an mich, ich bin dein Galgen nicht. Fort! Ein kurzes Messer und ein Gedränge: – fort, auf deinen Rittersitz nach Pickt-hatch[1], fort! du willst mir keinen Brief bestellen, du Schuft? du trumpfst auf deine Ehre? Ei du unermeßliche Niederträchtigkeit! Es geschieht ja alles, was ich tue, um die Grenzen meiner Ehre aufs schärfste abzumarken. Ich, ich, ja ich selber, die Furcht Gottes linker Hand liegen lassend, und meine Ehre in mein Bedürfnis einhüllend, muß mich zuweilen zu Praktiken, zu Prellereien und Hinterhalten entschließen; und dennoch willst du Schurke noch deine Lumpen, deine wilden Katzenblicke, deine Bierhausphrasen und deine Karrnschieberflüche unter dem Schirmdach deiner Ehre verschanzen? Du willst es nicht tun, du? –

Pistol. Ich hege Reu, was willst du mehr vom Mann?

Robin kommt.

Robin. Herr, hier ist eine Frau, die mit Euch sprechen möchte.

Falstaff. Führ sie herein.

Frau Hurtig kommt.

Frau Hurtig. Einen schönen guten Morgen, mein gnädiger Herr.

Falstaff. Guten Morgen, meine liebe Frau!

Frau Hurtig. Nicht so, mit Euer Gnaden Verlaub –

Falstaff. Also meine liebe Jungfer.

Frau Hurtig. Das will ich beschwören, wie meine Mutter war in der Stunde, da ich zur Welt kam.

Falstaff. Wer schwört, dem glaub ich. Nun, was bringst du mir?

Frau Hurtig. Soll ich Euer Gnaden wohl ein paar Worte vorzutragen geruhen?

Falstaff. Ein paar tausend, schönes Kind, und ich werde dich anzuhören geruhn.

Frau Hurtig. Da ist eine gewisse Frau Fluth, Herr; ich bitte tretet ein wenig näher hieher – ich selbst wohne beim Herrn Doktor Cajus –

---

1. Dirnengegend in London

Falstaff. Gut, weiter; Frau Fluth, sagt Ihr? –

Frau Hurtig. Da haben Euer Gnaden ganz recht; ich bitte Euer Gnaden, kommt ein wenig näher auf diese Seite.

Falstaff. Ich versichere dich, niemand hört uns, meine eignen Leute, meine eignen Leute.

Frau Hurtig. Sind sie das? Der Himmel segne sie und mache sie zu seinen Dienern.

Falstaff. Nun, Frau Fluth, was ist's mit der?

Frau Hurtig. Ach Herr, sie ist ein gutes Geschöpf. Liebster Himmel, Euer Gnaden sind ein Schalk; nun, Gott verzeih es Euch und uns allen, darum bitt ich! –

Falstaff. Frau Fluth – nun also, Frau Fluth –

Frau Hurtig. Ei nun, da habt Ihr das Kurze und das Lange davon. Ihr habt sie in solche Bastion[1] gebracht, daß es ein Wunder ist. Der beste Hofkavalier von allen, als der Hof in Windsor rezitierte, hätte sie nicht so in Bastion gebracht! Und da gab's doch Ritter und Lords und Edelleute mit ihren Kutschen, das versichre ich Euch, Kutsche auf Kutsche, Brief auf Brief, Geschenk auf Geschenk, und rochen so süß – (von lauter Bisam), und rauschten, ich versichr Euch, in Gold und Seide; und in so alikanten[2] Ausdrücken, und mit Wein und Zucker von den besten, allerschönsten Sorten, daß es Euch jedes Frauenzimmer gewonnen hätte; und doch, das versichr ich Euch, konnten sie nie auch nur einen Augenwink von ihr erhalten. Mir haben sie selbst noch diesen Morgen zwanzig Engel gegeben, aber ich biete allen Engeln Trotz, wenn sie so was im Sinne haben, und wenn's nicht in allen Ehren sein kann; und das versichr ich Euch, nicht einmal so weit konnten sie's bringen, daß sie mit dem Vornehmsten von ihnen auch nur aus *einem* Becher genippt hätte; und doch gab's da Grafen und, was noch mehr sagen will, Offiziere von der Leibgarde; aber das versichr ich Euch, bei ihr ist das alles einerlei.

Falstaff. Aber was sagt sie von mir? Faßt Euch kurz, meine liebe Frau Merkur.

---

1. Sie will sagen: Position – 2. elegant

Frau Hurtig. Ei nun, sie hat Euern Brief erhalten, für welchen sie Euch tausend Dank sagen läßt; und sie läßt Euch zu wissen tun, daß ihr Mann nicht zu Hause sein wird zwischen zehn und elf.

Falstaff. Zehn und elf! –

Frau Hurtig. Ja wahrhaftig, und dann könntet Ihr kommen und das Gemälde besehn, sagt sie, Ihr wüßtet schon; Herr Fluth, ihr Mann, wird nicht zu Hause sein. Ach! das liebe Weibchen führt ein schlimmes Leben mit ihm; er ist ein recht jalouser Mann; sie führt ein recht poltriges Leben mit ihm, das gute Herzchen.

Falstaff. Zehn und elf! Frau, empfiehl mich ihr, ich werde nicht ausbleiben.

Frau Hurtig. Nun, das ist schön; aber ich habe noch eine andre Konfession an Euer Gnaden auszurichten. Frau Page läßt sich Euch gleichfalls von Herzen empfehlen; und, das muß ich Euch ins Ohr sagen, die ist eine solche annette [1] und repetierliche hübsche Frau, und eine, das sage ich Euch, die da weder ihren Morgen- noch ihren Abendsegen versäumt, wie's nur eine in Windsor gibt, wer sie auch sein mag; und die trug mir auf, Euer Gnaden zu sagen, daß ihr Mann selten außer Hause sei; aber sie hofft, es wird schon eine Zeit kommen. Ich habe nie eine Frau so versessen auf einen Mann gesehn; weiß Gott, ich glaube, Ihr müßt hexen können, gelt? Ja wahrhaftig! –

Falstaff. Nicht doch, das versichre ich dir; die Anziehungskraft meiner edlen Eigenschaften beiseit gesetzt, weiß ich von keiner Hexerei.

Frau Hurtig. Dafür segne Euch der Himmel!

Falstaff. Aber sag mir doch, haben Frau Fluth und Frau Page es einander gesagt, daß sie in mich verliebt sind?

Frau Hurtig. Das wär ein Spaß, meiner Treu! So dumm sind sie doch nicht, hoff ich. Das wär ein Streich, wahrhaftig! Aber Frau Page läßt Euch bitten, um alles, was Euch lieb ist, Ihr möchtet ihr Euern kleinen Pagen schicken; ihr Mann hat eine ganz aparte Infektion für den kleinen Pagen, und wahr-

---

1. statt honette und respektierliche

haftig, Herr Page ist ein rechtschaffner Mann. Da ist weit und breit in Windsor keine Frau, die ein beßres Leben führt; sie tut, was sie will, sagt, was sie will, nimmt alles ein, bezahlt alles, geht zu Bett, wenn's ihr gefällt, steht auf, wenn's ihr gefällt, alles ganz wie sie will; und wahrhaftig, sie verdient es; denn wenn es eine liebe Frau in Windsor gibt, so ist sie eine. Ihr müßt ihr Euern Pagen schicken, da hilft nichts vor.

Falstaff. Nun, das will ich auch.

Frau Hurtig. Nun gut, so schickt ihn ihr; und seht Ihr, der kann nachher zwischen euch beiden ab und zu gehn, und kann auf alle Fälle sein Parolwort haben, daß ihr eins des andern Gedanken erfahrt und der Junge doch nichts zu verstehn braucht; denn es ist nicht gut, wenn die Kinder von solcher Gottlosigkeit was wissen; alte Leute, wißt Ihr wohl, sind dressiert[1], wie man zu sagen pflegt, und kennen die Welt.

Falstaff. Gehab dich wohl; empfiehl mich beiden; da ist meine Börse; ich bleibe noch dein Schuldner. Bursch, geh mit dieser Frau; – die Neuigkeit setzt mich in Ekstase! –

(*Frau Hurtig und Robin ab.*)

Pistol. Dies Jachtschiff dient wohl in Cupidos Flotte.
Mehr Segel her! setz nach! Das Schießzeug auf;
Gib Feur; die Pris' ist mein, sonst, Meer, verschling sie all!

(*Pistol geht ab.*)

Falstaff. Siehst du nun, alter Hans, nur immer vorwärts! Ich will deine alte Figur mehr in Ehren halten, als ich bisher getan. Schielen sie noch nach dir? Willst du, nachdem du soviel Geld verzehrt, auch einmal etwas verdienen? Ich danke dir's, meine wackre Figur; laßt sie immer sagen, ich mach es zu grob; wenn's nur mit guter Manier geschieht.

Bardolph tritt auf.

Bardolph. Sir John, da unten steht ein gewisser Herr Bach, der möchte Euch gern sprechen und Eure Bekanntschaft machen, und hat Euer Gnaden einen Morgentrunk Sekt geschickt.

---

1. statt diskret

Falstaff. Bach ist sein Name?

Bardolph. Ja, Herr.

Falstaff. Ruf ihn herein. (*Bardolph geht.*) Solche Bäche heiß ich willkommen, die von solchen Wellen überströmen! – Aha, Frau Fluth und Frau Page, habe ich euch im Netz? Viktoria! Via! –

Bardolph kommt zurück mit Fluth, der sich verkleidet hat.

Fluth. Gott grüß Euch, Sir.

Falstaff. Und Euch, Sir. Wollt Ihr mich sprechen?

Fluth. Ich bin so dreist, mich ohne viel Umstände Euch aufzudrängen.

Falstaff. Ihr seid willkommen. Was ist Euer Begehren? Laß uns allein, Küfer.

(*Bardolph ab.*)

Fluth. Sir, ich bin ein Mann, der viel durchgebracht; mein Name ist Bach.

Falstaff. Lieber Herr Bach, ich wünsche Eure nähere Bekanntschaft.

Fluth. Werter Sir John, ich bitte um die Eurige; nicht um Euch zur Last zu fallen, denn ich muß Euch bemerken, daß ich glaube, besser imstande zu sein, Geld auszuleihen, als Ihr; und das hat mich einigermaßen dreist gemacht, Euch so zur Unzeit heimzusuchen. Denn, wie man sagt, wo Geld vorangeht, sind alle Wege offen.

Falstaff. Geld ist ein guter Soldat, mein Herr, und macht sich Bahn.

Fluth. Sehr wahr; und hier habe ich einen Beutel mit Geld, der mir beschwerlich ist. Wenn Ihr ihn mir wollt tragen helfen, Sir John, so nehmt ihn ganz oder halb dafür, daß Ihr mir die Last erleichtert.

Falstaff. Sir, ich weiß nicht, wie ich dazu komme, Euer Lastträger zu sein? –

Fluth. Ich will's Euch sagen, Sir, wenn Ihr mich anhören wollt.

Falstaff. Redet, lieber Herr Bach, ich werde mich glücklich schätzen, Euch zu dienen.

Fluth. Sir, ich höre, Ihr seid ein Gelehrter – (ich will mich kurz fassen) – und Ihr seid ein Mann, den ich lange gekannt habe, obgleich ich weniger die Gelegenheit als den Wunsch hatte, mir Euern Umgang zu verschaffen. Ich werde Euch eine Sache entdecken, bei der ich meine eigne Schwachheit sehr oft an den Tag legen muß; aber, lieber Sir John, indem Ihr Euer eines Auge auf meine Torheit richtet, wenn ich sie vor Euch aufdecke, lenkt das andre auf das Register Eurer eignen, damit ich um so leichter mit meinem Verweise durchkommen möge, als Ihr selbst wißt, wie leicht es sei, in solche Fehler zu fallen.

Falstaff. Sehr gut, mein Herr; fahrt fort.

Fluth. Es wohnt eine Frau hier im Ort; ihr Mann heißt Fluth.

Falstaff. Wohl, Herr.

Fluth. Ich habe sie lange geliebt, und, ich beteure Euch, viel auf sie gewandt; bin ihr mit der zärtlichsten Aufmerksamkeit gefolgt; habe mir Gelegenheiten geschafft, sie zu treffen; jeden geringen Anlaß mit Unkosten erspäht, wo ich sie, wenn auch nur obenhin, sehen konnte; habe nicht nur manches Geschenk für sie gekauft, sondern manchem reichlich gegeben, nur um zu erfahren, was sie gern geschenkt hätte; kurz, ich habe sie verfolgt, wie mich die Liebe verfolgt hat, das heißt, auf dem Fittich aller Gelegenheiten. Was ich aber auch verdienen mochte, sei's durch meine Leidenschaft, sei's durch meinen Aufwand – Lohn, weiß ich gewiß, habe ich keinen erhalten, man müßte denn Erfahrung ein Kleinod nennen, *die* habe ich mir zu unerhörtem Preise erstanden, und von ihr habe ich diesen Spruch gelernt:

«Wie Schatten flieht die Lieb, indem man sie verfolgt;
Sie folgt dem, der sie flieht, und flieht den, der ihr folgt.»

Falstaff. Habt Ihr denn von ihr gar kein Versprechen der Erhörung erhalten?

Fluth. Niemals.

Falstaff. Habt Ihr auch nicht in solcher Absicht in sie gedrungen?

Fluth. Niemals.

Falstaff. Von welcher ganz besondern Art war denn also Eure Liebe?

Fluth. Wie ein schönes Haus auf fremdem Grund errichtet, so daß ich mein Gebäude eingebüßt habe, weil ich einen unrechten Platz wählte, es aufzuführen.

Falstaff. Und zu welchem Ende entdeckt Ihr mir das alles?

Fluth. Wenn ich Euch das gesagt habe, so habe ich Euch alles gesagt. Man versichert mich, daß, obgleich sie gegen mich sehr ehrbar tut, sie anderswo in ihrer Munterkeit so weit geht, daß daraus die schlimmste Nachrede entsteht. Nun, Sir John, hier habt Ihr den eigentlichen Kern meines Gesuchs. Ihr seid ein Kavalier von trefflicher Erziehung, von bezaubernder Wohlredenheit, von großen Verbindungen, angesehn durch Rang und Persönlichkeit und überall gepriesen für Eure mannigfachen Verdienste als Krieger, als Hofmann und als Gelehrter.

Falstaff. Oh, mein Herr! –

Fluth. Glaubt es, denn Ihr wißt es. – Hier ist Geld; verwendet es; verwendet noch mehr, verwendet alles, was ich habe, nur schenkt mir dafür soviel von Eurer Zeit, als Ihr bedürft, um einen verliebten Angriff auf die Tugend der Frau Fluth zu unternehmen. Gebraucht Eure Überredungskunst, gewinnt sie, Euch zu erhören; wenn's irgend jemand vermag, vermögt Ihr's eher als einer.

Falstaff. Würde denn das der Heftigkeit Eurer Neigung zusagen, wenn ich erhielte, was Ihr zu besitzen wünscht? Mir scheint, Ihr verschreibt Euch ein sehr widersprechendes Mittel.

Fluth. Oh, versteht nur, worauf ich ziele. Sie fußt so zuversichtlich auf die Reinheit ihrer Ehre, daß die Torheit meines Herzens sich nicht zu zeigen wagt; sie glänzt zu hell, als daß man ihr ins Auge sehn dürfte. Könnte ich nun mit irgendeiner Entdeckung zu ihr treten, so hätten meine Wünsche Beispiel und Beweggrund, sich ihr zu empfehlen; ich könnte sie dann aus der Verschanzung ihrer Keuschheit, ihres Rufs, ihres ehlichen Gelübdes und tausend andrer Schutzwehren heraustreiben, die jetzt zu mächtig wider mich streiten. Was sagt Ihr dazu, Sir John? –

Falstaff. Herr Bach, ich will für's erste so frei sein, Euer Geld zu nehmen; sodann gebt mir Eure Hand; und endlich, so wahr ich ein Edelmann bin, Fluths Frau sollt Ihr, wenn Ihr es wollt, besitzen.

Fluth. Oh, werter Sir! – –

Falstaff. Herr Bach, ich sage, Ihr sollt.

Fluth. Am Gelde, Sir John, am Gelde soll's nicht fehlen.

Falstaff. An der Frau Fluth, Herr Bach, an der Frau Fluth soll's nicht fehlen. Sie hat mich selbst, daß ich's Euch nur sage, schon zu sich bestellt; eben als Ihr zu mir kamt, ging ihre Gehilfin, ihre Zwischenträgerin, von mir weg; ich sage Euch, ich werde mich bei ihr einfinden zwischen zehn und elf, denn um diese Zeit wird ihr Mann, der eifersüchtige, verdammte Kerl, nicht zu Hause sein. Kommt heut abend zu mir; Ihr sollt hören, wie mir's gelingt.

Fluth. Eure Bekanntschaft ist ein wahrer Segen für mich. Kennt Ihr diesen Fluth, Sir?

Falstaff. Zum Henker mit dem armen Teufel von Hahnrei! Ich kenne ihn nicht; indes, ich tue ihm Unrecht, wenn ich ihn arm nenne; man sagt, der eifersüchtige behornte Kerl hat ganze Haufen Gold; und darum kommt mir seine Frau auch hübsch vor. Sie soll mir der Schlüssel zu des Hahnreis Geldkasten sein, dort will ich mein Erntefest halten.

Fluth. Ich wollte, Ihr kenntet Fluth, damit Ihr ihm ausweichen könntet, wenn Ihr ihn sähet.

Falstaff. Zum Henker mit dem spießbürgerlichen Hökerkerl! – Ich will ihn mit meinen Augen durchbohren, daß er von Sinnen kommen soll; ich will ihn in Respekt erhalten mit meinem Prügel; wie ein Meteor soll der über des Hahnreis Hörnern schweben; – ja, Herr Bach, du sollst's erleben, ich triumphiere über den Flegel, und du schläfst bei seiner Frau. Komm nur gleich auf den Abend zu mir; Fluth ist ein Schuft, und ich will seine Titel noch weitläufiger machen; du, Herr Bach, sollst ihn als Schuft und Hahnrei begrüßen. Komm nur gleich heut abend zu mir. (*Geht ab.*)

Fluth. Was für ein verdammter epikureischer Schurke das ist! Mein Herz möchte vor Ungeduld zerspringen. Wer will nun noch sagen, dies sei unzeitige Eifersucht? Meine Frau hat zu ihm geschickt, die Stunde ist bestimmt, der Handel geschlossen; – wer hätte so etwas denken sollen! Da seht, welche Hölle es ist, ein falsches Weib zu haben! Mein Bett soll entehrt, meine Koffer gebrandschatzt, mein guter Name zernagt werden; und nicht genug, daß ich diese nichtswürdige Kränkung erdulde, soll ich mich noch mit den verruchtesten Benennungen schelten lassen, und zwar von ebendem, der mir diesen Schimpf antut. Und welche Namen! welche Titel! Amaimon klingt gut, Luzifer gut, Barbason gut, und doch sind es Teufelstitulaturen, die Namen böser Geister; aber Hahnrei? Hörnerträger? Der Teufel selbst führt nicht solche Namen. – Page ist ein Esel, ein sorgloser Esel; er verläßt sich auf seine Frau; er weiß nichts von Eifersucht. Lieber will ich einem Holländer meine Butter, Pfarrer Hugh, dem Walliser, meinen Käse, einem Irländer meine Aquavitflasche und einem Diebe meinen Wallach, den Paßgänger, zu reiten anvertrauen, als meine Frau sich selbst. Da kabaliert, da sinnt und grübelt sie – und was sie in ihrem Herzen beschließen, das müssen sie ausführen, und sollte ihr Herz darüber brechen, sie müssen's ausführen. Dem Himmel sei Dank für meine Eifersucht! Um elf ist die Stunde; ich will dem Dinge zuvorkommen, mein Weib entlarven, mich an Falstaff rächen und Page auslachen. Gleich will ich daran; besser drei Stunden zu früh, als eine Minute zu spät! – Pfui, pfui, pfui! – Hahnrei, Hahnrei, Hahnrei! – (*Geht ab.*)

DRITTE SZENE

Park von Windsor

Cajus und Rugby treten auf

Cajus. 'ans Rugby!

Rugby. Herr Doktor!

Cajus. Was is die Klock, 'ans?

Rugby. Sie Stunde ist schon vorbei, Herr, wo Sir Hugh sich einstellen wollte.

Cajus. *Pardieu*, er 'aben kerett' sein Seel, weil er nik is gekomm; er 'aben kuth gepett' seine Bibel, daß er nik is gekomm'; *pardieu*, 'ans Rugby, er sein schon tot, wann er sein gekomm'.

Rugby. Er ist gescheit, Herr Doktor, er wußte, Eur Gnaden würden ihn umbringen, wann er käme.

Cajus. Pardieu, das 'ering is nik so tot, als ik ihm will totmaken. – Nimm deine Degen, 'ans, ik will dir weisen, wie ik will ihn totmaken.

Rugby. Ach, Herr, ich kann nicht fechten.

Cajus. Coquin, nimm deine Degen.

Rugby. Still doch! hier kommen Leute.

Es kommen der Wirt, Schaal, Schmächtig und Page.

Wirt. Gott grüß dich, mein Rolandsdoktor.

Schaal. Euer Diener, Herr Doktor Cajus.

Page. Guten Tag, lieber Herr Doktor!

Schmächtig. Schön guten Morgen, Sir.

Cajus. Was sein ihr all, ein, swei, drei, vier, gekomm' 'ieher? –

Wirt. Dich fechten zu sehn, dich legieren zu sehn, dich traversieren zu sehn, dich hier zu sehn, dich da zu sehn, dein Punto, deine Stoccata, dein Renvers, deine Distanz, deinen Montant zu sehn. Ist er tot, mein Äthiopier? Ist er tot, mein Franzmann? Ha, Rodomont! Was sagt mein Äskulap? mein Galen? mein Holundermark? Ist er tot, mein Harnmonarch? – Ist er tot?

Cajus. Pardieu, er sein die größte Memmenpriester von die Welt; er 'aben nik geweisen sein *Visage.*

Wirt. Du bist ein König von Kastilien, Don Urinal; Hektor von Graecia, mein Junge!

Cajus. Ik bitten, mir su attestier', daß wir ihm 'aben gewartet, wir sechs oder sieben, swei bis drei Stunde, und er sein nik gekomm'.

Schaal. Er ist der Klügste, Herr Doktor; er ist ein Arzt der Seelen und Ihr ein Arzt der Leiber; wenn Ihr Euch schlagen wolltet, so stricht Ihr gegen das Haar Eurer Vokation. Ist das nicht wahr, Herr Page?

Page. Herr Schaal, Ihr seid selbst ein großer Fechter gewesen, obgleich jetzt ein Mann des Friedens.

Schaal. Sapperment, Herr Page, obgleich ich jetzt alt bin und ein Friedensmann; wenn ich einen bloßen Degen sehe, so jucken mir die Finger, einen Gang zu machen. Wenn wir gleich Friedensrichter und Doctores sind und Diener Gottes, Herr Page, so spüren wir doch einiges Salz der Jugend in uns; ja, Herr Page, wir sind vom Weibe geboren.

Page. Das ist wahr, Herr Schaal.

Schaal. Es wird sich so ausweisen, Herr Page. Mein Herr Doktor Cajus, ich bin hergekommen, Euch nach Hause zu holen. Ich bin ein geschworner Friedensrichter. – Ihr habt Euch verhalten wie ein kluger Arzt, und Sir Hugh wie ein kluger und friedfertiger Seelsorger. Ihr müßt mit mir gehn, Herr Doktor.

Wirt. Mit Verlaub, Gast Friedensrichter – He, Monsieur Wasserforscher!

Cajus. Wasserforscher! Was 'eißt das?

Wirt. Wasserforscher in unsrer englischen Sprache bedeutet einen Helden, du Rodomont.

Cajus. *Pardieu,* so bin ik eine so große Wasserforscher als die *Anglais*; – du Lump von eine 'ans Aff Priester! *Pardieu,* wir wollen ihm habsneide seine Ohr.

Wirt. Er wird dich rechtschaffen herumkuranzen, Rodomont.

Cajus. 'erumkuranzen? was 'eißt das? –

Wirt. Das heißt, er wird dir Satisfaktion geben.

Cajus. *Pardieu,* Ihr sollen sehn, er wird mir 'erumkuranzen; denn, *pardieu,* wir wollen das 'aben.

Wirt. Und ich will ihn dazu auffordern oder er soll sich scheren –

Cajus. Mir danken Euk vor das.

Wirt. Und überdem, Rodomont. (*Heimlich zu den andern.*) Aber erst, Herr Gast und Herr Page, und desselbigen gleichen Ihr, Caballero Schmächtig, geht alle durch die Stadt nach Frogmore.

Page. Sir Hugh ist dort, nicht?

Wirt. Er ist dort; seht, in welchem Humor er ist, und ich will den Doktor auf dem Umweg übers Feld hinbringen. Ist's so recht?

Schaal. Das wollen wir tun.

Alle. Lebt wohl, lieber Herr Doktor.

(*Page, Schaal und Schmächtig ab.*)

Cajus. *Pardieu*, wir wollen totmak die Priest'; denn er sprikt *en faveur* von eine Maulaff bei Anne Page.

Wirt. Schlag ihn tot; aber vorher steck deine Ungeduld in die Scheide, gieß kalt Wasser auf deinen Zorn; geh mit mir übers Feld nach Frogmore, ich will dich hinführen, wo Anne Page ist, nach einem Meierhof, wo sie einen Schmaus halten, und da sollst du um sie werben. Nun, du Allerweltskerl[1], ist's so recht? –

Cajus. *Pardieu*, mir danken Euk vor das, *pardieu*, mir lieben Euk, und will Euk verschaff gute Gasten, die Graf, die Chevalier, die Lord, die Edelleut, meine Patient.

Wirt. Dafür will ich dein Widerpart bei Anne Page werden; war's so recht gesagt? –

Cajus. *Pardieu*, das sein gut, sehr gut gesagt.

Wirt. So wollen wir uns hintrollen.

Cajus. Folgen mir nak, 'ans Rugby.

(*Sie gehn ab.*)

DRITTER AUFZUG

ERSTE SZENE

Frogmore

Evans und Simpel treten auf

Evans. Nun sagt mir, ich pitt Euch, lieper Tienstpote des Herr Schmächtig und Freund Simpel mit Euerm Namen – nach welcher Seite hin habt Ihr ausgeschaut nach tem Herr Cajus, welcher sich nennt Toktor der Arzneien?

Simpel. Mein Seel, Herr, nach dem Pittyweg, nach dem Parkweg, nach dem alten Windsorweg, allenthalben hin, nur nicht die Straße nach der Stadt hin.

Evans. Ich pitt Euch recht mit Inprunst, schaut auch einmal tort hinunter.

---

1. Umstrittene Stelle im Original

Simpel. Recht wohl, Herr Pfarrer.

Evans. Kott pehüte mir! wie voller Zornhaftigkeit pin ich, wie voller Seelenzagen! Ich werde erfreut sein, wann er mir ankeführt hat. Ach, wie ich melancholisiere! – – Ich werte ihm seine Urinkläser um seine Schelmekopf schmeiße, wenn ich kuthe Kelegenheit zu tem Ting ersehe. Kott pehüte mir! –

(*Singt.*)

«Am stille Pach, zu tessen Fall
Ertönt der Vökel Matrikal,
Laß uns ein Pett von Rose streun
Und tausend würzge Plume fein –
Am stille Pach . . .»

O du himmlische Küte! Ich habe pesontre Tisposition zu weine! . . .

«Ertönt der Vökel Matrikal . . .
An Wasserflüssen Papylon – – –
Und tausend würzge Plume fein – –
Am stille . . .»

Simpel. Dort kommt er! dorther, Sir Hugh! –

Evans. Er ischt willkomme!

«Am stille Pach, zu tesse Fall . . .»

Kott schütze ten Kerechte! – Was vor Wafferüstung kommt?

Simpel. Keine Waffenrüstung, Herr! Hier kommt mein Herr, Herr Schaal, und noch ein andrer Herr von Frogmore, dort über den Steg, von dieser Seite.

Evans. Pitt Euch, kept mir meinen Chorrock, oter nein, pehaltet ihn nur unterm Arm.

Es kommen Schaal, Schmächtig und Page.

Schaal. Sieh da, Herr Pfarrer! Guten Morgen, lieber Sir Hugh! haltet mir einen Spieler von seinen Würfeln und einen fleißigen Schüler von seinem Buch ab, und ich will von Wundern sprechen.

Schmächtig. Ach, süße Anne Page!

Page. Gott grüß Euch, lieber Sir Hugh! –

Evans. Er pehüte Euch, um seiner Parmherzigkeit wille, allzumal.

Schaal. Was? das Schwert und das Wort? Studiert Ihr beides, Herr Pfarrer?

Page. Und immer noch so jugendlich in Wams und Hosen an diesem rauhen, schnupfigen Tage?

Evans. Tas hat seine Krünte und Veranlassunge.

Page. Wir sind hergekommen, Euch guten Dienst zu erweisen, Herr Pfarrer.

Evans. Recht schön, was ischt's tann?

Page. Da drüben ist ein sehr würdiger Herr, der vermutlich von jemand beleidigt worden und darüber mit seiner Würde und Geduld so zerfallen ist, wie man sich's nur denken kann.

Schaal. Ich habe nun schon achtzig Jahre gelebt und drüber, aber noch nie sah ich einen Mann von seinem Stande, von seiner Gravität und Gelehrsamkeit, der so sehr alle Haltung verloren hätte.

Evans. Wer ischt's tann?

Page. Ich glaube, Ihr kennt ihn, der Herr Doktor Cajus, der berühmte französische Medikus.

Evans. Um Chrischti Wunte wille! Ich hätte epenso kern von kuter Schüssel Suppen erzähle kehört.

Page. Wie das?

Evans. Er versteht Euch nicht mehr vom Hibocrates und Calenus – und außerdem ischt er ausgemachte Memme – so schurkische Memme, als Ihr Euch immer wünsche mökt mit umzukehe.

Page. Ich wette, das ist der Mann, der sich mit ihm schlagen sollte.

Schmächtig. O süße Anne Page! –

Der Wirt, Cajus und Rugby treten auf.

Schaal. So scheint's, nach seinem Degen. Haltet sie voneinander; hier kommt Doktor Cajus.

Page. Nicht doch, lieber Herr Pfarrer, laßt die Klinge stecken!

Schaal. Und Ihr gleichfalls, lieber Herr Doktor!

Wirt. Entwaffnet sie und laßt sie sich explizieren; laßt sie ihre Haut heil halten und unser Englisch zerhacken.

Cajus. Ik bitten, laß mik reden eine Wort mit heuer Ohr; warum sein Ihr nik kommen auf den *Rendez-vous*?

Evans. Ich pitte Euch, verliert die Ketult nicht! Ums Himmels willen!

Cajus. *Pardieu*, Ihr sein die Memme, die 'ans 'asenfuß, die 'ans Aff.

Evans. Ich pitte Euch, laßt uns tene Spottvökel nicht zum Kelächter tiene; ich peschwöre Euch in kuter Freundschaftlichkeit und will Euch auf diese oder jene Manier Satisfaktion kepen; – ich will Euch Eure Wasserkläser um schurkischen Kopf schmeiße, weil Ihr Eure Pestimmung und Verabretungen nicht in Opacht genommen hapt.

Cajus. *Diable!* 'ans Rugby – meine Gastwirt *de la jarretière* – 'aben mir nik gewart nak ihm, um ihn su exterminier? 'aben ik das nik auf die *appointirte place*?

Evans. So wahr ich Christeseele pin, seht, das hier ischt verabredeter Platz; tas soll kleich der Kastwirt zum Hosepand hier hinrichten.

Wirt. Still, sag ich, Gallia und Wallia, Franzmann und Welschmann, Seelendoktor und Leibesdoktor! –

Cajus. Ah, das sein sehr gut – excellent! –

Wirt. Friede, sag ich, hört meinen Gastwirt zum Hosenband. Bin ich ein Politikus? bin ich ein feiner Kopf? bin ich ein Machiavell? Soll ich meinen Doktor verlieren? Nein, er gibt mir die Potionen und die Motionen. Soll ich meinen Pfarrer verlieren? meinen Priester? meinen Sir Hugh? Nein, er gibt mir die Sprichwörter und die Nichtswörter. Deine Hand her, Erdenmann! so! – Deine Hand her, Himmelsmann! – so! – Nun, ihr Söhne der Kunst, ich habe euch beide angeführt, ich habe euch auf falsche Plätze bestellt; eure Herzen sind wacker, eure Haut ist ganz, und gebrannter Sekt sei das Ende. Kommt, gebt die Degen als Pfand. – Folg mir, du Kind des Friedens; folgt, folgt, folgt.

Schall. Wahrhaftig, ein toller Wirt! Kommt alle mit, ihr Herrn, kommt mit.

Schmächtig. Oh, süße Anne Page!

(*Schaal, Schmächtig, Page und Wirt gehn ab.*)

Cajus. Ak! merken ik das? 'aben Ihr gespielt die Narr mit uns? ah, ah! –

Evans. Tas ischt fein? hat er uns zum Peste kehabt? Ich pitt Euch, laßt uns Freundschaftlichkeit schließe, und laßt uns Köpf zusammestoße, um uns zu räche an krindichten, schäpigten, spitzbübischen Kesellen, tiesem nämliche Kastwirt zum Hosepand.

Cajus. Pardieu, von kanz mein 'erz. Er 'at mir versproken, mir su bring', wo is Anne Page; *pardieu,* er betrügen mir gleikfalls.

Evans. Schön, ich werte ihm seinen Hirnteckel einschmeiße. Pitt Euch, kommt mit.

(*Sie gehn ab.*)

Zweite Szene

Straße in Windsor

Frau Page und Robin treten auf

Frau Page. Nun, geh nur immer voran, mein kleiner Junker, sonst warst du gewohnt, nachzufolgen, jetzt aber bist du der Vorläufer. Was ist dir nun lieber? Meine Blicke zu leiten oder auf deines Herrn Fersen zu blicken?

Robin. Ich werde doch lieber vor Euch hergehn wie ein Mann, als ihm nachfolgen wie ein Zwerg? –

Frau Page. Ei, du bist ein kleiner Schmeichler; ich sehe schon, du wirst einmal ein Hofmann.

Fluth kommt.

Fluth. Willkommen, Frau Page! Wo hinaus?

Frau Page. Ich wollte grade Eure Frau besuchen. Ist sie zu Hause?

Fluth. Ja, und so müßig, daß sie vor Langeweile nur noch eben zusammenhängt. Ich denke, wenn eure Männer tot wären, ließt ihr beide euch trauen.

Frau Page. Ganz gewiß, mit zwei andern Männern.

Fluth. Woher habt Ihr denn diesen allerliebsten Wetterhahn?

Frau Page. Ich weiß nicht mehr, wie zum Kuckuck doch der Mann heißt, von dem mein Mann ihn hat – wie heißt Euer Ritter doch mit Namen, Kleiner?

Robin. Sir John Falstaff.

Fluth. Sir John Falstaff! –

Frau Page. Ja, ja, ich kann mich nie auf seinen Namen besinnen. Er und mein guter Mann sind solche besondre Freunde! Ist Eure Frau wirklich zu Hause?

Fluth. Allerdings.

Frau Page. So erlaubt, Herr Fluth, ich bin ganz krank, sie zu sehn.

(*Frau Page und Robin ab.*)

Fluth. Hat der Page kein Gehirn? hat er keine Augen? hat er keine Gedanken? Wahrhaftig, das alles schläft bei ihm, er weiß es nicht zu gebrauchen. Der Junge da wird so leicht einen Brief zwanzig Meilen weit tragen, als eine Kanone zwanzig dutzendmal ins Weiße trifft. Er schneidert selbst die Liebestorheit seiner Frau zurecht; er tut ihr Vorschub und macht ihr Gelegenheit, und nun geht sie zu meiner Frau und Falstaffs Bursche mit ihr – dies Hagelwetter kann man wahrhaftig schon von weitem pfeifen hören! Und Falstaffs Bursche mit ihr! Ein hübsches Komplott! Geschmiedet haben sie's, und unsre rebellischen Weiber teilen die Verdammnis miteinander. Nun, ich will ihn fangen und hernach meine Frau recht tüchtig quälen, der scheinheiligen Frau Page den Schleier ihrer Sittsamkeit abreißen, ihren Mann als einen sorglosen und gutwilligen Aktäon zur Schau stellen, und zu diesem stürmischen Verfahren soll die ganze Nachbarschaft Beifall rufen. Die Uhr gibt mir das Zeichen und meine Zuversicht heißt mich suchen; den Falstaff muß ich dort finden. Man wird mich gewiß eher darum loben als verspotten, denn es ist so ausgemacht, als die Erde feststeht, daß Falstaff dort ist. Ich will hingehn.

Es kommen Page, Schaal, Schmächtig, Wirt, Evans und Cajus.

Alle. Ei, willkommen, Herr Fluth! –

Fluth. Nun, wahrhaftig, eine hübsche Bande! Mein Tisch ist heut gut besetzt, ich bitte euch, daß ihr alle bei mir einsprecht.

Schaal. Ich muß mich entschuldigen, Herr Fluth.

Schmächtig. Das muß ich auch, Herr Fluth. Wir haben versprochen, mit Jungfer Anne zu speisen, und ich möchte mein Wort nicht brechen für mehr Geld, als ich nennen will.

Schaal. Wir haben schon lange eine Heirat zwischen Anne Page und meinem Vetter Schmächtig auf dem Korn, und heute sollen wir das Jawort holen.

Schmächtig. Ich hoffe doch, ich habe Eure Einwilligung, Vater Page?

Page. Die habt Ihr, Herr Schmächtig, ich stimme ganz für Euch; aber meine Frau, Herr Doktor, ist allerdings auf Eurer Seite.

Cajus. Oui, pardieu, und die Mädel lieben mir, mein Wartfrau 'urtig 'aben mik das gesagt.

Wirt. Und was sagt Ihr zu dem jungen Herrn Fenton? Er springt, er tanzt, er hat junge, feurige Augen, er schreibt Verse, er spricht Festtagsworte, er duftet wie April und Mai; der führt sie heim, der führt sie heim, der hat das Glück in der Tasche, der führt sie heim.

Page. Nicht mit meinem Willen, das versichr ich Euch. Der junge Mensch hat kein Vermögen. Er hat in des wilden Prinzen Gesellschaft gelebt; er ist aus einer zu hohen Region, er weiß zuviel. Nein, der soll mit dem Finger meines Reichtums keinen Knoten in sein Glück knüpfen, will er sie nehmen, so mag er sie ohne Aussteuer nehmen; das Vermögen, das mir gehört, wartet auf meine Einwilligung, und meine Einwilligung geht dieses Wegs nicht.

Fluth. Ich bitt euch inständigst, einige von euch müssen mit mir essen; außer einer guten Mahlzeit steht euch ein Spaß bevor: ich will euch ein Monstrum zeigen. Herr Doktor, Ihr müßt mitgehn, Ihr auch, Herr Page, und Ihr, Sir Hugh.

Schaal. Nun, so lebt wohl, wir können dann unsre Werbung um so besser beim Herrn Page anbringen.

(*Schaal und Schmächtig ab.*)

Cajus. Gehn du nak 'aus, 'ans Rugby, ik kommen bald nak.

Wirt. Lebt wohl, Kinder, ich will zu meinem ehrsamen Ritter Falstaff und eine Flasche Sekt mit ihm umbringen.

Fluth (*beiseite*). Und ich will vorher noch eins mir ihm umspringen, denn er soll diesmal nach meiner Pfeife tanzen. – Wollt ihr mitkommen, liebe Herrn?

Alle. Wir gehn mit, das Monstrum zu sehn.

(*Sie gehn ab.*)

DRITTE SZENE

Zimmer in Fluths Hause

Frau Fluth, Frau Page und Knechte mit einem Waschkorb treten auf

Frau Fluth. He, John! He, Robert! –

Frau Page. Geschwind, geschwind! Ist der Waschkorb ...

Frau Fluth. Ja doch! – He, Robin, sag ich ...

Frau Page. Macht fort! Macht fort!

Frau Fluth. Hier setzt ihn hin.

Frau Page. Sagt Euern Leuten, was sie tun sollen; wir müssen schnell machen!

Frau Fluth. Nun also, John und Robert, wie ich euch vorhin sagte, haltet euch hier nebenbei im Brauhause fertig; und wenn ich eilig rufe, kommt herein und nehmt ohne Verzug und Bedenken diesen Korb auf eure Schultern. Wenn das geschehn ist, trabt mir damit in aller Hast und bringt ihn zu den Bleichern auf die Datchetwiese, und da schüttet ihn aus in den schlammigen Graben nicht weit von der Themse.

Frau Page. Wollt ihr das tun?

Frau Fluth. Ich hab's ihnen schon lang und breit auseinandergesetzt, sie brauchen keine weitre Anweisung. Geht nun, und kommt auf den ersten Aufruf!

(*Die Knechte gehn ab.*)

Frau Page. Hier kommt der kleine Robin.

Robin kommt.

Frau Fluth. Nun, wie geht's, mein kleiner Zeisig? Was bringst du Neues? –

Robin. Mein Herr, Sir John, ist zur Hintertür hereingekommen, Frau Fluth, und wünscht Euch aufzuwarten.

Frau Page. Du kleiner Gelbschnabel, bist du uns auch treu gewesen?

Robin. Ja, das schwör ich; mein Herr weiß nicht, daß Ihr hier seid, und hat mir gedroht, mich in ewge Freiheit zu versetzen, wenn ich Euch davon sage; denn er schwört, er will mich fortjagen.

Frau Page. Du bist ein guter Junge; diese deine Verschwiegenheit soll dein Schneider werden und dir ein neues Wams und Hosen machen. Ich will mich verstecken.

Frau Fluth. Das tut. – Geh, sag deinem Herrn, ich sei allein. Frau Page! vergeßt Euer Stichwort nicht! –

(*Robin ab.*)

Frau Page. Sorge nur nicht; wenn ich meine Rolle nicht gut spiele, so zische mich aus. (*Geht ab.*)

Frau Fluth. Nun wohlan; wir wollen schon mit dir fertig werden, du ungesunde Feuchtigkeit, du großer wäßriger Kürbis! wir wollen dich lehren, Tauben von Krähen zu unterscheiden. *Falstaff tritt ein.*

Falstaff. Hab ich dich errungen, mein himmlisches Juwel? Ha! Jetzt, Götter, laßt mich sterben, denn ich habe lange genug gelebt. Dies ist das Ziel meines Ehrgeizes! O die süße Stunde! –

Frau Fluth. Oh, liebster Sir John! –

Falstaff. Frau Fluth, ich kann nicht süß tun, ich kann nicht deklamieren, Frau Fluth. Nun laß mich einen sündlichen Wunsch aussprechen: ich wollte, dein Mann wäre tot. Ich will's dem ersten Lord ins Angesicht sagen; ich würde dich zu meiner Lady machen.

Frau Fluth. Ich Eure Lady, Sir John? Ach, ich würde eine klägliche Lady abgeben! –

Falstaff. Laß mir den französischen Hof einmal eine zweite solche aufweisen! Ich sehe, wie dein Auge mit dem Diamanten wetteifern würde. Du hast grade die schöngewölbte Stirn, die zu jedem Aufsatz gut kleidet; zum großen Segelaufsatz, zum Amazonenaufsatz oder zum venezianischen Aufsatz.

Frau Fluth. Eine simple Haube, Sir John; meiner Stirn steht sonst nichts, und auch das nicht einmal recht.

Falstaff. Du übst Felonie, wenn du so sprichst. Eine vollkommene Hofdame gäbst du ab; und der feste Akzent deines

Fußes würde deinem Gange eine herrliche Bewegung geben in einem halbrunden Reifrock. Ich sehe, was du sein würdest, wenn Fortuna dir nicht als Feindin widerstrebte: Natur ist deine Freundin; ja, ja, das kannst du nicht verbergen.

Frau Fluth. Glaubt mir, davon ist nichts in mir.

Falstaff. Was machte mich in dich verliebt? Daraus kannst du den Schluß ziehn, du seist etwas Außerordentliches. Komm, ich kann nicht süß tun und sagen, du seist dies und das, wie so manche lispelnde Weißdornblüten, die wie Weiber in Mannskleidern gehn und riechen wie ein Apothekerladen zur Zeit der Kräuterlese; ich kann's nicht; aber ich liebe dich, keine als dich, und du verdienst es.

Frau Fluth. Hintergeht mich nicht, Sir; ich fürchte, Ihr liebt Frau Page.

Falstaff. Du könntest ebensogut sagen, ich liebe einen Spaziergang auf den Schuldturm, der mir ebenso verhaßt ist als der Rauch aus einem Kalkofen.

Frau Fluth. Nun, der Himmel weiß, wie ich Euch liebe; und Ihr werdet einst noch erfahren –

Falstaff. Bleibt bei der Gesinnung; ich werde sie verdienen.

Frau Fluth. Oh, ich muß Euch sagen, das tut Ihr schon, sonst würde ich diese Gesinnung nicht hegen.

Robin (draußen). Frau Fluth, Frau Fluth, hier ist Frau Page vor der Tür und schwitzt und keucht, und sieht ganz verstört aus; sie will gleich Euch sprechen.

Falstaff. Sie soll mich nicht sehn, ich will mich hinter der Tapete verschanzen.

Frau Fluth. Ach ja, tut das, sie ist eine gar zu schwatzhafte Frau.

Falstaff versteckt sich hinter der Tapete. Frau Page tritt ein.

Nun, was gibt's? Was ist?

Frau Page. Oh, Frau Fluth, was habt Ihr gemacht! Ihr seid beschimpft, Ihr seid verloren, Ihr seid auf ewig zugrunde gerichtet! –

Frau Fluth. Was gibt's, liebe Frau Page?

Frau Page. Recht allerliebst, Frau Fluth! – So einen ehrlichen, guten Mann zu haben und ihm solchen Anlaß zum Argwohn geben! –

Frau Fluth. Was für einen Anlaß zum Argwohn?

Frau Page. Was für einen Anlaß zum Argwohn? Schämt Euch doch! Wie hab ich mich in Euch geirrt! –

Frau Fluth. Nun, mein Gott, was gibt's denn?

Frau Page. Euer Mann kommt her, Frau, mit allen Gerichtsdienern aus Windsor, um einen Herrn zu suchen, der, wie man sagt, jetzt mit Eurer Einwilligung hier im Hause ist, um sich seine Abwesenheit auf unerlaubte Art zunutze zu machen. Ihr seid verloren! –

Frau Fluth (*leise*). Sprich lauter! (*Laut.*) Mein Gott, ich will nicht hoffen? –

Frau Page. Gebe Gott, daß sich's nicht so verhalte, und daß Ihr nicht so jemand hier habt; aber das ist ganz gewiß, Euer Mann kommt mit halb Windsor hinter sich, um so jemand aufzusuchen. Ich lief voran, es Euch zu sagen; wenn Ihr Euch rein wißt, nun, so soll's mich freuen[1]; habt Ihr aber einen Freund hier, so macht, macht, daß er wegkommt. Verliert die Fassung nicht; ruft alle Eure Lebensgeister zusammen; verteidigt Euern Ruf, oder sagt Euern guten Tagen auf ewig Lebewohl.

Frau Fluth. Was soll ich tun? Freilich ist ein Herr hier, ein sehr werter Freund, und ich fürchte meine eigne Schande nicht so sehr als seine Gefahr. Mir wär's lieber als tausend Pfund, wenn ich ihn außer Hause wüßte! –

Frau Page. Ei, geht mir jetzt mit Eurem: *mir wär's lieber! mir wär's lieber!* Euer Mann wird gleich zur Stelle sein; denkt, wie Ihr ihn fortschafft; – im Hause könnt Ihr ihn nicht verstecken. – Oh, wie ich mich in Euch geirrt habe. – – Seht, hier steht ein Korb; wenn er nur irgend von gescheiter Statur ist, kann er hier hineinkriechen; und dann werft schmutzige Wäsche auf ihn, als ging es zum Einweichen; oder, es ist gerade Bleichenszeit, schickt ihn durch Eure zwei Knechte auf die Datchetwiese.

Frau Fluth. Er ist zu dick, um da hineinzugehn; was fang ich an? –

---

1. Dieser Satz fehlt bei Baudissin.

Falstaff kommt hervor.

Falstaff. Laßt einmal sehn! laßt einmal sehn! O laßt mich einmal sehn! Ich will hinein, ich will hinein; folgt dem Rat Eurer Freundin; ich will hinein.

Frau Page. Was! Sir John Falstaff! Sind das Eure Briefe, Ritter?

Falstaff. Ich liebe dich – hilf mir nur weg! – laß mich da hineinkriechen, ich will niemals – –

(*Er kriecht in den Korb, sie decken ihn mit schmutziger Wäsche zu.*)

Frau Page. Hilf deinen Herrn zudecken, Kleiner! Ruft Eure Leute, Frau Fluth! Ihr heuchlerischer Ritter!

Frau Fluth. He, Johann! Robert! Johann! Bringt mir die Wäsche fort, hurtig! Wo ist die Tragstange? Seht, wie ihr trödelt! Tragt's zur Wäscherin auf die Datchetwiese; hurtig! macht fort! –

Fluth, Page, Cajus und Evans kommen.

Fluth. Ich bitt euch, kommt herein. Wenn ich ohne Grund Verdacht hege, so foppt mich und treibt euern Spott mit mir! es geschieht mir recht. – Holla! – wo wollt ihr damit hin?

Knecht. Zur Wäscherin, Herr.

Frau Fluth. Ei, was geht's dich denn an, wohin sie's tragen? Du willst dich wohl auch um meine Körbe kümmern?

Fluth. Körbe? Ja, ich wollte, du verständst dich drauf, einen Korb zu geben; wahrhaftig, ein Korb wäre hier recht an der Zeit gewesen. (*Die Knechte tragen den Korb hinaus.*) Ihr Herrn, mir träumte die Nacht etwas; ich will euch meinen Traum erzählen. Hier, hier, hier sind meine Schlüssel; geht hinauf in alle Zimmer; sucht, forscht, spürt aus; ich steh euch dafür, wir stöbern den Fuchs aus seinem Bau. Ich will ihm hier den Weg vertreten; so, jetzt grabt ihn aus.

Page. Lieber Herr Fluth, seid ruhig, Ihr tut Euch selbst zu nah.

Fluth. Ihr habt recht, Herr Page. Hinauf, ihr Herrn; ihr sollt gleich euern Spaß erleben; kommt nur mit, ihr Herrn.

(*Er geht ab.*)

Evans. Tas ischt kar phantastische Krillen und Eifersuchten.

Cajus. *Pardieu*, tas is nik *la mode* in Frankreik; man sein nik *jaloux* in Frankreik.

Page. Nun kommt, ihr Herren; wir wollen sehn, wie dies Suchen abläuft. (*Sie gehn ab.*)

Frau Page. Ist das nicht ein doppelt königlicher Spaß?

Frau Fluth. Ich weiß nicht, was mir besser gefällt, daß mein Mann angeführt ist oder Sir John.

Frau Page. Wie ihm wohl zumut war, als Euer Mann fragte, was im Korb sei!

Frau Fluth. Ich fürchte fast, daß eine Wäsche ihm ganz zuträglich sei; und so wird's ihm eine Wohltat, wenn sie ihn ins Wasser werfen.

Frau Page. An den Galgen mit dem ehrvergeßnen Schurken! Ich wollte, daß alle von dem Gelichter in gleicher Not steckten! –

Frau Fluth. Ich glaube, mein Mann muß einen besondern Verdacht auf Fallstaffs Hiersein haben; denn nie sah ich ihn so wild in seiner Eifersucht als diesmal.

Frau Page. Ich will schon etwas ausdenken, um das herauszubringen; und wir müssen dem Falstaff noch mehr Streiche spielen; seine liederliche Krankheit wird schwerlich dieser *einen* Arznei weichen.

Frau Fluth. Sollen wir ihm das alberne Tier, die Frau Hurtig, zuschicken, um uns zu entschuldigen, daß man ihn ins Wasser geworfen? Und ihm noch einmal Hoffnung geben, um ihn noch einmal abzustrafen? –

Frau Page. Das wollen wir tun; wir wollen ihn auf morgen früh um acht herbestellen, um ihn schadlos zu halten.

Fluth und Page kommen mit den andern zurück.

Fluth. Ich kann ihn nicht finden; vielleicht prahlt der Schurke mit Dingen, die er nie erlangen konnte.

Frau Page. Hört Ihr wohl?

Frau Fluth. Ja, ja, nur stille. – Ihr behandelt mich recht artig, Herr Fluth; in der Tat! –

Fluth. Nun ja, das tu ich auch,

Frau Fluth. Der Himmel mach Euch besser, als Eure Gedanken sind!

Fluth. Amen!

Frau Page. Ihr tut Euch selbst recht zu nah, Herr Fluth! –

Fluth. Ja, ja, ich muß es schon hinnehmen.

Evans. Wann hier Kreatur im Hause ischt und in tene Zimmer, auf tene Pöten, in tene Kisten und Kasten, so verkepe mir himmlische Küte meine Sünden am Take tes Kerichts.

Cajus. Pardieu, mir auk nik; da is nik ein Seel.

Page. Pfui, pfui, Herr Fluth, schämt Ihr Euch nicht? Welcher Geist, welcher Teufel bringt Euch auf solche Einbildungen? Ich möchte diese Eure Verstimmung nicht haben, nicht für alle Schätze von Windsors Schloß.

Fluth. Das ist mein Fehler, Herr Page; ich büße dafür.

Evans. Ihr püßt für Euer böses Kewisse; Euer Weip ischt so ehrliche Frau, als man sich wünsche kann unter fünftausend und fünfhundert ope trein.

Cajus. Pardieu, ik sehn, es is ein hehrlik Frau.

Fluth. Schon gut! Ich versprach euch eine Mahlzeit; kommt, kommt, geht mit mir in den Park. Ich bitt euch, verzeiht mir; ich will euch hernach erzählen, warum ich so verfahren habe. – Komm, Frau; kommt, Frau Page; ich bitt euch, verzeiht mir; ich bitte herzlich drum, verzeiht mir.

Page. Laßt uns gehn, ihr Herren; aber verlaßt euch drauf, wir wollen ihn aufziehn. Ich lade euch sämtlich ein, morgen in meinem Hause zu frühstücken; hernach wollen wir auf die Vogeljagd; ich habe einen herrlichen Waldfalken; seid ihr's zufrieden?

Fluth. Mir ist's alles recht.

Evans. Wann einer ta ischt, so will ich in ter Kompanie ten zweiten abkepen.

Cajus. Wenn da sein ein oder swei, will ik sie habgeben den tritt.

Fluth. Ich bitt Euch, kommt, Herr Page.

Evans. Nun pitt ich Euch, tenkt mir auf Morke an lausigen Schurken, unsern Herrn Kastwirt!

Cajus. Das ist sehr gut; *pardieu,* von ganz mein 'erz.

Evans. 's ischt lausiger Schurke, mit seinen Spotthaftigkeite und Stichelworte! –

(*Sie gehn ab.*)

VIERTE SZENE

Zimmer im Hause des Herrn Page

Fenton und Jungfer Anne Page treten auf

Fenton. Nein, deines Vaters Gunst gewinn ich nicht;
Drum nicht an ihn verweise mich, mein Annchen.
Anne. Doch ach! was dann?
Fenton. Sei nur einmal du selbst.
Er wendet ein, ich sei zu hoch von Abkunft;
Und weil Verschwendung mir mein Gut beschädigt,
So woll ich's nur durch sein Vermögen heilen.
Dann schiebt er andre Riegel mir entgegen:
Mein vorig Schwärmen, meine wilden Freunde;
Und sagt mir, ganz unmöglich dünk es ihn,
Daß ich dich anders liebt als um dein Geld.
Anne. Wer weiß, er hat wohl recht?
Fenton. Nein, steh mir so der Himmel künftig bei!
Zwar leugn' ich nicht, daß deines Vaters Reichtum
Der erste Anlaß meiner Werbung war;
Doch werbend fand ich dich von höherm Wert
Als Goldgepräg und Beutel wohl versiegelt;
Und deines Innern echte Schätze sind's,
Wonach ich einzig trachte.
Anne. Oh, Herr Fenton,
Sucht doch des Vaters Gunst; o sucht sie, Lieber,
Und wenn demütig Flehn und günstge Zeit
Ihn nicht gewinnt – nur dann – – hört, kommt hieher.
(*Fenton und Anne gehn auf die Seite.*)

Schaal, Schmächtig und Frau Hurtig kommen.

Schaal. Fallt ihnen in die Rede, Frau Hurtig; mein Vetter soll für sich selbst reden.

Schmächtig. Ich werde mir einmal ein Herz anfassen; Blitz, es will nur gewagt sein.

Schaal. Laß dir nicht angst machen.

Schmächtig. Nein, sie soll mir nicht Angst machen; davor ist mir gar nicht bange; es ist nur, daß ich mich fürchte.

Frau Hurtig. Hört einmal; Junker Schmächtig hätte Euch ein Wort zu sagen.

Anne. Ich komme. – (*Zu Fenton.*) Dies ist meines Vaters Wahl.
O welche Masse häßlich schnöder Fehle
Sieht schmuck aus bei dreihundert Pfund des Jahrs! –

Frau Hurtig. Nun, was macht denn der liebe Herr Fenton? Ich bitt Euch, auf ein Wort!

Schaal. Da kommt sie; nun mach dich an sie, Vetter; ach, Junge du hattst einen Vater ...

Schmächtig. Ich hatt einen Vater, Jungfer Anne – mein Onkel kann Euch hübsche Späße von ihm erzählen: bitt Euch, Onkel, erzählt Jungfer Anne mal den Spaß, wie mein Vater zwei Gänse aus einem Stalle gestohlen hat, lieber Onkel!

Schaal. Jungfer Anne, mein Vetter liebt Euch! –

Schmächtig. Jawohl, so sehr als irgendeine Frauensperson in Glostershire.

Schaal. Er wird Euch halten wie eine Frau aus guter Familie.

Schmächtig. Ja, das will ich, mag auch Krethi und Plethi[1] kommen, und zwar unter dem Range eines Squire.

Schaal. Ein Wittum von hundertundfünfzig Pfund wird er Euch aussetzen.

Anne. Lieber Herr Schaal, laßt ihn für sich selbst werben.

Schaal. Ei wahrhaftig, ich danke Euch; ich danke Euch für den guten Trost. – Sie ruft Euch, Vetter; ich will Euch allein lassen.

Anne. Nun, Herr Schmächtig?

Schmächtig. Nun, liebe Jungfer Anne?

Anne. Was ist Euer Wille?

Schmächtig. Mein Wille? Mein letzter Wille? O sappermentchen! das ist ein hübscher Spaß, mein Seel! Meinen Willen habe ich noch nicht aufgesetzt, Gott sei Dank! nein, so eine kränkliche Kreatur bin ich noch nicht, dem Himmel sei Dank!

Anne. Ich meine, Herr Schmächtig, was Ihr von mir wollt?

Schmächtig. Mein Seel, ich für meine Person, ich will wenig oder nichts von Euch. Euer Vater und mein Onkel haben's

---

1. Wörtlich: komm Stutz –, komm Langschwanz

in Gang gebracht: wenn's mir beschert ist, gut, wenn's mir nicht beschert ist – nun, wer 's Glück hat, führt die Braut heim. Die können Euch erzählen, wie's gekommen ist, besser als ich. Fragt einmal Euern Vater; hier kommt er.

Page tritt auf mit seiner Frau.

Page. Nun, mein Herr Schmächtig? Lieb ihn, Tochter Anne. –
Ei, was ist das? Was macht Herr Fenton hier?
Ihr kränkt mich, daß ich Euch so oft hier finde;
Ich sagt Euch, Herr, mein Kind sei schon versprochen.
Fenton. Nun, mein Herr Page, seid nicht ungeduldig.
Frau Page. Lieber Herr Fenton, laßt das Mädchen gehn.
Page. Sie ist Euch nicht bestimmt.
Fenton. Wollt ihr mich hören?
Page. Nein doch, Herr Fenton.
Kommt jetzt, Herr Schaal, komm mit, Sohn Schmächtig, [komm;
Da Ihr Bescheid wißt, kränkt Ihr mich, Herr Fenton.

(*Page, Schaal und Schmächtig ab.*)

Frau Hurtig. Sprecht mit Frau Page.
Fenton. Liebste Frau Page, weil ich für Eure Tochter
So lautre Absicht heg und treu Gemüt
Muß ich, unhöflich diesem Schelten trotzend,
Vorwärts die Fahne meiner Liebe tragen
Und nimmer weichen; gönnt mir Euern Beistand.
Anne. O Mutter, gebt mich nicht dem Narrn zur Frau!
Frau Page. Ich will's auch nicht; ich weiß 'nen bessern Mann.
Frau Hurtig. Das ist mein Herr, der Herr Doktor. –
Anne. Ach, lieber grabt mich doch lebendig ein
Und werft mich tot mit Rüben.
Frau Page. Geh, mach dir keine Sorge. Hört, Herr Fenton,
Ich will Euch Feindin nicht noch Freundin sein;
Das Mädchen frag ich erst, wie sie Euch liebt,
Und wie ich's finde, lenk ich meinen Sinn.
Bis dahin lebt mir wohl; – sie muß nun gehn,
Sonst schilt der Vater uns.

(*Frau Page und Anne gehn ab.*)

Fenton. Lebt wohl denn, werte Frau! leb wohl, mein Annchen!
Frau Hurtig. Das ich hab gemacht. – Nein, sagt ich, wollt Ihr

Euer Kind an so'n Narren wegwerfen und an so'n Doktor? Seht Euch einmal den Herrn Fenton an! Das hab ich gemacht.

Fenton. Ich dank dir; und ich bitt dich, noch heut abend
Gib Annchen diesen Ring. – Nimm das für dich. (*Geht ab.*)

Frau Hurtig. Nun, der Himmel schenke dir seinen Segen! Ein liebreiches Herz hat er, unsereins liefe ja gern durchs Feuer und Wasser für so ein liebreiches Herz. – Aber ich wollte doch, daß mein Herr Jungfer Anne bekäme, oder ich wollte, daß Herr Schmächtig sie bekäme – oder, mein Seel, ich wollte, daß Herr Fenton sie bekäme. Ich will für alle drei tun, was ich kann; denn das hab ich versprochen, und ich will auch ehrlich Wort halten; aber recht spezifisch dem Herrn Fenton. – Nun, jetzt muß ich ja noch mit einem andern Gewerbe von meinen beiden Frauen zu Sir John Falstaff; was für'n Schaf bin ich, so was zu vertrödeln!

(*Sie geht ab.*)

FÜNFTE SZENE

Zimmer im Gasthofe zum Hosenband
Es treten auf Falstaff und Bardolph

Falstaff. Bardolph, sag ich –

Bardolph. Hier, Herr.

Falstaff. Geh, hol mir ein Quart Sekt; leg ein Stück geröstet Brot hinein. – (*Bardolph ab.*) Mußte ich das erleben, daß man mich in einem Waschkorb wegtrug wie eine Tracht Kaldaunen vom Metzger, und mich in die Themse warf? Meiner Treu, wenn mir noch einmal so mitgespielt wird, so soll man mir das Gehirn ausnehmen, es mit Butter bestreichen und es einem Hunde zum Neujahrsgeschenk geben. – Die Schurken schmissen mich in den Fluß und machten nicht mehr Umstände, als hätten sie die blinden Jungen einer Hündin ersäuft, fünfzehn auf einen Wurf; und man kann mir's an meiner Statur ansehn, daß ich eine gewisse Behendigkeit im Untersinken habe; wäre der Grund so tief wie die Hölle, ich müßte hinunter. Ich wäre ertrunken, wäre nicht das Ufer seicht und sandig gewesen; ein Tod, den ich verabscheue! denn das Wasser schwellt den Menschen auf; und was für eine Figur wäre aus mir geworden, wenn ich ins Schwellen geraten wäre? Ich wäre ein Gebirg von einer Mumie geworden! –

Bardolph kommt zurück mit dem Wein.

Bardolph. Hier ist Frau Hurtig, Herr, die Euch sprechen will.

Falstaff. Komm her, laß mich etwas Sekt zu dem Themsewasser schütten, denn mein Bauch ist so kalt, als hätt ich Schneebälle wie Pillen verschluckt, um die Nieren abzukühlen. – Ruf sie herein.

Bardolph. Komm herein, Frau! –

Frau Hurtig kommt.

Frau Hurtig. Mit Vergunst – ich bitt um Verzeihung! – ich wünsch Euer Gnaden einen guten Morgen –

Falstaff. Nimm die Kelchgläser weg; geh, braue mir eine Kanne Sekt, und säuberlich.

Bardolph. Mit Eiern, Sir?

Falstaff. Simpel, ohne Zusatz; ich will keinen Hahnentritt in meinem Gebräu. – Nun?

Frau Hurtig. Ach, lieber Sir, ich komme zu Euer Gnaden von der Frau Fluth –

Falstaff. Frau Fluth! Ich habe genug von der Flut gekostet! Man hat mich hineingeworfen in die Flut; ich habe den Bauch voll von Flut.

Frau Hurtig. Ach, lieber Gott, das arme Herz kann ja nichts dafür. Sie hat ihre Leute recht heruntergemacht; die haben ihre Irrigierung falsch verstanden.

Falstaff. Und ich die meine, daß ich auf das Versprechen eines albernen Weibes baute.

Frau Hurtig. Nun gut; jetzt lamentiert sie drum, Sir, daß es Euch das Herz umkehren würde, wenn Ihr's ansäht. Ihr Mann geht heut morgen auf den Vogelherd, sie ersucht Euch, Ihr möchtet noch einmal zwischen acht und neun zu ihr kommen; ich soll ihr hurtig Antwort bringen, sie wird Euch schadlos halten, das versichr ich Euch.

Falstaff. Nun, ich will sie besuchen, sag ihr das, und laß sie bedenken, was der Mensch sei, laß sie seine Schwachheit erwägen und dann mein Verdienst beurteilen.

Frau Hurtig. Ich will's ihr sagen.

Falstaff. Das tu. – Zwischen neun und zehn sagst du? –

Frau Hurtig. Acht und neun, Sir.

Falstaff. Gut, geh nur, ich werde nicht ausbleiben.

Frau Hurtig. Friede sei mit Euch, Sir! (*Sie geht ab.*)

Falstaff. Mich wundert, daß ich nichts vom Herrn Bach höre; er ließ mir sagen, ich möge zu Hause bleiben; – sein Gold behagt mir wohl! – Oh, hier kommt er. –

Fluth kommt.

Fluth. Gott grüß Euch, Sir.

Falstaff. Nun, Herr Bach? Ihr wollt wohl hören, was zwischen mir und Fluths Frau vorgefallen ist?

Fluth. In der Tat, Sir John, darum kam ich her.

Falstaff. Herr Bach, ich will Euch nichts vorlügen: ich war in ihrem Hause zur bestimmten Stunde.

Fluth. Und wie ging's Euch da?

Falstaff. Sehr unglückseligermaßen, Herr Bach.

Fluth. Wieso, Sir? Änderte sie ihren Entschluß?

Falstaff. Nein, Herr Bach; aber der schnüffelnde Cornuto, ihr Mann, Herr Bach, der in einem ewigen Alarm von Eifersucht lebt, kommt mir just im Augenblick unsrer Schäferstunde, nachdem wir einander umarmt, geküßt, uns ewige Liebe geschworen und sozusagen den Prologus unsrer Komödie rezitiert hatten, und ihm auf dem Fuß ein ganzes Rudel seiner Kameraden, rottiert und herbeigeschleppt durch seinen Aberwitz, um sein Haus – denkt einmal! – nach seiner Frauen Liebhaber zu durchsuchen.

Fluth. Was, während Ihr noch da wart?

Falstaff. Während ich da war.

Fluth. Und suchte er nach Euch und konnte Euch nicht finden?

Falstaff. Ihr sollt hören. Das gute Glück fügte es so, daß eine gewisse Frau Page hereinkommt und Fluths Ankunft meldet; und auf ihre Erfindung und bei der Verzweiflung der Frau Fluth steckten sie mich in einen Waschkorb.

Fluth. In einen Waschkorb!

Falstaff. Ja, in einen Waschkorb; bepackten mich mit schmutzigen Hemden und Schürzen, Socken, schmutzigen Strümpfen und schmierigen Tischtüchern; wahrhaftig, Herr Bach, es war die abscheulichste Komposition von niederträchtigem Gestank, die je ein Geruchsorgan entrüstet.

Fluth. Und wie lange lagt Ihr darin? –

Falstaff. Oh, Ihr sollt hören, Herr Bach, was ich ausgestanden habe, um diese Frau zu Eurem Besten zum Bösen zu verleiten. Nachdem ich so in den Korb eingepfercht war, wurden ein paar von Fluths Kerlen, seine Knechte, von ihrer Frau herbeigerufen, um mich als schmutzige Wäsche auf die Datchetwiese zu tragen; sie nahmen mich auf die Schultern, begegneten dem eifersüchtigen Kerl, ihrem Herrn, in der Tür, der sie ein paarmal fragte, was sie im Korbe hätten? – Ich zitterte vor Furcht, der verrückte Kerl möchte nachsuchen; aber das Fatum, das einmal beschlossen hat, er solle ein Hahnrei werden, hielt seine Hand zurück. Nun gut, weiter ging *er* als Spion, und fort ging *ich* als schmutzige Wäsche. Aber habt acht auf das, was jetzt folgt, Herr Bach: ich erlitt die Qual dreier verschiedener Todesarten; erstlich eine unerträgliche Furcht, von dem eifersüchtigen, verfaulten Leithammel entdeckt zu werden; zweitens, im Zirkel gekrümmt zu liegen wie eine gute Klinge im Umkreise eines Viertelscheffels, Heft an Spitze, Sohle an Kopf; und endlich, verkorkt zu sein wie ein starker Aquavit, mit stinkendem Leinzeug, das in seinem eignen Fette gor; denkt Euch nur, ein Mann von meinen Nieren, denkt nur – der sowenig Hitze verträgt als Butter: ein Mann, der in ewigem Auftauen und Evaporieren lebt; es war ein Wunder, dem Ersticken zu entgehn. Und im Siedepunkt dieses Bades, als ich schon über die Hälfte in Fett geschmort war wie ein holländisches Gericht, in die Themse geworfen zu werden, und glühend heiß in der Flut abzukühlen wie ein Hufeisen – denkt Euch nur, zischend heiß – denkt nur, Herr Bach.

Fluth. In allem Ernst, Sir, es tut mir leid, daß Ihr um meinetwillen das alles ausgestanden. Meine Sache steht danach verzweifelt? Ihr macht Euch wohl nicht zum zweiten Male an sie? –

Falstaff. Herr Bach, ich will mich in den Ätna werfen lassen, wie ich in die Themse geworfen bin, eh ich sie so aufgebe. Ihr Mann ist diesen Morgen auf die Vogelbeize gegangen, ich habe die Botschaft zu einem zweiten Stelldichein von ihr; zwischen acht und neun ist die Stunde, Herr Bach.

Fluth. Es ist schon acht vorbei, Sir.

Falstaff. Wirklich? Nun so geh ich auf meinen Posten. Kommt zu mir, sobald's Euch eben gelegen ist, und Ihr werdet von meinen Siegen hören, und die Krone von allem soll sein, daß sie Euer wird. Lebt wohl. Ihr sollt sie besitzen, Herr Bach; Herr Bach, Ihr sollt dem Fluth Hörner aufsetzen. (*Geht ab.*)

Fluth. Hm! – ha! Ist das eine Erscheinung! Ist's ein Traum? Schlaf ich? Freund Fluth, wach auf, wach auf, Freund Fluth; es ist ein Loch in deinem besten Rock, Freund Fluth. Das kommt vom Heiraten! Das kommt davon, Linnen und Waschkörbe zu haben! Nun, die Welt soll erfahren, wie's mit mir steht; ich will den lockern Finken jetzt schon fassen; er ist in meinem Hause, er kann mir nicht entgehn, es ist nicht möglich, daß er's könnte; er kann doch nicht in eine Pfennigbüchse kriechen oder in eine Pfefferdose; aber damit der Teufel, der ihn schützt, ihm nicht durchhilft, will ich auch die unmöglichen Plätze durchsuchen. Ich kann zwar nicht dem entgehn, was ich einmal bin; aber daß ich bin, was ich nicht sein möchte, soll mich nicht zahm machen. Wenn ich Hörner habe, die einen toll machen können, so will ich dem Sprichwort Ehre machen und horntoll sein. (*Ab.*)

VIERTER AUFZUG

ERSTE SZENE

Zimmer der Frau Page[1]

Frau Page, Frau Hurtig und Wilhelm treten auf

Frau Page. Ist er schon in Fluths Hause, was meinst du?

Frau Hurtig. Ganz gewiß ist er jetzt dort, oder er kommt gleich

1. Englische Ausgaben nennen als Ort eine Straße.

hin; aber wahrhaftig, er ist ganz separat toll, daß man ihn ins Wasser geschmissen hat. Frau Fluth läßt Euch bitten, gleich zu ihr zu kommen.

Frau Page. Gleich will ich bei ihr sein, ich will nur meinen kleinen Mann hier in die Schule bringen. – Sieh, da kommt sein Schulmeister; 's ist ein Spieltag, wie ich sehe. –

Sir Hugh Evans kommt.

Nun, Sir Hugh? – kein Schultag heut? –

Evans. Nein; Herr Schmächtig hat Kintern zum Spiel Permissionen kekepen.

Frau Hurtig. Ach, das rechtschaffne Herz!

Frau Page. Sir Hugh, mein Mann sagt, mein Sohn lernt nicht das Geringste aus seinem Buch; tut ihm doch ein paar Fragen aus seinem Donat.

Evans. Komm her, Wilhelme; halt Kopf krate, komm her!

Frau Page. Lustig, Junge; halt den Kopf grade; antworte deinem Lehrer; fürchte dich nicht.

Evans. Wilhelme! Wieviel kann man *numeri* im *nomen* hape? –

Wilhelm. Zwei.

Frau Hurtig. Dummheit! Zwei Kannen im Ohm? Achtzig wenigstens.

Evans. Still ta Euer Keplapper. – Was heißt Tugend, Wilhelme?

Wilhelm. Virtus.

Frau Hurtig. Wirtshaus? da pflegt's doch nicht immer sehr tugendhaft herzugehn.

Evans. Ihr seit kanze Einfältigkeiten, ich pitt Euch, still. Was ischt *lapis*, Wilhelme?

Wilhelm. Ein Stein.

Evans. Und was ischt also ein Stein, Wilhelme?

Wilhelm. Ein Kiesel.

Evans. Nein, 's ischt *lapis*; erinnere tas in teinem Hirnkasten, Wilhelme, ich pitte dich.

Wilhelm. Lapis.

Evans. Tas ischt kut, Wilhelme. Was ischt tas, Wilhelme, wovon man *articulos* porkt? –

Wilhelm. Articuli werden geborgt vom Pronomen, und folgendermaßen dekliniert: *singulariter, nominativo : hic, haec, hoc.*

Evans. Nominativus : hic, haec, hoc; pitt tich, kiep acht! *Kenitivo : hujus*; nun, wie ischt nun *casus accusativus*?

Wilhelm. Accusativo : hinc.

Evans. Ich pitt tich, hap teine Pewußthaftigkeiten pei einanter, Kint; *accusativo : hinc, hanc, hoc.*

Frau Hurtig. Hing, häng, hang? I, das ist ja eine Sprache für Spitzbuben und Galgen.

Evans. Ihr seit wahrhaftike Plautertaschen, Frau. – Was ischt *casus focatifus*, Wilhelme?

Wilhelm. Oh! *vocativus*, oh.

Evans. Pesinne tich, Wilhelme, *focatifus caret*[1].

Frau Hurtig. Natürlich, wenn er nicht am Galgen hängt, karrt so'n *vocativus.*

Evans. Frau, hepe tich wek! –

Frau Page. Still! –

Evans. Was ist tann Teklination des *kenitivus* im *plurali*, Wilhelme?

Wilhelm. Des zweiten Falls?

Evans. Ja, tes zweiten Falls, oter tes kenitif.

Wilhelm. Genitiv : horum, harum, horum.

Frau Hurtig. Schlimm genug mit der Geschichte vom ersten Fall; muß der Junge auch noch von einem zweiten hören? Und was heißt das, wenn Ihr sprecht, so'n Fall geh nit tief? – Und erzählt ihm da von Huren und von ihren Haaren und Ohren?

Evans. Schäm tir toch, Frau! –

Frau Hurtig. Ihr tut übel, daß Ihr dem Kinde solche Sachen beibringt; lehrt ihn da zu hocken und zu hecken, als wenn er das nicht zeitig genug von selbst tun würde; und nach Huren zu schrein, schämt Euch!

Evans. Weib, pischt tu nicht mondsuchten? Hast tu wirklich kein Mitwissen von der Tekkelnation und ihren Fellen? Tu pischt so aperwitziges Keschöpf unter alle Chrischtenmensche, als man nur wünsche kann.

Frau Page. Schweigt doch still, Frau Hurtig.

---

1. der Vokativ fehlt noch

Evans. Sake mir nun noch etwas, Wilhelme, von ter Piekunk der *praenominum.*

Wilhelm. Ach Gott, die habe ich vergessen.

Evans. Es ischt *ki, kae, kot;* wann tu verkessen hascht teine *kis*, teine *kaes* und teine *kotts*, so sollst du kottsjämmerliche Rute pekomme. Jetzt keh nur hin und spiele, keh.

Frau Page. Er hat doch mehr gelernt, als ich gedacht habe.

Evans. 's ischt kuter, anschlakhaftiker Kopf. Kott pefohlen, Frau Page.

Frau Page. Lebt wohl, lieber Sir Hugh. – Junge, geh nach Hause. Kommt, wir warten zu lange.

(*Sie gehn ab.*)

ZWEITE SZENE

Zimmer in Fluths Hause

Falstaff und Frau Fluth treten auf

Falstaff. Frau Fluth, Euer Kummer hat mein Leid aufgezehrt. Ich sehe, Ihr seid voll frommer Rücksicht in Eurer Liebe, und ich verspreche Euch Erwidrung bis auf die Breite eines Haars; nicht allein, Frau Fluth, in der gemeinen Pflicht der Liebe, sondern in allen ihren Ornamenten, Ausstaffierungen und Zeremonien. Aber seid Ihr jetzt vor Euerm Mann recht sicher?

Frau Fluth. Er ist auf der Vogelbeize, lieber Sir John.

Frau Page (*draußen*). Heda! ho! Gevatterin Fluth! He, holla! –

Frau Fluth. Tretet in die Kammer, Sir John.

(*Falstaff ab.*)

Frau Page kommt.

Frau Page. Nun, wie steht's, mein Kind, wer ist außer Euch im Hause?

Frau Fluth. Ei, niemand als meine Leute.

Frau Page. Wirklich?

Frau Fluth. Nein, im vollen Ernst! – (*Leise.*) Sprich lauter!

Frau Page. Nun, das freut mich ja, daß Ihr niemand hier habt.

Frau Fluth. Wieso?

Frau Page. Ei, Frau Fluth, Euer Mann hat wieder seine alten Schrollen; er macht da solchen Lärm mit meinem Mann, schimpft so auf alle Ehemänner, flucht so auf alle Evastöchter, von welcher Farbe sie auch sein mögen, und gibt sich solche Püffe vor die Stirn und schreit dabei: «*Wachst heraus! Wachst heraus!*» – daß alle Tollheit, die ich noch je erlebt habe, nur Sanftmut, Zahmheit und Geduld gegen diese seine jetzige Raserei ist. Ich bin froh, daß Ihr den fetten Ritter nicht hier habt.

Frau Fluth. Wie, spricht er von ihm?

Frau Page. Von niemand als von ihm; und schwört, er sei das letztemal, als er ihn gesucht, in einem Korbe herausgeschafft, versichert meinem Mann, jetzt sei er hier, und hat ihn und seine übrige Gesellschaft von ihrer Jagd abgerufen, um einen zweiten Versuch seiner Eifersucht anzustellen. Aber ich bin froh, daß der Ritter nicht hier ist, nun soll er seine Torheit inne werden.

Frau Fluth. Wie nah ist er, Frau Page? –

Frau Page. Ganz dicht, am Ende der Straße; er muß gleich da sein.

Frau Fluth. Ich bin verloren! der Ritter ist hier.

Frau Page. Nun, so wirst du aufs äußerste beschimpft, und er ist ein Kind des Todes. Was das für eine Frau ist! Fort mit ihm! Fort mit ihm! Lieber Schimpf als Mord! –

Frau Fluth. Wo soll er hin? Wie soll ich ihn fortschaffen? Soll ich ihn wieder in den Korb stecken?

Falstaff kommt herein.

Falstaff. Nein, ich will nicht wieder in den Korb. Kann ich nicht hinaus, eh er kommt? –

Frau Page. Ach, drei von Herrn Fluths Brüdern halten mit Pistolen Wache an der Haustür, daß keiner entwischen möge; sonst könntet Ihr wegschleichen, eh er käme. – Aber was macht Ihr denn hier? –

Falstaff. Was soll ich anfangen? Ich will in den Schornstein hinaufkriechen.

Frau Fluth. Da schießen sie immer ihre Vogelflinten ab; kriecht ins Ofenloch.

Falstaff. Wo ist es?

Frau Fluth. Er wird auch da suchen, glaubt mir! Da ist weder Schrank, Koffer, Kiste, Lade, Brunnen noch Keller, von denen er nicht ein Verzeichnis zur Erinnerung hat und sie nach der Liste durchgehn wird. Hier im Hause könnt Ihr Euch nicht verstecken.

Falstaff. So will ich hinaus.

Frau Fluth. Wenn Ihr in Eurer eignen Gestalt hinausgeht, so seid Ihr des Todes, Sir John, Ihr müßt verkleidet hinausgehn. Wie könnten wir ihn wohl verkleiden? –

Frau Page. Ach, liebe Zeit, das weiß ich nicht. Kein Weiberrock wird weit genug für ihn sein, sonst könnte er einen Hut aufsetzen, ein Backentuch umtun, einen Schleier überhängen und so entkommen.

Falstaff. Liebste Engel, denkt euch etwas aus; lieber alles versucht als ein Unglück.

Frau Fluth. Die Muhme meiner Magd, die dicke Frau aus Brentford, hat einen Rock oben.

Frau Page. Auf mein Wort, der wird ihm passen. Sie ist so dick als er; und da ist auch ihr Schlapphut und Backentuch. Rennt hinauf, Sir John.

Frau Fluth. Eilt, eilt, liebster Sir John! Frau Page und ich wollen nach Leintüchern für Euern Kopf suchen.

Frau Page. Geschwind, geschwind, wir wollen gleich kommen und Euch ankleiden. Zieht derweil den Rock an.

(*Falstaff geht hinauf.*)

Frau Fluth. Ich hoffe, mein Mann begegnet ihm in diesem Aufzuge; er kann das alte Weib von Brentford nicht ausstehn; er schwört, sie sei eine Hexe, hat ihr das Haus verboten und gedroht, sie durchzuklopfen.

Frau Page. Der Himmel führe ihn zu deines Mannes Prügel, und der Teufel führe hernach den Prügel! –

Frau Fluth. Kommt denn mein Mann wirklich?

Frau Page. Ja, in allem Ernst; und spricht noch dazu vom Korbe, wie er's nun auch erfahren haben mag.

Frau Fluth. Das müssen wir herausbringen, denn ich will meine

Leute bestellen, daß sie den Korb wieder hinaustragen und ihm an der Tür begegnen wie das letztemal.

Frau Page. Recht, aber er wird den Augenblick da sein; komm mit, wir wollen ihn ankleiden wie die Hexe von Brentford.

Frau Fluth. Ich will erst meinen Leuten Bescheid sagen, was sie mit dem Korbe anfangen sollen. Geh hinauf, ich will ihm gleich die Leinentücher bringen. (*Sie geht ab.*)

Frau Page. An den Galgen mit dem unverschämten Knecht! Wir können ihm nicht übel genug mitspielen.

Durch unser Beispiel leucht es allen ein,
Ein Weib kann lustig und doch ehrbar sein.
Spaß ist nicht Ernst; wohl sprach ein weiser Mund:
Das stillste Wasser hat den tiefsten Grund. (*Geht ab.*)

Frau Fluth und die Knechte kommen mit dem Waschkorb.

Frau Fluth. Geht, Leute, nehmt den Korb wieder auf die Schultern, der Herr ist dicht am Hause; wenn er euch heißt ihn niedersetzen, so tut's. Geschwind, macht fort[1]. (*Ab.*)

Erster Knecht. Komm, nimm ihn auf.

Zweiter Knecht. Der Himmel gebe, daß nicht wieder ein Ritter drin stecke!

Erster Knecht. Das hoff ich nicht; ich wollte lieber ebensoviel Blei tragen.

Es kommen Fluth, Schaal, Page, Evans und Cajus.

Fluth. Gut; wenn's aber wahr ist, Herr Page, wie wollt Ihr's dann rechtfertigen, daß Ihr mich als Narren behandelt? – Setzt den Korb nieder, Schurken! Ruf mir einer meine Frau, – Prinz im Korbe! – O ihr kupplerischen Schurken – es ist eine Rotte, eine Bande, ein Komplott, eine Verschwörung wider mich; nun soll der Teufel beschämt werden! Heda, Frau, sag ich! komm, komm heraus; sieh nur, was für artige Wäsche du auf die Bleiche schickst! –

Page. Nun, das geht zu weit, Herr Fluth! Ihr dürft nicht länger frei umhergehn, man muß Euch in Ketten legen.

Evans. Ei, das ischt wahre Montsuchten, das ischt so toll als toller Hund!

---

1. Diese Stelle fehlt bei Baudissin.

Schaal. In der Tat, Herr Fluth, das ist nicht recht, in der Tat nicht. *Frau Fluth kommt.*

Fluth. Das sag ich auch. Kommt einmal her, Frau Fluth – Frau Fluth, die sittsame Frau, das tugendhafte Weib, das ehrbare Gemüt, das den eifersüchtigen Narren zum Manne hat! Ich habe keinen Grund zum Argwohn, nicht wahr? –

Frau Fluth. Der Himmel sei mein Zeuge, daß du keinen hast, wenn du mir eine Untreue zutraust.

Fluth. Recht so, eiserne Stirn, führe das nur so durch. Heraus mit dir, Bursch! –

(*Er reißt die Wäsche aus dem Korb.*)

Page. Das geht zu weit!

Frau Fluth. Schämst du dich nicht? Laß doch das Zeug in Ruh! –

Fluth. Gleich werd ich dich finden.

Evans. Das sein Unvernunften! Wollt Ihr Eurer Frauen Kleider aufnehmen? Kommt doch weg! –

Fluth. Schüttet den Korb aus, sag ich! –

Frau Fluth. Aber lieber Mann – – –

Fluth. Herr Page, so wahr ich ein Mann bin, ward gestern einer in diesem Korbe aus meinem Hause geschafft; warum könnt er nicht wieder darin stecken? In meinem Hause ist er gewiß, meine Kundschaft ist sicher, mein Argwohn ist gegründet; werft mir alle Wäsche heraus.

Frau Fluth. Wenn du jemand drin findest, so sollst du ihn tot machen wie einen Floh.

Page. Hier ist niemand.

Schaal. Bei meiner Kavaliersparole, das ist nicht recht, Herr Fluth, das bringt Euch keine Ehre.

Evans. Herr Fluth, Ihr müßt peten und nicht tenen Phantastereien Eures Herzens folken; tas sein Eifersuchten.

Fluth. Nun gut, hier ist er nicht, den ich suche.

Page. Nein, und sonst nirgend als in Euerm Gehirn.

Fluth. Helft mir nur diesmal mein Haus durchsuchen; wenn ich nicht finde, was ich suche, verlange ich keinen Firnis für meine Schwäche; ihr sollt mich auf ewige Zeiten zu euerm Tischgespött machen; die Leute sollen von mir sagen: so eifersüchtig als Fluth, der den Galan seiner Frau in einer hohlen Walnuß suchte. Tut mir noch einmal den Gefallen; noch einmal geht mit mir auf das Suchen aus.

Frau Fluth. Heda, Frau Page! kommt doch mit der alten Frau herunter, mein Mann will ins Zimmer hinauf.

Fluth. Alte Frau? Was ist das für eine alte Frau? –

Frau Fluth. Nun, die Muhme meiner Magd aus Brentford.

Fluth. Die Hexe, die Vettel, die alte spitzbübische Vettel; habe ich ihr nicht mein Haus verboten? Sie hat ein Gewerbe hier auszurichten, nicht wahr? Wir sind einfältige Männer, wir merken nicht, was alles unter dem Vorwand des Wahrsagens mit unterläuft. Sie gibt sich mit Zaubereien, Besprechungen, Zeichendeuten und andern solchen Schelmereien ab; das alles geht über unsern Horizont, wir wissen von nichts. Komm herunter, du Hexe, du Zigeunerin; komm herunter, sag ich.

Frau Fluth. Oh, mein lieber, süßer Mann! – liebe Herren, laßt doch die alte Frau nicht schlagen! –

Falstaff kommt in Frauenkleidern, geführt von Frau Page.

Frau Page. Kommt, Mutter Klatsch, kommt, gebt mir die Hand.

Fluth. Ich will sie klatschen! Aus meinem Hause, du Hexe! – (*Schlägt ihn.*) Du Zigeunerin, du Vettel, du Meerkatze, du garstiges Tier! fort mit dir! Ich will dich wahrsagen und besprechen lehren! – (*Schlägt ihn.*)

(*Falstaff ab.*)

Frau Page. Schämt Ihr Euch nicht? Ich glaube, Ihr habt die arme Frau totgeschlagen! –

Frau Fluth. Wahrhaftig, das wird er noch tun, das wird dir recht viel Ehre bringen.

Fluth. An den Galgen mit der Hexe! –

Evans. Pei meiner Treu, ich klaupe, tas Weib ischt wahrhaftige Hexe; ich haps nicht kern, wann Weipspilt kroßen Part hat, ich sah kroßen Part unter ihrem Packentuch.

Fluth. Wollt ihr mitkommen, meine Herren? Ich bitt euch, kommt mit; seht nur einmal zu, wie meine Eifersucht ablaufen wird. Wenn ich diesmal ohne Fährte anschlage, so traut mir nie wieder, wenn ich den Mund auftue.

Page. Laßt uns seiner Grille noch ein wenig nachgeben; kommt, ihr Herren. (*Sie gehn ab.*)

Frau Page. Wahrhaftig, er hat ihn ganz erbärmlich geprügelt.

Frau Fluth. Nein, beim Himmel, das hat er nicht; er schlug ihn ganz erbarmungslos, wie mir schien.

Frau Page. Der Prügel soll geweiht und in der Kirche aufgehängt werden; er hat ein verdienstliches Werk getan.

Frau Fluth. Was meint Ihr, können wir wohl als ehrliche Frauen und mit gutem Gewissen ihn noch weiter mit unsrer Rache verfolgen? –

Frau Page. Der Teufel der Lüsternheit ist gewiß ganz aus ihm herausgebannt; wenn er dem Satan nicht durchaus verfallen ist, mit Handgeld und Reukauf, so denk ich, versucht er's nicht wieder, uns zum Bösen zu verführen.

Frau Fluth. Sollen wir's unsern Männern sagen, wie wir ihm mitgespielt haben?

Frau Page. Ja, auf alle Weise; wär's auch nur, um deinem Mann die Fratzen aus dem Kopf zu schaffen. Wenn sie es übers Herz bringen können, den armen untugendlichen dicken Rotter noch ferner zu plagen, so wollen wir ihnen wieder die Hand dazu bieten.

Frau Fluth. Ich wette, sie werden ihn noch öffentlich beschimpft haben wollen, und mir scheint auch, der Spaß wäre nicht vollständig, wenn er nicht öffentlich beschimpft würde.

Frau Page. Komm nur gleich in die Schmiede damit, ehe das Eisen kalt wird. (*Sie gehn ab.*)

DRITTE SZENE

Gasthof zum Hosenbande

Wirt und Bardolph treten auf

Bardolph. Herr, die Deutschen verlangen drei von Euren Pferden; der Herzog selbst kommt morgen an den Hof, und sie wollen ihm entgegenreiten.

Wirt. Was für ein Herzog sollte das sein, der so insgeheim ankommt? Ich habe nichts von ihm bei Hofe gehört. Ich muß selbst mit den Leuten reden; sie sprechen doch Englisch?

Bardolph. Herr, ich will sie Euch rufen.

Wirt. Sie sollen meine Pferde haben, aber sie müssen mir dafür blechen; ich will sie schröpfen. Sie haben mein Haus eine ganze Woche lang innegehabt; ich habe alle meine andern Gäste abgewiesen; nun sollen sie daran, ich will sie schröpfen.

(*Sie gehn ab.*)

VIERTE SZENE

Fluths Haus

Es kommen Page, Fluth, Frau Page, Frau Fluth und Evans

Evans. 's ischt so kroße Tugendwertigkeit von Frau, als ich jemalen ankekucket hape.

Page. Und schickte er Euch die beiden Briefe zur selben Zeit?

Frau Page. In der nämlichen Viertelstunde.

Fluth. Vergib mir, Frau; hinfort tu, was du willst.
Die Sonne werd ich eh der Kälte zeihn,
Als dich des Leichtsinns. Deine Ehre wurzelt
Bei dem, der eben noch ein Ketzer war,
So fest als Glaube.

Page. Gut, sehr gut; nicht mehr.
Treib nicht die Unterwerfung jetzt so weit
Als die Beleidgung. –
Doch, führen wir's zu Ende; laß die Fraun
Noch einmal, uns zum allgemeinen Scherz,
Den alten fetten Burschen herbestellen,
Daß wir ihn fangen und ihn derb verspotten.

Fluth. Kein beßres Mittel gibt's als ihren Plan.

Page. Was! ihn bestellen solln sie in den Park
Um Mitternacht? Ei, geht, er kommt uns nie.

Evans. Ihr sagt, er sei in die Kewässer keworfen und erpärmlich mit Schläken pehantelt als alte Frau; mir petünkt, er müsse sein voller Angsthaftigkeit und Schrecknis, taß er nicht werte kommen; mir scheint, sein Fleisch ischt kezüchtigt und wird aplassen von aller pösen Luscht.

Page. Das denk ich auch.

Frau Fluth. Sinnt ihr nur, was ihr tun wollt, wenn er kommt,
Wir beid ersinnen schon, ihn herzuschaffen.
Frau Page. Man hat ein Märlein, daß der Jäger Herne
(Vor alters Förster hier im Windsorwald)
Im ganzen Winter jede Mitternacht
Um eine Eiche geht mit großen Hörnern.
Dann schädigt er den Baum, behext das Vieh,
Verwandelt trächtger Kühe Milch in Blut
Und rasselt mit der Kette wild und greulich.
Ihr alle hörtet von dem Spuk und wißt,
Daß unsre schwachen, abergläubschen Alten
Die Mär vom Jäger Herne so überkamen
Und unsrer Zeit als Wahrheit überliefert.
Page. Jawohl; noch gibt es manchen, der sich scheut,
In dunkler Nacht sich Hernes Baum zu nahn.
Doch wozu soll's?
Frau Fluth. Nun seht, dies ist der Plan:
Daß Falstaff an der Eich uns treffen soll,
Verkappt wie Herne, mit großem Hirschgeweih.
Page. Wohlan, wir zweifeln nicht, er stellt sich ein,
Und in der Tracht; doch wenn er angelangt,
Was soll mit ihm geschehn? Was habt ihr vor?
Frau Page. Auch das ist abgeredet; hört nur weiter:
Mein kleiner Sohn und meine Tochter Annchen
Und drei, vier andre Kinder kleiden wir
Als Zwerge, Feen und Elfen, grün und weiß,
Wachskerzen auf dem Kopf als Feuerkronen,
Und Klappern in der Hand; dann solln sie plötzlich,
Wenn Falstaff, sie und ich uns just gefunden,
Aus einer Sägegrub hervor sich stürzen
Mit gellendem Gesang. Sobald sie nahn,
So fliehn wir beide mit Entsetzen fort;
Dann schließen sie im Kreise rings ihn ein
Und zwicken, Feen gleich, den saubern Ritter
Und fragen, wie er's wagt, auf heilgen Pfaden
Der Elfen nächtge Spiele zu entweihn
In niedrer Hülle?

Frau Fluth. Bis er's eingesteht,
Laßt die vermeinten Feen ihn tüchtig kneipen
Und mit den Kerzen brennen.

Frau Page. Ist's zu Ende,
Dann zeigen wir uns all, enthörnen ihn
Und spotten ihn nach Haus.

Fluth. Man muß die Kinder
Sorgfältig üben, sonst gelingt es nie.

Evans. Ich werte ten Kintern ihr Petraken einlehren und will mir auch wie ein Hansaff kepärten und ten Ritter mit Karzern prennen.

Fluth. Vortrefflich! Ich will gehn und Masken kaufen.

Frau Page. Mein Annchen spielt der Feien Königin;
Wir kleiden schmuck sie in ein weiß Gewand.

Page. Den Atlas kauf ich ihr; (*beiseite*) und mittlerweil
Entführt Herr Schmächtig Annchen sich und läßt
Sich traun zu Eton. Schickt sogleich zu Falstaff! –

Fluth. Nein, ich geh selbst als Bach noch einmal zu ihm:
Er teilt mir alles mit; gewiß, er kommt.

Frau Page. Seid unbesorgt; schafft allen Zubehör
Und Putz für unsre Fein.

Evans. Wir wollen kleich tran kehn; tas sein allerliepste Erkötzlichkeiten und sehr prafe Schelmstückchen.

(*Page, Fluth und Evans ab.*)

Frau Page. Geht, Frau Fluth,
Laßt ihn die Hurtig fragen, ob er kommt.

(*Frau Fluth ab.*)

Ich will zum Doktor; er empfing mein Wort,
Und keiner wird mir Annchen's Mann als er.
Schmächtig hat Güter zwar, doch ist's ein Tropf;
Den wünscht vor allen sich mein Mann zumeist.
Cajus ist reich, und seine Freunde gelten
Bei Hofe viel; drum unser Eidam sei er,
Und kämen auch noch tausend beßre Freier. (*Geht ab.*)

FÜNFTE SZENE

Gasthof zum Hosenbande
Der Wirt und Simpel treten auf

Wirt. Was willst du, Bauer? Was gibt's, Dickkopf? Sprich, perorière, trag vor; kurz, rasch, frisch, flink! –

Simpel. Ach herrje, Herr, ich soll etwas an Sir John Falstaff von Herrn Schmächtig bestellen.

Wirt. Hier ist sein Zimmer, sein Haus, seine Burg, sein großes Bett und sein Feldbett; rundherum die Historie vom verlorenen Sohn gemalt, frisch und nagelneu; geh, klopf und ruf, er wird dir Antwort geben in anthropophagianischer Manier. Klopf, sag ich dir.

Simpel. 's ist eine alte Frau, eine dicke Frau zu ihm auf die Stube gegangen; ich will so frei sein und warten, Herr, bis sie herunterkommt; eigentlich habe ich der etwas zu sagen.

Wirt. Ha! eine dicke Frau? der Ritter könnte bestohlen werden; ich will rufen. Rodomont! Sir John Eisenherz! Sprich aus deiner Brust, der kriegstapfern! – Bist du da? Dein Wirt ist's, dein Ephesier, der dir ruft.

Falstaff oben.

Falstaff. Was gibt's, mein Gastwirt? –

Wirt. Hier ist ein tatarischer Bohemier, der auf die Herniederkunft deiner dicken Frau harrt. Entlaß sie, Rodomont, entlaß sie; meine Zimmer sind Wohnsitze der Ehre; pfui! Heimlichkeiten? pfui!

Falstaff kommt.

Falstaff. Allerdings, mein Gastwirt, war eben eine dicke Frau bei mir, allein jetzt ist sie fort.

Simpel. Sagen Euer Gnaden mir doch, war's nicht die kluge Frau aus Brentford? –

Falstaff. Freilich war sie's, Muschelschale; was wolltst du mit ihr?

Simpel. Mein Herr, Sir, der Junker Schmächtig hat nach ihr geschickt, Sir, weil er sie über die Gasse gehn sah, um zu erfahren, ob ein gewisser Nym, Sir, der ihn um eine Kette betrogen hat, die Kette hat oder nicht.

Falstaff. Ich habe mit ihr davon gesprochen.

Simpel. Nun, und was sagt sie, Sir? –

Falstaff. Nun, sie sagt, daß ebenderselbe Mensch, der Herrn Schmächtig um seine Kette betrog, ihn auch darum prellte.

Simpel. Ich wollte, ich hätte die Frau selber sprechen können; ich hätte noch über allerlei Dinge mit ihr zu reden von ihm.

Falstaff. Nun, worüber denn? Laß hören.

Wirt. Ja, mach geschwind.

Simpel. Es darf aber nicht okkult bleiben.

Falstaff. Mach es okkult, oder du stirbst! –

Simpel. Nun, Herr, es war bloß wegen Jungfer Anne Page; ob's wohl meines Herrn Glück wäre, sie zu bekommen oder [nicht?

Falstaff. 's ist, 's ist sein Glück.

Simpel. Was, Sir?

Falstaff. Sie zu bekommen oder nicht. Geh nur, sag, das hätte die Frau mir anvertraut.

Simpel. Darf ich so frei sein und das sagen, Sir?

Falstaff. Ja, Kerl, so dreist du immer willst.

Simpel. Ich dank Euer Gnaden, ich werde meinem Herrn eine rechte Freude machen mit diesen Zeitungen. (*Geht ab.*)

Wirt. Du bist ein Gelahrter, Sir John; du bist ein Gelahrter. Ist denn eine kluge Frau bei dir gewesen? –

Falstaff. Ja, das ist sie, mein Gastwirt; eine, die mir mehr Weisheit beigebracht hat, als ich jemals in meinem Leben gelernt; und noch dazu habe ich nichts dafür bezahlt, sondern ich ward obendrein für mein Lernen bezahlt.

Bardolph kommt.

Bardolph. Ach, herrje! Ach, Herr! Spitzbüberei, pure Spitzbüberei! –

Wirt. Wo sind meine Pferde? Laß mich Gutes von ihnen hören, *briccone*[1] ! –

Bardolph. Davongelaufen sind sie mit den Spitzbuben; denn als wir eben jenseits Eton waren, so schmissen sie mich rück-

---

1. Schelm

lings hinter dem einen herunter in eine Dreckpfütze; und nun die Sporen gegeben und fort wie drei deutsche Teufel, drei Doktor Faustusse.

Wirt. Sie wollen ja nur dem Herzog entgegen, Schurke; sprich nicht gleich von Davonlaufen: die Deutschen sind ehrliche Leute.

Evans kommt.

Evans. Wo ischt mein Herr Kastwirt?

Wirt. Was gibt's, Sir Hugh?

Evans. Hapt Opacht auf Eure Kundschaftungen; 's ischt kuter Freund von mir zur Stadt kommen, der sakt, es seien trei teutsche Tiebsprüter ankelankt, tie hätten in Reatinks, Maitenheat und Coleprook mit tem Kelt und ten Käulen ihrer Wirte Prüderschaft kemacht. Ich erzähle Euch tas aus kutem Herzen, seht Ihr, Ihr hapt Verstand und seit voller Streiche und Kimpelschaften, und es wäre nicht kepürlich, wann man Euch prellte; Kott pehüt Euch! – (*Geht ab.*)

Doktor Cajus kommt.

Cajus. Wo is *mon hôte de la jarretière*?

Wirt. Hier, Herr Doktor, in Konsternation und Dilemma zweifelhaft.

Cajus. Ik weißen nik, was tas sein; aber man kommt, mik su sagen, daß Ihr maken eine groß *préparation* vor ein 'ersog von Allemagne: auf mein Hehr, da is kein 'ersog, was man weiß bei 'of, der kommen: – ik sagen das haus guten 'erzen! *Adieu.* (*Ab.*)

Wirt. Schrei Mord und Zeter, Schurke, lauf! helft mir, Ritter, ich bin verloren! – lauf, eil dich, schrei, mach Lärmen, Schurke! Ich bin verloren! – (*Ab.*)

Falstaff. Ich wollte, die ganze Welt würde geprellt, denn ich bin geprellt und geprügelt dazu. Sollte diese Metamorphose dem Hof zu Ohren kommen, und wie meine Verwandlungen gewaschen und gewalkt worden sind, sie schmölzen mich aus meinem Fett heraus, Tropfen bei Tropfen, und schmierten Fischerstiefel mit mir: ich wette, sie geißelten mich mit ihrem stachlichten Witz, bis ich eingeschrumpft wäre wie eine Backbirne. Mein Stern ist von mir gewichen, seit ich beim Primero falsch geschworen; wahrhaftig, hätt ich nur Atem genug, um ein Gebet zu sprechen, so wollt ich bereuen.

Frau Hurtig kommt.

Nun, woher kommst du? –

Frau Hurtig. Mein Seel, von den beiden Bewußten.

Falstaff. Hole der Teufel die eine und seine Großmutter die andre, so sind sie beide versorgt. Ich habe mehr um ihretwillen gelitten, ja mehr, als der nichtswürdige Unbestand menschlicher Kräfte zu ertragen vermag.

Frau Hurtig. Und haben sie denn nichts gelitten? Ja, das versichre ich Euch, besonders die eine: – Frau Fluth, die arme Seele, ist braun und blau geschlagen, daß man keinen weißen Fleck an ihr sehen kann.

Falstaff. Was schwatzest du mir von Braun und Blau? Mir selbst sind alle Farben des Regenbogens angeprügelt, und ich war drauf und dran, als die Hexe von Brentford eingesteckt zu werden; hätte ich mich nicht durch die bewunderungswürdige Gewandtheit meines Witzes gerettet, indem ich die Gebärden eines alten Weibes nachahmte, so hätte der Schurke von Konstabler mich in den Block gesetzt, in den Stadtblock, wie eine Hexe.

Frau Hurtig. Sir John, laßt mich auf Euerm Zimmer mit Euch reden; Ihr sollt hören, wie die Sachen stehn, und das versichre ich Euch, Ihr sollt Eure Freude dran haben. Hier ist ein Brief, der schon was sagen wird. Ihr lieben Kinder, was das für eine Not ist, euch zusammenzubringen! Wahrhaftig, einer von euch muß dem Himmel nicht recht dienen, weil's euch immer so schief geht.

Falstaff. Komm hinauf in mein Zimmer. (*Sie gehn ab.*)

SECHSTE SZENE

Ebendaselbst

Der Wirt und Herr Fenton treten auf

Wirt. Laßt mich gehn, Herr Fenton; ich bin ganz mißmütig, ich mag mich um nichts kümmern. –

Fenton. So hör mich nur. Hilf mir in meinem Plan,

Und, auf mein Ehrenwort, ich zahle bar
Dir hundert Pfund in Gold, mehr als dein Schade.

Wirt. Ich will Euch anhören, Herr Fenton, und will Euch wenigstens reinen Mund halten.

Fenton. Von Zeit zu Zeit hab ich dir schon erzählt,
Wie sehr ich unser schönes Annchen liebe,
Und sie erwidert gleichfalls meine Neigung
(Soweit sie selber für sich wählen darf)
Nach Herzenswunsch. Sie schrieb ein Briefchen mir
Von solchem Inhalt, daß dich's wundern wird.
Der Spaß verknüpft sich so mit meiner Sache,
Daß keins von beiden einzeln deutlich wird,
Erklär ich beides nicht. Der dicke Falstaff
Hat eine große Szene: lies umständlich
Den Plan des Scherzes hier. Nun, liebster Wirt,
Bei Hernes Eiche, grad um Mitternacht,
Tritt Annchen auf als Feenkönigin;
Weshalb, das findst du hier. In dieser Maske,
Derweil noch andrer Spaß im Schwange geht,
Befiehlt ihr Vater, soll sie insgeheim
Mit Schmächtig fort sich schleichen und in Eton
Sich trauen lassen; sie hat eingewilligt.
Nun, Freund,
Die Mutter, dieser Heirat ganz entgegen
und eifrig für den Doktor, hat im Sinn,
Daß der sie gleichfalls heimlich weg soll stehlen
(Weil Spaß und Lust der andern Sinn zerstreut)
Und in der Dechanei sich trauen lassen,
Wo schon ein Priester harrt. Dem Plan der Mutter
Scheinbar gehorsam, hat sie auch dem Doktor
Ihr Wort gegeben. Nun verhält sich's so:
Der Vater will, daß sie sich kleid in Weiß;
Und in der Tracht, wann Schmächtig seine Zeit
Sich ausersehn, soll sie die Hand ihm geben
Und mit ihm gehn. Die Mutter aber fordert,
Um besser sie dem Doktor zu bezeichnen
(Denn alles soll vermummt sein und maskiert),

Daß hübsch in Grün ein weites Kleid sie schmücke,
Mit wehnden Bändern, flatternd um das Haupt;
Und findt der Doktor die gelegene Zeit,
Soll er die Hand ihr kneipen: auf den Wink
Versprach das Mädchen, mit ihm fortzugehn.

Wirt. Und wen betrügt sie? Vater oder Mutter?

Fenton. Nun, beide, Freund, und geht davon mit mir.
Und jetzt das Hauptstück. Schaffe du den Pfarrer
Uns in die Kirche, zwischen zwölf und eins,
Der mit der Ehe heilgem Siegel uns
Die Herzen unauflöslich soll vereinen.

Wirt. Gut, fördert Euern Plan: ich geh zum Pfarrer;
Bringt nur die Braut, am Priester soll's nicht fehlen.

Fenton. So werd ich dir auf ewig dankbar sein
Und außerdem noch reich dich erst beschenken.

(*Sie gehn ab.*)

SIEBENTE SZENE[1]

Ebendaselbst

Falstaff und Frau Hurtig treten auf

Falstaff. Bitt dich, kein Geplauder mehr: es bleibt dabei. Das ist das drittemal; ich hoffe, die ungrade Zahl bringt Glück. Fort, geh; man sagt, die ungrade Zahl sei eine heilige bei Geburt, bei Schicksalen und beim Sterben. Fort! –

Frau Hurtig. Ich besorg Euch eine Kette; und ich will tun, was ich kann, Euch ein paar Hörner zu verschaffen.

Falstaff. Fort, sag ich, die Zeit verläuft.

(*Frau Hurtig geht ab.*)

Halt den Kopf in die Höhe und mache dich niedlich! –

Fluth kommt.

Nun, Herr Bach? – Herr Bach, heut nacht muß die Sache zustande kommen, oder nie. Seid nur im Park um Mitternacht bei Hernes Eiche, und Ihr sollt Wunder sehn.

---

1. Englische Ausgaben lassen hier den 5. Aufzug beginnen.

Fluth. Gingt Ihr nicht gestern zu ihr, Sir, wie Ihr mir sagtet, es sei verabredet? –

Falstaff. Ich ging zu ihr, Herr Bach, wie Ihr mich seht, als ein armer, alter Mann; aber ich kam von ihr, Herr Bach, wie eine arme, alte Frau. Dieser verdammte Schurke Fluth, ihr Mann, ist besessen vom listigsten tollen Teufel der Eifersucht, der je einen verrückten Kopf regiert hat. Hört nur! er hat mich jämmerlich durchgeprügelt in der Gestalt eines Weibes; denn in der Gestalt eines Mannes, Herr Bach, fürchte ich mich nicht vor dem Goliath mit seinem Weberbaum: weil ich wohl eingedenk bin, daß das menschliche Leben nur eine Weberspule ist. Ich habe Eile; geht mit mir, ich will Euch alles erzählen, Herr Bach. Seit ich Gänse gerupft, die Schule geschwänzt und Kreisel gepeitscht, wußt ich nicht, was Prügel seien, bis neulich. – Kommt mit, ich will Euch seltsame Dinge von dem Schurken, dem Fluth, erzählen, an dem ich heute nacht Rache nehmen und Euch seine Frau in die Hände liefern will. Kommt mit mir, wir haben seltsame Dinge vor, Herr Bach! Folgt mir! – (*Sie gehn ab.*)

FÜNFTER AUFZUG

ERSTE SZENE

Im Park von Windsor

Es treten auf Page, Schaal und Schmächtig

Page. Kommt, kommt, wir wollen im Schloßgraben lauern, bis wir das Licht unsrer Feen sehn. Denkt an meine Tochter, Sohn Schmächtig.

Schmächtig. Ei natürlich! ich habe mit ihr gesprochen, und wir haben ein Merkwort, woran wir einander erkennen. Ich gehe zu der in Weiß und sage: Schnipp! sie sagt: Schnapp! und dabei kennen wir einander.

Schaal. Das ist recht gut; aber was braucht's dein Schnipp und ihr Schnapp? Das Weiß macht sie schon kenntlich genug. – Es hat zehn geschlagen.

Page. Die Nacht ist finster, Lichter und Elfen werden sich gut ausnehmen. Der Himmel gebe unserm Spaß Gedeihen; niemand meint es schlimm als der Teufel, und den kennen wir an seinen Hörnern. Laßt uns gehn; kommt mit.

(*Sie gehn ab.*)

ZWEITE SZENE

Straße in Windsor

Es treten auf Frau Page, Frau Fluth und Doktor Cajus

Frau Page. Herr Doktor, meine Tochter ist in Grün; wenn Ihr Eure Zeit erseht, faßt sie bei der Hand, fort mit ihr zur Dechanei, und macht's in aller Schnelligkeit ab. Geht voraus in den Park; wir beide müssen zusammengehn.

Cajus. Ik weiß, was ik 'aben su tun: Adieu! (*Ab.*)

Frau Page. Lebt wohl, Herr Doktor. Mein Mann wird sich nicht so über Falstaffs Bestrafung freuen, als er über des Doktors Heirat mit meiner Tochter wüten wird; aber das tut nichts. Besser ein wenig Schmälen als eine Menge Herzeleid.

Frau Fluth. Wo ist denn Annchen und ihr Feentrupp? Und der wallisische Teufel Evans? –

Frau Page. Sie lauern alle in einer Grube, dicht an Hernes Eiche, mit verdeckten Lichtern, die sie, nachdem Falstaff und wir zusammengekommen sind, plötzlich in der Dunkelheit werden leuchten lassen.

Frau Fluth. Das muß ihn durchaus erschrecken.

Frau Page. Erschreckt's ihn nicht, so wird er gefoppt, und erschrickt er, so wird er um soviel mehr gefoppt.

Frau Fluth. Wir wollen ihn recht ausbündig verraten!

Frau Page. Rechtmäßig ist Verrat und dünkt uns ritterlich,
Und träf er solche Löffler noch so bitterlich.

Frau Fluth. Die Stunde naht: Zur Eiche hin! zur Eiche! –

(*Sie gehn ab.*)

DRITTE SZENE

Im Park

Es kommen Sir Hugh Evans, Feen und Elfen

Evans. Kommt jetzt anketrippelt, ihr Feen; verkeßt eure Rollen nicht: seid dreist, tas pitt ich euch. Folkt mir zur Krupe, und wann ich Stichwort kepe, so tut, wie euch anketeutet. Kommt, trip! trap! – (*Sie gehn ab.*)

VIERTE SZENE

Eine andere Gegend des Parks

Falstaff, mit einem Hirschgeweih auf dem Kopf, tritt auf

Falstaff. Die Windsorglocke hat zwölf geschlagen: der Augenblick rückt heran. Nun, ihr heißblütigen Götter, steht mir bei. Erinnre dich, Jupiter, wie du für Europa ein Stier wurdest; Liebe setzte dir deine Hörner auf. – Oh, allmächtige Liebe, die auf gewisse Weisc das Vieh zum Menschen macht, und auf andre den Menschen zum Vieh: so wardst auch du, Jupiter, ein Schwan aus Liebe zu Leda. Oh, allgewaltige Liebe! Wie nah streifte der Gott an die Gestalt einer Gans! – Deine erste Sünde verwandelte dich in ein Vieh: fi Jupiter! und für die zweite gebärdetest du dich als Schwan: – schwante dir nicht, Jupiter, wie nichtsnutzig du warst? – Wenn Götter so hitziges Blut haben, was sollen die armen Menschen anfangen? Ich meinesteils bin hier ein Windsorhirsch, und der feisteste im Forste, denk ich. Schick mir eine kühle Brunstzeit, Jupiter, sonst kann mir niemand verdenken, wenn ich meinen Talg verliere. – Wer kommt hier? Meine Hindin? –

Frau Fluth und Frau Page kommen.

Frau Fluth. Sir John? bist du da, mein Tierchen? mein allerliebster Hirsch? –

Falstaff. Meine schlanke Ricke[1]? Nun mag der Himmel Kar-

1. Im Original: meine Hindin mit der schwarzen Blume (wegen des vorangehenden Wortspiels (deer-dear) abgeändert)

toffeln regnen: er mag donnern nach der Melodie vom *Grünen Ärmel;* er mag Gewürznelken hageln und Muskatkuchen schneien; es erhebe sich ein Sturm von Versuchungen[1]: – Hier ist mein Obdach! –

Frau Fluth. Frau Page ist hier bei mir, mein Herzchen! –

Falstaff. Teilt mich wie einen Präsenthirsch, jede ein Viertel; meine Seiten will ich für mich behalten, meine Schultern für den Wärter dieses Parks, und meine Hörner vermach ich euern Männern. Bin ich ein Weidmann, he? Sprech ich wie Herne, der Jäger? Diesmal ist Cupido ein Kind, das Gewissen hat; er bringt Schadloshaltung. So wahr ich ein ehrlicher Geist bin, willkommen! –

(*Lärm hinter der Szene.*)

Frau Page. Himmel! welch ein Lärm?

Frau Fluth. Gott verzeih uns unsre Sünden!

Falstaff. Was kann das sein?

Frau Fluth und Frau Page. Fort! Fort! –

(*Die Frauen laufen davon.*)

Falstaff. Ich denke, der Teufel will mich nicht verdammt sehn, damit das Öl, das ich in mir habe, nicht die Hölle in Brand stecke: sonst käm er mir nicht so in die Quer.

Eine Menge Elfen und Geister erscheinen; unter diesen Sir Hugh und Anne Page. Sie tragen Fackeln und Lichter.

Feenkönigin. Feien, schwarz, grün, weiß und grau,
Ihr Schwärmer in des Mondscheins feuchtem Tau,
Verwaiste Pflegekinder ewger Mächte,
Tut eure Pflicht, schirmt eure heilgen Rechte!
Herold Hobgoblin! heiß die Feien schweigen.

Hobgoblin. Ihr Elfen, horcht! Sei still, du Geisterreigen.
Heimchen! Du schlüpf in Windsors Essen ein;
Wo noch die Asche glimmt, der Herd nicht rein,
Da kneip die Magd wie Heidelbeeren blau,
Denn jeden Schmutz haßt unsre lichte Frau.

Falstaff. Feen sind es; spräch ich, wär's um mich geschehn;
Drum deck ich mich: ihr Werk darf niemand sehn.

---

1. Genauer: Stimulantia

(*Er legt sich aufs Gesicht nieder.*)

Evans. Geh, *Puck*[1], und findst du schlafend eine Magd,
Die dreimal fleißig ihr Gebet gesagt,
Der stimme süß den Sinn der Phantasei.
Sie schlummre wie die Kindheit sorgenfrei.
Doch die entschlief, der Sünden nicht gedenk,
Die kneip am Arm, Bein, Fuß und Handgelenk.

Feenkönigin. Fort, Elfentroß,
Durchsucht von inn' und außen Windsors Schloß;
Streut Glück in alle heilgen Räum, ihr Feen,
Daß sie bis an den Jüngsten Tag bestehn; –
In würdger Zier, gesund und unversehrt,
Der Herrscher ihrer, sie des Herrschers wert.
Die Ordenssessel reibt mit Balsamkraft
Und jeder edeln Blume würzgem Saft:
Der neuen Ritter Tracht, Helmzier und Kleid
Und ehrenwertes Wappen sei geweiht;
Ihr Wiesenelfen, singt in nächtger Stunde
Und gleich dem Knieband schließt im Kreis die Runde;
Laßt, wo der Ring sich zeichnet, üppges Grün
Und frischern Wuchs als sonst im Feld erblühn
Und *hony soit qui mal y pense* malt
Mit Blütenschmelz, blau, weiß und rot durchstrahlt
(Wie Perl und Saphir hell in Stickerein
Dem Knie der tapfern Ritter Zierde leihn;
Denn nur mit Blumenlettern schreiben Fein).
Nun fort! hinweg! Doch bis es eins geschlagen,
Laßt den gewohnten Tanz uns nicht versagen
Und Herne, des Jägers, Eiche rasch umkreisen.

Evans. Schließt Hand in Hand, nach unsern alten Weisen:
Zwanzig Glühwürmer solln Laternen sein,
Zu leuchten unterm Baum dem Ringelreihn.
Doch halt! ich wittr ein Kind der Mittelwelt!

Falstaff. O Himmel! schütz mich vor dem welschen Kobold,
Daß er mich nicht verhext in ein Stück Käse. –

---

1. statt des weniger bekannten Feennamens Bead

Evans. Wurm, den Geburt schon niedrig hingestellt!

Feenkönigin. Mit Prüfungsfeur rührt seine Fingerspitze;
Denn ist er keusch, dann weicht der Gluten Hitze
Und läßt ihn unversengt; doch fühlt er Schmerz,
So dient der Sünde sein verderbtes Herz.

Evans. Die Probe: – wird das Holz wohl Feuer fangen?

Falstaff. Oh, oh!

Feenkönigin. Verderbt, verderbt durch sündliches Verlangen!
Umringt ihn, Feen! mit spöttschen Versen plackt ihn,
Und wie ihr ihm vorbeischwebt, kneipt im Takt ihn! –

Lied.

Pfui der sündgen Phantasei!
Pfui der Lust und Buhlerei!
Lust ist Feur im wilden Blut,
Angefacht durch üppgen Mut;
Tief im Herzen wohnt die Glut,
Und geschürt wird ihre Wut
Von sündiger Gedankenbrut.
Kneipt ihn, Elfen, nach der Reih,
Kneipt ihn für die Büberei;
Kneipt ihn und brennt ihn und laßt ihn sich drehn,
Bis Kerzen und Sternlicht und Mondschein vergehn.

(*Während des Gesanges kneipen sie ihn. – Doktor Cajus kommt von der einen Seite und schleicht mit einer Fee in Grün davon; Schmächtig von der andern und holt sich eine Fee in Weiß; dann kommt Fenton und geht mit Jungfer Anne Page ab. Jagdgeschrei hinter der Bühne; alle Feen laufen davon. Falstaff nimmt sein Hirschgeweih ab und steht auf.*)

Page und Fluth mit ihren Frauen treten auf.

Page (*indem er ihn festhält*).
Nein, lauft nicht fort; wir haben Euch ertappt.
Ist Herne, der Jäger, Eure letzte Kunst?

Frau Page.
Ich bitt Euch, kommt; treibt doch den Scherz nicht weiter.
Nun, Ritter, wie gefalln Euch Windsors Fraun?
Sieh, lieber Mann, paßt nicht der hübsche Kopfschmuck
Viel besser für den Forst als für die Stadt? –

Fluth. Nun, Sir, wer ist jetzt Hahnrei? Herr Bach, Falstaff ist ein Schurke, ein hahnreiischer Schurke; hier sind seine Hörner, Herr Bach; und Herr Bach, er hat von Fluths Eigentum nichts genossen als seinen Waschkorb, seinen Prügel und zwanzig Pfund in Geld; und die müssen an Herrn Bach bezahlt werden; seine Pferde sind dafür in Beschlag genommen, Herr Bach.

Frau Fluth. Sir John, es ist uns recht unglücklich gegangen, wir konnten nie zusammenkommen. Zu meinem Kavalier will ich Euch nicht wieder nehmen, aber mein Tier sollt Ihr immer bleiben.

Falstaff. Ich fange an zu merken, daß man einen Esel aus mir gemacht hat.

Fluth. Ja, und einen Ochsen dazu; von beidem ist der Beweis augenscheinlich.

Falstaff. Und das sind also keine Feen? Drei- oder viermal kam mir in den Sinn, es wären keine Feen; und doch stempelte das Bewußtsein meiner Schuld, die plötzliche Betäubung meines Urteils den handgreiflichen Betrug zum ausgemachten Glauben, allem gesunden Menschenverstande zum schnöden Trotz, daß es Feen seien. Da seht, welch ein Hanswurst aus dem Verstande werden kann, wenn er auf verbotnen Wegen schleicht.

Evans. Sir John Falstaff, tient Kott und entsakt böser Luscht, so werden Feien Euch nicht kneipen.

Fluth. Wohlgesprochen, Elfe Hugh.

Evans. Und Ihr lascht ap von Eifersuchten, ich pitte Euch!

Fluth. Ich will nie wieder an meiner Frau irre werden, bis du imstande bist, in gutem Englisch um sie zu werben.

Falstaff. Habe ich denn mein Gehirn in der Sonne gehabt und es getrocknet, daß es nicht vermochte, einer so groben Übertölpelung zu begegnen? Muß mich nun auch eine wallisische Ziege anmeckern? Muß ich eine Kappe von welschem Fries tragen? Nun fehlte mir noch, daß ich an einem Stück gerösteten Käse erstickte. –

Evans. Käße ischt nicht zum Puttern zu prauchen; Euer Pauch sein pure Putter.

Falstaff. Pauch und Putter! Muß ich's erleben, mich hänseln zu lassen von einem, der das Englische radebricht? Das ist genug, um allen Übermut und Nachtschwärmerei im ganzen Königreich in Verfall zu bringen.

Frau Page. Ei, Sir John, glaubtet Ihr denn, und hätten wir auch alle Tugend Hals über Kopf aus unsern Herzen herausgejagt und uns ohne Skrupel der Hölle verschrieben – daß der Teufel selbst Euch für uns hätte reizend machen können? –

Fluth. Solchen Wurstberg[1]? solchen Wollsack?

Frau Page. Solch einen Wulst von Mann?

Page. Alt, kalt und von außen und innen unleidlich?

Fluth. Und so verleumderisch wie der Satan?

Page. Und so arm wie ein Hiob?

Fluth. Und so gottlos wie Hiobs Weib?

Evans. Und hinkekepen ter Fleischesluscht und tene Kelake, tem Sekt, tem Wein, tem Met, tem Saufe und tem Raufe, tem Kikel und tem Kakel? –

Falstaff. Nun ja, ich bin euer Text, und ihr seid im Vorsprung, ich bin in der Hinterhand, ich bin nicht imstande, dem Walliser Flanell da zu antworten; die Dummheit selbst will mir die Richtschnur anlegen, macht mit mir, was ihr wollt.

Fluth. Ich dächte, Sir, wir führten Euch nach Windsor zu einem gewissen Herrn Bach, den Ihr um sein Geld geprellt habt und dem Ihr einen Kupplerdienst verspracht. Nach allem, was Ihr bisher ausgestanden habt, wird die Rückzahlung des Geldes Euch noch der bitterste Schmerz sein.

Page. Demungeachtet, Ritter, sei guter Dinge. Du sollst heut abend in meinem Hause einen Nachttrunk bekommen, und da magst du meine Frau auslachen, die jetzt über dich lacht. Sag ihr, Herr Schmächtig habe ihre Tochter geheiratet.

Frau Page (beiseite). Die Doktoren bezweifeln's noch; wenn Anne Page meine Tochter ist, so ist sie jetzt schon Doktor Cajus' Frau.

Schmächtig kommt.

Schmächtig. He! holla! holla! Vater Page! –

---

1. unverständlicher Ausdruck im Original

Page. Sohn, was gibt's? Was gibt's, Sohn? Hast du's schon abgetan?

Schmächtig. Abgetan? Alle Leute von Stande in Glostershire sollen's zu hören kriegen, wahrhaftig, oder ich will mich hängen lassen, seht Ihr –

Page. Was ist denn, Sohn?

Schmächtig. Ich komme da hinunter nach Eton, um Jungfer Anne Page zu heiraten; und so war's ein großer Lümmel von Jungen. Wenn's nicht in der Kirche gewesen wäre, da hätt ich ihn durchgewichst, oder er hätte mich durchgewichst. Wo ich nicht gewiß und wahrhaftig glaubte, es sei Anne Page gewesen, so will ich kein Glied mehr regen; und da war's ein Junge vom Postmeister.

Page. Nun, wahrhaftig, so habt Ihr Euch vergriffen.

Schmächtig. Was braucht Ihr mir das noch lange zu sagen? Freilich vergriff ich mich, als ich einen Jungen für ein Mädchen nahm. Wenn ich ihn geheiratet hätte, mit allem seinem Weiberputz hätte ich ihn doch nicht haben mögen.

Page. Ei, daran ist Eure eigne Torheit schuld. Sagt ich's Euch denn nicht, wie Ihr meine Tochter an ihren Kleidern kennen solltet? –

Schmächtig. Ich ging zu der in Weiß und sagte schnipp, und sie sagte schnapp, wie Annchen und ich ausgemacht hatten; und da war's doch nicht Annchen, sondern ein Postmeistersjunge.

Page. O ich bin recht verdrießlich; was ist nun da zu machen?

Frau Page. Liebster Georg, sei nicht böse. Ich wußte von deinen Plänen, tat meine Tochter in Grün an, und jetzt ist sie mit dem Doktor in der Dechanei und schon getraut.

Doktor Cajus kommt.

Cajus. Wo sein Madame Page? *Pardieu,* ik sein geführt an; ik 'aben geheirat *un garçon,* heine Jong; *un paysan, pardieu,* heine Jong; es sein nik Anne Page, *pardieu,* ik sein geführt an! –

Frau Page. Was? nahmt Ihr nicht die in Grün?

Cajus. Oui pardieu, und es sein heine Jong; *pardieu,* ik will revoltier' ganz Windsor. (*Geht ab.*)

Fluth. Das ist seltsam! Wer hat nun die rechte Anne Page bekommen?

Page. Mir wird ganz schwül zumut; hier kommt Herr Fenton.

Fenton und Anne Page treten auf.

Nun, mein Herr Fenton? –

Anne. Verzeihung, lieber Vater! liebe Mutter!

Page. Nun, Jungfer, warum folgtest du nicht Herrn Schmächtig?

Frau Page. Sag, Mädchen, warum nahmst du nicht den Doktor?

Fenton. Ihr macht sie schüchtern; hört den ganzen Hergang.
Ihr wolltet sie aufs schimpflichste vermählen,
Wo kein Verhältnis in der Neigung war.
So wißt denn, sie und ich, schon längst verlobt,
Sind jetzt so eins, daß nichts uns lösen kann.
Die Sünd ist heilig, die sie heut begangen,
Und ihre List verliert des Truges Namen,
Verletzter Pflicht und kindlicher Empörung,
Weil sie dadurch entflohn und vorgebeugt
Viel tausend bösen und verwünschten Stunden,
Die ein erzwungnes Band ihr auferlegt.

Fluth. Seid nicht bestürzt, hier hilft kein Mittel mehr.
Dem Himmel muß man Liebesnot vertrauen:
Gold schafft uns Land, das Schicksal unsre Frauen.

Falstaff. Mich freut, daß Euer Pfeil vorbeistreifte, obgleich Ihr's recht darauf angelegt hattet, mich zu treffen.

Page. Was ist zu tun! Fenton, nimm meinen Segen;
Was schon geschehn, da hilft nicht nein zu sagen.

Falstaff. Manch Wild springt auf, will man im Finstern jagen.

Frau Page. Nun wohl, ich will nicht schmollen. Lieber Fenton,
Der Himmel schenk euch viel, viel frohe Tage!
Komm, bester Mann, laß uns nach Hause gehn
Und am Kamin den Spaß nochmals belachen;
Sir John und alle.

Fluth. Wohl gesagt. – Sir John,
Eur Wort an Bach macht Ihr nun dennoch gut;
Er geht zu Bett noch heute mit Frau Fluth.

(*Alle gehn ab.*)

INHALT

William Shakespeare
Dramatische Werke in zehn Bänden

In der Übersetzung von Schlegel/Tieck. Als Vorlage dient die Edition von Hans Matter. Jeder Band mit einer editorischen Notiz des Herausgebers und Illustrationen von Heinrich Füßli aus der Ausgabe von 1805

Romeo und Julia / Hamlet
Othello
detebe 20631

König Lear / Macbeth / Timon von Athen
detebe 20632

Julius Cäsar / Antonius und Cleopatra / Coriolanus
detebe 20633

Verlorene Liebesmüh
Die Komödie der Irrungen
Die beiden Veroneser
Der Widerspenstigen Zähmung
detebe 20634

Ein Sommernachtstraum
Der Kaufmann von Venedig
Viel Lärm um nichts
Wie es euch gefällt
Die lustigen Weiber von Windsor
detebe 20635

Ende gut, alles gut / Was ihr wollt
Troilus und Cressida / Maß für Maß
detebe 20636

Cymbeline / Das Wintermärchen
Der Sturm
detebe 20637

Heinrich der Sechste / Richard der Dritte
detebe 20638

Richard der Zweite / König Johann / Heinrich der Vierte
detebe 20639

Heinrich der Fünfte / Heinrich der Achte / Titus Andronicus
detebe 20640

Außerdem liegen vor:

Shakespeare's Sonette
Deutsch und englisch. Nachdichtung von Karl Kraus. Statt eines Nachworts ein Essay von Karl Kraus aus der *Fackel:* »Sakrileg an George oder Sühne an Shakespeare?«
detebe 20381

Shakespeare's Geschichten
Alle Stücke von William Shakespeare nacherzählt von Walter E. Richartz und Urs Widmer. Mit vielen Bildern von Kenny Meadows. In zwei Bänden
detebe 20791 + 20792

Dramen im Diogenes Verlag

● William Shakespeare

Dramatische Werke in 10 Bänden
In der Übersetzung von Schlegel/Tieck. Als Vorlage diente die Edition von Hans Matter. Jeder Band mit einer editorischen Notiz des Herausgebers und Illustrationen von Heinrich Füßli aus der Ausgabe von 1805
Romeo und Julia / Hamlet / Othello detebe 20631
König Lear / Macbeth / Timon von Athen detebe 20632
Julius Cäsar / Antonius und Cleopatra Coriolanus. detebe 20633
Verlorne Liebesmüh / Die Komödie der Irrungen / Die beiden Veroneser / Der Widerspenstigen Zähmung. detebe 20634
Ein Sommernachtstraum / Der Kaufmann von Venedig / Viel Lärm um nichts / Wie es euch gefällt / Die lustigen Weiber von Windsor. detebe 20635
Ende gut, alles gut / Was ihr wollt / Troilus und Cressida / Maß für Maß. detebe 20636
Cymbeline / Das Wintermärchen Der Sturm. detebe 20637
Heinrich der Sechste / Richard der Dritte detebe 20638
Richard der Zweite / König Johann Heinrich der Vierte. detebe 20639
Heinrich der Fünfte / Heinrich der Achte Titus Andronicus. detebe 20640

● Calderón

Das große Welttheater. In einer Nachdichtung von Joseph von Eichendorff. Mit einem Nachwort von Bernhard Michael Steinmetz detebe 21537

● Molière

Komödien in 7 Bänden
in der Neuübersetzung von Hans Weigel
Der Wirrkopf / Die lächerlichen Schwärmerinnen / Sganarell. detebe 20199
Die Schule der Frauen / Kritik der ›Schule der Frauen‹ / Die Schule der Ehemänner detebe 20200
Tartuffe oder Der Betrüger / Der Betrogene oder George Dandin / Vorspiel in Versailles detebe 20201
Don Juan / Die Lästigen / Der Arzt wider Willen. detebe 20202
Der Menschenfeind / Die erzwungene Heirat Die gelehrten Frauen detebe 20203
Der Geizige / Der Bürger als Edelmann Der Herr aus der Provinz. detebe 20204
Der eingebildete Kranke / Die Gaunereien des Scappino. Mit einer Chronologie und einem Nachwort des Herausgebers detebe 20205

Als Ergänzungsband liegt vor:
Über Molière. Zeugnisse von Voltaire bis Bert Brecht. Über Molière auf der Bühne und Molière in deutscher Übersetzung. Chronik und Bibliographie. Herausgegeben von Christian Strich, Rémy Charbon und Gerd Haffmans. detebe 20067

● Goethe

Faust. Der Tragödie erster und zweiter Teil. Herausgegeben von Ernst Merian-Genast detebe 20439

● Anton Čechov

Dramatische Werke in 8 Bänden
in der Neuübersetzung und -edition von Peter Urban: jeder Band bringt den unzensierten, integralen, neu transkribierten Text und einen Anhang mit allen Lesarten und Textvarianten, mit Auszügen aus Čechovs Notizbüchern, Anmerkungen und einem editorischen Bericht
Die Möwe. Komödie in vier Akten detebe 20091
Der Waldschrat. Komödie in vier Akten detebe 20084
Der Kirschgarten. Komödie in vier Akten detebe 20083
Onkel Vanja. Szenen aus dem Landleben in vier Akten. detebe 20093
Ivanov. Drama in vier Akten. detebe 20102
Drei Schwestern. Drama in vier Akten detebe 20103
Platonov. Das ›Stück ohne Titel‹ in vier Akten und fünf Bildern. Erstmals vollständig deutsch. detebe 20104
Sämtliche Einakter. detebe 20801

● Sean O'Casey

Purpurstaub. Eine abwegige Komödie. Aus dem Englischen von Helmut Baierl und Georg Simmgen. detebe 20002
Dubliner Trilogie. Der Schatten eines Rebellen / Juno und der Pfau / Der Pflug und die Sterne. Aus dem Englischen von Maik Hamburger, Adolf Dresen, Volker Canaris und Dieter Hildebrandt. detebe 20034

● Friedrich Dürrenmatt

Achterloo. Komödie. Leinen
Dramatische Werke in 17 Bänden
Es steht geschrieben / Der Blinde. Frühe Stücke. detebe 20831
Romulus der Große. Ungeschichtliche historische Komödie. Fassung 1980 detebe 20832
Die Ehe des Herrn Mississippi. Komödie und Drehbuch. Fassung 1980. detebe 20833
Ein Engel kommt nach Babylon. Fragmentarische Komödie. Fassung 1980 detebe 20834
Der Besuch der alten Dame. Tragische Komödie. Fassung 1980. detebe 20835
Frank der Fünfte. Komödie einer Privatbank Fassung 1980. detebe 20836
Die Physiker. Komödie. Fassung 1980 detebe 20837
Herkules und der Stall des Augias / Der Prozeß um des Esels Schatten. Griechische Stücke. Fassung 1980. detebe 20838
Der Meteor / Dichterdämmerung. Nobelpreisträgerstücke. Fassung 1980 detebe 20839
Die Wiedertäufer. Komödie. Fassung 1980 detebe 20840
König Johann / Titus Andronicus. Shakespeare-Umarbeitungen. detebe 20841
Play Strindberg / Porträt eines Planeten Übungsstücke für Schauspieler detebe 20842
Urfaust / Woyzeck. Bearbeitungen detebe 20843
Der Mitmacher. Ein Komplex. detebe 20844
Die Frist. Komödie. Fassung 1980 detebe 20845
Die Panne. Hörspiel und Komödie detebe 20846
Nächtliches Gespräch mit einem verachteten Menschen / Stranitzky und der Nationalheld / Das Unternehmen der Wega. Hörspiele und Kabarett. detebe 20847

Friedrich Dürrenmatt & Charlotte Kerr
Rollenspiele. Protokoll einer fiktiven Inszenierung und Achterloo III. Leinen

● Alexander Sinowjew

Der Arm des Kremls. Komödie. Aus dem Russischen von G. von Halle. Broschur

● Urs Widmer

Die lange Nacht der Detektive. Kriminalstück in drei Akten. Mit einem Vorwort des Autors. detebe 20117
Nepal. Stück in der Basler Umgangssprache. Mit der Frankfurter Fassung von Karlheinz Braun im Anhang. detebe 20432
Züst oder die Aufschneider. Ein Traumspiel Hochdeutsche und schweizerdeutsche Fassung. detebe 20797
Stan und Ollie in Deutschland. In: *Das Urs Widmer Lesebuch.* detebe 20783

● Otto Jägersberg

Cosa Nostra. 3 Stücke aus dem bürgerlichen Heldenleben. detebe 20022
He he, ihr Mädchen und Frauen Konsum-Komödie. detebe 20552

● Ian McEwan

Oder müssen wir sterben? Ein Oratorium Deutsch von Christian Enzensberger detebe 21212

● Patrick Süskind

Der Kontrabaß. Ein Stück. Pappband

● Roland Topor

Leonardo hat's gewußt. Ein Drama. Deutsch von Peter Fleischmann. Broschur